Nicki Pau Preto

CROWN OF FEATHERS

Die Töchter der Phönixreiter

NICKI PAU PRETO

CROWN OF FEATHERS

Die Töchter der Phönixreiter

Aus dem Englischen
von Gabriele Haefs

cbt

Bei diesem Buch wurden die durch das verwendete Material und die Produktion entstandenen CO_2-Emissionen ausgeglichen, indem der cbj Verlag ein Projekt zur Aufforstung in Brasilien unterstützt.
Weitere Informationen zu dem Projekt unter:
www.ClimatePartner.com/14044-1912-1001

MIX
Papier | Fördert gute Waldnutzung
FSC® C014496
FSC www.fsc.org

Wir produzieren Klimaneutral
ClimatePartner.com/14044-1912-1001
Druckprodukt

Penguin Random House Verlagsgruppe
FSC® N001967

1. Auflage 2023
Erstmals als cbt Taschenbuch August 2023

Die Originalausgabe erschien unter dem Titel »Crown of Feathers«
bei Margaret K. McElderry Books, an imprint of
Simon & Schuster Children's Publishing Division, New York
Aus dem Englischen von Gabriele Haefs
Lektorat: Stefanie Rahnfeld
Umschlaggestaltung: © Alexander Kopainski, www.kopainski.com,
unter Verwendung mehrerer Motive von © Shutterstock.com (Eduard
Muzhevskyi / hideto999 / kzww / Jingjing Yan / BCFC)
sh · Herstellung: LW
Satz & Druck: GGP Media GmbH, Pößneck
ISBN 978-3-570-31559-0
Printed in Germany

www.cbj-verlag.de

Für meine Mutter,
die rothaarige Kriegerkönigin, die
mich nicht nur das Fliegen gelehrt hat,
sondern auch das Kämpfen

DAS GOLDENE IMPERIUM
RUINEN VON AURA
PYRMONT
AZURECS ADLERNEST
VESPERANISCHE HÖHLEN
Montascent
Petratec
FELD DER FEDERN
Rushlea
SEKVEIA
PYRA
Aurys
VERONYKAS HÜTTE
PILGERSTRASSE
Vayle
VORGEBIRGE
Runnet
VORGEBIRGE
Hügelbrück
Orro
EISENSTRASSE
Die Hand Gottes
NORDARBORIEN
FERRO
RÜCKGRAT
Die Handfläche
Estia
SCHATTENEBENE
Aura Nova
Corsa-See
Seltsee
ROLSTRASSE
DER SELTWEG
Rolland
Die Finger
Quorland
SÜDARBORIEN
STEL
TIEFLAND VON STEL
Stelarbor

Was taten die großen Helden,
als die Sonne vom Himmel stürzte?

Sie sprangen auf die wilden Flammen
und lernten fliegen.

Altes pyrenisches Sprichwort

Ich hatte einmal eine Schwester. Wenn ich damals gewusst hätte, was ich jetzt weiß, hätte ich mich vielleicht entschieden, sie nicht zu lieben. Aber gibt es bei Liebe wirklich jemals eine freie Wahl?

– Kapitel 1 –

Veronyka

Veronyka sammelte die Knochen der Toten ein.

Wildbret, am Spieß gebraten und rußgeschwärzt, Rippen, so lange geschmort, bis sie brüchig und trocken waren wie Treibholz. Sie grub durch verfaulte Salatblätter und Kartoffelschalen nach winzigen, messerscharfen Fischgräten und hohlen, zarten Vogelknochen.

Der kleine Euler, der auf ihrer Schulter hockte, stieß angesichts der neuesten Entdeckung vor Ekel einen leisen Schrei aus. Veronyka brachte das Eulenmännchen behutsam zum Schweigen, legte die Vogelknochen zu den anderen in ihren Korb und richtete sich auf.

Es war später Abend, die kühle Nachtluft kündigte Frost an. Die Gassen im Dorf waren leer und still, und niemand bemerkte das einsame Mädchen, das die Abfallhaufen durchwühlte. Die Wolken über ihnen leuchteten eisengrau, verdeckten den Vollmond und machten es fast unmöglich, in der Dunkelheit etwas zu sehen. Deshalb hatte Veronyka sich den Euler zu Hilfe geholt. Seine Augen sahen in der dunklen Nacht einfach alles und mit einem kleinen gedanklichen Anstupser zeigte er Veronyka den Weg über Stein und Felsbrocken und unter tief hängenden Zweigen hindurch. In ihrer Hast stolperte sie trotzdem immer wieder; Val hatte gesagt, sie müsse sich beeilen, und sie war nicht dumm genug, ihre Schwester warten zu lassen.

Aufregung und Erwartungen prickelten in ihren Adern, aber auch eine ziemliche Menge Furcht – würde diese Nacht endlich *die* Nacht sein?

Ihr Atem bildete Wolken vor ihrem Gesicht, als sie zurück zu der Hütte ging, die sie und Val miteinander teilten. Die Hütte war klein und verlassen gewesen, als sie sie gefunden hatten, die hellblaue Farbe blätterte von der Tür, und die Fensterläden waren zerbrochen; vermutlich war die Hütte während der wärmeren Monate beim Jagen benutzt worden und stand in der regnerischen Winterzeit leer. Das Wetter wurde jedoch mit jedem Tag trockener und heißer, sie würden also nicht mehr lange bleiben können. Ein weiteres Zuhause, das sie gefunden und verloren hatten.

Als die Hütte in Sichtweite kam, verkrampfte sich Veronykas Magen. Die dicke Rauchsäule, die bei ihrem Aufbruch aus dem Schornstein gequollen war, war jetzt nur noch ein dünner, gespenstischer grauer Faden. Die Zeit lief ihnen davon.

Sie rannte die letzten Schritte, und die brüchige Holztür knallte gegen die Mauer, als sie sich in das einzige Zimmer drängte. Alles war dunkel bis auf das orange Flackern der schwelenden Asche. Der Rauchgeruch hing schwer in der Luft und der Aschegeschmack lag bitter auf ihrer Zunge.

Val stand vor der runden Feuerstätte mitten in der Hütte und drehte sich um, als sie Veronyka kommen hörte. Ihre Miene zeigte Ungeduld und Aufregung, als sie ihr den Korb aus der Hand riss und dessen Inhalt anstarrte.

Sie schnaubte unzufrieden. »Wenn du nichts Besseres zustande bringst …«, sagte sie, ließ den Korb achtlos fallen, sodass sich die Hälfte der Knochen auf dem festgetrampelten Lehmboden verteilte.

»Du hast gesagt, ich soll mich beeilen«, widersprach Veronyka, schaute an Val vorbei und sah, dass das Feuer unter einer neuen Reisigschicht heiß und flach brannte. Darin waren jedoch nicht die gekochten oder am Spieß geschwärzten Knochen von Tieren. Sondern große weiße.

Knochen, die wie Menschenknochen aussahen.

Val folgte ihrem Blick und beantwortete die nicht gestellte Frage: »Und trotzdem hast du so lange gebraucht, da habe ich mich selbst auf die Suche gemacht.«

Trotz der Hitze lief Veronyka ein Schauer über den Rücken.

Sie zupfte an dem schweren wollenen Umhang, den sie sich um die Schultern gelegt hatte, und der Eulenpfadfinder, den sie völlig vergessen hatte, plusterte sein Gefieder auf.

Diese Bewegung erregte die Aufmerksamkeit ihrer Schwester. Veronyka erstarrte, ihre Muskeln spannten sich an, als sie auf Vals Reaktion wartete. Würde ihre Schwester durchdrehen, wie es so oft geschah, oder würde sie die Anwesenheit des Tieres durchgehen lassen?

Der Euler zuckte nervös und trat unter Vals Blick von einem Fuß auf den anderen. Veronyka versuchte, das Tier zu beruhigen, aber ihre eigene Besorgnis verursachte ihr eine Gänsehaut. Gleich darauf schlug der Euler seine Krallen in ihre Schulter und glitt dann lautlos aus der noch offenen Tür.

Sie schloss die Tür und ließ sich Zeit, ehe sie sich zu ihrer Schwester umdrehte; sie hatte Angst vor dem Streit, der jetzt sicher kommen würde. Val und sie waren beide Animagen – sie konnten Tiere verstehen und mit ihnen kommunizieren –, aber sie hatten sehr unterschiedliche Ansichten über die Bedeutung dieser Tatsache. Val meinte, Tiere sollten als Werkzeug behandelt und benutzt werden. Beherrscht, bezwungen, kontrolliert.

Veronyka ihrerseits fühlte sich mit Tieren verwandt, nicht ihnen überlegen.

»Sie zu lieben ist Schwäche«, sagte Val warnend, mit dem Rücken zu ihr, als sie vor der Feuerstätte kauerte. Sie legte einige der kleineren

Knochen aus Veronykas Korb in die wachsenden Flammen und stapelte sie sorgfältig um zwei glatte graue, von Ruß gestreifte und geschwärzte Eier herum. Die Eier lagen in der Glut, in einem Bett aus Knochen und Asche, Flammen züngelten rings um sie hoch.

Obwohl Veronyka Vals Gesicht nicht sehen konnte, konnte sie sich das Feuer in deren Augen vorstellen. Veronyka atmete langsam und leicht genervt aus. Sie führten dieses Gespräch nicht zum ersten Mal.

»Die Reiter haben ihre Reittiere nicht wie Schoßhündchen behandelt, die verwöhnt und verhätschelt werden sollten, Veronyka. Sie waren Krieger, *Phönixeren,* und ihre Bindung war nicht Liebe. Sondern Pflicht. Ehre.«

Phönixeren. Trotz Vals Tadel loderte in Veronykas Herz Erregung auf, wenn ihre Schwester die Phönixreiter erwähnte – Animagen, die eine Bindung mit Phönixen eingegangen waren. Die wörtliche Übersetzung des uralten pyrenischen Wortes war »Phönixmeister«, wie Val ihr oft vorhielt. Nur Animagen konnten Reiter werden, denn nur durch ihre Magie konnten sie diese sagenumwobenen Wesen zum Brüten bringen, sich mit ihnen verständigen und sie reiten.

Veronyka hatte sich niemals etwas anderes gewünscht. Sie wollte eine Phönixreiterin sein, wie die Kriegerköniginnen in alten Zeiten.

Sie wollte auf Phönixrücken durch die Luft jagen, wollte tapfer und angriffslustig sein, wie Lyra die Verteidigerin oder Avalkyra Aschenfeuer, die Königin mit der Federkrone.

Aber es war über sechzehn Jahre her, dass die letzten Phönixreiterinnen und Phönixreiter den Himmel des Goldenen Imperiums verschönert hatten. Die meisten waren im Blutkrieg gefallen, als Avalkyra und ihre Schwester Pheronia im Kampf um den Thron des Imperiums gegeneinander angetreten waren. Die übrigen waren später als Verräter des Imperiums gebrandmarkt, gehetzt und hingerichtet worden. Tiermagie ohne Erlaubnis und ohne hohe Steuern zu zahlen war als illegal erklärt worden, und Animagen wie Veronyka und Val mussten im Geheimen und im Schmutz leben, mussten ihre Fähigkeiten verbergen und immer Angst haben, gefangen genommen und in die Leibeigenschaft gezwungen zu werden.

In ihren großen Zeiten hatten die Phönixreiter vor allem als Schutztruppe gedient und für Veronyka war in ihrer Kindheit schon diese Vorstellung ein Leuchtfeuer der Hoffnung gewesen. Ihre Großmutter hatte ihr immer versprochen, dass die Phönixreiterinnen und Phönixreiter eines Tages zurückkehren würden. Eines Tages würde es keine Gefahr mehr bedeuten, eine Animage zu sein. Und nach dem Tod ihrer Großmutter hatte Veronyka sich geschworen, selbst eine zu werden. Sie wollte für andere arme, einsame, im Untergrund lebende Animagen das Licht in der Finsternis sein. Sie wollte die Kraft und die Möglichkeit haben, andere wie sich und Val zu verteidigen und zu beschützen. Die Kraft, die ihr gefehlt hatte, weshalb sie ihre Großmutter nicht beschützen konnte.

Vielleicht gab es die Phönixreiter als militärischen Orden nicht mehr, aber man brauchte nur zwei Dinge, um eine Phönixere zu sein: Tiermagie und einen Phönix oder eine Phönice.

Sie ging um Val herum und kniete neben der Feuerstätte nieder. Die Phönixeier, die dort lagen, hätten ungefähr ihre hohlen Hände gefüllt und waren in ihrer Farbe und Oberfläche Steinen so ähnlich, dass sie leicht übersehen werden konnten. Es sei ein Schutz, hatte Val gesagt, damit Phönixe ihre Eier insgeheim legen und sie jahrelang sich selbst überlassen konnten, bis sie – oder ein Animage – zur Brut zurückkehrten. Die Reiter versteckten Eier ebenfalls oft, sie legten sie in geheime Höhlungen innerhalb von Statuen und verborgenen Stätten, aber viele davon waren während des Krieges vom Imperium zerstört worden.

Veronyka und Val hatten jahrelang nach Phönixeiern gesucht – in jedem zerfallenen Tempel, jedem verlassenen Stützpunkt der Reiter und jedem vergessenen Gebäude, das sie finden konnten. Sie hatten Lebensmittel gegen Informationen eingetauscht, hatten gestohlene Gegenstände für Mitfahrgelegenheiten verkauft und andere Geschäfte gemacht, die Val sie nicht sehen lassen wollte. Nach dem Tod ihrer Großmutter hatte Val beschlossen, sie von Aura Nova, der Hauptstadt des Imperiums, nach Pyra zu bringen – aber das war nicht leicht gewesen. Wer sich seit Kriegsende aus dem Imperium hinausbegab, wurde streng überwacht, da viele von Avalkyra Aschenfeuers Verbündeten versucht hatten, nach Pyra zu fliehen, um der Leibeigenschaft oder Armut aufgrund der Magiersteuer zu entgehen. Pyra war früher einmal eine Provinz des Imperiums gewesen, hatte sich unter Avalkyras Herrschaft jedoch für unabhängig erklärt. Seit dem Tod der Königin mit der Federkrone war Pyra zu einer gesetzlosen, ziemlich gefährlichen Gegend geworden – aber es war für Animagen doch nicht so riskant wie das Imperium.

Ohne richtige Ausweispapiere hatten Veronyka und Val die Grenze nicht überqueren können. Außerdem waren sie Animagen – wenn ihre Magie entdeckt worden wäre, hätte das Leibeigenschaft bedeutet. Deshalb hatten sie durch das Imperium ziehen müssen, Val an der Spitze, Veronyka hinterher. Sie hatten in Straßengräben geschlafen, auf Dächern, im strömendem Regen und in sengender Sonne. Val verschwand häufig – manchmal für Tage – und kam dann mit Blut am Hemd und einem Beutel voller Münzen in den Händen zurück.

Es waren harte Zeiten gewesen, aber irgendwann hatten sie sich durch Bestechung einen Platz in einer Handelskarawane sichern können und waren nach Pyra geschmuggelt worden, in die Heimat ihrer Eltern. Veronyka war sicher gewesen, dass sich ihr Schicksal nun endlich gewendet hatte. Und nach mehreren langen Monaten war es so weit gewesen.

Val hatte in einem zerfallenden Tempel tief in der Wüste von Pyra zwei perfekte Phönixeier gefunden. Für jede eins.

Bei dem bloßen Gedanken daran traten Veronyka Tränen in die Augen, eine Gefühlsaufwallung, die sie zu unterdrücken versuchte. Immer wenn Val ihr begeistertes Lächeln bei der Aussicht darauf sah, was ihnen bevorstand, reagierte sie mit der kalten, harten Wahrheit:

Manchmal schlüpfte nichts aus einem Ei. Manchmal entschied sich der Phönix im Ei gegen eine Bindung oder starb während des Brutprozesses.

Auch jetzt noch lächelte Val nicht und sie schien sich über den Anblick der Eier nicht zu freuen. Ihr Brutort war so düster wie der Scheiterhaufen bei einer Totenfeier.

Ein Knochen zerbarst in der Feuerstätte und eine Aschewolke stob hoch. Veronyka hielt den Atem an, um nichts Totes einzuatmen, und beschrieb auf ihrer Stirn einen Kreis.

»Hör auf«, fauchte Val, die es gesehen hatte, und schlug Veronykas Hand zur Seite. Ihr schönes Gesicht war eine strenge Maske, ihre warme braune Haut bemalt mit schwarzen Schatten und dem roten und orangen Widerschein des Feuers. »Wegen eines albernen Aberglaubens darf Axuras Auge nicht angerufen werden. Das ist etwas für Bauern und Fischer, nicht für dich.«

Val hatte nie viel Interesse an Religion gehabt, aber Axura war die Göttin, die die Pyrener – und die Phönixreiter – am tiefsten verehrten, deshalb erlaubte sie es Veronyka, Gebete oder Danksagungen zu sprechen. Doch sie hasste diese kleinen Aberglauben, rümpfte die Nase und tat so, als wären sie und Veronyka etwas Besseres als die Leute hier im Dorf und die hart arbeitende Bevölkerung, unter der sie ihr ganzes Leben verbracht hatten. Sie hatten kein richtiges Zuhause mehr, seit sie Kinder gewesen waren, und auch das war damals nur eine Hütte in den *Gängen* gewesen, dem ärmsten Teil von Aura Nova. Und jetzt hatten sie die Hütte von irgendwelchen Fremden besetzt. Was waren sie denn, wenn keine armen Leute?

»Hast du etwas gegessen?«, fragte Veronyka, um das Thema zu wechseln. Val machte wieder dieses fanatische Gesicht und hatte tiefe Ringe unter den Augen. Sie war erst siebzehn, aber wenn sie erschöpft war, wirkte sie viel älter. Leise entfernte sich Veronyka vom Feuer, um ihre Essensvorräte zu durchsuchen, die allmählich bedrohlich zur Neige gingen.

»Ich hab etwas von dem gesalzenen Fisch genommen«, antwortete Val, ihre Stimme klang fern, wie so oft, wenn sie zu lange ins Feuer gestarrt hatte.

»Val, wir haben seit zwei Tagen keinen Fisch mehr.«

Val zuckte ruckhaft mit den Schultern und Veronyka seufzte. Val hatte nichts mehr gegessen, seit sie die Eier gefunden hatte. Obwohl sie so intelligent und listig war, verlor sie doch oft den Überblick über die Alltagsdinge, aus denen das tägliche Leben bestand. Veronyka war diejenige, die das Essen kochte und die Kleider flickte, die dafür sorgte, dass sie genügend schliefen und aßen, und die das Haus sauber hielt. Vals Gedanken waren immer anderswo – bei längst verlorenen Menschen und Orten oder bei vagen Träumen und zukünftigen Möglichkeiten.

Bei ihrer Suche hob Veronyka nun einen Sack mit einem Rest Reis hoch. Sie würden etwas finden müssen, das sie am nächsten Tag im Dorf eintauschen könnten, oder sie würden Hunger leiden.

»Das werden wir nicht, das weißt du«, sagte Val in die Flammen.

Veronyka, die ihren Fehler sofort erkannt hatte, schloss die Augen. Sie hatte ihre Gedanken und Sorgen in die Luft projiziert, wo sie von allen – wo sie von *Val* aufgeschnappt werden konnten. Während viele in die Gedanken von Tieren sprechen konnten – das konnte unter zehn Menschen einer, sagte Val, auch wenn die Zahl in Pyra höher lag –, war ihre Fähigkeit, in Menschengedanken zu sprechen, seltener als ein Phönixei. Schattenmagen wurden sie genannt, und dass zwei Schwestern diese Fähigkeit besaßen, kam noch seltener vor. Anders als Tiermagie wurde Schattenmagie nicht vererbt, und soweit Veronyka wusste, hielten viele Menschen sie für eine Sage. Schattenmagie gab es angeblich nur in alten Geschichten und Heldengedichten, es war eine magische Fähigkeit, die den alten pyrenischen Königinnen und längst verstorbenen Heroen vorbehalten war.

Mit ihrer Tiermagie mussten sie vorsichtig sein, da sie im Imperium verboten war, aber wenn es um Schattenmagie ging, mussten sie sich noch viel mehr vorsehen. Die Menschen in Pyra ließen Animagen meistens in Ruhe, aber wenn irgendwer Val und Veronyka bei Schattenmagie erwischt hätte, würden sie fast mit Sicherheit den Behörden gemeldet werden. Für jede verlockende Sage über eine mächtige Königin der Phönixreiter mit der mysteriösen Fähigkeit, Lüge und Wahrheit zu unterscheiden, gab es auch eine warnende Geschichte über eine düstere Hexe, die Seelen verdarb und Gedanken kontrollierte. Das war fast alles Unsinn, nahm Veronyka an, aber die Menschen reagierten auf Dinge, die sie nicht verstanden, oft mit Abwehr und Misstrauen. Für sie und Val war es am sichersten, ihre Schattenmagie für sich zu behalten.

Das konnte Val natürlich nicht daran hindern, sie bei Veronyka anzuwenden, wann immer ihr das gerade passte.

Hüte deine Gedanken, sagte Val, und zwar nicht laut, sondern in Veronykas Kopf. Wie das Sprechen zu Tieren konnte Schattenmagie zur Kommunikation benutzt werden, aber auch dazu, den Willen eines anderen Menschen zu beeinflussen, um zu befehlen und zu kommandieren. Val machte das oft, um ihnen Essen oder Kleidung oder ein Dach über dem Kopf zu beschaffen, benutzte Schattenmagie bei Veronyka aber nur zur Kommunikation. Soweit Veronyka wusste. Sie konnte jedoch sehen, dass Val oft in Versuchung geriet, wenn Veronyka ihr nicht gehorchte oder nicht auf sie hören wollte, und ihr war klar, welche Gefahr eine dermaßen mächtige Fähigkeit bedeutete.

»Ich mach was zu essen«, teilte Veronyka mit, zog ihre Gedanken und Gefühle in sich hinein und richtete ihre geistigen Wände auf, um sie zu umgeben und zu beschützen, so, wie sie es von Val gelernt hatte. Meistens gelang es ihr besser, ihre Gedanken zu behüten, aber sie bewachten das Feuer jetzt schon seit zwei Tagen, und in ihrer Erschöpfung waren ihre Gefühle zu wund und zu dicht an der Oberfläche. Kochen würde sie von dem Aufflackern zitternder Erwartung und schmerzhafter Furcht abhalten, die sich in ihr immer wieder mischten. Je näher sie dem Schlupfaugenblick kamen, desto größer wurde ihre Angst, es könnte ein Fehlschlag sein und jede Mühe wäre umsonst gewesen.

Alles ruhte jetzt auf diesen beiden runden Steinen im Feuer.

Veronyka hob den schweren Tontopf hoch und hievte ihn an den Rand der Feuerstätte, während sie den Sack mit dem Reis unter dem Arm klemmen hatte. »Wir haben noch ein paar Zwiebeln und Dörrfleisch, um eine Suppe zu machen, und … Val?«

Veronyka nahm den Geruch versengten Stoffes wahr. Val hockte so dicht vor den Flammen, dass der Saum ihres Kittels rauchte, aber sie war bewegungslos wie ein Standbild und bemerkte die Hitze nicht, während ein stetiger Tränenstrom über ihre rußverschmierten Wangen lief.

Veronykas Herz krampfte sich zusammen. Sie schaute in die Flammen in der Erwartung, dort den Grund für Vals Kummer zu entdecken. Stattdessen war das leise Geräusch von vorsichtigem Kratzen durch das Zischen und Knacken des Feuers zu hören.

Mächtige, reine Hoffnung wogte in ihrer Brust auf.

Sie sah sich zu Val um und stellte die Frage – bat um Bestätigung.

Val nickte, ihre Antwort war kaum lauter als ein Flüstern: »Es ist so weit.«

Im Anfang waren Licht und Finsternis, Sonne und Mond – Axura und ihre Schwester Nox.

Axura herrschte über den Tag, Nox herrschte über die Nacht, und gemeinsam schufen sie ein Gleichgewicht.

Aber Nox war immer hungrig und wollte mehr. Sie fing an, sich tagsüber an den Himmel zu schleichen, und ließ ihre Kinder, die Strigae, Schatten über die Welt werfen.

Um sich gegen Noxens Übergriffe zu wehren, warfen sich Axuras Kinder, die Phönixe, in die Schlacht. Nur Licht kann Finsternis besiegen, und das taten sie und schlugen die Strigae wieder und wieder zurück.

Der Krieg dauerte viele Jahrhunderte und die Welt litt unter diesem Zustand. Aber Axura war weise, und in der Menschheit sah sie keine Untertanen, sondern Verbündete, um Seite an Seite zu kämpfen.

Auf dem höchsten Gipfel des Pyrmont nahm Axura Phönixgestalt an und wandte sich an die dort lebenden pyrenischen Stämme.

»Wer unter euch ist die Tapferste und Furchtloseste?«, fragte sie.

»Es gibt keine Tapferkeit ohne Furcht«, sagte Nefyra, die Anführerin ihres Stammes.

Axura war mit dieser Antwort zufrieden und bot Nefyra an, sie auf die Probe zu stellen. Als Glaubensprobe entzündete Axura ein baumhohes Feuer und forderte Nefyra auf, in die Flammen zu treten.

Das tat Nefyra und sie verbrannte bei lebendigem Leibe. Aber ihr Tod war nicht das Ende.

Sie trat als Stammesführerin ins Feuer und heraus als Animage, als Schattenmage und als Erste Reiterkönigin.

»Nefyra und die Ersten Reiterinnen«, aus:
Die pyrenischen Epen, Band 1, circa 460 VI.

Ich bin eine Tochter des Todes. Ich tötete meine Mutter,
als ich aus ihrem Leib gezogen wurde, ich erhob mich aus der Asche
wie ein Phönix aus dem Totenfeuer.

– Kapitel 2 –

Veronyka

Veronyka und Val lagen auf Knien vor dem Feuer und sahen zu, wie im Ei ein winziger Riss entstand, der wuchs und sich ausbreitete, so kompliziert wie ein Spinngewebe, bis die Schalenstücke nur noch von einer dünnen Haut zusammengehalten wurden. Das Ei dehnte sich aus und zog sich zusammen, es pulsierte wie ein Herzschlag, und in den gezackten Öffnungen waren Teile von rotem Gefieder zu sehen. Das Ei erbebte und ein kleiner goldener Schnabel lugte hervor.

Veronyka zitterte am ganzen Leib – sie hätte gern geklatscht, gejubelt –, aber sie unterdrückte diesen Drang und blieb starr und unnatürlich still. Sie hatte Angst zu atmen, zu blinzeln, sie wollte nicht einen einzigen wundervollen Augenblick versäumen. Sie hörte ein Dröhnen, ein Rauschen in ihren Ohren, das alles auf der Welt außer ihr und diesem Ei in leeres weißes Nichts verwandelte.

Sie wusste nicht, wie lange sie schon zuschauten, aber Stunden – oder vielleicht Minuten – später barst das Ei endlich, und ein Phönix fiel seitlich in die schwelende Asche. Er war von einem leuchtenden, strahlenden Rot – eine Farbe, die Veronyka in ihrem Leben noch nicht gesehen hatte, heller als ein Edelstein, edler als gefärbte Seide.

Sie starrte das Wesen an, und der Jubel, der in ihr aufstieg, war vermischt mit tiefem und unendlichem Erstaunen – sie hatten es wirklich geschafft. Nach so langer Zeit hatten sie endlich einen Phönix schlüpfen lassen.

Als der Vogel mühsam auf die Beine kam, zischte und rauchte sein feuchtes Gefieder bei der Berührung mit der Holzkohle, auf der er gelegen hatte.

Veronyka, die für einen Augenblick vergessen hatte, dass sie einen Feuervogel vor sich hatte, dass die Hitze einem aus Asche und Flamme geborenen Wesen nichts anhaben konnte, keuchte auf und streckte die Hand aus. Val hielt ihre Hand fest und gab Veronyka einen Moment, damit ihr Gehirn ihren Körper einholen konnte.

Der Phönix stolperte über die Schalenreste, unbeeindruckt von der Hitze, dann stand er endlich fest da und drehte sich um, um Veronyka und Val anzusehen. Er sah aus wie jedes normale frisch geschlüpfte Vogeljunge – wackelig und unsicher, mit noch kaum vorhandenen Flügeln und einem schmalen, dünnen Hals, der den Kopf nur mit Mühe tragen konnte. Aber seine Augen … die waren groß und weit und aufmerksam.

Und sie fingen Veronykas Blick ein.

Sie atmete aus, ein letzter Lufthauch, der das Ende eines alten Lebens bedeutete – eines, das in Ziel und Reichweite klein gewesen war. Als Veronyka wieder Luft holte, war es der Beginn von etwas Neuem – einem Leben, das vom Wind zerzauste Haare, endlosen blauen Himmel und ein heißer als die Sonne brennendes Feuer verhieß. Ihre Finger prickelten, ihre Sinne waren geschärft, und die Welt lebte auf eine Weise, wie sie nie zuvor gelebt hatte. Veronykas Magie summte in ihr, pochte wie ein zweiter Herzschlag – oder vielleicht war es der Puls dieses Wesens, der im Takt ihres eigenen schlug.

In diesem Moment wusste Veronyka, dass Val recht gehabt hatte, was den Bund zwischen Animage und Phönix anging. Es war keine Liebe – ein solches Wort konnte nicht einmal den Versuch wagen, die

Gefühle von Respekt und Zuneigung, von Vertrauen und gegenseitiger Abhängigkeit zu beschreiben, die zwischen Mensch und Tier existierten. Die Bindung war eine in den Sternen geschriebene Einheit, älter als das Imperium und das Tal und der Berg, älter als die Gottheiten, eine Verbindung, die nicht einmal der Tod erschüttern konnte. Endlos, grenzenlos und auf irgendeine Weise zeitlos war Veronykas Schicksal an dieses Wesen gebunden und sie würden immer zusammen sein.

Sie waren Verbündete.

Ein kühler Windhauch streifte ihre Haut und sie brach den Blickkontakt. In der Hütte leuchtete ein fahles Licht, die Tür stand weit offen. Val war nirgendwo zu sehen.

Einige Zeit später kehrte sie zurück. Mit gleichgültiger Miene brachte sie einen neuen Sack Reis, ein wenig Maismehl, gesalzenen Fisch und gedörrtes Wildfleisch, einen kleinen Tonkrug voll Honig und ein Säckchen Datteln. Die Datteln waren ein seltener Leckerbissen. Sie waren teuer und wuchsen nur in der Provinz Stel. Selbst Mais war in den Bergen nur schwer aufzutreiben, obwohl einige Bauern ihn auf den unteren Felsplateaus pflanzten.

Veronyka sprang auf, ließ ihren Phönix auf dem Boden sitzen und wischte sich die schweißnassen Handflächen an der Hose ab. Val lief oft davon, wenn sie außer sich war, und verschwand dann für Stunden – oder Tage –, ohne eine Erklärung abzugeben. Wenn Veronyka Glück hatte, dann brachte die Zeit Val dazu, sich zu beruhigen und ihren Zorn zu vergessen. Wenn sie kein Glück hatte, dann reifte und faulte Vals Zorn, während sie nicht zusammen waren, und wurde nur noch mächtiger.

Manchmal begriff Veronyka nicht einmal, was Vals Zorn erregt hatte – aber diesmal glaubte sie, es zu wissen. Der erste Phönix hätte

Val gehören müssen – sie war die Ältere und sie hatte die Eier gefunden. Veronyka hatte Gewissensbisse, aber sie gab sich alle Mühe, sich davon nicht diesen wunderschönen, strahlenden Augenblick zerstören zu lassen. Val würde sich schon wieder beruhigen. Sie brauchten doch einfach nur auf das Schlüpfen des zweiten Vogels zu warten.

Der Phönix zwitscherte leise, als er am Rand der Feuerstätte herumpickte. Die Hitze hatte seine feuerroten Daunen in weichen Flausch verwandelt, und sein Schnabel und seine Füße waren golden wie die Phönixstatuen, die Veronyka als Kind auf dem Götterplatz in Aura Nova gesehen hatte – bevor sie abgebaut worden waren. Die Phönixreiter, ehemals Hüterinnen und Verteidiger des Imperiums, hatten ihren Posten verlassen und stattdessen Avalkyra Aschenfeuer Treue geschworen. Das machte sie zu Verrätern, sie und auch ihre Phönixe. Während Avalkyra die wahre Thronerbin war, hatte sie doch Verrat begangen und war schon als Verbrecherin abgestempelt gewesen, ehe sie alt genug war, um gekrönt zu werden, und danach war sie aus dem Imperium vertrieben worden. Die Gouverneure scharten sich hinter der unmagischen Schwester Pheronia zusammen, während Avalkyra in Pyra einen neuen Anfang versuchte. Sie und ihre Anhänger waren als »Rebellen« bezeichnet worden, die sich weigerten, dem Gesetz des Imperiums zu gehorchen oder sich für ihre angeblichen Vergehen zu verantworten. In den auf ihren Tod folgenden Jahren hatte das Imperium alles zerstört, das auf irgendeine Weise sie oder ihr Erbe zu unterstützen schien – vor allem alle Darstellungen von Phönixen.

Es war keine einfache Aufgabe, da Phönixe von den ersten Anfängen an zur Geschichte des Imperiums gehört hatten. Sie waren Symbole der königlichen Erbfolge und der höchsten Göttin des Imperiums – Axura, was in der Sprache der Händler, der üblichen Verständigungsform des Imperiums, zu »Azurec« geworden war. Aus einem Tempel nach dem anderen waren die Statuen entfernt und die Gebete verändert worden – Axura, die immer als Phönice dargestellt worden war, wurde vermenschlicht, und sogar Lieder, Gedichte und Theaterstücke, in denen Phönixe vorkamen, wurden verboten.

Obwohl sie mit diesem Prozess schon während des Blutkrieges begonnen hatten, hatte der Rat der Gouverneure Jahre gebraucht, um ihn zu vollenden. Veronyka hatte immer wieder kleine Hinweise darauf aufgeschnappt, dass die Phönixe weiterhin existierten, bis zu ihren letzten Tagen im Imperium vor einigen Monaten: verblasste Wandbilder, die unter einer abblätternden Farbschicht hervorlugten, oder bröckelnder Putz, der Glasmosaike freilegte.

Veronyka stellte sich oft vor, wie sie auf einem Phönixrücken an diese Orte zurückkehrte, wie sie die Farbe abkratzte oder die Platten vom Fußweg riss, um die darunterliegende Wahrheit freizulegen.

Sie fuhr zusammen, als ihr aufging, dass dieser Tagtraum nun durchaus Wirklichkeit werden konnte.

Veronyka beobachtete ihre Schwester wachsam; zuerst räumte Val die Vorräte weg, dann riss sie das Säckchen mit dem Maismehl mit den Zähnen auf, gab etwas davon in eine kleine Schale, rührte Honigtropfen darunter und erhielt eine feine, körnige Paste.

»Für den Vogel«, sagte sie endlich und nickte in Richtung des Phönix hinüber. »Später kann er dann Datteln und frisches Obst essen, wenn wir das auftreiben können.«

Val wusste alles, was es über Phönixe zu wissen gab, das verdankte sie ihrer und Veronykas *Maiora*, die zu ihrer Zeit Phönixreiterin gewesen war – eine der wenigen, die der Aufmerksamkeit des Imperiums entgangen waren, wenigstens für eine gewisse Zeit. Ihre Großmutter hatte so gern Geschichten erzählt, und während Veronyka sich für Schlachtepen und Romanzen interessiert hatte, hatte Val nach den praktischen Dingen gefragt.

Veronyka nahm Val, die ihrem Blick auswich, die Schale ab und stellte sie neben den Phönix auf den Boden. Der Vogel betrachtete die Mischung zuerst, ehe er den Schnabel in die klebrig-süße Mischung steckte. »Der andere wird doch auch bald schlüpfen, oder, Val?«

Val sah sich das steinähnliche Ei an, das zwischen den brennenden Kohlen thronte.

»Wird schon«, sagte sie ausweichend und schloss die Fensterläden mit einem lauten *Klack*.

Der Kopf des Phönix hob sich bei diesem Geräusch, aber dann wandte sich der Vogel schnell wieder seiner Mahlzeit zu. Die zerbrochenen Fensterläden sperrten die späte Vormittagssonne fast vollständig aus und die Hütte lag bis auf das warme Leuchten des Feuers in Dunkelheit.

Seltsam, dass sie nun zu dritt waren, wo es für die meiste Zeit ihres Lebens nur Veronyka und Val gegeben hatte. Ihre Eltern waren im Blutkrieg umgekommen, und ihre Großmutter, bei der sie eine Zeit lang gelebt hatten, war fast zehn Jahre später von einer wütenden Meute totgeschlagen worden.

Während die Zeit unmittelbar nach dem Krieg offenbar die schlimmste gewesen war, hatte es auch in den folgenden Jahren immer wieder Zwischenfälle gegeben – berühmte Reiter, die in ihren Verstecken aufgestöbert und vor Gericht gestellt worden waren, kleine Gruppen von Widerständlern, die zusammengetrieben und hingerichtet wurden –, und das hatte den Eifer des Imperiums neu entfacht. Der Rat – das leitende Gremium des Imperiums, das aus den vier Provinzgouverneuren sowie aus Gesetzesmachern, Bankiers, Grundbesitzern und anderen wichtigen politischen Anführern bestand – statuierte ein Exempel an allen, die sich nicht anpassten, und verhängte rasche und schwere Strafen. Die Animagen wurden immer ängstlicher und tauchten noch tiefer unter, während die, die sie durch den Krieg hassen gelernt hatten, noch gnadenloser Jagd auf sie machten und sie wieder an die Oberfläche zerren wollten.

Ein solcher Krawall war ihrer Großmutter zum Schicksal geworden. Er hatte nach einem Prozess vor dem Gerichtsgebäude angefangen und dann auf die *Gänge* übergegriffen, wo sich viele Animagen versteckt hielten.

Als ihre Maiora die Meute kommen hörte, hatte sie Veronyka und Val befohlen, zu fliehen und sie zurückzulassen. Die Mädchen waren klein und schnell gewesen und hatten aus dem Fenster und durch Gassen schlüpfen können, was der Großmutter unmöglich gewesen war.

Veronyka hatte sich geweigert und die alte, welke Hand ihrer Großmutter festgehalten. Als die Tür aufgebrochen worden war, hatte sich ihre Großmutter zu ihr umgedreht, so gelassen und Geborgenheit schenkend wie das Auge des Hurrikans.

»Beschützt euch gegenseitig«, hatte sie Veronyka ins Ohr geflüstert, ehe sie von ihr losgerissen und zur Tür geschleift worden war.

Val hatte einen Arm um Veronykas Taille geschlungen und sie weggezogen, aber Veronyka wollte einfach nicht schweigend verschwinden. Sie trat um sich und schrie und biss Val in den Arm, doch ihr Widerstand war zwecklos. Mit wildem Blick und voller Panik hatte sie zusehen müssen, wie ihre Maiora von der wütenden Menge verschlungen wurde. Sie wusste nicht, wie ihre Großmutter entdeckt worden war oder was sie verraten hatte, aber die Meute war dermaßen außer sich, dass mit ihr nicht zu reden war.

Val hatte Veronyka schließlich durch das kleine Fenster ihrer Behausung gezerrt und nur um ein Haar konnten sie den gierigen Händen der Menge entkommen.

Als sie vor dem Chaos flohen, hörte Veronyka in Gedanken immer wieder die geflüsterten Worte ihrer Großmutter. *Beschützt euch gegenseitig.*

Damals hatte sie das so verstanden, dass Val und sie aufeinander aufpassen sollten, aber je länger sie darüber nachdachte, umso stärker vermutete sie, dass ihre Großmutter noch mehr damit gemeint hatte. Angesichts von Hass und Angst und Tod hatte ihre Maiora von Liebe und Schutz gesprochen. Für Veronyka bedeutete auch das, eine Phönixreiterin zu sein. Die Reiterinnen und Reiter beschützten und verteidigten – und das wollte sie auch. So würde sie die Erinnerung an ihre Großmutter am Leben erhalten.

Doch damals hatte Veronyka ihre Schwester gehasst und sie verabscheut, weil sie ihre Maiora so einfach zurückgelassen hatte. Sie selbst hatte gekämpft, egal, wie erfolglos, Val hatte das nicht.

Später begriff Veronyka, dass Val genau das gewesen war, was sie beide zum Überleben gebraucht hatten. Veronykas Tränen und Panik hatten nicht geholfen. Vals Entschlossenheit und Gelassenheit hatten sie gerettet. Val war erst elf gewesen, als ihre Großmutter gestorben war – gerade mal ein Jahr älter als Veronyka –, und seither trug sie die Verantwortung für sie beide.

Als Val sich jetzt auf ihr Lager vor der Mauer legte, verkrampfte sich Veronykas Magen vor lauter Schuldgefühlen. Val hatte so viel für sie getan, hatte ihr mehr gegeben, als sie selbst jemals zurückzahlen könnte. Und jetzt hatte Val ihr einen Verbündeten gegeben – das größte Geschenk von allen.

Nach kurzem Zögern verließ Veronyka den Phönix – allein sich von ihm zu entfernen, war wie ein schmerzhaftes Ziehen an ihrem Herzen – und ging zu ihrer Schwester. Sie schliefen immer zusammen, weil es notwendig war oder wärmer oder weil es zu wenig Platz gab. Val hätte das niemals zugegeben, aber Veronyka wusste, sie taten es auch, weil es Trost schenkte.

Als sie sich an ihre Schwester schmiegte, lockerte sich der Knoten des Unbehagens, der sich nach Vals Verschwinden in ihr gebildet hatte. *Beschützt euch gegenseitig.* Egal, wie, das taten sie – und sie würden es immer tun. Val war schwierig. Sie war fähig zu Gleichgültigkeit und kalter Grausamkeit. Aber sie war auch Veronykas Schwester, der Mensch, den sie am meisten liebte und respektierte, und ja, auch fürchtete. Sie würden das hier durchmachen, wie sie alles in ihrem Leben durchgemacht hatten: zusammen.

Val hatte sich zur Mauer gedreht und Veronyka starrte ihren Hinterkopf an. Die langen dunkelroten Haare ihrer Schwester fluteten über das Lager zwischen ihnen, es war eine seltene und unter den braunhäutigen Pyrenern fast einzigartige Farbe. Das Licht des Feuers ließ die Strähnen leuchten und Perlen und bunte, in Dutzende von Zöpfen verflochtene Fäden funkeln. Diese Frisur war seit der Zeit vor dem Goldenen Imperium eine pyrenische Tradition, seit der Herrschaft der Königinnen, als Pyra von einer Folge von Kriegerinnen regiert worden war, allesamt Phönixreiterinnen. Männer und Frauen verzierten ihre Haare mit Edelsteinen oder gefundenen Erinnerungsstücken, um wichtiger Ereignisse zu gedenken.

Selbst nachdem Pyra dem Imperium einverleibt worden war, hatten Phönixreiter Phönixfedern und Obsidianstücke getragen und sich damit als Eliteklasse der Krieger gekennzeichnet. Jedes Stück vulkanischen Glases, das in den alten Zeiten oft für Speere und Pfeilspitzen benutzt worden war, stellte einen Sieg in einer Schlacht dar, zeigte Stolz und Erfahrung an. Avalkyra Aschenfeuer hatte angeblich so viele in ihren Haaren verknotet, dass sie ihre Haut zerschrammten und zerkratzten und ihren Schultern einen Umhang aus Blut auferlegten.

Inzwischen waren Zöpfe im Tal überaus selten zu sehen, denn die Verzierungen konnten als Zeichen für Loyalität den Phönixreitern und Avalkyra Aschenfeuer gegenüber betrachtet werden – und als Mangel an Loyalität für die Gouverneure des Imperiums. Val hatte sich geweigert, die Tradition aufzugeben, deshalb hatten die Schwestern fast ihre ganze Kindheit hindurch Kopftücher getragen. Die waren im Imperium üblich und halfen ihnen, sich unter die Menge zu mischen und zu verbergen, wer sie wirklich waren.

Zerstreut fuhr Veronyka mit den Händen durch Vals seidige rote Haare, die unbedingt Pflege gebraucht hätten. Knoten und Nester hatten sich zwischen den einzelnen Strähnen gebildet und viele Zöpfe lösten sich auf und wurden zu lang. Sie mussten in regelmäßigen Abständen erneuert werden, damit die schweren Perlen und Andenken nicht herausfielen, und da pyrenische Haare meistens glatt und glänzend waren, wurden sie mit Wachs oder Öl behandelt, um besser zu liegen. Wenn Veronyka das nicht für sie übernahm – und selbst das war etwas, das Val sich nur widerwillig gefallen ließ –, dann hatte ihre Schwester keinerlei Interesse daran, ihre Haare zu waschen, zu bürsten oder zu pflegen.

Während Vals tiefrote Tönung bei ihrem Volk begehrt war wie das feurige Gefieder des heiligen Phönix, waren Veronykas Haare einfach nur schwarz. Sie waren etwas kürzer als die ihrer Schwester, aber ebenso mit Zöpfen voller Glücksbringer und bunter Perlen versehen. Sie hatten sogar einige identische Zöpfe, die Veronyka manchmal hervorholte, um sich an alle Gemeinsamkeiten zu erinnern, die sie trotz ihrer Meinungsverschiedenheiten hatten.

Sie fand die perlmuttern schimmernden Muscheln von damals, als die Maiora ihnen in den *Fingern* Schwimmunterricht erteilt hatte, dem Netzwerk aus Flüssen, das sich von der *Hand* aus verbreitete und an der Hauptstadt vorbeischlängelte. Dieses Gewässersystem wurde *Hand Gottes* genannt und speiste sich aus dem Fluss Aurys, der auf dem Pyrmont entsprang und in verschiedenen Armen ins Tal floss, um sich dann fast im gesamten Imperium zu verteilen. Ihre Großmutter hatte gesagt, alle Pyrener müssten im Aurys schwimmen lernen, dem Fluss ihres Heimatlandes, und näher als im Wasser der *Finger* könnten sie dieser Heimat nicht kommen.

Nach Wochen des Übens waren Veronyka und Val, deren junge Herzen von Entschlossenheit erfüllt gewesen waren, zum gegenüberliegenden Ufer des breitesten *Fingers* geschwommen, hatten vom Kieselstrand je eine Muschel aufgesammelt und waren zurückgekehrt. Val war schneller gewesen, natürlich, aber ausnahmsweise einmal hatte sich Veronyka deshalb nicht unterlegen gefühlt. Danach saßen sie am Ufer, mit leuchtenden Gesichtern und klappernden Zähnen, während ihre Maiora ihnen die Muscheln in die Haare flocht.

Mit einem sehnsüchtigen Seufzer ließ Veronyka die mit Muscheln besetzten Zöpfe los und suchte sich die hölzernen Perlen heraus, die sie in ihrer ersten Nacht in Pyra geschnitzt und bemalt hatten, und daneben die Baumwollfäden, die sie in Tinte und Asche getunkt und dann zur Erinnerung an ihre Großmutter in ihre Haare geknüpft hatten.

Jeder Zopf, jede Perle stand für eine Erinnerung an ihr gemeinsames Leben, verwoben in einen lebenden Behang, eine Bindung für immer.

Als Vals Atem regelmäßiger wurde, ließ Veronyka ihre Haare los, setzte sich auf und kroch zum Feuer hinüber. Lautlos durchsuchte sie die Asche am Rand der Feuerstätte, während der Phönix neugierig zusah. Sie sah durch ihre Bindung Bruchstücke seiner Gedanken – eine Folge von Bildern, Geräuschen und Empfindungen –, die die Welt um sie herum heller und interessanter zu machen schienen. Der Phönix war zu jung, um richtige Gedanken zu formen, aber schon jetzt war seine Nähe für sie eine Beruhigung.

Als sie das Gesuchte gefunden hatte – Teile von gebogener, gezackter Phönixeierschale –, suchte Veronyka sich ein nicht allzu scharfes Stück heraus. Sie legte es beiseite und holte die kleine Dose mit den Fäden und dem Wachs, das sie zur Pflege ihrer und der Haare ihrer Schwester benutzte. In der Dose lagen auch ein hölzerner Kamm, dazu Zwirn, Nadeln, eine Feile und anderes kleines Werkzeug. Veronyka suchte die Feile heraus und bearbeitete behutsam die scharfen Kanten der Eierschale, die um einiges dicker war als die normaler Vogeleier. Dann nahm sie eine Nadel, um vorsichtig ein Loch durch die dickste Stelle zu bohren, wie ihre Großmutter es mit den zarten Flussmuscheln aus den *Fingern* gemacht hatte.

Schließlich zog sie eine Haarsträhne von ihrem Nacken nach vorn. Sie wollte den Zopf nicht verstecken, aber er sollte auch nicht zu auffällig sein, für den Fall, dass er Val wütend machte. Sie würde sich sicher nicht über die Erinnerung daran freuen, dass Veronyka eine Verbündete hatte und sie nicht.

Noch nicht.

Wenn Val recht hatte, dann setzte der Bindungsprozess schon ein, ehe der Phönix überhaupt geschlüpft war; deshalb war es wichtig, während der gesamten Brutzeit in der Nähe zu bleiben. Jeder Phönix suchte sich seinen Verbündeten, bevor er auf die Welt kam, formte zuerst eine magische Bindung und dann eine physische. Und aus irgendeinem Grund hatte sich der erste Phönix für Veronyka entschieden.

Veronyka rieb sich handwarmes Wachs in die Haare, ehe sie zu flechten anfing, und die vertrauten Bewegungen linderten ihre Gewissensbisse ein wenig.

Val würde ihr verzeihen – das tat sie immer. Bald würde das zweite Ei schlupfreif sein und dann wäre alles in Ordnung. Sie würden ihre Phönixe zusammen großziehen und Reiterinnen werden, wie früher ihre Eltern – und ihre Großmutter.

Dieser Gedanke entzündete ein Feuer in Veronykas Bauch.

Mit Phönixen würden sie und Val problemlos das gesamte Imperium bereisen können. Sie würden natürlich vorsichtig sein müssen, aber sie würden bald andere wie sie selbst finden – *Phönixeren,* die sich versteckt hielten. Einst hatte es Hunderte gegeben. Und es würde wieder Hunderte geben. Zusammen würden die Reiterinnen und Reiter stärker sein, stark genug, um anderen zu helfen, und sie würden nicht mehr in Angst leben müssen.

Und wenn diesmal jemand wagte, Veronykas und Vals Tür aufzubrechen und ihren Lieben etwas anzutun, würde Veronyka kämpfen können. Was ihrer Großmutter passiert war, würde nie wieder einem Menschen passieren, der ihr wichtig war.

Veronyka war am Ende der Strähne angekommen, wickelte ein Stück Faden um den Zopf und befestigte das Schalenstück dann behutsam mit mehreren Knoten. Sie sah es an und dann den Phönix, der neben ihr auf dem Boden herumpickte. Nicht irgendein Phönix, sondern *ihr Phönix*.

Mit einem Lächeln hob sie ihren Verbündeten auf und kehrte zu Val ins Bett zurück. Der Phönix brachte nicht nur körperliche Behaglichkeit; Ruhe breitete sich über Veronyka aus wie eine warme Decke, und endlich kam der Schlaf.

Sie saß in einem sonnigen Zimmer voller weicher Teppiche, feiner Holzmöbel und mit Schriftrollen gefüllter Steinnischen. Eine Bibliothek. Veronyka war noch nie in einer Bibliothek gewesen und hatte niemals ein so schönes Zimmer gesehen, aber in ihrem Traum wusste sie, wo sie war; sie fühlte sich wie zu Hause.

Ihr gegenüber am Tisch saß ein Mädchen. Veronyka kannte dieses Mädchen nicht, es kam ihr jedoch bekannt vor – als ob sie sie schon früher im Traum gesehen hätte. Ihre dunklen Haare waren mit kunstvoll geschnitzten Perlen und funkelnden Edelsteinen verflochten, die Lippen konzentriert zusammengekniffen, während sie sich stirnrunzelnd durch eine Schriftrolle mühte.

Die Traum-Veronyka war begeistert von ihr – Liebe stieg in ihrer Brust auf, Belustigung und Zuneigung sprudelte aus ihrem tiefsten Herzen, ein Quell von Empfindungen, die jedoch nicht ihre eigenen waren. Sie sah das Leben einer anderen, einer, deren Körper sie jetzt bewohnte.

»Was ist ein Phönovo?«, *fragte das Mädchen verzweifelt. »Es sieht fast aus wie Phönix, aber am Ende hat es andere Buchstaben.«*

»Denk an die Wurzelwörter«, sagte Veronyka zu ihrer eigenen Überraschung, und ihre Stimme klang ein wenig tadelnd – und eindeutig weiblich. »Wenn das halbe Wort aussieht wie ›Phönix‹, wie sieht dann die andere Hälfte aus?«

Das Mädchen schwieg für einen Moment und biss sich auf die Unterlippe. »Ovo … ovo … Ei!«, flüsterte sie, und ihr Gesicht leuchtete triumphierend auf. »Es ist also ein … Phönixei?«

Veronyka nickte und ihr Traum-Ich war mit dem Mädchen zufrieden. »Sie sind überaus selten, und es ist sehr schwer, sie auszubrüten. Sie symbolisieren das Leben, aber auch den Tod – es ist ein Kreis. Deswegen können sie wiedergeboren werden … Der Tod gibt ihnen Leben. Wenn sie nicht sorgfältig in der Asche der Toten ausgebrütet werden, holen sie sich das Leben anderswo, im Notfall sogar von ihren eigenen Brüdern und Schwestern.«

»Sie bringen sich gegenseitig um?«, fragte das Mädchen. »Ihre eigenen

Geschwister?« Ihre triumphierende Miene wurde düsterer, misstrauischer und das Zimmer um sie herum wurde kälter.

Veronyka zuckte mit den Schultern, aber sie hatte das Gefühl, dass hier von mehr die Rede war als nur von Phönixen. »Sie schalten sich gegenseitig aus. Ein Tod für ein Leben. Das wird Gleichgewicht genannt, xe xie«, *sagte Veronyka.*

»Xe xie« *war ein pyrenisches Kosewort und bedeutete »Süße«, »Süßer« oder »Liebling«. Als sie es hörte, dachte Veronyka, dass die beiden vermutlich miteinander verwandt waren. Schwestern, vielleicht.*

Im Traumgang waren Schritte zu hören und beide Mädchen schauten zur Tür hinüber. Ihr gemeinsamer Nachmittag neigte sich dem Ende entgegen …

Der Traum verblasste, und Veronyka erwachte in der kalten, dunklen Hütte, während ihr Magen sich vor Entsetzen zusammenkrampfte.

Sie war schon ihr ganzes Leben lang von Visionen gequält worden. Es sei ein Symptom der Schattenmagie, sagte Val, weshalb sie ihre Gedanken immerzu hüten musste, selbst im Schlaf. Gedanken und Empfindungen anderer flogen durch die Luft wie Löwenzahnsamen und warteten nur darauf, sich in achtloseren Köpfen wie ihren einzunisten – oder von aufmerksameren wie denen von Val eingefangen zu werden. Bei Veronyka, der es schwerfiel, ihre Gedanken nachts zu blockieren, verwoben sich diese Gefühle zu seltsamen Träumen.

In Aura Nova, wo so viele Menschen in der Nähe gewesen waren, war es sehr viel häufiger passiert. In den Bergen war alles ruhiger gewesen, da sie nur Val zur Gesellschaft hatte – aber ihre Schwester hatte ihr erklärt, dass der Geist viele Höhlen hätte, in denen Gedanken und Erinnerungen für Jahre ausharren konnten, um dann irgendwann wieder aufzutauchen. Veronyka nahm an, dass sie deshalb in ihren Träumen dieselben Menschen manchmal wieder und wieder sah, als ob sie sich in ihr Bewusstsein gebohrt hätten und nicht wieder weggehen wollten.

Aber dieser Traum, wo immer er hergekommen sein mochte, ließ sie bis ins Mark frieren.

Val hatte oft über Gleichgewicht gesprochen. Ein Phönix konnte nicht aus dem Nichts geboren werden – entweder starb er, verwandelte seinen eigenen Leib in Asche, aus der er wiedergeboren werden konnte, oder er musste in der Asche anderer ausgebrütet werden. In der Wildnis waren Mütter gestorben, um ihren Jungen das Leben zu schenken, und sie legten nie mehr als ein Ei auf einmal. Die frühen Animagen auf dem Pyrmont hatten gelernt, wie man die Knochen von toten Menschen und Tieren verbrannte, um diese Wirkung zu erzielen, was die Phönixe länger leben und zahlreicher werden ließ als je zuvor.

Als Veronyka gefragt hatte, was passieren würde, wenn sie versuchten, ein Phönixei in einem normalen Feuer auszubrüten, ohne Knochen, die es nähren könnten, hatte Val eine schlichte Antwort gegeben: »Tod.«

Und plötzlich wusste Veronyka, warum aus dem zweiten Ei noch nichts geschlüpft war. Und schlimmer noch, Val wusste das auch. Sie hatten nicht genug Knochen für zwei Phönixe gesammelt, was bedeutete, dass Veronykas Verbündete Leben von anderswo hatte holen müssen … aus dem anderen Phönixei.

Mit vor Sorge verkrampftem Herzen versuchte Veronyka aufzustehen – und sah, dass Val über ihr stand, mit einer Axt in der linken Hand.

Dieser Anblick versetzte Veronyka zurück in die erste Nacht, nachdem sie, versteckt in einem Planwagen, das Imperium verlassen hatten. Sie hatten für die Nacht an einer Grenzschenke gehalten und Val und sie hatten im Holzschuppen schlafen müssen. Als ein Betrunkener aus dem Dorf hereingetorkelt war und grinsend über ihnen stand, hatte Val zu ihrer Verteidigung eine Axt gehoben.

Der Mann war zurückgetaumelt und hatte die Flucht ergreifen wollen, aber Val war ihm gefolgt.

Bei ihrer Rückkehr war es dunkel gewesen, aber Veronyka hatte gesehen, wie sie die Axt an einer Schürze abgewischt hatte, die an einem Nagel hing. Am nächsten Morgen waren Schürze und Axt verschwunden gewesen, und Veronyka hatte sich gefragt, ob sie sich das alles bloß eingebildet hatte – nur hatte Val ein funkelndes neues Taschenmesser und eine Handvoll Münzen, die sie am Vortag nicht gehabt hatte. Val hatte in der Schenke ein ausgiebiges Frühstück bezahlt, und dann hatten sie das neue Messer benutzt, um sich Holzperlen aus echten pyrenischen Bäumen zu schnitzen.

Später hatte Veronyka sich gefragt, woran diese Perlen wirklich erinnern sollten.

Die Axt, die Val jetzt in der Hand hielt, war eher ein Handbeil, aber die in der Dunkelheit funkelnde Schneide war so scharf wie die der Axt damals. Das Feuer in der Hütte war erloschen, und der Raum war so kalt und grau wie das zweite Ei, das noch immer in der Asche lag. Veronyka suchte nach etwas, das sie sagen könnte, aber Val hatte sich schon von ihr abgewandt. Ehe Veronyka begriff, was vor sich ging, zielte Val mit dem Beil auf das Ei und zerschlug es in zwei Teile.

Veronykas Luftschnappen wurde übertönt von dem Knirschen und Splittern und ihre Verbündete hob überrascht den Kopf.

Veronyka konnte nicht anders, sie musste trotz ihrer eiskalten Angst um Vals Beine herumlugen. Sie wusste nicht, mit welchem Anblick sie rechnen sollte – vielleicht den verkohlten Überresten eines Vogels? –, aber sie sah nur etwas Dichtes und Unauffälliges, wie die Innenseite eines geborstenen Steines. War das Ei denn jemals mehr gewesen als ein Stein?

Val stand nun wieder vor ihr. Sie wies mit dem Kinn auf den Phönix, der neben Veronyka lag, wollte ihn aber nicht ansehen.

»Du musst ihm einen Namen geben«, sagte sie.

»Es ist eine Sie, eine Phönice«, erklärte Veronyka. Sie wusste nicht, woher sie das plötzlich wusste, aber ihr Gefühl sagte ihr, dass es so war.

Der Phönix neben ihr zwitscherte leise und eine Flut aus Vorstellungen und Bildern brach über sie herein. Offenbar hatten sich die Gedanken des Phönix dank der Magie des Bündnisses über Nacht enorm vervielfacht und entwickelt. Die Gedanken des Phönix waren noch nicht die ausgeformten Vorstellungen eines menschlichen Geistes, aber sie waren auch nicht die kurzlebigen Eindrücke der meisten Tiere. Obwohl sich Animagen nur mit Phönixen verbünden konnten, hatten sie doch meistens auch Einfluss auf das Denken anderer Tiere, mit denen sie viel zu tun hatten. Pferde oder Arbeitstiere, die von Animagen angeleitet wurden, wurden oft klüger, so wie Menschen »klug« definierten, und waren leichter zu dressieren.

»Leuchtet ein«, sagte Val. »Weibliche Phönixe fühlen sich oft vom weiblichen Geist angezogen und umgekehrt. In der Regel entwickeln sie ihr Geschlecht während der Brutphase, abhängig von ihrem auserwählten Verbündeten.«

Veronyka nickte und streichelte mit dem Daumen den weichen Kopf der Phönice. »Ich glaube, ich werde sie Xephyra nennen.«

Val kniff die Augen zusammen. Sie starrte Veronyka lange an, ehe sie die Arme verschränkte und nachdenklich den Blick abwandte. »*Pyr* bedeutet auf Pyrenisch Feuer oder Flamme. Zusammen mit *xe* …«

»Süße Flamme«, sagte Veronyka und streichelte noch immer die seidenweichen Federn ihrer schläfrigen Verbündeten.

»Oder Schwester Flamme«, korrigierte Val, denn die Vorsilbe konnte auch »Bruder« oder »Schwester« bedeuten, es kam ganz auf den Namen an. Val hatte ihr alles über Sprache beigebracht, dazu Lesen und Schreiben, Sternenkunde, die Jahreszeiten und Geschichte.

Alles, was Veronyka wusste, verdankte sie Val.

Sie hielt für einen Moment den Atem an und fürchtete, diese Andeutung, der neue Eindringling könnte ihr so nahestehen wie eine Schwester, würde Vals Zorn erregen.

Endlich sagte Val: »Das ist ein Name, der einer pyrenischen Königin würdig ist.« Ihre Augen funkelten, als wäre das das höchste Lob.

Veronyka verspürte einen plötzlichen Stolz, weil ihre Schwester mit ihr zufrieden war, und doch hatte sie Angst, Val könne die Wahrheit gesagt haben und ihr selbst und ihrer Verbündeten stehe das gleiche Schicksal bevor wie den pyrenischen Königinnen: Feuer, Ruhm und – Tod.

Schließlich wünschten sich nicht alle die Rückkehr der Phönixreiter, auch wenn die Animagen überall im Tal und jenseits davon jubeln würden, wenn sie wieder flammende Phönixspuren über den Himmel zögen.

In Pyra wurde der Tod ebenso gefeiert wie das Leben. Nur durch ein Ende war ein Anfang möglich. Das war die Lehre des Phönix und es war die Lehre des Lebens überhaupt.

– Kapitel 3 –
SEV

Sev starrte die ganze Zeit auf seine Füße.

Es war eine Überlebensstrategie, ein Verteidigungsmechanismus – und eine Möglichkeit, um nicht schon wieder in einen dampfenden Haufen Lamakot zu treten.

Während der letzten sechs Monate hatte sich Sev nur schlecht in sein neues Leben als Soldat des Goldenen Imperiums hineinfinden können. Er hatte sich für diesen Weg schließlich nicht entschieden und ärgerte sich darüber, hier neben einer wilden Mischung aus Taschendieben, Mördern und armen Kindern ohne andere Möglichkeiten strammstehen zu müssen.

Sie erinnerten ihn daran, was er war: ein armer Dieb und Mörder.

Allerdings fand er es fast noch schlimmer, neben den Leibeigenen des Imperiums Dienst zu tun. Sie erinnerten ihn nicht nur an seine schlechtesten Seiten, sondern auch an seine besten – an den Teil von sich, den er zurückzulassen geschworen hatte. Den Teil, den er ersticken und unterdrücken musste, bis nur noch ein rauchender Docht übrig war. Sev mochte ein Animage sein, so wie sie, aber das bedeutete nicht, dass er wie einer leben musste – ein unbezahlter Knecht für den Rest seines Lebens.

Und er musste auch nicht wie einer sterben und Menschen hinterlassen, die ihn brauchten. Wie es seine Eltern ihm angetan hatten.

Natürlich brauchte niemand Sev. Dafür hatte er gesorgt. Als Kind, als seine Welt um ihn herum eingestürzt war, war ihm das als gute Idee erschienen. Niemanden lieben und sich von niemandem lieben lassen. Das tat nicht so weh. Er könnte morgen sterben und nicht eine Seele würde ihn vermissen.

Manchmal konnte er sich jedoch nur mit Mühe daran erinnern, wieso er es für eine gute Idee gehalten hatte.

Sev marschierte weiter, aber als die Füße vor ihm langsamer wurden, wagte er es doch, den Blick zu heben. Er und der Rest seiner Einheit – insgesamt zehn Soldaten, dazu fast ein Dutzend Leibeigener – begleiteten dreißig Lamas, die sie von einem Züchter im Hinterwald weiter unten am Pyrmont gekauft hatten, dem Berg, an dem die meisten Siedlungen von Pyra angelegt waren.

Es tat weh, wieder hier zu sein, so nah und doch so weit entfernt von zu Hause. Er hatte sich nach der Möglichkeit einer Rückkehr gesehnt, hatte das Imperium hinter sich zurücklassen wollen, hatte sich aber nicht vorgestellt, dass er auf diese Weise zurückkommen würde – als Soldat, der dem Imperium diente, das er doch hasste.

Es war diesem Imperium zu verdanken, dass Pyra nun ein verfluchtes Land mit verfluchten Menschen war. Der Kampf um Unabhängigkeit war mit Tausenden von Toten geendet – und dem Tod der Phönixreiter in ihrer ganzen feurigen Pracht. Dem Tod von Avalkyra Aschenfeuer, die ihre Königin hätte sein sollen, und der Schwester, die sie herausgefordert hatte.

Dem Tod von Sevs Mutter und Vater.

Jetzt lebten in Pyra Vertriebene und Leute, die im Blutkrieg gegen das Imperium gekämpft hatten, oder Animagen, die der Registrierung entgehen und sich ungestört ihrer Magie widmen wollten. Hier waren keine Gouverneure stationiert, es gab keine Gesetze oder Steuern oder auch nur Soldaten, um die Region zu verteidigen. In

Grenznähe kam es häufig zu Überfällen, deshalb waren Sev und seine Kameraden in Lumpen gekleidet und trugen zusammengewürfelte Ausrüstungsgegenstände mit sich. Sie wollten nicht auffallen.

Sie waren ein Teil einer viel größeren Truppe, die ein ganzes Stück entfernt von der Pilgerstraße kampierte, der Hauptdurchgangsstraße durch Pyra. Sev und seine kleine Splittereinheit hatten ihre Wagen – die auf den steilen Nebenpfaden, die sie einschlagen wollten, unbrauchbar sein würden – gegen die trittsicheren Lamas eingetauscht, die gelehrige und sanfte Lasttiere waren, wenn man von den Unmengen an Kot absah. Die Einheit sollte vor Einbruch der Dunkelheit zum Regiment zurückkehren, was sie nur mit Mühe würden schaffen können.

Warum also hielten sie an?

Sev reckte den Hals und trat einen Schritt vor, aber ehe er sehen konnte, was anlag, versank sein Stiefelabsatz in einem warmen, glitschigen Haufen.

»*Teyke*«, murmelte er. Nur der Gott der Betrüger war imstande, ihnen immer wieder Kothaufen unter die Füße zu schieben.

Mit einem Gurgelgeräusch zog er seinen Fuß aus dem Haufen, dabei fiel sein Blick auf den neben ihm gehenden Leibeigenen, der seine Bemühungen stirnrunzelnd beobachtete. Der Leibeigene war ihm bekannt. Nicht, weil Sev ihn kannte, sondern weil er Sev immer zu beobachten schien – vor allem, wenn Sev eine Dummheit machte. Das passierte oft, deshalb beobachtete der Leibeigene ihn oft. Er war ungefähr in Sevs Alter, groß und breitschultrig, mit goldbrauner Haut und kurz geschorenen schwarzen Haaren. Er trug eine Kette um den Hals – das war für alle Leibeigenen vorgeschrieben –, an der ein schlichter Anhänger mit seinem Namen, seinem Verbrechen und der Dauer seiner Strafe hing.

Der Leibeigene wirkte eher neugierig als feindselig, als ob Sev ein Rätsel wäre, das er nicht so ganz durchschaute, aber immer, wenn Sev seinen Blick erwiderte, wurde seine Miene misstrauisch.

Im Militär war Hass auf Animagen seit dem Blutkrieg noch immer weitverbreitet. Es fing bei den Offizieren an, die Jahre gegen die Phönixreiter gekämpft hatten – was ihre grauenhaften Verletzungen und Brandnarben bewiesen –, und sickerte dann zu den unteren Rängen durch. Viele der jüngeren Soldaten hatten im Krieg ihre Eltern verloren oder als Kinder immer wieder gehört, wie ihre Eltern die rebellischen Animagen und die pyrenischen Separatisten verfluchten. Beides wurde oft in einen Topf geworfen: Nicht alle Animagen stammten aus Pyra, und nicht alle aus Pyra waren Animagen. Aber nach dem Krieg, als die Animagen feststellen mussten, dass ihre Magie verboten und ihr Leben in Gefahr war, flohen viele aus dem Imperium in die relative Sicherheit von Pyra.

Die meisten Soldaten behandelten die leibeigenen Animagen aus Rachsucht schlecht, fühlten sich über sie erhaben und erachteten sie als Sklaven. Wie Verbrecher. Schließlich waren sie ja Verbrecher, und egal, ob ihr Verbrechen nun darin bestand, dass sie im Blutkrieg Avalkyra Aschenfeuer gedient, dass sie sich der Registrierung entzogen oder dass sie insgeheim ihre Magie angewandt hatten, die Animagen waren im Imperium zusammengetrieben und entweder durch Steuern zur Armut verdammt oder, wenn sie nicht bezahlen konnten, gezwungen worden, als Leibeigene ihre Schulden abzudienen. Die Hälfte der Soldaten waren Kriminelle, aber ihre Verbrechen wurden ihnen beim Eintritt in die Armee vergeben. Wie es bei Sev der Fall gewesen war.

Natürlich beruhte der Hass auf Gegenseitigkeit. Animagen waren wie Verräter behandelt worden – auch wenn sie nichts mit Avalkyra Aschenfeuers Aufstand zu tun gehabt hatten –, und das Imperium hatte sie grausam gestraft.

Sev war irgendwo in der Mitte, da er mit den Leibeigenen ebenso viele Gemeinsamkeiten hatte wie mit den Soldaten.

Einerseits waren seine Eltern Phönixreiter gewesen und ihre Tiermagie strömte auch durch seine Adern. Die Drohungen des Imperiums hatten ihn fast sein Leben lang gezwungen, sich versteckt zu halten, und die Angst, dass die Soldaten sein Geheimnis entdecken könnten, verfolgte ihn bis in seine Träume. Sie wussten nicht, dass er ein verkappter Animage war, der nur versuchte, einen Tag nach dem anderen zu überleben.

Das wusste niemand. Und es durfte auch niemals jemand erfahren.

Wenn irgendwer dahintergekommen wäre, dass Sev ein Animage war, dann würde er ebenfalls eine Kette um den Hals tragen und angesichts seiner kriminellen Vergangenheit zu einer lebenslänglichen Strafe verurteilt werden.

Andererseits aber *war* Sev Soldat, obwohl er Soldaten gehasst und gefürchtet hatte, so lange er sich zurückerinnern konnte. Die Phönixreiter hatten seine Eltern gestohlen, sein Leben ruiniert und ihn als Waise in den Straßen von Aura Nova zurückgelassen. Ob er wollte oder nicht, er verabscheute sie ebenfalls.

Sev gehörte nirgendwohin, ein Schaf ohne Herde.

Er warf dem Leibeigenen ein bedauerndes Lächeln zu, dann starrte er wieder seine Stiefel an und versuchte, die Schweinerei an einem Grasbüschel abzuwischen. Der Leibeigene schüttelte den Kopf und sah zur Seite. Sev bemühte sich weiter, und der Leibeigene erwiderte schließlich wieder seinen Blick und tippte sich an den Gürtel, wie um Sev etwas zu zeigen. Sev runzelte verwirrt die Stirn und starrte den leeren Gürtel des Leibeigenen leicht verlegen an, dann ging ihm auf, dass er seinen eigenen ansehen sollte. Daran hing ein Wasserschlauch – perfekt, um damit Tierdung abzuwaschen. Mit hochrotem Kopf nickte Sev zum Dank, dann zog er den Stöpsel heraus und machte kurzen Prozess bei der Säuberungsaktion.

Als er fertig war, schaute er aus zusammengekniffenen Augen zwischen den Bäumen hindurch. Die Soldaten hatten eine von der Sonne ausgedörrte Lichtung erreicht, in deren Mitte eine kleine Hütte mit einer blauen Tür stand.

Die Hütte war rund, hatte ein gewölbtes Dach, ein in Pyra beliebter Stil, und war vermutlich eine Jagdhütte oder die Behausung eines alten Einsiedlers, der sich hier mitten im Nirgendwo zurückgezogen hatte.

Hauptmann Belden hatte ihnen zwei Befehle erteilt, als sie an diesem Morgen das Lager verlassen hatten. Vor Sonnenuntergang zurück sein und nicht gesehen werden. Als Soldaten des Imperiums waren sie in Pyra nicht willkommen, und Sev glaubte nicht, dass ihre Wegelagererkostümierung einer genaueren Untersuchung standhalten würde. Außerdem würden die Einheimischen auch Wegelagerer nicht willkommen heißen.

Irgendwo weiter vorn gab es eine Bewegung und nun marschierten sie offenbar weiter. Sev nahm an, dass sie um die Lichtung herumgehen würden für den Fall, dass sich in der Hütte jemand aufhielt. Sie sah leer aus, aber nicht verlassen. Brennholz war an der Rückwand gestapelt, der Weg zur Tür war von Gras und Unkraut befreit, gespenstische Rauchfäden kamen aus dem Schornstein.

»Junge!«, rief eine scharfe Stimme und ließ Sevs Aufmerksamkeit zu seiner unmittelbaren Umgebung zurückkehren. Vor ihm lief Ott an der Kolonne entlang. Klein und rund und vor Anstrengung keuchend erinnerte er Sev an den Narren aus den arborianischen Komödien. Sein Kittel mit den vielen Flicken verstärkte diesen Eindruck noch, er brauchte eigentlich nur noch einen spitzen Hut und Glöckchen an den Schuhen. Otts sonst fahle Haut war sonnenverbrannt, aus seinen schütteren Haaren lief Schweiß über seine Schläfen.

»Offizier«, sagte Sev, straffte sich, als Ott bei ihm ankam, und salutierte. Er bewegte sich ganz bewusst langsam – sprach oder lief nie besonders schnell. Durch solche Dinge fiel man schließlich auf, und das war das Letzte, was Sev wollte. Die meisten anderen Soldaten hielten Sev für so stumpf wie eine ungeschliffene Klinge, und er gab sich alle Mühe, diesen Eindruck zu verstärken. Er war gerade gut genug bei seiner Arbeit, um unbemerkt durchzukommen, und schlecht genug, um sich zu hohen Ansprüchen zu entziehen.

»Hiergeblieben«, sagte Ott und zeigte auf den Boden, als ob Sev diesen Befehl missverstehen könnte. »Die Tiere gehen weiter, aber du wirst unsere Augen sein«, fügte er hinzu und zeigte mit zwei Wurstfingern auf seine eigenen. »Sorg dafür, dass sich niemand an uns anschleicht. Ich und Jotham geh'n mal nach dem Rechten sehen.«

Ott zog seine Hose hoch, wie um sich auf die richtige Arbeit vorzubereiten. Jotham war sein üblicher Komplize und stand gleich hinter Ott, als die Lamas anfingen, sich an ihnen vorbeizubewegen.

Sev wusste, was »mal nach dem Rechten sehen« bedeutete. Das Imperium hatte ihnen vielleicht ihre Missetaten verziehen, damit sie in der Armee dienen konnten, aber Jotham und Ott waren Berufsverbrecher. Sie brachen das Gesetz nicht, um zu überleben. Sie taten es, weil es ihnen Spaß machte – und weil es ihnen erlaubte, ihre Börsen mit mehr als nur dem mageren Sold zu füllen. Sie waren jetzt »unschuldig«, ihre Strafen waren gelöscht und ihre früheren Taten vergessen. In der Armee gab es Dutzende von ihnen, und solange sie ihre Befehlshaber und Kameraden nicht bestahlen, kümmerte es offenbar niemanden, was sie machten. Jotham und Ott suchten sich oft einen frischen Soldaten wie Sev aus, zum Schmierestehen oder als Helfershelfer, weil sie dachten, junge, unerfahrene Soldaten seien zu dumm, um ihnen auf die Schliche zu kommen.

Sev hatte so viel Sinn für einen guten Diebstahl wie jede andere Gossenratte, aber es war das eine, den Beutel eines reichen Kaufmanns abzuschneiden, und etwas ganz anderes, etwas aus einer armseligen Hütte mit zerbrochenen Fensterläden zu stehlen. Das hier waren keine Menschen, die in irgendeinem Überfluss lebten.

Und was, wenn die Hütte nicht leer war, wie sie annahmen?

Sev wusste, was dann passieren würde.

Gewalt.

»Du, Magesklave«, kläffte Ott, an den nächststehenden Leibeigenen gewandt – den, der gesehen hatte, wie Sevs Absatz im Lamakot versank. Die Bezeichnung »Magesklave« war eine Beleidigung, und

Sev krümmte sich zusammen, als er das Wort hörte. Verstohlen schaute er zu dem Leibeigenen hinüber, aber der reagierte nicht auf die Kränkung – bis auf eine leichte Verspannung seiner Schultern. »Hol die Nachhut. Ich will keine Nachzügler.«

Jotham schloss sich Ott an und die beiden verschwanden zwischen den Bäumen.

Sev zögerte und sah wieder den Leibeigenen an. »Das eben tut mir leid«, murmelte er.

»Verzeihung?«, fragte der Leibeigene. Sev hatte ihn noch nie etwas sagen hören, seine Stimme war ein leises Grollen, das tief aus seiner Brust zu kommen schien.

»Weil … sie sollten dieses Wort nicht benutzen.«

Der Leibeigene starrte Sev mehrere stumme Herzschläge lang an, als ob er versuchte, Sevs Bitte um Entschuldigung zu ergründen – ob sie spöttisch oder ehrlich gemeint war. Die meisten Soldaten ließen sich nicht dazu herab, mit Leibeigenen zu sprechen, und keiner würde auch nur im Traum auf die Idee kommen, »tut mir leid« zu sagen.

Endlich schnaubte der Leibeigene, fast ungläubig, und sein Kinn sackte auf seine Brust, als er den Kopf schüttelte. »Das Wort ist nicht das Problem, Soldat. Es ist egal, ob er mich Sklave oder hoher Herr nennt. Das Problem ist, was ich bin.«

Er hatte natürlich recht. Der einzige Unterschied zwischen Sev und diesem Leibeigenen war, dass der andere bei der Verwendung von Magie erwischt worden war und Sev nicht. Magie hatte es im Imperium immer gegeben, für manche war sie so natürlich wie das Atmen. Wie konnte es möglich sein, ihre pure Existenz für illegal zu erklären? Das war sie nicht und als Soldat machte Sev sich zum Komplizen dieses Unrechts.

Sev wusste nicht, was er sagen sollte, und da er sich an Otts Befehl erinnerte, verdrängte er sein Schuldgefühl und ging weiter, wobei er den Leibeigenen hinter sich zurückließ. Am Rand der Lichtung bezog er Posten, seitlich der Hütte und von der Tür abgewandt. Er wollte nicht sehen, was drinnen passierte.

Die Sonne brannte jetzt ungehindert auf ihn herab, und der vage Geruch von Holzrauch – durchsetzt mit etwas Bitterem und Beunruhigendem – füllte die Luft. Ein Schweißtropfen rann über seine Stirn und sein mit Leder gefütterter Kittel klebte an seinem feuchten Rücken.

Als Jotham und Ott sich der Hütte immer weiter näherten, wurde die Stille drückend, als ob der Wald den Atem anhielte. Es war unnatürlich. Seit sie eine Woche zuvor die Grenze des Imperiums überschritten hatten, war Sev überwältigt vom Geräusch der Wildnis. Er war an den Lärm von Aura Nova gewöhnt, wo seine Sinne überreizt waren von Gebrüll und Geschrei und polternden Karrenrädern. Aber hier in Pyra – den Freilanden, wie die Pyrener gern sagten –, war der Lärm überhaupt kein Lärm. Er war Musik, melodisch und singend und manchmal in einem Rhythmus, der Sevs Gedanken beruhigte und seine müde Seele tröstete. Die Klänge erinnerten ihn an seine Kindheit auf dem Bauernhof, als das Leben klein und schlicht und gefahrlos gewesen war.

Er sehnte sich so sehr danach zurück.

Etwas streifte Sevs Finger und er fuhr herum. Neben ihm stand ein Lama, das mit dem Kopf auf merkwürdig tröstliche Weise gegen seinen Kopf stupste. Zwei andere hielten sich in der Nähe auf, zusammen mit dem Leibeigenen, der offenbar beschlossen hatte, Sev auf die Lichtung zu folgen, statt mit der Kolonne Schritt zu halten, was eigentlich seine Pflicht gewesen wäre.

Sev schob das Lama zur Seite, gröber, als er gewollt hatte, aber er musste den Eindruck aufrechterhalten, dass Tiere ihn nicht interessierten. Sogar normale menschliche Zuneigung konnte inzwischen für Magie gehalten werden, und Sev konnte es sich nicht leisten, sich zu verraten.

Der Leibeigene kniff die Augen zusammen. Hatte er soeben Sevs Magie gespürt? Manchmal, wenn er abgelenkt oder wütend war, ging sie mit Sev durch, und als Nächstes sah er, dass ein Vogel oder eine Katze sich an ihn schmiegte, die er aus Versehen zu sich gerufen hatte.

»Was machst du denn hier?«, fragte Sev.

Die Nasenflügel des Leibeigenen blähten sich. »Und was machst du selbst hier?«, gab er zurück, und seine dunklen Augen richteten sich auf einen Punkt hinter Sevs Schulter, wo Ott und Jotham sich jetzt zur Tür der Hütte schlichen. »Du kannst dich nicht bei mir für die groben Worte eines Soldaten entschuldigen und dann tatenlos zusehen, wie dieser Soldat Unschuldige ausraubt und nur ihre Leichen hinterlässt.«

Sev runzelte die Stirn. »Die hören doch nicht auf mich«, sagte er und zeigte auf Ott und Jotham. »Und ich sag dir das nur ungern, aber sie werden noch viel Schlimmeres anrichten, ehe wir diesen Berg verlassen.« Das Imperium hatte kein Regiment aus zweihundert Mann verkleidet und in die Freilande eingeschmuggelt, um dort Friedensverhandlungen zu führen. Sev wusste nicht genau, warum sie hier waren, aber was immer es sein mochte, um Frieden ging es nicht.

Der Leibeigene sah ihn mit unverhohlener Abscheu an. »Und dir macht das nichts aus, oder was?«

Sev starrte ihn an und sah die Herausforderung in dessen Gesicht. Nicht, dass Sev nicht an Herausforderungen gewöhnt gewesen wäre, aber seit er bei der Armee war, hatte kein Leibeigener gewagt, so zu ihm zu sprechen. Dieser aber tat es, ohne Zögern oder Furcht.

»Es spielt keine Rolle, was mir etwas ausmacht«, sagte Sev. »Ich habe keine Wahl.«

Der Leibeigene verzog den Mund, als wäre Sev geringer als der Dreck an seinen Stiefeln und nicht sein Vorgesetzter. »Man hat immer eine Wahl.«

Gelogen.

Es war nicht Sevs *Wahl* gewesen, mit vier Jahren von seinen Eltern verlassen und in ein überfülltes Kriegswaisenhaus gesteckt zu werden, wo Krankheiten und Hunger wüteten und wo die Fähigkeit, seine

Animagenbegabung zu verbergen, über Freiheit und Leibeigenschaft entschied. Als Sev aus Versehen einen Soldaten getötet hatte, war es nicht seine *Wahl* gewesen, die Stelle dieses Soldaten einzunehmen und sich genau den Leuten anzuschließen, vor denen er sich sein Leben lang versteckt hatte. Wahl war eine Illusion, eine Wegkreuzung in einer Abenteuergeschichte. Wahl war nicht das wirkliche Leben – jedenfalls nicht ohne schreckliche Folgen.

Wenn Sev in seinem Leben irgendwann die Wahl hätte, würde er vom Tod und den Menschen, die den Tod brachten, weglaufen und nicht auf sie zu.

Der Wald war vorher schon still gewesen, aber nun rauschte nicht einmal mehr der Wind in den Blättern.

Dann, wie ein Donnerschlag aus heiterem Himmel, trat Jotham die Tür ein.

Der Tod unseres Vaters bedeutete das Ende einer Dynastie,
die über Jahrtausende hinweg entstanden war.
Aber es war nicht unser Ende.

– KAPITEL 4 –

VERONYKA

Veronykas Finger waren klebrig vor Erde, ihre Hosenbeine feucht, als sie im kühlen Gras kniete. Sie packte die Zwiebel von unten und riss sie an den Wurzeln aus der Erde. Sie warf sie in ihren Korb, doch als sie die Hand nach der nächsten ausstreckte, ließ eine Wahrnehmung ihren Nacken prickeln.

Sie hörte etwas – nein, sie spürte es; das Geräusch wurde durch ihre Magie weitergetragen, nicht durch ihre Ohren.

Veronyka fuhr herum, während ihre Brust sich vor Besorgnis zusammenschnürte – und fand sich Xephyra gegenüber. Veronyka lächelte, und ihr Herz machte beim Anblick ihrer Verbündeten einen Sprung, trotz der Tatsache, dass Xephyra die Hütte eigentlich nicht verlassen durfte.

»Ich hab dir doch gesagt, du sollst im Haus bleiben«, tadelte Veronyka, obwohl es unnötig gewesen wäre angesichts ihrer Bindung. *Du hättest gesehen werden können.* Xephyra blinzelte sie an, unschuldig und neugierig, dann schnappte sie nach einer vorüberflatternden Motte.

Veronyka seufzte. Obwohl sie in Pyra waren und angeblich außer Reichweite des Imperiums, war es für eine Animage immer noch gefährlich, sich sehen zu lassen. Und für einen Phönix war es eine Frage von Leben und Tod. Sie waren nicht weit von den Vorgebirgen entfernt, wo immer wieder Überfälle auf die Siedlungen stattfanden. Wenn sie in Gefangenschaft gerieten, würde sie in Leibeigenschaft gezwungen und Xephyra hingerichtet werden.

Wenigstens war Val nicht bei ihnen. Sie war am frühen Morgen aufgebrochen, um auf dem Markt von Runnet »Tauschhandel« zu betreiben und ihre Vorräte wieder aufzufüllen, was für Val bedeutete, Schattenmagie einzusetzen und arglose Verkäufer damit zu zwingen, ihr Waren zu schenken. Da Veronyka sich nützlich machen wollte, war sie bald darauf losgegangen, um wilde Zwiebeln, Bärlauch und essbare Wurzeln zu sammeln, während Xephyra in der Hütte in Sicherheit bleiben sollte.

Seit Xephyra zwei Wochen zuvor zum ersten Mal geflogen war, hatte Val ihr verboten, die Hütte jemals zu verlassen, wenn sie nicht da war, um aufzupassen, und selbst diese Gelegenheiten waren selten. So, wie sie über Veronykas andere tierische Freunde die Nase gerümpft hatte, zeigte Val ihre Ablehnung von Veronykas Verbündeter jeden Tag deutlicher. Veronyka wusste, dass es Eifersucht war, dass Val sich verletzt und ausgeschlossen fühlte, aber je mehr sie versuchte, diese Kluft zu überbrücken, desto übler wurde Vals Laune. Für jedes zärtliche Summen oder jedes nachsichtige Lob, mit dem Veronyka die junge Phönice bedachte, spie Val ein Dutzend Vorschriften und Warnungen aus, die sich auf ihre gefährliche magische Beziehung bezogen.

Sie dürfe Xephyra nicht verwöhnen oder der Vogel werde später feige und kriecherisch werden.

Sie dürfe Xephyra nichts durchgehen lassen, denn das sei ein Zeichen von Schwäche, und sie werde die Kontrolle über den Phönix verlieren.

Sie müsse das Kräfteverhältnis aufrechterhalten: Veronyka sei die Herrin, Xephyra die Dienerin. Sie seien nicht verwandt – nicht wie sie und Val –, und ihr Versuch, Xephyra als Freundin und als ihresgleichen zu behandeln, könne nur ins Verderben führen.

Veronyka versuchte, auf Val zu hören, aber sie hatte ihr Leben lang ein enges Verhältnis zu Tieren gehabt, und sie hatte das, was sie wollte oder brauchte, immer mit einer Bitte erhalten – nicht mit einem Befehl. Manchmal wirkten Vals Worte wie tiefste Weisheit, dann wieder wie an den Haaren herbeigezogene Vorwände, um einen Keil zwischen Veronyka und ihre Verbündete zu treiben.

»So ist deine Schwester eben«, hatte die Großmutter immer gesagt, wenn Val grausam oder herrschsüchtig gewesen war. »Sie ist wie Feuer – sie verschlingt.«

»Und wie bin ich, Maiora?«, hatte Veronyka dann gefragt.

»Du bist auch wie Feuer – du leuchtest auf dem Weg.«

Bei dem Gedanken an ihre Großmutter musste Veronyka lächeln, egal, wie schmerzlich sie sie vermisste – vor allem seit Xephyra geschlüpft war. Sie war sicher, dass der Rat ihrer Maiora den von Val ausgleichen und helfen würde, zwischen ihnen wieder Frieden zu stiften. Für Val waren ihre Meinungsverschiedenheiten etwas, das aus der Welt geschafft werden musste – ein Problem, das eine Lösung verlangte. Und natürlich war Veronyka diejenige, die sich ändern sollte, niemals Val. Aber ihre Großmutter hatte es immer geschafft, ihre Gemeinsamkeiten zu betonen – wie bei dem Beispiel mit dem Feuer – und ihnen zu verstehen zu geben, dass sie einfach zwei Seiten derselben Medaille waren; Gegensätze, aber immer miteinander verbunden.

Es war in Ordnung, anders zu sein als Val, und je eher ihre Schwester das akzeptierte, umso besser für sie beide.

Aber Veronykas Entschlossenheit, sich durchzusetzen, wankte, als sie sich der Hütte näherte. Zwischen ihr und Val war die Lage zuletzt so angespannt gewesen und sie wollte nicht schon wieder einen überflüssigen Streit. Ihre Geduld mit Vals übler Laune ging zu Ende. Wenn sie und Xephyra vor Val wieder in der Hütte wären, könnten sie einen Zusammenstoß vielleicht vermeiden.

Xephyra flog vor ihr her, als sie sich einen Weg durch den dichten Wald bahnten, sie flog von einem Zweig zum nächsten, schnappte mit dem Schnabel nach Würmern und Maden und zwitscherte im Vorüberfliegen anderen Vögeln zu. Sie war wie ein altkluges Kind – intelligent, neugierig und manchmal impulsiv, aber noch ohne eine gewisse Reife und ohne Verständnis für die Welt. In den Wochen, seit sie geschlüpft war, war ihre Kommunikation immer besser geworden, war von Bildern und Eindrücken zu deutlicheren Gedanken und sogar ab und zu einem Wort oder Satz geworden, obwohl es noch Monate dauern würde, bis Xephyra über einen ausreichenden Wortschatz verfügte, um ein richtiges Gespräch zu führen. Sie konnten jetzt ihre gegenseitigen Bewegungen und Gedanken voraussehen und verrichteten die tägliche Arbeit, als wären sie durch einen unsichtbaren Faden miteinander verbunden.

Während Xephyra sich veränderte, stellte Veronyka fest, dass auch ihr Geist sich durch die vielen Sinneseindrücke erweiterte, die ihre Verbündete ihr vermittelte. Gerüche und Geräusche und Anblicke, die Veronyka bisher niemals bemerkt hatte, wurden für den Phönix zu hellen Punkten des Interesses. Veronykas Magie wurde ebenfalls beeinflusst. Seit ihrer Bindung hatten sich Kraft und Reichweite ihrer Tiermagie fast verdoppelt und erweckten die Welt um sie herum zu einem intensiveren Leben als jemals zuvor.

Xephyra war jetzt schon so groß wie ein ausgewachsener Adler, und ihr Flaum war seidenweichen, leuchtenden Federn gewichen, die an ihrem Schwanz länger und dunkler wurden und auf ihrem Kopf den Ansätzen einer Krone entsprachen. Weibliche Phönixe hatten tiefpurpurne Kronen und Schwanzfedern, die der männlichen waren goldgelb. Val hatte gesagt, Xephyra sei groß für ihr Alter und in zwei Monaten werde Veronyka sie reiten können. Dieser Zeitpunkt war unterschiedlich, aber die meisten Phönixe waren zwischen drei und sechs Monaten ausgewachsen.

Phönixe entwickelten sich rasch, körperlich und geistig, und ihr beschleunigter Lebenszyklus schenkte ihnen blitzschnelle Heilzeiten und scharfe Intelligenz. Xephyras Wissensdurst war groß, und deshalb war es so schwer, sie im Haus zu halten. Der andere Grund war ihr tiefes Verlangen nach anderen Phönixen – »Brüder und Schwestern des Feuers«, wie sie diese in Gedanken nannte. Phönixe lebten nicht allein, Paare blieben ihr Leben lang zusammen, und sie nisteten normalerweise in Gruppen, sammelten Nahrung und verteidigten ihr Revier gemeinsam.

Veronyka wusste, dass es nur eine Frage der Zeit war, bis Xephyra darauf bestehen würde, sich auf die Suche nach ihresgleichen zu machen. Sie würde die Anleitung anderer Phönixe brauchen und Veronyka die Hilfe anderer Reiterinnen. Die Vorstellung, zusammen loszuziehen, war ungeheuer spannend, ein Abenteuer, das Veronyka sich kaum jemals auszumalen gewagt hatte. Es war der logische nächste Schritt, aber es war noch sehr viel mehr. Der Gedanke, bei anderen Animagen und ihren Phönixen willkommen zu sein, Freundschaften zu schließen und ein Zuhause zu finden, war ein berauschender Traum. Aber es gab so viele Unwägbarkeiten, nicht zuletzt die Frage, ob es einen solchen Ort – und solche Wesen – überhaupt gab.

Es gab auch noch die Frage, ob Val mitkommen würde oder nicht. Ob sie überhaupt mitkommen könnte. Sie hatte ja schließlich keinen Phönix.

Veronyka, die in Gedanken versunken und von Xephyras Betrachtung eines Spinngewebes abgelenkt war, fuhr heftig zusammen, als ein lautes *Krack* aus Richtung der Hütte im Wald widerhallte.

Sie schluckte die jähe Furcht hinunter, die nun ihren Magen zu durchbohren schien. Es hatte sich angehört, als sei die Tür eingetreten worden.

Val.

Sie war offenbar schon zu Hause.

Veronyka ging schneller und bat Xephyra, sich ebenfalls zu beeilen. Wenn sie Glück hätten, erreichten sie die Hütte, ehe Val sie kommen sah, und dann könnte sie ihrer Schwester weismachen, dass sie die Sicherheit der einsam gelegenen kleinen Lichtung niemals verlassen hätten.

Veronyka legte sich in Gedanken ihre Geschichte zurecht und schob einen schweren Ast beiseite, dessen Harz an ihren Fingern und in ihren Haaren kleben blieb. Sie ließ den Ast los, und nun sah sie die Hütte, die im dunstigen messingfarbenen Licht der späten Nachmittagssonne vor ihr lag.

Sie sah friedlich aus. Idyllisch. Wie die Hütte einer weisen Maiora in einem alten Märchen.

Nur stand da keine gütige alte Frau, die Süßigkeiten und eine Geschichte für sie bereithielt.

Und nicht einmal Val mit verschränkten Armen und geblähten Nasenflügeln.

Sondern ein Räuber. Und er starrte ihr ins Gesicht.

Wir klammerten uns in unserem Kummer aneinander.
Ihr Leid war mein Leid.
Ihr Schmerz war mein Schmerz.

– Kapitel 5 –

Sev

Sevs Hand senkte sich instinktiv zu dem Dolch an seinem Gürtel. Es überraschte ihn, dass dieser Instinkt überhaupt in ihm existierte. Wahrscheinlich machten sich die Monate voller Kampftraining endlich bezahlt.

Nur hatte er nie trainiert, gegen ein unbewaffnetes Mädchen zu kämpfen, das wie ein verängstigtes Tier aus dem Wald brach. Ihr Blick fiel auf ihn, huschte dann zurück zur Hütte. Die war offenbar ihr Zuhause, aber hier stand er, bewaffnet, und versperrte ihr den Weg zurück.

Das Mädchen war jung – nicht viel jünger als er selbst, aber etwas an ihr kam ihm kindlich vor. Ihre tiefgoldbraune Haut leuchtete in der Sonne wie Bronze, und ihre schwarzen Haare waren zu unterschiedlich breiten Zöpfen geflochten, einige davon mit Perlen besetzt, andere mit Fäden durchwunden. Sie hatte nackte Füße, und diese bewusste Verletzlichkeit verriet Sev, dass sie sich hier sicher gefühlt hatte, sicher genug, um ihr Zuhause ohne die Angst zu verlassen, womöglich niemals dorthin zurückzukehren. Vielleicht war es diese Gewissheit zu überleben, dieses Gefühl von Unbesiegbarkeit, das sie für ihn so jung wirken ließ. Sev hatte dieses Gefühl der Sicherheit schon lange nicht mehr empfinden dürfen.

Als sie den Dolch in seiner Hand sah, erstarrte sie – wie eine Beute, die das Raubtier wittert.

Sev schluckte, seine Kehle war so trocken wie von der Sonne ausgedörrter Sand. Was sollte er jetzt tun? Wenn Jotham und Ott sie sähen, würden sie von ihm verlangen, das Mädchen zum Schweigen zu bringen.

Das Klirren von zerbrechendem Glas war von der Hütte hinter ihm zu hören und zerschlug den Moment der Erstarrung. Der Kopf des Mädchens fuhr in Richtung des Lärms herum, und die Erkenntnis, dass es mehr als nur einen Strauchdieb gab, dass Sev nicht allein war, zeigte sich in ihrem Gesicht.

»Leer«, ertönte Jothams Stimme, laut und unbegreiflich nahe. Sevs Herz schlug schmerzhaft schnell, aber als er sich umschaute, waren Jotham und Ott noch immer in der Hütte. »Und rein gar nichts zum Stehlen, verdammt noch mal«, fügte Ott hinzu.

Panik ließ Sevs Adern vibrieren. Wenn es nichts zu stehlen gab, würden die beiden gleich wieder draußen sein.

Er drehte sich zu dem Mädchen um. »Mach, dass du wegkommst«, flüsterte er und zeigte dabei auf die Bäume.

Das Mädchen runzelte die Stirn und war sichtlich verwirrt. Warum riet ein Plünderer, der eben noch zum Messer gegriffen hatte, ihr jetzt zur Flucht? Sie vermutete zweifellos irgendeine Falle, und als ihr Blick über die Bäume hinter ihnen streifte – und bei dem Leibeigenen haften blieb, der hinter Sev in den Schatten lauerte –, machte sie einige Schritte von ihnen zurück und weiter hinaus auf die Lichtung. Falsche Richtung.

»Nein, warte. Ich, wir …«, begann Sev und zeigte auf den Leibeigenen, »… wollen dir nichts tun.« Er schob den Dolch in die Scheide. »Die aber«, er deutete auf die Hütte, »die wohl.« Veronyka wusste nicht, wie ihr geschah.

Sie schwankte, ihr Blick jagte zwischen Sev und dem Leibeigenen und der Hütte hin und her, als weitere Geräusche zu ihnen drangen:

das Klappern von achtlos umhergeworfenen Gegenständen, gefolgt von unverständlichem Gemurmel und Verwünschungen.

Ehe irgendwer auch nur eine weitere Bewegung machen konnte, wurde Sevs Aufmerksamkeit zu den Bäumen hinter dem Mädchen gelenkt. Ein Aufflackern von Energie oder eine Bewegung. Er dachte, es könnte ein Tier sein, aber ehe er sich darüber klar werden konnte, bebten und knackten die Zweige rechts des Mädchens, und etwas kam hervorgeflattert, um sich beschützend auf ihrer Schulter niederzulassen.

Es war wirklich ein Tier – ein Vogel, lodernd rot, mit langen Schwanzfedern und dem Beginn einer zackigen Krone auf dem Kopf. Er leuchtete in der Dunkelheit wie Feuer, wie der Mond in einer wolkenlosen Nacht. Das war kein normales Tier, das war ein magisches Wesen, seine Nähe war rein und mächtig und brachte Sevs Haut zum Prickeln.

Ein Phönix.

Der Leibeigene stieß Sev zur Seite und ließ den Feuervogel nicht aus den Augen. Das Mädchen spannte die Muskeln an, aber das hier war kein Angriff. Der Leibeigene blieb stehen und presste sich eine Hand auf die Brust, eine Geste der Ehrerbietung und des Respekts, dann senkte er den Kopf. Das Mädchen schaute zu ihm auf, zu der schweren Kette um seinen Hals, und sie schien zu wissen, was er war. Ein wortloses Verständnis fand zwischen ihnen statt. Sie waren beide Animagen – nur jemand mit Tiermagie konnte einen Phönix schlüpfen lassen und sich mit ihm verbünden, und im Imperium wurden nur Animagen in Leibeigenschaft gezwungen –, und das schien sie auf eine Weise zu vereinen, bei der Sev sich trotz seiner eigenen Magie kalt und ausgeschlossen fühlte, als er nun im Schatten ihrer beider warmem Leuchten stand.

Das Mädchen streichelte den auf ihrer Schulter hockenden Phönix sanft, und ein zögernder Blick schien den Leibeigenen aufzufordern, ihrem Beispiel zu folgen. Er trat einen zögernden Schritt vor und streckte gerade die Hand aus, als die Tür der Hütte gegen die Wand krachte und dieses Geräusch sie alle zurück in die Wirklichkeit riss.

»Der Hauptmann zieht uns die Haut ab, wenn wir nicht weiterkommen …«, sagte Ott, und ein zweites Krachen der Tür verriet Sev, dass Jotham hinterhertrottete, wie üblich. Sie würden jeden Moment auf dieser Seite der Hütte ankommen.

In Sevs Gehirn schrillten die Alarmglocken, aber er brachte es nicht fertig, seine Gedanken zu entwirren und Wörter zu formen. »Gebüsch«, brachte er heraus und winkte dem Mädchen und ihrem Phönix hektisch zu, damit sie zwischen den Bäumen Schutz suchten. Bei dieser plötzlichen Bewegung schrie der Phönix auf und schlug abwehrend mit den Flügeln, aber zum Glück suchte Ott sich gerade diesen Moment aus, um etwas zu sagen.

»Kleiner?«, rief er, und schwere Schritte zertraten trockenes Laub. »Wo steckst du?«

Das Mädchen schaute den Leibeigenen an, sie hatte eindeutig größeres Vertrauen zu einem von ihrer Art als zu Sev, und erst als der Leibeigene aufmunternd nickte, ließ sie sich ins Unterholz fallen, und der Phönix flatterte hinterher. Nachdem er sich davon überzeugt hatte, dass beide nicht mehr zu sehen waren, wirbelte Sev herum.

Die beiden Soldaten kamen auf ihn zu. Jotham so unbewegt wie immer, während Otts pausbäckiges, pockennarbiges Gesicht missbilligend verzogen war. »Was macht der denn noch hier?«, fragte er Sev, als ob der Leibeigene gar nicht dabei wäre, und wies dabei achtlos mit der Armbrust auf ihn.

In Sevs Kopf schrillten noch immer die Alarmglocken, und sein hämmerndes Herz ließ kaum zu, dass er sich konzentrierte.

»Ich habe das hier gesucht«, sagte der Leibeigene und trat vor. Auf seiner Handfläche lag ein Stück Metall, das zu einer Schnalle oder einem Riemen zu gehören schien. »Von einem der Sättel.«

Ott kniff die Augen zusammen, dann starrte er in den Wald hinter ihnen. Hatte er das Mädchen gesehen oder suchte er das Ende des Lamazuges?

»Hör mir zu, Mageskłave«, sagte er dann verächtlich und trat viel zu dicht an den Leibeigenen heran, was aber nur umso mehr betonte, wie viel kleiner er war. »Wir sind hier die Soldaten«, er zeigte auf Sev und Jotham, »und du bist der Knecht. Nächstes Mal tust du genau das, was ich dir sage, sonst durchbohr ich dich mit Pfeilen und lass dich für die Krähen liegen.«

Der Leibeigene senkte unterwürfig den Kopf, aber Sev spürte den Hass, den er ausstrahlte. Ott lächelte angesichts dieser demütigen Haltung und war viel zu sehr von seiner eigenen Autorität überzeugt, um etwas zu bemerken.

»Und jetzt verschwinde gefälligst – und sorg dafür, dass der Sattel repariert wird«, befahl er, um seine Aufmerksamkeit wieder Sev zu widmen. Sobald Ott ihm den Rücken gekehrt hatte, schaute der Leibeigene Sev einen Moment lang an, ehe er vielsagend die Stelle anstarrte, wo sich das Mädchen und der Phönix versteckt hatten. Dann ging er.

Jetzt hing alles an Sev.

»Die kriegen nie Respekt vor dir, wenn du sie nicht ab und zu zusammenstauchst«, sagte Ott mit seiner schmierigen Stimme und legte Sev verschwörerisch einen Arm um die Schulter. Sev hielt den Atem an, um dem Gestank nach Schweiß und ungewaschener Haut zu entgehen. »Und wenn sie dich nicht respektieren, dann sollen sie dich jedenfalls fürchten. Stimmt's, Joth?«

Jotham nickte gelassen und konzentrierte sich darauf, unter seinen verdreckten Fingernägeln herumzukratzen. Dann stieß Ott Sev beiseite und lachte laut, als sein Blick durch die Umgebung schweifte.

Sev blieb vollkommen still, als ob er dem Mädchen im Wald auf diese Weise helfen könnte. Fast hatten sie es geschafft …

»Und was ist das da?«, fragte Ott und starrte mit zusammengekniffenen Augen auf einen Punkt gleich hinter Sev.

Sev versuchte, so ausdruckslos wie möglich auszusehen, als er sich umdrehte, obwohl sich vor Angst alles in ihm verkrampfte.

Ott drängte sich an ihm vorbei und hob einen geflochtenen Korb vom Boden auf, eine Sammlung von Zwiebelgemüse lag um seine Füße verstreut. Das Mädchen musste den Korb vorhin fallen gelassen haben, als sie auf ihn gestoßen war.

Als Ott den Korb erwartungsvoll hochhielt und eine Antwort verlangte, machte Sev das Einzige, was er tun konnte. Er zuckte mit den Schultern. Er war zwar ein brauchbarer Lügner, aber manchmal war es besser, gar nichts zu sagen. Dummheit – vorgetäuscht oder nicht – konnte als Erklärung für so manche seltsamen Ereignisse herhalten.

Ott schaute sich um und sah dann wieder den Korb an. Er schnaubte.

»Toller Wachtposten«, sagte er und ließ den Korb angewidert auf den Boden fallen. »Würde einen Wespenschwarm erst bemerken, wenn ihm eine in den Arsch sticht.«

»Zeit zum Aufbruch«, sagte Jotham gelangweilt. Wenn Ott zehn Wörter sagte, kamen von Jotham nur zwei. Wenn Ott der Narr war, klein und rund und laut, dann war Jotham die Vogelscheuche, Otts schweigsamer, schlaksiger Gegensatz. Jothams hageres Gesicht und seine langen fettigen Haare verstärkten diesen Eindruck noch, während seine ledrige braune Haut von einem Labyrinth aus gezackten, schlecht verheilten Narben durchzogen war.

Als Kind hatte Sev das Stück »Der Narr und die Krähe« geliebt, zusammen mit »Prinzessin Perle« und »Betrogene Betrüger«. Er hatte sich damals durch die Beine der Menschenmenge vor dem Theater in der Mimengasse gequetscht und zwischen ihren Knien den Schauspielern zugesehen. Während die meisten arborianischen Komödien weiterhin zugelassen waren, waren Tragödien und Epen verboten. Sie waren beliebt und seit dem Krieg umstritten, denn in ihnen kamen viele berühmte Krieger und bedeutende Gestalten aus der Geschichte der Phönixreiter vor – und eben deshalb waren sie verboten. Gerüchte wollten wissen, dass einige Untergrundtheater und Spielhallen in Aura Nova die Schauspieler extra bezahlten, damit sie diese Stücke in geheimen Spätvorstellungen aufführten. Der Eintritt kostete dann doppelt so viel, damit sich das Risiko bezahlt machte.

Als Jotham davonschritt, musterte Ott Sev forschend.

»Da du als Wachtposten nichts taugst, kannst du dich nützlich machen und das hier tragen«, kläffte er und ließ seine Armbrust auf den Boden fallen, ehe er selbstzufrieden grinste und davonschlenderte.

Sev schaute ihm und Jotham hinterher und wagte nicht zu atmen, bis der Wald das Geräusch ihrer Schritte verschlungen hatte.

Schließlich holte er zitternd Luft und wusste nicht, was er tun oder sagen sollte, als sich das Mädchen aus ihrem Versteck aufrichtete. Sie hatte zweifellos alles gehört und wusste jetzt, dass er eigentlich kein Plünderer war, sondern Soldat. Der Phönix ließ sich nicht blicken, und erst jetzt, da die Gefahr vorüber war, konnte Sev dessen Existenz wirklich erfassen.

Phönixe gehörten angeblich der Vergangenheit an, waren ausgelöscht worden, so wie die Rebellion, die sie symbolisierten. Nach Kriegsende hatte die Regierung des Imperiums diese Wesen für zu gefährlich befunden, um bleiben zu dürfen, und den Animagen zu treu ergeben, als dass man ihnen vertrauen könnte. Innerhalb der Grenzen des Imperiums waren die Phönixe gejagt und ausgerottet worden und in den ersten Jahren nach dem Krieg hatten Wilderer ihnen bis nach Pyra hinein nachgestellt. Das Gesetz des Imperiums galt zwar nicht in den Freilanden, doch nach dem Sturz von Avalkyra Aschenfeuer gab es in dem jetzt unabhängigen Land niemanden mehr, der sie oder ihre Territorien verteidigen könnte. Keine Regierung, keine Soldaten und keine Infrastruktur waren noch vorhanden. Jedes Dorf regierte sich selbst und hatte nicht genug Menschen oder Mittel, um sich unter einer gemeinsamen Fahne oder zu einem gemeinsamen Ziel mit anderen zusammenzutun. Die Menschen in Pyra konnten zwar ohne das Gesetz des Imperiums leben, aber sie mussten auch ohne dessen Schutz zurechtkommen.

Sev hatte sich oft gefragt, warum das Imperium nicht mit seiner gesamten Streitmacht in Pyra einmarschierte und sich diese verlorene Provinz zurückholte, aber nach allem, was er aufgeschnappt hatte, war die Antwort einfach: Es lohnte sich nicht. Das Land war zu wild und zu weitläufig, um sich leicht unterwerfen zu lassen, und die Truppen des Imperiums würden sich zu schnell darin verlieren. Außerdem war Pyra kein reiches Land – während des Krieges, als Reisen und Handel zur Gefahr wurden, war seine Wirtschaft mehr oder weniger zusammengebrochen, und die Kosten des Wiederaufbaus würden zu hoch sein.

Aber nun fragte sich Sev doch – wenn es in Pyra nichts gab, was das Imperium haben wollte, was machten er und die anderen Soldaten dann hier?

Er sah wieder das Mädchen an. Vielleicht waren die Reiter doch nicht endgültig vernichtet. Vielleicht waren sie deshalb hier.

»Ist das …? Bist du eine Phönixreiterin?«, fragte er mit leiser Stimme. Er hatte das Wort »Phönixreiter« seit langer, langer Zeit nicht mehr ausgesprochen. Seit dem Tod seiner Eltern. Was, wenn dieses Mädchen Teil einer neuen Rebellion war?

Das Mädchen schlug mit steinerner Miene die Arme übereinander. Er hatte sie zwar vor der Entdeckung gerettet, aber er war trotzdem ein Soldat, der zwischen ihr und ihrem Zuhause stand.

Der Phönix zwitscherte irgendwo hinter ihr und ihre mürrischen Züge wurden ein wenig weicher. Sie ging in die Hocke, hob eine Knolle aus ihrem umgekippten Korb auf und warf sie zwischen die Bäume. Es gab ein lautes Knacken und Krächzen und hektisches Blättergeraschel, als der Phönix den Leckerbissen verschlang.

Das Mädchen grinste – und auch Sev lächelte.

Es gab einen Moment der Kameradschaft zwischen ihnen, einen Herzschlag der Entspannung, ehe sie nach Luft schnappte und ihre dunklen Augen sich vor Entsetzen weiteten.

Sev begriff eine Sekunde später, als die Luft sich hinter ihm bewegte und den Schweiß in seinem Nacken abkühlte. Ehe er reagieren konnte, spürte er einen Druck an der Hüfte, hörte ein kaum wahrnehmbares *Snick*, dann riss eine raue Hand sein Kinn zur Seite, während eine andere ihm seine eigene Messerklinge gegen die entblößte Kehle presste.

Ich hatte ihr versprochen, dass der Thron nicht zwischen uns stehen würde. Nichts würde zwischen uns stehen. Wie ich mich nach der Torheit der Jugend sehne.

– Kapitel 6 –

VERONYKA

Val hielt das Messer mit ruhiger Hand, ein grausames Lächeln um den Mund und Mordlust in den Augen.

Mit ihren langen, im Wind wehenden roten Haaren sah sie aus wie eine Totenfrau, eine der Dienerinnen der Nox, die Verstorbene in die düsteren Gefilde brachte, und dieser arme Soldat war ihr in die Falle gegangen wie eine verlorene Seele auf einem Schlachtfeld.

»Val, nein – warte!«, rief Veronyka und streckte die Hand aus. »Halt!«

Vals Hand hielt inne, ließ die Klinge jedoch nicht los. Sie atmete tief durch und der Junge zitterte. »Der stinkt nach dem Imperium.«

»Er hat mir das Leben gerettet«, sagte Veronyka verzweifelt und kam wieder näher. Der Ernst der Lage ging ihr auf, als ihr einfiel, dass Xephyra noch in der Nähe war, irgendwo zwischen den Bäumen. Wenn Val jetzt schon wütend war, würde sie zum tosenden Vulkan werden, wenn sie wüsste, dass der Phönix im Freien unterwegs war … wenn sie wüsste, dass dieser Soldat – und der Leibeigene – den Phönix gesehen hatten.

Wenn Val ihre Schattenmagie einsetzte, um den Soldaten auszufragen, würde sie die ganze Wahrheit erfahren, und dann würde er hier nicht lebend wegkommen. Er war zwar ein Soldat des Imperiums, aber Veronyka wollte nicht an seinem Tod schuld sein.

Sie musste ihre Schwester ablenken.

»Er war mit drei anderen hier«, sagte sie schnell, um ihren Vorteil zu nutzen. Val war nach einem langen Tag im Dorf vermutlich erschöpft, nachdem sie ihre Magie strapaziert und sich bis an ihre Grenzen angestrengt hatte. Wenn Veronyka sich *weitgehend* an die Wahrheit hielt und verräterische Details ganz tief in den Nischen ihres Geists verbarg, würde Val ihr vielleicht glauben. Veronyka konnte ihre Schwester belügen, wenn sie sich große Mühe gab, aber dann musste sie sich gewaltig konzentrieren. Val kam ihr meistens doch auf die Schliche, aber wenn sie sich wirklich zusammennahm, würde sie das Leben dieses Jungen retten können.

»Sie waren bewaffnet und sind hergekommen, um uns auszurauben«, erzählte sie nun. »Er hat mir geholfen, mich im Unterholz zu verstecken, und er hat mich den anderen nicht verraten. Er hat mir das Leben gerettet«, sagte sie noch einmal.

Val überlegte. »Er hat uns auch ausgeraubt.«

»Du weißt genau, dass es hier nichts gibt, was das Stehlen lohnt, verdammt noch mal«, sagte Veronyka und wiederholte damit die Worte des einen Soldaten. Der Junge warf einen Blick zu ihr herüber, aber sie konzentrierte sich weiterhin auf Val.

Die sah den Jungen an. »Ich kann den Feigling in dir spüren«, murmelte sie und ließ die Messerschneide geschmeidig über seinen Hals wandern, fast wie eine Liebkosung. Die Kehle des Jungen zitterte, als er heftig schluckte, und die Messerspitze bohrte sich in seine Haut. »Sie ist so reizend«, sagte sie, und ihr Blick jagte zu Veronyka hinüber. »Ganz allein im Wald, wo niemand sie schreien hören kann …«

»Val, die anderen«, sagte Veronyka eilig. »Die warten auf ihn. Wenn du ihn umbringst, werden sie ihn suchen – wer weiß, wie viele. Sie werden zurückkommen und du kannst nicht gegen sie alle kämpfen.«

»Ich kann es versuchen«, sagte Val. Aber Veronyka sah ihr Stirnrunzeln und ihr Gesicht verlor ein wenig von seiner wütenden Zielstrebigkeit.

»Er hat mich nicht verletzt, er hat mich nicht einmal angerührt. Er will uns nichts Böses – oder?«, fragte Veronyka und richtete diese Frage an den Jungen.

Seine Augen waren wild und voller Panik, und seine olivbraune Haut hatte ihre Farbe verloren, wie Fensterläden, die der Sonne ausgesetzt sind. Als Val ihren Griff lockerte, schüttelte er langsam den Kopf.

Val sah plötzlich gelangweilt aus, als ob der Tag alle Freude für sie verloren hätte. Sie ließ das Messer sinken und versetzte dem Soldaten einen harten Stoß in den Rücken. Er stolperte und drehte sich um, rieb sich den Hals und verschmierte Blut von der kleinen Wunde, die Val dort hinterlassen hatte.

Mit ihrem schönsten, furchtbarsten Lächeln hob Val das Messer und zeigte auf ihn. »Wenn ich dich noch einmal sehe, Imperiumsratte, dann wird es zwischen uns keine Worte mehr geben. Nur dieses Messer. Und wie diesmal wirst du es nicht kommen sehen. Nicht einmal eine niedliche Geschichte meiner Schwester wird dich dann retten. Das ist ein Versprechen.«

Der Junge machte eine kleine Verbeugung, als er nickte, dann stolperte er los und hielt Ausschau nach der Armbrust, die der andere Soldat hinterlassen hatte. Er hob sie hoch, zeigte, dass seine Finger weit vom Abzug entfernt waren, dann wich er rückwärts in den Wald zurück. Seine Schritte waren schwer und unregelmäßig, als er versuchte, vorwärtszurennen und sich gleichzeitig umzuschauen.

Nach einigen Augenblicken der Anspannung wurde der Wald wieder still.

Val schob sich das Messer des Jungen in den Gürtel.

Die Hütte sah so aus, wie sie sie verlassen hatten, nur die Kiste mit ihren Vorräten war geöffnet und ihr Lager umgedreht worden, der tönerne Kochtopf lag auf der Seite, ein Riss zog sich vom Rand bis zu dem angestoßenen Griff. Die Soldaten hatten recht: Es gab hier nichts Wertvolles.

Val fing an, die Vorräte, die sie aus Runnet mitgebracht hatte, einzuräumen. Das Dorf lag einige Stunden entfernt im Süden am Rand des Vorgebirges und war ein beliebter Anlaufpunkt für Kaufleute aus dem Tal. Veronyka stand in der Tür, den Korb mit Bärlauch und Zwiebeln in der Hand, unsicher, was jetzt passieren würde. Endlich begriff sie, was an diesem Nachmittag geschehen war, und ihre Hände bebten. Die rasche Abfolge von Empfindungen – Schock, Angst, Panik – hatte jetzt ein Ende, und ihr Körper war eine leere, bebende Hülle. Dabei hatte sie das schreckliche Gefühl, dass ihr das Schlimmste noch bevorstand.

Bestimmt war Val wütend, bestimmt hatte sie etwas zu sagen, irgendeine Zurechtweisung oder Warnung. Aber ihre Schwester stocherte nur in der schwelenden Asche in der Feuerstätte herum, legte einige Scheite aus dem Brennholzkorb darauf und stellte dann den angeschlagenen Topf auf die Umrandung.

»Mach die Tür zu, Veronyka«, sagte sie, ohne sie anzuschauen. Die Wörter waren schlicht, klar – und doch sträubten sich die Haare in Veronykas Nacken.

Sie ließ sich Zeit, rief in Gedanken Xephyra zu sich und hoffte, dass Vals Beschäftigung ihrer Verbündeten eine unbemerkte Rückkehr gestatten würde. Als Xephyra zur Tür hereinflog, löste sich etwas von der Besorgnis, die Veronykas Brust zusammengeschnürt hatte. Ihr Gefühl, in Sicherheit zu sein, war zerstört worden, doch solange sie und ihre Verbündete zusammen waren, würde alles wieder gut werden.

Sie schloss die Tür, während Xephyra auf den Boden flatterte und ihren neugierigen Schnabel in die neuen Vorräte bohrte, ehe sie wieder aufflog.

Val sah dem Phönix mit unergründlicher Miene zu. Dann zog sie das Messer des Soldaten aus ihrem Gürtel und hielt es Veronyka hin.

Veronyka runzelte unsicher die Stirn. Val nickte zu dem Korb mit dem gesammelten Gemüse hinüber.

»Vorsichtig«, sagte Val, als Veronyka die Finger um den Messergriff schloss. »Das ist scharf.«

Veronyka wusste nicht, ob es immer noch die Spannung nach dem Zwischenfall war, jedenfalls klangen Vals Worte für sie eher wie eine Drohung als wie eine Warnung. Sie schaute auf die funkelnde Klinge hinab, deren Schneide das durch die Fensterläden fallende Licht der Nachmittagssonne reflektierte. Zu ihrer Verwirrung sah sie in der Klinge das eingeschlagene Symbol der gekreuzten Dolche, das ferronesischen Stahl kennzeichnete. Damit war das hier die beste Klinge, die es für Geld zu kaufen gab, und eine Seltenheit in den Bergen. Die besten Schmiede kamen aus der Provinz Ferro, wo das zu Stahl veredelte Eisenerz abgebaut wurde. Diese Waffe hätte besser zu einem Offizier gepasst als zu einem einfachen Fußsoldaten, und es kam ihr seltsam vor, mit einem Kriegsgerät Gemüse zu zerschneiden. Es war, wie mit einer Schaufel Suppe umzurühren.

Schweigend bereiteten sie ihre Mahlzeit zu. Irgendwann würden sie über den Soldaten reden müssen, aber Veronyka hatte es nicht eilig damit, dieses Thema zur Sprache zu bringen. Sie würde dann auch die Tatsache erwähnen müssen, dass sie – und Xephyra – gegen Vals Anweisungen die Hütte verlassen hatten, und das wäre ein Streit, den sie, wie sie wusste, verlieren würde. Sie waren zwar Schwestern – und theoretisch ebenbürtig –, aber immer bestimmte Val. Veronyka sollte immer drei Schritte hinter ihr gehen, egal, wie sehr sie das verabscheute.

Aber die Stille machte sie nervös. Ihre Schwester schwieg nur dann so ausgiebig, wenn sie etwas ausheckte.

»Ich gehe ein paar Tage weg«, verkündete Val schließlich, rührte im Topf um und ließ dicke Dampfwolken um ihr Gesicht wirbeln.

Sie wollte weggehen?

»Wohin?«, fragte Veronyka, legte das Messer zur Seite und nahm eine Handvoll Gemüse, um es in den Topf zu werfen. Neben ihr knabberte Xephyra an einer Kartoffelschale, hob das riesige Stück hoch, schüttelte dann den Kopf, spuckte es aus und versuchte es mit einem anderen.

»Ein anderes Ei suchen. Es gibt gleich hinter Vayle einen Vorposten, der zuletzt unter der Herrschaft der Weisheit benutzt worden ist, als sie zum Hochturm auf dem anderen Flussufer übergesiedelt sind.«

»Aber … Königin Malka die Weise hat vor fast hundert Jahren regiert. Glaubst du wirklich, dass da noch Eier sein können?«

Val zuckte mit den Schultern. »Wird sich dann zeigen.«

»Wir sollten mit dir gehen«, sagte Veronyka, und ihr Herz machte einen Sprung bei dem Gedanken an eine Reise, und sei sie noch so kurz.

»*Du* kannst mitkommen«, sagte Val. »Aber deine Phönice nicht. Ich werde unsere Sicherheit nicht so leichtfertig aufs Spiel setzen wie du.«

Veronyka starrte ihre Hände an. Jetzt waren sie dort angekommen, bei ihrem und Xephyras Ungehorsam. Statt auf Vals Strafpredigt zu warten, ließ sie es lieber darauf ankommen und wechselte das Thema.

»Vielleicht ist es ohnehin an der Zeit, weiterzuziehen«, sagte sie vorsichtig. Sie ordnete sich Val zwar meistens unter, ließ sie die Entscheidungen treffen, aber auch sie selbst konnte denken – sie hatte eigene Meinungen und Vorstellungen und wollte eigene Pläne machen. Sie hatte immer andere Animagen suchen wollen, wenn sie und ihre Schwester erst in Pyra wären, um Freunde und Verbündete zu finden. Jetzt, da sie einen Phönix beschützen mussten, würden sie und Val solche Freundschaften vielleicht dringender brauchen als je zuvor. »Der Besitzer dieser Hütte kann jeden Moment hier auftauchen«, fügte sie hinzu. »Xephyra ist noch klein, aber sie wächst ja die ganze Zeit. Und diese Soldaten … hier sind wir nicht sicher.«

»Ich beschütze uns«, sagte Val. »Das habe ich doch immer schon getan, oder nicht?« Sie schob das Kinn vor, wie um Veronyka zum Widerspruch herauszufordern.

»Selbst wenn du nicht hier bist?«

Val blähte ihre Nasenflügel. »Wenn du getan hättest, was ich dir gesagt habe, und in der Hütte geblieben wärst …«

»Wäre ich jetzt vermutlich tot«, fauchte Veronyka. Sie starrten einander an, aber Val gab keine Antwort. »Wir müssen das nicht allein schaffen«, flüsterte Veronyka und versuchte, überzeugend zu klingen. »Wir könnten nach anderen Animagen suchen. Wir könnten nach Phönixreitern suchen.«

»Phönixreitern?«, wiederholte Val tonlos. »Es gibt keine Phönixreiter, Veronyka. Das Imperium hat sie alle abgeschlachtet.«

»Die Reiter vielleicht, aber nicht die Animagen. Wenn *wir* verlorene Eier aufspüren und zum Schlüpfen bringen können, wer kann dann behaupten, dass andere dazu nicht auch in der Lage wären? Wir könnten höher auf den Pyrmont wandern. Je weiter wir uns vom Imperium entfernen, desto besser.«

»Das Imperium ist überall, nicht nur auf den unteren Hängen. Wir können niemandem außer uns selbst vertrauen.«

Veronyka biss sich auf die Lippe. Ihr ganzes Leben lang war es schon so gewesen. Sie hatte niemals Freundschaften schließen, öffentliche Feste besuchen oder allein durch die Stadt laufen dürfen. Seit dem Tod ihrer Großmutter war es noch schlimmer geworden, aber dieser Verlust hatte ihre Sehnsucht nach Kontakten nur noch vergrößert. Val behauptete, es gehe ausschließlich um Sicherheit, und drohte, jeden Fremden zu töten, der ihren Weg kreuzte, aber Veronyka wusste, dass es ihr vor allem um Kontrolle ging – und sie hatte es satt, Vals Launen die ganze Zeit nachzugeben.

Ja, das Imperium war überall – sie hatten eben erst den Beweis dafür erhalten. Aber nur, weil jemand aus dem Imperium stammte, brauchte er deshalb noch nicht schlecht zu sein. Sie und Val waren beide im Imperium geboren worden, obwohl sie ihre Wurzeln in Pyra hatten, und das galt auch für ihre Maiora. Sie hatte ihnen aufgetragen, aufeinander aufzupassen – aber das bedeutete doch nicht, dass sie in

Abgeschiedenheit leben mussten und niemals wieder irgendjemandem vertrauen durften.

Diesem Soldaten des Imperiums zu vertrauen, hatte ihr das Leben gerettet. Wenn sie wie Val wäre und blindlings alle Fremden töten wollte, die ihren Weg kreuzten, wäre sie jetzt vermutlich tot.

In Vertrauen, in Einheit lag Stärke. Sie mussten einen Ort finden, wo Menschen wie sie sicher und beschützt leben konnten. Wenn es keinen solchen Ort gab, würden sie ihn selbst erschaffen müssen.

»Ruf sie da weg«, sagte Val und riss Veronyka aus ihren Gedanken. Sie wies mit dem Kinn auf Xephyra, die auf dem Boden herumpickte und ihren Schnabel in einen Haufen Späne bohrte.

»Was – warum? Das ist doch Abfall.«

»Darum geht es nicht«, fauchte Val und nahm den Dolch des Soldaten vom Hackstein. Die Luft in der Hütte erstarrte, als sei aller Sauerstoff aus dem Raum gesaugt worden.

»Sie ist dir heute gefolgt, hat die Hütte verlassen, obwohl du ihr das verboten hattest.«

»Val, es ist nichts passiert«, log Veronyka, und ihre Kehle schnürte sich vor Angst zusammen. Sie suchte etwas, das sie sagen könnte, um Val aus ihrem brodelnden Zorn zu holen, aber in ihrem Kopf gab es nur vagen Dunst. »Sie ist noch jung. Sie ist neugierig. Sie ist …«

»Sie ist bald groß genug zum *Reiten*, Veronyka. Sie ist kein frischer Schlüpfling mehr. Wir haben das Feuer schon vor Wochen errichtet. Sieh dir doch an, wie schnell sie wächst, wie viel stärker sie jeden Tag wird. Du musst sie zügeln. Es kann eine Zeit kommen, in der Xephyras Ungehorsam über Leben und Tod entscheidet. Und dann kannst du sie nicht bitten. Dann musst du ihr befehlen – und sie muss gehorchen.«

Val packte das Messer mit einer Hand, zog mit der anderen eine fleckige Dattel aus der Tasche und legte sie sich auf die Handfläche. Xephyra hob den Kopf, von der Bewegung angelockt, ihr Blick haftete an der Frucht in der ausgestreckten Hand. Sie liebte Datteln über alles.

»Val«, sagte Veronyka mit scharfer Stimme, ihre Muskeln verkrampften sich, als sie aufstehen wollte. Val machte einen Schritt zurück und entfernte sich damit von Xephyra. Xephyra folgte ihr.

Ohnmacht überkam Veronyka, ihre Glieder wurden schwer wie Blei. Xephyra war nur ein paar Schritte von ihr entfernt und doch hätte sie genauso gut auf der anderen Seite des Tals stehen können. Die Aufmerksamkeit des Phönix galt ganz allein Val, aber dann nahm Xephyra auch Veronykas Verzweiflung wahr. Ihre schwarzen Augen funkelten, als sie sich umschaute und ihren Blick zwischen ihrer Verbündeten und dem Leckerbissen hin- und herwandern ließ.

»Ruf sie zurück«, sagte Val gelassen und bückte sich, um Xephyra die Dattel anzubieten.

Veronyka konnte den Blick nicht von dem Messer in Vals Hand losreißen. Dunkle, gefährliche Erinnerungen stiegen in ihr auf; Val, die den Leichnam ihres Hauswirts durch die Gasse zog, nachdem sie mehrere Monate mit der Miete in Rückstand geraten waren; Val, die sie gegen drei Männer verteidigte, die mehr wollten als nur ihr Geld, ihr Gesicht verzückt und ihre Hände triefend vor Blut.

»Ich versuche es ja«, sagte Veronyka mit erstickter Stimme, blockierte die schrecklichen Erinnerungen und konzentrierte sich auf Xephyra. Sie atmete langsamer in dem Versuch, sich zu beruhigen und ihrer Verbündeten die Bedeutung zu übermitteln, ihr das Konzept von Gefahr zu erklären. Xephyras Antwort war ein leuchtender Blick der Versicherung. Das hier sei nicht ihre erste Dattel. Datteln seien süß und köstlich, und Val sei ein vertrauter Anblick, Klang und Geruch. Xephyra begriff nichts.

»Du sollst es ihr nicht *erklären*«, sagte Val, während Xephyra noch einen Schritt auf die Dattel zumachte. »*Sag* es ihr. Befiehl ihr, zurückzutreten. Befiehl ihr, zu dir zu kommen.«

Veronyka wurde von Entsetzen gepackt, und sie versuchte es – aber sie wusste, dass sie es falsch machte. Sie war jetzt verzweifelt, außer sich vor Angst, sie kämpfte mit den Tränen. Sie befahl nicht, sie flehte. Sie bettelte. Und alles, was ihre wilden Gefühle zustande brachten, war, den Phönix verwirrt den Kopf drehen zu lassen, während sie sich Val noch dichter näherte.

»Ich kann das nicht!«, rief Veronyka und verlor den Glauben, dass Val sie niemals verletzen würde. »Bitte, Val – ich kann das nicht. Ich …«

»Befiehl es ihr!«, schrie Val.

Es waren nicht nur Wörter – es war Macht. Val hatte Schattenmagie gegen sie eingesetzt, die Magie, die sie noch nie auf ihre Schwester gerichtet hatte. Einen Moment lang glaubte Veronyka, ihr Körper werde sich Vals Wissen unterwerfen. Aber als Nächstes merkte sie, dass sie auf den Knien lag, die Hände ausstreckte, schluchzte, während Tränen über ihr Gesicht liefen.

Val richtete sich auf und versuchte nicht mehr, den Phönix zu sich zu locken. Sie seufzte, ihre dunklen Augen füllten sich mit Enttäuschung. Sie warf den Dolch auf den Hackstein und ließ die Dattel vor ihre Füße fallen. Xephyra sprang über das letzte Stück, das sie noch trennte, und fing an, eifrig an dem Stück Obst zu picken.

Erleichterung durchströmte Veronykas Brust, und der feste Knoten, der sich dort gebildet hatte, wurde gelockert.

»Val …«, begann sie, aber sie wurde von einen würgenden, röchelnden Geräusch unterbrochen. Eine Sekunde darauf jagte Panik durch ihre Verbindung mit Xephyra und drang in ihre Gedanken ein.

Sie stürzte zu ihrem Phönix, aber Val kam ihr zuvor und stieß sie zurück. Xephyra würgte, öffnete und schloss ihren Schnabel in dem Versuch, die Dattel auszuspucken. Ihre Gefühle waren so wild und chaotisch, dass Veronyka nicht wusste, welches ihre eigenen Gedanken waren und welche von Xephyra stammten. Als sie sich gegen Val wehrte und versuchte, ihre konfusen Gedanken zu entwirren, begriff sie endlich, was hier vor sich ging. Xephyra war nicht dabei, an der Dattel zu ersticken; sie war ihr nicht im Hals stecken geblieben und machte ihr das Atmen unmöglich, sie hatte sie bereits verschluckt. Warum also bekam sie keine Luft?

»Du hast sie vergiftet«, keuchte Veronyka, konnte es aber nicht glauben, obwohl sie wusste, dass es die Wahrheit sein musste. Sie starrte Val aus weit aufgerissenen Augen an – den Menschen, der geholfen hatte, sie großzuziehen, ihre Schwester und Beschützerin und Freundin.

»*Xe Nyka*«, sagte Val und benutzte den pyrenischen Kosenamen für Veronyka. Ihre Stimme klang auf Pyrenisch lieblicher, und das lange i von Nyka wurde weicher, sanfter. Aber solange Val nicht abstritt, wessen Veronyka sie bezichtigte, wollte sie diesen Namen nicht hören. Sie versetzte ihrer Schwester einen Stoß und Val stolperte rückwärts gegen die Mauer.

Veronyka zögerte keinen Moment und ließ sich neben ihrer Verbündeten auf den Boden fallen. Xephyras hervorquellende Augen blickten in ihre, konnten sie aber nicht fokussieren. Xephyras Magen krampfte sich vor Schmerz zusammen, während ihre Gedanken, ihre Gefühle ... sie verrannen wie Wasser durch aneinandergelegte Hände.

Veronyka griff nach ihr, mit Gedanken und mit Händen, aber dann war Val wieder da und riss sie zurück. Veronyka wehrte sich – wütender denn je, heftiger, als sie sogar für ihre Maiora gekämpft hatte –, aber Vals Zugriff kannte kein Erbarmen. Veronyka konnte nur voller Entsetzen zusehen, wie Xephyra taumelnd und mit einem letzten Zwitschern zu Boden fiel und bewegungslos liegen blieb.

In Veronykas Geist trat Stille.

Ihr Bündnis, ihre Verbindung – von einem Augenblick zum anderen waren sie nicht mehr da.

Phönixe sind der Grund, warum es Magie gibt. Azurecs flammende Lichtkrieger mussten mit der Menschheit kommunizieren können, ebenso wie umgekehrt, deshalb besaßen Nefyra und die Ersten Reiterinnen die Gabe der Tiermagie.

Da die Ersten Reiterinnen aus Pyra stammten, halten manche die Einwohner von Pyra für eine Quelle der Magie und glauben, bei der Eroberung durch Elysia hätten sie alle Magie aus dem Tal mitgebracht. Doch Elysia kam ja nicht allein – sie kam mit Phönixen.

Deshalb ist Azurec die Quelle der Magie, und Phönixe sind ihre Träger, die im Land Magie verbreiten und sie dort zum Leben erwecken, wo sie in den Menschen überall im Tal geschlummert hat.

Natürlich würde, wenn die Phönixe jemals aus dem Imperium verschwänden, die Magie bald folgen.

»Ursprünge der Magie«, aus: *Sonnwendpredigten*,
von Friya, Hohepriesterin von Azurec,
veröffentlicht 111 NI.

Im Imperium gab es Fäule, die an geheimen, unbewachten Orten Wurzeln schlug. Ich wusste, dass ich die Samen nicht entfernen konnte, aber ich konnte die Ernte dem Erdboden gleichmachen.

– Kapitel 7 –

SEV

Sev kehrte in tiefer Benommenheit ins Lager zurück. Immer wieder sah er das Mädchen und den Phönix vor sich und spürte den Druck des kalten Stahls an seiner Kehle. Er rieb sich die Wunde, ein oberflächlicher Schnitt, der ihn brennend daran erinnerte, wie nahe er dem Tod gewesen war.

Aber es war nicht der Moment des nahen Todes gewesen, der ihn so erschüttert hatte – solche Situationen hatte er schon oft erlebt.

Nein, es war dieser götterverdammte Phönix.

Was sollte er jetzt machen? Er hatte gewusst, dass er für das Soldatenleben nicht geschaffen war, aber jetzt war noch der letzte Zweifel verflogen. Er konnte den Gedanken, dass ihnen noch andere wie sie begegnen würden und dass dann alles anders verlaufen könnte, nicht ertragen. An diesem Tag hatte er Glück gehabt – er und auch das Mädchen –, aber beim nächsten Mal musste das nicht der Fall sein.

Beim nächsten Mal könnte ihm am Ende das Blut von unschuldigen Animagen an den Händen kleben.

Er musste irgendeinen Ausweg aus diesem Elend finden.

Als er Jotham und Ott eingeholt hatte, blieb er auf Distanz, um ihre Aufmerksamkeit nicht auf sich oder den frischen Schnitt an seinem Hals zu lenken. Es wurde dunkel, als sie die Wachtposten vor dem Lager passierten, und bald verriet ihm leises Stimmengewirr, gefolgt von schattenhaften Gestalten, die sich zwischen den Bäumen bewegten, dass sie das Lager erreicht hatten. Sie hatten sich in einem dichten Wäldchen niedergelassen, und obwohl sich die Dunkelheit mit jedem Schritt vertiefte, gab es nicht eine Fackel und nicht ein Feuer, das ihnen den Weg wies. Ihre Anwesenheit musste unbedingt geheim gehalten werden und Feuer nach Anbruch der Dunkelheit waren strengstens untersagt.

Die Soldaten pflegten ihre Waffen, stellten ihre Zelte auf und rollten ihre Schlafmatten aus, während die Leibeigenen die frisch eingetroffenen Packtiere fütterten und die Brieftauben versorgten. Die Köche und ihre Gehilfen bereiteten bereits die Abendmahlzeit zu, zerschnitten Räucherfleisch und schmierten Honig auf kalte Gerstenkuchen. Beim bloßen Anblick dieser harten, runden Scheiben verspürte Sev einen Brechreiz. Er hatte fast sein Leben lang Hunger gelitten, aber sogar er fühlte sich dieser kargen, stärkehaltigen Kost, die in der Ernährung des Imperiumsheeres eine so große Rolle spielte, kaum gewachsen.

Lieber Gerstensuppe als schwarzen Eintopf, dachte er. Das war eine übliche Redensart unter den Soldaten hier, die wie er aus den ärmsten Gegenden des Imperiums stammten und stundenlang in den *Gängen* oder dem Vergessenen Bezirk für eine Kelle voll von diesem dunklen, klebrigen Brei Schlange gestanden hatten, den die Anhänger der Miseriya austeilten – der Göttin der Armen und Hoffnungslosen.

Weiter vorn war Otts wütende Stimme durch die anderen Geräusche des Lagers hindurch zu hören. »Was soll'n das heißen, der Hauptmann is weg?«, wollte er wissen. »Wieso ham wir uns dann so beeilt?«

»Ihr habt euch beeilt, weil der Hauptmann das so befohlen hatte«, war die schroffe Antwort.

Sie stammte von Offizier Yara, Hauptmann Beldens Stellvertreterin. Yara war eine Veteranin des Blutkrieges, ihr Gesicht und ihre

Hände waren von Narben und Brandflecken übersät. Sie war eine der wenigen Frauen in ihrer Kompanie, ein Relikt aus der Zeit vor dem Krieg, als das Heer aktiv um Frauen geworben hatte. Bei den Phönixreitern war es Tradition gewesen, dass Männer und Frauen gleichermaßen kämpften, aber nachdem die Reiter abtrünnig geworden waren und das Imperium verraten hatten, taten die Gouverneure alles, um die Erinnerung an sie zu tilgen – sie ließen Statuen zerstören, verboten Lieder und änderten Gesetze und Bräuche. Soviel Sev wusste, durften Frauen zwar weiterhin in die Armee eintreten, es kam jedoch nicht mehr häufig vor.

Offizier Yara war auch aus Pyra, aber sie war keine Animage und deshalb dem Imperium treu geblieben. Sie hatte sich ihre Position während des Krieges erworben und hart um die Achtung ihrer Mitoffiziere gekämpft. Sie war streng und nüchtern und leitete die täglichen Operationen der Kompanie mit fester Hand.

»Er hatte etwas Wichtiges zu erledigen«, fügte sie hinzu. »Und ihr werdet deshalb mir Bericht erstatten.«

Nach einigen gemurmelten Verwünschungen schilderte Ott die Ereignisse dieses Tages, ließ den Halt bei der Hütte vorsichtigerweise jedoch aus.

Sev hörte kaum zu, er konnte nur daran denken, was Offizier Yara gesagt hatte. *Der Hauptmann hatte etwas Wichtiges zu erledigen.* Das bedeutete eine Änderung der Routine. Das bedeutete Möglichkeiten.

Sev schloss die Augen und ging in seiner Erinnerung den Dienstplan durch, den er an diesem Morgen gesehen hatte. Er hatte ein ausgezeichnetes Gedächtnis und nutzte sein überaktives Gehirn häufig, beobachtete Menschen und Dinge und brachte sie in seinen Gedanken in ein System. Es war eine Gewohnheit, die er sich in den Straßen von Nova Aura zugelegt hatte. So, wie er wusste, wo er um Münzen und wo er um ein Stück Brot betteln konnte, so wusste er auch, welche Gassen aufgrund von Banden und Gossenherrschern verbotene Zone waren und über welche Abkürzungen er rasch die Flucht ergreifen konnte.

Er hatte in der Armee ganz von vorn anfangen müssen, hatte gelernt, wem er besser aus dem Weg ging – wie Jotham und Ott – und wer vielleicht umgänglicher sein konnte. Er prägte sich Zeitpläne und Vorlieben der anderen ebenso ein wie ihre Fähigkeiten und Begabungen. Das meiste von diesem Wissen war unnütz, aber manchmal machte es sich doch bezahlt.

Wie jetzt.

Hauptmann Belden hatte zwei Leibwächter, die meistens gemeinsam die Nachtschicht schoben. Aber da Kapitän Belden das Lager verlassen hatte – zusammen mit den Leibwächtern –, würden nun zwei andere deren Dienst übernehmen müssen. Es war nichts Großes, aber es könnte genau der Vorteil sein, den Sev brauchte, der Fingerzeig des Schicksals, auf den er schon so lange wartete.

Er sehnte sich schon weg, seit er in die Armee geholt worden war, aber er hatte nicht lange gebraucht, um zu begreifen, dass es so gut wie unmöglich war, aus den schwer bewachten Übungslagern und ummauerten Bereichen des Imperiums zu desertieren. Aber nun war er in seinen ersten Einsatz geschickt worden, *außerhalb* des Imperiums. Sev hatte sich vorgestellt, dass eine Flucht damit sehr viel realistischer wurde, und hielt seither Ausblick nach einer Chance.

Langsam und die Füße schleifend trat Sev vor. »'tschuldigung, Offizier Yara?«, sagte er, nachdem Jotham und Ott entlassen worden waren.

Sie musterte ihn von oben bis unten, und Sev nahm an, dass sie versuchte, sich an seinen Namen zu erinnern. »Ja … Soldat?«

»Wisst Ihr, ob Garret schon auf Posten ist? Er hat gesagt, ich muss ihm und Arro das Essen bringen, und …«

Yara verzog den Mund. Sie wusste sehr gut, dass es nicht zu Sevs Pflichten gehörte, seinen Kameraden Essen zu bringen, und sie hielt das zweifellos für eine Schikane, der die älteren Soldaten die neuen

Rekruten oft aussetzten – wie die Sache mit der Armbrust, die Sev für Ott hatte tragen müssen.

»Garret und Arro sind derzeit mit Hauptmann Belden unterwegs. Sie werden von Rian und Heller vertreten, aber du kannst mir glauben, du brauchst ihnen kein Essen zu bringen.«

Sev nickte dankbar, machte eine Verbeugung und ging. Dabei versuchte er, sein Lächeln zu verbergen, als er Otts Armbrust beim Waffenmeister abgab. Rian war ein so guter Soldat wie jeder andere auch, aber Heller war zwar erfahren, doch nicht allzu gut in Form. Alte Verletzungen machten ihm zu schaffen, und obwohl er sich alle Mühe gab, das zu verbergen, wusste Sev, dass er auf dem linken Ohr taub wurde. Das war ihm Wochen zuvor erstmals aufgefallen, weil Heller immer den Kopf schräg legte, wenn jemand etwas zu ihm sagte. Sev hatte seine Theorie danach noch mehrere Male auf die Probe gestellt, hatte sich von links an Heller angeschlichen und versucht, ihn zu überraschen. Das hatte ihm eine schallende Ohrfeige eingetragen, aber es war die Sache wert gewesen.

Es war kein großartiger Vorteil, aber er könnte reichen.

Es würde noch eine Wachablösung geben, ehe sie im Morgengrauen das Lager abbrachen, deshalb würde er vorher handeln müssen.

Hoffnung stieg in ihm auf, während sich die Soldaten für die Nacht bereit machten. Sev folgte seiner üblichen Routine und wanderte an den Rändern der Lichtung entlang, offiziell suchte er einen Platz, um seine Schlafmatte auszurollen, in Wirklichkeit aber frischte er seine Kenntnis der Namen, Gesichter und Gewohnheiten der anderen Soldaten auf.

Als er sicher war, dass niemand zu ihm herüberschaute und alle Soldaten, die Schwierigkeiten machen könnten, mit Schlaf oder Schnaps beschäftigt waren, drückte er seine aufgerollte Matte fester an sich – unter der er ein Bündel mit einem Wasserschlauch und Proviant verbarg – und duckte sich tiefer in die Schatten. Dann drehte er dem Lager den Rücken zu und schlüpfte zwischen die Bäume.

Die Dunkelheit umfing ihn, und Sev musste vorsichtige Schritte machen, um nicht über Wurzeln zu stolpern oder sich in Dornen zu verfangen. Die Wachtposten, die den Rand des Lagers abschritten, taten dies immer in einer bestimmten Formation, und da er sich den Dienstplan des Tages genau eingeprägt hatte, wusste er, dass Garret und Arro an die Südwestpunkte kommandiert worden waren, also würde er auf Rian und Heller treffen.

Sev ging nun auf Zehenspitzen in deren Richtung und lächelte, als die gebeugte Gestalt Hellers zwischen den Bäumen auftauchte. Sev, dessen ganzer Leib vor Aufregung prickelte, hielt inne, um sich zu sammeln. Er hatte nur einen Versuch, und wenn er erwischt würde, könnte er keinen Grund dafür nennen, warum er sich so weit vom Lager entfernt hatte. Er griff in sein Bündel und trank einen hastigen Schluck von dem Schnaps, den er Ott gestohlen hatte, denn wenn alles andere fehlschlug, könnte er wenigstens den Betrunkenen spielen.

Er biss die Zähne zusammen, schloss die Augen, öffnete sein Bewusstsein weit, suchte …

Und endlich wurde er fündig – eine Gruppe von Fledermäusen, die in der Nähe auf einem Ast hockten. Perfekt. Während er die Fledermäuse nach rechts schickte, um Heller abzulenken, würde er nach links laufen.

Wenn er erst entkommen wäre, würde vor dem Morgen niemand auf die Idee kommen, nach ihm zu suchen. Bis dahin würde er mehrere Stunden Vorsprung haben. Er würde nach Süden gehen, ins Vorgebirge, und sich zum alten Bauernhof seiner Eltern durchschlagen – oder dessen Überresten.

Es war dort früher einmal so schön gewesen. Seine Familie hatte Schafe gezüchtet, und noch heute sah er, wenn er nachts die Augen schloss, wogende grüne Wiesen und den weiten, offenen Himmel vor sich.

Bei Kriegsausbruch war die pyrenische Grenze zur Frontlinie geworden und Animagen waren in Scharen in die Berge geflohen.

Menschen wie Sevs Eltern waren in die Armee gezwungen worden, erhielten gebrauchte Waffen und Phönixeier und sollten die Fußsoldaten des Imperiums in die Flucht schlagen.

Sie beschwerten sich nie, sie klagten nie über ihr Schicksal. Es war eine Ehre, einer Reiterkönigin zu dienen, sagten sie, und Avalkyra Aschenfeuer sei die legitime Thronerbin. Ihre Mutter war zur Zeit von Avalkyras Geburt Königin gewesen, und damit hatte sie einen Anspruch auf den Thron, während ihre Schwester erst später legitimiert worden war.

Sevs Eltern hatten ihre Rüstung voller Würde getragen und sich nach jeder siegreichen Schlacht Obsidianstücke in die Haare geflochten. Der Anblick seiner Eltern, die den Soldaten des Imperiums entgegenrückten, hatte Sev mit brennendem, blendenden Stolz erfüllt.

Mit törichtem Stolz.

Er hatte seine Eltern für unbesiegbar gehalten, aber das waren sie natürlich nicht. Das war niemand.

Manchmal hasste Sev sie, weil sie gestorben waren und ihn zurückgelassen hatten, doch zugleich war ihr Tod für ihn eine wertvolle Lektion im Überleben gewesen. Er würde nicht dieselben Fehler machen wie seine Eltern.

Sowie er sich heute Nacht aus dem Lager abgesetzt hätte, würde er verschwinden. Nie wieder Jotham und Ott, nie wieder verächtlich blickende Leibeigene und rachsüchtige Mädchen mit scharfen Messern und ausgestorbenen Phönixen. Das alles wollte er nicht, das alles hatte er sich nicht ausgesucht. Es wurde Zeit, sein Leben in die eigenen Hände zu nehmen.

Mit einem kräftigen, aber ein wenig ungeschickten Befehl schickte Sev die Fledermäuse von Heller fort.

Sie weigerten sich. Sev war bestenfalls ein durchschnittlicher Animage – die vielen Jahre, in denen er seine Fähigkeiten hatte verbergen müssen, hatten sie schwach und wenig wirkungsvoll werden lassen –, und die Fledermäuse flogen nur aufgeregt hin und her.

Heller schaute am Baum hoch und Sev brach der kalte Schweiß aus. Mit einem verzweifelten Aufwallen seiner Magie gab er einen weiteren Befehl, und die Fledermäuse flogen tatsächlich los, jagten als flügelschlagende, sich immer neu zusammenfügende Schatten durch das Laub.

Heller fluchte und kam mühsam auf die Beine, dann kniff er die Augen zusammen und starrte in Richtung der flatternden Fledermäuse in die Dunkelheit.

Jetzt!

»Ich an deiner Stelle wäre vorsichtig«, sagte eine Stimme dicht hinter ihm. Sevs Herz schlug ihm bis in den Hals. Er fuhr herum und sah nur wenige Handbreit von sich entfernt eine kleine Gestalt stehen.

Es war eine runzlige alte Leibeigene, deren bleiches, verschrumpeltes Gesicht von einem Schopf aus fedrigen weißen Haaren gekrönt war, die einen Hauch von Mondlicht einfingen. Sev hatte die Frau schon früher gesehen, sie lachte häufig düster vor sich hin und murmelte ununterbrochen im Schlaf. Die Glieder ihrer Kette funkelten und warfen Lichtreflexe in ihr Gesicht.

»Vorsichtig?«, fragte Sev, drehte sich wieder um und hielt in den Schatten Ausschau nach Heller. »Mach, dass du hier wegkommst, alte Frau«, flüsterte er wütend und bereitete sich auf die Flucht vor, egal, ob er Krach machen würde oder nicht.

»Weißt du«, sagte sie laut – zu laut – und lehnte sich dabei gemütlich an einen Baum, »wenn du Verstand hast, tust du genau das, was ich sage, ehe es zu spät ist.«

Sev hätte ihr den dürren Hals umdrehen mögen. Er hatte Heller vollkommen aus den Augen verloren, die Fledermäuse machten noch immer einen wilden Wirbel, und als er gerade beschlossen hatte, alle Vorsicht in den Wind zu schlagen und loszurennen, rief eine Stimme durch die Dunkelheit: »Heller, bist du da?«

Es war Rian, der von seinem Posten weiter im Süden herüberkam. Hatten die Fledermäuse einen solchen Lärm gemacht, oder besuchten sich die beiden häufiger gegenseitig, wenn sie Wache schieben mussten?

Sev war noch nicht in Rians Blickfeld, aber das würde nicht mehr lange so bleiben. Er sah die alte Frau verzweifelt an.

»Hoch in den Baum«, sagte sie und zeigte auf die schweren, tief hängenden Äste. Es war möglich, dort hinaufzuklettern. Sev ließ sich nicht die Zeit, sich zu überlegen, warum sie ihm half – oder wie sie erklären würde, dass sie sich mitten in der Nacht vor dem Lager aufhielt –, sondern packte den nächstbesten Ast und zog sich hoch.

Er versuchte gerade, sich auf einem breiten Ast niederzulassen, als die alte Leibeigene unter ihm loskreischte.

»Hilfe, Hilfe!«, schrie sie in die Nacht hinaus, und Sev wäre fast von seinem Ast gefallen. Was in Nox' Namen sollte das denn? »Hierher!«

Rian war sofort mit gezückter Klinge neben ihr. Die Bäume standen hier nicht so dicht und Sev konnte im durch die Bäume gefilterten Mondlicht dessen düstere Miene erkennen.

»Ach, den Göttern und ihren Dienern sei Dank«, sagte die Frau atemlos, als auch Heller dazukam.

»Wenn du so weitermachst, greift noch das ganze Lager zu den Waffen, Frau«, bellte Heller und versuchte, mit einem pfeifenden Geräusch zu Atem zu kommen. »Was ist denn los?«

Sev hielt ganz still. Nicht einmal seine Lunge bewegte sich – obwohl er sie in Gedanken anflehte, es zu tun.

»Ich ... das heißt ... wir ... brauchen eure Hilfe.« Und zu Sevs Entsetzen zeigte sie auf ihn, wie er dort wie ein überdimensionaler Vogel im Baum hockte.

Rian trat neben sie und entdeckte Sev nun ebenfalls. »Was um alles in der Welt machst du da oben?«, rief er.

»Eine von meinen Tauben ist krank geworden«, sagte die Frau eilig. »Ist weggeflogen, als ich ihr helfen wollte, und sitzt jetzt da oben im

Baum. Will einfach nicht runterkommen, da kann ich betteln und schmeicheln, so viel ich will. Ihr wisst doch, wie Tauben sind. Sind ein bisschen wirr im Kopf – seht ihr, schon geht's los.«

Ein warmes *Etwas* klatschte auf Sevs Kopf, und er glaubte, zu wissen, was es war. Als er aufblickte, fand er es nicht weiter überraschend – aber absolut ärgerlich –, dass dort oben eine Taube sanft gurrte, nachdem sie sich auf seinen Kopf erleichtert hatte. Er hatte an diesem Tag wirklich mehr als genug Kacke abbekommen.

»Der Junge wollte mir helfen, den armen Vogel einzufangen, aber leider kann er nicht gut klettern und scheint es nicht wieder runterzuschaffen.«

Sev durchbohrte die alte Frau mit mörderischen Blicken, aber sie schaute nur mit großen, besorgten Augen zu ihm auf. Nachdem er tief Luft geholt und den Drang unterdrückt hatte, ihre albernen Lügen zu widerlegen, folgte er Rians und Hellers Anweisungen und hielt die Taube fest, während Rian auf den Baum kletterte, um ihm zu helfen.

Es war unendlich peinlich, von dem Mann mehr oder weniger den Baum hinuntergetragen zu werden wie ein Kind, das zu hoch geklettert war und es mit der Angst zu tun bekommen hatte.

Als er endlich vor den anderen stand, mit einer an die Brust gepressten Taube und Vogeldreck in den Haaren, konnte Sev den wachsenden Verdacht nicht unterdrücken, dass sich die alte Frau köstlich amüsierte. Sie lächelte jedenfalls strahlend.

Rian und Heller befahlen ihnen, sich zurück ins Lager zu scheren, und Sev ging neben der alten Frau her und wusste nicht, ob er ihr danken oder sie erwürgen sollte.

Sie *hatte* ihm geholfen, wenn auch auf überaus seltsamen Umwegen. Wenn sie ihn nicht aufgehalten hätte, wäre er bei seinem Fluchtversuch aller Wahrscheinlichkeit Rian in die Arme gelaufen. Und selbst wenn nicht, hatten die Fledermäuse einen solchen Wirbel veranstaltet, dass Rian und Heller auf jeden Fall hier herumgeschnüffelt hätten. Sev hätte natürlich den Betrunkenen spielen können, aber er wusste ja, dass das eine alles andere als unbedingt zuverlässige Strategie gewesen wäre.

Als sie von den Wachtposten nicht mehr gehört werden konnten, warf Sev der Frau einen Seitenblick zu.

»Keine Ursache«, sagte sie freundlich, und Sev runzelte die Stirn.

»Wieso denn? Weil du mich zum Narren gemacht hast?«, fauchte er.

»Ach, ich glaube, das kannst du sehr gut allein. Ich habe deinen, äh, *Trick* mit den Fledermäusen gesehen. Sollen sie denn unbedingt wissen, was du bist, Junge?«, fragte sie. »Dann wirst du schneller registriert und in Ketten gelegt, als du ›Phönix‹ sagen kannst.«

Sevs Mund war plötzlich wie ausgedörrt. Sie hatte ihn ertappt, als er seine Magie einsetzte.

Während die Frau auf den ersten Blick gebrechlich und wie eine Großmutter wirkte, ahnte Sev nun, dass sie alles andere als das war. Als sie jetzt in ihrem Kittel vor ihm stand und die Büschel ihrer flaumigen Haare in alle Richtungen abstanden, leuchteten ihre Augen mit wacher Intelligenz.

Sev öffnete den Mund, räusperte sich, dann zuckte er so lässig, wie es ihm mit der Taube in der Hand möglich war, die Schultern. Er drückte sie der Frau in die Hand. »Keine Ahnung, wovon du da redest.«

Besser, sich dumm zu stellen. Das konnte er sehr gut.

»Ach, ich glaube, doch«, sagte sie und nahm die Taube. »Ein Animage, der unter den Soldaten des Imperiums arbeitet und lebt. Was für eine entsetzliche Bürde, dieses Geheimnis verbergen zu müssen.«

Sie senkte den Kopf über die Taube in ihren Händen, murmelte etwas mit leiser Stimme und ließ den Vogel dann los. Der hob so elegant ab wie ein Adler im Aufwind. Sev runzelte die Stirn. Diese Taube war nun wirklich nicht krank. War der ganze Auftritt vorhin womöglich eine Art Falle gewesen?

»Vielleicht war es diese Last, die dich dazu gebracht hat, dich mitten in der Nacht mit einem gepackten Bündel und einem Beutel voll gestohlenem Gold davonzuschleichen«, sagte die Frau mit einem müden Seufzer, als handele es sich um eine grauenhafte Tragödie.

Sev starrte sie an. Es wunderte ihn nicht, dass sie erraten hatte, dass er einen Fluchtversuch gewagt hatte, aber ihre letzte Bemerkung verwirrte ihn. »Gold? Was …«

Sie bedeutete ihm mit einem Lächeln, in seinem Bündel nachzusehen. Stirnrunzelnd griff Sev hinein und zog einen Geldbeutel hervor – einen, den er ganz gewiss nicht eingepackt hatte –, der in Gold mit Hauptmann Beldens Initialen bestickt war. Wann hatte sie ihm diesen Beutel untergeschoben? Er hatte nicht einmal eine Berührung oder einen Stoß gespürt.

»Was hast du …? Ich hab doch nicht … wie …«, stammelte er. Sie feixte nur, riss ihm mit einer blitzschnellen Bewegung den Beutel aus der Hand und ließ ihn wieder verschwinden.

»Es wäre schrecklich, dich melden zu müssen«, sagte sie, und ihre Stimme troff immer noch vor falscher Besorgnis.

»Dir würde niemand glauben«, sagte Sev mit schwacher Stimme.

Das musste stimmen. Er war ein Soldat, einer der angesehensten Diener des Imperiums, egal, wie tief unten er in der Hackordnung stand. Diese Frau war eine Leibeigene, eine Verbrecherin.

Sie schien seinem Gedankengang zu folgen. »Ob sie mir glauben würden oder nicht, die Tatsachen würden gegen dich sprechen, Junge. Aus dem persönlichen Vorrat des Hauptmanns zu stehlen, deine Zuneigung zu armen kranken Tieren, die in Bäumen festsitzen …«

Feurige, knisternde Wut stieg in Sev auf.

»Ganz zu schweigen davon, wie die anderen Tiere sich um dich scharen.«

»Die Tiere scharen sich nicht um mich«, sagte er automatisch, obwohl er bereits verstanden zu haben glaubte, was sie meinte.

»Noch nicht, nein.«

Sev blieb stehen. Er war wirklich und durch und durch verwirrt.

»Warum tust du das?«, fragte er.

»Ich schlage dir ein Geschäft vor. Du gibst mir, was ich will, und ich gebe dir, was du willst – eine Möglichkeit zur Flucht.«

»Da bist du«, sagte eine leise Stimme in der Dunkelheit des Lagers. Sev blinzelte verdutzt, als der Leibeigene von vorhin auftauchte. Als er Sev entdeckte, runzelte er die Stirn. »Was macht der denn hier? Und was…« Er verstummte und betrachtete Sevs verschmierte Haare.

»Wir haben uns unterhalten«, sagte Sev kurz, zog einen Fetzen aus seinem Bündel und rieb wütend an seinen Haaren herum. »Ich und… äh…«

»Die Soldaten und die Diener nennen mich Thya«, vollendete die alte Frau seinen Satz. »Aber ich hab das langsam satt. Ich hätte gern etwas mit mehr Schwung, verstehst du. Etwas *Schmissigeres.*«

Schweigen trat ein. Sev war sicher, dass sie gleich weiterreden würde, aber das tat sie nicht.

»Wie zum Beispiel?«, fragte er schließlich.

Sie schob die Lippen vor. »Ich bin noch nicht sicher. Ein Name bedeutet so viel… wie heißt du noch gleich, Junge? Seb?«

»Sev«, korrigierte er.

»Sev. Ein einzigartiger Name. Ferronesisch, oder? Abkürzung für Sevro?«

Er hob die Augenbrauen. Sevro war nicht gerade ein einzigartiger Name, aber doch selten, sogar in Ferro, wo er herstammte – und wo sein Vater herkam. Andere errieten seinen ferronesischen Hintergrund nur selten, da er die glatten Haare und die warme braune Haut seiner pyrenischen Mutter geerbt hatte. Er wurde allerdings in den Wintermonaten etwas blasser und jetzt war gerade erst Frühling.

Er nickte zustimmend und sie grinste. »Ja. Hab ich mir gedacht. Du hast einen Hauch von diesem olivenfarbenen *Ferro-Glanz.* Und diese Augen sind so grüngolden wie die von Teykes Katze. Für einen Soldaten ist er ziemlich hübsch, was, Kade?«

Kade runzelte verärgert die Stirn und Sevs Gesicht glühte unter dem Starren der beiden.

»Hör mal, mir ist es egal, wie du genannt werden willst«, sagte er schnell, ehe der Leibeigene etwas sagen konnte und um das Gespräch weg von seinem Aussehen und zurück zum Thema zu bringen. »Sag mir einfach ...«

»Trix«, verkündete sie, und Sev verlor den Faden.

»Äh, gut. Also, Trix ...«

»Oder Trixie? Nein, nein, das nehme ich zurück. Zu albern. Trix ist besser.«

»Das reicht jetzt«, knurrte Kade, der die Sache offenbar ebenso satthatte wie Sev. Er drehte sich zu Trix um. »Ich muss mit dir reden.«

»Ich auch«, sagte Sev und trat einen Schritt vor.

Kade starrte ihn wütend an, straffte sich dann und füllte den Raum zwischen ihnen mit seiner breiten Brust. Sev stand zwar im Rang über ihm – wenn auch nur haarscharf –, aber das war nicht von Bedeutung, wenn sie sich allein in der Dunkelheit befanden und kein Offizier in der Nähe war, der für Ordnung sorgen könnte. Kade wusste, dass Sev ein unerfahrener Soldat war, dem man Angst machen und dem man sich leichter widersetzen konnte als jemandem wie Ott, aber Sev würde sich nicht einschüchtern lassen. Diese Frau hatte ihm soeben einen Handel vorgeschlagen – oder vielleicht war es eine Drohung gewesen –, und er musste jetzt wissen, wo er sich hier hineingeritten hatte.

»Na, daran könnte eine alte Frau sich noch gewöhnen«, sagte Trix mit funkelnden Augen. »Los, Jungs, machen wir einen Spaziergang im Mondschein.«

Sie steuerte das besseren Schutz verheißende Dickicht an, fort von den schlafenden Gestalten im Lager, aber noch immer ein gutes Stück entfernt von den Wachtposten. Der Mondschein, von dem sie gesprochen hatte, war zwischen den dicht stehenden Bäumen nirgendwo zu finden.

»Es geht um das Mädchen«, sagte Kade leise und versuchte, Sev aus dem Gespräch auszuschließen, obwohl sie eng nebeneinandergingen.

»Welches Mädchen? Das von der Hütte?«, fragte Sev.

»Das kann dir doch egal sein, Soldat.«

Trix seufzte, blieb neben einem gewaltigen knorrigen Baum stehen und setzte sich auf eine dicke Wurzel. »Das reicht, Kade. Er arbeitet jetzt mit uns zusammen.«

»Ach ja?«, fragte Sev in genau dem Moment, in dem Kade sagte: »Ach ja?«

»Oder nicht, junger Soldat?«, fragte sie und strich sorgfältig die Falten ihres fadenscheinigen Kittels glatt, als könnte sie kein Wässerchen trüben.

Du gibst mir, was ich will, und ich gebe dir, was du willst. Aber mit ihnen zusammenarbeiten, was konnte das wohl bedeuten? Sollte er ihnen bei ihren Leibeigenenpflichten helfen?

Kade, der zwischen ihnen stand, runzelte wieder die Stirn. »Ich hab keine Zeit für deine Spielchen, Thya.«

»Trix. Ich möchte Trix genannt werden.«

»Der Hauptmann hat das Lager verlassen.« Kades Stimme grollte. »Das ist unsere einzige Möglichkeit. Sie ist noch so jung und sie schwebt in Gefahr.«

Trix sah jetzt nachdenklich aus. »Als Mädchen ist sie sicherer, glaube ich, denn als Frau. Und sie wird in noch größerer Gefahr schweben, wenn du noch einmal dorthin gehst.«

»Ihr redet doch von dem Mädchen bei der Hütte, oder?«, fragte Sev. »Dem mit dem …«

»Hüte deine Zunge, Soldat«, fauchte Kade und schaute sich eilig um. Als es einige Herzschläge lang still geblieben war, drehte er sich wieder zu Trix um. »Das ist jetzt die perfekte Gelegenheit. Wir müssen ihr helfen.«

»Wie könnten wir ihr denn helfen, Kade? Es ist besser, wenn wir sie hier lassen, als sie wegzubringen … und in Gefahr.«

»Aber sie ist wehrlos.«

»Ist sie nicht«, sagte Sev gelassen und dachte daran, wie geschickt die Schwester des Mädchens mit dem Messer umging.

»War sie das da an deinem Hals?«, fragte Kade und drehte sich wieder zu Sev um. Wann hatte er die Wunde an seiner Kehle entdeckt? Jetzt konnte er sie doch sicher nicht sehen, wo Sev das Gesicht des Leibeigenen kaum ahnen konnte. »Was hast du ihr getan, als ich weg war?«

»Kade«, sagte Trix mit scharfer Stimme, und zu Sevs Überraschung wich Kade sofort zurück.

»Ich habe ihr gar nichts getan, außer ihr das Leben zu retten.«

Trix lächelte über diese Mitteilung, Kade behielt seine steinerne Miene bei.

»Es geht ihr gut, das schwöre ich«, fügte Sev leise hinzu, aber es kam keine Antwort.

»Siehst du? Kein Grund zur Aufregung«, sagte Trix fröhlich, doch ihre Stimme wurde ernst, als sie weitersprach. »Ich werde unsere Mission und das Schicksal der Phönixreiter nicht für ein einziges Mädchen aus den Bergen aufs Spiel setzen.«

Sev hatte das Gefühl, dass ihm der Boden unter den Füßen weggezogen wurde. »Phönixreiter?«, flüsterte er heiser.

Während er Trix schockiert anstarrte, sah Kade wütend auf sie herab. Es passte ihm offenbar gar nicht, dass sie seinen Plan ablehnte, und Sev wusste nicht, was er verwirrender fand – dass sie es wagte, Kade Befehle zu erteilen, oder dass Kade offenbar gehorchte.

»Oh ja, Soldat. Dein Hauptmann wird euch diesen Berg hochmarschieren lassen, um die letzten Überreste der Phönixreiter auszumerzen. Er ist gerade unterwegs zu einem Treffen mit diesem räudigen Denunzianten.«

Sev wurde es schlecht. Er hätte es wissen müssen – wusste es auch irgendwo in seinem tiefsten Herzen. Vielleicht hatte ihm das Mädchen heute deshalb einen solchen Schrecken eingejagt. Vielleicht hatte er deshalb so dringend fliehen wollen.

»Die Deckung durch die Bäume«, murmelte er und zeigte nach oben. »Das Feuerverbot. Er hat keine Angst, dass die Leute aus den Dörfern uns hier sehen. Er hat Angst, dass wir vom Himmel aus gesehen werden könnten. Von den Reitern.«

Sev konnte nicht leugnen, dass ein Teil seines Herzens bei der Vorstellung jubelte, dass sich noch immer irgendwo Phönixreiter versteckten, aber dieses Gefühl unterdrückte er schnell. Warum wäre das ein Grund, glücklich zu sein? Sie hatten früher, als es Hunderte von ihnen gab und sie von einer feurigen Kriegerkönigin angeführt wurden, keine Chance gegen das Imperium gehabt. Und jetzt, ohne Thronfolgerin weit und breit und fast ausgerottet, welche Chance sollten sie da haben?

Trix strahlte ihn geradezu an. »Ich hab dir ja gesagt, er ist nicht so dumm, wie er aussieht«, sagte sie zu Kade.

Der Ruf, ein sanfter Dummkopf zu sein, war Sev offenbar vorausgeeilt – auch wenn diese Frau seine Tarnung durchschaut hatte. Kade sah ihn mit wenig schmeichelhafter Überraschung an, als ob er Sev wirklich für eine Art Trottel hielte.

»Wieso interessiert es dich, ob ich dumm bin oder nicht? Was willst du von mir?«, fragte Sev an Trix gerichtet.

Sie verzog nachdenklich den Mund. »Ich könnte einen Soldaten gut gebrauchen.«

Sev mahlte mit dem Kiefer, die Ereignisse dieser Nacht holten ihn allmählich ein. »Wozu denn? *Wozu* braucht eine Leibeigene einen Soldaten?«

»Es gibt Orte, die eine Leibeigene nicht aufsuchen kann, und Dinge, zu denen eine Leibeigene keinen Zutritt hat.«

Sev sah sie stirnrunzelnd an. »Zum Beispiel?«

»Zum Beispiel Dienstpläne, Vorratslisten, Waffen …«, erklärte sie mit einer vagen Handbewegung.

»Und wenn ich mich weigere?«

»Lass uns mal einen Moment allein, Kade, ja?«, sagte Trix honigsüß, und nach einem skeptischen Seufzer verschwand Kade in der Dunkelheit.

»Ich dachte, ich hätte mich klar ausgedrückt, Soldat«, sagte Trix gelassen und drehte sich zu Sev um. »Ob du nun ein Animage bist oder nicht, ich kann dich jedenfalls wie einer aussehen lassen. Wenn du mir in die Quere kommst, hetze ich dir jedes Vieh in diesem Wald auf den Hals. Ich könnte diese Lamas schnurren lassen, wenn ich das wollte – und sie würden es für dich tun. Sie sind eine abergläubische Bande, diese Soldaten, und du wärst wohl kaum der Erste, der ohne richtige Beweise in Leibeigenschaft landet. Und wenn sie dich holen kommen, dann sorge ich dafür, dass du noch dazu mit Gold, Silber und Seide des Hauptmanns erwischt wirst – nur sicherheitshalber.«

Sev ballte die Fäuste, sein Herz hämmerte in seinen Ohren.

»Außerdem«, fügte sie mit sanfter Stimme hinzu, aus der jegliche Bedrohung verschwunden war, »willst du weg hier, und ich bin deine beste Möglichkeit. Hilf mir, dann helfe ich dir – das ist ein Versprechen, Sevro.«

Sevs Puls flatterte, als er alles durchdachte. Er wusste, dass Trix zu alldem fähig war – das hatte sie ihm in dieser Nacht bewiesen. Schlimmer noch war, dass Soldaten erst handelten, dann überlegten – wenn sie ihn auch nur eine Sekunde lang für einen Animagen hielten, würde es keine Rettung für ihn geben. Und dann noch mit dem Geldbeutel des Hauptmanns erwischt zu werden …

Sev wollte tatsächlich weg von hier. Er brachte dem Imperium oder dessen Zielen absolut keine Loyalität entgegen, aber er war sich noch immer nicht ganz sicher, wie gerade Trix ihm zur Freiheit verhelfen könnte. Es sei denn …

»Wobei soll ich dir denn helfen?«, fragte Sev, und Unbehagen ballte sich in seiner Brust zusammen. »Was hast du vor?«

Trix lächelte ihn freundlich an. »Diese dreckigen Imperiumsmörder von innen her zu stürzen natürlich.«

Es war der Tod ihrer Mutter, der das Ende für uns bedeutete. Oder, um genauer zu sein: Es war der Tod dieser königsmörderischen, im Hurenhaus wohnenden Thronräuberin, der das Ende für uns bedeutete.

– Kapitel 8 –

Veronyka

Veronyka hing schlaff in Vals Armen.

Xephyra war tot.

»Das war nur zu deinem Besten«, sagte Val und keuchte ein wenig vor Anstrengung, Veronyka von Xephyra wegzuhalten. »Wir fangen noch einmal von vorn an. Wir suchen uns zwei neue Eier und machen das *zusammen*, damit ich dich richtig anleiten kann. Du warst noch nicht so weit – es ist nicht deine Schuld, dass das hier passiert ist.«

Veronyka wich vor ihr zurück, die Stille der gekappten Bindung hallte noch immer in ihren Gedanken wider. Die Stelle in ihrem Herzen, an der Xephyra hell gebrannt hatte, war jetzt ein kalter, harter Klumpen. Bei jedem Atemzug zog sich der Knoten in ihrer Brust fester zusammen, wurde schwerer, bis sie dachte, darunter ersticken zu müssen.

»Du hast recht«, sagte sie, und ihre Stimme war ganz und gar leblos. Wie Xephyra.

Val war sichtlich erleichtert, sie öffnete den Mund, um etwas zu sagen, aber Veronyka redete weiter. »Es ist nicht meine Schuld – sondern deine. *Du* hast das getan! Du hast sie *ermordet*!«, endete sie mit einem Schrei. Die Wörter entrissen sich ihrer Kehle und hinterließen eine Fährte von feuriger Qual. Ihr Gesicht zog sich zusammen und sie musste sich mit aller Gewalt zum Ein- und Ausatmen zwingen. *Xephyra ist tot. Xephyra ist tot.*

Und Val hatte sie getötet.

»Ich werde dir das niemals«, fuhr sie stockend fort, ihr Hals eng von ungeweinten Tränen, *»niemals«*, fügte sie hinzu, sie hätte stärkere, bessere Wörter gebraucht, konnte sie aber im Mahlstrom ihrer Gedanken nicht finden, »niemals verzeihen.«

Ihre Hände zitterten. Sie wollte Val schlagen, wollte ihr wehtun, aber stattdessen wandte sie sich ab und ließ sich auf den Lehmboden der Hütte fallen. Schmerzhafte Krämpfe durchjagten ihren Leib, aber sie hatte an diesem Tag nicht viel gegessen und würgte nur ätzende Reue hervor.

Als Nächstes merkte sie, dass Vals Arm auf ihrem Rücken lag und dort Kreise beschrieb. *Um sie zu trösten.*

»Im alten Pyra sind dauernd Phönixe gestorben, Veronyka«, sagte Val beruhigend. »Beim Training, im Krieg, in Opferfeuern, bei denen ganze Städte aufloderten. Es geht um die Animagen, um die Reiter. Xephyra war nur ein Tier.«

Nur ein Tier. Veronyka wollte herumfahren und Val ins Gesicht spucken, aber sie konnte ihrem Körper keine Bewegung entlocken. Xephyra war mehr gewesen als »nur ein Tier«, mehr als nur eine Verbündete. Sie war Veronykas Zukunft gewesen, ihre ganze Welt, die von einer Sekunde auf die andere zerbrochen war.

Ihre Schwester hatte zuletzt versucht, sie zu »trösten«, nachdem ihre Maiora ermordet worden war.

Sie waren über Hausdächer und durch enge Gassen gerannt, bis das Geschrei und Gebrüll der Meute zu fernen Hintergrundgeräuschen geworden und dann ganz verhallt war. Veronyka hatte endlich den Arm aus Vals Zugriff gerissen.

»Wo bringen sie sie hin?«

»Zu den Sternen«, hatte Val gesagt und zum blauen Himmel hochgeschaut, wo nichts außer Sonnenlicht leuchtete. Es war seltsam für Veronyka, diese Worte von Val zu hören, wo es doch ihre Maiora gewesen war, die sie gelehrt hatte, dass die Seele nach dem Tod zum Himmel aufstieg, um dort unter den Sternen zu leben, um in der Dunkelheit der Nacht, wenn sie nicht scheinen konnte, Axuras Licht zu sein.

»Bedeutet das…? Ist sie…? Ist sie…?«, hatte Veronyka gestammelt, weil sie die Wahrheit nicht hören wollte und sie doch hören musste.

»Sie ist tot, *xe* Nyka.«

»Bist du sicher?«, flüsterte Veronyka, und Tränen ließen ihren Blick verschwimmen, als sie begriff, dass sie ihre Großmutter diesem Schicksal überlassen hatten. Als Val keine Antwort gab, nahm sie das als Bestätigung. »Aber wer wird ihren Leib verbrennen?«

Val kniete vor ihr nieder. »Weine nicht um die Toten«, sagte sie, stoisch wie immer, während sie Veronykas nasses Gesicht abwischte. »Weine um die Lebenden – um uns. Von jetzt an wird alles schwerer werden.«

»Aber…«

»Dauernd sterben Soldaten, Nyka, und egal, wie gern sie das Kindermädchen gespielt hat, deine Maiora war eine Soldatin. *Wir* haben überlebt. Darauf kommt es an. Das hätte sie so gewollt.«

Jetzt, in der kalten Hütte, stieg Wut in Veronyka auf. Val kannte die Bewegungen, die Gesten und die Worte, die in dieser Situation von ihr erwartet wurden, aber sie führte sie aus wie eine unbegabte Schauspielerin, die ein Epos rezitiert – die Bewegungen wirkten einstudiert und unnatürlich.

Val hatte nie eine Träne vergossen, ein Gebet gesprochen oder auch nur ein freundliches Wort über die Großmutter verloren. Manchmal fragte Veronyka sich, ob es daran lag, dass sie streng genommen gar nicht verwandt waren. Ihre »Großmutter« war die Mentorin und beste Freundin ihrer Mutter gewesen, und als der Krieg in seine verzweifelte Phase eingetreten war, hatte sie geschworen, Val und Veronyka zu beschützen, wenn das Schlimmste passierte. Und so war es gekommen – beide Eltern waren in der letzten Schlacht des Blutkrieges gefallen.

Manchmal konnte Veronyka sich einreden, Val sei nicht so verschlossen und unnahbar, weil es ihr an Gefühlen fehlte, sondern weil sie ihre Empfindungen versteckte und unterdrückte, um zu überleben.

Aber das war kindisches Wunschdenken. Val *war* jedes hartherzige Wort, das sie aussprach, und jede grausame Tat, die sie beging. Val war kälter als der Fluss Aurys und hohler als eine Sonnwendfestglocke. Es war kein Wunder, dass aus dem zweiten Ei nichts geschlüpft war, kein Wunder, dass Xephyra sich lieber mit Veronyka verbunden hatte. Val war eine leere Schale, und in ihrem Herzen war nichts, das sie geben konnte. Und jetzt, zum ersten Mal, sah Veronyka ihre Schwester deutlich.

Sie schob Val zur Seite und schleppte sich zur Tür. Sie konnte es nicht ertragen, Val anzusehen oder auch nur einen Blick in Richtung des Leichnams zu werfen. Bei dem bloßen Gedanken fühlte sie sich schon schwindlig und schwach. Doch sie durfte nicht schwach sein – jetzt nicht.

Val folgte ihr, als sie um die Ecke der Hütte bog. »Veronyka«, sagte sie, und ihre Stimme zitterte ein wenig. »Veronyka, halt. Was willst du …« Aber als Veronyka anfing, ihre Arme mit Brennholz vom Stapel an der Mauer zu füllen, verstummte sie abrupt.

Veronyka drängte sich an ihr vorbei, den Weg zurück, den sie gekommen war, aber ihre Schritte wurden langsamer, als sie sich der Tür näherte. Ihr Kinn zitterte, doch sie presste die Zähne aufeinander und zwang sich, einen Fuß vor den anderen zu setzen.

Die ungeweinten Tränen ließen vor ihren Augen alles verschwimmen, aber sie konnte den Leichnam trotzdem noch sehen.

Xephyra.

Xephyra hatte so leuchtende Farben wie immer, lebhaft rote Federn und einen herbstgoldenen Schnabel, doch sie wirkte auf irgendeine Weise im Tod kleiner als im Leben.

Veronyka ging um ihre Verbündete herum und warf das Holz in die Feuerstätte. Funkenschauer und Asche stoben auf und sie holte tief Luft.

Das ist nicht das Ende.

Sie hörte hinter sich Bewegungen, als sie die Flammen schürte, doch sie achtete nicht auf Val, sondern flehte das Holz an, heißer zu brennen, schneller.

Neben vielen anderen Dingen hatte die Maiora ihr auch von der Auferstehung der Phönixe erzählt. Sie hatte erklärt, dass Phönixe ewig leben konnten, wenn sie nicht tödlich verwundet waren, aber wenn sie die Welt satthatten, konnten sie sich selbst entzünden und den Tod – oder die Auferstehung – wählen.

Ihre Maiora hatte gesagt, der älteste bekannte weibliche Phönix sei mindestens zweihundert Jahre alt gewesen.

»Vielleicht sogar noch älter«, hatte sie gerufen. »Diese Phönice tauchte einfach eines Tages auf, ihre Gedanken waren verschlossen wie eine Falltür, ohne irgendeine Andeutung von Namen oder Verbündeten. Sie hatte die längsten jemals registrierten Schwanzfedern, deshalb war es fast unmöglich, ihr Alter sicher zu bestimmen – doch sie war definitiv älter als das Imperium. Stell dir vor, was sie alles erlebt hatte, gesehen. Vielleicht konnte sie sich sogar an die Finsteren Tage erinnern, vor den Königinnen, vor der Zeit selbst, als Azurec die ersten Phönixe herbeirief, um Noct und seine endlose Nacht zu besiegen und Licht in die Welt zu bringen.«

»*Axura* und *Nox*«, hatte Val korrigiert. Sie war von ihrem Platz in einer dunklen Zimmerecke aufgestanden und zu ihnen ans Feuer gekommen. Die Geschichten der Maiora wurden immer nachts erzählt, wenn die lärmende Nachbarschaft in den *Gängen* zur Ruhe gekommen war. Ihre Großmutter hatte einige Erfahrung als Heilerin, deshalb kamen und gingen tagsüber immer Leute durch die Hintertür, brachten den neuesten Klatsch mit oder kauften Salben und Tinkturen.

»Deine bäuerliche Herkunft verrät dich, alte Frau«, hatte Val nun mit vor Verachtung triefender Stimme gesagt. »Diese Edlen aus dem Tal haben unsere Göttinnen an sich gerissen und zu Männern gemacht, um ihren Zwecken zu dienen. Axura ist die Sonne am Himmel, sie ist Licht und Leben, Schwingen und Feuer, und Phönixe sind ihre erdverbundenen Kinder.« Val hatte sich einen Krug mit Wasser vom Sims geschnappt und ihn mit einem Zischen ins Feuer ausgegossen, was sie in verräucherte Dunkelheit gestürzt hatte. »Nox ist mehr als nur Nacht und Schatten … sie ist eine Leere, sie ist Tod – sie ist das Ende von allem.«

»Was ist aus ihr geworden?«, hatte Veronyka geflüstert, nachdem Val davongestürzt war, um mit ihrer schlechten Laune allein zu sein. »Der alten Phönice?«

Ihre Großmutter war starr und stumm geworden, solange Val noch bei ihnen gewesen war; bei Veronykas Frage flackerte das Leben in ihren Augen wieder auf. »Ihre Verbündete ist früh gestorben, heißt es, deshalb liebte sie vor allem die Schlüpflinge. Als der Blutkrieg ausbrach, wurden viele von ihren Schützlingen dahingemetzelt. Sie hat für sie gekämpft, mit Schnabel und Krallen und Flammen, aber sie konnte nicht alle retten. Danach ist sie verschwunden und niemand hat sie jemals wiedergesehen.«

»Tot?«, fragte Veronyka enttäuscht über das Ende dieser Phönixgeschichte.

»Oder wiedergeboren?«, sagte ihre Maiora mit einem rätselhaften Ausdruck in ihrem runzligen Gesicht. »Wo ein Wille ist, ist auch eine Möglichkeit, Veronyka. Vergiss das nicht.«

Möglichkeit.

Fast alles, was Veronyka über Wiedergeburt wusste, hatte sie aus Mythen und Geschichten, wie die von der alten Phönice, die Schlüpflinge geliebt hatte. Aber wie immer die Geschichte auch lauten mochte, die Auferstehung war stets gleich: Phönixe wurden aus Feuer und Asche geboren, und Phönixe wurden aus Feuer und Asche *wieder*geboren. Veronyka verstand das grundlegende Prinzip, das Konzept des Gleichgewichts, das sie vor Kurzem noch in ihren Träumen heimgesucht hatte. *Ein Tod für ein Leben.*

Phönixe konnten auferstehen, indem sie ihren eigenen Tod benutzten, um ihr Totenfeuer zu schüren – und damit ihr neues Leben. Aber die Phönixe waren meistens am Leben, wenn sie das taten. Und Xephyra war ja schon tot …

Das ist nicht das Ende.

Veronyka würde das Feuer selbst entfachen und es die ganze Nacht hindurch am Brennen halten müssen. Während der Brutzeit musste das Feuer pro Ei zwölf Stunden lang heiß lodern. Sie konnte nur hoffen, dass das auch für ein Totenfeuer galt.

Nachdem sie alles Holz in die Feuerstätte gelegt hatte, hielt sie Ausschau nach mehr, das sie verbrennen könnte. Sie legte ihren geflochtenen Korb, ihre aufgerollte Schlafmatte und sogar die Fensterläden dazu. Sie schleppte den schweren Kochtopf nach draußen und kippte ihn neben der Tür aus, wobei die klebrigen Gemüsestücke über die festgetrampelte Erde rutschten. Sie fischte das Stück Fleisch heraus, das Val mitgekocht hatte, um den Geschmack zu verstärken, und verbrannte sich die Fingerspitzen, als sie es wieder ins Haus trug und ins Herz der Flammen presste. Sie fügte die restlichen Knochen hinzu, die sie in Xephyras Schlupfnacht gesammelt hatte, und die restlichen Schalen des Eis, aus dem nichts geschlüpft war. Des Phönix, den es nie gegeben hatte. Val hatte ihr befohlen, diese Reste fortzuschaffen, aber in einem Anfall von Sentimentalität hatte Val sie in ein Tuch gewickelt und hinter den zerbrochenen Fensterläden auf der Fensterbank versteckt. Ihr Gesicht glühte vor Anstrengung, der Schweiß klebte ihr die Haare in den Nacken.

Als sie die schweren Strähnen hochhob, legte sie ihren neuesten

Zopf frei. Sie spürte Vals grüne Augen auf sich ruhen, als sie den Dolch des Soldaten nahm und den Zopf mit einem wütenden Hieb abtrennte. Dann warf sie ihn ins Feuer, zusammen mit dem letzten Eierschalenrest, den sie noch aufbewahrt hatte.

Dem letzten Lebensrest.

Sie hatte Angst, dass es nicht genug war, obwohl die Logik ihr sagte, dass Xephyras Leib allein ausreichen müsste. *Ein Tod für ein Leben.* Sie hatten jedoch Dutzende von Knochen verbrannt, um Xephyra schlüpfen zu lassen, und nur ein Ei hatte sich geöffnet. Sie fürchtete aber, der Zeitfaktor könnte das größere Problem sein, denn je länger der Leichnam eines Phönix kalt und bewegungslos dalag, umso geringer wurde die Chance, dass es gelang.

Aber es musste gelingen.

Xephyras leblosen, leeren Leib in die Flammen zu heben, war fast mehr, als Veronyka ertragen konnte. Sie dachte zurück an den Moment, in dem der Phönix geschlüpft war, als Xephyra ohne auch nur einen Brandfleck auf den heißen Kohlen gestanden hatte. Jetzt loderte ihr Leichnam augenblicklich auf wie trockenes Papier. Die Flammen züngelten über ihre ausgebreiteten Flügel und ihre zusammengerollten Füße, und Veronyka fürchtete, an ihrer Verzweiflung ersticken zu müssen.

Das hier war ihre Verbündete. Xephyras Schmerz hätte *ihr* Schmerz sein müssen, aber sie wusste, dass die lodernde Qual allein ihre war.

Val hatte die ganze Zeit an der Mauer gelehnt und zugesehen. Sie sagte kein Wort, stellte keine Frage und wies nicht auf Fehler hin. Gut. Veronyka hatte ihre Ratschläge satt.

Sie ließ sich auf die Knie sinken und starrte in die Flammen.

Das ist nicht das Ende.

Die Sonne ging unter.

Die Morgendämmerung setzte ein.

War vorüber.

Schatten wanderten über den Boden und der helle Himmel vor dem Fenster verfärbte sich im nahenden Zwielicht.

Veronyka hielt das Feuer seit zwölf Stunden in Gang. Dann seit vierundzwanzig, jeden Holzrest vom Stapel hinter dem Haus nutzend.

Doch so, wie das Feuer herunterbrannte, versickerte auch ihre Hoffnung.

Ihr war kalt. Bis ins Mark hinein war ihr kalt. Die stetige Hitze, die sie die Nacht und den Tag hindurch gewärmt hatte, war verschwunden, das Feuer war nur noch ein Aschehaufen, der vom Abendwind sanft bewegt wurde.

Ihre Tränen waren versiegt, ihre Augen waren so trocken, dass sie nicht wusste, ob sie jemals wieder imstande sein würde, zu weinen. Sie brannten und waren geschwollen und schwer vor Erschöpfung, aber Veronyka starrte unverwandt in die Asche.

Sie starrte in die Asche, bis die letzte flackernde Glut erloschen war. Das löste in ihr einen Widerhall aus, wie ein verlorenes Stück ihrer selbst, von dem sie wusste, dass sie es niemals wiedererlangen würde.

Fühlt sich so das Ende an?

So konzentriert, wie Veronyka die Flammen beobachtet hatte, hatte Val sie beobachtet.

Jetzt legte sie ihr die Hand auf die Schulter und öffnete den Mund, um etwas zu sagen.

Veronyka fuhr zurück und suchte ihre Habseligkeiten zusammen. Sie fühlte sich steif und losgerissen von der Welt, taub auf eine Weise, die nichts mit der Kälte draußen und alles mit der Kälte innen zu tun hatte.

»Veronyka«, sagte Val vorsichtig. »Sprich mit mir.«

Veronyka achtete nicht auf sie, sondern zog ihre warmen Lederstiefel an und nahm ihren Umhang vom Haken neben der Tür.

»*Xe* Nyka – du brauchst mich. Mach jetzt keine Dummheiten!«

»Ich brauche dich nicht«, fauchte Veronyka, ihre Stimme rau vom Rauch.

Val fauchte zurück. »Oh doch, das tust du. Diese Hütte, dieses Essen – die Kleider, die du am Leib hast. Das alles kommt von mir.«

Veronyka starrte sie wütend an. Vals scharfem Tonfall zum Trotz glitzerten ungeweinte Tränen in ihren Augen. Bei diesem Anblick ballte Veronyka die Fäuste. Val hatte kein Recht, traurig zu sein, nicht nach dem, was sie getan hatte.

»Schön«, sagte sie, streifte die Stiefel ab, schleuderte den Umhang auf den staubigen Boden, ließ alles zurück, was Val ihr gegeben hatte. Sie trug jetzt nur noch ihren fadenscheinigen, ungefärbten Kittel und die Hose, die sie schon am Vortag angehabt hatte – diese Kleider hatte sie selbst hergestellt. Val nannte sie »Bauerndreck« und hasste diese praktische Arbeitskluft. Ihr waren Reste von teurer Seide und ausgebleichte Stickereien lieber, egal, wie alt, schmutzig und abgetragen sie waren.

»Veronyka, du wirst frieren.«

»Nein, werde ich nicht«, sagte Veronyka, lief zu der kalten Feuerstätte und hob den Dolch des Soldaten vom Boden auf. »Das«, sagte sie, hielt es von sich weg und ließ Val erstarren, »gehört nicht dir.«

»Du weißt nicht, was du tust!«, schrie Val Veronykas Rücken an und folgte ihr, als sie auf die Tür zumarschierte.

»Doch, tu ich wohl«, sagte Veronyka und fuhr herum. Val stand auf der Türschwelle ihres Zuhauses und sah seltsam klein und verloren aus. Veronyka war von diesem Anblick abgestoßen. »Ich gehe weg von dir. So weit und so schnell, wie meine Füße mich tragen. Ich würde lieber sterben, als noch eine Sekunde länger hierzubleiben.«

Val verzog vor Wut das Gesicht. »Wo willst du denn hin? Die Phönixreiter suchen?«, spottete sie. »Die gibt es nicht mehr, Veronyka, und nicht einmal deine törichte Hoffnung wird das ändern.«

»Nichts, was mit Hoffnung zu tun hat, ist töricht«, sagte Veronyka und kehrte ihrer Schwester abermals den Rücken zu. Val war eine tatkräftige Person, fast bis zur Besessenheit, aber etwas, das ihr immer schon gefehlt hatte, war Fantasie.

Veronyka konnte das Ende des langen, gewundenen Weges, der vor ihr lag, nicht sehen, aber sie konnte den ersten Schritt sehen. Der Rest würde sich dann unterwegs ergeben.

»Wenn es dir um Eier geht – ohne mich findest du keine«, rief Val, fast verzweifelt jetzt, als ob sie nach einer Möglichkeit suchte, Veronyka zur Umkehr zu bewegen.

Du irrst dich, dachte Veronyka und verriegelte ihre Gedanken ganz fest, als sie weiterlief. *In jeder Beziehung.*

Zuerst würde sie nach Vayle und zum verlassenen Vorposten von Königin Malka der Weisen gehen. Wenn Val nicht wollte, dass sie allein ein Ei fand, hätte sie ihr nicht sagen dürfen, wo es eins geben könnte.

Danach … sie wusste nicht, wo, und sie wusste nicht, wie, aber sie würde andere Phönixreiter finden, und wenn es das Letzte wäre, was sie in ihrem Leben jemals tun würde.

Es war der Tag, an dem ihr Verlust zu meinem Sieg wurde und als sich alles zwischen uns änderte.

– Kapitel 9 –

Tristan

Tristan kauerte an der Kante der Felswand und starrte den unebenen, tiefen Steilhang hinab. Der Himmel über ihm war weit, und kaum eine Wolke unterbrach das endlose Blau, während unter ihm die scharlachroten Federn seines Phönix den einzigen Farbfleck in einem Meer aus grauem Stein darstellten.

Die anderen Lehrlingsreiter und ihr Lehrer standen hinter ihm und warteten darauf, dass sie an die Reihe kamen.

Tristan holte tief Luft und stählte sich. Es war keine Kleinigkeit, blindlings in den Abgrund zu springen und den Sprung so genau zu planen, dass er auf dem Rücken seines tief unter ihm entlangjagenden Phönix landete.

Aber das war, so seltsam es klang, noch das Leichteste an der Sache. Das Schwerste? Rex, sein Verbündeter, sollte *lichterloh brennen,* wenn Tristan landete.

Es gab kaum etwas Schlimmeres als einen Phönixreiter, der Angst vor dem Feuer hatte.

Vielleicht, dachte Tristan düster und gab sich alle Mühe, seine Beine am Zittern zu hindern, *wäre Höhenangst noch schlimmer. Vielleicht.*

Wenn er versuchte, logisch zu denken, dann wusste er, dass das Feuer seines Verbündeten ihm nichts anhaben konnte – ihre Bindung beschützte ihn. Ein mit einem Phönix verbundener Animage konnte jedes Feuer viel besser ertragen, aber Tristan musste diese Theorie noch auf die Probe stellen. Würde diese Theorie jedoch *nie und nimmer* auf die Probe stellen.

Er kniff die Augen zusammen. *Konzentrier dich.*

Das Feuer von Rex konnte ihm nichts anhaben, nur darauf kam es an. Wenn sich ein Animage und ein Phönix verbündeten, verflocht sich ihre Magie, und ihre Wesen wurden untrennbar miteinander verbunden. Gefühle und Empfindungen wurden geteilt; wenn Tristan Angst hatte oder wütend war, ging es auch Rex so. Dasselbe galt für gewisse Fähigkeiten. Rex' Feuerimmunität griff auf Tristan über, während Tristans Fähigkeit, zu sprechen und zu kommunizieren, den Geist des Phönix viel weiter entwickelte, als das sonst der Fall gewesen wäre.

Tristan wiederholte diese beruhigenden Dinge immer wieder in Gedanken und versuchte, seine Angst in Tatsachen und jahrhundertealtem Wissen zu begraben, aber das klappte nie. Angst, das hatte er gelernt, ließ keinen Platz für Logik. Sie ließ überhaupt für kaum etwas Platz, höchstens vielleicht für Fehler.

Angst ist ein Luxus.

Das war einer der Lieblingssprüche seines Vaters und stammte aus irgendeinem uralten pyrenischen Gedicht. Wenn Tristan an Luxus dachte, dann stellte er sich feine Seide vor, teuren arborianischen Met und vergoldete Möbel. Und keine alberne Angst vor Feuer. Aber abgesehen von diesem ganzen Luxus, den er sich nicht – nicht *mehr* – leisten konnte, konnte er sich Angst noch viel weniger leisten.

Rex würde natürlich versuchen zu helfen, aber während ihre Bindung es leichter machen würde, den richtigen Augenblick zum Landen abzupassen, konnte Rex ja nicht gut mitten in der Luft anhalten, wenn Tristans Muskeln sich weigerten, den Sprung zu machen. Ihre Bindung würde Rex dann nur Tristans Panik spüren lassen, während Tristan in den Tod stürzte.

Ruhig wie der Berg, ermahnte er sich und wiederholte damit eine der Redensarten, die seine Mutter benutzt hatte, wenn er als Kind in Wut geraten war oder geschmollt hatte. Sie hatte ihm dann gesagt, er solle zum Pyrmont hochschauen und sich vorstellen, er selbst sei aus Stein, still und stumm und unveränderlich. Das versuchte er jetzt und presste seine Füße gegen den festen, soliden Boden unter ihm.

»Wann immer du bereit bist, Tristan«, drängte Fallon, der Lehrer, dessen Stimme von weit her zu kommen schien. Er war der jüngste der Meisterreiter, die den Krieg überlebt hatten, und für viele Lehrlinge eine Art Held. Fallon besaß Jugend und Erfahrung – auch wenn er zu jung gewesen war, um im Blutkrieg zu kämpfen –, und Tristan fand die Vorstellung grauenhaft, sich vor ihm zu blamieren.

Niemand wusste von seiner Angst. Vermutlich glaubten die anderen, er zögere seinen Sprung hinaus, um einen dramatischen Effekt zu erzielen oder um Fallons Vorführung noch zu übertreffen. So war Tristan nicht, aber da er einen selbstbewussten und furchtlosen Meisterreiter zum Vater hatte – der an andere, vor allem an seinen Sohn, einen unmöglichen Maßstab anlegte –, dachten viele, Tristan sei auch so. Ein starrköpfiger Perfektionist. So ernst, dass es wirklich übertrieben war.

»So jung und hübsch kommen wir nicht wieder zusammen, Tristan«, brüllte Anders irgendwo hinter ihm.

»Wann warst du denn mal hübsch?«, fragte Latham, und alle prusteten los.

Tristan ballte die Fäuste. Er wusste, dass sie nur herumjuxten, dass sie keine Ahnung hatten, womit er hier kämpfte – aber ihr gutmütiger Spott machte die Sache nicht besser.

Er spannte die Schultern an, starrte in den tiefen Abgrund, auch wenn seine Sicht verschwommen und verzerrt war.

Es tut nicht einmal weh, sagte er sich energisch und spürte, wie Rex einen Bogen flog, seine Flughöhe ausglich und seine Hitze steigerte, während er auf Tristans Sprung wartete. Selbst wenn Rex glühend heiß war und das Feuer über sein Gefieder lief, fühlte es sich nur wie ein leises Kribbeln an – wie eingeschlafene Füße, fremd und manchmal ein bisschen unangenehm, aber nicht schmerzhaft.

Wovor also hatte er Angst?

Rex war jetzt im Anflug, und seine Konzentration und Entschlossenheit trugen dazu bei, das wachsende Entsetzen in Tristans Gedanken zu besiegen. Sein Verbündeter wusste, dass er es schaffen konnte, und deshalb wusste er es auch.

Nur dass er das eben nicht tat.

Es war so wie manchmal in seinen Träumen, wenn er sich mitten in einer Schlacht sah. Die Angst packte ihn, und er erstarrte, konnte sich nicht bewegen, nicht einmal, um sein eigenes Leben zu retten. Seine Muskeln verspannten sich, sein Herz geriet ins Stocken, und dann stand er bewegungslos da, während die Welt um ihn herum verbrannte.

Rex spürte Tristans nachlassende Entschlossenheit, breitete weit die Flügel aus, um langsamer zu werden, aber das half nichts. Als ob die Zeit selbst erstarrt wäre, sah Tristan zu, wie sein Verbündeter vorüberschwebte, während er selbst noch immer reglos wie ein Standbild an der Felskante stand.

Ein sanfter Wind störte die Stille, fuhr durch Tristans Haare und brachte den Geruch von Rauch, Asche und Niederlage mit sich.

Mit vor Enttäuschung schwerem Herzen drehte er sich langsam zu den anderen um und gab vor, nicht zu bemerken, wie die Lehrlinge hinter vorgehaltener Hand flüsterten und murmelten. Fallon klatschte aufmunternd in die Hände und sagte ihm, beim nächsten Mal werde er es schaffen, aber Tristan registrierte es kaum.

Sein Vater war da, er stand neben Fallon, an einer Stelle, die einen Moment zuvor noch leer gewesen war. Er hatte die Arme vor der Brust verschränkt, seine Miene war unergründlich.

Tristan drehte sich der Magen um.

Sein Vater musste gekommen sein, als er mit dem Rücken zu den anderen gestanden war, und so hatte er das Versagen seines Sohnes mit eigenen Augen gesehen.

Und Versagen – wie Angst – war etwas, das sich die Phönixreiter nicht leisten konnten.

Sie hatten sich jahrelang damit abgemüht, ihre Truppe wieder aufzubauen. Nach dem Krieg waren die, die nicht gefallen oder in Gefangenschaft geraten waren, untergetaucht, und selbst nachdem sein Vater sich mit anderen Überlebenden zusammengetan hatte, hatten sie sichere Orte ausfindig machen, Unterstützung und Mittel auftreiben und neue Reiter anwerben müssen, und das alles, ohne vom Imperium bemerkt zu werden. Sie hatten mehr als ein Jahrzehnt gebraucht, um dahin zu kommen, wo sie jetzt waren – weniger als zwei Dutzend Reiter, verborgen in der Wildnis des Pyrmont –, und der Weg vor ihnen war noch so weit.

Zu weit, dachte Tristan verzweifelt. Nur durch eine starke Reitertruppe konnten sie hoffen, ihr Land verteidigen und ihr Volk beschützen zu können. Er *musste* einfach besser werden.

Als der nächste Lehrling vortrat, ging Tristan hinter die Gruppe. Er riss seinen Armschutz ab und warf ihn auf den Boden. Der andere Armschutz und die Brustriemen folgten. Tristan legte die feuerfeste Rüstung, die er nicht gebraucht hatte, weil er nicht gesprungen war, Stück für Stück ab.

Schließlich hockte er sich auf den Boden und starrte seine geballten Fäuste an.

Es gab kein schreckliches Erlebnis, keinen furchtbaren Zwischenfall, der seine Phobie ausgelöst hätte. Es war eine Kleinigkeit, eine Erinnerung aus seiner Kindheit. Er war noch sehr jung gewesen – vielleicht fünf oder sechs – und hatte in der Bibliothek seines Vaters gespielt. Das hatte er natürlich nicht gedurft, der Raum war wie ein Museum gewesen, vollgestopft mit seltenen Kunstwerken, versehen mit edlen Vorhängen und eingerichtet mit teuren Möbeln. Während Tristan mit einer kleinen, aus Onyx geschnitzten Figur von Damian gespielt hatte, dem ersten Prinzgemahl des Goldenen Imperiums – und Tristans entfernter Vorfahr –, hatte er aus Versehen eine Kerze umgestoßen. Sie war auf einen Teppich gefallen, und in Sekundenschnelle hatte sich die kleine Flamme ausgebreitet und hungrig den Stoff verschlungen.

Er hatte einen einzigartigen Moment des Entsetzens erlebt, als die Flammen auf ihn zuzüngelten – Angst um sich selbst, aber auch um den Teppich und um die Bücher und Schriftrollen, die in drei Schichten in den prachtvollen hölzernen Regalen gestapelt waren. Er hätte nicht in diesem Raum sein dürfen, und einige Atemzüge lang hatte er sich vorgestellt, wie alles abbrannte, während er selbst noch im Zimmer war.

Aber das war nicht passiert. Ein Diener war zu ihm geeilt, hatte ihn aus der Gefahr herausgehoben und problemlos das Feuer im Teppich ausgetreten. Der Teppich war aufgerollt, ersetzt und nie wieder erwähnt worden.

Tristan und sein Vater hatten das Haus bald darauf verlassen müssen – ein Landhaus am Rande von Ferro –, als nach dem Tod seiner Mutter ihr gesamter Besitz beschlagnahmt und sie aus dem Imperium verbannt worden waren. Diese brennende Kerze war Tristans letzte deutliche Erinnerung an sein Leben *vorher*, als alles noch einen Sinn ergeben hatte. Danach war sein Vater noch distanzierter geworden, immer irgendwo eingeschlossen oder geschäftlich verreist, und Tristan hatte mehr und mehr Zeit mit den Dienstboten verbracht.

Auf irgendeine Weise hatte sich dieser Augenblick in der Bibliothek seines Vaters in seine Erinnerung eingegraben, durchsetzt mit einer furchtbaren Angst – vor dem brennenden Teppich unter seinen Füßen, vor dem Zorn seines Vaters und vor der kriechenden, sich ausbreitenden, verschlingenden Flamme.

Mit Feuerstätten, Laternen und Kerzenhaltern hatte er keine Probleme. Er konnte sogar flammende Pfeile abschießen – aber es gab immer einen winzigen Moment des Zögerns, ein Stocken, wenn sein

Körper sich weigerte, seinem Geist zu gehorchen. Und wenn das Feuer freien Lauf hatte, durch trockenes Unterholz in einem Wald tänzelte oder über das scharlachrote Gefieder seines Verbündeten züngelte? Etwas zerbrach dann in ihm, etwas, das er noch nicht hatte richten können.

Rex versuchte, ihn zu trösten, als er einen Bogen flog und sich dann neben den anderen Feuervögeln der Lehrlinge auf einer nahe gelegenen Felsnase niederließ, aber Tristan war nicht in der Stimmung, sich trösten zu lassen. Wie hätte Rex seinen Konflikt denn auch verstehen können? Rex war ein *Feuervogel.* Hitze und Flammen waren ein Teil seines Wesens. Wenn Rex wütend oder aufgeregt war, wurde er heiß, so wie ein Mensch rot anlief oder seinen Puls in den Adern hämmern spürte. Feuer war das Lebenselixier des Phönix und seine wichtigste Waffe.

Aber für Tristan? Für ihn war Feuer seine größte Belastung.

Er schaute zu seinem Vater hinüber und hoffte auf eine Ermutigung oder ein beruhigendes Wort nach seinem katastrophalen Versagen, aber sein Vater schien vergessen zu haben, dass er da war.

Tristan seufzte und sah von seinem Platz hinter den anderen aus zu, wie ein weiterer Lehrling zum Sprung ansetzte.

Vielleicht war nicht das Feuer sein Problem. Sondern sein Vater.

Sie hatte sich verändert, aber auch ich hatte mich verändert.
Blutige Rache und gerechter Mord gehen nicht spurlos
an einem Menschen vorüber.

– Kapitel 10 –

Veronyka

Die Hoffnung, ein anderes Ei zu finden, war alles, was Veronyka auf dem langen, düsteren Weg aufrechterhielt. Sie versuchte, nicht an Xephyra zu denken, aber immer wieder verlor ihr Körper alle Kraft, krümmte sich zusammen, und ein kummervoller Seufzer entrang sich ihrer Kehle. In ihr gab es eine hohle Stelle, ein klaffendes Loch, und es schien immer noch mehr zu wachsen, je später es wurde. Die Stelle, wo Xephyra gewesen war, fühlte sich seltsam taub an, und Veronykas Gedanken waren von einem schrecklichen, hallenden Schweigen erfüllt. Ihre Verbündete war ein Teil dessen gewesen, wie sie lebte und wie sie die Welt erfuhr, und jetzt fühlte sie sich blind, abgeschnitten und verletzlich. Sie wusste, dass sie eigentlich eine Eule oder ein Nachttier herbeirufen müsste, das sie führen könnte, aber sie konnte nicht genug Kraft für Magie aufbringen.

Bei der Vorstellung, neu anzufangen, eine neue Verbündete zu suchen, jetzt, da ihre erste gerade erst gestorben war, drehte sich Veronyka der Magen um. Aber diese Vorstellung war alles, was sie hatte, das eine in ihrem Leben, woran sie sich klammern konnte. Sie fürchtete, sich ohne diese Hoffnung einfach in einen Graben zu legen und nie wieder aufzustehen.

Doch dann dachte sie an die Worte ihrer Maiora und ging weiter.

Wo ein Wille ist, ist auch eine Möglichkeit.

Veronyka wollte – *musste* – Phönixreiterin werden, aber nicht allein, isoliert und abgeschieden, wie Val das von ihr verlangt hätte. Sie wollte Reiterin in einer Schar sein, eine von Dutzenden, vielleicht sogar Hunderten, die auf flammenden Schwingen über den Himmel jagten. Zusammen würden sie das Unrecht wiedergutmachen, unter dem ihr Volk seit dem Krieg litt. Sie konnte nicht ungeschehen machen, was ihrer Maiora und zahllosen anderen angetan worden war, aber sie konnte ein Teil der Veränderung werden, die die Welt für die anderen wieder zu einem sicheren Ort machte.

Unmittelbar vor Anbruch der Morgendämmerung überquerte Veronyka die Brücke nach Vayle, auf schmerzenden Füßen und mit ausgedörrter Kehle. Die Leute aus dem Dorf hatten schon mit ihrem Tagewerk begonnen, die Fischer machten Netze und Boote für einen Tag auf dem Wasser bereit, während in der Bäckerei die Lichter funkelten.

Obwohl sich Veronyka nach Schlaf und dem süßen Vergessen sehnte, den er bringen würde, durfte sie ihren Vorsprung nicht aufs Spiel setzen. Irgendwann würde Val begreifen, wohin sie gegangen war, und die Verfolgung aufnehmen. Sie schaute sich immer wieder um und erwartete, Val aus dem Gebüsch hervorbrechen zu sehen, um sie nach Hause zu schleifen oder ihr Vorwürfe wegen ihrer Dummheit zu machen. Die Schatten bewegten sich, die Bäume flüsterten, aber von ihrer Schwester war nichts zu sehen.

Vayle wurde nach und nach heller, als Veronyka durch die stillen Straßen ging, und bei jedem Schritt zeichneten sich die Gebäude deutlicher ab. Vorposten lagen immer auf der höchsten erreichbaren Anhöhe, und Vayle war ein auf Steinkuppen und felsigen Hügeln gelegenes Dorf, in dem eine Straße höher lag als die andere. Das Rauschen des Flusses half Veronyka, sich in den verschlungenen Gassen zu orientieren, und als sie die höchste Straße erreicht hatte, konnte sie sogar das Wasser unten sehen, das unter dem Brückenbogen hindurchströmte und den Berg hinab verschwand.

Veronyka blickte sich um, während sie nach dem steilen Aufstieg wieder zu Atem kam. Sie konnte die Umgebung einigermaßen sehen, aber natürlich bestand der Pyrmont an den meisten Stellen aus Felsen oder Wald und nicht viel mehr. Bildete sie es sich ein oder konnte sie wirklich die Lichtung mit der Hütte fast noch erahnen?

Veronyka drehte sich entschlossen um. Sie brauchte nicht zurück oder nach unten zu blicken. Sie musste nach vorn schauen – und nach oben. Vor sich sah sie jetzt eine Reihe von schönen Häusern, größer als die meisten Hütten in den Dörfern; die Blumenkästen vor den Fenstern strotzten vor Blüten, und die Fensterläden waren frisch gestrichen. So kurz vor der Dämmerung sah alles blaugrau aus, aber Veronyka wusste, dass die Häuser tagsüber in hellen Pastelltönen leuchten würden. Hinter den Häusern befand sich eine Baumgruppe, die höher wuchs als alles um sie herum. Veronyka kniff die Augen zusammen und hielt Ausschau nach einem steinernen Turm, aber der Wald war zu dicht.

Die Sonne löste sich von den Bergen am Horizont, als Veronyka auf dem Gipfel ankam, ihre Beine so bleischwer, dass sie sie mehr oder weniger hinter sich herzog. Staubige weiße Lichtstrahlen zerteilten die Landschaft und Veronyka kam vor Malkas Vorposten zum Stehen.

Oder jedenfalls vor dessen Überresten.

Nur ein Kreis aus zerbröckelnden Steinen zeigte noch, wo der Turm gestanden hatte; zwischen den Ruinen lugten hohe Grashalme und magere Baumschösslinge hervor. Ein Teil einer Wendeltreppe war zur Seite gekippt, Mauerreste und zerbrochene Statuen lagen verstreut auf dem Boden.

»Nein«, flüsterte Veronyka, und ihre Stimme war schwach vor Erschöpfung. *»Nein!«*

Sie fiel auf die Knie, kniff die Augen zu und zwang sich zum Denken. Das hier war keine von Krieg oder Plünderern verursachte Zerstörung – so hoch auf dem Pyrmont waren keine wichtigen Schlachten geschlagen worden, und keine Banditen oder Diebe besaßen die Geräte, die notwendig waren, um Steingebäude einzureißen. Entweder war hier Baumaterial herausgebrochen worden oder der zerfallende Turm war nicht mehr sicher gewesen. Eier waren meistens an der höchsten Stelle eines Bauwerks versteckt, am besten so hoch, dass nur ein Phönix sie erreichen konnte. Das bedeutete, dass alle Eier, die hier vielleicht gelegen hatten, längst verschwunden waren.

Veronyka suchte trotzdem.

Sie rollte schwere Steine zur Seite und grub im Erdboden. Sie hackte auf Mörtel ein und zerschrammte sich die Fingernägel in allen Rissen und Spalten.

Verzweiflung stieg in ihr auf und schnürte ihre Kehle zusammen. Sie wusste nicht, wann sie angefangen hatte zu weinen, aber irgendwann war sie von Tränen so geblendet, dass sie ihre Suche einstellen und sich gegen ein Stück kalte Granitmauer sinken lassen musste.

Sie konnte ihn nicht ertragen, diesen bohrenden Schmerz. Es war nicht nur Xephyra, die nicht mehr da war. Es war der Teil von ihr selbst, der sich mit der Phönice verbunden hatte, der Teil, den sie bereitwillig hergegeben hatte – für immer.

Veronyka umarmte die Leere, ließ sich davon umgeben und verzehren.

Die Erschöpfung, gegen die sie kämpfte, seit sie die Hütte verlassen hatte, brach über sie herein, und sie ließ sich ins Gras sinken.

Sie war eingeschlafen, ehe ihr Kopf den Boden berührte.

Als Veronyka aufwachte, brannte die Sonne des späten Nachmittags auf ihren Wangen – und eine kühle Obsidianklinge wurde gegen ihren Hals gepresst.

Sie unterdrückte den Drang, aufzuspringen, und blinzelte wütend in die blendende Sonne, bevor ihr Blick den groben Schaft eines Speers emporwanderte und dann bei einem jungen Mädchen zum

Stillstand kam. Veronyka entspannte sich ein bisschen – sie hatte mit Val gerechnet –, bis das Mädchen die flache Kante der Waffe an ihrer Wange entlangzog und geschickt Druck ausübte, der Veronyka dazu zwang, sich auf alle viere aufzurichten.

»Was machst du da?«, fragte das Mädchen. Ihre Stimme war überraschend rauchig, und doch lag in ihrem Tonfall die Selbstsicherheit, die nur die Jugend schenkt.

»Schlafen«, sagte Veronyka und konnte nicht verhindern, dass ihr eine gewisse Verärgerung anzuhören war.

Das Mädchen legte den Kopf schräg, sah aber nicht Veronyka an, sondern etwas in einiger Entfernung. »In der Toilette?«

Veronyka fuhr entsetzt zurück. Ihr Blick huschte umher, aber sie sah nur undefinierbare Steinbrocken und nichts, was darauf hingewiesen hätte, dass diese Grasfläche hier für die Notdurft benutzt worden wäre.

»Ich weiß nicht … das ist nicht …«, stammelte sie, und das Mädchen grinste.

Sie hatte ein koboldhaftes Lächeln, das sie sehr jung wirken ließ, obwohl Veronyka annahm, dass sie beide nur durch wenige Jahre getrennt waren. Ihre Haare waren im warmen Sonnenlicht ein honigblondes Gewirr, und obwohl zwischen den Strähnen winzige Gegenstände zu sehen waren, war Veronyka ziemlich sicher, dass sie durch Zufall dort gelandet und nicht bewusst eingeflochten worden waren. Ihr Verdacht bestätigte sich, als sie neben dem rechten Ohr der anderen ein Stück Spinngewebe fand, während links ein lebender Spatz hockte. Dieses Mädchen war offenbar eine Animage.

Das Mädchen ließ den Speer sinken, löste sich aus ihrer aggressiven Haltung und ließ den Speer achtlos von ihrer Hand baumeln. »Keine Latrine mehr«, sagte sie schulterzuckend. »Trotzdem komische Stelle für ein Nickerchen.«

Sie wies mit dem Kinn auf die Mauer, die sich direkt hinter Veronyka befand. Veronyka zögerte einen Moment und ließ die Waffe der anderen nicht aus den Augen, dann drehte sie sich um. Ein Gesicht war in die Mauer hinter ihr eingemeißelt, unter Kletterpflanzen und dem Schmutz von Jahrzehnten war es kaum noch zu sehen. Sie hatte es während ihrer verzweifelten Suche in den Ruinen registriert, aber nicht auf die Einzelheiten geachtet. Jetzt sah sie, dass es das Gesicht einer Frau war, die nach oben schaute und ein rundes Gefäß in den Händen hielt. Es war eine Wassergottheit, nahm Veronyka an – sie wurden häufig mit Krügen, Schüsseln oder anderen Gefäßen abgebildet, die Flüssigkeiten enthielten. Die Inschrift unter dem Bild war verschwunden, aber Stücke von buntem Glas lugten unter Veronykas Händen aus der Erde hervor und deuteten die Art von Mosaikboden an, die in Badehäusern üblich war. Das hier musste ein Teil der Vorpostenanlage gewesen sein.

Veronyka drehte sich wieder um und stand auf. Das Mädchen war einen Kopf kleiner als sie, schmutzig und dünn, und ihre sandfarbene Haut war nach zu viel Zeit in der Sonne auf den Wangen und den bloßen Schultern mit Sommersprossen bedeckt. Sie hatte ihren Speer offenbar selbst hergestellt, der Schaft war ein knorriger Ast, der nicht ganz gerade war, und die Obsidianspitze war mit dem Stück eines geölten Lederriemens befestigt. Aber sie sah trotzdem scharf aus.

»Ich tu dir nix.« Das Mädchen grinste belustigt, als ob Veronyka misstrauisch und übervorsichtig wäre – und nicht gerade erst von dieser an ihre Kehle gepressten Waffe geweckt worden. Der Vogel in den Haaren des Mädchens zwitscherte, und sie nickte, als ob sie an etwas erinnert worden wäre.

»Wie heißt du?«, fragte sie.

Veronyka zögerte, aus Furcht, dass ihr Name allein auf irgendeine Weise Val herbeiholen könnte. »Veronyka«, flüsterte sie.

Das Mädchen zeigte auf sich selbst. »Spatz, und das ist Zwitscher.«

Der Vogel zwitscherte pflichtbewusst, und Veronyka wusste, dass sie mit ihrer Vermutung recht gehabt hatte: Spatz war eine Animage.

Es kam häufiger vor, dass Animagen ein treu ergebenes Tier hatten, das ihnen fast so nahestand und so wichtig war wie den Reitern ihre Phönixe, nur ohne die magische Bindung.

Sie streckte zur Begrüßung die Hand aus. Das Mädchen starrte immer noch links an ihr vorbei, bis die Stille sie zum Stirnrunzeln brachte. Sie blinzelte, legte den Kopf schräg, dann löste Zwitscher sich aus ihren Haaren und flog auf Veronykas ausgestreckten Arm.

Spatz' Stirn glättete sich und sie nahm Veronykas Hand.

Sie kann nicht sehen, begriff Veronyka, als Zwitscher ihren Arm hochhüpfte und dann auf ihrer Schulter landete, um sie mit funkelnden schwarzen Augen zu betrachten. Der Spatz war sicher ihr Führer, so wie Veronyka Eulen und andere Waldtiere einsetzte, die ihr in der Dunkelheit beim Sehen halfen.

Vorsichtig streckte sie die Hand nach Zwitscher aus. Ehe sie mehr getan hatte, als die Gedanken des Vogels zu streifen, schnappte Spatz vor Glück nach Luft.

»Du bist eine Animage!«, sagte sie, und ihre Wangen röteten sich vor Begeisterung. Zwitscher verließ Veronykas Schulter und setzte sich nun auf die von Spatz. Beide sahen Veronyka mit schräg gelegtem Kopf an, dann blickte Spatz sich in ihrer Umgebung um – nicht mit ihren Augen, sondern mit ihrer Magie. »Aber du bist allein.«

Val hatte Veronyka nie erlaubt, ein Tier zu haben. Sogar die wenigen, die ihr ab und zu geholfen hatten, waren zur Zielscheibe von Vals Verachtung und Spott geworden. Nur ein Phönix war ihrer wert, sagte Val immer, und Animagen, die Tiere und Hunde bei sich hatten, betrogen sich ihrer Meinung nach selbst mit einer fadenscheinigen Nachahmung einer echten Bindung.

Veronyka nickte als Antwort, dann fügte sie hinzu, als ihr einfiel, dass Spatz sie nicht sehen konnte: »Ja, ich bin allein.« Bei diesen Worten schnürte sich ihre Kehle zusammen. Kaum zwei Tage waren vergangen, seit sie sowohl eine Verbündete als auch eine Schwester verloren hatte. Xephyras Verlust war wie eine frische Schnittwunde, roh und brennend, aber sie weigerte sich, sich wegen Val zu grämen. Ihre Schwester hatte sich für diese Trennung entschieden. Sie hatte bewusst das Wertvollste in Veronykas Welt zerstört, rücksichtslos und ohne Reue. »Bis auf Weiteres«, fügte sie hinzu.

»Bis auf Weiteres«, wiederholte Spatz und nickte, als ob Veronykas Worte von höchster Weisheit geprägt gewesen wären. »Manchmal müssen wir allein sein. Aber nicht immer. Und schau, jetzt bist du bei mir. Nicht mehr allein.«

Veronyka atmete auf, erleichtert, weil die Spannung dieser Begegnung verflogen war. Sie sah sich wieder um und runzelte die Stirn. Wusste Val, dass hier nur Ruinen übrig waren? Hatte sie Veronyka bewusst hergeschickt, oder hatte sie über ihr eigentliches Ziel gelogen, um sicherzustellen, dass sie ihr nicht folgen könnte?

»Spatz, ich …« Ehe sie den Satz beenden konnte, hatte das Mädchen sie am Arm gepackt und zog sie hinter den Teil der Mauer mit dem Bild der Wassergöttin.

Veronyka stolperte hinterher, verwirrt, bis durch die Bäume leise Stimmen zu hören waren, gefolgt vom stetigen Dröhnen von Wagenrädern.

Sie dachte sofort an Plünderer und dann an die Soldaten, die bei ihrer Hütte gewesen waren. Aber als sie um die Mauer herumlugte, konnte sie zwischen den Bäumen die näher kommenden Leute sehen.

Es waren ein Mann, der die mittleren Jahre schon hinter sich hatte, und ein halbwüchsiger Junge, die beide auf dem Bock eines von kräftigen Gebirgspferden gezogenen Wagens saßen. Sie waren schlicht gekleidet, wie viele hier aus den Dörfern, in kurze Kittel und halblange Hosen, aber Veronyka sah an ihren Gürteln Messergriffe. Es war durchaus üblich, unterwegs eine Waffe bei sich zu haben. Aber der Junge hatte zudem einen Bogen auf dem Rücken hängen. Während der Mann wie jemand aus dem Dorf aussah, hatte der Junge ähnliche Farben wie Spatz, und seine hellbraunen Haare leuchteten im Sonnenschein wie Gold.

Als der Mann in einem leisen, kaum hörbaren Knurrton sprach, entspannte Spatz sich sichtlich.

»Das ist nur der Truchsess«, sagte sie, machte aber keine Anstalten, sich zu erheben und die beiden zu begrüßen. Das war sicher auch besser so, schließlich hatte der Junge einen Bogen und machte ein misstrauisches Gesicht. Vielleicht war er der Leibwächter des Mannes?

»Was denn für ein Truchsess?«, fragte Veronyka und ließ den langsam näher kommenden Wagen nicht aus den Augen. Soweit sie wusste, hatten nur reiche Adlige und Kaufleute in Orten wie Marmorzeile, wo die Wohlhabendsten des Imperiums lebten, einen Truchsess, der ihren Haushalt führte. Sie erinnerte sich, dass sie Truchsesse und ihre Bediensteten auf den Märkten gesehen hatte, wo sie die besten Lebensmittel, Wein und kostbare Stoffe für ihre Herrschaft aufgekauft hatten. Das Konzept eines Herrenhauses voller Gesinde hatte sich in Pyra nie durchgesetzt – selbst die wohlhabendsten Kaufleute, Bauern und Händler beschäftigten dort nur das allernötigste Personal: einen Koch, einen Animagen oder Tierhüter und vielleicht noch jemanden, um das Haus sauber und instand zu halten.

Spatz hatte sich abgewandt und lehnte mit dem Rücken an der Mauer, während sie an einem Stück Bindfaden an ihrem Speer herumzupfte. »Für das Haus des Gouverneurs im Exil. Angeblich ist er ein alter Einsiedler und hat sich in seinem Landhaus eingemauert. Alle paar Wochen schickt er seinen Truchsess durch die Dörfer. Manchmal suchen sie Stallburschen oder …«

Veronyka hörte Spatz nicht mehr zu. Die Stimme des Truchsesses war lauter geworden, und sie war schockiert, als sie hörte, dass der Mann altes Pyrenisch sprach. Diese Sprache wurde seit mindestens einem Jahrhundert nicht mehr benutzt, nach und nach hatte sie der Händlersprache weichen müssen.

Aber Veronyka kannte sie. Die Kenntnis dieser Sprache gehörte noch immer zur Ausbildung der Oberklasse, deshalb hatte ihre

Maiora sie aufgrund ihres Ranges als Phönixreiterin gelernt. Sie war von geringer Geburt gewesen, wie auch Val und Veronyka, aber Reiterinnen und Reiter wurden in die höchsten Schichten der Gesellschaft erhoben. Wenigstens war es früher so gewesen.

Veronyka brauchte einen Moment, um zu verstehen, was die beiden sagten – sie hatte die Sprache kaum noch benutzt, seit ihre Großmutter ihr genommen worden war.

Aber es gab ein Wort, das sie niemals vergessen würde – und Val hatte dafür gesorgt, dass sie sich immer daran erinnerte.

Phönixeren.

Phönixreiter.

Veronyka richtete sich auf, musterte die Gesichter der beiden in der Hoffnung, ihr Gespräch besser verstehen zu können. Sie sprachen weiter Pyrenisch, und jetzt, wo sie ihre Lippenbewegungen sah, konnte Veronyka sich alles zusammenreimen.

»*… genug für alle, sogar die Unterschwingen. Seit letztem Monat haben wir nichts mehr.*«

Ihr Herz schlug jetzt sehr schnell. Unterschwingen waren Lehrlingsreiter. Diese Reisenden waren wegen Phönixreitern hier.

Der Weg machte eine Biegung, ehe sie noch mehr hören konnte, und bald war der Wagen nicht mehr zu sehen.

»Der geht immer zum Markt in Vayle«, sagte Spatz und kam auf die Füße.

»Der Markt …«, murmelte Veronyka, drehte sich um und schaute den Hang hinab. »Wo …«

»Komm mit, ich zeig es dir«, sagte Spatz, und Zwitscher stimmte laut trillernd zu, ehe er losflog, um ihnen den Weg zu weisen.

Spatz machte sich nicht die Mühe, der Straße zu folgen. Sie lief direkt durch den Wald, lief den Hang hinunter wie Wasser durch ein Flussbett, schnell und geschmeidig; entweder war sie eng verbunden mit dem Vogel, der dicht vor ihr herflog, oder ihre Umgebung war ihr so vertraut, dass sie keine Hilfe brauchte. Sie benutzte den Speer wie einen Wanderstab, schob damit Dornen zur Seite und stieg über verfaulte Baumstümpfe.

Veronyka gab sich alle Mühe, mit ihr Schritt zu halten, sie stolperte über knorrige Wurzeln und blieb mit den Haaren an Zweigen hängen, während ihre Gedanken durcheinanderwirbelten.

Das Auftauchen des Truchsesses hatte sie mit dringend benötigter Hoffnung erfüllt – und ihr etwas gegeben, worauf sie sich konzentrieren konnte. Der Vorposten war ein Fehlschlag gewesen, aber nicht alles war verloren. Der Mann hatte Phönixreiter und Unterschwingen erwähnt – das bedeutete doch wohl, dass der Adlige im Exil, dem er diente, ein Phönixreiter gewesen war. Noch immer war. Und Lehrlingsreiter hatten sie auch.

Vielleicht würden sie sie mitnehmen, wenn sie zum Sitz der Reiter zurückkehrten. Bei diesem Gedanken wurde ihr schweres Herz leichter, wurde sie erfüllt von einem Gefühl der Möglichkeiten … und doch musste es einen Grund geben, warum die beiden Pyrenisch miteinander sprachen und behaupteten, einfach auf einem Landgut zu arbeiten.

Niemand sollte wissen, dass sie Reiter waren.

Das war klug, vor allem hier, so weit unten am Berg, in der Nähe der Grenze zum Imperium. Doch wenn Veronyka ihnen erzählte, dass sie ihr Geheimnis belauscht hatte – würden sie sie willkommen heißen oder wütend werden, weil sie ihnen heimlich zugehört hatte?

»Was hast du da über Stallburschen gesagt, Spatz?«, fragte sie und dachte zurück an das Gespräch von vorhin.

»Meistens will der Truchsess Lebensmittel kaufen – Säcke voll Datteln und Fässer voll Met«, antwortete Spatz. »Aber manchmal braucht er Hilfe bei Pferden und Jagdhunden und so und dann heuert er Leute an.«

»Animagen?«, fragte Veronyka. »Stallburschen« war sicher ein Deckwort, damit diese Anwerbeversuche keine unerwünschte Aufmerksamkeit erregten.

Spatz nickte. »Aber nur Jungs.«

»Was – warum?«, fragte Veronyka, deren Theorie damit zerstört war. Seit dem Anbeginn der Zeiten hatte es männliche und weibliche Phönixreiter gegeben. Anfangs sogar nur Reiterinnen, die Azurec ausgesucht hatte – *Axura,* korrigierte sie sich und musste an Val denken. Heißer Zorn durchjagte ihren Leib, aber sie drängte ihn zurück. Sie wollte ihre Schwester nicht an sich heranlassen. Bei den frühen pyrenischen Stämmen waren Frauen die Jägerinnen und Kriegerinnen gewesen, deshalb hatte Axura sie erwählt, um die Finsternis zu bekämpfen und der Welt das Gleichgewicht zurückzubringen. Erst in der nächsten Generation waren Töchter *und* Söhne geritten und selbst in der Glanzzeit der Phönixreiter im Imperium waren mehr Frauen dabei gewesen als Männer.

Vielleicht brauchten sie ja wirklich Hilfe in den Ställen. *Nicht, dass Mädchen das nicht auch könnten,* dachte Veronyka gereizt.

»Das hat mit den Schlafgelegenheiten zu tun«, sagte Spatz ohne Überzeugung. »Als ob Jungen und Mädchen nicht nebeneinander schlafen könnten, ohne sich gegenseitig erstechen zu wollen.«

Veronyka schaute Spatz von der Seite her an und wusste nicht, ob sie Anspielungen machte und alles durcheinanderwarf oder ob sie wirklich glaubte, der Truchsess könne Messerstechereien fürchten.

Aber der Gedanke ließ ihr nun keine Ruhe mehr. Konnte das stimmen? Konnte sie Phönixreiter gefunden haben, die sich am Pyrmont wieder zusammentaten, nur um feststellen zu müssen, dass sie sich ihnen doch nicht anschließen durfte?

Das musste ein Irrtum sein. Sie würde mit ihnen reden, sie davon *überzeugen,* dass sie dazugehörte.

Als sie die Straße erreicht hatten, fing Spatz an, auf Häuser und Läden zu zeigen und zu erzählen, wer dort wohnte und was wo verkauft wurde. Sie wusste Bescheid über Verwandtschaft und Freunde der Hausbewohner, über alte Fehden und neue Verliebtheiten, und wenn sie ein seltenes Mal nicht sicher war, wen sie sah oder wo sie sich befanden, brauchte sie nur ein leises Zwitschern von ihrem Vogel und war wieder auf dem Laufenden.

Die Häuser waren zumeist aus Steinen aus der Gegend errichtet, bis auf die Dächer und Fensterläden. Sie bestanden aus hölzernen Lamellen und waren in von der Sonne gebleichten Blau-, Gelb- und Rottönen angestrichen. Klimpernde Windspiele und leuchtende Blumen brachten weitere Farben in das steinerne Dorf.

Obwohl Pyra fast zweihundert Jahre zum Imperium gehört hatte, hatten sich dessen zahllose Gottheiten dort niemals richtig durchsetzen können. Einige Menschen beteten zu Teyke, dem Listenreichen, und baten um Glück, oder zu Miseriya um Erbarmen, aber diese beiden Gottheiten kamen aus dem Tal, und ihnen zu huldigen galt eher als Aberglaube denn als Frömmigkeit. Streng genommen hatten die Pyrener nur zwei Göttinnen, Axura und Nox, aber die Göttin des Todes und der Finsternis konnte man eigentlich nicht verehren. Bei Totenfeiern wurde Weihrauch verbrannt und die Menschen trugen schwarze Trauerschleier. Ansonsten war Pyra das Reich der Axura. Ihre runden Augen waren auf Türschellen und an Eingänge gemalt – zum Schutz gegen verirrte Totengeister –, geflochtene Phönixpuppen mit rot gefärbten Taubenfedern baumelten in offenen Fenstern.

Obwohl Spatz alles über die Leute aus dem Dorf zu wissen schien, staunte Veronyka darüber, wie kühl diese sich ihr gegenüber verhielten. Spatz schien als eine Art Plage zu gelten, wie eine brummende Fliege, die sie gern vertrieben hätten. Hatte sie hier keine Freunde oder Verwandten? Kam sie überhaupt aus Vayle? Sie sah aus wie jemand aus Stel oder Süd-Arborien, aber in Pyra lebten – oder waren untergetaucht – derzeit sehr viele Menschen, die nicht von dort stammten. Dass Spatz vielleicht allein in der Welt stand, ließ Veronyka sich auf ganz neue Weise verwandt mit ihr fühlen, und sie hielt sich dicht neben ihr, als sie sich einen Weg durch die geschäftigen Straßen von Vayle bahnten.

Als sie den Truchsess endlich eingeholt hatten, war auf dem Markt so viel los, dass Veronyka nichts mehr hören konnte. Sie wollte unbedingt Kontakt zu ihm aufnehmen, aber wenn er und der Junge Pyrenisch redeten, um ihre Angelegenheiten geheim zu halten, würden sie sicher nicht begeistert sein, wenn Veronyka sie mitten auf dem überfüllten Marktplatz ansprach.

»Du starrst sie an«, sagte Spatz. Das klang nicht wie eine Frage. Spatz hatte die Stirn gerunzelt und den Kopf ein wenig schräg gelegt, als ob sie versuchte, dem ganzen Lärm in ihrer Umgebung einen Sinn zu entlocken.

»Ach, ja, kann sein«, murmelte Veronyka, drehte sich um und gab vor, sich für einen Stand mit Kopftüchern zu interessieren. Die Marktfrau warf ihr und Spatz skeptische Blicke zu – sie waren beide barfuß und schmutzig –, und als Spatz begann, die Stoffe begeistert zu betasten, schlug die Frau ihre Hand zur Seite.

»Warum?«, fragte Spatz und schien die rüde Behandlung nicht wichtig zu nehmen. Sie wandte sich von dem Stand ab und wirbelte dabei mit einer unbedachten Bewegung ihres Handgelenks ihren Speer vor sich herum, worauf die Vorübergehenden nach Luft schnappten und sich eilig in Sicherheit brachten.

Veronyka schaute sich um, aber der Speer sorgte dafür, dass alle einen großen Bogen um sie machten. »Ich glaube, sie könnten Phönixreiter sein.«

Sie wusste nicht, warum sie sich Spatz anvertraute, aber sie dachte sich, dass sie alle Hilfe brauchte, die sie bekommen könnte.

»*Phönixreiter!*«, hauchte Spatz mit leuchtenden Augen. Ihre Hände hielten inne und die Speerspitze traf mit einem dumpfen Knall auf dem Boden auf. »Lyra die Verteidigerin. Königin Malka die Weise mit Thrax. Aurelya die Goldene Königin.«

»Hast du in letzter Zeit etwas über sie gehört, Spatz? Irgendetwas, das mit dem Truchsess zu tun hat?«

Spatz schüttelte den Kopf. »Ich werde genauer zuhören.«

Ohne ein weiteres Wort lief sie zu dem Wagen des Truchsesses hinüber.

»Spatz«, zischte Veronyka und rannte hinter Spatz her. Sie sprang zurück, als sich ein Pferdewagen näherte, und wich den fuchtelnden Armen eines Fischhändlers aus, der tagesfrischen Fang anpries, ehe sie Spatz endlich neben dem Wagen eingeholt hatte.

Veronyka öffnete den Mund und wollte sagen, sie müssten sofort weg hier. Sie hatte Angst, jemand könnte sehen, dass sie den Truchsess belauschten, aber Spatz tippte mit kleinen, schweißnassen Fingern gegen Veronykas Lippen.

»Zimmer sind bestellt«, sagte der Truchsess, und seine Stimme wurde von der anderen Seite des Wagens zu ihnen herübergetragen. Darauf folgten das Kratzen und Poltern von schweren Gegenständen, die in den Wagen geladen wurden. »Wir brechen kurz vor der Dämmerung auf. Dann geht es nach Rushlea und so schnell wir können nach Petratec. Wirst du zu ihr gehen?«

»Wenn es gestattet ist, Meister Beryk«, antwortete der Junge mit vor Sorge gepresster Stimme. *Meister* Beryk, so wie ein *Meister*reiter – die Bezeichnung für einen ausgebildeten Phönixreiter? Während alle, die einen Phönix ritten, als Phönixreiterinnen und Phönixreiter bezeichnet werden konnten, gab es zwei klare Untergruppierungen, wenn von Phönixreitern in militärischer Hinsicht die Rede war: Meister und Lehrlinge.

»Vergiss nicht, keine Formalitäten hier, Elliot.«

»Natürlich nicht – Entschuldigung, Herr.«

»Du hast Zeit genug für einen Besuch, wenn du nur vor Tagesanbruch wieder da bist.«

»Das werde ich.«

Beryk seufzte. »Wenn der Kommandant bloß nicht so streng wäre … dann könntest du sie mitbringen. Deine Schwester ist eine Animage, oder?«

»Alle in meiner Familie sind Animagen. Sie wäre mit mir gekommen, wenn er es erlaubt hätte.« Die Stimme des Jungen zitterte ein wenig, als ob er sich große Mühe geben müsste, um seine Verbitterung zu verbergen. »Sie will unbedingt Phönixreiterin werden.«

Beryk räusperte sich, und Veronyka hatte schon Angst, er könnte hören, wie ihr Herz auf der anderen Seite des Wagens einen Schlag aussetzte. »Na, was für ein Glück dann, dass sie Verwandte in solcher Nähe zu Vayle besucht und dass du sie jetzt wenigstens sehen kannst.«

»Ja, Herr. Dann gehe ich jetzt mal.«

Veronyka blieb der Bruchteil einer Sekunde, um zu begreifen, dass die scharrenden Schritte in ihre Richtung kamen, dann richtete sie sich auf und versuchte, Spatz mit sich zu ziehen. Zu spät.

Der Junge, Elliot, kam um den Wagen herum und entdeckte sie gleich neben der Leinwandplane, die die Vorräte bedeckte.

»He!«, brüllte er, und sein Blick fiel zuerst auf Spatz. Wie die Kopftuchverkäuferin warf Elliot nur einen Blick auf ihre verfilzten Haare und die schmutzige Kleidung und beschloss offenbar, dass sie nichts taugte. »Mach, dass du wegkommst, Diebin!«

Er machte einen Satz nach vorne und fuchtelte mit dem Arm, wie um sie zu verscheuchen, und Veronyka sprang instinktiv zwischen die beiden. Sie wollte nicht, dass Spatz verletzt wurde, und hatte es satt, mit ansehen zu müssen, wie achtlos andere mit ihr umgingen.

»Sie ist keine Diebin«, fauchte sie, hielt Spatz fest und freute sich, weil ihre Stimme tapferer klang, als sie sich fühlte. Zwitscher tschilpte jetzt wild drauflos und flog in weiten Kreisen um alle drei herum. Ihre gemeinsamen Bemühungen reichten offenbar aus, um Elliot aufzuhalten.

Er starrte zuerst den Vogel an, dann Veronyka, und sie begriff, dass sie kaum vertrauenswürdiger aussah als Spatz.

»Was ist denn jetzt schon wieder?«, fragte Beryk und kam um den Wagen herum. Veronyka erstarrte. Sie hatte nicht gut genug überlegt. Sie hatte Spatz beschützen wollen – das Letzte, was sie wollte, war, in den Augen des Mannes, der vielleicht ihre Träume wahr werden lassen könnte, als Diebin oder Störenfried dazustehen.

Ohne ein weiteres Wort packte sie Spatz am Arm und zog sie durch die Menge davon. Zwitscher folgte ihnen sofort.

Veronyka schaute sich um, aber sie wurden nicht verfolgt. So wenig, wie sie bei sich hatten, war vermutlich klar, dass sie nichts gestohlen hatten. Aber in ihr verkrampfte sich trotzdem alles. Hatte sie soeben ihre Chance bei dem Truchsess ruiniert?

»Du hast mich verteidigt«, sagte Spatz, als sie am Rand des Marktplatzes stehen blieben, und streckte geistesabwesend die Hand nach Zwitscher aus, der auf ihrer Handfläche landete. Sie sah auf ihn hinunter und streichelte stirnrunzelnd seinen Kopf. »Noch nie hat jemand Spatz und Zwitscher verteidigt.«

»Ach«, sagte Veronyka, die immer noch überlegte, was sie jetzt machen sollte. Aber Spatz klang so offen und ernst, dass ihre Worte sie wie ein Messer trafen. »Das war doch nicht der Rede wert. Du warst so lieb und hilfsbereit. Zwitscher auch«, fügte sie hinzu, und Spatz strahlte.

»Der Truchsess wird im Kochhaus übernachten«, sagte Spatz, offenbar fest entschlossen, weiterhin hilfsbereit zu sein. Sie zeigte über Veronykas Schulter, wo Beryk den Wagen dem Stallknecht des nahe gelegenen Gasthauses überließ. Elliot war bereits zu dem Besuch bei seiner Schwester und den Verwandten verschwunden. »Soll ich dich zu seinem Zimmer bringen? Ich kenn den Dienstboteneingang.«

»Nein«, sagte Veronyka scharf. Sie hatte Angst, Spatz könnte losrennen und noch mehr Schwierigkeiten verursachen. Sie würde den Truchsess ganz bestimmt nicht beim Essen oder in seinen privaten Räumen belästigen. Er hatte gesagt, dass er kurz vor der Dämmerung aufbrechen würde, und dann musste sie zur Stelle sein. Sie würde nicht zulassen, dass er dieses Dorf verließ, ohne ihr einige Fragen zu beantworten. »Ich warte einfach bis morgen früh hier.«

Zu ihrer Überraschung blieb Spatz bei ihr.

Als der Markt schloss und die Sonne unterging, erbettelte Spatz für sie beide an der Hintertür des Kochhauses ein Abendessen. Die endlosen Rauchfäden, die aus dem gewölbten Dach aufstiegen, erinnerten Veronyka unangenehm an Xephyras Totenfeuer. Die Erinnerungen brachen über sie herein und drohten sie zu ersticken. Das düstere, bösartige Funkeln in Vals Augen, der satte Geruch von kochendem Gemüse und das mühsame Röcheln von Xephyras letzten Atemzügen. Wie still ihr Körper dagelegen und wie schnell er in Flammen aufgegangen war.

An ihre Verbündete zu denken war, wie einen Hieb in den Bauch zu erhalten, und Veronyka holte tief und zitternd Atem. Sie konnte es sich nicht leisten, jedes Mal zusammenzubrechen, wenn sie an Xephyra dachte. Val glaubte, sie sei ohne ihre Hilfe unfähig, sich vorwärtszubewegen – unfähig zu überleben –, aber Veronyka weigerte sich, ihre Schwester recht behalten zu lassen.

Sie wusste, was sie zu tun hatte, auch wenn ihr das wie ein Verrat vorkam. Sie schluckte und ihre Kehle war wie zugeschnürt. Vor wenigen Stunden noch war Xephyra eine Quelle der Kraft gewesen, ein Teil ihres Wesens. Jetzt war ihre Verbündete eine Quelle der Verzweiflung. Wie sollte sie vorankommen, wenn sie immer das Gewicht der Toten mit sich trug?

Veronyka schloss die Augen und atmete ruhig durch. Sie würde Xephyra nie vergessen, das gewiss nicht, aber sie könnte es schwieriger machen, die Erinnerung an sie zu finden. Sie hatte dieses Vorgehen von Val gelernt – oder eher wegen Val. Es war schwer, einer Schwester wie Val ein Geheimnis vorzuenthalten, aber Veronyka hatte sich einige Tricks ausgedacht.

Es gab eine Methode, einen Teil ihrer Gedanken abzusperren – sie vor dem bewussten Denken zu verbergen, sodass Leute wie Val, die Schattenmagie beherrschten, sie nicht so leicht finden konnten. Veronyka hatte nie versucht, etwas vor sich selbst zu verbergen, aber es war den Versuch wert.

Sie stellte sich eine leere, verstaubte Ecke in ihrem Geist vor – ganz weit hinten, nicht mehr zu sehen und leicht zu vergessen. Dort würde sie Xephyra verstecken.

Nur für den Moment, sagte sie sich und hasste die kalte Notwendigkeit, die sie unweigerlich an Val erinnerte. *Nur für den Moment.*

Vorsichtig wie eine Sammlerin, die ihre zerbrechlichsten und wertvollsten Besitztümer in die Hand nimmt, suchte Veronyka jede liebevolle Erinnerung und jedes Glücksgefühl, das mit ihrer Verbündeten zu tun hatte, zusammen: wie Xephyra geschlüpft war, ihren ersten unsicheren Flug und die tröstliche Wärme ihres Gefieders. Sie erlebte jeden Augenblick der Freude ein letztes Mal, dann brachte sie alles in dieser dunklen Ecke unter. Sie stellte sich diese Ecke vor wie eine mentale Festung, verborgen und unzugänglich, aber nicht wirklich verschwunden. Xephyra war noch immer ein Teil von ihr. Das würde sie immer bleiben.

Als ihre Verbündete langsam aus ihren Gedanken verschwand, wurde die Last auf Veronykas Brust leichter. Statt eines von einer Katastrophe hinterlassenen Kraters waren ihre Gedanken nun einfach eine leere Fläche. Beruhigend. Friedlich – egal, welche Tumulte sich unmittelbar unter der Oberfläche abspielten.

Später, wenn sie Ordnung in ihr Leben gebracht hätte, könnte sie sich die Zeit nehmen, Xephyra richtig zu betrauern.

»Gehst du mit denen, wenn die dich lassen?«, fragte Spatz einige Stunden nach dem Essen. »Und wirst eine berühmte Kriegerin, so wie Avalkyra Aschenfeuer?« Sie spielte mit einer Motte, fing sie immer wieder ein und ließ sie dann frei, während sie ihr Ermutigungen und Schmeicheleien zumurmelte. Es war fast unmöglich, mit Insekten zu kommunizieren, ihr Denken war so klein und fremd, dass viele Animagen es nicht erfassen konnten. Es hätte Veronyka allerdings nicht überrascht, wenn Spatz es geschafft hätte, zu einigen von ihnen Kontakt aufzunehmen.

Sie lächelte. »Ich hoffe es. Und was hast du vor?« Sie wusste nichts über Spatz, nicht, woher sie kam, nicht, wohin sie wollte. Vielleicht wusste Spatz das auch nicht.

»Wir waren schon länger nicht mehr in Runnet«, sagte Spatz mit einem Seufzen und ließ ihre Motte wegfliegen. »Vielleicht gehen wir als Nächstes dahin.« Zwitscher tschirpte zustimmend und stellte klar, wer in diesem Fall unter »wir« zu verstehen war.

Bald schnarchte Spatz, aber Veronyka döste nur vor sich hin. Sie hatte Angst, den Aufbruch des Truchsesses zu verpassen. Sie sah, wie die Fischer sich auf den Weg zu ihren Booten machten, und roch das erste Brot aus der Bäckerei. Elliot kehrte unmittelbar vor Anbruch der Dämmerung zurück, mit hochgezogenen Schultern, um die Kälte abzuwehren – oder vielleicht, weil es so schrecklich für ihn war, seine Familie zu verlassen.

Als der Wagen von einem Stallburschen auf den Hof in den goldenen Morgensonnenschein gerollt wurde, wartete Veronyka am Tor.

»Entschuldigung«, sagte sie, und Beryk, der gerade irgendwelche Papiere durchsah, fuhr zusammen. Elliot war außer Hörweite, er zog die Leinenplane des Wagens gerade, runzelte aber die Stirn, als er Veronyka erkannte.

»Ja?«, fragte der Truchsess. Während sich Elliot offenbar an sie erinnerte, war Beryks Miene ausdruckslos und höflich.

Veronyka schluckte. »Ich habe gehört … ich weiß, dass Ihr … *Phönixeren* seid«, sagte sie mit leiser Stimme.

Beryk hatte sich vorgebeugt, um sie verstehen zu können, richtete sich aber ruckartig wieder auf, als sie Pyrenisch sprach. »Es tut mir leid, Mädel«, sagte er mit scharfer Stimme, »aber Pyrenisch spreche ich nicht.«

»Bitte«, sagte Veronyka und vertrat ihm den Weg, als er versuchte, weiterzugehen. Er warf ihr einen Blick zu, und sie sah wohl so jämmerlich aus, dass er stehen blieb. »Ich möchte mit Euch kommen. Ich bin eine Animage und …«

»Du verwechselst offenbar irgendetwas. Ich bin Truchsess auf einem Landgut und das hier ist mein Gehilfe.«

»Eure *Unterschwinge*?«, fragte Veronyka hartnäckig.

Beryk rang sich ein Lächeln ab, und als Elliot herüberkam, gab er ihm ein Zeichen, in den Wagen zu klettern. »Hör zu, Mädel, und hör *gut* zu«, flüsterte er. »Was immer du glaubst, gehört zu haben – vergiss es lieber ganz schnell. In deinem eigenen Interesse. Selbst wenn ich neue Leute suchte – was nicht der Fall ist –, und selbst wenn diese neuen Leute Animagen sein sollten – was nicht der Fall ist –, dann würdest du unseren Ansprüchen nicht genügen, fürchte ich.«

»Weil ich kein Junge bin?«, fragte Veronyka.

Beryks Miene zeigte Bedauern, als ob er nicht zum ersten Mal ein Mädchen abweisen müsste und es auch nicht gern tat. »Ich weiß, es klingt nicht gerecht, aber er hat seine Gründe.«

Er, der Kommandant, den Beryk am Vortag erwähnt hatte. Ehe Veronyka noch weitere Einwände vorbringen konnte, tätschelte er ermutigend ihren Arm, dann sprang er auf den Wagen.

Sie sah den beiden hinterher, während in ihrer Brust die verschiedensten Gefühle tobten. Sie war zwar enttäuscht, aber er hatte ja im Grunde zugegeben, dass er Reiter war. Und die Existenz auch nur eines einzigen Phönixreiters auf dem Pyrmont war ein Grund zur Freude.

»Was hat er gesagt?«

Veronyka fuhr vor Überraschung zusammen, als plötzlich Spatz neben ihr stand. Sie hatte sich in den Schatten vor dem Gasthaus herumgedrückt, aber als Beryk aufgebrochen war, hatte sie sich mit lautlosen Schritten zu Veronyka gesellt.

»Wie du gesagt hast: Sie wollen nur Jungen«, murmelte Veronyka, die noch immer versuchte, ihr Gespräch mit Beryk zu durchdringen und zu verstehen. Würden die Phönixreiter der Zukunft allesamt nur Männer sein?

Spatz zuckte mit den Schultern. »Dann sei ein Junge.«
Veronyka schnappte nach Luft und schaute Spatz verblüfft an.
Sei ein Junge.
Es war einfach. Es war großartig.
Es war genau das, was Veronyka sein würde.

Aura, die ursprüngliche Hauptstadt des Königinnenreiches Pyra, lag auf Pyras höchstem Gipfel. Aura war um die Ewige Flamme herum angelegt, eine tiefe Grube voll jener von Götterhand geschaffenen Flammen, die tausend Jahre zuvor Nefyra auf die Probe gestellt hatten. Sie brannten noch lange nach Nefyras Prozess, ununterbrochen genährt von aus Spalten im Berg sickernden Gasen.

Die Ewige Flamme war umgeben von Steinen, durch die sich Adern von kostbaren Metallen zogen, und die Menschen in Pyra schlugen nach und nach Tempel und Statuen aus dem lebenden Fels. Risse voller Gold gaben das Licht des Feuers wider, vergoldeten jede Oberfläche und waren schließlich der Ursprung des Namens »Aura«, die Goldene Stadt.

Die Pyrener breiteten sich langsam über die höchsten Gipfel aus, denn sie konnten an Orten leben und Häuser bauen, die nur erreichen konnte, wer einen Phönix hatte. Erst als die Ewige Flamme verlosch, machten sich die Reiterinnen und Reiter auf die Suche nach neuen Ländern und neuem Reichtum. Viele hielten das Erlöschen der Ewigen Flamme für ein Zeichen dafür, dass Axura unzufrieden mit ihnen war und sie bei ihr in Ungnade gefallen waren. Jeder bis dahin geschlüpfte Phönix war in der Ewigen Flamme ausgebrütet worden und die Flamme war unlösbar mit dem Alltag der alten Phönixreiter verbunden gewesen. In diesem göttlichen Feuer wurden Leben geboren und Tote verbrannt; Feste und Feiern, Hochzeiten und Zeremonien, alles ging im Licht der Ewigen Flamme vor sich.

Die frisch gekrönte Königin Elysia wusste, dass ihr Volk mehr brauchte als nur eine neue Heimat ... Sie brauchten einen neuen Beginn. Nachdem sie jahrelang Pyras Grenzen aufrechterhalten und verteidigt hatten – die inzwischen den gesamten Pyrmont und dessen Vorgebirge umgaben –, entschied sich Elysia, neues Land zu erforschen und unter ihre Herrschaft zu bringen. Sie behauptete, das sei ihre wahre Aufgabe – Axuras Licht in allen Winkeln der Welt zu verbreiten.

Es wurden Schlachten geschlagen und Bündnisse geschlossen, Verträge unterschrieben und neue Grenzen gezogen, und bald vermählten sich pyrenische Königinnen mit Königen aus dem Tal und gründeten das Auranische – zumeist genannt das Goldene – Reich und kehrten nie wieder in die höchsten Ausläufer ihrer Gebirgsheimat zurück.

Mythen und Legenden des Goldenes Reiches und anderer Gefilde, eine Zusammenstellung von Geschichten und Berichten. Die Morianischen Archive, 101 NI.

Sie nannte es Verrat. Ich nannte es Gerechtigkeit. Ein vergifteter Becher für einen vergifteten Becher, ein Tod für einen Tod. Eine Königin für einen König.

– Kapitel 11 –

SEV

Sev sollte seine Abmachung mit Trix bald bereuen – falls hier überhaupt von einer Abmachung die Rede sein konnte. Erpressung wäre wohl eher das richtige Wort gewesen. Er spielte oft mit dem Gedanken, sie zu melden, bezweifelte aber nicht, dass sie ihre Drohungen wahr machen würde. Er hatte keine Freundschaften und kein Wohlwollen bei den anderen Soldaten aufbauen können, und aus Erfahrung wusste er, wie überzeugend Trix wirken konnte.

Tatsache war, dass die Frau viel klüger war als er, und er konnte es sich nicht leisten, ihren Unwillen zu erregen. Trix wusste von seinem kleinen Fluchtversuch, und sie behielt ihn bestimmt nachts im Auge, um sicherzugehen, dass er ihn nicht wiederholte. Wenn er sich weigerte, ihr zu helfen, würde sie ihn verraten – und ihm außerdem jede Menge andere Verbrechen in die Schuhe schieben –, und er würde sich als Leibeigener oder in einer noch schlimmeren Lage wiederfinden. Ein Animage, der sich versteckte, war das eine, aber ein Animage, der sich in einem der kostbaren Regimenter des Imperiums verbarg, war etwas ganz anderes. Die meisten Leibeigenen mussten dienen, bis sie »ihre Schuld beim Imperium abgetragen hatten«, was eigentlich nur bedeutete, dass sie entgangene Steuern zurückzahlten.

Das führte meistens zu einer Dienstzeit von mindestens zehn Jahren, je nachdem, wie alt die Animagen waren und bei welchem Vergehen sie ertappt worden waren. Wenn sie dank ihrer Magie florierende Geschäfte gemacht hatten – wenn sie beispielsweise stellanische Pferde züchteten oder kostbare Jagdfalken dressierten –, ohne die Magesteuer zu bezahlen, brachten sie das Imperium damit um wahre Goldhaufen, deshalb wurden sie mit einer viel längeren Dienstzeit bestraft. Kinder und arme Leute kamen meistens mit einer kürzeren Zeit davon, aber ihre Familien hatten ohne sie zu leiden. Und wenn sie dann von der Leibeigenschaft befreit wurden, mussten sie für den Rest ihres Lebens doppelte Steuern bezahlen.

Nach dem Blutkrieg in Gefangenschaft geratene Verräter – Animagen, die Avalkyra Aschenfeuer unterstützt hatten – mussten entweder lebenslang dienen oder wurden als zu gefährlich eingestuft, um am Leben zu bleiben, und hingerichtet. Sev ging davon aus, dass er zu den Verrätern gerechnet werden würde, wenn er entdeckt würde, aber er war nicht sicher, ob seine Vergehen als schwerwiegend genug gelten würden, um seinen Tod zu bedeuten. Dem Imperium war sein Militär überaus wichtig und Hauptmann Belden war kein verständnisvoller Mann. Zudem war Sev ein verurteilter Mörder gewesen, als er angeworben worden war – wenn er dann noch Verrat beging, konnten sie beschließen, dieses Verbrechen nicht zu vergeben, ihm den Kopf abzuschlagen und die Sache darauf beruhen zu lassen.

Er steckte in der Klemme; Sev wusste es, und Trix wusste es auch. Egal wie, er war ein Teil ihres Planes. Da ihr Plan ihn aus seinem Leben als Soldat heraushelfen würde, hatten sie für den Moment dasselbe Ziel.

Doch sich mit ihr zusammenzutun, um »diese dreckigen Imperiumsmörder von innen her zu stürzen«, widersprach allem, was Sev über das Überleben gelernt hatte. Heldentaten waren etwas für Narren, und was wäre heldenhafter – oder närrischer –, als eine Handvoll Leibeigener, die versuchte, zweihundert Soldaten zu Fall zu bringen?

Trix arbeitete schon seit Wochen daran und Sev war nur eine ihrer vielen Spielfiguren. Ihre Aufgabe als Leibeigene war die Betreuung der Brieftauben, und Sev hatte keinen Zweifel daran, dass sie die Briefe des Hauptmanns las. Köche und Handwerker, die jungen Laufburschen und die alten Waschfrauen – Menschen aus allen Teilen des Lagerlebens –, sogar Hauptmann Beldens Leibdiener erstatteten ihr Bericht. Sie gaben Trix jeden Fetzen an Information, den sie bringen konnten, und sie verwob alles miteinander wie Anyanke, die Schicksalsgöttin, die ihre komplizierten Gewebe spann. Alle im Lager waren in diesem Netz gefangen, auch Sev.

»Wieso glaubst du, dass du das durchziehen kannst?«, fragte er Trix, einige Tage nachdem sie ihn angeworben hatte.

Die einzige Zeit, zu der er wirklich mit ihr sprechen konnte, war spät in der Nacht, wenn alle ihre Pflichten erledigt hatten und die meisten Soldaten entweder eingeschlafen oder so betrunken waren, dass sie es nicht bemerkten, wenn sich ein Soldat mit einer Leibeigenen zusammentat.

Feuer waren noch immer verboten, aber die Leibeigenen hatten einen Bereich abgeteilt, wo sie bei der Arbeit sitzen konnten; sie hatten dort, wo ein winziger Rest Mondlicht durch die Bäume sickerte, Holzstücke in einem groben Kreis aufgestellt. Da saß Trix und summte vor sich hin, neben ihr saß Kade und reparierte einen zerbrochenen Harnisch. Obwohl seine Hände riesig waren, waren sie gleichzeitig elegant und fähig zu feinster Handarbeit. Er beugte den Kopf über den Riemen, hielt ein Werkzeug zwischen den Zähnen und nahm behutsam die Schnalle auseinander.

Doch obwohl er so vertieft zu sein schien, schnaubte er, als Sev diese Frage gestellt hatte.

»Wieso glaubst du, dass ich das nicht könnte?«, fragte Trix und deutete ein Grinsen an. Sev warf ihr einen Seitenblick zu und registrierte jeden Zoll ihrer gebeugten, grauen und alles andere als einschüchternden Gestalt. Klatsch war zwar ihre Stärke, aber Informationen zu sammeln, war das eine, und aufgrund dieser Informationen zu handeln, etwas ganz anderes.

Trix blieb ganz ruhig, als sie auf den Holzklotz neben ihrem klopfte und Sev zum Sitzen einlud. »Nicht alle Schlachten werden mit Pfeil und Bogen ausgefochten. Manche sagen, der Krieg sei vor sechzehn Jahren mit dem Tod der königlichen Schwestern geendet. Ich sage das nicht. Ich kämpfe seither jeden Tag in diesem Krieg. Das«, sie presste eine Hand auf die Kette um ihren Hals, »ist meine Rüstung, und das«, sie beschrieb mit dem Arm einen Bogen, der das stille Lager umfasste, »ist mein Schlachtfeld.«

Sev lief es eiskalt den Rücken hinunter. Er ließ seinen Blick über die Soldaten wandern und stellte sie sich nicht als Schlafende vor, sondern als Tote.

»Du warst die ganze Zeit Leibeigene?«, fragte er. »Seit sechzehn Jahren?«

»Sechs«, sagte sie und strahlte jetzt Kälte aus, weshalb Sev beschloss, sie nicht danach zu fragen, was sie vorher getan hatte. War sie auf der Flucht gewesen? Hatte sie andere unvorsichtige Soldaten des Imperiums erpresst? Er nahm an, dass es keine Rolle spielte. Was immer Trix angestellt haben mochte, niemand verdiente Leibeigenschaft. Niemand.

»Hast du im Krieg gekämpft?«, fragte er. »Als Kriegerin? Als Phönixreiterin?« Er konnte nicht verhindern, dass sich die Wörter überschlugen, als er von den Reitern sprach, dass sie vor Erregung oder Angst – er wusste nicht, was der Grund war – aus seinem Mund sprudelten.

»Überrascht dich das? Nicht alle von uns konnten Wandbilder in Palästen und Mosaiken in Tempeln zieren wie Avalkyra Aschenfeuer mit ihrer Federkrone. Einige von uns waren besser für die Schatten geeignet.«

»Hast du sie gekannt – Avalkyra Aschenfeuer?«

»Flüchtig«, sagte sie wegwerfend.

Sev riss die Augen auf und sah sie mit neu erwachtem Respekt an. Dass sie der Königin begegnet war, hieß, dass Trix keine Rekrutin aus den unteren Rängen gewesen war so wie seine Eltern. »Bedeutet das … hast du zu ihrer Garde gehört? Warst du auch eine berühmte Phönixreiterin?«

»Wenn ich das gewesen wäre, hätte es den Sinn der Sache doch ziemlich ruiniert«, sagte sie trocken.

Sev runzelte die Stirn. »Den Sinn welcher Sache?«

»Keine weiteren Fragen, Soldat«, schaltete sich Kade ein, aber Trix legte ihm die Hand auf die Schulter und brachte ihn damit zum Schweigen.

»Ich war so eine Art Beraterin.«

»Eine Beraterin von Avalkyra Aschenfeuer?«, fragte Sev ungläubig. Neben Avalkyra als Soldatin zu kämpfen, war das eine, sie zu beraten aber, etwas ganz anderes. Er senkte die Stimme. »Wie konnte eine Beraterin der Königin mit der Federkrone hier enden, im Dienst von Hauptmann Belden, der alles vernichten soll, was von den Phönixreitern vielleicht noch übrig ist?«

»Das geht dich nichts …«, begann Kade, aber Trix fiel ihm ins Wort.

»Sie haben keine Ahnung, was ich im Krieg getan oder nicht getan habe«, sagte sie verächtlich und wies mit ihrem Kinn zum Zelt des Hauptmanns hinüber. »Für die bin ich einfach eine alte Animage, schwach, unterwürfig, ein bisschen verrückt – mehr nicht.«

»Das erklärt noch immer nicht, wieso du bei diesem Einsatz dabei bist. Ein glücklicher Zufall?«, fragte Sev.

»Du bist neugierig, Junge«, sagte Trix nachdenklich. Kade nickte und rechnete offenbar mit einem Verweis, doch stattdessen sagte sie: »Und genau deshalb brauche ich dich.«

»Wozu?«, fragte Sev. Was immer sie mit ihm vorhatte, er wollte es wissen. Er hatte nicht vor, sich in Rebellionen oder blödsinnige Heldentaten hineinziehen zu lassen. Das führte ja doch nur zum Tod. »Bitte sag mir einfach, was du brauchst, damit ich es tun kann und diese Verpflichtung los bin.«

Kade starrte ihn stirnrunzelnd an. Er wirkte fast enttäuscht, aber Sev schüttelte das seltsam traurige Gefühl ab, das ihn jetzt überkam.

Er würde sich ihrer kleinen Revolte nicht anschließen, weil er Lust dazu hatte … er tat es, weil Trix ihn dazu zwang. Was er wirklich wollte, war zu fliehen, und je eher er tat, was sie von ihm verlangte, umso früher würde ihm die Flucht gelingen.

»Du musst dich zum Dienst bei den Packtieren melden«, erklärte sie.

»Ich … was?« Sevs Blick huschte zu Kade hinüber. Er war einer von einem Dutzend Leibeigener, denen die Versorgung der frisch erworbenen Lamas anvertraut worden war, und wenn Sev sich zu diesem Dienst meldete, würden sie zusammen stationiert sein.

»Warum?«, wollte Kade wissen und sprang auf. »Ich brauche ihn nicht.«

»Das habe ich auch nie behauptet.«

»Wie lange?«, fragte Sev.

»Bis ich dir Bescheid sage.«

»Was? Warum kannst du mir das nicht einfach sagen?«, fragte Sev verzweifelt.

»Manche Dinge bleiben besser ein Geheimnis«, sagte Trix. Sev und Kade starrten sie beide wütend an, aber das schien ihr nicht das Geringste auszumachen.

»Geheimnis?«, wiederholte Sev verständnislos. »Na gut … also, was muss ich tun, während ich beim Packdienst bin? Sicher mehr als meine normalen Pflichten.«

Trix lächelte nur. »Denk einfach, dass du alles erfahren wirst, was du wissen musst, Junge. Und im Moment musst du gar nichts wissen. Bis auf Weiteres ist diese Information also …«

»Lass mich raten«, sagte Sev resigniert, »sie ist auch ein Geheimnis?«

»So ist es eben mit Geheimnissen«, sagte Trix. »Sie sterben niemals richtig. Kaum ist eins in Flammen aufgegangen, schon tritt ein anderes an seine Stelle.«

Sie kannte meine Finsternis besser als alle anderen und immer hatte sie mir verziehen. Immer hatte sie das Gute in mir gesehen. Bis sie es eines Tages nicht mehr sah.

– Kapitel 12 –

Tristan

Tristan fühlte sich am wohlsten, wenn er auf dem Rücken seines Phönix über den Himmel jagen konnte. Auf dem Rücken seines nicht flammenden Phönix natürlich.

Rex' mächtiger Flügelschlag unter ihm, die heißen Luftströme, die vom Felsboden tief unten aufstiegen, und die unendlich weite Aussicht über Berge, Flüsse und Wälder – wenn sein Blick nicht gerade am Hinterkopf seines Verbündeten haftete.

Anders als sonst hielt Tristan nicht unten auf dem Boden Ausschau nach Gefahr, was er eigentlich hätte tun müssen, er starrte nicht in die Ferne, wo Bergketten das Tal absperrten wie kräftige steinerne Palisaden. Er versuchte nicht einmal, sein altes Zuhause in Ferro zu erspähen – was aus dieser Entfernung und diesem Winkel auch unmöglich gewesen wäre, was er jedoch bei fast jedem Flug tat.

Nein, Tristan kauerte im Sattel, die Füße in den Steigbügeln, die Muskeln angespannt und die Hände um die Zügel geklammert, als ob er ein sich aufbäumendes Pferd reiten müsste, statt in weiten, eleganten Bögen durch die Luft zu gleiten. Er wollte diesen Flug am späten Nachmittag nicht genießen, sondern blickte lieber übellaunig Rex' Gefieder an und brütete stumm vor sich hin.

Rex warf den Kopf in den Nacken, er spürte Tristans Verärgerung und machte sie zu seiner eigenen – eine der negativen Auswirkungen der Bindung. Der Phönix sackte plötzlich ab, schlug die Flügel ungeduldig und riss Tristan aus seiner Geistesabwesenheit. Tristan begriff, dass seine steife, ungeschickte Reitstellung für seinen Verbündeten ebenso unbehaglich war wie für ihn selbst.

»Tut mir leid, Rex«, murmelte er und setzte sich bequemer hin. Mit einem tiefen Seufzer und einer abrupten Drehung seines Halses, um ihn aus seiner Steifheit zu lösen, musterte Tristan die vertraute Landschaft unter ihnen und fuhr sanft durch die seidenweichen Federn an Rex' hellrotem Hals. Wärme sickerte durch seine Handschuhe.

Tristan war in seine vollständige Reiteruniform gekleidet – Lederhandschuhe und Armschutz, maßgeschneiderte Tunika mit dickem gewebten Brustpanzer und gefütterte Reithosen, die in seine Stiefel gesteckt waren, alles überzogen mit feuerbeständigem Harz. Tristan schwitzte und fühlte sich unwohl; er wäre viel lieber ohne diese Ausrüstung geflogen – aber an diesem Tag war er nicht zum Vergnügen unterwegs. An diesem Tag nahmen er und einige der weiter fortgeschrittenen Lehrlinge zusammen mit den Meisterreitern an den Patrouillenflügen teil.

Das hätte ihn glücklich machen müssen – was zuerst auch der Fall gewesen war. Er hatte um diese Chance gebettelt und gefleht und endlich war der Befehl ergangen. Endlich, nachdem er sich Monate lang darum beworben hatte, würde er die Möglichkeit haben, allen Meisterreitern – und seinem Vater – zu beweisen, dass er bereit war, einer von ihnen zu werden, dass er zu ihnen gehörte.

Er hätte es besser wissen müssen.

Ihm war die einfachste, friedlichste Gegend zugewiesen worden, ein Abschnitt des sie umgebenden Landes, der als so sicher galt, dass sie dort meistens überhaupt keine Patrouillen hinschickten. Die Möglichkeit, nach der er sich so gesehnt hatte, war unversehens zur Demütigung geworden.

Es war eine sinnlose Aufgabe, und Tristan wusste, dass sein Vater dahintersteckte.

Seit dem zwei Wochen zurückliegenden Tag oben am Abgrund, als er den Sprung nicht geschafft hatte, hatte er darauf gewartet, dass sein Vater darüber sprechen oder es auf irgendeine Weise gegen ihn verwenden würde. Es spielte keine Rolle, dass er diese Übung seither fast ein Dutzend Mal korrekt durchgeführt hatte, er hatte gewusst, dass dieses eine Versagen ihn noch lange verfolgen würde.

Und das tat es nun.

Tristan hatte die Gesichter der anderen Lehrlinge gesehen, als ihm sein Einsatzgebiet mitgeteilt worden war. Einigen hatte er sichtlich leidgetan, während andere darüber feixten, dass Tristans übergroßes Ego damit endlich zurechtgestutzt würde. Die Reaktion der Meisterreiter war die schlimmste von allen gewesen: Sie hatten ihn und seinen Vater unverhohlen angestarrt und es für eine Bevorzugung gehalten. Als ob sein Vater ihm alle Hindernisse aus dem Weg räumen wollte.

Das zeigte nur, wie wenig die Meisterreiter ihn kannten.

Tristan verdrängte diese Gedanken und stellte sich vor, dass der Wind, der über seine Haut peitschte, sie davontrug. Er versuchte, sich auf seine Patrouille zu konzentrieren, und trieb Rex zu der Art von Zickzackflug an, die sie trainiert hatten, aber es gab nichts zu sehen.

In der Regel hielten sie sich im Luftraum ganz oben am Pyrmont auf, da sie nicht die Aufmerksamkeit des Imperiums oder der tiefer gelegenen Dörfer erregen wollten. Sie flogen nur einmal bei Tageslicht und waren dabei so hoch oben, dass sie für jemanden auf dem Boden höchstens als ferner Punkt erschienen, vielleicht als groß geratener Adler oder Falke. Die restlichen Patrouillen wurden bei Nacht durchgeführt. Dann konnten sie tiefer fliegen, doch natürlich war es in der Dunkelheit schwieriger, die Landschaft zu sehen, egal, wie überlegen die Sichtschärfe eines Phönix sein mochte. So blieben sie in Unkenntnis über viele Geschehnisse in Pyra und dem dahinter gelegenen Imperium.

Deshalb hatte Tristan auf mehr Patrouillen gedrängt. Er hatte auch verlangt, die Ausbildung zu beschleunigen, damit sie eine dritte Patrouillentruppe zusammenstellen könnten. Beide Vorschläge waren bei seinem Vater auf Ablehnung gestoßen.

Und jetzt, als er gedacht hatte, dass für ihn endlich ein Anfang gekommen war, musste er über der Pilgerstraße fliegen wie ein Papierdrache über einer Parade zum Azurec-Tag.

Auf einen unausgesprochenen Befehl hin beschrieb Rex eine scharfe Kurve und sie schauten nach Osten. Tristan hatte sich den Patrouillenplan längst eingeschärft und wusste, wo es Lücken in der Deckung gab. Die Straße brauchte nicht überwacht zu werden, die Wildnis wohl.

Kaum war Tristan von seinen Anweisungen abgewichen, durchströmte freudige Erwartung seine Brust. Rex flog schneller und sie hoben und senkten sich bei jedem machtvollen Schwingenschlag. Das hier war das Land seiner pyrenischen Ahnen, und für den Moment hatte Tristan das Gefühl, es für sich reklamieren zu wollen. Er wollte die Geheimnisse dieses Landes erkunden, wollte sich in den Bergen besser auskennen als die, die hier geboren waren. Als er über den Himmel jagte, war er nicht der Sohn eines Gouverneurs im Exil, er war ein *Phönixreiter* wie die sagenumwobenen Kriegerinnen und Krieger alter Zeiten.

Er identifizierte vertraute Orientierungspunkte: die Kuppelhäuser von Montascent, dem letzten bewohnten Dorf vor der Geröllhalde, durch die der Weg zu den Ruinen von Aura führte; den kurvenreichen Verlauf des Aurys, der sich den Berg hinabwand; die Reihe von gemeißelten Phönixstatuen, die den Weg zum Dorf Petratec säumten – und die einsame Figur, die sich einen Pfad durch das hohe Gras zwischen Dorf und Fluss bahnte und die Brücke hinüber zum geheimen Hauptquartier der Phönixreiter ansteuerte.

Tristan wäre fast aus dem Sattel gekippt.

Während Rex die Flügel anlegte und zum Sturzflug auf die Gestalt ansetzte, tastete Tristan nach seinem Horn. Das Hornsignal ließ die Gestalt aufblicken, aber sie rannte nicht weg oder winkte, sie erstarrte ganz einfach, legte den Kopf in den Nacken und schaute mit offenem Mund zum Himmel hoch.

Sowie Rex gelandet war, sprang Tristan von dessen Rücken, hob seinen Speer und richtete ihn auf den Eindringling. Sie starrten einander an – und Tristans Herz wurde schwer.

Es war einfach ein Junge, ein kaum halbwüchsiges Kind, mager und zerlumpt.

Er war zweifelsfrei Pyrener, mit großen, tief liegenden Augen und dunklen Brauen. Seine dunkelbraunen Haare waren in einem ungleichmäßigen Topfschnitt um seinen Kopf herum gekappt, seine braune Haut von Schmutz und Staub überzogen.

Sie standen in verlegenem Schweigen da, bis sie über sich schwere Flügelschläge hörten. Tristan kniff die Augen zu. Die nächste Reiterpatrouille hatte sein Signal gehört und würde nun feststellen, dass er wegen dieses Kindes Alarm gegeben hatte – und natürlich war die nächste Patrouille die seines Vaters. Voller Angst davor, was jetzt passieren würde, starrte Tristan weiter den Jungen an, während die Reiter zusammen mit Ronyn und Elliot, den anderen für den Streifenflug ausgesuchten Lehrlingen, landeten und dabei in einem heißen Windstoß Gras und Blätter aufstieben ließen.

Rex schüttelte seine Flügel, trat dichter an Tristan heran und ließ seine Brust anschwellen, um den überall um sie herum landenden Phönixen klarzumachen, dass er hier das Kommando hatte. Die anderen waren zu acht, eine vollzahlige Patrouille, dazu die beiden Lehrlinge und alle Reittiere. Die Phönixe sträubten ihr Gefieder und warfen die Köpfe in den Nacken, als sie schließlich in einer groben Keil-Formation dastanden; jeder Reiter hatte seinen Speer gezückt. Sie schauten sich in der Umgebung nach Anzeichen von Bedrohung um und brauchten einige Augenblicke, um den von Tristan gestellten Jungen zu entdecken.

Cassian, Patrouillenführer und Kommandant der Phönixreiter, schürzte die Lippen, dann gab er seinen Reitern rasch das Zeichen der Entwarnung. Waffen wurden weggesteckt, und Pfeile verschwanden in Köchern, als die gesamte Patrouille – außer dem Kommandanten – aus dem Sattel stieg. Sogar die Phönixe rührten sich und unterdrückten ihr Kampffieber.

Endlich richtete Kommandant Cassian seine Aufmerksamkeit auf Tristan.

»Kommandant«, sagte Tristan mit einer leichten Verbeugung.

Das Gesicht seines Vaters war ausdruckslos, aber seine angespannten Züge verrieten Tristan, dass er wütender war, als man ihm ansehen konnte. Tristan versuchte, die Schultern zu straffen und Verteidigungshaltung einzunehmen, aber es fiel ihm schwer, dem Kommandanten in die Augen zu blicken.

Ja, er hatte seinen Befehlen nicht gehorcht, aber er hatte auch einen fremden Wanderer gefährlich dicht an ihrem versteckten Hauptquartier gefunden, und das bewies, dass die Befehle nicht gut genug waren. Der Eindringling war zwar ein unbewaffneter Junge, aber besser, man war zu vorsichtig, als überrumpelt zu werden.

Hoffte er.

»Du hast ein Kind gefunden«, verkündete der Kommandant von hoch oben auf seinem Phönix und richtete seinen befehlsgewohnten Blick auf Tristans Gefangenen.

»Das ist ein unidentifizierter Wanderer«, sagte Tristan und kam sich ein bisschen blöd vor, da er als Einziger seine Waffe in der Hand hielt, so als ob er sich vor dem Jungen fürchtete. Er senkte den Speer ein wenig. »Ich habe mich nur an die Dienstvorschriften gehalten.«

»Die Dienstvorschriften?«, wiederholte der Kommandant, wobei seine Stimme knallte wie ein Peitschenhieb. »Wenn du dich wirklich an die Dienstvorschriften gehalten hättest, wärst du noch immer im neunten Quadranten unterwegs, der dir zugeteilt worden ist, statt wegen eines unterernährten, unbewaffneten Kindes Alarm auszulösen.«

Leises Gemurmel breitete sich unter den Reitern aus, die einen Halbkreis um den Jungen bildeten, während ihre Reittiere hinter ihnen standen. Der Junge zog den Kopf ein wenig ein und Tristan bohrte die Speerspitze in den Boden.

»Ich hab Alarm gegeben, ehe ich gelandet war, also wusste ich das nicht.«

»Du. Wusstest. Das. Nicht.« Der Kommandant betonte jedes einzelne Wort und traf damit Tristans ohnehin schon verletzten Stolz wie mit Pfeilen. »Du wusstest es nicht und doch hast du gehandelt. Wenn wir jedes Mal Alarm schlügen, wenn wir einen Wanderer sehen, würden unsere Patrouillen niemals schlafen.«

Tristan lief rot an und Rex schnappte gereizt nach einem in der Nähe stehenden Phönix. Die restlichen Angehörigen der Patrouille betrachteten eingehend ihre Stiefelspitzen oder ihre Sattelgurte.

Der Kommandant stieg aus dem Sattel und sagte mit leiser Stimme, als er an Tristan vorbeiging: »Geheimhaltung ist unsere stärkste Waffe – und unsere stärkste Verteidigung. Du hast beides geschwächt, als du uns hergerufen hast.«

Ehe Tristan antworten konnte – wobei er ohnehin keine Ahnung hatte, was er sagen sollte –, trat Beryk, Kommandant Cassians Stellvertreter, stirnrunzelnd vor.

»Wir sind uns doch schon einmal begegnet, oder nicht?«, fragte er und starrte den Jungen an.

»In Vayle, Meister«, schaltete sich Elliot sein, der mit hocherhobenem Kopf und ernstem Gesicht dastand. Er wollte eines Tages Truchsess werden, deshalb lungerte er meistens irgendwo in Beryks Schatten herum. Er hatte sich nie besonders an die anderen Lehrlinge angeschlossen, war immer damit beschäftigt, Aufträge zu erledigen oder Beryk bei Besprechungen zu bedienen, und er galt als ein bisschen eingebildet, aber Tristan war das egal. Sein Vater hatte ihn gedrängt, eine Zukunft als Truchsess anzustreben; er hätte es wahrscheinlich mehr als gern gesehen, wenn sich Tristan für den Rest seines Lebens in Papieren vergraben hätte. Aber zum Glück hatte Elliot geradezu um diese Möglichkeit gebettelt und Tristan damit vor einer vorwiegend hinter einem Schreibtisch verbrachten Zukunft gerettet. Die Vorstellung, dass sein Vater in ihm eher einen Truchsess sah als einen Soldaten, war ein schmerzhafter Schlag gewesen.

»Du kennst ihn, Beryk?«, fragte der Kommandant überrascht.

»Ich glaube, d-das war meine Schwester«, sagte der Junge, und seine helle Stimme bestätigte, dass er noch sehr jung war. »Ihr seid ihr vor dem Gasthaus begegnet, vor ungefähr einer Woche?«

»Ja, stimmt.« Beryk nickte, schien aber weiterhin Zweifel zu haben. »Du bist weit von zu Hause weg, Junge.«

»Wie heißt du?«, fragte der Kommandant, der sich nun in das Gespräch einschaltete.

»Nyk«, antwortete der Junge mit leicht zitternder Stimme. Er wirkte ... nicht unbedingt verängstigt, aber durch die Gruppe, die ihn umstand, verwirrt. Offenbar hatte er noch nie lebende Phönixe gesehen und schon gar nicht so viele auf einmal.

»Wohin wolltest du, Nyk?«, fragte der Kommandant. »Montascent ist weiter nördlich und Petratec liegt hinter dir.«

»Ich wollte zu Euch, Herr – und zu Beryk und dem Herrn, dem er dient. Ich wollte zu den Phönixreitern.«

Ohrenbetäubendes Schweigen folgte auf diese Worte.

Der Kommandant schaute zu Beryk hinüber, der hilflos die Hände hob. »Seine Schwester hat mich gefragt ... wollte uns dienen, hat gehört, dass wir Pyrenisch sprachen. Ich habe ihr nach besten Kräften alles ausgeredet, aber ...« Er zuckte mit den Schultern.

Der Kommandant seufzte. Geheimhaltung war vielleicht anfangs ihre beste Verteidigung gewesen, aber auf dem Berg sprach sich alles herum, egal, wie vorsichtig sie waren. Beryk musste Vorräte einkaufen, und selbst wenn er nicht in die Dörfer fuhr, so tauchten hier oben doch ab und zu Leute auf – Wanderer, die sich verirrt hatten, oder Kaufleute –, und natürlich hatten sie Diener und Wachen, die für sie arbeiteten. Es gab zu viele lose Enden, zu viele Unwägbarkeiten, sie konnten nicht alles pausenlos überwachen und im Auge behalten. Es war nur eine Frage der Zeit, bis der ganze Berg von ihrer Anwesenheit hier wüsste, und das Imperium würde bald darauf folgen. Das Imperium wollte die Phönixreiter, die sogenannten Rebellen, für immer vernichten. Wenn sie erst verschwunden wären, würde niemand mehr die Herrschaft der Gouverneure herausfordern oder der Magesteuer und der Verfolgung ihres Volkes ein Ende setzen können.

Deshalb brauchten sie mehr Patrouillen. Im Grunde saßen sie hier wie eine leichte Beute.

»Ich weiß nicht, was deine Schwester dir erzählt hat, was sie erraten oder aufgeschnappt haben kann, aber wir sind nicht die Phönixreiter, von denen deine Eltern dir erzählt haben. Ich bin ein Privatmann und diese Reiter sind meine persönliche Leibwache. Das hier ist keine von der Regierung bezahlte militärische Einheit.«

»Aber …«, sagte Nyk und fasste den Kommandanten, der sich schon zum Gehen wenden wollte, am Arm. »Was, wenn ich für meinen Unterhalt und die Ausbildung bezahle und …«

Die restlichen Reiter nahmen Haltung an, als ob sie sich erst jetzt auf eine mögliche Gefahr vorbereiteten. Tristan begriff ihre Besorgnis zuerst nicht – dann sah er das Auffunkeln von Stahl. Der Junge hatte ein Messer gezogen. Offenbar war er also doch bewaffnet.

Als ihm sein Fehler aufging, ließ Nyk den Arm des Kommandanten los und trat zurück. Das Messer lag auf seiner Handfläche. Es war ein kleiner, aber fein gearbeiteter Dolch. »Ich dachte nur … vielleicht kann ich das hier gegen genug Gold eintauschen, um bei Euch zu bleiben?«

Jeder in der Gruppe starrte die Klinge an. Es war nicht einfach nur Stahl, es war *ferronesischer* Stahl, mit einem Stempel, der Ursprung und Echtheit bekundete. Die Waffe war durchaus wertvoll, würde aber kaum ausreichen, um einen neuen Reiter vollständig zu finanzieren. Aber das Problem war nicht der Wert des Gegenstandes; das Problem war die Tatsache, dass dieses arme pyrenische Kind diesen Dolch besaß. Woher konnte der Junge eine solche Waffe haben? War er ein Dieb? Ein entlaufener Leibeigener oder ein Spion des Imperiums?

»Durchsuchen«, befahl Kommandant Cassian.

Nachdem Beryk das Messer an sich genommen und es zur genaueren Inspektion dem Kommandanten gereicht hatte, griff er nach dem kleinen Bündel, das über Nyks Schultern hing, während Elliot vortrat, um den Jungen nach weiteren versteckten Waffen abzutasten. Nyk biss die Zähne zusammen, während er durchsucht wurde, aber es dauerte nicht lange, und der Inhalt seines Bündels lag ausgebreitet vor dem Kommandanten.

Es gab darunter nichts Interessantes: eine kleine Sammlung von Wurzeln und Beeren, ein wenig Dörrfleisch und einen Zinntopf.

Doch statt sie zu beruhigen, machten die bescheidenen Habseligkeiten den anderen nur umso klarer, wie seltsam es war, dass der Junge diesen Dolch besaß.

»Woher hast du diese Waffe?«, fragte der Kommandant und musterte die Unterseite des Hefts. Er suchte nach Hinweisen auf einen rechtmäßigen Besitzer, nach dem Zeichen des Herstellers, um die Waffe mit einem bestimmten Schmied in Verbindung bringen zu können. Schließlich reichte er das Messer wieder an Beryk.

Der Junge zögerte. Sicher hatte er den Dolch gestohlen, vermutete Tristan, oder es war gelogen, dass er aus Vayle kam. Selbst unten am Berg, wo viel mehr Kaufleute unterwegs waren, könnte sich kein einheimisches Bettelkind eine solche Waffe leisten.

»Ich hab sie gefunden …«, sagte er, klang dabei jedoch unsicher. Tristan schwankte zwischen einer seltsamen Sorge um diesen Jungen und Selbstzufriedenheit: Es war richtig von ihm gewesen, Alarm zu geben, auch wenn er es anfangs nicht gewusst hatte.

»Seine Schwester hat versucht, uns zu bestehlen«, warf Elliot ein und machte ein triumphierendes Gesicht. »Die arbeiten wahrscheinlich zusammen. Einer lenkt ab, während …«

»Meine Schwester stiehlt nicht«, fauchte der Junge. »Und ich auch nicht.«

Der Kommandant schaute zum dunkler werdenden Himmel hoch, dann hinunter auf Nyk. Er runzelte die Stirn. »Bring ihn zu Morra«, sagte er zu Beryk und schwang sich in den Sattel.

»Aber Meister – Kommandant Cassian!«, rief Tristan, ehe der Kommandant davonfliegen konnte. »Kann … sollte nicht ich den Gefangenen begleiten, wo ich ihn doch entdeckt habe?«

»Da du hier eigentlich gar nicht Streife fliegen solltest, scheint mir, dass mir mit einem Reiter, der Befehle befolgt, besser gedient ist als mit einem *Lehrling*, der tut, wozu er gerade Lust hat.«

Tag 12, Zweiter Mond, 169 NI

Meine süße Pheronia,

ich fand es schrecklich, Dich ohne Abschied verlassen zu müssen, aber ich wurde mitten in der Nacht aus dem Bett gejagt. Vielleicht weißt Du es schon. Vielleicht wurde ich auf Deinen Befehl hin zur Strecke gebracht.

Du solltest auch wissen, dass es mir nicht leidtut, was ich getan habe. Dein Schmerz jedoch tut mir leid.

Ich habe einige Zeit gebraucht, um zur Ruhe zu kommen, aber jetzt bin ich in Sicherheit. Ich bin bereit. Lass uns einen Schlussstrich unter diese Sache ziehen.

Wir müssen ein Imperium regieren.

Deine Schwester Avalkyra

Bei jedem Wettstreit trägt die Person den Sieg davon, die bereit ist,
am weitesten zu gehen, zu tun, was immer zum Erfolg nötig ist.
Diese Person bin ich.

– Kapitel 13 –

Veronyka

Gefangener.

Dieses Wort flog auf wie der letzte Funke von einem Feuerstein und ließ die schlafenden Ängste in Veronykas Herz auflodern.

Das erste Flackern war das Hornsignal gewesen, das zweite der leuchtende Speer des jungen Kriegers. Danach war alles so schnell gegangen, dass sich das Entsetzen in ihrer Brust aufgestaut und auf seinen Ausbruch gewartet hatte. Die über ihr aufragende Gruppe aus gleichgültigen Gesichtern, diese Männer, die eher wie Fußsoldaten gekleidet waren als wie Phönixreiter. Die schroffen Fragen des Kommandanten, das rasche Ende der Befragung. Das Messer. Die groben, suchenden Hände, die ihre flach gebundenen Brüste zu entdecken drohten. Die ganze Zeit über hatte sie den Atem angehalten, voller Angst, ihre eingeengte Brust könnte die Flammen ihrer Gefühle schüren oder Aufmerksamkeit auf die winzigen Schwellungen unter dem Stoff lenken. Die Nähe der Phönixe mit ihrem wilden Herzen und feurigem Wesen hatte alles noch schlimmer gemacht, aber aus irgendeinem Grund gehörte ihr Geheimnis immer noch ihr. Bis auf Weiteres.

Veronyka wäre nie auf die Idee gekommen, dass ein einfaches Messer solches Misstrauen erregen könnte. Andererseits war ihre Geschichte zusammen mit ihrer Behauptung, der Bruder des Mädchens zu sein, das Beryk in Vayle belauscht hatte, vermutlich alles andere als perfekt. Sie hatte nicht mit einem Verhör gerechnet, und ihr kurzes Zögern, als sie sich entscheiden musste, was sie sagen sollte und was nicht, hatte ausgereicht, um sie in den Augen der anderen zu verurteilen. Jetzt wurde sie als Gefangene zum Hauptquartier der Reiter gebracht. Es kam ihr vor wie eine Art von unwiderruflichem Urteil, sie kam sich vor wie eine Versagerin.

Ein bleiernes Gewicht senkte sich in ihren Magen, als die Mehrzahl der Reiter losflog und Beryk und Elliot zurückließ. Der Junge, der sie entdeckt hatte, brach als Letzter auf, seine verärgerte Miene sagte ihr, dass sie sich bereits einen Feind gemacht hatte, auch wenn sie nicht so ganz wusste, warum. Als er vorhin auf dem Phönixrücken herangeflogen war, sein gezückter Speer in der untergehenden Sonne funkelnd, hatte er ausgesehen wie ein Held aus einem pyrenischen Epos. Dann war er aus dem Sattel gesprungen und hatte den Speer auf sie gerichtet und dieses schöne Bild war zerbrochen.

In Gedanken verloren, wie sie war, fuhr Veronyka verwirrt auf, als Beryk wieder neben sie trat. »Zwillinge?«, fragte er neugierig. Seine Stimme war rau, aber nicht unfreundlich – und doch erschrak Veronyka, als ob er sie angebrüllt hätte.

»E-Entschuldigung?«

»Du und deine Schwester. Seid ihr Zwillinge?«

»Nein, Herr«, sagte Veronyka, wich seinem Blick aus und fuhr sich verlegen mit der Hand durch ihre kurz geschnittenen Haare, als er ihr den Rücken kehrte.

Zuerst hatte es wehgetan, die Zöpfe abzuschneiden, die sie schon ihr Leben lang trug – aber sie wollte sich nicht bloß dadurch, dass sie ein Mädchen war, daran hindern lassen, Reiter zu werden. Während viele Jungen in Pyra lange Zöpfe trugen, hatte sie nicht übersehen können, dass Beryk – dessen tiefbraune Haut eindeutig pyrenischen Ursprung verriet – das nicht tat.

Ihre Maiora hatte ihr erzählt, die Phönixreiter schnitten sich nach altem Brauch zu Beginn ihrer Ausbildung die Haare ab, das sollte den neuen Anfang symbolisieren. Es schürte auch ein Gefühl der Verbundenheit mit den anderen Militärorden des Imperiums, die ebenfalls kurze Haare hatten. Zöpfe wurden zum Statussymbol, zu etwas, das verdient werden musste, und erst nach Jahren des Trainings durften kurze Haare wieder wachsen.

Als Spatz Veronyka vorgeschlagen hatte, zum Jungen zu werden, war das ihr erster Gedanke gewesen. Wenn sie sich schon verwandeln und einen neuen Anfang machen musste, warum nicht ganz und gar? Außerdem würde alles, wodurch sie mehr wie die anderen aussah, ihr dabei helfen, nicht aufzufallen. Die kurzen Haare ließen sie maskuliner aussehen, sie betonten ihre scharf gezeichneten Wangenknochen, und wenn sie sich mit einem Stoffstreifen die Brüste flach band, war die Verwandlung perfekt.

Haare an sich waren für sie nicht von Bedeutung, die Perlen und die mit Erinnerungen verbundenen Verzierungen, die sie im Laufe der Jahre hineingeflochten hatten, waren dagegen unersetzlich. Sie hatte gerettet, was sie nur retten konnte, und alles in eine geheime Tasche in ihrer Hose gestopft. Sie hatte diese Tasche vor Jahren dort eingenäht, um Münzen und andere Wertgegenstände vor Taschendieben zu verstecken – und, wie in diesem Fall, vor Leibesvisitationen.

Solange sie ihre Stimme nicht zu hell werden ließ, würde ihr nichts passieren. Sie war jetzt Nyk, und Veronyka war bloß noch ein weiterer Teil ihrer Vergangenheit, unter den sie einen Schlussstrich ziehen musste.

»Na, dann sollten wir mal«, sagte Beryk. »Es ist nicht weit zu gehen, die Reittiere werden dort auf uns warten«, fügte er hinzu, als die letzten beiden Phönixe losflogen und ihre Reiter zurückließen.

Beryk ging vorweg, er hielt Veronykas Dolch und ihr kleines Vorratsbündel in der Hand, während Elliot die Nachhut bildete. Er wirkte angespannt und wachsam, als ob er mit einem Fluchtversuch rechnete, und Veronyka hätte fast lachen müssen – sie vermochte kaum einen Fuß vor den anderen zu setzen, von einem Fluchtversuch konnte also gar nicht die Rede sein.

Es war auf seltsame Weise erleichternd, sich nach fast einer Woche anstrengender Wanderung ihren Wächtern zu überlassen und keine Angst mehr haben zu müssen, sich zu verirren, zu hungrig oder zu durstig zu werden.

Als sie in Vayle ihre Verkleidung vollendet hatte, war Beryks Wagen längst über alle Berge gewesen. Sie wäre fast hinter ihnen hergerannt, aber dann war ihr aufgegangen, dass die Zeit auf ihrer Seite sein könnte. Wenn sie Beryk noch in dieser Nacht eingeholt hätte, hätte er sicher Argwohn geschöpft und sich etwas zu genau an das Gesicht des Mädchens von diesem Morgen erinnert. Aber wenn sie ihm und Elliot in Rushlea oder Petratec über den Weg liefe – Orte auf seinem Weg, die er erwähnt hatte –, dann würde es ihr leichterfallen, sich als Junge und angehender Lehrling vorzustellen und sie an der Nase herumzuführen. Sie wusste, dass er womöglich trotzdem Ähnlichkeiten zwischen ihren beiden Identitäten entdecken würde, deshalb hatte sie sich die Lüge mit der Schwester ausgedacht. Sie hatte schließlich eine Schwester, auch wenn ihr diese Erinnerung verhasst war, und das machte es leichter, eine solche Behauptung vorzubringen.

Als sie sich für mehrere Tage der Wanderung bereit gemacht hatte, war Spatz ihr Gewicht in Gold wert gewesen. Sie hatte geholfen, Reiseproviant zu sammeln, hatte altbackenes Brot in der Bäckerei, Reste von gesalzener Forelle vom Fischhändler und etliche Packungen getrocknetes Wildbret von einem Jäger erbettelt, der gerade durch die Stadt kam.

Früher hatte Veronyka Probleme mit der Vorstellung gehabt, Tiere zu essen. Es war ihr in gewisser Weise kannibalistisch vorgekommen, so als ob sie ihre Freunde verzehrte. Aber nach und nach, als sie sich mit einem Tier nach dem anderen verbunden hatte, war ihr aufgegangen, dass die Tiere selbst das anders sahen. Menschen waren Raubwesen und an ihrer Stelle in der Nahrungskette verzehrten sie eben auch Tiere. Es fiel ihr noch immer schwer, sich eine Jagd vorzustellen, obwohl Animagen schon immer auf die Jagd gegangen waren; die ersten Reiterinnen waren berühmte Jägerinnen gewesen. Sie würden allerdings niemals ihre Magie einsetzen, um Beute anzulocken, das hielten sie für einen Missbrauch von Axuras Gabe.

Die nicht magischen Menschen im Imperium sahen das allerdings anders. Sie zwangen ihre Leibeigenen dazu, Nutztiere zu halten, die dann geschlachtet wurden, oder einen Hirsch in die Enge zu treiben. Es war eine grausame Anwendung ihrer Gabe; Animagen hatten etwas Besseres verdient und die Tiere in ihrer Obhut ebenso.

Nachdem der Proviant zusammengetragen war, hatte Spatz ihr ein ledernes Bündel und einen alten Zinntopf aus ihrem persönlichen Vorrat von gehorteten Gegenständen überlassen, die sie in einem Baum versteckt hatte. Als Veronyka ihren Dolch aus ferronesischem Stahl erwähnt hatte, war Spatz die Kinnlade heruntergefallen.

»Würd' ganz schön was einbringen, wenn du dich davon trennen könntest. Dann könntest du dir selbst eine Waffe machen, so wie ich«, fügte sie hinzu und zeigte auf ihren Speer.

»Ich glaube, ich behalte ihn lieber«, hatte Veronyka gesagt und den Dolch tiefer hinter ihren Gürtel gesteckt. »Für den Notfall.«

Ihr war eingefallen, dass ihre Großmutter einmal etwas über private Lehrer bei den Phönixreitern erwähnt hatte. Das waren in der Regel Reiter im Ruhestand, die von den reichen Adligen im Tal dafür bezahlt wurden, dass sie deren animagische Kinder unterrichteten, damit sie der Armee später als hoch qualifizierte Rekruten beitreten und sich eine Position in den Elitetruppen sichern konnten. Ihre Maiora hielt das für einen schändlichen Betrug und meinte, kein Reiter sollte selbst für seine Ausbildung bezahlen müssen. Aber das hier war nicht das reichlich mit Geldmitteln versehene Militär des Imperiums. Was immer das hier war, Veronyka musste darauf vorbereitet sein, und wenn sie bezahlen müsste, um einzutreten, dann behielt sie ihren wertvollsten Besitz wohl besser.

»Danke, Spatz, für alles«, hatte sie gesagt, als sich ihre Wege am Flussufer trennten. Sie hatte zwar unbedingt schnell aufbrechen wollen – bis Rushlea würde sie zwei Tage brauchen, und sie musste Beryk doch einholen –, aber nun ließ sie die Aussicht darauf, allein unterwegs zu sein, zögern. »Ich hoffe, wir sehen uns wieder.«

Spatz hatte für einen Moment verwirrt ausgesehen, als ob sie an solche Nettigkeiten gar nicht gewöhnt wäre. Dann hatte sie strahlend gelächelt. »Viel Glück dabei, den Truchsess auszutricksen. Das versuche ich vielleicht auch, wenn er das nächste Mal in der Stadt ist.«

Und damit ging sie davon und verschwand so plötzlich aus Veronykas Leben, wie sie darin aufgetaucht war. Veronyka dachte an Val, daran, wie sie ihre Schattenmagie eingesetzt hatte, um sich durch Macht und Manipulation die Hilfe anderer zu sichern. Als Spatz nun davonschlenderte, während sie ihren Speer wirbeln ließ und lebhaft auf Zwitscher einredete, war sie glücklich über das Wissen, dass sie andere nicht kontrollieren musste, damit sie ihr behilflich waren.

Manchmal brauchte man nicht einmal darum zu bitten.

Leider dauerte es nicht lange, bis ihre hoffnungsvollen Pläne zerstört wurden. Der Weg zog sich viel länger, als sie erwartet hatte, was ihren erschöpften Muskeln und der Tatsache geschuldet war, dass sie zwei Nächte hindurch kaum geschlafen hatte. In Rushlea hatte sie Beryk und seinen Wagen verpasst und auf dem Weg nach Petratec hatte sie sich zweimal verirrt. Dass der junge Reiter sie vom Himmel her entdeckt hatte, kam ihr deshalb eher vor wie eine Rettung als eine Gefangennahme, denn jetzt, endlich, war sie auf dem Weg zum Versteck der Phönixreiter.

Schon bald kamen sie ans Ufer des Aurys und überquerten ihn auf einer schwankenden Seilbrücke, die sich wie ein feuchtes Spinngewebe über das schäumende Wasser zog. Obwohl es schon dunkel war, wirkte die Nacht in Flussnähe heller, da das Mondlicht die Berghänge koksgrau und aschweiß färbte. In Veronykas kurzen Haaren blieben Wassertropfen hängen und das gleichmäßige Rauschen erstickte alle anderen Geräusche.

Als sie das andere Ufer erreichten, tauchte vor ihnen ein breiter Weg auf – die Pilgerstraße –, der sich durch wogende Wiesen mit hohem Gras zog. Die Pilgerstraße führte geradewegs zu einer Gruppe laternenbeleuchteter Gebäude, die sich an einen steilen Felsvorsprung klammerten, der wie ein Speer aus solidem schwarzen Stein in den weiten, sternenbesetzten Himmel aufragte. Es gab einen Stall, einen steinernen Brunnen und ein größeres Haus, das Veronyka für ein Gasthaus und ein Kochhaus hielt – eine Raststätte für müde Wanderer. Als sie näher kamen, konnte sie eine steile, enge Treppe erkennen, die in die Felswand gehauen war und sich nach oben wand, bis sie außer Sichtweite geriet.

Langsam begriff Veronyka. Das hier war das Ende der Pilgerstraße, und das bedeutete, dass sie auf dem Feld der Federn standen. Hier hatte Königin Lyra die Verteidigerin während der Tiefland-Invasion die Phönixreiter zusammengerufen. Vor Jahrhunderten hatte im Vorgebirge ein Stamm gelebt, der versucht hatte, Pyrmont zu erobern. Bei Königin Lyras Reitern, oft »die rote Horde« genannt, hatten sich daraufhin zum ersten Mal sämtliche Phönixreiter versammelt. Eigentlich lebten die Reiter in verstreuten Siedlungen weiter oben am Pyrmont, in Dörfern und Städten, die nur mit einem Phönix zugänglich waren. Erst nachdem Königin Lyra die Tiefländer erfolgreich in die Flucht geschlagen hatte, breiteten sich die Reiter auch unten am Berg und in den Vorgebirgen aus und schufen die noch heute existierenden Grenzen Pyras.

Veronyka wurde also nicht auf den Landsitz irgendeines Gouverneurs im Exil gebracht. Wenn das hier das Feld der Federn war, dann führte diese Treppe zweifellos zu …

»Azurecs Adlerhorst«, sagte Beryk, der ihrem Blick gefolgt war, und zeigte auf den Felsvorsprung hoch über ihnen.

Von hier aus war nichts zu sehen – doch darum ging es ja gerade. Nachdem Königin Lyra die Tiefländer besiegt hatte, waren die Gebäude oben auf dieser Felsnadel – die Jahrhunderte später den Namen »Lyras Adlerhorst« bekommen hatte – zu einem der größten militärischen Vorposten aus der Herrschaftszeit der Königinnen geworden. Es gab dort einen Axuratempel, Wohnquartiere und Exerziermöglichkeiten. Der Tempel im Adlerhorst stand angeblich genau an der Stelle, an der Axuras Phönixe ihre erste Schlacht gegen Nox gewonnen hatten, und sollte der Erinnerung an diesen Sieg dienen.

Als Pyra dem Imperium einverleibt worden war, waren die meisten Exerziergelände ins Tal verlegt worden, und die Anlage dort oben wurde nicht mehr genutzt. Während der Herrschaft von König Justyn dem Frommen wurde sie in eine religiöse Stätte umgewandelt und der Bau der Pilgerstraße nahm seinen Anfang. Es hatte fast die ganze Zeit von König Justyns Herrschaft gedauert, um sie zu vollenden, aber der nun folgende Handel und Fremdenverkehr brachte Pyras Wirtschaft eine Blütezeit und lockte Reisende in die gesamte Bergregion. Als Avalkyra Aschenfeuer versucht hatte, Pyra vom Imperium zu trennen, hatte der Handel ein Ende genommen, und Pyra hatte sich seither nicht wieder erholt. Die vielen Raststätten und Kochhäuser, die die Pilger versorgt hatten, waren geschlossen worden; religiöse Stätten wie der Adlerhorst standen leer und verfielen, weil weder Geld vorhanden war noch irgendjemand, der sich für die Restauration verantwortlich zeigte.

Das schien sich jetzt geändert zu haben.

Azurecs Adlerhorst war zwar hoch gelegen, aber die obersten Gipfel des Pyrmont ragten in der Ferne noch höher auf und schienen im Nachthimmel zu verschwinden. Keine Straße schlug eine Schneise durch diese Wildnis. Wer dort gehaust hatte, hatte Phönixe geritten und keinen Bedarf an solchen Hilfsmitteln gehabt.

Veronykas Begleiter führten sie an der Raststätte vorbei, weiter zur Treppe, und hielten nur gerade lange genug, um ihre Ladung zu sichern, ehe sie mit dem Aufstieg begannen. Veronyka fürchtete, dass ihre Beine unter ihr nachgeben könnten, aber sie wollte auch nicht um eine Pause bitten. Sie konzentrierte sich darauf, die Stufen bis zum Gipfel zu zählen.

Die Treppe führte unter Schlingpflanzen hindurch und war versteckt zwischen knorrigen, der Schwerkraft widerstehenden Bäumen, dann vollführte sie einen Bogen, sodass zwischen Veronyka und dem Boden nur noch leere Luft existierte. Auf einer dieser offenen Strecken wagte Veronyka einen Blick zurück den Hang hinab. Der Berg zog sich endlos unter ihr dahin und sie fühlte sich unvorstellbar klein. Viele der Gipfel, die das Tal säumten, befanden sich jetzt tiefer als sie selbst, ihre gezackten Spitzen von Wolkenfetzen umgeben. Sie konnte keines der Dörfer am Straßenrand erkennen, aber für einen Moment hätte sie schwören mögen, dass sie die Entfernung zwischen sich und ihrem Ausgangspunkt spürte.

Zwischen sich und Val.

Die Luft wurde dünn und füllte ihre Lunge nicht genügend, und sie zwang sich dazu, die Stufen unter ihren Füßen anzustarren. Welche angehende Phönixreiterin konnte denn bitte ein Problem mit Höhe haben?

Zweihunderteinundzwanzig Stufen später erreichte Veronyka keuchend das Ende der Treppe. Während Beryk und Elliot etwas darüber murmelten, dass sie dem Kommandanten Bericht erstatten müssten, ließ sie sich auf den Boden fallen, um wieder zu Atem zu kommen.

Sie befanden sich am Rand einer sanft gewellten Hochebene, die ringsum von Felsnadeln gesäumt und deshalb von unten nicht zu sehen war. Diese Ebene sah aus wie ein kleines Stück einer lieblichen pyrenischen Landschaft, die in diese harte Felsenlandschaft eingezwängt war. Hohes Gras wogte im leichten Wind, der Himmel darüber war endlos und von Sternen übersät. Am hinteren Ende der Ebene lag ein kleines Dorf mit steinernen Häusern; terrassenartig angelegte Nutzgärten voller sorgsam gehegter Pflanzen zogen sich bis zu den sie umgebenden Mauern. Oberhalb des Dorfes ragten weitere Mauern auf, dicker und höher als die anderen, und zogen sich um eine Art Festung. Die Mauern waren von flackernden Laternen bedeckt, die die Gebäude und die Menschen, die sich dazwischen bewegten, in tanzende Schatten und Silhouetten verwandelten.

Ein prachtvoller Tempel erhob sich hinter den Festungsmauern, er war mindestens zehn Stock hoch, und ganz oben prangte ein goldener Phönix, der die Flügel ausbreitete, als wolle er losfliegen.

Veronyka blieb auf allen vieren hocken – es schien ihr nur angebracht, vor einem solchen Anblick wie eine Bittstellerin zu knien. Ihr Leben lang waren Pracht und Macht der Phönixreiter eine längst verlorene Geschichte gewesen, eine Mär, die nur flüsternd weitergegeben worden war. Jetzt lebte das alles vor ihr. Sie hatte endlich ihr Volk gefunden und sie war bereit.

Veronyka wurde über den Festungshof geführt, vorbei an Ställen, Küchen und einem Speisesaal und schließlich um den mächtigen Tempel herum. Dahinter lag eine Reihe von Steinhäusern, dazwischen gab es kleinere Holzgebäude und Vorratsschuppen.

Ganz hinten auf dem Hof führte eine breite Treppe zu einem steinernen Torbogen. Veronyka konnte in der Dunkelheit nichts dahinter sehen, aber sie spürte das Zittern von Magie.

Phönixe.

Dort, außer Sichtweite für den Rest der Festung, lebten und brüteten sie also. Heiße, knisternde Energie durchströmte Veronyka und ihre Erschöpfung war vollständig vergessen. Der Torbogen rief sie und sie wollte dem Ruf nur noch Folge leisten.

»Hier lang«, sagte Beryk und führte sie zu dem größten Steingebäude. Es hatte das gleiche graue Äußere wie die übrige Festung, nichtssagend und schmucklos. Das Innere dagegen war etwas ganz anderes.

Sie wurden von einem Bediensteten empfangen und durch eine Halle mit üppigen Teppichen geführt. An den Wänden hingen farbenprächtige Behänge, und überall standen die geschnitzten Holztische und Regale voller Schriftrollen, die sie nur aus ihren Träumen kannte.

Endlich wurde sie in einen großen Raum gewiesen, dessen einschüchternde Mauern von Wandfackeln erhellt wurden, die Kreise aus geschmolzenem Licht warfen. Den meisten Raum nahm ein aus einem einzigen riesigen Holzstück gezimmerter Tisch ein. Veronyka hatte niemals zuvor etwas so Schönes gesehen. Das Licht der Fackeln betonte die Maserungen des Holzes und die kunstvoll geschnitzten Verzierungen an Ecken und Tischbeinen. Es war zweifellos arborianisches Handwerk, diese Provinz war berühmt für ihre massiven Bäume und ihre kunstfertigen Holzschnitzer. Ein Dutzend zum Tisch passender Stühle standen um ihn herum, doch nur einer davon war besetzt.

Der Kommandant saß bequem da, während die restlichen Reiter hinter ihm standen, auch der Junge, der sie gefangen genommen hatte. Er stand starr da und machte ein wütendes Gesicht, und als sie den Raum betrat, ließ er seinen verbitterten Blick in ihre Richtung wandern.

Veronyka starrte ihre Füße an und versuchte, nicht krumm dazustehen oder herumzuzappeln, während Beryk den Kommandanten über ihren Weg hierher informierte. Ihre Erschöpfung machte sich wieder bemerkbar, aber die Nervosität summte in ihren Gedanken wie ein Wespenschwarm.

»Er braucht Schlaf, Kommandant Cassian, und eine ordentliche Mahlzeit. Ich kann Morra morgen …«

»Wir erledigen das *jetzt*«, fiel der Kommandant Beryk ins Wort. Er wandte sich an Veronyka. »Du wirst unsere Fragen beantworten und du wirst dich an die Wahrheit halten. Je nachdem, wie du das tust, wirst du entweder in einem Gästezimmer schlafen oder in einer Zelle – hast du verstanden?«

»Ja, Kommandant, gnädiger Herr«, sagte Veronyka.

»Lügen wird dir keine Hilfe sein, also rate ich davon ab«, fügte er hinzu, und etwas in seinem Tonfall jagte ihr einen eiskalten Schauder über den Rücken.

Auf ein Zeichen von Beryk hin verließen die anderen nun den Raum, bis nur noch Veronyka, der Kommandant und der Junge übrig blieben. Der Junge konzentrierte seinen Zorn und seine Frustration so sehr, dass sie gegen Veronykas geistige Sperren schlugen. Hatte Val sich so gefühlt, wenn sie achtlos mit ihren Gefühlen umgegangen war?

Es war still im Raum, und Veronyka wusste nicht, wo sie hinblicken oder was sie mit ihren Händen anfangen sollte. Die Präsenz des Kommandanten war so übermächtig, dass sie sich klein und bedrängt fühlte. Er war ein großer Mann – ein gutes Stück über sechs Fuß, schätzte sie –, mit riesigen Händen und breiten Schultern, aber das wirklich Einschüchternde war seine Haltung. Er strahlte Überlegenheit und Macht aus, aber beides wirkte eher elegant als brutal. Er hatte olivenbraune Haut und seine gewellten, grau melierten Haare wichen ein wenig von seiner stolzen Stirn zurück. Seine Rüstung hatte er mittlerweile gegen eine prachtvoll bestickte Tunika getauscht, das Muster zeigte ein ferronesisches Motiv aus silbern gewirkten gekreuzten Dolchen. An seinen verschränkten Händen funkelten mehrere goldene Ringe. Er sah durch und durch aus wie ein Gouverneur des Imperiums, ob im Exil oder nicht, und erinnerte Veronyka an die reichen Kaufleute und Adligen, die sie in Aura Nova gesehen hatte, wo sie in Sänften durch die Straßen getragen wurden.

Der Junge dagegen hatte die Arme vor der Brust verschränkt und stand breitbeinig da, wie um sich für irgendetwas Unangenehmes bereit zu machen. Seine Haltung war zwar starr und bewegungslos, aber sein Blick irrte unruhig durch den Raum. Er sah aus wie jemand, der zumindest ein wenig pyrenisches Blut in sich hatte, nur waren seine lockigen Haare von einem sanften Braun, und seine goldene Haut hatte einen olivfarbenen Unterton.

Veronyka wusste nicht, ob er freiwillig bei ihrem Verhör dabei war oder ob er zur Strafe hierbleiben musste. Vielleicht wollte er sichergehen, dass sie für schuldig befunden wurde, weil das sein Vergehen auf irgendeine Weise mildern würde. Das Ergebnis dieser Befragung würde für ihn vermutlich fast ebenso entscheidend sein wie für sie. Wenn sie wirklich eine Bedrohung darstellte, dann würde ihm sein Ungehorsam vergeben werden. Wenn sie sich als harmlos herausstellte – was sie ja auch war –, würde er noch törichter wirken. Ihr Erfolg wäre sein Versagen, und das gab ihr das Gefühl, dass es hier eigentlich keinen richtigen Sieger geben konnte.

Veronyka fühlte sich seltsam erleichtert, als die Frau namens Morra hereinkam. Sie war nicht das, was Veronyka erwartet hatte – eine wohlhabende Dame mit eleganten Kleidern und edlem Aussehen, ähnlich dem Kommandanten. Stattdessen war sie klein und untersetzt, hatte kräftige Arme und ein schlichtes, klares Gesicht und sie brachte den warmen, tröstlichen Duft von frisch gebackenem Brot und Gewürzen mit sich. Ihre Hände waren von Schwielen und Blasen bedeckt, und ihre Unterarme zeigten Narben, die sie sich gewiss nicht in der Küche geholt hatte. Sie war Pyrenin; ihre Zöpfe waren am Hinterkopf zu einem Knoten aufgesteckt, die Strähnen strotzten vor Verzierungen, die klirrten und klingelten, als sie in den Raum gehumpelt kam. Veronyka entdeckte auch Federn darin, mehr als eine, zusammen mit mehreren funkelnden Obsidianstücken.

Eine Kriegerin. Eine Phönixreiterin.

Veronykas Herz wurde bei diesem Anblick leichter – eine Frau, endlich.

Dann sah sie, dass Morra sich schwer auf eine hölzerne Krücke stützte, da ihr linkes Bein unterhalb des Knies amputiert worden war. Als sie an ihr vorbeiging, registrierte Veronyka noch, dass die Phönixfedern an der Spitze schwarz waren – in Tinte und Asche getunkt, zu Ehren eines gefallenen Bündniswesens.

Ihr Magen krampfte sich zusammen. Sie hatte Xephyra zu kurz gehabt, um eine Feder von ihr zu besitzen, und da ihre Zöpfe verschwunden waren, konnte sie nicht beweisen, dass sie überhaupt jemals einen Phönix gehabt hatte – sie hatte keine Möglichkeit, Xephyra öffentlich zu ehren oder ihrer gemeinsamen Zeit zu gedenken.

So klein sie war, konnte Morra Veronyka doch auf irgendeine Weise von oben herab ansehen und musterte sie von Kopf bis Fuß. Trotz des bescheidenen Aussehens der Frau bot Kommandant Cassian ihr eilig seinen Stuhl an, als sie um die Tischecke bog, und stellte sich neben den Jungen in die Ecke.

Morra wies Veronyka den ihr gegenüberstehenden Stuhl zu, und Veronyka nahm Platz, hockte sich auf die Stuhlkante, die Hände unter dem Tisch aneinandergepresst.

Sie schwiegen für einen Moment. Wer war diese Frau und warum führte sie das Verhör durch und nicht der Kommandant?

Einen Herzschlag später wusste Veronyka die Antwort.

Ein Finger aus Magie kratzte an den Sperren um ihre Gedanken und stellte die Stärke ihrer Abwehr auf die Probe. Angst kroch durch ihren Körper.

Morra war eine Schattenmage.

Sie nannten mich die Königin mit der Federkrone, meine Stirn war mit Phönixfedern geschmückt, mein Recht zu herrschen war in Feuer über die Sterne geschrieben. Meine Schwester wurde die Königin des Rates genannt, denn sie war nur dessen Marionette.

– Kapitel 14 –

Veronyka

Veronyka unterdrückte ihre Panik mit aller Kraft und zwang ihre Gesichtszüge zu ihrer besten Imitation von Vals ausdrucksloser Miene. Auf der Liste der vielen Dinge, die sie über sich selbst nicht verraten wollte, stand ihre Fähigkeit zur Schattenmagie ganz weit oben. Wenn sie ihr jetzt schon misstrauten, wie würden sie erst reagieren, wenn sie wüssten, dass sie in die Gedanken anderer blicken und sie manipulieren konnte?

Morra war nicht *in* Veronykas Kopf – noch nicht jedenfalls. Sie hatte sich nur kurz umgeschaut und zog sich bereits zurück, holte ihre Magie zu sich, während sie ihren nächsten Schritt überlegte. Ihr magischer Druck war nicht zu vergleichen mit dem, was Val zustande brachte, was vermutlich bedeutete, dass ihre Fähigkeit nicht ganz so stark war – oder nicht ganz so fein ausgearbeitet. Es war eine so seltene Gabe, dass selbst zu den Glanzzeiten der Phönixreiter niemand daraufhin untersucht oder darin geschult worden war. Val war sicher so gut geworden, weil sie ihre Begabung dauernd genutzt hatte und weil der Drang zu kontrollieren ein Teil ihrer Natur war. Zum Glück hatte Vals Fähigkeit Veronyka darin geübt, sich dagegen zu wehren.

Wenn sie sehr vorsichtig wäre, könnte sie Morra genug zeigen, um ihre Antworten als Wahrheit dastehen zu lassen, ohne ihre Gedanken wirklich zu offenbaren. Alles, was Morra nicht sehen sollte, würde sie in ihrem Geheimversteck einschließen. Wenn es bei ihr selbst und bei Val gewirkt hatte, würde es auch bei Morra wirken.

Veronyka atmete leise aus und lockerte ihre Sperre etwas. Sie stellte sich ihr geistiges Bollwerk oft als Damm inmitten eines reißenden Flusses vor, von allen Seiten von Wasser umgeben.

Sie selbst stand hinter dieser Mauer und war vor äußeren Einflüssen geschützt. Wann immer Val ihr sagte, sie solle ihre Gedanken hüten, stellte Veronyka sich vor, wie sie die Mauer verstärkte, wie sie die Ritzen darin mit kleinen Steinen und Kieseln füllte, bis nichts mehr hinein- oder hinausgelangen konnte.

Wenn ihre Abwehr am stärksten war, war die Mauer wasserdicht, aber sie durfte Morra nicht zeigen, dass ihre Gedanken so gut gesichert waren, sonst würde sie Verdacht erregen. Sie musste einige Steine lockern, musste dazwischen Risse und Spalten entstehen lassen. Das war der normale Zustand ihrer Gedanken, und als sie sich für äußere Einflüsse öffnete, spürte sie Wasser durch die Spalten strömen – die Gedanken und Empfindungen der Menschen und Tiere in ihrer Nähe.

Sie musste den Strom von Informationen ignorieren – die kalte Gleichgültigkeit des Kommandanten und die trotzige Ungeduld des Jungen, ganz zu schweigen von dem feurigen Dunst in der Ferne, der zweifellos von den Phönixen stammte.

Veronyka konzentrierte sich auf sich selbst und füllte ihren Kopf mit ungefährlichen, harmlosen Gedanken, den Halbwahrheiten, die ihre Antworten bestätigen würden.

Sie ließ sie an die Oberfläche ihres Bewusstseins treiben, wo sie leicht aufgelesen werden konnten, dann richtete sie ihre Aufmerksamkeit auf die finstere Ecke, wo sich das Versteck befand, die solide und undurchdringliche Freistätte. Dort, bei den Erinnerungen an

Xephyra, würde sie die Wahrheit über ihr Geschlecht, ihre Schattenmagie und die Herkunft des Dolches verstecken. Nachdem sie jegliche verräterische Erinnerung begraben hatte, verstärkte sie die Abwehr, trennte sie von dem Rest ihrer Gedanken und verbarg sie für fremde Blicke.

»Ich bin Morra, und ich leite hier die Küchen«, sagte die Frau und holte Veronyka damit in ihre unmittelbare Umgebung. »Wie heißt du?«

Während sie das sagte, kam Morras Magie zurück – kräftiger und hartnäckiger als beim ersten Mal. Veronyka bekämpfte ihren Drang, sich in sich zurückzuziehen, und verließ sich darauf, dass ihr Bollwerk standhalten würde.

Schattenmagie legte nur aktive Gedanken und Gefühle bloß… Morra würde nichts finden, woran Veronyka sich zu denken weigerte. Eine Schattenmage konnte nur die Oberfläche der Gedanken einer anderen Person sehen – ihre aktuellen Sorgen. Deshalb führte Morra diese Befragung durch, statt sich einfach aus Veronykas Gedanken zu holen, was sie haben wollte.

»Nyk«, flüsterte Veronyka, presste das Wort durch ihre angespannten Lippen.

Solange Morra die Wahrheiten fand, die sie suchte, hätte sie keinen Grund, eine Täuschung zu vermuten. Veronyka *war* schließlich Nyk. Sie ließ sich von dieser Wahrheit erfüllen – die Tatsache, dass Nyk eine Abkürzung für Veronyka war, spielte keine Rolle.

Morra wirkte zufrieden und zog sich zurück. »Wie alt bist du? Zwölf, dreizehn?«

»Sechzehn«, korrigierte Veronyka empört. Sie war daran gewöhnt, für jünger gehalten zu werden, als sie war, deshalb stellte sie reflexhaft – und ein bisschen harsch – klar, wie es sich wirklich verhielt. Jetzt gerade aber wünschte sie, nicht so impulsiv gehandelt zu haben. Es wäre doch sicher einfacher gewesen, sich als Junge auszugeben und nicht als junger Mann.

Der Lehrling in der Ecke schnaubte ungläubig, als er ihre Antwort hörte, was ihre Theorie noch mehr bestätigte.

»Woher kommst du, Nyk?«, fragte Morra, die nicht auf die Reaktion des Jungen achtete.

»Von weiter unten am Berg, Herrin. Gleich bei Vayle.« Auch das war eine Wahrheit, wenn die volle Wahrheit auch gelautet hätte, dass Veronyka im Tal geboren worden war, in Aura Nova. Doch das war ebenfalls in ihrer Freistätte verborgen. Sie ahnte, dass eine Erwähnung des Tals oder des Imperiums alles verderben würde.

»Warum hast du dann keinen pyrenischen Akzent?«

Veronyka schluckte. »Ich …«

»Pyrener von weiter unten sprechen in einem gewissen Singsang«, fügte Morra nachdenklich hinzu. »Und sie dehnen ihre Vokale. Das ist ein deutliches Kennzeichen. Natürlich leben jetzt immer mehr Leute in Pyra, die nicht dort geboren oder aufgewachsen sind. Händler und Landfahrer, Flüchtlinge … Spione …«

Veronyka ballte die Fäuste. Ihre Maiora hatte die breite Aussprache der *Gänge* gehabt, auch ihre jahrelange Ausbildung bei den Reitern hatte sie nie ganz davon befreien können. Val hatte darauf bestanden, dass Veronyka »richtig« sprach – wie die oberen Klassen des Imperiums, ohne Akzent oder Dialekt –, und Veronyka hatte sich nie überlegt, wie das an einem Ort wie diesem wirken würde. Hundert Erklärungen lagen ihr auf der Zunge, aber sie fürchtete, eine Lüge würde größeren Argwohn erregen als die Wahrheit.

»Ich bin bei meiner Großmutter aufgewachsen und die ist in Aura Nova zur Schule gegangen.« Ihre Maiora hatte ihr schließlich tatsächlich Lesen und Schreiben beigebracht, auch wenn es Val gewesen war, die ihr Aussprache und Satzbildung eingehämmert hatte, um das auszugleichen, was sie für die Mängel der alten Frau hielt.

»Lebst du noch immer bei ihr, bei deiner Großmutter?«

»Nein«, sagte Veronyka mit leicht zitternder Stimme.

»Hast du andere Verwandte?«, fragte Morra.

Veronyka schluckte das aufwallende Gefühl hinunter. »Nur meine Schwester.«

»Ach ja, deine Schwester. Beryk hat etwas von einer verblüffenden Ähnlichkeit gesagt … seid ihr Zwillinge?«

»Nein«, antwortete Veronyka vorsichtig und hielt ihre Gedanken und Erinnerungen an Val so vage wie möglich, um deren Gesicht – oder ihre wahren derzeitigen Gefühle für sie – nicht für Morras suchende Magie bloßzulegen. Dass sie Zwillinge seien, könnte ihre große Ähnlichkeit mit dem Mädchen, das sich in Vayle an Beryk gewandt hatte, besser erklären, aber Veronyka wollte nicht unnötig lügen. Wenn Morra jetzt Vals Gesicht in ihren Gedanken auftauchen sähe, würde das ihrer Geschichte wenigstens nicht widersprechen. »Wir sind ein Jahr auseinander.«

»Und diese Schwester … sie hat dich hergeschickt? Warum?«

»Ja. Sie hat zufällig gehört, dass der Truchsess, Meister Beryk, Pyrenisch sprach und …«

»Das ist unmöglich«, fiel der Junge ihr ins Wort. Er trat vor und richtete einen anklagenden Finger auf sie. »Wie könnte ein Bauernmädchen aus Vayle denn Pyrenisch sprechen? Es wird seit der Herrschaft der Weisheit nicht mehr benutzt und nur in den Schulen des Imperiums oder von Privatlehrern in Adelshäusern unterrichtet.«

Er wollte offenbar verzweifelt beweisen, dass Veronyka nicht die Wahrheit sagte, dass sie gefährlich oder unaufrichtig war, um damit sein Alarmschlagen zu rechtfertigen. Er tat ihr leid, aber wenn es aus diesem Verhör nur einer mit heiler Haut herausschaffen konnte, dann wollte *sie* das sein.

»Das hat meine Maiora mir beigebracht, sie hatte es in Aura Nova gelernt«, erwiderte sie gelassen und benutzte das pyrenische Wort für Großmutter zum Beweis dafür, dass sie die Wahrheit sagte. Die meisten Menschen aus Pyra kannten nur eine Handvoll Wörter der alten Sprache. Sie galt als tot, und nur die Priester des Mori – der Gott des Wissens und des Gedächtnisses – lernten sie, um alte Texte zu studieren. Für die Oberklasse gehörten diese Kenntnisse zur Allgemeinbildung. Die Phönixreiter benutzten sie ebenfalls und viele ihrer Formationen, Ausbildungstechniken und Geheimbegriffe setzten die Kenntnis des Pyrenischen voraus.

»Tristan«, sagte der Kommandant mit leiser, drohender Stimme, und der Junge wich sofort vom Tisch zurück, als ob er sich daran verbrannt hätte. »Wir überlassen Morra, wie sie das Verhör führt.«

»Was hat deine Schwester dir gesagt?«, fragte Morra, nachdem der Kommandant ihr zugenickt hatte, zum Zeichen, dass sie weitermachen könnte.

»Sie hat gesagt, sie habe von den Phönixreitern gehört. Als sie mit dem Truchsess gesprochen hat, hat er das abgestritten, aber er hat auch gesagt, wenn er Leute anwirbt, dann nur Jungen. Also dachte sie, ich würde mehr Glück haben.«

»Für so dürftige Auskünfte bist du einen weiten Weg gewandert.«

»Wir haben nicht viel, meine Schwester und ich«, sagte Veronyka, und diesmal war sie durch und durch ehrlich. »Ich möchte Phönixreiter werden. Ich habe mir nie etwas anderes gewünscht. Alles andere ist mir egal.«

Sie schluckte und schlug die Augen nieder, um Morras Blick auszuweichen und sich zu sammeln. Xephyra flatterte gegen die Wände des Verstecks und versuchte zu entfliehen, aber Veronyka durfte sie nicht durchkommen lassen. Wenn sie hier von Xephyra erzählte, würde sie auch sagen müssen, was mit ihr geschehen war. Und kein gescheiter Mensch würde doch einen Phönix einem Mädchen geben, das zugelassen hatte, dass ihre eigene Schwester ihre Verbündete ermordete?

»Du hast nicht viel, aber du hast einen Dolch aus ferronesischem Stahl?«, mischte sich jetzt Tristan ein, der sich offenbar nicht beherrschen konnte.

»Den habe ich gefunden«, sagte Veronyka mit festerer Stimme als vorhin, als der Kommandant ihr diese Frage gestellt hatte. Tristans

Feindseligkeit machte sie wütend, aber sie war auch froh darüber, dass das Verhör sich jetzt diesen Dingen zuwandte. Sie blieb zwar nicht immer ganz bei der Wahrheit, aber sie war keine Spionin. Sie konzentrierte sich: In ihren Gedanken sah sie den Dolch auf dem Lehmboden liegen, und sie sperrte ihre Erinnerung an die Hütte aus, in der sich der Lehmboden befand, sperrte Val und Xephyra und den Soldaten und alles aus, was vorher geschehen war.

»Er lügt«, sagte Tristan und schaute zwischen Morra und dem Kommandanten hin und her. Sein beißender Tonfall stellte klar, was er von Lügnern hielt. »Das ist ein Armeedolch. Seht euch doch die Unterseite des Heftes an – das ist eine soldatische Dienstnummer.«

Veronyka runzelte die Stirn und warf einen Blick auf den Dolch, der zwischen ihnen auf dem Tisch lag. Dort war wirklich eine Ziffernfolge in den Griff eingraviert.

»Er kann den Dolch nicht einfach *gefunden* haben. Bestenfalls hat er ihn gestohlen – so eine Waffe ist vermutlich mehr wert als dieses Haus.« Er wandte sich bei seinen letzten Worten ab, als ob er erkannt hätte, dass sie kalt und lieblos waren – und vermutlich wahr.

»Stimmt«, gab Veronyka zu, und ihre Stimme zitterte ein wenig, als sie den Dolch anstarrte. »Ich hätte damit Geschäfte machen können, ihn gegen Gold oder Lebensmittel eintauschen, von denen meine Schwester und ich mehrere Monate hätten leben können. Aber ich habe ihn aufbewahrt, in der Hoffnung, dass er genug wert wäre, um mir hier einen Platz zu kaufen. Aber da hab ich mich wohl geirrt.«

Veronyka wusste, dass sie übertrieb und die Wahrheit verbog, aber sie musste die anderen auf ihre Seite holen.

Als sie aufschaute, sah sie in den Augen von Morra und Kommandant Cassian Mitleid – und zu ihrer Überraschung Bedauern in denen von Tristan –, und obwohl sie es schrecklich fand, schwach und verletzlich zu wirken, wusste sie, dass es ihr helfen würde.

Sollten die anderen sie doch bemitleiden. Sollten sie ihre kleinen Lügen und ihre großen Wahrheiten glauben. Hoffentlich war das genug.

»Du vergisst dich, Tristan«, sagte Morra mit leiser, enttäuschter Stimme. »Du vergisst deine Wurzeln.«

»Lass uns allein«, sagte der Kommandant zu Tristan ohne die Spur von Morras höflicher Missbilligung.

Tristan sah aus, als ob er widersprechen wollte, sein Gesicht zuckte, als er versuchte, sich zu beherrschen. »Jawohl, Kommandant«, sagte er mit zusammengebissenen Zähnen. Dann lief er zur Tür und knallte sie hinter sich zu.

Sein Verschwinden ließ die Atmosphäre im Raum umschlagen und Morra zog sich aus Veronykas Gedanken zurück. Sie und Cassian wechselten einen Blick, und Veronyka hatte das Gefühl, dass sie die Prüfung bestanden hatte.

»Danke, Morra«, sagte der Kommandant endlich.

Morra nickte Veronyka zu, erhob sich und folgte Tristan aus dem Raum. Der Kommandant kehrte auf seinen Stuhl zurück. Sie waren allein.

»Als ich ein Junge war«, begann er und setzte sich bequemer hin, »war es ein Familienerbe, Phönixreiter zu werden – etwas, das ich geerbt habe wie meinen Titel und meine Ländereien.« Veronyka war verdutzt von der Wendung, die das Gespräch genommen hatte, versuchte aber, ihm zu folgen. »Ich diente viele Jahre, und unsere Mission war klar: das Imperium und sein Volk zu beschützen. Aber«, sagte er seufzend, »durch den Blutkrieg wurde unsere Pflicht bis zur Unkenntlichkeit verändert. Ich musste miterleben, wie die Phönixreiter von einem von der Regierung eingesetzten Militärorden zu Aufständischen wurden, einer Art Privatarmee. Unter Avalkyra Aschenfeuer haben wir *ihr* gedient, ihrem Ehrgeiz und ihren Zielen, und sonst niemandem. Nach ihrem Tod versuchten diejenigen von uns, die überlebt hatten, in dieser neuen Weltordnung ihren Platz zu finden. Ich habe seitdem erkannt, dass unsere Mission, unser Lebenszweck, nicht auf einer Person, einem Land oder einer Provinz ruhen kann, nein, wir müssen allen Menschen dienen, aber vor allem unseren

Mit-Animagen. Wir sind eins – nicht durch politische Grenzen oder kulturelle Geschichte geeint, sondern durch Magie. Wir sind überall und doch haben wir keinen Ort. Es gibt keine sichere Stätte für uns, nichts, das wir Zuhause nennen könnten. Ich versuche, daran etwas zu ändern. Azurecs Adlerhorst ist ein Anfang.«

Veronykas Herz schwoll an bei diesen Worten. Er hatte recht. Die Phönixreiter, die fast zweihundert Jahre lang dem Imperium gedient hatten, gab es nicht mehr, und diese hier waren zu einem neuen Ziel zusammengekommen.

»Wie dem auch sei«, fuhr der Kommandant fort, »wir sind derzeit eine kleine Organisation, und ich muss vorsichtig sein. Wir müssen unsere Stärke langsam aufbauen, behutsam. Anfangs gab es nur mich und Beryk – im Krieg waren wir zusammen geflogen, und ich wusste, wo er danach untergetaucht war. Wir brauchten Jahre, um Fallon zu finden, einen jungen Reiter, der noch nie im Einsatz gewesen war, bis wir dann praktisch durch Zufall über ihn gestolpert sind. Es gibt zweifellos weitere Phönixreiter, die sich überall im Imperium und darüber hinaus verstecken, aber wir können uns nicht blindlings auf die Suche nach ihnen machen und dabei riskieren, Aufmerksamkeit auf uns oder sie zu lenken. Das Imperium darf nicht erfahren, dass sich auf dem Pyrmont Reiter zusammentun. Das Imperium hat vielleicht nur geringes Interesse daran, Pyra wieder an sich zu bringen, aber es hätte großes Interesse daran, uns zu vernichten.«

»Aber ich habe nicht … ich würde niemals …«, stammelte Veronyka verwirrt. Sie hatte doch geglaubt, die anderen hielten sie nicht mehr für eine Bedrohung.

Er winkte ab. »Was ich sagen will, ist, dass es bisher schwierig war, neue Reiter anzuwerben. Es gibt zwar viele, die mit Tiermagie begabt sind, aber nur wenige haben Gold genug, um ihre Ausbildung zu finanzieren. Es kostet Geld, Phönixe großzuziehen, unterzubringen und zu ernähren, Nyk – *mein* Geld –, ganz zu schweigen von dem Preis für ein Pferd, einen feuerfesten Sattel samt Geschirr, Rüstung und Waffen. Ich muss Wachen und Diener ernähren, Lohn auszahlen, bauen und reparieren, und meine Truhen sind nicht mehr das, was sie einmal waren.« Er hob den Dolch von der Mitte des Tisches hoch, drehte ihn in seinen Händen um und reichte ihn ihr dann. »Phönixe sind zu selten und kostbar für uns, um zu erlauben, dass sich ein armer Bauernjunge, der sich noch nicht einmal eine richtige Ausbildung leisten kann, mit einem verbündet. Es tut mir leid.«

Veronyka wurde von Hilflosigkeit überwältigt, als sie den Dolch ergriff. Phönixreiten war plötzlich nur noch etwas für Reiche? Die ersten Reiterinnen hatten keine Truhen voller Gold gehabt, sie hatten *Phönixe,* den einzigen Reichtum, den ein Mensch jemals brauchte.

Sie schluckte mehrere wütende Antworten hinunter und gab sich alle Mühe, mit ruhiger Stimme zu sagen: »Es muss doch andere Möglichkeiten geben, um sich einen Platz zu verdienen …«

»Die gibt es«, gab der Kommandant zu. »Wenn wir neue Leute aufnehmen, können die bereits ausgebildeten Reiter einen der Bewerber unterstützen. Mehrere der derzeitigen Lehrlinge werden von Meisterreitern finanziert. Sie werden Unterschwingen genannt.«

»Wenn Ihr also neue Leute aufnehmt, könnte ich mich bewerben, wenn ich bis dahin jemanden gefunden hätte, der mich finanziert?«, fragte Veronyka, und in ihr erwachte ein kleiner Funken der Hoffnung.

Der Kommandant schien sich nicht wohl in seiner Haut zu fühlen. »Es ist schwierig, solche Unterstützer zu finden, Nyk. Die, die es sich leisten können, eine Unterschwinge zu finanzieren, suchen sich meistens Verwandte oder Freunde aus – keine Fremden.«

»Aber ich könnte es doch versuchen.« Veronyka ließ nicht locker.

»Das könntest du allerdings«, sagte der Kommandant mit resignierter Stimme. »Aber ich habe nicht vor, in der nächsten Zukunft neue Lehrlinge anzuwerben, und wir können es uns nicht leisten, dich während dieser Wartezeit hier unterzubringen.«

»Es muss doch eine andere Möglichkeit geben, mich in der Zwischenzeit Kost und Unterkunft verdienen und den Reitern helfen zu lassen«, sagte sie verzweifelt und beugte sich vor. »Ich könnte kochen, sauber machen, Diener sein – vielleicht in den Ställen aushelfen?«

Der Kommandant schürzte die Lippen. Dann hellte sich seine Miene auf und er nickte. »Ich bin sicher, unsere Stallmeisterin Jana würde sich über zusätzliche Hilfe freuen.«

Veronykas Herz machte trotz ihrer Enttäuschung einen Sprung. Natürlich war sie hergekommen, um Phönixreiterin zu werden – nicht um Ställe auszumisten und Packtieren Hafer hinzuschütten –, aber das war immerhin etwas. Es war ein Schritt in die richtige Richtung. Und es war kein Nein. Sie würde härter arbeiten als alle anderen, würde ihnen zeigen, dass sie einen Platz hier verdient hatte, dass sie noch so viel mehr zu geben hatte.

Und wenn das nächste Mal neue Lehrlinge angeworben würden, würden ihre Förderer Schlange stehen, und sie würde der verdammt noch mal beste Bewerber sein, den sie finden könnten.

Die *Sekveia*, oder die »Zweite Straße« in der Sprache der Händler, ist ein verlassener Pfad durch die Wildnis des Pyrmont und ein geheimnisvolles Relikt der alten Welt – sowohl was seine Herkunft als auch was seinen Zweck betrifft.

Einige Historiker vermuten, dass dieser Weg als Versuch angelegt wurde, das pyrenische Königinnentum auszuweiten und die kleineren Niederlassungen auf dem Pyrmont miteinander zu verbinden, um eine Durchgangsstraße für den Handel zu erhalten, die bis ins Tal führen würde, doch dieser Plan reifte niemals zur vollen Blüte.

Es ist auch überlegt worden, dass die *Sekveia* Jahrhunderte zuvor von uns unbekannten Zivilisationen erbaut worden sein könnte, möglicherweise von den heute ausgestorbenen Tieflandvölkern. Für diese Theorie spricht die Tatsache, dass viele der Tempelruinen und Überreste anderer Anlagen, die entlang der Zweiten Straße zu finden sind, keinerlei Ähnlichkeit mit pyrenischer Architektur von vor oder nach dem Imperium aufweisen.

Die vielleicht bizarrste aller Vermutungen ist, dass die *Sekveia* zu dem berühmten verschollenen Schatz Wylan des Wanderers führt, welcher verschwand, nachdem er erklärt hatte, er werde auf seinem Phönix um die Welt fliegen.

Genaue Beschreibungen seiner Taten finden sich in vielen Liedern und Gedichten, die berühmteste wohl in dem Stück *Des Wanderers Schicksal*. Während einer besonders erfolgreichen Spielzeit in der Mimengasse ließ der Hauptdarsteller Hunderte von falschen Schatzkarten verteilen, um für die Aufführung zu werben. Daraufhin geriet die Menge in hysterischen Eifer, mehrere Menschen wurden totgetrampelt, und die Aufführungen mussten vorübergehend eingestellt werden.

Mythen und Legenden des Goldenes Reiches und anderer Gefilde, eine Zusammenstellung von Geschichten und Berichten. Die Morianischen Archive, 101 NI.

Ich frage mich, wie sie mich jetzt nennen würden,
wenn sie wüssten, dass ich es war, die sie getötet hat.

– Kapitel 15 –
SEV

Der Dienst bei den Packtieren war nicht besonders beliebt bei den Soldaten. Die meisten hatten wenig für den Geruch und das langsame Vorankommen der Tiere übrig – ganz zu schweigen von den Kothaufen, mit denen Sev so vertraut war –, deshalb hatte niemand Einwände, als er sich nun Tag für Tag für diesen Dienst meldete.

Während Sev frustriert darüber war, dass ihm eine Aufgabe zugeteilt worden war, die er nicht verstand, wirkte Kade offen wütend. Er schien es als persönliche Beleidigung aufzufassen, als ob Sev damit seine Autorität untergrub oder seine Grenzen verletzte.

Beruhte sein Hass ganz einfach auf ihren unterschiedlichen Rollen als Leibeigener und Soldat? Sev hatte die Soldaten früher gehasst. Sie waren die dröhnenden Schritte in den Gassen von Aura Nova, die Schatten, die über den Türschwellen der Waisenhäuser und Kochhäuser hingen. Sie waren die Wellen am Strand der pyrenischen Grenze, die immer näher kamen, bis sie sich über die Hügel ergossen und den Bauernhof seiner Familie verschlangen.

Sev hasste Soldaten noch immer, wenn er ehrlich sein wollte. Dennoch war er einer von ihnen geworden.

Er konnte Kade keine Verwürfe dafür machen, wie er sich fühlte.

Keiner von ihnen war über die Lage der Dinge glücklich, aber es hatte auch keiner irgendeine Wahl.

Das einzig wirklich Positive war, dass er wieder mit Tieren zu tun hatte. Die Lamas waren Wesen mit sicherem Gang, die vor allem in den Bergen eingesetzt wurden, sie hatten lange Hälse und kräftige, gut gepolsterte Hufe. Sie erinnerten ihn ein bisschen an die sanften Wollschafe, die seine Familie gehütet hatte, als er noch ein Kind gewesen war.

Meistens zumindest. Er war auch schon mehr als einmal und von mehr als einem Lama fast gebissen worden – obwohl er langsam den Verdacht hatte, dass eins es ganz besonders auf ihn abgesehen hatte.

Sev wusste, dass es riskant war, aber er musste einfach mit diesen Wesen kommunizieren … nur ein bisschen. Hier ein bisschen streicheln, dort ein wenig stupsen, und ehe er sich's versah, half er beim Satteln und beim Füllen der Wassertröge. Die anderen Soldaten, die dem Packtierdienst zugeteilt waren, starrten ihn ungläubig an angesichts der Extraarbeit, die er sich auflud, aber Sev vermutete, dass sie glaubten, er wolle sich auf diese Weise bei den Vorgesetzten einschmeicheln, nicht aber, dass er den Kontakt mit den Tieren genoss.

Zu seiner Überraschung genoss er auch das Zusammensein mit den Leibeigenen.

Zuerst hatte ihr Anblick ihm einen Stich in die Brust versetzt, und er hatte eine Weile gebraucht, um dieses Gefühl als Neid zu identifizieren. Er wusste, es war seltsam, dass ein freier Mann Menschen beneidete, die in Knechtschaft gezwungen worden waren. Doch er, der seine Fähigkeiten immer versteckt hatte, kam sich in der Nähe von Animagen, die ihre Magie so offen anwendeten, vor wie jemand, der zusah, wie andere krügeweise kühles Wasser tranken, während er verdurstete.

Jetzt fand er ihre Nähe tröstlich. Das Summen der Magie, die harten, aber sinnvollen Tätigkeiten und die Zusammenarbeit von Menschen und Tieren – das alles erinnerte ihn an sein Leben auf dem

Bauernhof. Tilla und Corem hatten Schafe gehütet so wie Sevs Familie, während die Familie des jüngsten Leibeigenen, der den Spitznamen Junior trug und aus einem kleinen Dorf aus Sevs Gegend stammte, vom Fischen lebte. Das hatte sie jedenfalls einmal getan.

»Keine Ahnung, wo sie jetzt sind«, hatte Junior ihm eines Tages beim Füllen der Wassertröge erzählt. Er hatte Ähnlichkeit mit Kade, auch von der Haut- und Haarfarbe her, so sehr, dass sie Brüder hätten sein können, nur war Kade groß und muskulös, und Junior war schlaksig und dünn, schien nur aus Ellbogen und Knien zu bestehen. »Das Imperium hat mich vor der Morgendämmerung geholt, als ich nach den Netzen schauen sollte. Ich hab meine Familie nie wiedergesehen.«

Sev ging auf, dass er Glück hatte zu wissen, was mit seinen Eltern passiert war, obwohl sie nicht mehr lebten; er wusste, dass sie Frieden hatten und nicht irgendwo anders in Ketten litten. Obwohl Junior jung war, hatte Sev seinen Worten entnommen, dass seine Eltern durch den Verkauf ihres Fischfangs nicht schlecht verdient hatten, und er musste sieben Jahre dienen – sein halbes Leben. Die anderen Leibeigenen taten Sev oft leid, aber Juniors Geschichte machte ihn wütend, und er hatte den heimlichen Verdacht, dass Trix genau diese Gefühle in ihm auslösen wollte. Er vermutete, dass sie ihn zu den Leibeigenen geschickt hatte, um ihm klarzumachen, wo seine Loyalität liegen musste. Er war wie die Leibeigenen. Doch weil er sich entschieden hatte, sich und seine Magie zu verleugnen, war er frei, und sie waren das nicht.

Natürlich wünschte Sev sich ein anderes Leben. Wenn es keinen Krieg gegeben hätte, wäre er Hirte und Bauer geworden, und alle Animagen im ganzen Imperium wären frei. Es würde keine Mageсklaven geben, die Phönixreiter wären noch immer glorreiche – unerreichbare – Helden, und seine Eltern wären noch am Leben.

Aber das Leben war nun einmal nicht anders und Sevs Entscheidung hatte ihn vor der Leibeigenschaft gerettet. Wie hätte er diesen Entschluss da bereuen können?

Während Kade ihm gegenüber unverändert grob blieb, verwandelte er sich vollkommen, wenn er mit den Lamas zu tun hatte. Sein Gesicht – sein ganzes Wesen – strahlte auf, wenn er bei ihnen war, er murmelte beschwichtigende und lobende Worte und kommunizierte so geschickt und versteckt mit ihnen, dass Sev mehr als beeindruckt war. Kade war offenkundig der stärkste Animage von allen hier, jemand, der seit seiner Geburt daran gewöhnt war, Magie anzuwenden.

Sev gefiel diese Seite an Kade. Kade war sonst so düster – manchmal sogar feindselig –, aber wenn er bei den Tieren war, dann entspannten sich seine straffen Schultern, und seine ernsten Züge öffneten sich zu einem glücklichen Lächeln oder sanftem Lachen. Sev wäre dann gern in seiner Nähe gewesen, hätte zugesehen und sich im warmen Licht seines magischen Leuchtens gesonnt. Aber immer wenn Kade ihn in seiner Nähe sah, runzelte er unwillig die Stirn und wandte sich ab. Sev hätte so gern verstanden, warum Kade ihn verabscheute, um diese Feindseligkeit zwischen ihnen beenden zu können.

An einem frühen Morgen kämpfte sich Sev unmittelbar vor Anbruch der Dämmerung aus seiner Decke. Die Soldaten hatten ihr Lager im Schatten eines steilen Felshangs neben einer Ansammlung von zerfallenen Gebäuden aufgeschlagen. Die Pilgerstraße lag inzwischen zwar weit hinter ihnen, aber manchmal fanden sie sich plötzlich auf verschlungenen Steinwegen wieder, die aus dem Nichts aufzutauchen schienen, um dann gleich darauf vom Wald verschlungen zu werden. Sie sahen eingestürzte Bögen aus Steinquadern, seltsame Pfeiler, in die fremdartige geometrische Muster eingemeißelt waren, und zerbröckelnde Statuen, die am Wegesrand Wache standen, so alt und verwittert, dass es unmöglich zu sagen war, was sie darstellten oder wer sie dort aufgestellt hatte. Sev hatte Corem das Wort *Sekveia* sagen hören, die »Zweite Straße«, eine sagenumwobene Fährte durch die Wildnisse des Pyrmont. Als kleiner Junge war Sev mit den anderen Bauernkindern in den Vorgebirgen auf Entdeckungsreise gegangen und hatte den Anfang der legendären Zweiten Straße und die Schätze gesucht, zu denen sie angeblich führte. Sie jetzt als Soldat des Imperiums zu betreten, kam ihm vor wie eine verzerrte Version seiner Kindheitsfantasie – vor allem wenn es sich bei dem »Schatz«, den sie am Ende des Weges zu finden hofften, um das Versteck der Phönixreiter handelte.

Er war von einem lauten Geräusch geweckt worden, und als er aus zusammengekniffenen Augen zu den Packtieren hinüberschaute, sah er, dass Kade sein Tagewerk bereits begonnen hatte. Er schleppte Getreidesäcke und Wassertonnen und sein Atem umstob sein Gesicht wie kleine Wolken. Er hatte seinen Kittel abgelegt, und von seinem Leib stieg in der kalten Morgenluft Dampf auf, während seine Kette in der bleichen aufgehenden Sonne funkelte.

Sev hatte nicht gut geschlafen. Trix lag in der Nähe und hatte wie immer im Schlaf gemurmelt, und er hatte ewig gebraucht, um einzunicken. Er hatte wieder vom Hof zu Hause geträumt, von grünen Hügeln und weitem blauen Himmel. Dann hatte er zusehen müssen, wie alles abbrannte.

Er blinzelte, um diese Bilder zu vertreiben, und rollte seine Matte zusammen, ehe er zum Gehege der Lamas hinüberging. Dabei zertrat er einen kleinen Zweig. Kade fuhr herum und nahm eine Haltung ein, als ob er mit einem Angriff rechnete.

Er könnte ein Soldat sein, dachte Sev ein wenig benommen und fuhr sich durch seine vom Schlaf zerzausten Haare, *wenn er nicht diese Augen hätte.* Sie waren intelligent und aufmerksam – aber ohne List. Sie blickten freundlich – bis er Sev erkannte.

»Oh«, sagte Kade und gab die Verteidigungshaltung auf. »Du bist es.«

Seufzend beugte Sev sich über eine Wassertonne und spritzte sich mehrere Handvoll eisigen Wassers ins Gesicht, ehe er ausgiebig trank.

Als er sich wieder aufrichtete, stand Kade noch immer vor ihm. Sein Atem ging stoßweise, seine Brust hob und senkte sich, seine

Muskeln glänzten vor Schweiß. Als Sev den Zipfel seines Kittels hob, um sein feuchtes Gesicht abzuwischen, folgten Kades dunkle Augen jeder seiner Bewegungen. Seine Züge waren scharf gezeichnet, kantig, und anders als bei Sev, dessen Kinn von Bartstoppeln bedeckt war, waren seine Wangen glatt von der täglichen Rasur. Er sah aus wie eine mit Morgentau benetzte Bronzestatue eines antiken Helden in einem Tempelgarten.

Sev schnappte nach Luft und räusperte sich. Sein Hals wurde heiß. Seit wann interessierte er sich für Tempelstatuen? Zu seinem Ärger ging ihm auf, dass er nicht nur Kades Magie bewunderte. Er schaute zu dessen noch immer verärgertem Gesicht auf und ein bitteres Gefühl breitete sich in seinem Magen aus. Die Bewunderung beruhte eindeutig nicht auf Gegenseitigkeit.

Sev trat um Kade herum und sein Blick fiel auf die Getreidevorräte. Er riss einen Sack auf und wollte ihn schon in einen leeren Trog schütten, aber Kade hielt ihn zurück.

»Was machst du da?«, fragte er. Seine Stimme war das übliche leise Grollen, aber sie hatte eine scharfe, kratzige Kante – Zorn oder Verärgerung oder vielleicht beides.

Sev richtete sich auf und schaute den Sack in seinen Händen an. »Füttern?«, sagte er und ließ es wie eine Frage klingen. Was hatte er diesmal getan, um Kades Zorn zu entfachen?

»Warum?«, fragte Kade und trat einen Schritt vor. Er wies mit einer Hand auf die Tiere. »Du bist nicht für sie zuständig«, sagte er dann und tippte sich mit dem Finger auf die Brust. »Für mich wohl.«

»Ich bin nicht für dich zuständig«, widersprach Sev voller Unbehagen. Er sollte die Packtiere hüten und dafür sorgen, dass alles glatt über die Bühne ging. Dazu gehörte natürlich, dass er ein Auge auf die Leibeigenen hatte, aber das machte ihn nicht zu Kades Herrn.

»Mach dir doch nichts vor, Soldat«, fauchte Kade und riss Sev den Futtersack aus der Hand. »Du bist einer von denen.« Er wies mit dem Kinn auf das restliche Lager, wo die meisten Soldaten noch schliefen.

»Ich weiß, dass du mich nicht leiden kannst«, begann Sev und ballte die Fäuste, um den Futtersack nicht gleich wieder an sich zu reißen. »Aber ich glaube, wir sind uns ähnlicher, als dir klar ist.«

Kade schnaubte, aber Sev redete weiter, ehe Kade einen spöttischen Kommentar anbringen konnte.

»Wir wollten beide das Mädchen retten«, sagte er.

»Es macht einen Unterschied, ob man andere um ihrer selbst willen beschützen will oder zum eigenen Vorteil. Du wolltest sie ›retten‹, damit du sie nicht töten musstest. Du wolltest ein reines Gewissen haben, um nachts schlafen zu können.«

Sev biss sich in die Wange, Zorn loderte in seiner Brust auf. Kades Worte taten ihm weh, und der Schmerz verriet ihm, dass Kade den Nagel fast auf den Kopf getroffen hatte. Hatte er das Mädchen gerettet, um dann sich selbst in Sicherheit bringen zu können? Natürlich hatte Kade nicht gesehen, was danach passiert war, dass seine Entscheidung ihn an jenem Tag fast das Leben gekostet hätte.

»Du bist ein Verbündeter für gute Zeiten – leere Worte und ein freundliches Lächeln, mehr nicht.«

»Ich habe nicht um das hier gebeten, Kade«, sagte Sev, und seine Stimme zitterte ein wenig, während er versuchte, seine Empörung zu unterdrücken. »Ich tu mein Bestes.«

»Das ist dein Bestes?«, fragte Kade skeptisch, musterte Sev von Kopf bis Fuß und registrierte jeden unvollkommenen Zoll seines Körpers. »Da hab ich meine Zweifel.«

Sev runzelte die Stirn in dem Versuch zu durchschauen, ob Kades Worte eine Art verborgenes Kompliment enthielten. Kade glaubte, Sev sei *besser* als ein Soldat? Bei dieser Vorstellung richtete er sich gerade auf, obwohl ihm klar war, dass Kade sich da irrte.

»Ich … so bin ich eben, Kade. Tut mir leid, wenn das nicht gut genug für dich ist.«

»Ich weiß, *was* du bist«, sagte Kade langsam, fast drohend. »Und das ist nicht das hier. Das hier«, er zeigte gelassen auf Sevs Wegelagererverkleidung, »ist das, wofür du dich entschieden hast.«

Sevs Körper brauchte einige Sekunden, um seine Gedanken einzuholen. Als das passierte, war Kade schon weggegangen, und Sev musste hinter ihm herlaufen.

»He«, sagte er wütend, packte Kade am Oberarm und riss ihn herum. Er atmete schwer – schwerer, als es nach dieser kurzen Strecke zu erwarten gewesen wäre. Sein Herz hämmerte und in seinen Ohren hörte er ein leises Klingeln.

Kade blieb so abrupt stehen, dass Sevs Schwung ihn vorwärtsschleuderte und sie fast gegeneinandergeknallt wären. Kades Körper war angespannt, so als ob er einen Hieb erwartete.

»Wieso entschieden?«, fragte Sev und versuchte, vernünftig zu klingen. »Ich habe mich nicht anwerben lassen – ich bin in die Armee *gepresst* worden. Ich hätte entweder als Soldat leben oder als Arbeiter in den feuchten Bergwerken von Ferro oder auf den sonnenverbrannten Feldern von Stel sterben können.«

Kades Augen sprühten Funken, und so dicht vor ihm konnte Sev bernsteinfarbene und rötliche Farbtöne in seiner Iris entdecken, die warm unter seinen schwarzen Wimpern und seiner kräftigen Stirn leuchteten. Sein vor Zorn verzerrtes Gesicht wirkte noch schärfer geschnitten.

»Das ist nicht die Entscheidung, von der ich gesprochen habe, Soldat«, presste Kade hervor. Er schüttelte Sevs Hand ab, die noch immer seinen Oberarm umfasst hatte, trat dann aber dichter an ihn heran und flüsterte: »Glaubst du, ich sehe nichts – und weiß nicht, was du bist, *Animage*?«

Sevs Herz wurde zu Stein und der Boden unter ihm schien zu schwanken. Er taumelte rückwärts. Kade wusste, dass er ein Animage war. Hatte Trix ihm das gesagt? Oder hatte er es so deutlich sehen lassen?

»Du kannst die Tiere streicheln und füttern, du kannst mit den anderen Leibeigenen reden und lachen, aber du bist keiner von uns. Du hast diesen Teil deiner selbst verleugnet – *dafür* hast du dich entschieden. Also versuch hier nicht, für beide Seiten zu spielen. Du kannst nicht Soldat und Freund von Animagen sein – hier gilt entweder oder.«

Sev hatte sich vor langer Zeit entschieden, so zu tun, als sei er kein Animage, seine Magie zu verbergen und die Folgen zu tragen. Er hatte sich dafür entschieden, ein Feigling zu sein, sich nicht um die Welt zu kümmern, denn das war leichter gewesen, als zu kämpfen. Es war das Überleben – so hatte er das jedenfalls gesehen.

Animagen wie Kade hatten eine andere Entscheidung getroffen. Sie riskierten lieber die Leibeigenschaft, als zu verbergen, wer sie waren, und ihre Tapferkeit beschämte ihn.

Das Schlimmste von allem war, dass es auch seine Eltern beschämte, die für ihn gestorben waren. Sie hatten sich für die Phönixreiter geopfert, für ihre Mit-Animagen, und indem er diesen Teil seiner selbst verleugnet hatte, hatte er auch seine Eltern verleugnet.

Plötzlich brannte es in seinen Augen, und ehe Kade noch mehr von seiner Schwäche sehen konnte, drängte er sich an ihm vorbei, stieß im Vorüberlaufen gegen Kades Schulter und taumelte in den Wald.

Sev lief zwischen den Bäumen hin und her und vergrub das Gesicht in den Händen. Die Erinnerungen senkten sich über ihn wie ein schwerer Umhang und plötzlich war er wieder zu Hause.

Dort, wo alles verloren gegangen war.

Das Ende des Blutkrieges lag zwei Jahre zurück. Animagen flohen aus dem Goldenen Imperium in die erst kürzlich separierte Provinz Pyra und Sevs Familie lebte dicht bei der Grenze. Sie wehrten die Truppen des Imperiums ab und halfen Familien, die vor der Verfolgung flohen.

Es gehe nicht so sehr um Politik, hatte sein Vater gesagt, sondern um Menschen. Indem Avalkyra Aschenfeuer sich zur Feindin des Imperiums gemacht hatte, hatte sie auch alle Animagen zu Feinden des Imperiums werden lassen – ob sie nun Reiter waren oder nicht. Die magische Registrierung wurde energisch durchgeführt, und das Imperium trieb Animagen in Scharen zusammen und warf ihnen vor, mit den Rebellen zu sympathisieren, nannte sie Verräter und Verschwörer.

Es war nur eine Frage der Zeit, bis die Soldaten Sevs Eltern und die anderen aus Hochbrück holen würden, ihrem kleinen Dorf. Aber zuerst holten sie Sev.

Er spielte gerade auf einer Wiese, als er in der Ferne die näher kommenden Soldaten sah. Seine Eltern hatten es ihm eingebläut: Wenn er Soldaten des Imperiums sah, sollte er sofort zum Haus rennen und sich in Sicherheit bringen.

Aber damals war Sev noch nicht der Feigling gewesen, der er heute war. Damals hatte Sev ein Held sein wollen.

Er war zwar noch klein gewesen, aber auf dem Bauernhof musste man arbeiten, sobald man gehen konnte. Morgens wurden zuerst die Büsche abgeerntet, damit sein Vater seinen berühmten Blaubeerstrudel backen konnte, oder er musste seiner Mutter helfen, im Garten Unkraut zu jäten. Dann musste er in Eimern Wasser für das Vieh holen und die Ochsen vor den Pflug spannen.

Zur Schneeschmelze im Frühjahr, wenn der Fluss über die Ufer trat und die Holzbrücke mitzureißen drohte, drehte Sev die Winde und zog die Brücke hoch, bis das Wasser sich zurückzog. Wenn sie hochgezogen war und sich der Fluss um ihren Hof schlängelte, hatte Sev das Gefühl, auf einer Insel zu sein, vor jeder Gefahr geschützt.

Als die feindlichen Soldaten näher kamen, wusste Sev, wenn er die Zugbrücke nur rechtzeitig erreichte, würde er die Soldaten lange genug aufhalten, damit sich alle auf dem Hof und in den nahe gelegenen Häusern in Sicherheit bringen könnten. Es war später Frühling, deshalb führte der Fluss noch immer hohes Wasser und konnte nicht so leicht durchwatet werden.

Wenn Sev das schaffte, würde er ein Held sein. Der Gedanke an die Gesichter seiner Eltern, die vor Stolz und Bewunderung strahlten, füllte sein Herz. Er stellte sich vor, wie die Leute aus dem Dorf ihn für seine Geistesgegenwart lobten, wenn sie sich in ihre Verstecke zurückzogen. Niemand würde verletzt werden. Niemand würde sterben. Und das alles wäre ihm zu verdanken.

Der Boden war schlammig und glatt, als er zum Flussufer hinunterrannte, und er rutschte das letzte Stück auf den Zugmechanismus zu. Die Soldaten waren viel näher, als es vom Hügel her ausgesehen hatte, und die Angst ließ seine Hände zittern, als er verzweifelt versuchte, die Kurbel zu drehen, die die Brücke hochhieven würde, während um ihn herum das Klirren von Metall und die schweren Stiefelschritte widerhallten. Sev drehte immer fester und keuchte auf, als der erste Regentropfen sein Gesicht traf.

Aus dem Tropfen wurde ein nebliger Schauer, der Sevs Hände von der metallenen Kurbel abrutschen und seine Füße immer tiefer im Schlamm versinken ließ.

Die Soldaten kamen auf dem anderen Flussufer zum Stillstand. Sev hatte die Brücke nur eine Handbreit hochziehen können und jetzt war es zu spät zur Flucht.

Er hörte einen Ruf – einen Befehl, wie er glaubte –, und ein Soldat trat mit angelegter Armbrust vor.

Sie war auf Sev gerichtet, aber er stand nur da, mit erstarrten Muskeln und nicht imstande, sich zu bewegen oder einen Gedanken zu fassen.

Dann zerriss ein wilder Schrei das Rauschen des Regens, und ein flammender Pfeil bohrte sich in das Herz des Schützen, ehe er abdrücken konnte. Sev fuhr herum und sah seine Mutter vorüberjagen, Feuer loderte von ihrem Phönix auf, als sie in rascher Folge ein Dutzend weiterer Pfeile auf die Soldaten des Imperiums herabregnen ließ. Die Männer zogen die Köpfe ein und hoben ihre Schilde, doch bevor Sev noch mehr sehen konnte, packten ihn starke Hände und hoben ihn hoch, hoch in die Luft.

Er saß vor seinem Vater auf dem Rücken des Phönix, als sie herumwirbelten und vom Kampfplatz davonjagten. Es war sein erster und einziger Flug auf einem Phönixrücken, und er hatte die ganze Zeit geweint und sich zu sehr gefürchtet, um über die schwindelerregende Höhe und das gewaltige Tempo zu staunen.

Ehe er wusste, wie ihm geschah, hatte sein Vater ihn auf dem Weg zu ihrem Haus abgesetzt.

»Alles wird gut, mein Sohn«, sagte er, sprang wieder auf seinen Phönix und wandte den Kopf, um Sev anzusehen. Seine Stimme war ruhig und sanft, wie immer, ganz gleich, dass sie angegriffen wurden und dass seine Frau die Soldaten allein abwehren musste. »Jetzt musst du, so schnell du kannst, zum Versteck rennen. Du weißt doch noch, wo das ist, oder? Hinter der Wegkreuzung links. Lauf jetzt, Sevro, und schau dich nicht um.«

Sev gehorchte, seine Stiefel glitten immer wieder auf dem verschlammten Weg aus. Aber als er oben auf dem Hügel ankam, verstieß er gegen den letzten Befehl seines Vaters und drehte sich um.

Die Phönixe seiner Eltern standen in hellen Flammen, setzten immer wieder zum Sturzflug an und hinterließen gefallene Männer und Feuerschneisen. Trotz seiner Angst wurde Sevs Herz leicht, als er sah, wie sie kurzen Prozess mit den Soldaten des Imperiums machten, die jetzt auseinanderstoben und den Rückzug antraten, zurück über die Hügel …

Und zu den starken Truppen ihrer Verstärkung.

Es waren zwei-, dreimal so viele wie in der ersten Einheit, die Soldaten kamen in Wellen über den Hügelkamm. Das erste Regiment war offenbar die Vorhut gewesen und jetzt war am Horizont eine größere Heereseinheit zu sehen.

Hinter Sev rannten Leute aus dem Dorf und Landarbeiter hin und her, um die Wagen mit allen Tieren und Vorräten zu beladen, die sie zusammenbringen konnten. Wenn Sevs Eltern die Soldaten nicht aufhalten könnten, würden sie den Fluss überqueren und unter diesen Menschen, mit denen Sev aufgewachsen war, seinen Freunden und Nachbarn, Vettern und Cousinen, ein furchtbares Gemetzel anrichten.

Er wandte seine Aufmerksamkeit wieder dem Kampf zu und sah seine Eltern hoch oben am Himmel fliegen, sie kreisten und gaben sich gegenseitig Zeichen. Die Brücke brannte jetzt, aber die vorrückenden Soldaten hatten mit Kriegsmaschinen, Leitern und Katapulten beladene Wagen. Der Fluss würde sie nicht aufhalten. Nichts würde sie aufhalten.

Und Sev wusste im tiefsten Herzen, was seine Eltern vorhatten. Vielleicht blieb er deshalb stehen und sah zu. Vielleicht wusste er, dass er sie nun zum letzten Mal sah.

Langsam brannten die Phönixe seiner Eltern stärker, heller … sie glühten wie die tief am Himmel stehende Sonne. Bald konnte er sie oder seine Eltern nicht mehr durch die Luft fliegen sehen – er sah nur noch Feuer und Licht.

Mit einem Knistern und einem Schrei, der sich für immer in Sevs Erinnerung einätzte, stürzten seine Eltern herab und jagten wie lodernde Pfeile auf die feindlichen Soldaten zu. Sie landeten in einer feurigen Explosion, deren Hitzewelle Sev noch mehrere Hundert Fuß entfernt von den Füßen riss. Als er wieder auf die Beine kam, gab es nur noch Flammen – Soldaten rannten, schrien, und um ihn herum hatten die Felder Feuer gefangen.

Sev rannte los, wie sein Vater es ihm gesagt hatte. Er wusste, dass sich das Feuer ausbreiten würde, es würde ihr Wohnhaus, die Ställe und die Blaubeersträucher verschlingen. Alles, was Sev jemals gekannt hatte. Er folgte der Straße und versuchte, die Leute aus dem Dorf einzuholen … aber erst als es dunkel wurde und er weder das

Versteck noch die Wagen erreicht hatte, begriff er, dass er bei der Weggabelung in die falsche Richtung gelaufen war.

Er landete in einem kleinen Dorf ein Stück flussabwärts, einem Dorf, das sich bereits im Besitz des Feindes befand. Er wurde zur Kriegswaise erklärt, mit einer Handvoll anderer Kinder in einen Wagen gepackt und nach Aura Nova gebracht. Er lernte bald, dass es im Imperium überhaupt nicht gut war, ein Animage zu sein, deshalb verbarg er seine wahre Identität. Er lernte auch andere Dinge – wie man nicht auffiel, weder den größeren Jungen aus dem Waisenhaus, die nach Unterhaltung suchten, noch den Soldaten auf der Straße, die ihre Quote erfüllen mussten, und wie man bettelte, borgte und stahl. Er lernte zudem das Wegschauen, wo der frühere Sev stehen geblieben wäre und gekämpft hätte.

Er lernte, ein Feigling zu sein.

In gewisser Weise war er seit jenem letzten Tag auf dem Hof auf der Flucht – und befolgte endlich den letzten Befehl seiner Eltern. Rennen und sich verstecken. In Sicherheit bleiben.

Schließlich lag es am Hunger, dass er gefangen wurde, nicht an seiner Magie. Er war dabei erwischt worden, wie er aus einem Bäckerkarren stahl, und als er vor den ausgestreckten Händen des Bäckers davonlief, stieß er gegen den beladenen Wagen eines Kaufmanns. Die Zugpferde schreckten zurück, der Wagen kippte um – und stürzte auf einen Soldaten des Imperiums. Im Nachhinein hatte sich Sev oft gefragt, ob er es hätte verhindern können, wenn er seine Magie benutzt hätte, um die Pferde zu beruhigen. Aber das hatte er nicht und jemand hatte deshalb sein Leben verloren.

Sev wurde des Mordes an dem Soldaten angeklagt und noch am selben Abend in das Gefängnis von Aura Nova geschafft. Am nächsten Tag wurde er vor die Wahl gestellt: sich lebenslang für die Armee zu verpflichten oder sich als Zwangsarbeiter zu Tode zu schuften. Sev hatte Schreckensgeschichten über die Straflager gehört, aber zu den Soldaten überzulaufen, die seine Eltern getötet hatten? Es war ihm vorgekommen wie die härteste Entscheidung seines Lebens, als er sich seinen Feinden angeschlossen hatte, um zu überleben.

Jetzt war er nicht mehr so sicher. Vielleicht hatte Kade recht. Vielleicht hatte er eine viel schlechtere Entscheidung getroffen, als er einen Teil seiner selbst verleugnet hatte.

Sev schüttelte den Kopf. Es war zu spät zur Umkehr. Jetzt konnte er sich nur noch vorwärtsbewegen. Er hatte genug von den Schuldgefühlen und den Vorwürfen und Trix' irrsinnigen Plänen. Sollte sie den Soldaten doch sagen, was er war: Er würde längst weg sein, ehe das alles eine Rolle spielte. Trix nahm an, dass er nachts fliehen würde – das wäre schließlich logisch –, aber Sev hatte keine Lust, logisch zu sein.

Der Entschluss zähmte das in ihm lodernde Feuer und er konnte klarer denken.

Im Schutz der Bäume sah er zu, wie das Lager zum Leben erwachte, wie die Lamas gefüttert und getränkt und dann wieder mit ihren Lasten bepackt wurden. Zelte wurden abgebrochen, Mahlzeiten verzehrt, und bald machte sich ihre Abteilung auf den Weg.

Mehr als einmal schaute Kade sich in Richtung der Bäume um, zwischen denen Sev verschwunden war. Er flüsterte Tilla und Corem etwas zu – er fragte nach *ihm*, vermutete Sev –, aber die zuckten nur mit den Schultern und schüttelten den Kopf.

Sev grinste düster. Er war vielleicht ein miserabler Soldat und ein hoffnungsloser Animage, aber wie man sich versteckt, wusste er immerhin.

Als die Packtiere hintereinander losmarschierten, angeführt von Kade, schlüpfte Sev wieder zwischen den Bäumen hervor. Die Tiere bildeten immer die Nachhut ihres Zuges, während die Soldaten den Weg vor ihnen frei machten. Neben den Tieren würden etliche Wachen einhergehen und auf die wertvolle Ladung aufpassen, aber im Moment waren sie noch nicht zur Stelle. Selbst die Wachen der Nachhut hatten noch keine Position bezogen. Vor dem Aufbruch herrschte immer Chaos, Nachzügler eilten herbei, es gab Verwirrung und Gebrüll.

Es war perfekt.

Ehe Sev sich die Sache noch einmal überlegen oder zögern konnte, hatte er sich schon hinten an die Lamareihe angeschlichen und die Zügel des nächststehenden Tieres gepackt, um es dann vorsichtig beiseitezuführen. Es war mit mehreren Getreidesäcken und einigen Soldatenrucksäcken beladen.

Während der restliche Zug vorrückte, blieb Sev stehen und gab vor, an seinem Gürtel etwas in Ordnung zu bringen und die anderen Soldaten vorbeizulassen. Das Gras hier war dicht, die Halme wogten hin und her, als die Abteilung vorüberzog. Dank der schweren Kästen und hoch aufgetürmten Tonnen, die den Blick versperrten, war es leicht, im Gewirr der Menschen und Tiere und im Lärm des Aufbruchs verloren zu gehen.

Als niemand in seine Richtung schaute, schlüpfte Sev wieder zwischen die Bäume, zog das Lama hinter sich her und verschwand zwischen Farnwedeln und tief hängenden Zweigen.

Sein Herz hämmerte bis in seine Ohren, das Adrenalin pochte so laut in seinen Adern, dass er die Schritte, die ihm folgten, nicht hörte.

Ein Pfeil durch das Herz,
und meine Welt ging in Flammen auf.

– Kapitel 16 –
VERONYKA

Die ersten Tage in Azurecs Adlerhorst zerflossen ineinander; das Einzige, woran Veronyka klare Erinnerungen hatte, war das Essen. In ihrem ganzen Leben hatte sie noch nie so viel essen dürfen, wie sie wollte, und das bei jeder Mahlzeit des Tages, wobei die süßen Kuchenstücke und die frischen Brötchen, die Morra ihr zusteckte, wenn sie an der Küche vorbeikam, gar nicht mitgerechnet waren. Die Köchin mochte den Anblick unterernährter Menschen nicht – schon gar nicht, wenn es sich um pyrenische Kinder handelte.

Die Erkenntnis, dass sie noch nie in ihrem Leben richtig satt gewesen war, traf Veronyka wie ein Schock. Zugleich überkam sie Mitleid mit dem Mädchen, das sie gewesen war, hungrig und verängstigt und allein. Schuldgefühle drangen an die Oberfläche, wenn sie daran dachte, dass es Val wohl immer noch so erging, aber sie weigerte sich, diesen Gefühlen nachzugeben. Sie hätten dieses Leben teilen können, wenn Val jemals auf sie gehört oder ihren Entscheidungen Bedeutung beigemessen hätte. Veronyka hatte sich diesen Luxus verdient und war entschlossen, ihn zu genießen.

Bei ihrer Arbeit als Stallbursche hatte sie viel zu tun, sie musste alles Mögliche erledigen und sich von früh bis spät um die Tiere kümmern. Abends war sie dann meistens so müde, dass sie ins Bett fiel –

was ihr zunächst in einem Raum, den sie mit zwanzig anderen teilte, schwergefallen war. Es bedeutete auch, dass sie ihre geistigen Sperren verstärken musste, um nicht von Träumen von Familien, Leiden- und Liebschaften gequält zu werden, die nicht ihre eigenen waren.

Ihre Pflichten führten sie überallhin in Festung und Dorf. Sie war nicht nur für das Ausmisten der Ställe zuständig, wie sie erwartet hatte; sie war verantwortlich für das Wohlergehen jedes Tieres, das es hier gab. Das waren die Pferde, die Jagdhunde, die Lamas, die Wolle gaben und als Lasttiere dienten, und die Tauben, die Botschaften über den Berg trugen. Sie sorgte für Ziegen, Kaninchen, Hühner und sogar für die Katzen, die die Festung von Ratten und Mäusen befreiten.

Anfangs war es seltsam gewesen, jeden Tag so viele Menschen zu sehen – und seltsamer noch, dass sie immer lächelten und ihr freundlich zunickten. Die meisten Dienstboten, Wachen und die anderen Bewohner von Festung und Dorf kamen entweder aus Montascent oder aus Petratec, den nächstgelegenen Orten auf dem Pyrmont. Es gab einige wenige, die aus tiefer gelegenen Gegenden stammten – wie Veronyka –, aber es war gefährlich, so dicht bei der Grenze Leute anzuwerben. Mit ihrem Zusammenschluss hatten die Menschen aus Montascent und Petratec – die sonst ziemlich isoliert und abgeschieden lebten – Zugang zu Arbeit und Vorräten, und der Adlerhorst hatte die Helfer, Kämpfer und Handwerker, die es brauchte, ohne seine Entdeckung zu riskieren.

Die Folge war eine vertrauliche, freundliche Atmosphäre – und Veronyka war überrascht darüber, wie sehr sie sich hier zu Hause fühlte. Sie war daran gewöhnt, den Kopf gesenkt zu halten, um nicht aufzufallen, und in Vals Schatten zu bleiben, aber hier konnte sie zusehen und staunen und den ganzen Tag Fragen stellen. Sie lernte in ihrer ersten Woche mehr als in den Jahren davor und nur sehr wenig davon hatte mit Tieren oder Magie zu tun. Am ersten Tag hatte sie sich ziemlichen Ärger eingefangen, weil sie einfach durch den Gemüsegarten der alten Ana gelaufen war, aber am vierten Tag holte Ana sie dazu, um Kartoffeln zu ernten und das hölzerne Spalier zu reparieren, an dem Gurken und Zuckererbsen wuchsen. Veronyka hatte Tage vor der Schmiede herumgelungert, ehe sie den Mut aufgebracht hatte, den ferronesischen Schmied nach seinem Handwerk zu fragen, aber nun wusste sie genau, welchen Farbton glühendes Eisen aufweisen musste, um verarbeitet werden zu können, und was der Unterschied zwischen Schmieden, Schweißen und Schleifen war.

Das Beste aber war, dass sie ihre Tage im Freien verbrachte, statt in einer Hütte herumzusitzen. Und immer, wenn ein Phönix im Training oder bei der Wachablösung mit seinem Reiter durch die Luft jagte, machte ihr Herz einen Sprung – nur um dann wie ein Stein abzusacken. Xephyra hätte hier bei ihr sein müssen. Sie hätten gemeinsam durch die Luft jagen müssen. Selbst bei dem Gedanken, sich eines Tages den Reitern anzuschließen, verspürte sie eine Mischung aus Freude und Trauer, als ob die Suche nach einer neuen Verbündeten ein Verrat an Xephyra wäre.

Oft sah sie Tristan zwischen den Lehrlingen, seine starren Schultern und seine zusammengebissenen Zähne ließen ihn sogar aus der Ferne auffallen, und sie konnte nichts gegen den Stich der Abneigung tun, den sie spürte, wann immer sie ihn erblickte. Er war so sehr bereit dazu gewesen, nur Schlechtes in ihr zu sehen, hatte sich alle Mühe gegeben, um ihre Geschichte zu widerlegen und zu verhindern, dass sie hierbleiben durfte. Was, wenn er den anderen Reitern einredete, sie tauge nichts, und sie gegen sie aufbrachte? Sie würde einen von ihnen als Förderer brauchen, wenn das nächste Mal Lehrlinge aufgenommen würden, und sie wollte eine faire Chance, sich als würdig zu erweisen.

Das Problem war, dass sie damit nicht allein war.

Außer ihr gab es noch fünf andere Stallburschen und alle waren Animagen. Sie bezweifelte nicht, dass jeder auf eine Möglichkeit wartete, als Lehrling aufgenommen zu werden, so wie sie auch, und das führte zu einer etwas angespannten Rivalität.

»Kann ich dir helfen?«, fragte sie Petyr eines Morgens, als sie schon einige Wochen im Adlerhorst war. Sie sattelten gerade die neuen Pferde, die der Kommandant kürzlich gekauft hatte, und machten sie bereit für die Begegnung mit ihren neuen Reitern – den Lehrlingen.

Petyr, ein Junge aus Petratec, hatte Probleme damit, Wind den Zaum anzulegen – dem widerspenstigsten Pferd und Veronykas Liebling. Wind, stolz und starrköpfig, hielt den Kopf hocherhoben und sein Maul sorgfältig aus Petyrs Reichweite heraus.

Petyr ignorierte Veronykas Angebot, drehte die nächststehende Tonne um und stieg darauf, um höher greifen zu können. Veronyka biss sich in die Lippe und ahnte schon, was passieren würde. Wind senkte gehorsam den Kopf – und stieß Petyr dann gegen die Brust und warf ihn von seinem Untersatz. Petyr ging mit einem Schrei zu Boden und alle im Stall schauten zu ihnen herüber.

Veronyka stürzte zu ihm, um ihm beim Aufstehen von dem mit Heu bedeckten Boden zu helfen, und sah Wind dabei kurz strafend an.

Jana kam angelaufen und brauchte nur einen Blick auf das Pferd, um zu wissen, was geschehen war. »Überlass Wind Nyk, Petyr, und hilf Loran bei einem der umgänglicheren Tiere.«

Petyr achtete nicht auf Veronykas ausgestreckte Hand, sondern sprang auf und stürmte davon.

Veronyka seufzte und bückte sich nach dem Zaum.

So war es immer.

Sie hatte ihre Begabung gleich zu Anfang unter Beweis gestellt, und Jana, die aus einer alten Sippe stellanischer Pferdezüchter stammte, setzte sie immer gern dann ein, wenn eine herausfordernde Situation das verlangte. Veronyka wollte nur helfen, aber sie konnte verstehen, dass ihre Begeisterung – und ihre Fähigkeiten – negativ auf die anderen wirken konnten, die jetzt ihretwegen immer wieder übergangen wurden. Sie versuchten ebenfalls, sich zu bewähren, deshalb gab sich Veronyka alle Mühe, nicht darauf zu achten, wenn die anderen

Stallburschen untereinander tuschelten oder im Speisesaal ohne sie ihre Mahlzeiten einnahmen. Sie war sicher, dass sie sich im Laufe der Zeit wenn schon nicht ihre Zuneigung, dann doch den Respekt der anderen verdienen würde. Das hoffte sie wenigstens.

»Wir sind ja wohl die, die alle am wenigsten mögen, was, Wind?«, murmelte sie und strich über die glatten Flanken des Hengstes. Sie wühlte in ihren Taschen und zog eine Möhre heraus, die sie sich von der alten Ana erbettelt hatte, ehe sie an diesem Morgen zum Dienst erschienen war.

Wind wollte nach der Möhre schnappen, aber Veronyka hielt sie außer Reichweite. »Nur wenn du brav bist«, sagte sie streng und zeigte ihm den Zaum. Er schnaubte, dann senkte er widerstrebend den Kopf.

Veronyka grinste.

Sie und die anderen Stallburschen führten die Pferde – es waren insgesamt zehn – hintereinander durch das Dorf und dann bei der Treppe zur Raststätte auf die Weide hinter der Mauer. Die Pferde waren bei einem Züchter im Vorgebirge gekauft worden, der sich darauf spezialisiert hatte, die eleganten stellanischen Vollblüter mit den kräftigeren Bergpferden zu kreuzen.

Eine Reihe von Tonnen, Steinen und anderen Gegenständen war auf der Weide aufgestellt worden und dort am Rand warteten Tristan und die restlichen Lehrlinge. Als Tristans Blick auf Veronyka fiel, runzelte er die Stirn, aber seine Miene änderte sich, als er die Pferde hinter ihr sah. Er spannte die Wangenmuskeln an, während er und die anderen Lehrlinge von einem Fuß auf den anderen traten und die Hälse reckten, um mehr zu sehen. Eine Mischung von Empfindungen stieg von ihnen auf, Erregung, Angst und Spannung trafen Veronyka wie Wellen, die gegen eine Pier schlagen. Sie hatte seit ihrer Begegnung mit Morra ihren Geist verschlossen gehalten, aber die Spitzen dieser aufgewühlten Gefühle durchdrangen das Bollwerk trotzdem.

Veronyka und die anderen führten die Pferde auf eine improvisierte Koppel und ließen sie dort warten. Eine Meute von Jagdhunden war schon dort und lief zwischen den Beinen der Pferde hin und her; auf einem Fass war ein Käfig voller Brieftauben abgestellt worden. Veronyka schaute sich um und sah, wie Jana einen Kasten voller Kaninchen im Gebüsch versteckte. Was ging hier vor?

Gleich darauf tauchte der Kommandant am Dorftor auf und führte seinen Schecken Kattun auf die Lehrlinge zu. Alle verstummten, als die beiden eintrafen, und in der nun folgenden Stille erklärte der Kommandant das ziemlich seltsame Manöver, das hier vorbereitet worden war.

Wenn die Reiter auf einen Nachtflug befohlen wurden – oder auf einen Flug über eine weite Entfernung –, wurden sie oft von einem Bodentrupp mit Packtieren und zusätzlichen Vorräten begleitet. Die Phönixe brauchten Ruhepausen, ebenso wie die Reiter, deshalb war einiges an Proviant vonnöten. Die Reiter gingen auch bisweilen zu Pferd auf Erkundungstouren. Auf diese Weise konnten sie dichter bevölkerte Gegenden erkunden, während die Phönixe aus der Sicherheit der Luft Bericht erstatteten. Als Animagen mussten die Reiter nicht nur die Herren der mit ihnen verbündeten Tiere sein – sondern die *aller* Tiere in ihren Diensten, und das galt auch für Brieftauben und sogar für die Hunde, die sie mit auf die Jagd nahmen.

»Die Beherrschung der Pferde«, sagte nun der Kommandant, »ist seit Jahrhunderten ein wichtiger Teil der Reiterausbildung. Als höchstrangige Krieger wurden Reiter im Boden- und im Luftkampf trainiert. Während die meisten von euch gute Pferdereiter sind, hat noch keiner von euch geübt, alle eure Tiere gleichzeitig zu befehligen.«

Veronyka spitzte die Ohren – endlich würde sie echte Magie sehen. Was sie bisher von der Ausbildung gesehen hatte, schien sich eher auf die Fähigkeiten als Krieger denn auf die als Animagen zu konzentrieren. Das zu beobachten hatte sie entmutigt, da sie keine Erfahrung mit Waffen oder im Kampf hatte. Wenn sie jemals bei den Reitern eintreten könnte, würde sie deshalb gewaltig im Nachteil sein. Ihre beste Fähigkeit war ihre Magie, und sie hätte zu gern gesehen, wie weit sie sich mit den anderen darin messen konnte.

»Das Pferd eines Phönixreiters muss sich nicht nur in Anwesenheit seines Reiters wohlfühlen, sondern auch in der aller anderen Tiere, die sein Herr einsetzt – und das gilt natürlich auch für seinen Phönix. Das ist keine einfache Aufgabe und ihr werdet Wochen der Disziplin und des Trainings benötigen. Genau damit fangen wir jetzt an.«

Ein warmer Windstoß fuhr durch Veronykas Haare, als ein Phönix vor ihnen auf dem Boden landete.

Es war der des Kommandanten, Maximian. Maximian war offenbar die ganze Zeit hoch über ihnen gekreist oder hatte auf einem der gezackten Felsen gehockt, die sie von hier aus nicht sehen konnten. Obwohl Veronyka ihn im Gedränge auf der Lichtung am Hang schon einmal aus der Nähe gesehen hatte, konnte sie erst jetzt, in diesem offenen Gelände, richtig sehen, wie prachtvoll er war. Er war kein junges Tier, wie Xephyra es gewesen war, noch immer klein genug, um sich in Veronykas Arme zu schmiegen. Das hier war ein ausgewachsener Phönix, am Boden im Licht der Morgensonne ebenso majestätisch wie auf seinen Feuerschwingen in der Luft. Sein Gefieder wies mehr Rottöne auf, als Veronyka in ihrem ganzen Leben je gesehen hatte, jede Feder schimmernd und leuchtend wie ein Edelstein, mit feurig orangen und strahlend gelben Spitzen auf der Krone und an den langen Schwanzfedern. Der Brustkorb dieses Phönix war so groß wie der der Pferde hinter ihnen, die beim Anblick des gewaltigen Feuervogels loswieherten, und seine Flügelweite war doppelt so lang wie sie. Er ähnelte von seinem Körperbau her einem Adler, mit kräftigen, weit auseinanderstehenden Beinen und einem kurzen, starken Hals. Seine Augen funkelten wie schwarze Juwelen und sein gekrümmter Schnabel leuchtete wie Gold.

Einer der Stallburschen hatte ihr erzählt, dass Cassian sich nach dem Krieg freiwillig in Gefangenschaft begeben hatte. Er hatte behauptet, sein Verbündeter sei im Kampf gefallen, damit sich Maximian irgendwo in den Bergen in Sicherheit bringen konnte. Manche Verbündetenpaare blieben über Tausende von Meilen hinweg in magischem Kontakt, je nachdem, wie stark ihre Bindung war. Wenn es eine dauerhafte Verbindung war, dann waren Dinge wie Blickkontakt und physische Nähe, die wichtig waren, wenn man Tier- oder Schattenmagie einsetzen wollte, von sehr viel geringerer Bedeutung. Aber es war auch alles andere als leicht. Veronyka hatte es nicht gewusst, als sie noch zusammengelebt hatten – Val war die Wahrheit viel später aus Versehen herausgerutscht –, aber zu ihrer Zeit in Aura Nova war die Phönice ihrer Maiora noch am Leben gewesen. Um Val und Veronyka zu beschützen und ihre Identitäten als Animagen zu verbergen – und die eigene als Reiterin und ehemalige Dienerin von Avalkyra Aschenfeuer –, war ihre Großmutter in der Hauptstadt geblieben, während ihre Phönice sich in Pyra aufhielt. Die Gefangennahme der Maiora hatte den Phönix an ihre Seite gelockt, und er war bei dem Versuch, seine Verbündete zu verteidigen, ums Leben gekommen.

In den Wochen nach deren Tod hatte Veronyka oft um ihre Maiora geweint, aber später weinte sie dann auch um den Phönix. Sie fragte sich, wie viele andere wohl noch so lebten … von ihren Verbündeten getrennt, um der Verfolgung zu entgehen, oder aufgrund von Leibeigenschaft und Reisebeschränkungen am Zusammensein gehindert. Einige Reiterinnen und Reiter hatten sich vielleicht entschieden, mit ihren Familien zu leben anstatt mit ihrem Phönix, und konnten das Imperium nicht verlassen oder nur dort ihr Brot verdienen. Es war ein düsterer Gedanke, der überhaupt nicht zu dem blauen Himmel und dem Anblick des Phönix vor ihr passte.

»Ihr werdet zusehen, wie Maximian und ich die Hindernisbahn absolvieren, und es uns dann nachtun. Ich erwarte beim ersten Versuch keine Perfektion – aber ihr solltet sie von euch selbst erwarten.«

Ermutigend, dachte Veronyka, als sich eine weitere Welle von Empfindungen von den Lehrlingen her über sie ergoss. Sie war noch nie von so vielen Animagen umgeben gewesen, deren Gefühle stark und deren Magie mächtig war und gegen sie anschlug wie ein Sturmwind. Sie wünschte nicht zum ersten Mal, dass Val ihr mehr über Schattenmagie beigebracht hätte.

Der Kommandant brachte die Hindernisse geschickt hinter sich, aber sie wirkten auch relativ einfach – wenn man nur auf dem Pferd saß. Aber darum ging es bei dieser Übung ja nicht. Ehe er losritt, ließ er ein Tor in der Koppel und einen Taubenkäfig öffnen, rief einen Jagdhund herbei und befahl eine Brieftaube auf seine Schulter. Die Bahn zu absolvieren, während über einem ein Phönix kreiste, während man zugleich einen nervösen Vogel auf seiner Schulter beruhigen musste und einen eifrigen Hund neben sich herlaufen hatte, war dagegen etwas ganz anderes.

Die ganze Zeit sprach der Kommandant ruhig, aber laut und erklärte ausführlich, was er machte und warum es wichtig war.

»Ihr müsst das Pferd ohne die Zügel lenken, damit eure Waffen immer in Reichweite sind«, sagte er und griff zu seinem Bogen, um eine Zielscheibe im ersten Abschnitt des Parcours zu treffen. Veronyka warf Petyr einen Seitenblick zu … der Zaum war offenbar überhaupt nicht nötig.

Als Nächstes setzte der Kommandant über mehrere Fässer hinweg und sorgte währenddessen dafür, dass die Taube ruhig und entspannt auf seiner Schulter saß und sein Hund nicht zu den Kaninchen im Käfig hinüberrannte, deren Geruch ihn auf quälende Weise ablenkte. Der Phönix kreiste weiter am Himmel, diente als Pfadfinder und Führer und informierte ihn über näher kommende Reiter oder Bedrohungen.

»Doch irgendwann«, sagte der Kommandant, der nun nach seiner Runde um die mehr oder weniger ovale Bahn zu den anderen zurückkehrte, »kann der Tag kommen, an dem Pferd und Phönix zusammenarbeiten müssen, und wie wir alle wissen, wo ein Phönix ist, ist auch Feuer.«

Eine stechende Angst durchbohrte Veronykas mentale Sperren, so plötzlich und so mächtig, dass sie herumfuhr und nach dem Ursprung Ausschau hielt. Tristan stand direkt hinter ihr, er biss die Zähne ganz fest zusammen, auf seiner Stirn stand Schweiß. Stammte die Angst von ihm oder von einem der anderen in der Nähe stehenden Lehrlinge?

Maximian setzte plötzlich zum Sturzflug an und stieß einen ohrenbetäubenden Schrei aus, während sein gesamter Leib in Flammen aufging. Dieser Anblick war so beeindruckend, dass Veronyka fast ihre Pflichten vergessen hätte. Hastig schickte sie verspätete beruhigende und beschwichtigende Gedanken an die nervösen Pferde, die hinter ihr in der Koppel mit den Hufen stampften.

Das Pferd des Kommandanten hielt stand, seine Nüstern blähten sich, ansonsten aber zeigte es keine Spur von Furcht. Der Phönix landete nur wenige Handbreit vor ihnen, sein brennendes Gefieder verwandelte die Luft um sie herum in knisternde Hitzewellen. Dann senkte er zu Veronykas großer Überraschung vor Ross und Reiter sein gewaltiges Haupt. Der Kommandant schwang sich aus dem Sattel und streichelte den flammenden Hals seines Phönix. Xephyra war zu jung gewesen, um sich zu entzünden, und obwohl Veronyka wusste, dass der Schutz vor dem Phönixfeuer zur Bündnismagie gehörte, staunte sie doch darüber, dass die Hitze keinerlei Wirkung auf den Kommandanten hatte.

Mit einem letzten Flügelschlag ließ Maximian seine Flammen erlöschen und der Kommandant drehte sich zu den Lehrlingen um.

»Für heute verzichten wir auf das Finale und konzentrieren uns darauf, die Hindernisbahn ohne Zwischenfall hinter uns zu bringen. Und jetzt sucht euch ein Reittier.«

Veronyka und die übrigen Stallburschen traten zur Seite, als die Lehrlinge durch das Tor auf die Koppel kamen. Die Brieftauben und die Hunde wurden von allen geteilt, jedes Pferd aber würde nur einem Reiter gehören, deshalb musste sich jeder Lehrling sorgfältig ein Tier aussuchen, das zu ihm passte.

Sofort füllte sich die Luft in Veronykas Nähe mit der Tiermagie jedes Lehrlings, ihre gedanklichen Gespräche mit den Pferden klangen wie geflüsterte Worte, die nur gerade außer Hörweite waren. Obwohl Veronyka den Lehrlingen oft über den Weg lief, meistens in den Ställen oder bei den Mahlzeiten, kannte sie noch keinen besonders gut. Einige Gesichter konnte sie jedoch mit Namen verbinden – sie kannte natürlich Tristan und Elliot, den Gehilfen des Truchsesses. Sie sah Elliot oft, wenn er durch die Festung ging, entweder dicht hinter Beryk oder wenn er zu allen möglichen Tageszeiten mit Botengängen beschäftigt war. Sie kannte Anders – groß und schlaksig, mit abstehenden Ohren und fast immer einem Lächeln im Gesicht – und Ronyn, einen von den pyrenischen Lehrlingen. Als sie nun seine kurz geschorenen schwarzen Haare betrachtete, fragte sie sich, ob er sich wohl so wie sie die Zöpfe abgeschnitten hatte, um zu den Reitern zu gehen, oder ob er niemals welche gehabt hatte.

Während Jana umherging und den Lehrlingen erklärte, welches Pferd welche Fähigkeiten oder Temperament hatte, warteten Veronyka und die restlichen Stallburschen am Rand der Koppel, für den Fall, dass ein Lehrling Fragen hatte oder ein Pferd sich danebenbenahm.

Immer, wenn ein Lehrling auf Wind zutrat, stampfte er mit den Hufen auf, warf den Kopf in den Nacken und schnaubte wütend, bis der Lehrling weiterging. Veronyka hatte schon Angst, dass niemand sich für ihn entscheiden und er dann zum Züchter zurückgeschickt werden würde.

Während Winds Laune die anderen Lehrlinge zu vertreiben schien, wurde Tristan davon angezogen. Er sah gespannt zu, wie das Pferd seine Kameraden einen nach dem anderen entmutigte, runzelte nachdenklich die Stirn und trat dann selbst vor.

Die Lehrlinge unterschieden sich vom Alter und von den Fähigkeiten her, aber Tristan war eindeutig einer der besten. Jeden Morgen, wenn Veronyka die Lehrlinge zum Frühstück rennen sah, war Tristan vorn. Wenn sie mit ihren Waffen auf dem Exerzierhof trainierten, besiegte Tristan jeden Gegner, sei es ein anderer Lehrling, ein Meisterreiter oder sogar ein schwer bewaffneter Wachtposten. Er war ein hervorragender Bogenschütze, beherrschte Speer und Messer und den Einzelkampf, und Veronyka wartete nun neugierig, ob seine Fähigkeiten auch seine Magie umfassten.

Er ließ Wind seine kleine Nummer aufführen und strahlte dabei Ruhe und Standhaftigkeit aus. Endlich beruhigte sich das Pferd, und Tristan trat dicht genug heran, damit es an seinem Gesicht und an seinen Händen schnuppern konnte. Als deutlich wurde, dass Wind nicht beißen würde, streichelte Tristan die lange gescheckte Nase des Pferdes. Dann zog er eine Möhre aus der Tasche, und Veronyka konnte ein Grinsen nicht unterdrücken, als Wind an Tristans Arm schnupperte und sich dann die Möhre schnappte.

Wind hatte ganz sichtlich seinen Reiter gefunden – und Tristan sein Reittier.

Durch diese rasche Kontaktaufnahme neugierig gemacht, näherte sich Veronyka Wind geistig, um seine Einschätzung Tristans zu erfahren. War seine Zuneigung mit einer Möhre erkauft worden oder hatte der starrköpfige, übellaunige Wind in dem starrköpfigen, übellaunigen Tristan einen verwandten Geist erkannt?

Um mit einem Tier zu kommunizieren, mussten Animagen eine Tür oder ein Portal in ihren mentalen Mauern öffnen, einen Durchlass für die Magie. Diese Portale waren vorübergehend und verschwanden fast sofort wieder, wenn die Animagen sie losließen – außer natürlich, sie galten Verbündeten. Dann waren die Portale dauerhaft, stark und fest. Bis sie mit Gewalt geschlossen wurden.

Veronyka holte tief Luft und fand Winds Bewusstsein, eine vertraute Mischung aus sanft und stur. Je mehr sie mit einem Tier kommunizierte, umso einfacher ließ sich das Portal öffnen, und der Austausch mit Wind geschah fast mühelos.

Das Problem bei einer solchen Kommunikation war, dass die

Animagen dabei verletzlich wurden. Wenn sie sich nicht voll und ganz konzentrierten, konnte das Geplapper anderer Tiere aus Versehen durchschlüpfen, die Verbindung zu dem ersten Tier schwächen und es erschweren, die Kontrolle zu behalten.

Und wenn die Animagen noch dazu über Schattenmagie verfügten? Dann waren die Gedanken der Tiere nicht ihr Hauptproblem.

Ehe Veronyka wusste, was passierte, drangen Tristans Gedanken durch ihre geistige Sperre.

Sie empfing diese Gedanken durch Wind – so kam es ihr jedenfalls vor. Sie hörte nur Tristans Austausch mit dem Pferd, aber nicht alles, was in ihm vor sich ging.

Es waren keine projizierten Gefühle, wie ab und zu ein Wort oder ein Empfindungsfetzen, die die anderen Lehrlinge unbewusst in die Luft absonderten. Veronyka war auf irgendeine Weise in das Portal geraten, das Tristan zwischen sich und Wind geöffnet hatte. Sie wusste, dass sie sich zurückziehen müsste – sie wollte die beiden doch nicht belauschen –, aber sie tat es nicht.

Es war auf seltsame Weise aufregend, die Magie anzuwenden, die sie ihr Leben lang bekämpft hatte – auch wenn sie nicht so ganz wusste, was sie hier tat. Aber nach einem Moment der Verwirrung fand sie in einem Nebel aus konfusen Gefühlen und fremden Gedanken den roten Faden in Tristans Austausch mit Wind. Er sandte Wellen von Schmeicheleien und Lobesworten aus, von Ermutigungen und dem Versprechen, Wind gut zu behandeln. Sie hörte sogar die Wörter »xe xie« heraus.

Tristan sprach so zu dem Pferd, wie sie selbst zu einem befreundeten Tier sprechen würde – nicht befehlend oder als Herrscher, sondern voller Güte und Respekt. Das überraschte sie, so jähzornig und herablassend, wie er ihr gegenüber auftrat. Aber in dem Moment, als ihre Achtung vor Tristan stieg, trat der Kommandant hinter ihn, und der Charakter von Tristans unausgesprochenen Wörtern schlug um. Sie wurden hart, fest und gebieterisch.

Wind bäumte sich sofort auf und Veronyka wurde aus seinen Gedanken hinausgeworfen und auch von Tristans getrennt.

Sie runzelte die Stirn. Im einen Moment war er freundlich, im nächsten brutal.

Als der Kommandant weiterging, entspannte sich Tristans starre Haltung, und Veronyka nahm an, dass ihnen hier im Umgang mit den Tieren strikte Kontrolle beigebracht wurde, auch wenn sie das niemals wirkungsvoll gefunden hatte. Den dauerhaften Respekt eines Tieres zu gewinnen, statt auf sofortigem Gehorsam zu bestehen, war ihr immer als die klügere Vorgehensweise erschienen. Val hatte diese Auffassung nie geteilt und der Kommandant tat das offenbar auch nicht.

Tristan informierte Jana über seine Entscheidung, dann schloss er sich den übrigen Lehrlingen an, die jetzt ihre Waffen bereit machten und ihre Rüstung anlegten.

Der Junge, der Anders hieß, sollte den Anfang machen, und als er in den Sattel stieg und einen Hund und eine Taube zu sich rief, drängten sich die anderen Lehrlinge zusammen, um ihm zuzusehen, während ihre eigenen Pferde in der Koppel warteten, bis ihr Name gerufen wurde.

Veronyka beobachtete das alles und hielt den Atem an, als Anders zum Anfang der Bahn ritt. Er rief in Gedanken seinen Phönix herbei, der aus den Tiefen des Adlerhorstes erschien, wo die restlichen Verbündeten auf ihren Einsatz warteten.

Der Phönix des Jungen war nur halb so groß wie der des Kommandanten und ähnlich klein war auch seine Leistung. Das Pferd trat aus und bäumte sich auf, der Hund bellte und wandte sich mehr als einmal den Kaninchen zu, und die Brieftaube ergriff fast sofort die Flucht und kehrte nie wieder zurück. Der Phönix verhielt sich korrekt, soweit Veronyka das beurteilen konnte, und als der Kommandant wissen wollte, wo sich die zweite Patrouille aufhielt, schien er mit Anders' Antwort – die der Phönix ihm übermittelt hatte – zufrieden zu sein.

Am Ende landete Anders' Verbündeter auf elegante Weise vor ihm, und sein Pferd schreckte zwar zurück, warf ihn aber nicht ab. Die anderen applaudierten, als Anders aus dem Sattel stieg, und riefen ihm Ermutigungen zu, während er seine Schultern voller Erleichterung entspannte.

Acht weitere führten die Übung durch, alle mit ähnlichem Erfolg. Die vielen Aufgaben gleichzeitig zu erfüllen, war offenbar sehr schwer, und während jeder irgendetwas besonders gut machte – die einen beim Springen oder Schießen, die anderen bei Hund, Taube oder beidem –, schaffte keiner alles. Veronyka hätte zu gern selbst einen Versuch gemacht.

Tristan kam als Letzter an die Reihe. Die anderen Lehrlinge, die ihre Pferde schon versorgt hatten, sahen ihm zu. Die Aufmerksamkeit des Kommandanten und der Jungen zeigte, dass von Tristan Großes erwartet wurde. Sogar die Stallburschen warteten gespannt.

Tristan überragte die anderen deutlich. Wind wehrte sich gegen seine Herrschaft – das spürte Veronyka genau –, aber am Ende gehorchte das Pferd und vollendete die Bahn, ohne sich aufzubäumen oder auszutreten. Hund und Taube verhielten sich ebenfalls korrekt und hätten Tristans Leistung fast perfekt werden lassen.

Fast.

Kurz vor dem triumphalen Ende rief Tristan seinen Phönix herbei, den größten der Lehrlinge, und der Phönix schlug mit den Flügeln und brach in blendende Flammen aus. Alle erstarrten vor Überraschung – bis auf den Kommandanten, der ohne Reaktion oder Gefühlsäußerung zusah.

Tristans Gesicht war zutiefst konzentriert, und Veronyka wusste nicht, ob er gewollt hatte, dass der Phönix sich entzündete, oder ob sein Verbündeter gegen seinen Befehl gehandelt hatte. Der Phönix landete in einer funkelnden Welle aus Hitze, die Pferde in der Koppel wieherten und schnaubten, während die übrigen Phönixe, die auf den

Felsen am Rand der Wiese hockten, krächzten und ihr Gefieder aufplusterten.

Veronyka achtete nicht darauf, sie hatte nur Augen für Wind. Er und sie hatten eine besondere Freundschaft, eine Verbindung, und noch auf die Entfernung konnte sie seine furchtbare Angst spüren. Er verdrehte die Augen und blähte die Nüstern, als er sich aufbäumte.

Der Phönix sträubte sein loderndes Gefieder und ließ sich nicht beeindrucken, während Tristan verzweifelt versuchte, sein Pferd unter Kontrolle zu bringen. Wind wollte davon nichts wissen, er trat um sich, drehte sich um, trieb die Taube in die Flucht, und auch der Hund lief mit eingekniffenem Schwanz davon.

Veronyka überlegte nicht – sie reagierte.

Sie löste sich aus der Gruppe und stellte sich zwischen den Phönix – dessen Hitze so stark pulsierte, dass Veronyka ins Schwanken kam – und das Pferd, das noch immer versuchte, seinen Reiter abzuwerfen. Tristan war jetzt schon halb aus dem Sattel gerutscht, es bestand die Gefahr eines bösen Sturzes, möglicherweise würde das Pferd auch noch auf ihm herumtrampeln.

Trotz der Furcht und der Panik, die von allen Seiten über sie hereinbrachen, verbannte Veronyka alles und alle aus ihrem Geist, nur Wind nicht. Sie fand die flüchtigen Überreste ihrer früheren Verbindung und stellte sie wieder her. Ihre Augen bohrten sich in seine, stärkten ihre Verbindung und lenkten seine Aufmerksamkeit von dem Phönix fort. Sie legte ihre gesamte Magie in eine Serie von ruhigen, lindernden Gefühlen.

Sieh mich an, flüsterte sie ihm in Gedanken zu. *Sieh nur mich an.*

Er warf den Kopf in den Nacken und bäumte sich auf, aber sie blieb fest.

Nur mich, wiederholte sie, und dieser Befehl hallte in ihren Gedanken wider. Gleich darauf stand das Pferd auf allen vieren, als sei Veronyka eine Puppenspielerin, die meisterlich ihre Strippen zog. Wind schnaubte noch einmal erregt, dann kam er zur Ruhe.

Tristan ließ sich aus dem Sattel fallen und versuchte keuchend, sich zu fassen. Er nickte seinem Phönix zu und die Flammen erloschen.

Alle starrten, auch der Kommandant, aber Tristan sagte als Erster etwas.

»Was bildest du dir eigentlich ein?«, fauchte er Veronyka an. »Wie kannst du es wagen, dich in eine Lehrlingsübung einzumischen?«

Veronyka war verdutzt. Sie hatte nur daran gedacht, Wind zu beruhigen und für seine – und Tristans – Sicherheit zu sorgen. Wenn überhaupt, dann hatte sie vielleicht auf ein Wort der Anerkennung oder des Lobes gehofft. Und nicht auf Vorwürfe.

Der Kommandant trat vor. »Ihr müsst eindeutig alle viel mehr trainieren. Einige«, dabei sah er Tristan an, »mehr als andere. Dieses Training hier wird eure morgendlichen Kartografiestunden ersetzen und euch die Bedeutung von Konzentration und Kontrolle lehren. Du, Tristan«, fügte er hinzu, als die Lehrlinge anfingen, ihre Sachen zusammenzupacken, »wirst auch abends herkommen. *Jeden* Abend. Nyk hier kann dir helfen. Es war dein Glück, dass du ihn gefunden hast … vielleicht kann er dir ein paar Dinge beibringen.«

Tristan starrte Veronyka wütend an. Sie begriff nicht – sie sollte einem Lehrling etwas beibringen?

»Aber Kommandant«, setzte Tristan ungläubig an. Er wurde leiser, als er nun weitersprach, um nicht die Aufmerksamkeit der anderen Lehrlinge auf sich zu ziehen. »Vater, er – er ist doch nur ein Stallbursche. Was soll der mir denn beibringen können?«

Vater? Jetzt sah sie es: Tristan hatte die hellbraunen Augen und die zu einer Spitze in die Stirn wachsenden Haare des Kommandanten, dazu etwas von dessen natürlichem Selbstvertrauen und einschüchterndem Auftreten. Veronyka ging jede Begegnung durch, die sie zwischen den beiden gesehen hatte, und betrachtete sie mit ihrem neuen Wissen um deren Verwandtschaft. Plötzlich ergab Tristans schlechte Laune einen Sinn.

Die Lippen des Kommandanten zuckten gleichsam belustigt. »Was er dir beibringen könnte? Als Erstes Bescheidenheit«, sagte er, stieg auf sein Pferd und trabte zurück in Richtung Dorf.

Tristan starrte Veronyka an, kalter Hass lag in seiner Miene, dann stürzte er hinter seinem Vater her.

Veronyka half den anderen Stallburschen, die Tiere in den Stall zu bringen, und wich deren Blicken aus. Sie wusste, dass Tristan sie schon nicht leiden konnte, seitdem er sie entdeckt und sich durch diese Entdeckung blamiert hatte, ganz zu schweigen von dem Streit bei ihrem Verhör. Aber von heute an…

Irgendeinen Lehrling zu verärgern war das eine, aber sich den Sohn des Kommandanten zum Feind zu machen, das stand auf einem ganz anderen Blatt.

Aber Feuer schmiedet Waffen. Obsidian. Stahl … sogar Phönixe. Alle werden gehärtet, bewehrt und stärker gemacht, wenn sie die Flammen passieren. Und das kann auch für Menschen gelten.

– Kapitel 17 –

SEV

Sev hätte sich ein Messer besorgen müssen.

Er brauchte noch immer einen Ersatz für den Dolch, den das Mädchen ihm vor Wochen gestohlen – und mit dem sie ihn bedroht hatte. Die leere Scheide an seinem Gürtel sorgte dafür, dass er sich mit jedem Schritt durch dichtes Unterholz und schwere, über den Weg hängende Zweige dümmer vorkam. Es war eine ferronesische Klinge gewesen, ein Beutestück aus der unbewachten Satteltasche eines Offiziers beim Training in der Hauptstadt. Das Messer war schlicht gestaltet gewesen – vermutlich bewusst, um Diebstahl zu verhindern –, aber Sev hatte den Stempel beim Heft erkannt, der zeigte, was der Dolch wirklich war: wertvoll. Er hatte gehofft, ihn eines Tages verkaufen zu können, aber als er nun in einer weiteren Schlingpflanze hängen blieb, gestand er sich ein, dass er sich jetzt sogar über ein Buttermesser gefreut hätte. Er dachte an die Äxte und die Kurzschwerter, die Speere und Sensen und die vielen anderen Waffen, die eben noch in Griffweite gewesen und die jetzt unerreichbar waren. Schweißperlen standen ihm auf der Stirn, und immer wieder wischte er sich über die nicht mehr vorhandenen Haare, die ihm bei seinem Eintritt in die Armee abgehackt worden waren. Ohne die dicken

Strähnen, die den Schweiß sonst aufgefangen hatten, lief er über seine Schläfen und tropfte in seinen Nacken.

Das verdammte Lama war ihm auch keine Hilfe. Zu seinem Pech hatte er ein bissiges Tier erwischt. Immer wenn er ihm den Rücken kehrte, um für sie beide einen Weg zu bahnen, spürte er die schnüffelnde Nase und das aufgerissene Maul des Viehs, das bereitwillig nach jedem Stück bloßen Fleischs schnappen würde.

Sev war noch nicht weit gekommen, als ein knirschendes Geräusch aus der Ferne seine Aufmerksamkeit erregte. Die Ohren des Lamas zuckten und Sev blieb wie angewurzelt stehen. Er sah sich im Wald um, bis sein Verfolger zwischen den Bäumen hervortrat.

Kade.

Der Schock ließ Sev erstarren. Rasch wandte er sich ab, um seine Reaktion zu verbergen. Er packte die Zügel des Lamas für den Fall, dass das Tier einen Ausbruchsversuch plante, aber es war deutlich, dass Kades Nähe schon Wirkung zeigte. Als Kade in dessen Blickfeld trat, stupste das Lama bereits mit dem Kopf seine ausgestreckte Hand an. *Treuloses Biest.*

»Die zählen durch«, sagte Kade lässig, als ob ihre Begegnung der pure Zufall sei und diese Mitteilung von keiner weiteren Bedeutung. Als ob er Sev nicht soeben bei einem Fluchtversuch erwischt hätte.

»Das weiß ich«, sagte Sev, und Hitze stieg in sein ohnehin schon glühendes Gesicht. »Aber ich habe heute Packtierdienst, und das bedeutet, dass *ich* durchzähle. Alec ist zu faul und Grier zu betrunken.« Die beiden waren die anderen Soldaten, die an diesem Tag mit ihm Dienst hatten. »Das ist übrigens *Packtierdienst* und kein *Packtierleibeigenendienst.* Ich erstatte keinen Bericht über dich.«

Kade atmete betont langsam durch die Nase aus. »Und wenn die Packtierzählung nicht erfolgt… meinst du, dann vergessen sie das einfach?«

Seine Stimme war ruhig, vernünftig – nichts erinnerte mehr an den zornigen Jungen von nur einer Stunde zuvor. Aus irgendeinem Grund machte dieser beruhigende Tonfall Sev noch wütender. Kade behandelte ihn wie eins der Lamas, wie ein dummes, launisches Nutztier.

Endlich sah er Kade ins Gesicht, ließ die Zügel fallen und ballte die Fäuste. »Sie werden lange genug weitermarschieren, um mir einen Vorsprung zu geben. Der Rest ist mir egal.«

»Sie werden dich zur Strecke bringen.« Wieder klang Kades Stimme fast gleichgültig – aber seine Augen verrieten ein verborgenes Gefühl, etwas, das ihn zu diesem Gespräch zwang, trotz allem, was er hier zu vermitteln versuchte.

Sev runzelte die Stirn und versuchte, Kades Verhalten zu ergründen, dann ging ihm zum ersten Mal der Ernst der Lage auf. Sev war durchgebrannt, aber indem er ihm gefolgt war … hatte Kade das auch getan.

»Das ist mein Problem, nicht deins. Wenn du jetzt gehst, glauben sie, dass du einfach zu den Nachzüglern gehörst.«

»Das kann ich nicht.«

»Was – warum nicht?«, fragte Sev. In seiner Brust regte sich ein Hoffnungsfunken.

Kade legte sanft eine Hand auf den langen Hals des Lamas. »Weißt du, was passiert, wenn ein Leibeigener das verliert, was ihm anvertraut worden ist?«

Sev schluckte und das warme Leuchten in ihm erlosch sofort wieder. Er … er hatte sich das alles nicht richtig überlegt.

Und warum auch?, fragte ein härterer, eher instinktiver Teil seiner selbst. Kade konnte ihn nicht leiden, das hatte er sehr deutlich gezeigt, also müsste Sev ihn seinerseits auch verabscheuen. Kade bedeutete ihm nichts.

Nichts.

Es war selbstsüchtig, das wusste Sev, aber er musste selbstsüchtig sein, wenn er überleben wollte. Er brauchte nur daran zu denken, was mit seinen Eltern passiert war. Sie waren selbstlos gewesen und das hatte ihnen den Tod gebracht. Sie hatten ihn allein in einer Welt gelassen, die ihn hasste, weil er war, was er war. Deshalb hatte er etwas anderes werden müssen. Es gab keine Helden mehr, die durch die Luft jagten, um ihr Volk zu beschützen. Es gab das Imperium und die, die unter dessen Joch gerieten. Die Reiter hatten sich zwar angeblich wieder zusammengetan, aber sie würden bald ebenfalls getötet werden. Trix und Kade waren töricht, wenn sie etwas anderes glaubten.

Und doch wollte Sev im tiefsten Herzen dieses andere selbst glauben. Er wollte an *etwas* glauben, und auch wenn er Kade und dessen Sache mit gemischten Gefühlen betrachtete, konnte er ihn jetzt nicht seinem Schicksal überlassen.

Kade hatte ihn nicht aus den Augen gelassen und ihn die ganze Zeit intensiv beobachtet. Sie waren gleich groß, standen einander auf Augenhöhe gegenüber, aber Sev war viel schmaler, dünner – wie die zähe Sehne an Kades geschnitztem Bogen, der geschmeidige Zweig an Kades kräftigem Baumstamm.

Ein dumpfer Schmerz jagte durch seine Hände. Er schaute nach unten und öffnete die Fäuste. Seine Gelenke taten vor Spannung weh, und seine Fingerknöchel waren weiß hervorgetreten, weil sich das Blut gestaut hatte.

Kades Hände ruhten noch immer auf dem Lama und sie zitterten. Er hatte Angst. War es die Angst, hier allein mit Sev zu *sein* – oder allein mit Sev *erwischt* zu werden?

Etwas Düsteres und Verzweifeltes machte sich in Sevs Magen breit. Auch er hatte Angst – aber nicht aus demselben Grund.

»Komm«, sagte er und drehte sich um. »Wir gehen zurück.«

Als sie endlich den Zug wieder vor sich hatten, sah Sev, dass er zum Stillstand gekommen war.

Er sah Kade an, dem das ebenfalls aufgefallen war.

»Lass mich das machen«, sagte Sev. Er drückte Kade die Lamazügel in die Hand und ging dann mit großen Schritten los. Kade und das Lama folgten ihm.

Als sie die anderen erreichten, stand Hauptmann Belden, der längst von seinem Treffen mit dem Spitzel zurückgekehrt war, ganz hinten in der Truppe. Sev hatte das Gefühl, sich innerlich aufzulösen. Das hier war nicht gut.

Offizier Yara, die neben Hauptmann Belden stand, sah Sev näher kommen und schritt ihm entgegen.

»Wie kannst du es wagen, ein Tier aus dem Zug zu entfernen, Mageklave?«, blaffte sie Kade an und ignorierte Sev dabei vollständig.

Sevs Magen krampfte sich in heißem Zorn zusammen und Beschützerinstinkt regte sich in ihm. Er fand es grauenhaft, wie die Soldaten die Leibeigenen behandelten, und er fand es grauenhaft, denken zu müssen, dass das der Grund war, warum Kade ihn von Anfang an verabscheut hatte. Aber im Moment waren sie beide in Gefahr und er musste vorsichtig sein.

»Das war meine Schuld, Offizier Yara«, sagte er laut und trat vor. »Ich hatte das Lama und den *Leibeigenen* mitgenommen«, erklärte er und betonte dabei die korrekte Bezeichnung für Kades Status. Obwohl er nicht wagte, zu ihm hinüberzuschauen, glaubte er, Kades Reaktion zu spüren. Soldaten setzten sich niemals für Leibeigene ein.

Offizier Yara wirkte ebenfalls überrascht, sie hob die Augenbrauen, was die Brandnarben dehnte und in ihrer braunen Haut weiß aufleuchten ließ. »Und wer hat dir erlaubt, deinen Posten zu verlassen, Soldat?« Sie wies mit dem Kinn auf Kade und das Lama. »Sie sind das Eigentum von Freiherr Rolan, dem Gouverneur von Ferro, und damit stellvertretend das von Hauptmann Belden. Du kannst nicht nach Lust und Laune über sie verfügen.«

Eigentum. Sev holte tief Luft und riss sich zusammen. Dann antwortete er auf die langsame, tonlose Weise, an die die anderen gewöhnt waren: »Das Tier lahmte, Offizier Yara. Der Leibeigene vermutete, es habe einen Muskelkrampf, deshalb sind wir beiseitegegangen, um es zu behandeln. Wir wollten den Zug nicht aufhalten.«

»Ist das das lahme Tier?«, fragte Hauptmann Belden, ehe Offizier Yara etwas sagen konnte. Er hatte dicht hinter ihnen gestanden und eine Karte studiert, die sein Leibdiener ihm hinhielt. Jetzt schob er die Karte ungeduldig beiseite und trat vor.

Der Hauptmann war ein wieselhafter Mann mit einem bleichen, spitzen Gesicht und schütteren strohigen Haaren. Er war jedoch kampferprobt und stand in dem Ruf der Grausamkeit, trotz seiner Vorliebe für edle Weine und bestickte Seide.

»Ja, Hauptmann. Aber jetzt gibt es kein Problem mehr und ...«

»Beiseitetreten«, befahl der Hauptmann, und mit einem leisen *Snick* und einem Aufleuchten von Stahl hatte er seinen Dolch gezogen. Die elegante Waffe hätte Sevs gestohlenen Dolch erbleichen lassen, mit ihrem gepunzten Ledergriff und den spiralförmigen Verzierungen, ganz zu schweigen von der funkelnden Klinge aus ferronesischem Stahl. Belden riss Kade die Lamazügel aus der Hand, und Kade zögerte einen Moment, ehe er losließ. Ohne einen Moment zu zögern, zog der Hauptmann die Klinge über die Kehle des Tieres.

Sev konnte kaum registrieren, was hier passierte, als das Lama auch schon einen erstickten Schmerzensschrei ausstieß und zusammenbrach, während Blut auf den Boden strömte und das warme Leben des Tieres erlosch.

Neben ihm geriet Kade ins Taumeln und Sev musste gegen seine eigene instinktive Reaktion ankämpfen. Nur ein Animage konnte den Tod des Tieres so fühlen wie Kade, und Sev durfte sich nicht verraten – nicht, solange der Hauptmann mit der blutigen Klinge in der Hand hier vor ihm stand.

Im Imperium gab es viele seltsame Vorstellungen über Animagen. Viele hielten sie für Halbtiere, wild und unfähig zu echten menschlichen Gefühlen und Intelligenz. Andere betrachteten sie als schwach und übermäßig empfindsam, glaubten, Animagen weinten beim Tod jeder Ratte und Kakerlake und wollten sogar die niedrigsten Kreaturen zu ihren Gefährten und Schoßtieren machen.

Sev nahm an, dass Letzteres sogar stimmte. Auf dem Hof hatte er jede Menge tierischer Freunde gehabt, aber das bedeutete nicht, dass er nicht begreifen konnte, dass manche Tiere getötet werden mussten, damit er etwas zu essen hatte, und dass manche Tiere den Pflug oder den Karren zogen, dass sie wie Menschen arbeiten mussten.

Eine allgemein anerkannte Wahrheit war jedoch, dass Animagen die Empfindungen der Tiere in ihrer Nähe spürten. Sie fühlten deren Schmerz und deren Angst und kommunizierten manchmal intensiver mit ihnen als mit Menschen. Das machte sie verletzlich und diese Tatsache hatte Hauptmann Belden soeben ausgenutzt.

Als Kade und Sev auf das tote Tier hinunterstarrten, säuberte Belden seine Waffe sorgfältig mit dem Taschentuch, das sein Leibdiener ihm reichte. Der feine Stoff war mit seinem goldenen Monogramm versehen. Belden tat es langsam, fast ehrerbietig und diese Sorgfalt stand in scharfem Kontrast zu seinem eiligen, gedankenlosen Umgang mit dem Lama.

»Du wirst Offizier Lyle Bericht erstatten und unsere Jagdeinheit unterstützen«, sagte er zu Kade, der sich sichtlich Mühe gab, sich zu straffen und dem Hauptmann ins Gesicht zu blicken. »Wenn du irgendwo in der Nähe der Packtiere erwischt wirst, wird dir eine strenge Strafe auferlegt werden. Hast du verstanden, Magesklave?«

Kades Nasenflügel weiteten sich, und er presste die Zähne aufeinander, als er nickte. »Ja, Herr«, brachte er heraus.

»Wir können uns keine Verzögerung leisten«, sagte Belden achtlos und sah sich das Messer genauestens an, dann wischte er einen letzten winzigen Blutfleck ab. »Egal, aus welchem Grund.«

Bei den letzten Worten starrte er Kade an. Sev erfasste die Drohung genau. *Diesmal war es das Lama, das nächste Mal bist du an der Reihe.* Dann steckte Belden die Waffe zurück in die Scheide und reichte seinem Leibdiener das blutverschmierte Tuch, ehe er zurück an die Spitze des Zuges stolzierte.

»Um dich kümmere ich mich noch, Soldat«, sagte Offizier Yara und eilte dem Hauptmann hinterher.

Sev sah Kade an und erwartete Wut oder Enttäuschung in dessen Gesicht zu sehen. Die Jagdeinheit war der schlimmste Einsatzort für einen Animagen, der Magie einsetzen musste, um nichts ahnende Tiere in den Tod zu locken. Als Kade seinen Blick erwiderte, lag darin jedoch kein Zorn – sondern Todesangst. Seine Augen jagten über die Lichtung und sein Gesicht hatte alle Farbe verloren. Und nun dämmerte es Sev endlich.

Trix' Mission.

Er hatte keine Ahnung, was Kades Aufgabe war – oder seine eigene –, aber Kade war offenbar aus einem bestimmten Grund zu den Packtieren geschickt worden.

Und Sev hatte soeben alles verdorben.

Zwei Soldaten schleiften das tote Lama vom Weg herunter, während einige Leibeigene die Vorräte holten, die auf den Rücken des Tieres geschnallt waren. Hier waren Gegenstände wichtig, nicht Leben, und Sev konnte kaum fassen, wie sinnlos das alles war. Dieses Geschöpf war umsonst gestorben, wegen seiner selbstsüchtigen Entscheidungen, und schlimmer noch, zusätzlich war es ihm gelungen, Kade und Trix in das alles hineinzuziehen.

Als sich der Zug in Bewegung setzte, sah Sev weiter vorn die alte Frau. Sie starrte ihn an.

Er wandte sich ab.

Lange schon bluteten die Aschenfeuer – und brannten –
für unser Recht zu herrschen.

– Kapitel 18 –

Tristan

Tristan ließ das Mittagessen ausfallen.

Die anderen Lehrlinge sprachen vermutlich darüber, was vorhin passiert war, und er wollte sie nicht um die Gelegenheit bringen, sich das Maul über ihn zu zerreißen. Der Kommandant und sein Sohn, mal wieder aneinandergeraten.

Statt also in Richtung Speisesaal rechts abzubiegen, ging er nach links, um den Tempel herum und dann zurück zum Quartier der Lehrlinge.

Drinnen lief er rastlos hin und her.

Still wie der Berg. Bewegungslos wie der Berg. Gelassen wie …

Eine Woge der Frustration stieg in ihm auf und er fuhr herum und schlug mit der Faust voll durch die Wand.

So schnell wie seine Wut gekommen war, war sie auch wieder verflogen. Er seufzte laut und zwang die Luft aus seiner Lunge. Er untersuchte das Loch in der Wand und dann seine aufgeschrammten Fingerknöchel. Zum Glück war die Wand eher ein Trennschirm aus geflochtenen Rindenstreifen und nicht aus den schweren Brettern, die im Tal verwendet wurden.

Wenn die Wand aus Brettern oder Steinen gewesen wäre, wie die Außenwände des Lehrlingsquartiers, hätte er sich die Hand gebrochen. Er lachte düster bei der Vorstellung, wie er dem Kommandanten eine solche Verletzung erklären sollte. Seine Knöchel bluteten, die Haut war weggeschrammt, und die Wand wies sichtliche Schäden auf. Er würde sie von den Dienstboten reparieren lassen und hoffen müssen, dass sein Vater niemals davon erfuhr.

Tristan ließ sich in seine Hängematte sinken und schwang langsam hin und her. Ihr Quartier bestand aus einem langen, schmalen Gebäude, in dem sich Hängematten aneinanderreihten und keine hölzernen Pritschen oder Matten auf dem Boden, wie bei den Dienstboten. Da es nur zehn Lehrlinge gab, waren jedoch viele Hängematten leer, und Tristan hatte sich eine ziemlich niedrig hängende bei der Hintertür ausgesucht, wo er das Gefühl hatte, ein bisschen Raum für sich zu haben.

Die meisten gingen davon aus, dass der Kommandant der Reiter seinen einzigen Sohn und Erben bevorzugen würde, aber Tristan hatte die genau gegenteilige Erfahrung gemacht.

Er sehnte sich seit Monaten danach, mit Pferd und Phönix zu trainieren, das letzte große Hindernis, das ein Lehrling hinter sich bringen musste, um zum Meisterreiter werden zu können. Aber sein Vater hatte darauf bestanden, ihn zurückzuhalten und auf die anderen Lehrlinge warten zu lassen, die bei Weitem nicht so gut waren wie er.

Dann hatte Tristan das bohrende Gefühl gehabt, dass sein Vater von seiner Schwäche wusste. Dass er log, wenn er die Gründe nannte, warum er ihn, seinen Sohn, warten ließ. Es würde nicht die erste – oder die letzte – Lüge sein, die sein Vater ihm auftischte, und Tristan hasste es, jedes Gespräch und jeden Kontakt zwischen ihnen auf diese Lügen hin überdenken zu müssen.

Tristan hütete sein Geheimnis sorgfältig, er gab sich alle Mühe, es zu verbergen, jeden Fehler schnell wiedergutzumachen – wie bei der Übung draußen am Felsvorsprung – und beim nächsten Versuch doppelt so stark zu erscheinen. Aber es gab immer einen Augenblick lähmender Schwäche, einen Funken von Unsicherheit oder von Zögern, den sein Vater bestimmt sehen würde, wenn er wüsste, wonach er Ausschau halten musste. Und was dann? Was, wenn ihm aufging, dass sich sein Sohn vor Feuer fürchtete, vor dem, was die Phönixreiter dazu machte, wer und was sie waren?

Doch egal, wie sehr es an seinen Nerven zerrte und ihn mit den Zähnen knirschen ließ, Tristan wollte dieses Leben. Er weigerte sich, seinen Traum aus einem Grund aufzugeben, an dem er ja eigentlich etwas ändern konnte.

Nachdem sein Vater heute den Parcours abgeritten war, hatte Tristan eine Chance gesehen zu zeigen, dass seine Stärken alle Mängel, die sein Vater ihm vielleicht vorwerfen konnte, überwogen – dass es absolut nichts gab, das ihn zurückhalten würde. Er hatte geglaubt, er könnte seinen Vater vielleicht sogar überreden, ihm eine eigene Patrouille anzuvertrauen – sein großes Ziel.

Stattdessen hatte er sich zum Narren gemacht.

Genauer gesagt, der Stalljunge Nyk hatte ihn zum Narren gemacht.

Als ob es nicht schlimm genug wäre, zu zögern oder noch eine wichtige Übung zu verpatzen – aber dass dann noch ein Stalljunge eingreifen und ihn retten musste? Tristans katastrophale erste Patrouille hatte sich herumgesprochen, und die Lehrlinge hatten es sehr belustigend gefunden, dass Tristan »verfrüht ins Horn gestoßen« hatte. Immer, wenn sie Nyk sahen, warfen sie Tristan Seitenblicke zu und feixten, und jetzt, nach diesem neuen Fehlschlag, waren seine Hoffnungen, die Sache werde in Vergessenheit geraten, so gut wie nicht mehr vorhanden.

Tristan hatte in Gedanken die Szene immer wieder ablaufen lassen, seit er die Hindernisbahn verlassen hatte, und er war sicher, dass er alles in den Griff bekommen hätte, wenn der Junge nicht eingegriffen hätte. Das Feuer hatte ihn in Panik geraten lassen – das war nichts Neues –, aber wenn er nur noch einen Augenblick Zeit gehabt hätte, dann hätte er Rex befohlen, die Flammen erlöschen zu lassen, er hätte das Pferd zum Stillhalten gebracht und seinen Hund und seine Taube zurückgerufen. Er hätte alles in Ordnung bringen können, aber stattdessen war dieser Rotzbengel hereingeplatzt, um ein Haar totgetrampelt und verbrannt worden und hatte das geschafft, was Tristan noch nicht gelungen war – die Lage in den Griff zu bekommen. Fast mühelos, wie es ausgesehen hatte.

Dieser Junge ging ihm inzwischen wirklich auf die Nerven.

Tristan ließ den Kopf in die Hände sinken. Als ob es nicht schlimm genug gewesen wäre, sich vor den Augen seiner Mitlehrlinge zu blamieren, hatte er bei seinem Vater auch noch *diesen* Blick gesehen. Dieser Fehler würde dem Kommandanten einen Grund geben, ihn noch Wochen zurückzuhalten, Monate wahrscheinlich. Egal, wie herausragend seine Leistungen von jetzt an sein würden, sein Vater würde ihn immer wieder an sein Versagen erinnern.

Darunter würde nicht nur er zu leiden haben, sondern auch die Reiter. Gleichgültig, welche Meinung sein Vater von ihm hatte, es änderte nichts an der Tatsache, dass sie weitere Patrouillen brauchten – dass er Nyk gefunden hatte, war nur ein Beweis dafür. Sie mussten die Gegenden von Pyra im Auge behalten, wo Spione des Imperiums und Plünderer auf der Lauer liegen konnten, den unteren Teil des Berges und die Vorgebirge und die Wildnis, die die Einheimischen nicht bereisten.

Doch wegen Tristans Fehler würde der Kommandant das verhindern, was sie so verzweifelt brauchten, und das nur, um etwas zu beweisen. Um ihn zu demütigen.

»Du hast gewonnen, Vater«, murmelte Tristan und stand auf. »Ich habe Bescheidenheit gelernt.«

Einige Stunden darauf jedoch nahm Tristans Anflug von Bescheidenheit mit jedem Schritt ab, den er in Richtung der Hindernisbahn machte. Wie konnte sein Vater ihm das antun? Er war der beste Lehrling, den sie hatten, und doch war er nicht gut genug. Natürlich hatte er ein paar Fehler gemacht, aber nur, weil sein Vater ihn bis zum Äußersten getrieben hatte.

Als er bei Nyk ankam, der ängstlich neben Wind stand, loderte sein Zorn heftiger als Rex in einem feurigen Sturzflug.

Still wie der Berg, schärfte er sich ein, aber diese Worte waren ohne Bedeutung.

Er sagte nichts zu dem Jungen, der mit kohlschwarzen Augen zu ihm aufschaute. Er hatte ein wenig Dreck an seiner kurzen Nase und die Dienstbotenkleidung war verschmutzt und saß nicht richtig. Aber er musste magische Macht besitzen, um so eine Nummer abziehen zu können wie vorhin. Ein Pferd zu beruhigen, das so wild war wie Wind, und sich ohne Angst oder Zögern dem flammenden Rex zu nähern ... Der Junge hatte das Zeug zu einem Reiter, das musste Tristan widerwillig zugeben. Aber alles ungeschulte Talent der Welt machte Nyk nicht zu einem Experten, und doch hatte der Kommandant ihn zu Tristans Gehilfen ernannt – was Tristan mehr verletzte, als sein schwaches Ego ertragen konnte.

Mit wütender Miene schnappte er sich die Zügel, stieg in den Sattel und rief seine anderen Tiere. Wortlos ritt er los und ließ den Jungen stehen.

Auf halber Strecke aber holte Nyk ihn ein.

»Ich ... ich dachte, ich sollte dir helfen?«, fragte er unsicher und mit großen Augen.

Tristan hielt vor der ein Stück weiter vorn angebrachten Zielscheibe. »Reitest du?«, fragte er.

»Was – Pferde?«, fragte Nyk.

Tristans Nasenflügel zitterten. »Ja, Pferde«, sagte er und zwang sich zu einem höflichen Tonfall. Er wusste, dass der Junge keine Pferde ritt oder Phönixe oder nicht einmal Lamas.

»Nein«, sagte Nyk, und Tristan nickte.

»Und kannst du mit einem Bogen umgehen?« Tristan zeigte auf die Waffe in seiner Hand.

»Nein«, sagte der Junge wieder und starrte zu Boden.

»Nein«, wiederholte Tristan. »Hast du je eine Brieftaube benutzt? Mit einem Hund gejagt? Hast du irgendetwas von dem getan, was ich auf dieser Hindernisbahn tun werde?«

Nyk schüttelte den Kopf und starrte noch immer zu Boden.

»Das habe ich mir gedacht«, sagte Tristan und konzentrierte sich wieder auf die einige Fuß entfernte Zielscheibe. Er wusste, dass er gemein war, aber er konnte sich nicht zurückhalten. *Das hast du doch gewollt, Vater, oder? Dass ich werde wie du?*

»Warum hat er dann gesagt, dass ich dir helfen soll?«, fragte Nyk und schaute endlich auf.

Tristan verspürte widerwillig Mitleid mit ihm. »So spielt der Kommandant eben mit dir. Daran gewöhnst du dich schon noch – oder nicht. Ich dachte, ich hätte mich daran gewöhnt, aber sieh mich an.«

Seine Wangen liefen brennend rot an – so viel hatte er gar nicht sagen und seine wahren Gefühle für sich behalten wollen. Aber zu seiner Überraschung sah er in Nyks Gesicht, als er verstohlen zu ihm hinunterschaute, ein tiefes Verständnis, als ob seine Worte nicht das unsinnige Gefasel des privilegierten, missverstandenen Sohns des Kommandanten gewesen seien, sondern etwas, das Nyk nur zu gut kannte.

»Was soll ich also tun?«, fragte Nyk nach einigen Momenten des Schweigens. Als er zu Tristan hochschaute, blieb sein Blick an den Fingerknöcheln seiner rechten Hand haften – die rau und blutig waren nach dem Schlag gegen die Wand.

Tristan versteckte die Hand und setzte sich im Sattel aufrecht. »Halt einfach den Mund und geh mir aus dem Weg.«

»Machst du auch das Finale?«, fragte Nyk und zeigte auf den Stapel der Vorräte, die zweifellos in Gefahr schweben würden, Feuer zu fangen, wenn Rex in der Nähe zündete.

»*Nein*«, sagte Tristan mit schärferer Stimme, als er gewollt hatte. »Ich … heute Abend nicht.«

Nyk nickte, runzelte ein wenig die Stirn und trat beiseite.

Tristan kniff die Augen zu. Er konnte Rex nicht in voller Flammenpracht gegenübertreten – nicht so bald nach seinem Patzer vom Nachmittag. Aber er musste vorsichtig sein. Seine Nervosität machte alles noch schlimmer.

Er atmete langsam durch die Nase aus, straffte seine Schultern und ritt weiter.

Die Strecke war anstrengend, zumal er sie an diesem Tag zum zweiten Mal ritt. Obwohl er sich alle Mühe gab, sich seine Erschöpfung nicht anmerken zu lassen – eine Gewohnheit, die er sich zugelegt hatte, weil sein Vater ihn die ganze Zeit kritisch beobachtete –, war seine Stirn von Schweiß bedeckt, und seine Konzentration ließ nach. Drei Tiere im Griff zu behalten und zudem mit dem über ihm kreisenden Rex in Verbindung zu bleiben, nahm ihm alle Kraft. Bald drückte er sich vor einem Teil der Aufgaben, er befahl Rex zu kreisen, befahl ihm aber nicht, ihm über die Landschaft oder die Geschehnisse im Festungsbereich Bericht zu erstatten.

Nyk wurde sichtlich aufgeregter, verfolgte alles schweigend, hätte aber zweifellos für sein Leben gern etwas gesagt. Er machte den Mund auf und zu, presste die Hände gegeneinander und kam näher, nur um gleich darauf wieder zurückzuspringen.

Irgendwann konnte Tristan es nicht mehr ertragen. »Was?«, fragte er und brachte Wind zum Stehen. Es interessierte ihn nicht weiter, was der Junge zu sagen hatte, aber er brauchte eine Verschnaufpause. Und wenn er Nyk reden ließe, würde der vielleicht aufhören, hier herumzuhampeln, und dann könnte er die Bahn vor Sonnenuntergang hinter sich bringen. Der leuchtende orange Ball berührte schon die Berge in der Ferne und würde in wenigen Minuten nicht mehr zu sehen sein.

Nyk zögerte. »Es ist bloß – du, na ja, du …«

»Spuck. Es. Aus.«

Nyk kniff die Augen zusammen. »Schön. Du machst es falsch«, fauchte er und fügte rasch hinzu: »Herr.«

»Herr.« Da sein Vater der rechtmäßige Gouverneur von Ferro war und Tristan sein Erbe, wäre die korrekte Anrede »Edler« gewesen. Aber da seit einiger Zeit ein anderer das Amt des Gouverneurs an sich gerissen hatte, vermutete Tristan, dass er nicht viel mehr als »Herr« verlangen konnte. Dennoch, es war nicht richtig.

»Ich bin kein Herr. Ich bin Lehrling. Ja, Lehrling. Nein, Lehrling. Kapiert?«

»Ja, Lehrling«, antwortete Nyk mit tonloser Stimme.

»*Was* mache ich falsch?«, fragte Tristan und schaute an sich hinunter. Seine Technik, seine Form, alles war perfekt.

»Wie du deine Magie einsetzt«, sagte Nyk und zeigte auf die Tiere. »Du bedrängst sie zu sehr. Beispielsweise Sturm.« Er zeigte auf den Hund zu Winds Füßen. »Statt ihm zu sagen, was du erwartest, und ihn dabei zu führen, zwingst du ihm immer wieder deinen Willen auf. Du setzt ihn die ganze Zeit unter Druck, strengst dich dabei unnötig an, und wenn du ihn auch nur eine Sekunde loslässt, wirst du ihn verlieren.«

Tristan machte ein skeptisches Gesicht. Er hatte es nie genossen, Tieren gegenüber den Herrn zu spielen, aber sie höflich um Gehorsam zu bitten, kam einfach nicht infrage. Selbst seine Bindung zu Rex, die sich zu einer vertrauensvollen Freundschaft entwickelt hatte, hatte als eine Begegnung zwischen Reiter und Reittier begonnen. Zwischen Herr und Diener.

Wenn es ein mentales Äquivalent zum Verdrehen der Augen gab, dann führte Rex es jetzt vor, und seine Verärgerung sickerte durch die Bindung zwischen ihm und Tristan. Für den Phönix war es ein Bündnis unter Gleichen, Ebenbürtigen. Seine Magie stärkte Tristans und umgekehrt. Tristans menschliche Logik und sein Verständnis der Welt vergrößerten Rex' Intelligenz. Phönixe waren keine normalen Tiere und ein Grund dafür war ihre jahrhundertelange Verbindung zu den Menschen.

Kopfschüttelnd verbannte Tristan Rex' Gedanken aus seinem Kopf. Der Vorschlag, mit einem Hund so zu kommunizieren wie mit einem

Phönix – dem er doch magisch verbunden war –, ergab einfach keinen Sinn.

Er schaute zu dem dunkler werdenden Himmel hoch, seine Zeit neigte sich dem Ende zu. Was Nyk über Kontrolle gesagt hatte, machte ihm zu schaffen, aber aus dem Burschen sprachen sicher Jugend und Mangel an Erfahrung. Tristan tat, was ihm beigebracht worden war, und sein Vater – ein Veteran des Blutkrieges – wusste bestimmt mehr über Tiermagie als ein bindungsloser Sechzehnjähriger.

»Deine Überlegungen sind faszinierend, aber Animagen werden seit Generationen so ausgebildet wie ich. Diese Tiere müssen gehorchen, sie müssen aber nicht unsere Freunde sein. Und ich werde ihn nicht verlieren.«

Tristan ließ Nyk stehen und setzte seine Runde fort. Er strengte sich jetzt besonders an, aus Angst, dass seine Müdigkeit den Jungen recht behalten lassen würde.

Als er um die Kurve ritt und sich auf die letzte Etappe vorbereitete, sickerte Rex' Langeweile durch die Bindung und erschwerte ihm die Konzentration. Die Taube auf seiner Schulter wollte unbedingt die Flügel ausbreiten und sich etwas zum Picken suchen und Sturm hatte wieder den Kaninchenkäfig gewittert. Der Jagdeifer strömte durch seine Adern.

Dann hallte wie aus dem Nirgendwo ein lautes Geräusch durch die Stille. Es kam von der anderen Seite der Bahn, wo Nyk unter der Zielscheibe für die Bogenschützen stand und einen Ast in der Hand hielt. Er hatte damit offenbar gerade gegen den hölzernen Rahmen geschlagen und diese Ablenkung ließ Tristan die Tiere aus dem Griff verlieren.

Mit einem grimmigen Lächeln holte Nyk aus und schleuderte den Ast, so weit es ging, von sich. Ehe Tristan auch nur versuchen konnte, die Kontrolle zurückzugewinnen, hatte der Hund auch schon die Verfolgung aufgenommen, die Taube stob auf, und das Pferd warf den

Kopf in den Nacken, bäumte sich auf und hätte ihn fast aus dem Sattel geworfen. Das einzige Tier, das weiterhin tat, was von ihm erwartet wurde, war Rex, dessen Langeweile beim Anblick der Szene unter ihm verflogen war.

Ohne auch nur einen Blick in Tristans Richtung ging Nyk zu den Vorräten hinüber und machte sich aufbruchbereit.

Tristan versuchte nicht einmal, die Bahn zu vollenden oder seine verlorenen Tiere zurückzurufen. Er ritt zu Nyk hinüber und sprang aus dem Sattel.

»Was bei allen finsteren Reichen sollte das denn?«

Rex landete neben ihm, und nun drehte Nyk sich zum ersten Mal, seit er den Ast geworfen hatte, zu Tristan um. Er starrte den Phönix sehnsüchtig an und seine Augen leuchteten vor Ehrfurcht.

»Wenn du deine Tiere nicht herumkommandieren willst, dann sag mir, wie du es geschafft hast, dass das Pferd …«

»Wind«, unterbrach ihn Nyk und wirbelte herum, um ihn anzusehen. »Dein Pferd heißt Wind. Du nennst dieses wunderschöne Wesen«, er zeigte auf Rex, »doch auch nicht den Vogel, oder?«

Rex legte den Kopf schräg und wartete auf Tristans Antwort.

»Was? Nein. Er heißt Rex.«

Nyk nickte und sah wieder den Phönix an. »Ja, das passt zu dir, du königlich aussehender Bursche.«

»Hör auf damit«, fauchte Tristan, als Rex sich aufrichtete und seine Brust anschwellen ließ. Sein selbstgerechter Zorn verflog jedoch, als er sah, mit welcher Ehrerbietung dieser Junge seinen Verbündeten ansah. »Hau ab!«, befahl er Rex, der mit dem Gefieder brauste und abhob.

Er wandte sich Nyk zu. »Wenn du nichts anderes tust, als den Tieren zu schmeicheln, wie hast du Wind dann heute Morgen dazu gebracht, dir so einfach zu gehorchen? Willst du mir erzählen, dass du ihn höflich gebeten hast, statt ihm deinen Willen, deine Magie aufzuzwingen? So hat mir bisher nur Rex gehorcht.«

Nyk seufzte, als ob Tristan ihm diese Frage schon tausendmal gestellt und er es satthätte, sie zu beantworten. Er wandte sich ab, ehe er sagte: »Ich habe ihn einfach überzeugt, mehr nicht.«

»Du hast ihn *einfach überzeugt?*«, wiederholte Tristan skeptisch. »Lüg mich nicht an«, fügte er hinzu und dachte an die ewigen Spiele und Täuschungsmanöver seines Vaters. »Es gibt nichts Schlimmeres als einen Lügner.«

»Ich lüge nicht«, widersprach Nyk wütend. »Und der Grund, warum er mir sofort und ohne zu zögern, gehorcht hat, ist, dass ich ihm schon vertraut war. Wenn du dich mit Tieren anfreundest, wenn du sie als deinesgleichen behandelst, dann vertrauen sie dir, und wenn sie dir erst vertrauen, dann gehorchen sie dir auch. Ohne Befehle und ohne Fragen. Das habe ich vorhin gemeint, als ich über Sturm gesprochen habe. Wenn er dir vertraut hätte, wäre er bei dir geblieben.«

Tristan schüttelte den Kopf. Das war absurd. »Du bist zu weichherzig für diese Arbeit – wie ein kleines Mädchen, das mit Hundewelpen schmusen will.«

Nyks Gesicht verzog sich vor Empörung. »Im Gegensatz zu dir – der zu männlich ist, um zuzugeben, dass du im Unrecht bist? Um zuzugeben, dass es manchmal besser ist, freundlich zu sein als grausam? Du kannst das meinetwegen gern abstreiten, aber ich weiß, dass du genauso weichherzig bist wie ich, *xe xie.*«

Damit lief Nyk wütend zurück zum Dorf, den Käfig mit den Kaninchen unter den Arm geklemmt, während die Taube, der Hund, Wind – und sogar Rex, der oben durch die Luft jagte – ihm wie eine Reihe von Entenjungen folgten.

Tristan starrte ihm hinterher und konnte nicht fassen, dass der Junge die Frechheit besaß, so mit ihm zu reden. Aber nachdem sich sein Zorn gelegt hatte, ging er in Gedanken den Morgen noch einmal durch, als er Wind zum ersten Mal begegnet war. Egal, was er zu Nyk gesagt hatte, es war tatsächlich sein natürlicher Instinkt, gut und freundlich zu Tieren zu sein. Sein Vater hatte sich alle Mühe gegeben, ihm das auszutreiben, aber wann immer Tristan ängstlich oder nervös war, zeigte sich diese Schwäche.

»*Xe xie* …«, murmelte er und schüttelte den Kopf. So hatte seine Mutter ihn früher genannt. Diese pyrenische Liebkosung hatte sich in seiner Erinnerung festgesetzt, während das Gesicht seiner Mutter jeden Tag ein bisschen mehr verblich. Mein Süßer … mein Lieber … Tristan hatte gar nicht gewusst, dass er das laut gesagt hatte. Vielleicht hatte sein Vater ihn deshalb so streng bestraft. Das Pyrenisch des Kommandanten war ein wenig eingerostet, aber sicher würde selbst er sich an diese Kosenamen erinnern.

Tristan blieb noch lange auf der Bahn stehen, während sich um ihn herum die Nacht senkte, bis er schließlich allein durch die Dunkelheit zurückging.

BERICHT ÜBER DIE LEICHENSCHAU

Name des Verstorbenen: König Aryk Aschenfeuer
Geboren: Tag 27, Zwölfter Mond, 129 NI
Tod: Tag 6, Fünfter Mond, 165 NI
Alter: 35

Zeugenaussage: Königin Lania von Stel
Am Abend von Tag 5, Fünfter Mond, 165 NI, habe König Aryk sich nach dem Essen früh zurückziehen wollen, er habe von Magenkrämpfen gesprochen und Fiebersymptome gezeigt. Als Lania sich einige Stunden später in seine Gemächer begab, fand sie ihn im Bett vor, regungslos, mit hohem Fieber, seine Bettwäsche war von Erbrochenem bedeckt.

Der König wurde in die Obhut der Hohepriesterin Deidra gegeben und der Hof hielt an seinem Bett Wache. Die Krankheit holte ihn vor Glock 8 am Nachmittag des folgenden Tages.

Zeugenaussage: Fenton, Hauptmann der
Königlichen Garde
Hauptmann Fenton sagt aus, König Aryk habe sich am Abend von Tag 5, Fünfter Mond, 165 NI, in guter Stimmung zurückgezogen und am frühen Morgen mit seinen geliebten Jagdhunden einen Spaziergang machen wollen. Er habe keinerlei Zeichen von Unwohlsein gezeigt.

Untersuchung des Leichnams
Datum: Tag 7, Fünfter Mond, 165 NI
Durchgeführt von Deidra, Hohepriesterin von Hael, und von Ilithya, Altardienerin des Hael

Keine Anzeichen auf gewaltsames Eindringen oder Handgemenge. Ein leerer Becher wurde auf König Aryks Nachttisch gefunden, da er vor dem Schlafengehen bekanntlich gern ein Glas gewürzten Honigtrunks zu sich nahm, den er eigenhändig anrührte. Die Weinflasche, der Honig und die Gewürze wurden alle auf Gift oder Fäule untersucht, doch es ließen sich keine schädlichen Beimischungen nachweisen. Der Leichnam wies Symptome von hohem Fieber, Dehydrierung und Magenkrämpfen auf.

Diagnose: Tod aus natürlicher Ursache, möglicherweise Phönixgrippe, Schweißkrankheit oder ein anderes durch die Luft übertragenes Virus.

Ergänzung
Datum: Tag 10, Fünfter Mond, 165 NI
Durchgeführt von: Ilithya, Altardienerin des Hael

Leerer Becher untersucht, Spuren von verdächtigen dunklen Ablagerungen in den Rillen des gepunzten Metalls entdeckt. Der Becher galt als Lieblingskelch des Königs, es ist ein Aschenfeuer-Erbstück, das einst keinem Geringeren als König Damian von Ferro gehörte. Weitere Untersuchungen zur Identifizierung der Ablagerungen nötig.

Zutritt zum Schlafgemach des Königs – und zu seiner privaten Sammlung von Lieblingsgegenständen – hatten nur er und seine Gemahlin, Königin Lania.

Manchmal wird der Titel der Königin gegeben,
manchmal muss er genommen werden. Und manchmal ist
diese Ehre derart in Blut und Verrat getränkt,
dass sie glitschig wird, doch wir strecken trotzdem die Hand
danach aus, mit Gift an den Fingern und Rache im Herzen.

– Kapitel 19 –

Veronyka

Während des Abendessens versteckte Veronyka sich in der Küche. Sie war noch immer wütend auf Tristan, und er war ganz bestimmt wütend auf sie, deshalb wollte sie ihn nicht früher als unbedingt nötig wiedersehen. Morra ließ sie arbeiten, kaum dass sie in der Küche aufgetaucht war, aber das war ihr egal. Sie knabberte an honigbeträufelten kleinen Kuchen herum, die die Köchin ihr auf einem Teller hingestellt hatte, während sie mit einer Form Stücke aus einem ausgerollten Teig ausstach. Anschließend ließ sie diese Stücke auf ein Tablett fallen, während Morra die Reste abermals ausrollte und ausstechen ließ.

Solange Veronyka ihre Gedanken beschäftigte, hatte sie keine Angst vor Morras Schattenmagie. Soweit sie wusste, setzte Morra sie ohnehin nur ein, wenn es sich absolut nicht vermeiden ließ.

Natürlich brauchte Morra keine Schattenmagie, um zu wissen, dass Veronyka etwas zu schaffen machte. Als Tristan auf dem Weg zum Speisesaal durch den Bogengang vor der Küche trat, konnte sie ein verärgertes Stirnrunzeln nicht unterdrücken.

»Ich glaube, das ist jetzt klein genug, Junge«, sagte Morra trocken. Veronyka sah sie verwirrt an, bis Morra zu dem Stück Teig hinübernickte, das sie ausgestochen hatte – und das sie mit einem wütenden Reißen an der Form in zwei Stücke zerteilt hatte.

»Oh, Entschuldigung«, sagte Veronyka und nahm die Form weg, damit Morra den zerfetzten Teil neu ausrollen konnte.

»Was hast du denn für ein Problem mit dem Herrlein?«, fragte Morra und nickte zu dem Bogen hinüber, durch den Tristan eben gegangen war. Mit wissendem Blick ließ sie nun Mehl auf den Steintisch rieseln und drückte eine Holzrolle auf die Teigkugel, um sie dann mit ein paar kurzen Bewegungen ihrer starken Arme auszurollen.

»*Er* ist derjenige mit dem Problem«, sagte Veronyka. Sie wusste, dass sie an Tristans Feindseligkeit mitschuldig war; sie hätte seine Magie nicht kritisieren dürfen – oder überhaupt hineinspähen, auch wenn das mehr oder weniger aus Versehen passiert war –, und sie hätte sich am Morgen beim Training vermutlich auch nicht einmischen dürfen. Aber es war ja nicht nur das. Er mochte sie nicht, weil sie während seiner Patrouille aufgetaucht war und wegen des Verhörs danach, aber sie weigerte sich, deshalb ein schlechtes Gewissen zu haben.

Morra lachte. »Ach, so schlimm ist der gar nicht. Er kommt mehr auf seine Mutter als auf seinen Vater. Diejenigen von uns, die sie gekannt haben, sehen das – und sobald *er* es auch sieht, wird alles leichter werden.«

»Wie meinst du das?«, fragte Veronyka. »Wer ist seine Mutter?«

Morra rieb sich zerstreut den Oberschenkel ihres amputierten Beines und griff nach dem Becher mit scharfem Kräutertee, den sie oft trank, um die Schmerzen zu lindern.

»Tristans Mutter Olanna kam aus einer sehr alten pyrenischen Familie. Die meisten glauben, nur Cassian könne sich auf edle Herkunft berufen, er als Ex-Gouverneur, aber die Geschichte der kleineren

Königreiche ist jung im Vergleich zu den Sippen des alten Pyra. Olanna war eine Flammensang und diese Familie lässt sich bis zu den Ersten Reiterinnen zurückverfolgen.«

Veronykas Herz machte einen Sprung, sie hörte zu gern Geschichten über die Ersten Reiterinnen. Sie gehören zur Schöpfungsgeschichte der Phönixreiter, sagenhafte Gestalten, die Axura für ihren Kampf gegen Nox auserwählt hatte.

Val hatte ihr in Aura Nova ein riesiges Wandbild gezeigt, das der vom Rat angeordneten Vernichtung aller Gegenstände, die mit den Phönixen zu tun hatten, entgangen war; es war zwischen zwei alten Häusern in einer engen Gasse verborgen. Der Putz bröckelte ab, und die Farben waren verblasst, aber es war trotzdem das Großartigste, was Veronyka jemals gesehen hatte. Es zeigte die Schlacht zwischen Licht und Finsternis – Axuras flammende Phönixe gegen die Düsternis der Nox, dargestellt als tintenschwarze Vögel, die schleierartige Schatten hinter sich herzogen. Strigae hatte Val diese Vögel genannt und bei diesem Wort war es Veronyka eiskalt den Rücken hinuntergelaufen. Sie waren mehr als nur Gestalt gewordener Tod und Finsternis, sie waren Boten des Endes der Welt.

In Veronykas Ohren klang das alles eher nach Mythos als nach Geschichte, aber bis zum heutigen Tag führten die Phönixreiter ihre Herkunft auf diese gewaltigen Kriegerinnen zurück. Val hatte gesagt, die erste Reiterkönigin sei eine Aschenfeuer gewesen, der Anfang einer ununterbrochenen Linie, die tausend Jahre geherrscht hatte – zuerst im Königinnenreich Pyra, dann im Goldenen Imperium, bis der Blutkrieg alles zerrissen hatte.

»Cassians Familie hat in Ferro regiert – anfangs als Könige, dann als Gouverneure«, fuhr Morra fort. »Einer seiner Ururgroßonkel hatte sich mit Elysia vermählt und als ihr Gemahl regiert, als das Imperium gegründet wurde. Dann hat er seinen Bruder zum Gouverneur seines Heimatlandes erhoben. Tristan sieht zwar aus wie sein Vater, aber hier«, Morra tippte sich mit einem Finger auf die Brust,

»ist er seine Mutter. Von ihr hat er sein Mitgefühl und sein Gespür für Recht und Unrecht. Sein Temperament dagegen ist durch und durch cassianisch.« Sie beugte sich vor und senkte ihre Stimme. »Angeblich fließt in den Adern des Kommandanten auch stellanisches Blut, deshalb seine Liebe zu Verschwörungen und Politik – aber ich bin sicher, das würde er bis zu seinem letzten Atemhauch abstreiten.«

Veronyka grinste. Die Stellaner galten als Unruhestifter und Kriegstreiber. Jedenfalls hatte Val ihr das erzählt. Stel war die größte und mächtigste Provinz, und ehe sie dem Imperium einverleibt worden war, war sie eine Gemeinschaft von über einem Dutzend Königreiche gewesen. Diese Königreiche hatten jahrhundertelang ebenso oft unter sich Krieg geführt wie mit ihren Nachbarn – meistens mit Ferro, mit dem sie eine Grenze teilten –, und es war ihnen schwergefallen, sich mit Königin Elysias wachsendem Reich zufriedenstellend zu einigen. Stel war als letzte Region in den Blutkrieg eingetreten und hatte offenbar erbitterte Schlachten geschlagen, hatte Pheronia – deren Mutter aus Stel gestammt hatte – gegen Avalkyra unterstützt und militärische und finanzielle Unterstützung geliefert.

»Hat Olanna im Blutkrieg gekämpft?«, fragte Veronyka.

»Aber ja. Sie hat der Königin mit der Federkrone gedient, wie auch ihr Gemahl, und selbst als das letzte Gefecht verloren war, hat sie noch weitergekämpft. Während Cassian sich mit dem Rat getroffen, um Milde gebeten und Informationen angeboten hat, um sich seine Stellung als Gouverneur zu sichern, hat Olanna Reitern und ihren Familien geholfen. Nicht nur Avalkyras Soldaten wurden gefangen genommen und getötet – alle, die Tiermagie besaßen, waren in Gefahr. Olanna hat Hunderte aus dem Tal nach Pyra geschmuggelt. Sie hat auch mich herausgeschmuggelt, obwohl es aussah, als ob ich an meiner Verwundung sterben würde. Olanna war ein guter Mensch.«

Morra räusperte sich und machte sich über den nächsten Teigklumpen her, wobei ihre Bewegungen ruckhafter ausfielen als vorher.

»Warte«, sagte Veronyka, legte ihre Form beiseite und sah Morra an. »Der Kommandant hat versucht, sich einen Vorteil zu verschaffen, während seine Frau ihr Leben aufs Spiel setzte? Er hat sich dem Imperium als Denunziant angeboten?« Sie konnte nicht vermeiden, dass ihr Mund sich angeekelt verzog und ihr Tonfall vor Verachtung bitter wurde.

»Viele haben das so gesehen«, sagte Morra und legte die Form beiseite. »Aber so einfach war das nicht. Er und Olanna waren sich über die Methoden nicht einig, teilten aber das Ziel. Er glaubte, wenn er seine Position im Rat der Gouverneure behalten könnte, könnte er uns retten … könnte er *sie* retten. Das Magieregister war damals erst eine Idee, aber man konnte leicht sehen, wie ein solches Gesetz an Durchschlag gewinnen würde, so viel Angst und Hass, wie nach dem Krieg wüteten. Wir brauchten jemanden im inneren Kreis, jemanden, der uns und unsere Interessen im Rat vertreten konnte. Also hat er sich gestellt. Er hat Informationen angeboten, aber nichts von wirklichem Wert – vor allem Namen von Leuten, die bereits gefangen und verurteilt waren, oder von längst aufgegebenen Stützpunkten. Aber seine Bemühungen waren umsonst gewesen.«

Etwas an ihrer Stimme sorgte dafür, dass sich Veronykas Magen vor Angst verkrampfte. »Was ist aus Olanna geworden?«

»Sie geriet in Gefangenschaft«, antwortete Morra mit einem tiefen Seufzer. »Sie ist ein großes Risiko eingegangen, und es war nur eine Frage der Zeit, bis sie in die Falle gehen würde. Tristan war bei irgendwelchen Dienstboten in Ferro auf dem Land untergebracht. Aber Cassian befand sich noch in der Obhut des Imperiums, als Olanna gefangen genommen wurde, und er war bei ihrem Prozess dabei. Alle seine Beziehungen, alle seine politischen Manöver konnten sie nicht retten. Olanna galt als zu gefährlich, um am Leben bleiben und ihre Strafe in Leibeigenschaft abdienen zu dürfen, wie so viele andere. Sie wurde als Verräterin hingerichtet und ihre Phönice wurde enthauptet. Ihr Tod jagte Schockwellen durch das Imperium und die letzten Überlebenden von Avalkyras Rebellion unterwarfen sich vor Entsetzen. Wenn Olanna, mit ihrem Rang und ihrem Reichtum, hingerichtet werden konnte, dann war niemand sicher. Cassian ist seither nie wieder der Alte geworden. Sein Leben wurde verschont, aber seinen Sitz im Rat verlor er. Ich glaube, sie fanden es recht nett, ihn gebrochen und im Exil zu sehen … ein einst mächtiger und jetzt tief gestürzter Gouverneur. Vielleicht dachten sie, er könnte als Beispiel oder Warnung dienen. Der Rat hat an seiner Stelle irgendeinen stellanischen Adligen zum Gouverneur ernannt und Cassians gesamte Familie aus dem Imperium vertrieben.«

Die Verachtung, die Veronyka eben noch empfunden hatte, ebbte langsam ab. Es war so unvorstellbar grausam, dass sie nicht anders konnte, als Mitleid mit Cassian und Tristan zu verspüren.

»Hast du im Krieg gekämpft?«, fragte sie.

»Ja«, sagte Morra und widmete sich wieder dem Teig. »Aber nicht lange.« Sie griff sich in die Haare und zog eine mit Asche bedeckte Feder heraus. »Ich habe Aneaxi in einem Grenzgefecht verloren. Das waren düstere Tage für mich, aber einen Krieg kann man auf mehr als nur eine Weise ausfechten – das habe ich von Olanna gelernt. Als wir unsere Verbündeten überlebt hatten, haben wir andere Möglichkeiten gefunden, unserer Königin zu dienen. Sie nannten uns Engel des Erbarmens. Wir haben die brennenden Häuser und die rauchenden Schlachtfelder durchkämmt und Überlebende gesucht. Und Auferstehungen.«

»Auferstehungen?«, flüsterte Veronyka. »Phönixe können mitten auf einem Schlachtfeld wiedergeboren werden?« Ihr Herz geriet ins Stocken und wieder sah sie das Bild von Xephyras kalter Asche vor sich.

Morra nickte mit ernster Miene. »Dazu sind nur Feuer und Knochen nötig und von beidem gab es mehr als genug. Ich war noch nicht lange dabei, aber die älteren Engel konnten seltsame Geschichten erzählen. Ich wollte unbedingt meine Pflicht tun, jemanden finden …« Sie schaute zu Veronyka hinüber, dann zuckte sie mit den Schultern und schob ihr den Teig zu. »Aber meine Einheit wurde überfallen, ehe wir auch nur die Grenze überschritten hatten. Die anderen wurden getötet … ich bin nur haarscharf mit dem Leben davongekommen.« Sie zeigte auf ihr Bein.

Sie schwiegen einige Augenblicke, während der Lärm und die Unruhe in der Küche um sie herum unvermindert weitergingen.

»Wir sind nicht so stark, wie wir einmal waren«, fuhr Morra fort, »aber auch nicht so schwach. Der Kommandant kann schroff wirken, und einige seiner Methoden sind zu sehr dem Imperium verhaftet, aber er ist ein fähiger Mann. Unter denen, die den Blutkrieg überlebt haben – noch dazu mit ihren Verbündeten –, verfügt Cassian über die meiste militärische Erfahrung, den größten Reichtum und die größte natürliche Autorität. Die, die neben ihm gekämpft haben, respektieren seine Fähigkeiten als Anführer, und niemand unter uns würde ihn herausfordern. Und doch«, fügte sie mit einem Augenzwinkern leise hinzu, »wird der junge Tristan eines Tages seine Stärke finden.«

Veronyka fiel es sehr schwer, Tristan als jemanden zu sehen, der Stärke brauchte. Er hatte große Ähnlichkeit mit seinem Vater, aber offenbar sah Morra etwas anderes in ihm. Und da sie über Schattenmagie verfügte, sah sie wahrscheinlich mehr als die meisten anderen.

Am folgenden Abend ging Veronyka am Rande der Hindernisbahn auf und ab und wartete auf Tristan. Während des Morgentrainings hatte er sie nicht einmal angesehen. Er hatte einfach die Bahn hinter sich gebracht, ohne auf ihre Ratschläge zu achten, seine Tiere hart angetrieben und sich selbst verausgabt. Der restliche Tag verging schnell, so wie Zeit es immer tut, wenn man sich vor etwas graust.

Morras Worte waren Veronyka den ganzen Tag nicht aus dem Kopf gegangen. Sie hätte gern gewusst, wie Tristan über das heldenhafte Opfer seiner Mutter dachte. Fand er sie tapfer oder machte er sie für sein Exil verantwortlich? Und würde er ein Anführer von ihrer Art werden – ein selbstloser Beschützer seines Volkes –, oder würde er sich, wie sein Vater, verzweifelt an seinen Platz im Tal klammern?

Dabei musste sie auch darüber nachdenken, was sie selbst für ein Mensch sein wollte. Sie hatte schon Hunderte von Geschichten über die Phönixreiter gehört, über Avalkyra Aschenfeuer und ihre Taten, eine überwältigender als die andere.

Mit elf hatte Avalkyra als jüngste Reiterin aller Zeiten bei den Spielen zur Sommersonnenwende beim Fliegen und beim Bogenschießen den Sieg davongetragen, mit zwölf hatte sie ihre erste Patrouille geleitet.

Zu offiziellen Anlässen am Hofe und bei Ratssitzungen hatte Avalkyra darauf bestanden, mit ihrer Schwester zur Rechten des Königs zu sitzen – ein Platz, der normalerweise der Königin vorbehalten war –, und hatte ihre Stiefmutter an die sehr viel weniger würdevolle Linke des Königs gezwungen.

Als ihr Vater gestorben war und ihre Stiefmutter versucht hatte, die Herrschaft an sich zu reißen, hatte Avalkyra den Rat mit Verbündeten überflutet und viele Vertraute der Regentin mittels Drohungen und Erpressung vertrieben, wodurch sie jegliche Bewegung und jeglichen Befehl der Möchtegernkönigin vereiteln konnte.

Selbst der Stellanische Aufstand, der größte militärische Konflikt vor dem Blutkrieg, hatte Avalkyra nicht besiegen können. Sie hatte die Schlacht mit der Hälfte der eigentlich nötigen Soldaten gewonnen, hatte dafür gesorgt, dass Aura Nova während ihrer Abwesenheit nicht den Schachzügen ihrer Stiefmutter ausgeliefert war, und hatte sogar Pheronia auf das Schlachtfeld geholt, damit die Königin ihre Schwester nicht gegen sie aufhetzte.

Und als es ans Licht kam, dass der König offenbar von seiner Gemahlin – der derzeitigen Regentin – vergiftet worden war, hatte Avalkyra dafür gesorgt, dass die Gerechtigkeit wiederhergestellt wurde.

»Was denn für eine Gerechtigkeit, Maiora?«, hatte Veronyka eines Abends spät gefragt, als ihre Großmutter die Geschichte erzählt hatte. Sie saßen wie so oft am Feuer – Veronyka zusammengerollt auf dem Haufen von Matten und Decken, die ihr und Val als Bett dienten, und die Maiora neben ihr auf einem wackligen alten Hocker.

»Die einzige, die eine Rolle spielt, *xe* Nyka«, hatte Val gesagt und war neben ihr unter die Decke geschlüpft. »Sollte Avalkyra ihre verräterische Stiefmutter in eine fürstlich eingerichtete Zelle stecken, wo sie weiterhin Ärger machen könnte? Sollte sie einem Prozess vertrauen, der von feigen Politikern mit eigenen Interessen geführt wurde? Tod war die einzig gerechte Strafe: Auge um Auge.«

»Aber was war mit Pheronia? Ich dachte, Avalkyra hat ihre Schwester geliebt. Wie konnte sie dann deren Mutter töten?« Veronyka hatte aufgeschaut und gestaunt, weil Val und die Maiora über ihren Kopf hinweg einen Blick tauschten, der nicht für ihre Augen bestimmt gewesen war.

»So einfach ist das nicht«, sagte ihre Großmutter dann. »Liebe und Politik sind wie Öl und Wasser – sie vermischen sich nicht. Was für das Imperium und für Avalkyras eigenen Anspruch auf den Thron das Beste war, war nicht unbedingt auch das Beste für ihre Schwester.«

»Die Politik war ihr also wichtiger als die Liebe?«

Val räusperte sich gereizt. »Avalkyra konnte den Mord an ihrem Vater nicht ungestraft lassen. Die Menschen reagieren auf Stärke, Veronyka. Sie war die Thronerbin, und es war ihre Pflicht ihrem König gegenüber, für Gerechtigkeit zu sorgen.«

Doch diese Entscheidung hatte zur Trennung geführt, es war der Moment gewesen, in dem die beiden Schwestern – die sonst immer gemeinsam versucht hatten, den Willen des Rates und die Machenschaften der Gouverneure zu bekämpfen – endgültig auseinandergegangen waren.

Später hatte ihre Maiora erklärt, dass Avalkyra geglaubt hatte, sie würde auf diese Weise Unterstützung für ihren Anspruch auf den Thron gewinnen, aber das Gegenteil war passiert. Sie galt nun als grausam und rücksichtslos und Pheronia erlangte überall Beliebtheit und Mitgefühl. Die Schwestern sprachen nicht mehr miteinander, und Avalkyra weigerte sich, an der Totenfeier für die ehemalige Königin teilzunehmen.

Obwohl Avalkyra den Mord an ihrer Stiefmutter niemals zugegeben hatte, war sie die Hauptverdächtige gewesen. Sie floh nach Pyra, um sich einem Prozess zu entziehen, und begann, die Provinz aus dem Imperium zu lösen. Verträge wurden unterzeichnet, Grenzen neu gezogen und Pyra wurde wieder ein eigenständiges Land. Pheronia war in Avalkyras Abwesenheit nicht gekrönt worden, da sie noch nicht volljährig war; für sie regierte der Rat, und das trug ihr den Beinamen »Ratskönigin« ein.

Morras Bericht über ihre eigene und über Olannas Geschichte rückten für Veronyka das, was sie über den Blutkrieg zu wissen glaubte, in ein neues Licht. Sie hatte in Avalkyra Aschenfeuer immer eine Heldin gesehen, die in Feuer und Ehre untergegangen war und die den Krieg mit ihrem letzten Atemzug beendet hatte. Aber Krieg bestand nicht aus einem oder zwei großen Augenblicken, sondern aus Dutzenden von kleineren, in denen Menschen wie Morra und Olanna wichtig waren, die weiterkämpften, auch wenn ihre Sache bereits verloren war. Plötzlich wirkten Avalkyra Aschenfeuers strahlende Momente der Größe überstürzt und töricht. Avalkyra hatte sich nicht nur der Verfolgung entzogen, als sie sich in Pyra niedergelassen hatte. Sie hatte den Menschen des Imperiums den Rücken gekehrt und Tausende ihrer Anhänger und unschuldige Animagen im Stich gelassen. Durch ihre Taten waren viele zu Leibeigenschaft, Gefangenschaft und sogar zum Tode verurteilt worden, und es blieb Menschen wie Morra und Olanna überlassen, ihnen zu helfen.

Einen Krieg kann man auf mehr als nur eine Weise ausfechten. Es gab feurige Schlachten und fein gesponnene Hofintrigen, aber es gab auch kühne Rettungsaktionen und selbstlose Opfer.

Veronyka dachte an den Leibeigenen, den sie vor vielen Wochen im Wald bei ihrer Hütte gesehen hatte, wie sein Gesicht beim Anblick Xephyras aufgeleuchtet hatte, und bei *ihrem* Anblick, dem einer Mit-Animage, die in Freiheit lebte. Sie dachte daran, was Kommandant Cassian über ein neues Ziel für die Phönixreiter gesagt hatte, darüber, einen sicheren Ort für ihr Volk zu schaffen.

Bisher hatten sich Veronykas Vorstellungen vom Leben als Phönixreiterin darauf beschränkt, durch die Luft zu jagen und ein flammendes Schlachtfeld mit Pfeilen zu durchsieben. Jetzt änderte sich dieses Bild mehr und mehr. Sie sah sich selbst, wie sie Wagen voller Animagen beschützte, Kinder, alte Leute und alle möglichen anderen – Menschen wie sie, verloren und verängstigt und auf der Suche nach einem Zuhause. Bei dieser Vorstellung prickelte ihre Haut. Es war ein Kampf, der sich lohnte.

In Gedanken verloren bemerkte sie nicht sofort, dass Tristan näher kam. Bogen und Köcher hingen über seiner Schulter und seine weichen braunen Haare wehten in der Abendbrise. Veronyka ging zu Wind hinüber, um sich davon zu überzeugen, dass er richtig gesattelt war – was sie schon mindestens dreimal getan hatte.

Tristan ignorierte sie abermals, als er in den Sattel stieg. Er wirkte noch immer steif und abweisend, aber nicht ganz so wütend wie am Vorabend – oder sogar am Morgen –, als ob er sich endlich ein wenig beruhigt hätte.

Mit einer Bewegung seiner Knie und einem wortlosen Befehl ließ er Wind drehen, rief die Taube auf seine Schulter und den Hund hinter das Pferd. Als er seine Waffe bereithielt und sich zum Anfang der Bahn bewegte, entnahm Veronyka dem fernen Klang von Flügelschlägen, dass Rex unterwegs war.

Sie wartete darauf, dass Tristan loslegte, fest entschlossen, weiteren Auseinandersetzungen aus dem Weg zu gehen. Schließlich aber trat sie vor. Warum ritt er nicht los? Stimmte mit ihm oder mit Wind etwas nicht?

»Bist du …«, setzte sie an und trat neben ihn, aber Tristan ließ sie nicht ausreden.

»Es tut mir leid«, stieß er hervor, ohne sie anzusehen.

»Was denn?«, fragte Veronyka ungläubig.

Er seufzte und schaute auf sie herab. »Ich habe gesagt, dass es mir leidtut. Es ist nicht … nichts davon ist deine Schuld. Es war falsch von mir, Alarm zu geben, als ich dich an dem Hang entdeckt habe, und ich war es, der auf der Hindernisbahn Mist gebaut hat. Ich an deiner Stelle hätte das Gleiche getan wie du. Das hoffe ich wenigstens. Können wir das also … einfach vergessen?«

Veronyka brachte vor Überraschung kein Wort heraus. Da sie zusammen mit Val aufgewachsen war, war sie an Entschuldigungen absolut nicht gewöhnt. Sie brachte nur ein Nicken zustande.

Tristan nickte ebenfalls, räusperte sich und begann seine Runde. Anfangs wirkte er steif, aber bald entspannte er sich zu seiner üblichen selbstbewussten Haltung.

Veronyka schob eine Hand in die Tasche. Sie hatte aus ihren abgeschnittenen Zöpfen und den daran befestigten Andenken eine Art Armband geflochten und trug es mit sich wie einen Talisman. Sie fingerte oft daran herum und das tat sie auch jetzt. Ihre Finger glitten über die vertrauten Perlen, während sie Tristan aus der Ferne beobachtete.

Seit ihrer ersten Begegnung war er nur wütend, gemein und arrogant gewesen. Es war schwer zu glauben, dass dieser ruhige, um Entschuldigung bittende Junge derselbe Tristan sein sollte. Natürlich war er unter einem großen Druck gestanden und seine Beschreibung der Art des Kommandanten hatte sie gar zu sehr an Val erinnert. Ganz offenbar hatte sein Vater ihm eine Lektion erteilen wollen und Veronyka war in diese unangenehme Situation hineingezogen worden.

Aber nicht nur sein bisheriges Verhalten tat Tristan sichtlich leid, sondern seine gesamte Ausstrahlung und sein Auftreten waren anders.

»Nyk?«, rief er zögernd vom anderen Ende der Bahn her.

Veronyka lief hinüber. »Ja, Lehrling?«, sagte sie.

Diese Anrede schien ihn zu stören. Er runzelte für einen Moment die Stirn, dann räusperte er sich. »Du kannst mich Tristan nennen.«

»Oh«, lautete Veronykas Antwort. Was war denn nur in ihn gefahren?

Er seufzte. »Kannst du … du musst diese Ablenkungssache noch mal machen. Das mit dem Ast?«, fügte er hinzu.

Sie zögerte. Sollte das eine Art Prüfung sein? »Ich soll noch mal die Tiere ablenken?«

»Wenn ich das hier alles schaffen soll«, er zeigte auf die Bahn, »also dieses Sondertraining, dann muss ich wirklich alles versuchen. Wir wissen beide, dass ich der Bahn gewachsen bin, aber darum geht es nicht. Es geht darum, bei Ablenkung Ruhe zu bewahren, eine Gruppe von Tieren im Griff zu behalten, ohne meine Konzentration oder die Kontrolle zu verlieren. Du hast mich ja schon früher versehentlich als Narr dastehen lassen, aber gestern Abend hast du das bewusst getan. Ich mag es aber nicht, besiegt zu werden – egal, bei welchem Wettbewerb.«

Veronyka runzelte die Stirn. »Ich dachte, du wolltest das alles vergessen?«, fragte sie wachsam.

»Das hier ist kein Trick. Ich …«, seine Miene wurde noch düsterer, »ich bin nicht wie mein Vater. Ich *will nicht sein* wie mein Vater. Ich will dich nicht aus Rache blamieren oder dir zeigen, dass ich stärker bin. Ich meine, was ich sage.«

Veronyka nickte und hatte ihn endlich verstanden. Er wollte nicht manipulieren, er versuchte einfach, sich so zu zeigen, wie er war – ohne weitere Motive. An dem Tag, an dem er sie entdeckt hatte, war er wütend und frustriert gewesen, und das war ihm an seinem verbitterten Gesicht und seinen herausfordernden Worten anzusehen gewesen. Gestern war er gedemütigt worden und entsprechend hatte er sich verhalten und sich gegen sie gewandt. Jetzt wollte er einen neuen Anfang machen, deshalb hatte er um Entschuldigung und um ihre Hilfe gebeten. Vielleicht war er einer der ehrlichsten Menschen, die ihr je begegnet waren.

Das beunruhigte sie. Sie fragte sich, wie er reagieren würde, wenn er wüsste, dass sie log.

»Na gut«, sagte sie und hielt Ausschau nach einem Ast.

»Du findest sicher was Passendes da drüben im Gebüsch. Hast du gestern bei den Tieren deine Magie eingesetzt oder nur das Geräusch gemacht?«

»Ich habe keine Magie eingesetzt. Ich habe sie nur abgelenkt …« Sie verstummte, weil sie plötzlich verstand, was sich an ihm verändert hatte. Es waren nicht nur seine Ausstrahlung und seine Haltung.

Es war seine Magie.

Veronyka spürte hinüber zu den Tieren und ihr Verdacht bestätigte sich. Der Druck, den er ausübte, seine Kontrolle über die Tiere … das alles war heute anders. Hund und Vogel hatten über das hinaus, woran sie sich von gestern her noch erinnerten, eine vage Vorstellung davon, was vor sich ging. Wind kannte die Übung ebenfalls, dennoch war die Magie, die ihm befahl, stillzuhalten und die Ruhe zu bewahren, kein heftiger Druck … Es war eine Bitte.

»Gut«, sagte Tristan und setzte sich im Sattel gerade, ohne von ihrer Entdeckung etwas zu ahnen. »Mach, was du willst, und ich werde versuchen, sie im Griff zu behalten.«

»Du darfst sie aber nicht darauf vorbereiten«, warnte Veronyka, brach einen kräftigen Zweig aus einem Gewirr von Büschen und ging rückwärts auf die Zielscheibe zu. »Das wäre gepfuscht.«

Sie hörte ihn lachen. »Würde mir nicht im Traum einfallen.«

Vor ihm lag ein Hindernis, bei dem Ross und Reiter sich durch eine Reihe von aufragenden Pfosten hindurchschlängeln mussten, und Veronyka beschloss, dort zuzuschlagen. Sie wartete, bis Tristan fast fertig war, dann hieb sie so heftig gegen die Zielscheibe, wie sie nur konnte. Es hallte auf dem Gelände wider, und sie drehte sich um, um zu sehen, was Tristan machte.

Das Pferd legte die Ohren an, der Hund bellte. Veronyka warf den Ast in die Luft und der Hund sprang von Wind weg – blieb aber auf halber Strecke stehen. Tristan schwitzte bei dem Versuch, Wind auf dem richtigen Kurs und die Taube auf seiner Schulter zu behalten, und Veronyka spürte, dass er seinen Druck steigerte.

»Auf den Hund konzentrieren«, rief sie unwillkürlich und blieb dabei so still stehen, wie sie nur konnte. »Du hast schon Vogel und Pferd – vertrau ihnen und konzentrier dich auf den Hund.«

Tristan runzelte die Stirn, dann deutete er ein Nicken an. Er schloss die Augen. Einen Herzschlag darauf winselte der Hund und wirbelte herum, um zu Tristan zurückzulaufen.

Tristan riss die Augen auf, öffnete überrascht den Mund und Veronyka jubelte. Über ihnen stieß Rex einen melodischen Schrei aus und hinter ihm zog sich ein Feuerschweif dahin. Tristan schaute auf und sah, wie sein Phönix einen flammenden Bogen an den Himmel malte, dann schaute er wieder zu Veronyka.

Er lächelte ihr zu und dieser Anblick hätte sie fast umgeworfen. Das Lächeln verwandelte seine sonst hochmütige Miene in etwas Jungenhaftes und Sorgloses. Er hatte in jeder Wange ein Grübchen und seine braunen Augen funkelten triumphierend. Nun sah er wieder aus wie ein Sagenheld, so wie bei ihrer ersten Begegnung – nur war es diesmal sein Lächeln, das diese Illusion zerbrach, und nicht die Tatsache, dass sein Speer auf sie gerichtet war.

Veronyka schluckte und machte sich klar, dass er etwas gesagt hatte – und sie hatte kein einziges Wort gehört.

»E-Entschuldigung?«, fragte sie, noch immer leicht benommen.

Sein Lächeln wich einem verwirrten Stirnrunzeln. »Ich habe gesagt, ich glaube, ich mache noch einen Versuch – kannst du noch bleiben?«

Veronyka konnte es nicht fassen. Er wollte, dass sie bei ihm blieb? Wusste er ihre Hilfe wirklich zu schätzen? Ihr wurde bis in die Fingerspitzen hinein warm.

»Natürlich«, sagte sie.

Er lächelte dankbar und der wütende, boshafte Junge der vergangenen Tage war verschwunden. Vielleicht war das ja nicht sein wahres Ich gewesen… Vielleicht hatte sie sich die ganze Zeit in ihm geirrt.

Wie sie es erwartet hatte, gelang es Tristan beim zweiten Mal noch besser. Obwohl der Hund noch immer herumfuhr und zu dem Ast rennen wollte, hatte Tristan ihn schon nach wenigen Schritten wieder unter Kontrolle gebracht.

Als sie Schluss machten, fegte ein kalter Wind über das offene Gelände, und die Laternen über dem Dorftor schaukelten und flackerten in der Ferne. Veronyka zitterte, doch dann umfing ein heißer Windstoß sie wie eine Umarmung, als Rex in ihrer Nähe landete.

Sie starrte das prachtvolle Geschöpf bewundernd an. Er strahlte pulsierende Hitze und Magie aus, und ihr war warm, während sie zugleich eine Gänsehaut bekam. Sie konnte nicht glauben, dass sie einen eigenen Phönix gehabt hatte, wenn auch nur für kurze Zeit.

Sie schloss die Augen. Xephyras Rauch-und-Kohle-Geruch füllte ihre Nase und ihre raschelnden Federn flüsterten in ihr Ohr. Es war so tröstlich wie eine Liebkosung und so schmerzhaft wie eine frisch geöffnete Wunde.

Sie biss die Zähne aufeinander und stärkte ihre inneren Mauern, um das Gute und das Böse gleichermaßen zu begraben.

Wenn sie mit einer Verbündeten hergekommen wäre, hätte sie jetzt ein Lehrling sein können wie Tristan. Kein Diener. Kein Junge.

Sie hätte sie selbst sein können.

»Du kannst ihn streicheln, wenn du möchtest«, bot Tristan ihr mit leichtem Stirnrunzeln an, als ob er versuchte, ihre seltsame Miene zu deuten.

Veronyka zögerte, sie dachte an ihre Zukunft bei den Reitern. Könnte sie wirklich ein neues Bündnis eingehen, während Xephyra in ihrem Herzen immer noch lebte? Könnte sie noch einmal auf dieselbe Weise lieben?

Aber als ihr Blick auf Rex fiel, verschwand etwas von dem Schmerz und ihrer Besorgnis – wie die letzten nächtlichen Schatten, die von der Sonne vertrieben werden.

Sie legte dem Phönix eine Hand auf den Hals. Rex stand groß und stolz da, seine Federn waren unter ihrer Berührung fast heiß und viel weicher, als sie erwartet hatte, da er doch ausgewachsen war. Während sie in den Geist jedes Tieres hineinsprechen konnte, besaßen Phönixe als Einzige die Fähigkeit, sie abzublocken – dank ihrer eigenen Magie. Aber gleich darauf öffnete Rex sich für sie, langsam und vorsichtig, wie eine Blume, die zu blühen beginnt.

Veronykas Ängste verflogen gänzlich. Ja, sie konnte weitergehen. Xephyra würde immer bei ihr sein, aber es wäre kein Verrat, ein Bündnis mit einem ihrer Geschwister einzugehen. Einen neuen Phönix in ihr Herz aufzunehmen würde bedeuten, Xephyras Gedächtnis zu ehren, nicht, es aufzugeben.

Sie konzentrierte sich auf Rex und staunte über sein ruhiges, selbstsicheres Wesen. Er war zweifellos das stabile Gegengewicht zu Tristans leicht entzündlicher Frustration, aber je länger sie mit ihm verbunden blieb, umso deutlicher wurde ihr, dass er seinen Verbündeten zwar oft beruhigte, selbst aber ebenfalls seine Höhen und Tiefen hatte. Er besaß Arroganz und ein heftiges Temperament, aber er hatte auch Humor.

Tristan ließ sie nicht aus den Augen, und sie fragte sich, wie viel er durch seinen Verbündeten von ihrem Austausch mit Rex erfasste – falls überhaupt. Die Grenzen zwischen Schattenmagie und normaler Tiermagie waren oft schwer zu erkennen und selbst zu den besten Zeiten blieben sie ein Geheimnis.

Tristan trat neben sie und fuhr mit der Hand über Rex' Hals.

»Du willst, dass ich es sage, oder?«, fragte er und sah dabei die scharlachroten Federn unter seinen Fingern an, nicht ihr Gesicht.

»Dass du was sagst?«, fragte sie.

»Du hattest recht«, sagte er, ließ die Hand sinken und schaute auf sie herab. Er seufzte tief, als ob es ihm wehtäte, es zuzugeben. »Ich habe den ganzen Tag darüber nachgedacht, und als ich es versucht habe, eben, meine ich … Du hattest recht, was die Tiere betrifft, die Art, wie wir sie lenken.«

Veronyka lächelte und streichelte Rex ein letztes Mal, ehe sie ihre Trinkschläuche in Winds Satteltasche packte. Dabei schaute sie verstohlen zu Tristan hinüber.

Tristan verschränkte die Arme vor der Brust. Sein Gesicht war in der Dunkelheit fast nicht zu sehen.

»Das findest du richtig gut, oder?«, fragte er.

Ihr Lächeln verbreiterte sich, dann zwang sie es zurück und drehte sich zu ihm um. »Nur ein bisschen.«

Er lachte und dieses Geräusch strich sanft wie ein Flüstern über ihre Haut. »Kommst du also aus einer Reiterfamilie?«, fragte er und warf sich Bogen und Köcher über die Schulter, während sie weiter zusammenpackten. »Du weißt ja offenbar viel über Tiermagie.«

»Ich habe alles von meiner Großmutter gelernt, sie war Phönixreiterin. Meine Eltern waren auch Reiter, aber an die kann ich mich nicht erinnern.«

Sie waren jetzt auf dem Weg zum Dorf und das leichte Geräusch der Pferdehufe und das stetige Hecheln des Hundes zu ihren Füßen verloren sich fast im Rascheln des Grases in der Abendbrise. Rex kreiste über ihnen und sein warmes Leuchten traf Veronykas nach oben gekehrtes Gesicht wie das letzte Tageslicht.

»Du wärst ein guter Reiter«, sagte Tristan.

Veronyka fuhr herum. »Was?«

Tristan warf ihr einen Blick zu und zuckte mit den Schultern. »Wirklich.«

Ihre Brust krampfte sich plötzlich zusammen. »Aber dein Vater – der Kommandant –, er hat gesagt, ihr nehmt keine Lehrlinge auf.«

»Mehr hat er nicht gesagt?«

Veronyka runzelte die Stirn. Was sollte das bedeuten? »Na ja, er hat auch gesagt, dass die Ausbildung Geld kostet … dass es nicht geht, dass arme Bauernjungen sich mit Phönixen verbinden und dann nicht für die Ausbildung aufkommen können.«

Tristan seufzte. »Das gehört zu den ersten Dingen, die ich ändern würde, wenn ich etwas zu sagen hätte.«

»Was denn?«, fragte Veronyka, die im Wirbel ihrer Gedanken nicht richtig zugehört hatte.

»Man sollte nicht reich sein oder Förderer haben müssen, um Reiter werden zu können. Und wir sollten auch Mädchen aufnehmen. Dann wären wir mit einem Schlag doppelt so viele.«

Veronyka gab sich alle Mühe, ein ausdrucksloses Gesicht zu machen, auch wenn seine Worte ihre Wangen vor Hitze prickeln ließen. »Ich begreife ohnehin nicht, warum keine Mädchen zugelassen sind«, sagte sie mit, wie sie hoffte, gelassener Stimme.

Tristan zuckte mit den Schultern. »Anfangs hatte das vor allem praktische Gründe. Als wir zuerst Leute gesucht haben – na ja, das hat eine Menge gekostet. Deshalb wurden die vorgezogen, die schon ein Phönixei hatten oder sich eins der wenigen kaufen konnten, die wir zur Verfügung hatten. Sie mussten auch für Essen und Ausrüstung aufkommen, und natürlich war alles, was uns half, das Gelände wieder richtig aufzubauen, willkommen. Nimm zum Beispiel Latham – Lorans Bruder.« Loran war einer der Stallburschen, mit denen

Veronyka jeden Tag zu tun hatte. Sie hatte nicht gewusst, dass er mit einem Lehrling verwandt war – wenn also irgendwann neue Lehrlinge aufgenommen wurden und Förderer zur Verfügung standen, würde Loran keine Probleme haben. »Ihre Mutter hat für den Wiederaufbau des Übungshofes bezahlt und Fallons Familie hat die ersten Pferde gestellt. Der Kommandant war auch an denen interessiert, die schon ein Kampftraining hinter sich hatten oder mit Waffen umgehen konnten – so mussten wir nicht bei null anfangen –, und die meisten, auf die das zutraf, waren zufälligerweise Jungen.«

»Die meisten, aber nicht alle?«

»Na ja, du kennst Elliot?«, fragte Tristan, und Veronyka nickte. »Er und seine Schwester wollten eintreten. Sie hatten auch das Geld. Aber wir hatten nur ein Ei, deshalb beschloss der Kommandant, nur ihn aufzunehmen.«

»War er besser?«, wollte Veronyka wissen, ohne den spöttischen Unterton aus ihrer Stimme heraushalten zu können.

»Er war der Ältere der beiden«, sagte Tristan. »Und ihm schien es wichtiger zu sein, aber er war am Boden zerstört, als seine Schwester abgelehnt wurde. Ich nehme an, es war einfacher, kein Mädchen zu haben als nur ein Mädchen …«

Veronyka kochte vor Wut, sagte aber nichts. Der Kommandant hatte fadenscheinige Ausreden benutzt. Und ja, vielleicht hätte die eine junge Reiterin bei den Mägden im Dienstbotenhaus schlafen müssen, aber wäre das wirklich so schrecklich gewesen? Selbst in den Tagen des Imperiums hatten die Phönixreiter immer die natürlichen Gruppenstrukturen der wilden Phönixe nachgeahmt, die in kleineren Verbünden flogen, von denen jede für die Verteidigung eines bestimmten Territoriums zuständig war und bei denen verbundene Paare zusammenblieben. Ältere alleinstehende Phönixe blieben oft im Bündnisrevier und den Übungsgeländen und halfen bei der Versorgung der Schlüpflinge und der Jungtiere. Eine Trennung nach Geschlechtern wurde nicht vorgenommen oder in Betracht gezogen –

die Patrouillen flogen, schliefen und aßen zusammen, egal, wer welchen Geschlechts war.

Das Prinzip der Täler, würde Val jetzt sagen. Die Pyrener aus den Bergen waren die einzige matriarchale Monarchie der Region gewesen und ihre Gesetze und Bräuche waren für einige Männer aus den Tälern wirklich harte Brocken.

»Aber irgendwann werden wir uns ändern müssen«, sagte jetzt Tristan. »Wir könnten ohne ein Pferd für jeden Reiter auskommen. Wir könnten alte Sattel und altes Geschirr verändern und Pfeil- und Speerspitzen aus Obsidian benutzen, die sind günstiger als Stahl. Irgendwann wird das Imperium herausfinden, dass wir uns wieder zusammengetan haben, und sich auf die Suche nach uns machen.«

»Und er will einfach nur hier sitzen und darauf warten? Wozu soll es denn gut sein, sich hier oben zu verkriechen, wenn unser Volk im Tal unter Knechtschaft lebt?«

»Du hast recht«, sagte Tristan mit einem Seufzen, und Veronyka konnte seine Frustration deutlich hören. »Aber zwei Reiterpatrouillen und zehn Lehrlinge sind eben keine Armee. Wir müssen erst mehr werden, müssen den Lehrlingen Zeit lassen, ihre Fähigkeiten auszubauen. Wenn wir uns jetzt im Imperium sehen ließen, würden wir abgeschlachtet werden und mehr Unheil anrichten, als wir Gutes tun könnten. Aber trotzdem«, fügte er hinzu, als er sah, dass Veronyka den Mund zum Widerspruch aufmachte, »will ich unbedingt Meisterreiter werden, am besten der nächste Patrouillenführer. So könnten wir ein paar der älteren Jungen hochstufen und eine dritte Patrouille einrichten. Und danach können wir dann hoffentlich neue Leute anwerben und weitere Lehrlinge aufnehmen.«

Veronykas Blut schoss wie Blitze durch ihre Adern. »Wird er denn auf dich hören? Wie viele neue Rekruten könntet ihr aufnehmen?«

Etwas in Tristans Blick flackerte, und Veronyka spürte ein Zögern, als er antwortete. »Das … ich weiß es nicht. Wir dürften wahrscheinlich gar nicht darüber reden.«

»Aber du hast doch gesagt …«

»Ich weiß, was ich gesagt habe. Aber ich bin nur ein Lehrling. Es steht mir also nicht zu, über die Anordnungen des Kommandanten zu sprechen oder sie gar zu kritisieren.«

Sie gingen schweigend weiter. Veronyka nagte an ihrer Unterlippe. Tristan wollte hier einiges ändern, wollte Jungen *und* Mädchen aufnehmen, sogar arme. Das klang nach den Phönixreitern, von denen sie ihr Leben lang gehört hatte, den Phönixreitern, zu denen sie gehören wollte.

»Und warum bist du das noch nicht?«, fragte sie dann, um das Schweigen zu brechen. »Meisterreiter oder Patrouillenführer?«

Tristan lachte düster. »Der Kommandant glaubt, ich sei noch nicht so weit.«

Veronyka dachte darüber nach. Sie mussten dem Kommandanten *zeigen*, dass Tristan so weit war. Wenn sie sich bei diesen abendlichen Übungsrunden richtig anstrengten, könnte sie ihm vielleicht helfen, dieses Ziel zu erreichen. Und damit auch ihr Ziel. Sie war noch immer arm, aber als Patrouillenführer würde Tristan vielleicht mehr Einfluss darauf haben, wer aufgenommen und wer gefördert würde.

Sie wusste, dass es sehr unwahrscheinlich war, aber wenn sie doch ohnehin dieses zusätzliche Training durchführen mussten – wäre es den Versuch nicht wert?

»Was glaubst du, wie lange der Kommandant uns zusammenarbeiten lassen will?«, fragte sie, während in ihrem Hinterkopf eine Idee Gestalt annahm. Sie erreichten die Ställe, Veronyka öffnete das Tor, um Wind hineinzulassen, während Tristan die Klappe zu dem abgetrennten Bereich entriegelte, wo die Hunde schliefen.

Er schloss die Klappe hinter dem Hund und folgte ihr stirnrunzelnd in den Stall. »Ich weiß nicht. Vermutlich bis zur nächsten Inspektion. Er kommt einmal im Monat zum Training, also entscheidet er beim nächsten Mal vielleicht, ob ich nun genug *bestraft* bin«, sagte er mit leichtem Feixen, als ob die Vorstellung jetzt albern sei. Auch Veronyka musste lächeln. »Warum?«

Als sie Wind den Sattel abnahm und ins Regal legte, hob Tristan eine Bürste auf und begann, das Pferd zu striegeln. Er wirkte dabei geradezu abwesend, als müsste er überhaupt nicht darüber nachdenken, dass er ihr bei der Arbeit half.

»Einfach so«, sagte sie und befreite Wind vom Zaumzeug. Tristan sah sie stirnrunzelnd an, deshalb zuckte sie mit den Schultern und fügte hinzu: »Es wäre eine gute Gelegenheit, mehr nicht.«

Tristan hielt inne und starrte sie über Winds Rücken hinweg an. »Gelegenheit wozu?«

»Ihm zu beweisen, dass er sich irrt.«

Als die pyrenische Königin Elysia (9 VI – 37 NI) beschloss, ins Tal hinab zu expandieren, wusste sie, dass sie ihr Volk und ihre Zukunft durch Bündnisse besser beschützen könnte als durch Eroberungen. Da sie vier heiratsfähige Schwestern hatte und selbst ebenfalls unvermählt war, beabsichtigte sie, sich entsprechende Verträge durch den Bund der Ehe zu beschaffen.

Die »Fünf Bräute« sind oft als entscheidend für die Gründung des Imperiums angeführt worden, denn durch ihre Eheschließungen konnten sie viele der kleineren Königreiche auf friedliche Weise vereinigen. Deshalb wurde Königin Elysia auch die Friedensstifterin genannt.

Während ihre Schwestern aus Pflichtbewusstsein heirateten und um sich in der neuen Welt eine passende Stellung zu beschaffen, soll bei Elysia die Liebe entschieden haben. Als sie mit ihren Schwestern nach Ferro flog, um mit König Damian in Friedensverhandlungen einzutreten, stellten sie fest, dass er von dem benachbarten stellanischen Königreich Rolland angegriffen wurde.

In aller Eile begaben sie sich auf das Schlachtfeld, wo König Damian und König Rol einander gegenüberstanden. Als Königin Elysia, flankiert von ihren vier Schwestern, zwischen ihnen landete, kam auf dem Schlachtfeld alles zum Stillstand – niemandem im Tal hatte sich jemals ein solcher Anblick geboten wie die flammenden Feuervögel mit den kämpferischen, schönen Frauen, die sich wie Sternschnuppen zur Erde senkten.

Als die Soldaten auf beiden Seiten auseinanderstoben, trat Elysia den beiden Königen gegenüber. Damian verneigte sich bei ihrem Anblick und erwies ihr die gebührende Achtung. Rol dagegen nutzte die Gelegenheit und rammte Damian den Dolch in den Rücken. Ehe er sein Vorhaben jedoch zu Ende führen konnte, sprang Elysia vor und verhinderte das Eindringen seiner Klinge mit ihrem Obsidiandolch. Als Rol die Flucht ergreifen wollte, schoss Prinzessin Darya, die jüngste Schwester, ihm einen Pfeil in die Brust. Obwohl nun Jahrzehnte der Auseinandersetzungen zwischen stellanischen Königen und pyrenischen Königinnen folgten, führen viele ihre Feindschaft auf diesen einen historischen Zwischenfall zurück.

Als König Damian Königin Elysia gegenüberstand, war es deutlich, dass er mehr sah als eine feurige Kriegerkönigin – er sah seine zukünftige Braut.

»Die Herrschaft von Königin Elysia der Friedensstifterin«,
aus: *Die frühen Jahre des Goldenen Imperiums*,
von Winry, Hohepriesterin des Mori, 79 NI.

Es ist eine Tatsache, dass man töten oder getötet werden muss. Herrschen oder beherrscht werden. Gewinnen oder verlieren.

– Kapitel 20 –

SEV

Für seine Mitschuld am Tod des Lamas wurde Sev zu einer Woche Latrinendienst verdonnert. Der Unterschied zwischen seiner und Kades Strafe machte ihm klar, dass alle Wut, die Kade wegen des versiebten Fluchtversuchs gegen ihn hegen mochte, sich nun verzehnfachen würde. Der Vorfall hatte sich im Zug herumgesprochen, und Sev wurde die Schuld für die Verzögerung und den extra harten Marsch am Nachmittag zugeschrieben, weshalb er von Flüchen und Verwünschungen, von Leibeigenen und Soldaten gleichermaßen, begleitet wurde, wohin immer er ging.

Dass sie bis Mitternacht marschieren mussten, hatte immerhin den Vorteil, dass Trix ihn erst am folgenden Abend zur Rede stellen konnte.

Sev hockte schwitzend da, während er die Latrine grub, eine passende Tätigkeit, um seine aufgestaute Frustration herauszulassen. Das stetige *Tump* und das Scharren der Schaufel über der festgetrampelten Erde erstickten alle seine Gedanken. Es war fast friedlich.

»Lass sofort die Schaufel los, sonst schlag ich sie dir auf den Kopf.«

Sev schnitt eine Grimasse. Er hatte gewusst, dass dieser Moment kommen würde, aber er hatte sich trotzdem davor gefürchtet. Langsam drehte er sich zu Trix um, die mit bedrohlich funkelnden Augen hinter ihm stand. Kade war auch da und ragte neben ihr auf wie ein breiter, beängstigender Schatten.

»Ich …«, begann Sev, wusste aber nicht, was er weiter sagen sollte.

»Die Schaufel«, blaffte Trix. »Oder vielleicht sollte ich sie dir gleich hinten reinrammen.«

Sev ließ die Schaufel los, die mit einem dumpfen Geräusch zu Boden fiel. Die Latrine war ohnehin fast fertig.

»Gut. Und jetzt geh.«

Sev hatte das unangenehme Gefühl, dass er an den Rand des Lagers getrieben werden sollte, um dort schnell und lautlos getötet zu werden. Er versuchte, sich einzureden, das sei lächerlich, aber bei jedem Schritt, den er machte, schien Trix' Wut noch zu wachsen, bis sie die Luft um sie herum mit der knisternden Spannung eines heraufziehenden Sturmes füllte.

»Hör mal, Trix, ich …«

»Nein, du sagst gar nichts«, fauchte sie, blieb endlich stehen und drehte sich zu ihm um. Sev hatte sie noch nie wütend gesehen. Sie war immer sarkastisch und düster, aber niemals wirklich zornig oder unbeherrscht. »Jetzt hörst du ausnahmsweise einmal zu. Mir ist noch nie so ein alberner, starrköpfiger, dummer …«

»Das reicht«, fiel Kade ihr ins Wort, und Sev und Trix fuhren beide überrascht herum.

Sev fiel fast die Kinnlade herunter: Kade setzte sich für ihn ein – und das bei Trix? Vor Dankbarkeit wurde ihm fast schwindelig.

Kade ließ seinen Blick zwischen ihnen hin- und herwandern, von Sevs verdutzter Miene zu Trix' verblüfftem Glotzen. Er räusperte sich. »Er ist doch zurückgekommen, oder nicht?«

Trix schüttelte den Kopf, wie um einen Mückenschwarm zu verscheuchen. Sie wandte sich wieder Sev zu; ihre Stimme war jetzt zwar leiser, aber ihr Zorn hatte sich noch nicht gelegt. »Hast du überhaupt eine Vorstellung davon, was du angerichtet hast? Fast hättest du alles ruiniert.«

»Nein, natürlich hab ich keine Vorstellung«, sagte Sev, und seine Stimme klang fast schrill. Sie standen in einem dichten Wäldchen, dessen schwere Zweige den Klang ihrer Stimmen dämpften. »Du sagst mir ja nichts.«

»Ja, warum wohl«, höhnte Trix. »Du stehst doch die ganze Zeit mit einem Fuß in der Tür.«

»Der einzige Grund, warum ich überhaupt noch einen Fuß *in* der Tür habe, ist, dass du mich dazu erpresst hast, du hinterhältige Hexe!«

Stille.

Sev hatte schon Angst, zu weit gegangen zu sein, sodass Trix ihn nun doch noch ausschalten würde.

Stattdessen brach sie in ein raues, gackerndes Lachen aus.

Sev gestattete sich ein kleines vorsichtiges Lächeln – und zu seiner Verwirrung wurde es von Kade erwidert.

»Ich hatte ja gehofft, dass du vielleicht doch irgendeine Art von Rückgrat hast …« Trix wischte sich die Lachtränen aus den Augen, dann wurde sie wieder ernst. »Aber was du getan hast, war mehr als nur töricht. Ich habe dich doch schon einmal bei einem hoffnungslosen Fluchtversuch erwischt, oder nicht? Hast du dir wirklich eingebildet, mir so leicht entkommen zu können, vom Imperium mal ganz zu schweigen?«

Sev ballte die Fäuste, widersprach aber nicht.

»Na ja …« Sie seufzte und nun war ihr Zorn offenbar aufgebraucht. »Du hattest natürlich recht.«

Sev runzelte die Stirn. Er sollte bei irgendetwas recht gehabt haben?

Sie grinste ihn bedauernd an. »Es war ein Fehler, dich mit hineinzuziehen, dir Loyalität abzwingen zu wollen. Ich dachte, du wolltest vielleicht für unser Volk kämpfen, so wie deine Eltern, aber ich sehe ein, dass ich mich geirrt habe.«

»Meine Eltern …«, wiederholte Sev, und ihm war gar nicht mehr nach Lächeln zumute. »Was weißt du über meine Eltern?«

Sie trat vor, und das Mondlicht, das durch die Zweige fiel, malte helle Flecken in ihr runzliges Gesicht. »Ich weiß mehr, als du dir vorstellen kannst, Sevro, Sohn von Alys und Sevono.«

Diese Namen, ihre so lange nicht mehr ausgesprochenen Namen, hallten in Sevs Kopf wider.

»Woher ...?«, fragte er mit erstickter Stimme. »Woher weißt du, wer meine Eltern waren?«

»Es ist schon seit sehr langer Zeit meine Aufgabe, sehr vieles zu wissen, Junge. Ich hatte meine Gründe, mir einen Überblick über Avalkyra Aschenfeuers treue Gefolgsleute und die Sache der Animagen zu verschaffen, auch in den Jahren nach dem Krieg. Deine Eltern waren die letzte Verteidigungslinie im Vorgebirge, und obwohl sie keinen vornehmen Namen trugen oder auf eine lange Ahnenreihe aus Phönixreitern verweisen konnten, hatten sie nach ihrem Tod einen eigenen Titel verdient. Bei den Überlebenden wurde auf Alys und Sevono Letztlicht angestoßen. Als an jenem Tag ihre glorreichen Flammen erloschen, galt das vielen als das Ende der Phönixreiter. Und doch haben sie noch im Sterben Leben gerettet. Dreihundertsiebenundsiebzig, wenn ich richtig gezählt habe, darunter Hunderte von Animagen und ihre Familien. Eine erlöschende Kerze wird bis zu ihrem letzten Atemzug Licht schenken – und deine Eltern haben das auch getan.«

»Hör auf«, würgte Sev heraus, er konnte es einfach nicht mehr ertragen. »Hör bitte auf!«

»Es fällt dir also schwer, von den Heldentaten deiner Familie zu hören? Ich dachte, du wärst damals ebenfalls gestorben, so wie die meisten anderen, aber dann bist du in Hauptmann Beldens Rekrutenliste aufgetaucht. Wie schon gesagt, Sev ist ein seltener Name ... und du siehst auch aus wie sie, weißt du?«

»Das reicht! Ich kann nicht ...«

»Sie sind strahlende Kriegshelden, aber du schleichst umher, als ob sie für dich eine Schande wären.«

»*Ich* bin für *sie* eine Schande«, schluchzte Sev, und sein Herz hämmerte dermaßen, dass er glaubte, seine Brust müsse bersten. »Sie sind meinetwegen gestorben.«

Endlich schwieg Trix, aber Sev konnte ihren Blick spüren, als er sich zusammenriss und zitternd Luft in seine Lunge zog. Er schaffte es nicht, Kade anzusehen, dessen Urteil standzuhalten, deshalb starrte er zu Boden, als er nun sagte: »Wir hätten Zeit zur Flucht gehabt! Sie hatten mir gesagt, ich sollte davonlaufen, wenn jemals etwas passierte, und … Ich sah die Soldaten kommen und dachte, ich könnte rechtzeitig bei der Zugbrücke sein. Aber ich war nicht schnell genug und sie mussten mir zu Hilfe kommen. Sie sind gestorben, weil ich ein Held sein wollte, so wie sie.«

»Sie sind gestorben, damit du leben konntest, Sevro«, sagte Trix nicht unfreundlich. »Das war ein ungeheuer wertvolles Geschenk. Was du damit anfangen willst, ist jetzt deine Sache.«

Er schüttelte den Kopf. »Ich bin nicht wie sie.«

»Nein«, sagte Trix zustimmend. »Du bist etwas anderes.«

Sev schaute auf. Er dachte ja dasselbe, aber Trix legte keine Verachtung oder Missbilligung in ihre Worte. Sondern Bewunderung.

»Ich beobachte dich seit Wochen, weißt du? Ich habe schon lange vor unserer kleinen Übereinkunft damit angefangen, und lange, ehe du begonnen hast, mich zu beobachten.«

»Wegen meiner Eltern?«, fragte Sev.

»Weil Wissen Macht ist – aber das weißt du, oder nicht, Junge?«

»Wie meinst du das?«, fragte Sev, verunsichert durch das listige Funkeln in ihren Augen.

»Was habe ich dir gesagt? Ich habe dich beobachtet, Sevro, und ich weiß, du hortest Informationen – genau wie ich. Du kennst den Namen jedes Soldaten und weißt, wo er am liebsten schläft. Jeden Abend vor dem Schlafengehen wanderst du mit deinen Decken durch das Lager, als ob du die perfekte Stelle suchst – aber du schaust nie zu Boden, du schaust in die Gesichter der Soldaten. Du hast auch den

Dienstplan im Kopf, du bleibst immer ein paar Minuten länger davor stehen als nötig, wenn du deine Aufgaben nachsiehst, damit du weißt, wer wann wo sein wird. Klug von dir … und gerissen. Und das fand ich interessant.«

Trix und Kade starrten ihn jetzt beide an und Sevs Gesicht wurde heiß. Es stimmte: Er sammelte Informationen, oft als eine Möglichkeit, sich an einem neuen Ort zurechtzufinden. Es hatte ihm auch beim Überleben geholfen, damals im Waisenhaus, dann in den Jahren auf der Straße und jetzt als Soldat.

Obwohl Trix ihre Worte als Lob gemeint hatte, kam ihm irgendetwas in ihrem Tonfall wegwerfend vor – bedauernd –, und Sev wusste nicht, was das bedeutete.

»Das *fandest* du interessant?«, wiederholte er, nachdem er über ihre Worte nachgedacht hatte. »Jetzt interessiert es dich nicht mehr?«

Trix legte den Kopf schräg. »Ich habe es satt, dich überzeugen zu müssen, Sevro. Mach weiter so, geh zurück in dein altes Leben. Melde dich für die Nachhut oder die Vorhut oder als Hauptmann Beldens persönlicher Fußschemel, mir ist das egal. Deine Schuld bei mir ist bezahlt.«

»Ich habe nichts getan«, widersprach Sev.

»Streng genommen hast du Monate sorgfältiger Planung ruiniert. Durch deine Posse von gestern müssen wir uns neu zusammenstellen. Aber ich brauche deine Dienste nicht mehr.«

»Thya«, flüsterte Kade ganz leise und schaute zu Sev hinüber. »Das Gepäck. Niemand sonst könnte sich das rechtzeitig merken.«

»Sich das Gepäck merken?«, fragte Sev. Trix hatte sich wieder in Bewegung gesetzt und Kade folgte ihr auf dem Fuße. »Du meinst, das persönliche Gepäck der Soldaten?«

Die meisten Soldaten besaßen zwar nicht viel, aber immerhin hatte jeder einen Rucksack, den er mit Proviant, Wasser, Schnaps und persönlichen Habseligkeiten füllte – Unmengen von Talismanen, die Glück, Liebe oder rasches Fortkommen bringen sollten, dazu Briefe von den Lieben daheim. Die Soldaten mussten von einer Sekunde auf die andere auf Patrouille gehen, während des Abendessens Wache schieben oder Spähtrupps bilden können, und immer nahmen sie ihre Rucksäcke mit. Zog das Lager weiter, wurden sie mit der übrigen Ausrüstung von den Lamas getragen.

»Ja«, sagte Trix über die Schulter, während sie weiterging. Sev versuchte zu hören, was sie leise zu Kade sagte: »Wir können uns auf die Wasserversorgung konzentrieren, aber dann bleibt die Frage, wer vielleicht …«

Als sie außer Hörweite waren, ging Sev langsamer. Sein ganzer Leib prickelte und er atmete seltsam flach. Nach den Ereignissen des Vortags hatte er sich allerlei düstere Vorstellungen gemacht, in einer davon hatte Trix ihn im Schlaf erwürgt. Aber das hier? Einfach so aus ihrer Abmachung entlassen zu werden? Er hätte erleichtert sein müssen. Er würde nicht mehr jeden Tag Kade gegenübertreten oder sich über Trix' komplizierte Beweggründe den Kopf zerbrechen müssen.

Es wäre so, als sei das alles nicht passiert, und er könnte einfach unbeschadet weitermachen … für den Moment zumindest. Aber was hatte sie da über die Wasservorräte gesagt?

Dann ging es ihm auf. »Ihr wollt sie vergiften«, rief er Trix hinterher.

Sie drehte sich um, schaute kurz zu Kade hinüber, dann ruhte ihr Blick auf Sev. »Ach was?«, fragte sie mit sanfter Stimme. »Aber ich bin für die Brieftauben zuständig. Wie sollte ich das also schaffen?«

»Er sollte es tun.« Sev trat einen Schritt auf die beiden zu und zeigte auf Kade. »Nur geht das jetzt meinetwegen nicht mehr. Und das Gepäck der Soldaten …« Er unterbrach sich, ging in Gedanken alles durch, was gesagt worden war und was er selbst aufgeschnappt hatte. »Ihr wollt nicht alle Wasservorräte vergiften – ihr braucht ja selbst welche, wenn das hier vorbei ist, deshalb ich euch helfen, sie zu identifizieren. Mir merken, welches Gepäck welchem Soldaten gehört.«

Das erklärte noch immer nicht alles. Wessen Gepäck würden sie wohl auswählen? Hatte Trix unter den Soldaten noch andere Verbündete? Und was war mit Hauptmann Belden? Dessen Hab und Gut wurde getrennt vom Rest des Regiments aufbewahrt.

»Das kann dir jetzt egal sein, Soldat«, sagte Trix. »Schon vergessen? Mach dir keine Gedanken. Ich vergesse meine Freunde nicht, und wir sind doch Freunde, oder, Junge? Ich werde dafür sorgen, dass du fliehen kannst, wenn es so weit ist, und du wirst nicht auf meiner Liste stehen – aber geh mir besser aus dem Weg.«

Trix wollte weiter, aber Sev packte sie am Arm. »Wenn die Soldaten plötzlich krank werden, was glaubst du, wer dann verantwortlich gemacht wird? Die, die für sie kochen, die auf die Vorräte aufpassen. Du wirst das Leben aller Leibeigenen aufs Spiel setzen.«

»Da hast du recht. Wenn die Soldaten *krank* werden, haben wir keine Chance.«

Sev fuhr zurück, ließ sie los und sie marschierte weiter. Nach einem Moment der Erstarrung holte er sie wieder ein. »Du willst sie alle umbringen.«

Sie drehte sich zu ihm um, und ihr Gesicht zeigte keine Spur von Bedauern, als sie sagte: »Tote reden nicht – und verraten auch niemanden.«

»Aber du bist für die Brieftauben zuständig, wie du gesagt hast. Warum schickst du den Reitern keine Nachricht und vermeidest …«

»Was soll ich vermeiden, Junge? Den Tod? Was glaubst du wohl, was passieren würde, wenn die Reiter wüssten, dass Soldaten des Imperiums zu ihnen unterwegs sind? Ob wir das erledigen oder sie, es wird auf diesem Berg hier zu Blutvergießen kommen, das kannst du dir gesagt sein lassen. Und die Brieftauben«, fügte sie hinzu, und ihr ätzender Tonfall verwandelte sich in müde Frustration, »glaubst du, daran hätte ich nicht auch schon gedacht? Aber diese Tauben sind keine wirklichen Brieftauben mehr. Sie sind auf eine ganz besondere Weise zu einem ganz besonderen Zweck abgerichtet. Sie können nur zwischen zwei festgelegten Punkten fliegen, ohne Abweichungen, ohne längere Strecken. Sie können keinen anderen Befehlen folgen. Zu viel magischer Einfluss.«

»Und die wilden Tiere haben zu wenig«, fügte Kade mit leiser Stimme hinzu. »Ein leistungsfähiges Botentier erhält man nur durch langes Training. Wilde Tiere können animagischen Befehlen nur so lange gehorchen, wie ihre Magie mit ihnen verbunden bleibt ... irgendwann werden sie abgelenkt oder vergessen, was sie zu tun haben.«

»Im Krieg hatte ich zwei echte Brieftauben«, sagte Trix sehnsüchtig. »Sie konnten in zwei Tagen von Aura Nova nach Pyra fliegen. Ich hatte sie Nefyra und Callysta genannt. Ich würde alles für ein neues Paar von ihrer Sorte geben.«

»Das wolltest du doch, oder?«, fragte Kade Sev nach kurzem Schweigen. In seiner Stimme lag keine Feindseligkeit, nur Neugier.

»Was meinst du jetzt?«, fragte Sev, der noch immer an Trix' Pläne dachte.

»Aus der Vereinbarung aussteigen«, sagte Kade. Obwohl Sev in der Dunkelheit kaum etwas sehen konnte, drückten Kades verschränkte Arme und sein gesenktes Gesicht so etwas wie Enttäuschung aus. »Jetzt kannst du das.«

»Du bist von uns befreit«, fügte Trix hinzu. Sie lächelte, tätschelte seinen Arm und ging. Kade folgte ihr nach kurzer Zeit.

Ja, das hatte Sev gewollt. Er hatte vom Krieg und allem, was damit zu tun hatte, weggewollt. Aber als er hinter den Rücken von Kade und Trix herschaute, ging ihm auf, dass er nicht von diesen beiden wegwollte.

Du bist von uns befreit.

Die Worte hallten in Sevs Gedanken wider, aber vor allem eins davon machte ihm zu schaffen. *Uns.*

Dieses Wort war mächtig, aufgeladen mit Bedeutung. »Uns« handelte von Gemeinschaft und Gemeinsamkeit – Animagen, Leibeigene, Alliierte, Freunde. Sev hatte schon sehr lange kein »uns« mehr. Früher hatte er zu seiner Familie gehört. Damals hatte er zum letzten Mal das Gefühl gehabt, wirklich ein Teil von etwas zu sein. Jetzt war er Soldat, aber er würde nie zur Truppe gehören. Und vorher war er eins von Dutzenden Waisenkindern gewesen, die zwischen den Einrichtungen hin und her gereicht wurden. In diesem Leben hatte es keine Freundschaften gegeben, ebenso wenig wie auf der Straße, wo jeder für sich kämpfte, zusammenraffte, verzweifelt zu überleben versuchte.

Sev hatte geglaubt, das Alleinsein mache ihn stärker, weniger verletzlich.

Aber in »uns« lag Stärke, Kraft in der Einheit von Bruder und Schwester. Hierfür hatten seine Eltern gekämpft. Nicht für sich selbst, nicht um Helden zu werden … sie hatten für die Animagen gekämpft.

Sie haben für uns gekämpft.

Würde er sich nun damit arrangieren, Soldat zu sein, selbstzufrieden unter seinen Feinden, oder würde er aufstehen und zusammen mit seinem Volk kämpfen?

»Wartet!«

Kade und Trix blieben stehen, schauten sich aber nicht um.

»Ich mach es!«

Und nun schaute Trix über ihre Schulter zurück und grinste.

Aber ein Sieg stellt sich nicht ohne Folgen ein.

– Kapitel 21 –

Veronyka

An den folgenden Tagen hatten sie hart trainiert. Tristan hatte seine eigenen Gründe, warum er Erfolg haben wollte, und Veronyka wusste, dass sie sowohl ihm als auch sich selbst half, wenn sie ihn so unerbittlich antrieb wie nur möglich. Wenn er seinem Vater bewies, dass er eine Patrouille leiten konnte, wäre sie einen Schritt näher an einer möglichen Aufnahme als Lehrling. Natürlich, selbst wenn Tristan und die älteren Lehrlinge befördert würden, wäre das noch keine Garantie dafür, dass sie zu den Nachrückern gehören würde – oder dass sie jemanden davon überzeugen könnte, sie zu fördern.

Eins nach dem anderen.

Mit jedem Tag steigerten sich Tristans Fähigkeiten. Er vertraute jetzt ihrem Rat und die Tiere vertrauten ihm. Veronykas Ablenkungsversuche waren mittlerweile fast ergebnislos, deshalb begann sie ihn zu befragen, so wie der Kommandant danach gefragt hatte, was Rex von oben sah.

»Wie viele Stufen haben die Treppen, die von der Raststätte hochführen?«, fragte sie und suchte fieberhaft nach neuen Fragen, nachdem er schon mehrere beantwortet hatte.

»Zweihunderteinundzwanzig«, antwortete Tristan sofort und sichtlich, ohne sich vorher mit seinem Phönix zu beraten. »Ich habe sie gezählt. Versuch mal, mich etwas zu fragen, das ich noch nicht weiß«, sagte er mit einem theatralischen Gähnen.

»Wie viele Laternen hängen an den …«

»Fünfundvierzig.«

Veronyka runzelte die Stirn. Tristans Lachen hallte auf der Bahn wider.

»Schön«, sagte sie, schaute sich um und suchte nach etwas, das er nicht so leicht knacken würde. Als sie auf dem Boden einen zusätzlichen Köcher entdeckte, kippte sie die Pfeile heraus und wirbelte mit hinter dem Rücken verborgenen Händen damit herum. »Wie viele Pfeile habe ich in der Hand?«

Tristan verdrehte die Augen, schaute zu ihr herüber und sah den leeren Köcher. »Fünfzehn. Ich weiß schließlich, wie viele Reservepfeile ich mitgebracht habe.«

Rex stieß über ihnen einen scharfen Schrei aus. Tristan runzelte die Stirn, dann sah er Veronyka genauer an.

»Falsch«, sagte sie grinsend, auch wenn Tristan das durch Rex bereits wusste. »Du hältst dich nicht an die Regeln. Sag mir, was Rex gesagt hat.«

»Sechzehn«, sagte Tristan. »Aber ich habe in jedem Köcher nur fünfzehn mitgebracht, der Rest ist – ah, die Zielscheibe.« Er schaute über ihre Schulter zu der leeren Zielscheibe. Veronyka hatte den vorhin von ihm abgeschossenen Pfeil herausgezogen und dieser Pfeil stammte ebenfalls aus dem Köcher auf seinem Rücken. »Na gut, ich habe verstanden. Ich soll nichts für selbstverständlich halten.«

»Oder dir etwas darauf einbilden, dass du ein paar Fragen richtig beantworten kannst«, sagte sie, kam auf ihn zu und fuchtelte mit einem Pfeil vor seinem Gesicht herum. »Na los, weiter geht's.«

Vor der nächsten Runde kündigte Tristan an, dass er die gesamte Bahn abreiten wollte – mitsamt dem feurigen Finale.

Veronyka erhob keinen Einspruch; sie war sicher, dass er es schaffen würde, nachdem ihm bisher alles so gut gelungen war. Als er sich auf der Bahn vorarbeitete, spürte sie jedoch eine gewisse Spannung in ihm, die sich bei jedem Schritt, den Wind machte, steigerte.

Als er das letzte Hindernis erreicht hatte, strömte ihm der Schweiß über die Schläfen und seine Brust hob und senkte sich in keuchenden, heftigen Stößen. Rex flog schneller und der Hund hatte den Schwanz zwischen die Beine geklemmt.

Veronyka zögerte. Tristan projizierte seine Gedanken, sie brauchte nur einen Spalt in ihrem Bollwerk zu öffnen, um genau zu wissen, was ihm zu schaffen machte.

»Stimmt was nicht?«, fragte sie stattdessen und unterdrückte mit aller Gewalt ihren Drang, Schattenmagie einzusetzen, so unschuldig ihre Absichten auch sein mochten. Wenn er ihr etwas über seine Probleme erzählen wollte, würde er das tun.

Tristan stand wie erstarrt am Ende der Bahn, als ob er darauf wartete, dass Rex landete – nur kreiste der Phönix noch immer über ihm und machte keine Anstalten, den Boden anzusteuern oder sich zu entzünden.

»Tristan«, sagte sie und lief zu ihm. Er blickte mit zusammengebissenen Zähnen vor sich hin. Offenbar hatte er sie beim ersten Mal nicht gehört. »He – stimmt was nicht mit dir?«

Er fuhr zusammen, drehte sich im Sattel um und ihre Blicke verschränkten sich ineinander.

Blickkontakt war eine Methode, um eine magische Verbindung zu stärken, und Veronyka war nicht darauf vorbereitet gewesen, das abwehren zu müssen. In einem blendenden Augenblick der Erkenntnis begriff sie. Sie wandte sich ab und kappte die vorübergehende Verbindung.

Tristan hatte Angst vor Feuer.

Es kam so überraschend, dass sie es kaum glauben konnte, und doch war das die Erklärung dafür, dass er am ersten Tag auf der Bahn gepatzt hatte – und zwar erst ganz am Ende, als Rex sich entzündet hatte. Als sie jetzt weiter darüber nachdachte, erinnerte sie sich an ein

Aufbrodeln von Angst, das sie aus seiner Richtung gespürt hatte, als Maximian in Flammen aufgegangen war. Natürlich konnte auch ein Phönixreiter Angst vor Feuer haben, vor allem jetzt, da sie ihre Bündnisse nicht mehr als Kinder schlossen wie in den alten Zeiten.

»Lass uns doch Schluss machen«, schlug sie vor, besorgt, weil er noch immer mit weit aufgerissenen Augen in angespanntes Schweigen versunken war. »Es war ein langer Tag.«

Wortlos rief sie die übrigen Tiere – den Jagdhund und die Taube –, packte ihre Sachen zusammen und versuchte, das Schweigen auf diese Weise zu überspielen.

»Ich …«, begann Tristan, der noch immer an derselben Stelle auf Winds Rücken saß. Er ließ jetzt beschämt den Kopf hängen. »Ich kann das nicht.«

»Du bist müde«, sagte Veronyka und zwang sich, ihre Stimme lässig klingen zu lassen. »Nächstes Mal …«

»Nein – du verstehst das nicht«, sagte er, und als er den Kopf hob, glitzerten Tränen in seinen Augenwinkeln. Er starrte zum Himmel hoch, zu Rex, der noch immer dort oben kreiste, und stieß ein ersticktes Lachen aus. »Ich bin ein Phönixreiter, der Angst vor Feuer hat.«

Als er sich ausreichend gesammelt hatte, um sie wieder anzuschauen, sah er wachsam aus, als ob er von ihr Lachen oder Spott erwartete.

Aber sie trat neben ihn, streichelte Winds Hals und zuckte mit den Schultern.

»Bellonya die Mutige verlor als Kind ihren Kampfarm und musste alles mit der anderen Hand neu erlernen. Sie wurde zur gefürchtetsten Speerwerferin aller Zeiten. König Worrid war taub, deshalb entwarf er einen Sattel, auf dem er fliegen konnte, ohne das Gleichgewicht zu verlieren. Er gründete auch die Morianischen Archive, damit die Geschichte des Imperiums von den Priestern und Altardienern des Mori aufgezeichnet werden konnte, statt nur mündlich überliefert zu werden.«

Tristan runzelte die Stirn. »Was willst du damit sagen?«

»Ich will damit sagen, dass du eine bestimmte Eigenschaft hast und dass du lernen musst, damit umzugehen«, sagte sie und begriff zu ihrem Ärger, dass die »Eigenschaft«, mit der sie fertigwerden musste, ihr Geschlecht war.

»Ich kann damit nicht *umgehen.* Ich bin Phönixreiter – da ist immer Feuer mit ihm Spiel. Ich kann mich nicht einfach mit *Pyraflora*-Harz bestreichen und mit meinem Tagewerk weitermachen.«

Er schwang sich schnaubend aus dem Sattel, und Veronyka musste lächeln, als sie sich vorstellte, wie er von Kopf bis Fuß mit feuerfestem Baumsaft bedeckt war. Sie versuchte, das Bild zu verdrängen, aber als er sie über seine Schulter hinweg ansah, lächelte er auch.

Gleich darauf seufzte er jedoch. »Das ist ernst, Nyk.«

»Ich weiß«, sagte sie. »Aber vielleicht denkst du auf die falsche Weise darüber.«

»Wie meinst du das?«

»Na ja, das Problem liegt nicht hier.« Sie zeigte auf die Umgebung um sie herum. Sie zögerte, dann trat sie einen Schritt näher zu ihm. »Es liegt hier«, sagte sie leise und tippte an seine Schläfe, über die sich seine vom Schweiß dunklen Haare lockten. Bei dieser Berührung durchjagte sie ein Blitz der Erkenntnis, und ihr ganzer Körper loderte auf, als ob ihre Nerven Feuer gefangen hätten. Sie hatte ihn noch nie berührt und war überrascht davon, wie *intim* es sich anfühlte – ihre Finger an seiner warmen Haut, ihre Gesichter nur wenige Fingerbreit voneinander entfernt …

Sie riss ihre Hand zurück und er folgte ihrer abrupten Bewegung mit weit geöffneten Augen.

»Ich könnte ja stattdessen versuchen, *Pyraflora*-Saft zu trinken?«, sagte er mit gepresster Stimme.

Veronyka zwang sich zu einem Lächeln, wich seinem Blick aus und versuchte, das Kribbeln abzuschütteln, das ihre Haut noch immer zum Knistern brachte. Sie war sich seiner jetzt auf eine andere Weise bewusst als zuvor, sah, wie die Atemzüge seine Brust hoben und senkten und dass ihre Fingerspitze von seinem Schweiß feucht war. Sie rieb die Hand an ihrem Bein und trat von ihm zurück, versuchte, sich auf das Gespräch zu konzentrieren.

»Ich hab da so einen Trick, wenn ich an etwas Bestimmtes nicht denken will«, sagte sie, und vor ihren Augen flackerten Erinnerungen an Xephyra vorbei. »Eine Methode, um schlechte Gedanken und Gefühle in meinem Kopf einzusperren. Vielleicht könntest du das mit deiner Angst auch machen.«

»Sie einsperren?«, fragte er stirnrunzelnd.

»Ja. Ich nenne das meine mentale Freistätte, mein Bollwerk.« Veronyka erklärte ihm, wie sie ihre Trauer um Xephyra begraben und ihr Verhör durch Morra überstanden hatte, natürlich ohne Einzelheiten zu verraten. Sie sagte dabei kein Wort über Schattenmagie, sondern konzentrierte sich darauf, wie sie sich ihre steinerne Mauer vorstellte, wie sie alles, woran sie nicht denken wollte, dahinter ablegte und dann sorgfältig dort einmauerte. »Ich weiß, es klingt ein bisschen komisch«, sagte sie, während sie gemeinsam die übrige Ausrüstung zusammenpackten. »Aber bei mir funktioniert es. Das, woran du nicht denken willst, tobt dann nicht in deinen Gedanken herum – es ist gefangen, von allem abgeschnitten, sogar von dir selbst.«

Tristan nickte nachdenklich. Sie hatte damit gerechnet, dass er sie auslachen würde, aber er schien zu allem bereit zu sein.

»Das klingt plausibel«, sagte er. »Ich meine, unterbewusst machen wir das doch die ganze Zeit, oder? Verdrängen Dinge, mit denen wir nichts zu tun haben oder an die wir nicht denken wollen. Aber das absichtlich zu tun …«

Veronyka nickte. »Ich hoffe, es hilft.«

»Danke«, sagte er mit ernster Miene. »Ich … niemand weiß das«, platzte es dann aus ihm heraus.

Veronyka starrte ihn verdutzt an, freute sich aber darüber, dass er Vertrauen zu ihr hatte. Sie versuchte, sich ihre Überraschung nicht anmerken zu lassen, und lächelte beruhigend. »Und sie werden es auch nicht erfahren.«

Ein bisschen von der Spannung in seinen Schultern lockerte sich und er erwiderte ihr Lächeln. »Wo hast du das alles gelernt?«, fragte er und wies auf die Stelle, wo sie gestanden hatten, als sie die Sache mit der mentalen Freistätte erklärt hatte.

»Ich bin da wohl von selbst draufgekommen.« Sie dachte an Val, die ihr immer wieder Vorwürfe gemacht hatte, wenn sie ihre Gedanken und Gefühle projiziert hatte. Vermutlich hatte also wohl ihre Schwester ein Lob dafür verdient – ausnahmsweise.

Diese letzten Wochen ohne Val waren seltsam gewesen. Veronyka konnte durchaus auf sich selbst aufpassen – das hatte sie die ganze Zeit gewusst –, aber sie hatte sich etwas beweisen müssen. Hatte Val etwas beweisen müssen ... obwohl ihre Schwester ja nicht in der Nähe war und es nicht sehen konnte.

»Ich hatte Probleme mit der magischen Kontrolle«, erklärte sie jetzt. »Dass ich bestimmte Gefühle und Empfindungen weggesperrt habe, hat mir geholfen, das Gleichgewicht zu finden.«

Val war eine strenge Lehrerin gewesen, aber Veronyka musste zugeben, dass sie viel von ihr und ihren warnenden Beispielen gelernt hatte.

»Ich habe gehört, dass beim Letzten Gefecht die Hälfte der Tiere in Aura Nova in Panik geraten ist«, sagte sie leise, als Tristan einen Schluck aus dem Wasserschlauch nahm. Das Letzte Gefecht war Avalkyra Aschenfeuers letzte Schlacht gewesen, sie hatte alle ihre Soldaten in die Hauptstadt geschickt, um das *Nest* zu erobern, den königlichen Palast und das Machtzentrum des Imperiums. »Die Reiter konnten ihre Magie nicht zurückhalten und ihre flüchtigen Empfindungen fielen vom Himmel wie Regen. Pferde brachen aus ihren Ställen aus, Katzen kratzten sich blutig, und Hunde rannten ihre Herren um.«

Tristan legte den Schlauch zurück und fuhr zerstreut mit der Hand über Winds Hals. »Ich frage mich, ob das nicht beabsichtigt war ...«

»Wie meinst du das?«, fragte Veronyka und versuchte, die verstörenden Bilder aus ihren Gedanken zu schieben. Seit sie die Geschichte zum ersten Mal gehört hatte, träumte sie immer wieder davon und schwebte auf einem Phönixrücken über dem Blutbad. Ihre Eltern waren in jener Nacht ums Leben gekommen, und obwohl sie nichts über die Einzelheiten oder die Umstände wusste, fand sie es schrecklich, an das Entsetzen und das Blutvergießen zu denken, dem die beiden in ihren letzten Minuten auf dieser Welt ausgesetzt gewesen waren.

»Du musst zugeben, es ist eine mächtige Belagerungstaktik, die Hälfte der Stadtbewohner gegen ihre menschlichen Herren aufzuwiegeln. Das ist so, als ob du dein Heer verdoppelt hättest.«

Veronyka drehte sich der Magen um. »Aber … so viele Tiere mussten sterben.«

»Ja, sicher. Aber es sind doch auch Menschen gestorben, oder? Und Phönixe.«

»Die *wollten* aber kämpfen«, widersprach Veronyka.

Tristan zuckte mit den Schultern und sagte mit nachdenklicher Miene: »Vielleicht wollten die Tiere das auch.« Veronyka runzelte die Stirn und er zeigte auf Wind. »Sie hängen so sehr an den Animagen, die sie füttern und versorgen … wenn Phönixe für die Menschen, die sie lieben, kämpfen wollen, warum nicht auch andere Tiere?«

So hatte sie das noch nie gesehen. Was, wenn die Tiere tatsächlich freiwillig mitgemacht hatten? Was, wenn es kein Befehl oder ein Moment der Wut gewesen war, der sie ins Getümmel gelockt hatte, sondern Liebe und Treue? Vielleicht hatten die Tiere gekämpft, um Menschen wie ihre Eltern zu beschützen. Diese Vorstellung wärmte ihr Herz und half ihr, die blutigen Bilder zu verdrängen.

In der Ferne erklang die Stundenglocke und kündigte die Wachablösung an.

»Schon Glock zehn. Tut mir leid, dass ich dich so lange hier festgehalten habe.« Tristan stieg aus dem Sattel. »Ich hätte dich schon vor Stunden zurückschicken sollen. Wenn die Sonne erst untergegangen ist, weiß der Kommandant ja nicht, dass ich allein hier draußen bin.«

»Ist schon gut«, sagte Veronyka und meinte es auch so. Sie hatte seit ihrer Ankunft im Adlerhorst noch nie so gern etwas getan, wie mit Tristan zu arbeiten, vor allem jetzt, wo sie sich nicht mehr stritten.

»Was, wenn ich dich entschädige?«

»Wie meinst du das?«, fragte sie.

Tristan schwieg, während er seine Pfeile verstaute, und sah sie nachdenklich an. »Na ja, ich kann nicht versprechen, dass ich zum Patrouillenführer ernannt werde – oder dass du dann Lehrling werden kannst –, aber ich kann dir bei den Vorbereitungen helfen. Beim Reiten ist noch anderes wichtig, nicht nur das Bündnis mit einem Phönix. Kampftechniken, Bogenschießen … Du sagst ja selbst, dass du davon keine Ahnung hast. Und da dachte ich … ich könnte dir vielleicht helfen, so, wie du mir hilfst. Was meinst du?«

»Ich meine … ja, natürlich«, sagte sie, überwältigt von seiner Großzügigkeit.

Tristan strahlte und seine ganze Unsicherheit war verschwunden. »Gut«, sagte er und schob die letzten Pfeile in den Köcher.

Auf dem Rückweg ins Dorf verdüsterte sich Veronykas gute Laune.

»Wie funktioniert das mit den Förderern?«, fragte sie. Das wäre die letzte Hürde, die sie hinter sich bringen müsste, wenn in nächster Zukunft neue Lehrlinge aufgenommen würden. Sie könnte trainieren, so viel sie wollte, aber wenn sie sich die Ausrüstung nicht leisten konnte oder keinen Reiter fand, der sie finanzierte, dann …

Tristan runzelte die Stirn. »Meistens schlägt ein Reiter einen Freund oder Familienangehörigen als Lehrling vor und bietet an, die Kosten für die Ausbildung zu übernehmen. Wenn die Vorgeschlagenen sich dann als geeignet erweisen und ein paar grundlegende Prüfungen bestehen, dann werden sie aufgenommen.«

»Oh«, sagte Veronyka, und ihr Herz wurde schwer. Sie würde einen

Förderer vorweisen müssen, um auch nur zu den Prüfungen zugelassen zu werden?

Als sie bei den Ställen ankamen, wollte Tristan gerade noch etwas sagen, als Elliot auftauchte, gefolgt von einem heftigen Flügelschlagen, mit dem eine Taube aus dem hinteren Fenster des Taubenhauses aufflog.

Elliot fuhr zusammen, als er Veronyka und Tristan sah. »Ach, Tristan«, sagte er und ließ einen seltsam vorwurfsvollen Blick zwischen ihm und Veronyka hin- und herwandern. »Ich wollte gerade neues Leder für Anders und Ronyn bestellen.«

Er verstummte, als ob er auf Tristans Zustimmung oder Anerkennung wartete.

»Ja, richtig.« Tristan warf Veronyka einen Blick zu. »Wir kommen gerade vom Training.«

Elliot machte keine Anstalten, zu lächeln oder Veronyka zu begrüßen. Sie schaute zu Tristan hinüber, aber was immer er eben noch hatte sagen wollen, es war deutlich, dass er vor Elliot nicht damit herausrücken würde.

Sie unterdrückte einen Stich der Enttäuschung, weil ihr Abend so abrupt beendet wurde.

»Wir sehen uns dann wohl noch«, sagte sie zu Tristan, packte Winds Zügel und führte ihn in den Stall.

Später schlich Veronyka auf Zehenspitzen über den schattenreichen Hof.

Die Festung war wie ausgestorben bis auf die Wachtposten oben auf den Mauern, und sie hielt sich auch aus deren Blickfeld, als sie zum Badehaus eilte.

Sie hatte sich bisher nicht dort hingetraut, sondern wusch sich immer mit einem Lappen an einem Eimer voll kaltem Wasser aus dem Brunnen. Aber nun war sie schon seit über einem Monat hier und konnte es nicht mehr aufschieben.

Das Badehaus war eine niedrige Steinhütte zwischen den Quartieren der Dienstboten und der Lehrlinge. Es gab zwei Türen, eine für Männer und eine für Frauen. Veronyka schlüpfte durch den Männereingang und schaute sich um.

Die Hütte war gefüllt mit Dampf und brennendem Weihrauch – aber Axura sei Dank waren keine nackten Männer zu sehen. In der Mauer, die das Badehaus teilte, brannte in einer Feuerstätte ein Feuer und erwärmte beide Seiten; unter der Decke hingen kleine Öllaternen. Drei runde Wannen waren in den Boden eingelassen, jede groß genug für fünf oder sechs Personen. Rauchfäden hingen über der Wasseroberfläche, zusammen mit den bleichen, duftenden Blättern der *Sapona*-Pflanze.

Veronyka zog ein Handtuch aus einem der geflochtenen Körbe, dann hielt sie inne und horchte auf näher kommende Schritte. Alles war still, bis auf die ununterbrochenen Geräusche der Grillen und Frösche. Sie holte tief Luft, zog sich aus und ließ ihren schmutzigen Kittel und die Hose achtlos fallen. Eilig glitt sie in die nächststehende Wanne, wobei Wasser über den Steinboden schwappte, und wusch sich, so schnell sie konnte. Sie schrubbte hektisch und sah, wie das Wasser sich mit schmutzigen Schlieren und schäumenden Blasen bedeckte, die die Blätter des Seifenbaumes verursachten. In der Wanne gab es eine hölzerne Bank, und Veronyka sah zu, wie das schmutzige Wasser aus einem Loch an der Seite gesogen wurde, während frisches, sauberes aus einem Loch im Boden aufsprudelte. Das Wasser blieb dennoch warm, auf irgendeine Weise wurde es also beheizt, oder es stammte aus einer heißen Quelle.

Das Wasser lockerte Veronykas schmerzende Muskeln und ließ sie ruhiger atmen. Sie hatte zuletzt in Aura Nova ausgiebig baden können. Und angesichts ihres Geheimnisses würde es wohl auch noch eine Weile dauern, bis sie sich diesen Genuss einigermaßen regelmäßig gestatten könnte. Ihr Körper war jetzt eine Last, ein Geheimnis, das sie hüten musste. Sie musste bereits Lumpen für ihre monatliche

Blutung stehlen und sich jeden Morgen hinter ihrem Wandschirm verstecken, um ihre Brüste flach zu binden, weshalb die anderen Dienstboten Nyk wegen seiner »Schüchternheit« aufzogen.

Es wäre das Opfer jedoch wert, dachte sie, wenn es ihr einen Platz unter den Reitern beschaffte. Und jetzt, wo Tristan ihr seine Hilfe beim Training angeboten hatte … würde sie doch sicher einer der besten Kandidaten sein.

Sie blinzelte, als sie merkte, dass sie die Zeit völlig vergessen hatte.

Vom Hof draußen waren immer lauter werdende Schritte zu hören und in ihr verkrampfte sich alles. Sie sprang aus der Wanne, verspritzte dabei noch mehr Wasser und trocknete sich eilig ab. Sie mühte sich verzweifelt mit dem Handtuch ab und konnte es gerade noch wie einen Umhang über ihre Schultern legen, ehe die Tür aufgerissen wurde.

Tristan stand im Eingang, sein Gesicht eingehüllt vom Rauch und Dampf des Badehauses.

»Nyk?«, fragte er überrascht und ließ die Tür hinter sich zufallen, wobei der Luftzug den Dampf vertrieb, der ihn umgeben hatte. »Warum bist du nicht im Bett?«

»Ich …« Veronykas Stimme war so hoch und hallte unter der gewölbten Decke wider, dass es ihren Ohren wehtat. Sie räusperte sich und wickelte sich fester in das Handtuch. »Wieso bist *du* das nicht?«

»Ach – ich konnte nicht schlafen«, sagte er und ging zu den Wäschekörben hinüber. Als er sich wieder umdrehte, hielt er ihr ihren verdreckten, schweißgetränkten Kittel hin. Sie hatte ihn offenbar in einen Wäschekorb fallen lassen, als sie sich so eilig ausgezogen hatte.

Mit brennendem Gesicht nahm sie ihm den Kittel ab und nickte dabei dankbar.

»Ist dir … ist dir kalt?« Tristan musterte sie neugierig, während sie ihr Handtuch krampfhaft zusammenhielt. Es war erstickend heiß in der Hütte und eigentlich liefen im Badehaus alle nackt herum und nicht verpuppt wie eine Raupe.

»Ich … ja«, stotterte Veronyka, und ein einzelner Schweißtropfen lief über ihre Schläfe.

Tristan nickte zweifelnd, dann nahm er sich selbst ein Handtuch und starrte die Stoffrolle in seinen Händen an.

»Soll ich dein Förderer sein?«, fragte er unvermittelt.

»Was?«, fragte Veronyka und traute ihren Ohren kaum.

»Ich habe mir überlegt … ich habe etwas gespart, und wenn es so weit ist, könnte ich dich vorschlagen, wenn du will …«

»Natürlich *will ich!*«, rief Veronyka und trat unbewusst einen Schritt vor. »Aber … warum würdest du deine Ersparnisse für mich opfern?«

Er zuckte mit den Schultern, offenbar entschlossen, keine große Sache daraus zu machen. »Gefördert werden ist auch nicht nur lustig, musst du wissen. Du wärst dann mein Laufbursche, müsstest mir helfen, meine Waffen und meine Rüstung zu pflegen, mein Zimmer sauber zu machen … und das alles neben deinem eigenen Training.«

Als er endlich wieder aufschaute, schien Veronykas staunender Blick ihn zu überraschen. Aber was sollte sie anderes tun als staunen? Er reichte ihr die Erfüllung ihres Traums auf einem silbernen Tablett und entschuldigte sich auch noch dafür, dass es kein goldenes war.

Sie hätte den Traum ja sogar aus einem Eimer angenommen.

»Tristan«, sagte sie atemlos, und ihre Hände zitterten, als sie ihr Handtuch fester zog. »Ich weiß nicht, was ich sagen soll.«

»Sag Ja«, sagte er und lächelte zaghaft.

»Ja«, flüsterte sie.

Er strahlte, seine Grübchen waren wieder zu sehen, und Veronyka biss sich in die Lippe, um sich ein blödes Grinsen zu verkneifen. Eine Welle von Glück stieg in ihrer Brust auf. Sie war verwirrt von seiner Hilfsbereitschaft und versuchte zu begreifen, warum er bereit war, sich so für sie einzusetzen. Dann fiel ihr Spatz ein … nicht alle verlangten einen Lohn oder brauchten einen Grund, um anderen zu helfen.

Noch immer lächelnd ließ Tristan sein aufgerolltes Handtuch neben eine Wanne fallen. Zu Veronykas Schrecken begann er dann, seine Tunika abzulegen.

Sie starrte ihn an, und ihr Herz hämmerte, als sie sich klarmachte, was jetzt passieren würde. Tristan würde sie nicht nur nicht allein lassen, damit sie sich anziehen konnte, er zog sich auch selbst aus. Er war offensichtlich nicht zum Reden ins Badehaus gekommen, sonst wäre er von ihrem Anblick nicht so überrascht gewesen. Was bedeutete, dass er eine Weile bleiben wollte. Um zu baden. Nackt.

Das ist normal, versuchte sie, sich zu sagen, und ihre Wangen glühten. *Männer und Jungen baden gemeinsam, genau wie Frauen und Mädchen. Kein Problem.*

Aber sosehr sie auch versuchte, sich zu beruhigen, ihr Blick jagte umher, huschte von Tristans nackter Brust zur Tür, von dort zurück zu Tristan und durch das gesamte Badehaus. Wohin sollte sie schauen? Wie sollte sie sich anziehen, wenn er doch hier war? Es gab kein Entrinnen. Es gab kein Versteck. Als seine Finger sich an den Verschnürungen seiner Hose zu schaffen machten, wurde ihr fast schwindlig, und sie starrte wild entschlossen ihre Füße an, obwohl sie sie kaum sah. Ihr Blick wanderte wieder nach oben, wie von einer unbezwinglichen Macht angezogen.

Er stand nicht nackt vor ihr, sondern bis zur Hüfte in der Wanne. Er war leise hineingestiegen, fast geräuschlos, hatte nicht herumgeplatscht so wie sie. Es war eine Erlösung, dass sie sich nun nicht mehr so nah gegenüberstanden, obwohl der Dampf die dunkle Spur aus Haaren, die sich von seinem muskulösen Bauch ins Wasser hinabzog, nicht gänzlich verbarg.

Er tauchte mit dem Kopf unter, und als er sich wieder aufrichtete, strömte Wasser über seinen Leib. Er strich sich die Haare zurück und zwinkerte ihr zu. »Du solltest schlafen gehen, Nyk.«

Dann wandte er sich ab, ließ sich auf die Bank in der Wanne sinken und kehrte ihr den Rücken zu. Er lehnte sich zurück und schloss die Augen.

Veronyka sank mit zitternden Knien gegen die Wand. Sie zog sich in aller Eile an, stieg in ihre Hose und brauchte viel zu lange für die Schnürbänder. Dann schlüpfte sie zur Tür hinaus und rannte zu ihrem Quartier, wild entschlossen, niemals wieder ein Bad zu nehmen.

Tag 5, Dritter Mond, 169 NJ

Xe Onia,

ich weiß, dass Du mir böse bist, aber wir dürfen uns jetzt nicht zerstreiten. Das wollen sie doch nur. Begreifst Du das nicht?

Ich gebe diese Nachricht Nefyra mit, meiner besten Brieftaube. Deine Antwort kann mich in zwei Tagen erreichen.

Bitte antworte.

Avalkyra

Ich wurde verbannt, aus dem Reich vertrieben,
das meine Vormütter errichtet hatten.
Sollte ich denn aufgeben und in Vergessenheit versinken?
Sollte ich auf die Knie fallen und betteln?

– Kapitel 22 –

Veronyka

Tristans versprochene Hilfe beim Training begann am nächsten Morgen und ging während der folgenden Tage ununterbrochen weiter.

Doch statt mit ihr auf Zielscheiben zu schießen oder ihr den Kampf mit Messer oder Speer beizubringen, ging Tristan mit ihr laufen. Veronyka war zutiefst enttäuscht, aber er beharrte darauf, dass körperliche Leistungsfähigkeit und Durchhaltevermögen wichtiger seien.

Und deshalb trafen sie sich jeden Morgen vor Anbruch der Dämmerung auf dem Festungshof. Tristan lief mit ihr zu den Dorfmauern und dann die enge Wendeltreppe hoch zu den Bollwerken, die die Festung säumten. Er führte sie zu schmalen Pfaden, die überall über den Gipfel verliefen, durch Gebüsch und hohes Gras und in die tiefen Felsspalten, die die Hochebene umgaben. Veronyka wusste, dass er ihretwegen langsam machte, aber sie hatte trotzdem noch nie so etwas Anstrengendes erlebt.

Tristan war von unendlicher Geduld, er stupste sie an, wenn ihr während der Dehnungsübungen die Augen zufielen, und bestand immer wieder auf Pausen zum »Atemholen«, die eindeutig nur ihretwegen eingelegt wurden.

An einem Morgen, nach fast einer Woche dieser neuen Routine, kamen sie, weil Veronyka nur langsam in Gang gekommen war, zu ihren normalen Pflichten ein wenig zu spät. Als sie durch das Festungstor liefen, war die Sonne schon aufgegangen und malte den Berg golden, während sich die anderen Lehrlinge bereits auf dem Übungshof versammelt hatten und sich auf die erste Lektion des Tages vorbereiteten.

Sie sahen Tristan und winkten ihn zu sich und Veronyka lief hinterher. Ihre Lunge schien zu brennen und ihre Knie drohten unter ihr nachzugeben. Tristan seinerseits hatte bloß einen feinen Schweißfilm auf dem Gesicht, wirkte ansonsten aber entspannt und eins mit sich. Veronyka, die keuchend die Hände auf die Knie stützte, hasste ihn deshalb.

»Wer ist dein Schatten, Tristan?«, fragte Anders und löste sich aus der Schar der Lehrlinge. Er hatte die kühle hellbraune Haut von Nord-Arborien; seine dunklen Haare lockten sich um seine großen Ohren. Seine Eltern gehörten einer Theatertruppe an, und Anders hatte ihre Liebe zu Drama und Unterhaltung geerbt, wenn auch nicht ihr Talent; seine alles andere als sensationelle Singstimme war oft aus dem Lehrlingsquartier, dem Speisesaal oder aus der Luft zu hören, wenn er dort oben mit seinem Phönix vorüberjagte. Die Arborier waren berühmt für ihre Künste, und neben Musik und Theater stellten sie auch die schönsten Möbel und Holzschnitzereien im Imperium sowie feine Lederwaren her. Anders besaß ein Paar dicker Ledermanschetten, in die Lieder, Gedichte und Bilder aus seiner Familie eingeritzt waren; er trug sie allerdings nur zum Abendessen. Der Kommandant hatte jegliche Verzierung untersagt, die nicht zu der strengen Lehrlingsuniform gehörte, die aus den gleichen Tuniken und der gleichen Rüstung für alle bestand. Die Haare mussten kurz geschnitten sein, die Gesichter glatt rasiert. Selbst zu ihren Glanzzeiten hatte bei den Phönixreitern für die Lehrlinge eine ähnliche

Kleiderordnung gegolten, und nur die Meisterreiter hatten das Recht verdient, Zöpfe und andere persönliche Verzierungen zu tragen.

»Ach, das ist Nyk – er arbeitet im Stall«, sagte Tristan.

»Seit wann trainieren Stallburschen zusammen mit Lehrlingen?«, fragte Latham. Er sah seinem Bruder Loran ziemlich ähnlich, hatte die gleiche helle Haut, goldene Haare und dunkelblaue Augen, wie sie im Süden, woher die beiden stammten, üblich waren.

»Seit der Kommandant es befohlen hat«, sagte Elliot hilfsbereit und erinnerte damit alle an Tristans Demütigung, bei der sie ja zugegen gewesen waren.

»Ach ja«, sagte Anders mit seinem üblichen strahlenden Lächeln und warf Tristan einen boshaften Blick zu. »Die neueste disziplinarische Anordnung des Kommandanten. Dann erzähl mal, Nyk, hast du diesem armen Lehrling schon was beibringen können?«

Tristan schüttelte nur den Kopf und starrte mit einem unbestimmbaren Lächeln zu Boden. Veronyka fragte sich, warum er sich diesen Spott gefallen ließ, ohne sich zu wehren – bei ihr hatte er damit doch nie Probleme –, aber dann ging ihr seine schwierige Situation auf. Es war sein Vater, über den sie hier redeten, und dessen Machtstellung erschwerte die Lage für Tristan. Er konnte kein normaler Lehrling sein, weil er immer als Sohn des Kommandanten galt, aber irgendeine Vorrangstellung besaß er auch nicht. Kein Wunder, dass er so unbedingt befördert werden wollte, damit die Grenzen deutlicher gezogen würden.

»Er ist gut genug, ich brauche ihm nichts beizubringen«, sagte Veronyka tapfer, und Tristan warf ihr einen überraschten, dankbaren Blick zu.

»Na, wenn sie noch mehr Bedienstete schicken wollen, die den Lehrlingen helfen, ich würde mich ja nur zu gern von einem der Spülmädchen in Form bringen lassen«, sagte Latham kichernd und wackelte vielsagend mit den Augenbrauen. »Oder vielleicht von einem von Morras Küchenmädchen …«

»Der arme Latham sehnt sich immer nach Gesellschaft. Fast so schlimm wie Elliot, der die ganze Zeit über von den Mädchen bei ihm zu Hause schwärmt«, sagte Anders und legte einen Arm um den anderen.

»Ich schwärme nicht«, widersprach Elliot errötend und schüttelte Anders' Arm ab. »Und ich mach das auch nicht *die ganze Zeit* – außerdem rede ich von meiner Schwester, nicht von …«

»Lasst ihn in Ruhe«, sagte Ronyn mit gelangweilter Stimme. Er war einer der älteren Lehrlinge und hatte das Getue von Anders und Latham sichtlich satt.

»Nyk sieht das doch auch so, oder?«, fragte Anders und legte einen Arm um Veronyka. »Du hättest doch auch gern mehr Mädchen hier bei uns, nicht?«

»Natürlich«, sagte Veronyka. Die anderen lachten amüsiert, aber sie hatte es nicht so gemeint, wie die Jungen es verstanden – sie wollte einfach Reiterinnen sehen. Sie warf Tristan einen verzweifelten Blick zu, aber zu ihrer Überraschung wich er aus. Sein Gesicht wirkte seltsam gerötet. War es ihm peinlich, dass sie hier war? Ihr machten die kleinen Spöttereien nichts aus – das hier war viel harmloser als Vals ewige Sticheleien und sarkastische Bemerkungen –, aber bei Tristan war das offenbar anders. Vielleicht war es besser, das Thema zu wechseln.

»Ich wollte sagen«, sagte Veronyka, tat es Anders nach und schüttelte Elliots Arm ab, »dass es auch weibliche Lehrlinge geben müsste. Beim Training.«

»Na, darauf kannst du dich mit Elliot einigen«, sagte Anders und feixte noch immer. »Ist das also der Grund, warum du hier bist?«

Veronykas Herz setzte einen Schlag aus. »Wie meinst du das?«

Anders hob eine Augenbraue. »Zum Training?«

»Ach – ja. Na ja, im Grunde schon, ich …«

»Ich helfe ihm, damit er bei der nächsten Aufnahmerunde in Form ist«, sagte Tristan.

»Wozu denn?«, fragte Ronyn.

»Wie meinst du das?«, fragte Veronyka. Sie wusste nicht, ob sein Tonfall verächtlich war oder einfach nur gleichgültig.

Er ließ seinen Blick zu Tristan und den anderen wandern. »Tja, weil …«

»Wir haben keine Phönixeier«, schaltete sich Anders ein, und zum ersten Mal verlor seine Stimme ihren munteren Klang. »Haben seit Monaten schon keins mehr gefunden. Du hättest größere Chancen, wenn du selbst eins legen könntest, als hier eins zu finden.«

Die Stimmung in der Gruppe schlug um und Lachen und Witze machten einem angespannten Schweigen Platz. Veronyka starrte Tristan an, aber er wich ihrem Blick erneut aus. Er hatte es die ganze Zeit gewusst. Warum hatte er es ihr nicht gesagt? Warum hatte er so getan, als ob sie eine Möglichkeit hätte – hatte ihr Hilfe beim Training angeboten und sogar, sie zu finanzieren –, wenn er doch gewusst hatte, dass es niemals passieren würde? Vielleicht war das der Grund gewesen – es war ein Versprechen, das er niemals einlösen müsste.

Als Beryk den Übungshof betrat und die Lehrlinge zur Ordnung rief, nutzte Veronyka die Gelegenheit, um sich wegzuschleichen, vorbei an Tristan, weg vom Hof.

Sie würde erst in einer Stunde mit ihren Morgenarbeiten beginnen müssen, aber sie ging trotzdem in den Stall. Dort war es still und dunkel und die Nähe der Tiere wirkte beruhigend auf sie. Ihre Magie war stark geworden, seit sie hergekommen war, so wie sie auch damals gemeinsam mit Xephyra zugenommen hatte. Sich mit Phönixen zu umgeben, stärkte ihre Kräfte, aber die Verbindung zu einem eigenen war noch wirkungsvoller gewesen.

Vor Xephyra und bevor sie in den Adlerhorst gekommen war, hatte sie ein Tier sehen müssen, um Kontakt zu ihm aufnehmen und mit ihm kommunizieren zu können. Jetzt konnte sie mit geschlossenen Augen durch den staubigen Stall gehen und spüren, welches Pferd hinter welcher Tür war, welche Katze sich im Schatten herumdrückte und ob irgendwelche Tauben oder Stare auf den Dachbalken saßen. Vögel und Säugetiere konnte ihre Magie am leichtesten finden, Reptilien und Wasserwesen waren das Schwierigste. Das hing offenbar mit den Ähnlichkeiten in Denken und Verhalten zusammen. Je größer die Unterschiede waren – wie Wohnstätte und Ernährung –, umso schwieriger wurde der Austausch.

Vertrautheit half auch, deshalb konnte Veronyka die Tiere im Stall mit einem einzigen Gedanken erreichen.

In ihrer Vorstellung fand sie Winds Stall, dann öffnete sie die Augen und schlüpfte hinein. Sie setzte sich neben ihn auf den Boden und streichelte sanft seine Nase, während er wieder einschlief und sich im Takt seines Atems langsam hin- und herwiegte.

Hilflosigkeit sank wie eine schwere Last auf sie, ein Gefühl, das ihr vertraut war, nachdem Val zehn Jahre lang ihr Leben kontrolliert hatte. Jetzt, da sie sich davon befreit hatte, *hasste* sie die Vorstellung, noch einmal in eine solche aussichtslose Lage zu geraten. Während des Trainings mit Tristan hatte sie endlich das Gefühl gehabt, auf dem richtigen Weg zu sein, ihre Zukunft aufzubauen, aber jetzt? Sie kam sich vor, wie an den Anfang zurückgeworfen.

»Nyk?«, fragte eine zaghafte Stimme von der Tür her.

Veronyka erstarrte. Sie war nicht sicher, ob sie gefunden werden wollte, aber ihr Versteck war ja nicht gerade idiotensicher. Gleich darauf wurde die Tür geöffnet und Tristan stand vor ihr.

»Wie hast du mich gefunden?«, fragte sie verärgert.

»Ich habe gesehen, dass du zu den Ställen gerannt bist, und dann habe ich Wind gefragt«, sagte er, warf Veronykas Stallgefährten einen Blick zu und lächelte leicht. Er streichelte Winds Flanke, kam herein und ließ sich neben Veronyka auf den Boden sinken. Er lehnte sich an die Wand, zog die Knie an und stützte die Ellbogen darauf.

Veronyka sah das Pferd vorwurfsvoll an, aber Wind schnaubte nur hochmütig.

»Müsstest du jetzt nicht beim Training sein?«, fragte sie abweisend.

Tristan zuckte mit den Schultern. So saßen sie einen Moment lang schweigend da, dann …

»Warum hast du mir das nicht gesagt?«, rutschte es ihr heraus. »Warum tust du so, als ob du mir helfen könntest – dieses ganze Gerede von Sondertraining und Förderung –, wo du doch gewusst hast, dass es unmöglich ist? Warum hast du gelogen? Hab ich dir leidgetan, oder was?«

Tristan ließ seine Knie los und drehte sich zu ihr. »Nein, das war nicht … so war das nicht. Und ich habe nicht gelogen! Ich hab es nur nicht für nötig gehalten, es zu erwähnen, weil von *unmöglich* keine Rede sein kann. Es ist nur gerade jetzt nicht möglich.«

»Wenn ihr keine Eier habt …«

»Wir kriegen welche«, sagte Tristan mit fester Stimme.

Veronyka ließ den Kopf sinken. »Ich weiß nicht, wozu ich überhaupt hier bin.«

»Du hilfst mir«, sagte Tristan und zwang sich zu einem Lächeln. »Du hast doch gesehen, wie ich beim ersten Mal auf der Hindernisbahn gepatzt habe. Wenn du nicht da gewesen wärst, hätte es ganz schön schiefgehen können für mich … und Wind«, fügte er hinzu, hob die Hand und streichelte die breite flache Brust des Pferdes.

Veronyka versuchte, ebenfalls zu lächeln, aber es wollte ihr nicht gelingen.

»Wir brauchen hier intelligente, begabte Leute wie dich«, sagte Tristan. Er starrte den Boden zwischen ihnen an, als er hinzufügte: »*Ich* brauche dich.«

Veronyka schluckte mühsam und ihre Kehle schnürte sich zusammen. Der Glücksrausch, der sie bei seinen Worten überkam, wich sehr schnell tiefen Schuldgefühlen. Er hatte ihr sein düsterstes Geheimnis anvertraut, aber sie hatte das Vertrauen nicht erwidert. Tristan hasste Lügen – er hatte gesagt, es gebe nichts Schlimmeres. Bei der Sache mit den Eiern hatte er es mit der Wahrheit vielleicht nicht so genau genommen, aber indem sie jeden Tag als Nyk auftrat, war ihr ganzes

Leben eine Lüge – und diese Lüge färbte alles, was sie tat, jede ihre Handlungen und jedes ihrer Gespräche. Sie fühlte sich nicht wie ein Junge – sie war nicht wie einige andere Kinder, die sie früher gekannt hatte, die als Junge oder Mädchen geboren worden waren, aber nicht das Gefühl hatten, in diesen Körper zu passen, und sich deshalb so kleideten, wie sie es für sich als richtig empfanden. Das war deren Wahrheit, egal, wie die Welt das sah. Aber sie war nicht Nyk, sie war Veronyka. Nyk war eine Lüge.

In mancher Hinsicht wäre es leichter gewesen, Tristan die Wahrheit zu sagen, bevor er etwas so Persönliches über sich selbst erzählt hatte. Jetzt, da sie einander nähergekommen waren, erschienen ihre Lügen ihr als größerer Verrat – und es würde viel schwieriger sein, ihm alles zu gestehen. Sie wollte nicht verlieren, was sie jetzt hatten.

Manchmal warf er ihr einen Blick zu, ein heimliches Lächeln, bei dem seine Augen aufleuchteten und sein Gesicht sich rötete … Veronyka hatte Angst, dass er sie nie wieder so ansehen würde. Dass das, was zwischen ihnen war, so zart wie Zuckerwatte, zerreißen würde, selbst wenn er ihre Lügen akzeptieren und ihr verzeihen könnte.

»Ich … ich weiß nur nicht, ob das genug ist. Ich *muss* einfach Reiter werden. Sonst …«, begann sie und geriet ins Stocken. Wie sollte sie all das erklären, was sie verloren hatte? Dass ihr Herz gebrochen war, leer, *fremd*, dass sie Angst hatte, nur ein neuer Phönix könnte sie wieder ganz machen, könnte die Leere füllen?

»… fehlt etwas?«, fragte Tristan. Veronyka starrte ihn an, überrascht, weil er sie zu verstehen schien. »Ich glaube, so geht es mir damit, dass ich Patrouillenführer werden will. So ungefähr, wenn ich das schaffe, wenn mir das möglich ist, würde sich alles andere finden. Aber es ist ein gefährliches Spiel … den Schlüssel zu deinem Glück in die Hände eines anderen zu legen. Schon als Kind habe ich mir nichts anderes als einen Phönix gewünscht – ich dachte, wenn ich erst einen hätte, würde ich unbesiegbar sein.« Er grinste, streckte die Beine aus und verschränkte die Arme vor der Brust. »Aber im Leben gibt es keine Garantien. Rex könnte sterben, oder mein Vater könnte entscheiden, dass aus mir nie ein brauchbarer Patrouillenführer wird – und was dann? Ich kann nicht in alle Ewigkeit niedergeschlagen sein. Ich muss selbst für mein Glück sorgen.«

Seine Worte schlugen tief in Veronyka eine Saite an. Sie hatte außerhalb ihrer selbst nach Antworten gesucht, nach einer Möglichkeit, ihre inneren Wunden zu lindern. Aber vielleicht musste sie sich erst selbst heilen, ehe sie hoffen konnte, einen Phönix zu finden, der sich mit ihr verbünden wollte. Sie wusste nicht, ob sie sich vom Verlust Xephyras jemals ganz erholen würde, aber sie könnte versuchen, sich wieder vollständig zu fühlen, indem sie nach ihrem Glück suchte, statt immer Dinge anzustreben, über die sie keine Kontrolle hatte.

Und was hatte sie am glücklichsten gemacht, seit sie Xephyra verloren hatte? Mit Tristan zu trainieren, hier in der Festung dazuzugehören, und sei es als bescheidener Stallbursche.

Sie musterte Tristans Profil, seine scharf gezeichneten Wangenknochen und seine starken Schultern. Sie verspürte den plötzlichen Drang, ihn zu berühren, sich hier mit ihm zu verankern. Sie wollte alles andere vergessen und nur hier sein, in diesem Augenblick.

Er schaute auf sie herab und seine Wimpern warfen Schatten auf seine Wangenknochen. Sie kam sich neben ihm so unzulänglich vor, klein und mager, ihre Augen zu groß und ihre Nase zu klein, während er nur aus Muskeln und langen Gliedern bestand, aus seinen kunstvoll zerzausten Haaren und seinem Grübchenlächeln.

»Du machst mich glücklich«, sagte Veronyka – und war so schockiert, weil ihr das herausgerutscht war, dass sie sich fast die Hand vor den Mund geschlagen hätte. Stattdessen strömten weitere Wörter aus ihr heraus und versuchten, die Erinnerung an die ersten zu ertränken. »Ich meine, mit dir zu trainieren … dir zu helfen, und dass du mir hilfst, das hat mich glücklich gemacht. Und in der Nähe von Rex zu sein – und den anderen –, aber vor allem von dir und Rex und …«

Sie kniff die Augen zu und hoffte, eine der Totenfrauen der Nox würde kommen und sie ins Reich der Finsternis tragen, damit sie Tristan niemals wieder ansehen müsste.

»Mich auch.«

Sie riss die Augen auf. Tristan schaute sie nicht an, aber sie konnte sehen, dass er hart schluckte. »Also … was meinst du?«

»Wozu?«, fragte sie benommen. Plötzlich kam Winds Box ihr unmöglich klein vor und die Stille des Stalles bedrängte sie von allen Seiten. Sie brauchte nur den Arm auszustrecken, dann würde sie Tristan berühren, allein an diesem kühlen, dunklen Ort.

»Bleibst du? Gibst du der Sache eine Chance?«

Ehe sie antworten konnte, öffnete sich die Stalltür quietschend, und schwere Stiefel zertraten das Stroh.

Die Schritte kamen näher, dann wurde die Tür der Box aufgerissen, und Cassian stand in der Öffnung.

»Kommandant«, sagte Tristan und sprang auf. Veronyka folgte seinem Beispiel, aber sie wusste, dass der Schaden bereits geschehen war. Sie hatten sich in einer dunklen Box versteckt, waren von Schmutz und Stroh übersät und hatten es so eilig mit dem Aufstehen, als ob sie bei etwas Verbotenem erwischt worden wären.

Dann fiel ihr ein, dass Tristan ja beim Unterricht sein müsste, und ihre Angst wuchs noch mehr.

Der Kommandant musterte sie und Tristan aufmerksam, sein Blick war kühl und forschend, als ob er sich noch das kleinste Detail einprägte. »Du hast heute Morgen Unterricht, Lehrling.«

»Ja, Kommandant Cassian. Ich wollte nur …«

»Ein nettes Beisammensein haben?« Aus Cassians Mund klang es wie etwas Lasterhaftes.

Veronyka hielt den Kopf gesenkt und verkrampfte hinter dem Rücken die Hände; sie wusste nicht, ob sie sich einmischen oder Tristan das Reden überlassen sollte.

»Was für ein Glück, dass ich kurz mit Beryk sprechen musste, sonst hätte ich vielleicht nie erfahren, dass du den Unterricht schwänzt und dich vor deiner Verantwortung drückst.«

Tristans Mund verzog sich, als ob »Glück« das letzte Wort wäre, mit dem er diese Situation beschreiben würde.

Der Kommandant beugte sich vor. »Es gibt eine Zeit und einen Ort, um mit Dienstboten und Stallburschen zu fraternisieren, aber die Unterrichtszeiten gehören nicht dazu.«

»Es tut mir leid, Kommandant«, sagt Tristan mit angemessener Zerknirschung. »Bitte sagt mir, wann und wo die Gelegenheit richtig ist.«

Veronyka stöhnte in Gedanken und musste ihre Lippen aufeinanderpressen, um die Grimasse – oder war es ein Lächeln? – zu unterdrücken, die unbedingt hinauswollte.

Der Kommandant starrte seinen Sohn an und seine Nasenflügel blähten sich. »Du nimmst dein Training offenbar nicht ernst. Vielleicht ist es Zeit für eine Inspektion. Ich weiß, es ist eine Woche zu früh, aber ich möchte doch zu gern sehen, wie weit du gekommen bist und ob das zusätzliche Training dir irgendetwas Sinnvolles beigebracht hat. Ich hoffe doch wirklich, dass du darauf vorbereitet bist, Tristan. Ich fände es schrecklich, dich blamiert zu sehen ... schon wieder. Wir sehen uns in einer Stunde, Lehrling.«

Veronykas Besorgnis wütete in ihrem Magen wie ein wildes Tier, als sie zusammen mit den übrigen Stallburschen an der Hindernisbahn stand.

Nicht Tristans Fähigkeiten waren der Grund, warum sich alles in ihr verkrampfte – ihre größte Angst galt der Reaktion des Kommandanten. Selbst wenn Tristan die Bahn tadellos hinter sich brächte, wäre das womöglich nicht genug. Der Kommandant behandelte seinen Sohn immer voller Härte, aber nachdem er ihn an diesem Morgen beim Schwänzen erwischt hatte – und angenommen hatte, er nehme das Training nicht ernst –, fürchtete sie, es würde unmöglich sein, ihn zufriedenzustellen.

Kommandant Cassian war genau wie ihre Schwester, und Menschen wie Val und er taten nicht das, was richtig war, weil es eben richtig war. Der Kommandant war ein scharfsichtiger Mann, aber mehr noch war er jemand, der die Kontrolle haben wollte. Und aus irgendeinem Grund wollte er Tristan nicht zum Patrouillenführer machen. Er nutzte die Tatsache, dass er seinem Sohn diese Möglichkeit eröffnen konnte, als Mittel, ihn unter seiner Herrschaft zu halten. Egal, welche Leistungen Tristan auch erbrachte, der Kommandant würde erst nachgeben, wenn er wirklich dazu gezwungen wäre, wenn Tristan ihm keine andere Wahl ließe. Aber wie könnten sie den Kommandanten zu dieser Entscheidung drängen?

Als er die Lehrlinge in Habachtstellung rief, bemerkte Veronyka beim Dorftor in der Ferne eine Bewegung. Beryk und die restlichen Meisterreiter, alle in voller Rüstung und Reitleder, kamen zur Hindernisbahn. Der Kommandant lächelte, als die Lehrlinge zu flüstern begannen und Richtung Dorf zeigten – offenbar hatte er die Patrouillen zum Zuschauen eingeladen, und die Lehrlinge hatten nichts davon gewusst.

Perfekt, dachte Veronyka mit düsterer Zufriedenheit. Sie wollte den Kommandanten zum Handeln zwingen, und welche bessere Möglichkeit dazu könnte es geben, als das hier vor einem Publikum zu tun, das Rechenschaft von ihm verlangen würde? Nie im Leben würde der Kommandant behaupten können, Tristan sei nicht gut genug, wenn die ganze Reitertruppe – Lehrlinge und Meister gleichermaßen – ihn in Spitzenform sahen. Sie musste ihnen nur einen unwiderlegbaren Beweis liefern. Tristan konnte nicht einfach nur das leisten, was die anderen leisteten … er musste sie überflügeln und übertreffen.

Der Kommandant sprach einige Worte und erläuterte, dass er die Meisterreiter hergebeten habe, damit sie »sehen könnten, was ihr Jungs hier so treibt«, aber Veronyka erkannte Manipulation, wenn sie sie sah. Der Kommandant hatte diese kleine Menschenmenge eingeladen, um den Druck zu erhöhen, nicht um die vage Neugier der Reiter zu befriedigen.

Aber sie wirkten interessiert, sie beugten sich über den Zaun an der Koppel, als die Lehrlinge sich aufstellten und sich bereit machten, um ihre Fähigkeiten auf der Bahn vorzuführen. Anders als beim ersten Mal einige Wochen zuvor sollten sie nun auch das Finale schaffen und ihre Phönixe am Ende in Flammen aufgehen lassen.

Veronyka wusste, dass das für Tristan die wahre Herausforderung sein würde.

Er hatte es in ihren zusätzlichen Trainingsrunden so oft geschafft, aber jetzt war der Druck, der auf ihm lastete, größer denn je.

Als Anders mit der Übung anfing, rannte einer der Stallburschen zum Tor, um es zu schließen, ehe ein Hund herausschlüpfen konnte. Es war Petyr, und obwohl er es geschafft hatte, das Gatter rechtzeitig zu schließen, kam Veronyka eine Idee.

In ihrem Kopf nahm ein Plan Gestalt an, ein Plan, der riskant und geradezu töricht war. Ganz zu schweigen von der Tatsache, dass dieser Plan auf sie selbst zurückfeuern könnte – und auf Tristan. Sie musste mit ihm reden, aber er hielt sich zu dicht beim Kommandanten.

Die meisten Lehrlinge hatten ihre Leistungen gesteigert, aber so gut sie ihre Sache auf der Bahn auch machten, immer wenn sich ein Phönix entzündete, bäumten sich die Pferde auf, und die Hunde jaulten. Zwei Tauben ergriffen die Flucht und flogen zurück ins Dorf, ein Köcher voller Pfeile fing Feuer.

Als Tristan Wind zum Beginn der Bahn führte, eilte Veronyka zu ihm, um sich an einem Gurt zu schaffen zu machen. Ihre Hände zitterten vor Aufregung, aber sie gab sich alle Mühe, sich so zu stellen, dass die Zuschauer ihr Gesicht nicht sehen konnten. Tristan schaute nach unten, sein Gesicht eine perfekte Maske hochmütiger Ungeduld, obwohl er deutlich sehen konnte, dass mit dem Sattelgurt alles in Ordnung war.

»Was ist los?«, flüsterte er und tat so, als wollte er ihr dabei helfen, eine Schnalle richtig zu schließen.

»Ich spiele mit dem Gedanken an etwas … Tollkühnes.« Sie schaute zu ihm auf und hoffte halb, dass er Nein sagen würde, dann könnte sie sich hinter den Pferden verstecken, bis alles vorüber wäre.

Aber er richtete sich im Sattel auf und wischte ihre Hand von dem Gurt weg. »Gut«, sagte er, ehe er wortlos Hund und Taube zu sich rief. Er hatte ihre Worte einfach so akzeptiert und ihr die Erlaubnis erteilt, zu tun, was immer ihr einfallen mochte.

Gut.

Während alle anderen Tristans Weg über die Bahn verfolgten, trat Veronyka leise hinter sie. Sie hatte nicht viel Zeit und sie würde nur eine einzige Gelegenheit haben.

Obwohl sie nicht richtig auf Tristan achten konnte, war sie stolz darauf, wie gut er seine Sache machte. Sie schaute auf, wenn die anderen nach einem perfekten Schuss auf die Zielscheibe oder einem Sprung über eine Tonne oder einen Kasten beifällig murmelten. Der Kommandant brüllte ihm Fragen zu, wie er das mit den anderen auch gemacht hatte, um sicherzugehen, dass die Lehrlinge mit ihren Phönixen und ihren anderen Tieren in Verbindung standen.

Als Tristan Wind zwischen den Pfählen kurz vor Ende der Bahn hindurchlenkte, wusste sie, dass der Augenblick gekommen war. Die Anspannung in der Gruppe war greifbar. Alle dachten daran, wie schlecht der Abschluss das letzte Mal für Tristan gelaufen war.

Rex stieß einen Schrei aus, schlug mit den Flügeln, als er einen weiten Bogen beschrieb, dann senkte er den Kopf und setzte zum Sturzflug an.

Gewisslich, meine Liebe, wusste die süße Onia,
dass ich niemals den Kopf senken würde.

– Kapitel 23 –

Tristan

Tristan machte sich bereit, als Rex auf den Boden zuschoss. Jeden Augenblick würde sich sein Verbündeter nun entzünden, und Tristan wusste, dass alles davon abhing, was als Nächstes passierte.

Er konnte kaum Atem holen, die Freistätte in sich verstärken, wie Nyk es ihm beigebracht hatte. Er übte das seit Tagen, und die Mauern waren schon vorhanden, seine Angst war in ihm eingeschlossen.

Aber das war nicht genug. Er musste noch immer jeden Riss und jeden Spalt füllen und sicherstellen, dass seine Furcht keine Möglichkeit hatte, an die Oberfläche zu gelangen.

In mancher Hinsicht war seine Angst wirklich ein Luxus, wie es immer im Lieblingsspruch seines Vaters hieß – etwas, dem er sich in Augenblicken der Schwäche hingeben konnte. Aber indem er sie in die Freistätte verschob, machte er sie unerreichbar und beschützte sich vor sich selbst.

Es war, wie Gedanken und Empfindungen zu trennen … Sein Verstand wusste, dass Rex' Feuer keine Gefahr für ihn bedeutete, aber sein Gefühl erlaubte der Furcht, Wurzeln zu schlagen, sein logisches Denken zu überwältigen und ihn in ein Bündel aus bloß liegenden Nerven und Angst und Zaudern zu verwandeln.

Tristan wusste, dass er das Feuer fürchtete, was für sich genommen nicht so schlimm war – solange er diese Furcht einsperrte und so die Kontrolle darüber erlangte. Und vielleicht würde er sie irgendwann vollständig ausschalten können.

Für den Moment jedoch würde er alles tun, was nötig wäre, um diese Übung hinter sich zu bringen.

Mit einem scharfen Flügelschlag ging Rex in Flammen auf.

Tristan staunte darüber, wie Rex dieses Feuer genoss, und zum ersten Mal konnte er die Gefühle spüren, die durch das Band zwischen ihnen hin und her strömten. Feuer war einem Phönix heilig, ein Teil seines eigentlichen Wesens … Feuer war Leben und Tod und Macht und Magie, und das alles jagte durch Rex und ließ seine Adern knistern, als er vor Tristan landete und das Gras zu dessen Füßen versengte.

Tristan blieb ganz gerade im Sattel sitzen, vollkommen ruhig. Seine Angst war nirgendwo zu sehen.

Erleichtert wandte er sich den anderen Tieren zu, bemerkte ihre Angst und ihr Zögern, aber er behielt sie fest im Griff – bis ein Aufwallen von Energie seine Aufmerksamkeit auf die Koppel lenkte.

Die Pferde dort bäumten sich auf und warfen die Köpfe in den Nacken – wie sie es jedes Mal taten, wenn sich ein Phönix entzündete –, aber irgendwie hatte sich der Riegel des Gatters gelöst, und die Pferde jagten darauf zu.

Mehrere Stallburschen versuchten, sie aufzuhalten, aber Tristan hätte schwören können, dass Nyk nur so tat, als ob er mitmachte, dass er nur halbherzig die Hand ausstreckte, als die Tiere vorüberdonnerten.

Ah. *Das* also war sein tollkühner Plan. Warum hatte er dem blindlings zugestimmt? Mit einer Ruhe, von der er gar nicht gewusst hatte, dass er sie besaß, atmete er langsam und gleichmäßig aus.

Ein … zwei … drei Pferde waren losgaloppiert, ehe Jana das Tor schloss, und noch während Tristan sich sagte, er dürfe nicht in Panik geraten, er könne mit ein paar weiteren Pferden umgehen, sah er, dass ein halbes Dutzend Hunde sich ebenfalls herausgestohlen hatte.

Er würde Nyk umbringen. Die Umstehenden wechselten Blicke und wussten nicht, wie sie sich verhalten sollten. Sogar der Kommandant trat vor und wollte offenbar eingreifen, aber mit einem vielsagenden Blick zu Tristan hinüber hielt Beryk ihn zurück.

Sie würden ihn also einen Versuch machen lassen.

Tristan schloss die Augen, sperrte die Aufregung, die um ihn herum entstanden war, aus und konzentrierte sich auf die Tiere. Er dachte wieder an Nyks Ratschlag und verließ sich darauf, dass Wind, sein Hund und die Taube dort blieben, wo sie hingehörten. Dann suchte er die anderen Tiere. Er hatte noch nie versucht, so viele auf einmal zu lenken, aber wenn er es mit Nyks Augen betrachtete – also nicht ständig jedes Tier unter Druck setzte, sondern sie einzeln zu erreichen versuchte, um seine Bitte vorzubringen und sich dann zurückzuziehen –, war es bei Weitem nicht so anstrengend. Hunde und Pferde hatten diese Übung schon oft durchgeführt, und als er sie nun an ihre Pflicht erinnert hatte, sich zu benehmen und still zu verhalten, war es viel einfacher, sie unter Kontrolle zu bringen.

Es war ein bisschen wie Gartenarbeit. Tristans Mutter hatte Blumen geliebt und ihr Haus hatte immer nach Rosen und Veilchen und blutroten Feuerblüten geduftet. Nach dem Tod seiner Mutter hatte er der alten Ana geholfen, den Garten seiner Mutter zu pflegen, aber so klein, wie er noch gewesen war, war er wohl eher eine Last als eine Hilfe gewesen – und als sie ihr Zuhause aufgeben mussten, hatten er und Ana am Dorfrand neue Blumen gepflanzt. Ana meinte, es sei wichtig, eine führende Hand zu sein und keine dauernde Aufsicht – und bei Tiermagie verhielt es sich genauso. So, wie sich die Pflanzen ganz natürlich zur Sonne hinstreckten, so suchten Tiere instinktiv die Nähe von Animagen.

Während einige seiner Berührung eher widerstanden als andere, wurden die ausgerissenen Pferde schließlich langsamer und kehrten um, während die Hunde ein- oder zweimal jaulten und ihrem Beispiel dann folgten. Tristan lief Schweiß über die Stirn, aber er achtete nicht auf die geistige und körperliche Anstrengung, als er versuchte, in dem Chaos um ihn herum Ordnung zu schaffen.

Stille senkte sich über die Zuschauer, als Pferde und Hunde sich eins nach dem anderen neben ihm aufstellten und einen Halbkreis aus durch und durch gehorsamen Tieren bildeten.

Tristan erteilte Rex einen letzten Befehl; der Phönix senkte den Kopf, schlug noch einmal mit den Flügeln und ließ sein Feuer verlöschen.

Es war, als sei eine Blase der Stille geplatzt, und nun erwachte die Welt um ihn herum ein weiteres Mal zum Leben. Die Lehrlinge und Reiter jubelten, rannten los, um ihm zu gratulieren, während die Stallburschen losliefen, um die ausgebrochenen Tiere zurückzuholen.

Der Kommandant rührte sich nicht von der Stelle, und als Tristan aus dem Sattel stieg, hörte er Beryk sagen: »Das ist wirklich beeindruckend, Kommandant – ich hätte das nicht geschafft.«

Tristan war zwar erschöpft, aber zufrieden. Er versuchte, zu lächeln und zu nicken, als er sich zerstreut einen Weg durch die Menge bahnte.

Endlich ließen die anderen ihn durch und er sah Nyk.

Obwohl er ihn vorhin noch hatte ermorden wollen, empfand er jetzt nur noch überwältigende Dankbarkeit. Doch, es war eine Herausforderung gewesen, die entwichenen Tiere zu beruhigen, aber vor allem war Tristan stolz auf diese stumme, innere Schlacht. Die Schlacht, von der nur Nyk wusste.

Zum ersten Mal, seit er sich zurückerinnern konnte, war er, ohne zu zögern, einem lodernden Phönix gegenübergetreten. Er wollte es von den Bergen rufen, seinen Triumph und seine Begeisterung für alle verkünden.

Stattdessen schob er die anderen beiseite, von Entschlossenheit weitergetrieben.

Endlich traf er auf Nyk, schlang die Arme um ihn, während sich der Lärm legte, und es gab nur noch sie beide, hier in dieser Umarmung.

»Du hast es geschafft«, keuchte Nyk, sichtlich überrascht von Tristans plötzlicher heftiger Geste.

Tristan, dem die vielen Zuschauer wieder einfielen, wich zurück, wandte den Blick von Nyks neugieriger Miene ab und zwang sich zu einem sorglosen Lächeln. »Das hab ich dir zu verdanken.«

Als der sanfte König Hellund die temperamentvolle Königin Genya heiratete, wurde im ganzen Imperium gefeiert und gejubelt – nur war die frisch gekrönte Königin nicht dabei.

Kaum war die Tinte unter dem Ehevertrag getrocknet, sprang die Braut auf ihre Phönice Exiline und überließ den Bräutigam seinem Schicksal. Mit einem Schweif aus edler Seide und Feuerblüten brachte sie die berüchtigte Banditenbande, die das Reich ihres Geliebten terrorisiert hatte, zur Strecke. Bei diesem Einsatz verdiente sie sich den Spitznamen »die Generalin« und schon bald kehrte sie im Triumph nach Hause zurück.

In einer kühnen romantischen Geste überreichte sie ihrem Gatten als verspätetes Hochzeitsgeschenk den Kopf des Banditenhauptmanns, worauf der König augenblicklich über seiner Gerstensuppe in Ohnmacht fiel.

Eine beliebte Kochhausgeschichte

Wir waren Schattenzwillinge, halbe Schwestern,
aber wir hätten nicht unterschiedlicher sein können.

– Kapitel 24 –

VERONYKA

An diesem Abend wusste Veronyka nichts mit sich anzufangen. Sie wollte unbedingt wissen, was – falls überhaupt etwas passiert war – sich zwischen Tristan und dem Kommandanten abgespielt hatte, aber seit sie die Hindernisbahn verlassen hatten, hatte sie keinen der beiden wiedergesehen.

Sie konnte noch immer nicht fassen, wie gut alles gelaufen war – das Geplante und das Ungeplante gleichermaßen, wie das zufällige Freilassen der Hunde. Sie hatte sich so auf die Pferde konzentriert und sicherstellen wollen, dass nur eine Handvoll entkam, dass sie die Hunde völlig vergessen hatte. In der einen Minute waren sie auf der anderen Seite der Koppel gewesen, vertieft darin, sich gegenseitig zu jagen und nacheinander zu schnappen, in der nächsten hetzten sie mit den Pferden durch das Tor und sorgten für eine zusätzliche Verwirrung, von der Veronyka nicht wusste, ob Tristan sie in den Griff bekommen könnte.

Aber es war ihm gelungen. Er hatte alles gelassen aufgenommen, hatte seine Magie eingesetzt und zugleich den Tieren vertraut, die schon unter seinem Einfluss standen. Selbst angesichts von Rex' knisternden Flammen war er ein Bild des Selbstvertrauens und der Beherrschung gewesen.

Er war grandios gewesen.

Immer wieder dachte sie daran, wie er sie danach umarmt hatte, an das Funkeln von Triumph – und von etwas anderem, das sie nicht richtig benennen konnte – in seinen Augen. Ihr Herz war zuerst beinahe stehengeblieben, und ihr war schwindlig geworden bei dem Gedanken, dass ihre eingebundenen Brüste gegen ihn gepresst wurden. Aber er hatte offenbar nichts bemerkt, und ehe sie weiterdenken konnte, waren sie schon wieder getrennt gewesen. Die anderen Lehrlinge hatten sich um ihn zusammengedrängt, und sie war beiseitegetreten, um sich ihren Pflichten zu widmen.

Jetzt wartete sie auf das Urteil des Kommandanten. Aber ganz gleich, ob er Tristan nun für fähig befand, eine Patrouille anzuführen, oder nicht, ging sie doch davon aus, dass er das zusätzliche Training nicht mehr als nötig erachten würde.

Bei diesem Gedanken verspürte sie einen unerwarteten Stich der Traurigkeit. Ihre abendlichen Begegnungen waren von etwas, vor dem sie sich fürchtete, zu etwas geworden, worauf sie sich den ganzen Tag lang freute. Seit ihrem ersten Treffen waren Tristans Erfolg und Fortschritte mit ihren eigenen verknüpft gewesen, und obwohl sie ihr Schicksal angenommen und einander bereitwillig geholfen hatten, würde von ihnen kein gemeinsames Training mehr *verlangt* werden. Wenn er Patrouillenführer würde, würde sich sein Dienstplan ändern, und vermutlich würde er überhaupt keine Zeit mehr haben, um mit ihr zu trainieren.

Da sie nach dem Abendessen, zu dem Tristan und der Kommandant nicht erschienen waren, frische Luft brauchte, beschloss Veronyka, mit Wind auf die Hindernisbahn zu gehen. Sollte Tristan sie suchen, würde er es dort tun; außerdem hatte Wind sich an diese abendlichen Übungen gewöhnt und schickte schon die ganze Zeit vom Stall her ungeduldige Gedanken. Und wenn Tristan doch nicht auftauchte, könnte sie Wind schließlich allein reiten.

Das Pferd schnaubte gereizt, als sie versuchte, in den Sattel zu steigen. Sie hatte sorgfältig beobachtet, wie die anderen Lehrlinge ritten, und glaubte, über die Grundkenntnisse zu verfügen. Aber nach drei vergeblichen Versuchen zog sie eine Kiste vom nächstbesten Hindernis herüber und benutzte sie, um in den Sattel zu steigen.

Sie versuchte, Wind nach rechts zu lenken, zog aber zu fest am Zügel, und er warf den Kopf in den Nacken. Veronyka lockerte ihren Zugriff und konzentrierte sich nun lieber auf ihr rechtes Bein. Das funktionierte, aber als sie aufschaute, musste sie einsehen, dass sie sich mit Wind im Kreis gedreht hatte. Sie setzte ihre Tiermagie ein und bat ihn, stehen zu bleiben, dann fiel ihr ein, dass sie das nicht durfte, und sie sagte ihm, er solle nicht auf sie achten. Und deshalb drehte er sich weiter nach rechts und beschrieb mit ihr einen zweiten Kreis.

»Weißt du nicht mehr weiter?«, fragte eine Stimme aus der Nähe, und Veronyka erstarrte. Wind hielt inne, als Tristan auftauchte und ihm sanft die Hand auf den Kopf legte. Er grinste sie an. »Die Bahn ist da drüben.«

»Sag das mal dem Pferd«, murmelte Veronyka, und ihr Gesicht glühte vor Verlegenheit.

»Wind.« Tristans Lächeln verbreiterte sich. »Er heißt Wind.«

Veronyka runzelte die Stirn und dachte daran, wie vorwurfsvoll sie dasselbe zu ihm gesagt hatte.

Beiß ihn, schickte Veronyka an Wind, der den Kopf schräg legte und Tristans nackten Unterarm betrachtete. Hastig sagte sie ihm, er solle es lassen, und stieg ab. Zum Glück stürzte sie dabei nicht.

»Wo hast du dich denn den ganzen Abend rumgetrieben?«, fragte sie. »Ich hab dich im Speisesaal nicht gesehen.«

»Hab mit dem Kommandanten gegessen«, sagte Tristan und streichelte Wind zerstreut.

»Und?«, drängte Veronyka. Dass er offenbar nichts erzählen wollte, machte sie nur noch ungeduldiger.

»Er wollte mir – überaus widerwillig – zu meinen Fortschritten gratulieren. Ich habe ihm gesagt, dass ich das dem Zusatztraining zu verdanken hätte«, sagte er, und Veronyka versuchte, das Grinsen zu unterdrücken, das an ihren Mundwinkeln zupfte. »Und er fand mich unverschämt. Es war also eins unserer typischen Gespräche.«

Veronyka lachte.

»Danach hat er versprochen, mich zum Patrouillenführer zu befördern.«

»Tristan, das ist großartig!«, rief Veronyka und hätte ihn gern berührt, zögerte aber, als sie seine seltsame Miene sah. Er lächelte noch immer, aber es wirkte irgendwie gezwungen – als sei er zwar zufrieden, aber als hindere ihn etwas daran, wirklich glücklich zu sein.

»Was ist los?«, fragte sie.

Er zuckte wegwerfend mit den Schultern. »Er hat gesagt, ich kann noch nicht in meinen neuen Rang aufsteigen.«

»Wegen der Eier?«

Tristan nickte. »Im Grunde sind wir also wieder da, wo wir angefangen haben.«

Veronyka schüttelte energisch den Kopf. »Nein, sind wir nicht. Du hast heute eine erstaunliche Leistung erbracht, Tristan, und dein Vater hat dir die Stellung versprochen, für die du so hart gearbeitet hast. Also ist es ein guter Tag.«

Er lächelte, wenn auch ernster, und nickte zustimmend.

Bei dieser Bewegung sah Veronyka Bogen und Köcher über seiner Schulter.

»Willst du noch trainieren?«, fragte sie hoffnungsvoll und zeigte darauf.

»Nein«, sagte er und streifte den Bogen von der Schulter. Ihr Herz wurde schwer, aber dann … »Ich finde, es ist an der Zeit, dass du mal einen Versuch machst.«

»Auf der Hindernisbahn?«, brachte sie mit Mühe heraus, dann räusperte sie sich.

Er schmunzelte. »Nein. Das wäre ein bisschen zu fortgeschritten für dich. Versuch dein Glück erst mal mit Pfeil und Bogen.«

Der Bogen, den er ihr hinhielt, war kleiner, als ein Fußsoldat ihn benutzen würde, aus dunklem polierten Holz und an beiden Enden geschwungen.

»Es ist ein Reflexbogen«, erklärte er und fuhr mit dem Finger über die Enden. »Das bedeutet, du kannst ihn mit minimaler Anstrengung maximal spannen. Reiter schießen meistens, während sie im Sattel sitzen, deshalb brauchen sie kleinere, bewegliche Waffen. Das ist zu deinem Vorteil, denn es gleicht deine, äh, begrenzte Stärke aus.«

Veronyka musste ihm lassen, dass er immerhin versuchte, taktvoll zu sein, auch wenn es ihm nicht gelang.

Tristan zeigte ihr, wie der Bogen gespannt und losgelassen wurde, aber sie begriff es einfach nicht. Die Kraft und die Koordination, die nötig waren, um das Holz zu biegen und die Sehne straff zu halten, verlangten mehr von ihr, als sie für möglich gehalten hätte, und bald fingen ihre Muskeln an zu zittern.

Tristan sah ihren Bemühungen eine Zeit lang zu, dann erbarmte er sich und half. »Irgendwann wird es einfacher«, sagte er, legte die Arme um sie, um seine Kraft mit ihrer zu verbinden, und drückte den Bogen nach unten, damit Veronyka die Sehne befestigen konnte.

Seine plötzliche Nähe überwältigte sie beinahe, der Duft von kühlem grünen Gras und Holzrauch mischte sich mit dem Kattun seiner Tunika und dem Geruch seiner Haut, salzig vom Schweiß und noch warm nach dem anstrengenden Tag. Als er den Bogen losließ und von ihr zurücktrat, holte Veronyka in der tristanfreien Luft tief Atem und riss sich zusammen. Ihre Nerven waren auf höchster Alarmstufe, weil das Bogenschießen eine neue Herausforderung darstellte, und nicht, da war sie sich sicher, weil der Sohn des Kommandanten roch, wie er eben roch.

Er nahm ihr den Bogen aus der Hand und führte die richtige Technik vor, indem er die Sehne mühelos anspannte. Er zeigte ihr, wie man die Füße stellte, weit auseinander, das Gewicht gleichmäßig auf beide verteilt, wies sie auf den Winkel seines Ellbogens hin und wie weit er die Sehne zog, die an seiner Wange lag. In dieser Haltung kam sein schlanker, muskulöser Leib besonders zur Geltung, und Veronyka starrte ihn an, so lange es halbwegs vertretbar war.

Ich mache das nur, um mir seine Technik anzueignen, sagte sie sich und schaute endlich weg. Doch, er war attraktiv, stark und intelligent und begabt. Doch, sie war sehr gern mit ihm zusammen. Aber er war auch ihr Übungsgefährte, der Sohn des Kommandanten, und wenn sie Glück hatte, ihr künftiger Förderer. Sie konnte es sich nicht leisten, sich ablenken zu lassen.

Er reichte ihr den Bogen, und sie versuchte, es ihm nachzutun, die pfeillose Sehne zurückzuziehen und, so gut sie konnte, seine feste, ausgeglichene Haltung nachzuahmen.

Er ging um sie herum, schob ihren Ellbogen nach oben, brachte mit einem Tritt ihre Füße weiter auseinander und musterte ihren Griff um den Bogen aus zusammengekniffenen Augen.

Dann legte er lässig eine Hand auf ihre Brust.

Seine Handfläche lag ausgebreitet auf dem Stoff, sein kleiner Finger war nur ein winziges Stück von der sanften Schwellung ihrer flach gebundenen Brüste entfernt. Alles in ihr schnürte sich zusammen und ihr Atem geriet ins Stocken.

»Nein, nein«, sagte Tristan leise, seine andere Hand ruhte an dem Ellbogen, der die Sehne zurückzog. »Tief atmen – daraus schöpfst du Kraft und Haltung. Ein und aus, mach schon«, sagte er aufmunternd und tippte ihre Brust ganz leicht an.

Veronyka glaubte, auf der Stelle in Ohnmacht fallen zu müssen. Schlimm genug, dass sie ein Mädchen war, das sich als Junge ausgab, und dass ihr Geheimnis nur eine Fingerspitze von der Entdeckung entfernt war, aber Tristans Nähe allein reichte aus, dass ihre Lunge sich verkrampfte und ihr Körper bebte.

Veronyka, du Idiotin!

Sie konzentrierte sich auf den Bogen in ihren Händen, entspannte sich und gehorchte. Tief einatmen, langsam ausatmen. Beim nächsten

Einatmen festigte sie ihren Griff und zog die Sehne zurück, spürte, wie sich ihre Muskeln spannten und dann dehnten und ihre Haltung gerader wurde.

»Das ist es«, sagte Tristan, und sein Atem kitzelte sie im Nacken.

Sie schaute sich über die Schulter zu ihm um. Er war so nah, sie konnte einen Schatten von Bartwuchs an seiner Wange ahnen und sehen, wie sich sein Kehlkopf bewegte, wenn er schluckte. Einmal. Zweimal.

Seine Hand blieb noch einen Moment liegen, dann nahm er sie weg. Veronyka ließ die Sehne los und die Spannung ihres Körpers entlud sich in einem dankbaren Augenblick der Befreiung.

Tristan räusperte sich und griff nach dem Köcher. Mit schroffer Bewegung nahm er dann den Bogen und wich ihren Blicken aus, als er ihr zeigte, wie sie den Pfeil halten sollte: den Finger gekrümmt, um den Pfeil fest auf die Sehne zu legen und den Schaft in den richtigen Winkel zum Bogen zu bringen. Doch als der Schuss dann endlich abgegeben werden sollte, fiel der Pfeil nur wenige Fuß vor ihr zu Boden.

Tristan schlug sich die Hand vor den Mund, um sein Lachen zu verbergen, und holte den verunglückten Pfeil, bevor er ihr ein Zeichen gab, noch einen Versuch zu machen. Nach einer Weile hatte sie den Trick heraus und gab schwache Schüsse in Richtung des Ziels ab. Bald begannen die Muskeln in ihren Armen, Schultern und ihrem Rücken zu schmerzen und ihre Fingerspitzen waren wund.

»Es gibt Handschuhe und Armschutz, um das ein bisschen angenehmer zu machen«, sagte Tristan, als er sah, wie sie nach einem weiteren erfolglosen Schuss ihre schmerzenden Finger schüttelte. »Aber es ist besser, die Haut abzuhärten und Schwielen zu entwickeln.«

»Ist schon gut«, sagte Veronyka frustriert. Sie hatte mit einem einzigen Pfeil den äußersten Rand der Zielscheibe treffen können, das war alles.

»Du besitzt andere Stärken, weißt du«, sagte Tristan leise.

Veronyka wusste selbst, dass sie hier versagt hatte, und seine Worte bestätigten das jetzt. Wie sollte sie denn eine berittene Kriegerin werden, wenn sie nicht einmal richtig mit Pfeil und Bogen umgehen konnte? Wenn Avalkyra Aschenfeuer mit nur elf Jahren die beste Schützin bei den Sommersonnwendspielen gewesen war und Hunderte von älteren, erfahreneren Kriegerinnen und Kriegern übertroffen hatte, konnte sie das auch lernen. Das *musste* sie sogar.

»Wenn man Reiter werden will, muss man auch Bogenschütze sein«, sagte sie verbissen. Sie würde eben mehr üben müssen, Möglichkeiten finden, spät nachts oder am frühen Morgen zu schießen.

»Ja, Bogenschießen ist wichtig«, gab Tristan zu und trat mit verschränkten Armen vor sie hin. »Aber jeder Reiter hat seine besondere Begabung. Anders ist ein umwerfender Flieger, schnell und unvorhersehbar. Fallon besitzt eine unglaubliche Balance – er kann im Stehen und im Sitzen und sogar auf dem Schwanz seines Phönix reiten. Ronyn ist bei Weitem der Stärkste von uns, er kann einen Speer fast so weit schleudern, wie ich einen Pfeil schießen kann.«

Während Tristan die bemerkenswerten Fähigkeiten jedes einzelnen Reiters aufzählte, fühlte Veronyka sich kleiner und kleiner. Wie hatte sie sich einbilden können, zu ihnen zu gehören, wenn sie keine solchen umwerfenden Fähigkeiten besaß?

Tristan schien ihre Gedanken lesen zu können. »Deine Stärke, Nyk, ist deine Magie.«

Veronyka warf ihm einen ungläubigen Blick zu. »Wir alle haben Magie«, sagte sie und versuchte, ihre Stimme nicht so peinlich beleidigt klingen zu lassen. Natürlich besaß sie eine magische Fähigkeit, die den meisten anderen fehlte – ihre Schattenmagie –, aber die hatte nichts damit zu tun, wie gut sie ihre Sache bei den Reitern machen würde. Meistens war Schattenmagie eine schreckliche Last und gefährlich.

»Nicht so wie du«, sagte Tristan energisch.

Ein freudiges Lächeln breitete sich in ihrem Gesicht aus, obwohl es ihr sehr schwerfiel, ihm wirklich zu glauben. Von Val war nur selten ein Lob zu hören gewesen und selbst das war dann zumeist in Sticheleien und Beleidigungen gehüllt. Ihre Maiora war freundlich und geduldig gewesen, aber sie hatten so wenig Zeit zusammen gehabt. Das meiste, was sie über Magie wusste, hatte sie von Val gelernt.

Veronykas erste Erinnerung daran, Magie zu *haben,* hatte mit Val zu tun. Sie und ihre Großmutter waren zu Hause gewesen, als ein Mädchen die Haustür eingetreten hatte. Veronyka musste noch sehr jung gewesen sein, denn in ihrer Erinnerung war dieses Mädchen eine wilde, beängstigende Fremde. Dabei war es natürlich Val gewesen, der Blick ihrer dunklen Augen blitzte durch ihre verfilzten Haarsträhnen, die so schmutzig waren, dass sie aussahen, als wären sie braun. In einer Hand hatte sie ein Stück Metall gehalten, das scharf und gefährlich aussah, in der anderen befand sich eine sich windende Schlange.

Ihre Maiora war aufgesprungen, als Val hereinplatzte, aber dann war sie erstarrt und hatte sie mit leichenblassem Gesicht angeschaut. Das Nächste, woran sich Veronyka erinnerte, war, dass Val sich bückte und die Schlange losließ. Veronyka hatte keine Angst, nicht direkt – aber sie hatte sich auch definitiv nicht wohl in ihrer Haut gefühlt. Als die Schlange näher kam, änderte sich jedoch etwas, und sie spürte, wie sie ruhig wurde, als sei die Schlange eine alte Freundin. Sie bückte sich und ließ ihre Finger über die seltsame, warme Haut wandern, und nachdem sie sich miteinander vertraut gemacht hatten, war es kein Problem, ihre kleinen Hände um den sich windenden Leib zu legen und die Schlange hochzuheben, um sie sich genauer anzusehen. Sie schoss einmal auf ihr Gesicht zu – Veronyka erinnerte sich, dass ihre Maiora entsetzt aufgeschrien hatte –, aber sie schimpfte die Schlange kurz wegen ihrer schlechten Manieren, und damit war die Sache erledigt gewesen. Das Ganze war ihr wie eine Art Prüfung vorgekommen … Vielleicht hatte Val nicht gewusst, ob sie irgendwelche Magie besaß, und hatte sichergehen wollen. Veronyka mochte nicht daran denken, was passiert wäre, wenn sie keine Magie besessen hätte. Val hatte immer so getan, als sei Veronyka eine Last, auch wenn sie dieselben magischen Fähigkeiten besaß wie ihre Schwester. Wenn sie nicht magisch gewesen wäre, dann hätte Val dafür gesorgt, dass sie sich durch und durch wertlos fühlte, das wusste Veronyka.

Sie starrte in die Ferne und fragte sich, wo Val jetzt wohl gerade war. Hatte sie die Jagdhütte verlassen? Oder hatte sie sich trotzig dort verschanzt? Bei der Vorstellung, dass Val vielleicht weitergezogen war, dass Veronyka nicht wusste, wo sie nach ihr suchen sollte, krampfte sich ihr Magen schmerzhaft zusammen, obwohl ihr Gehirn ihr sagte, dass ihr das wirklich egal sein konnte.

»Du bist der stärkste Animage, den ich jemals gesehen habe«, sagte Tristan jetzt und holte sie zurück in die Gegenwart. Er rieb sich den Nacken und wirkte seltsam verlegen. »Was du damals mit Wind gemacht hast… ich war schon mit ihm verbunden, aber du hast die Bindung einfach übernommen. Ich wäre beeindruckt gewesen, wenn es mir nicht so peinlich gewesen wäre.«

Veronyka grinste. »Ja, aber denk daran, was du heute gemacht hast. Das war viel schwieriger.«

»Aber du hast das alles arrangiert, und außerdem hast du mir doch überhaupt erst gezeigt, wie man Tiere richtig lenkt. Wenn du mir nicht die Sache mit Vertrauen und Leiten, statt zu kontrollieren, erklärt hättest, hätte ich das heute niemals schaffen können.«

Veronyka strahlte. Sein Respekt bedeutete ihr so viel. Er bedeutete ihr alles.

»Und das andere, was du mir beigebracht hast«, fügte er hinzu, runzelte die Stirn und zeigte auf seinen Kopf, »das mit den mentalen Mauern? Das… ich hatte Rex' Feuer nie sehen können, ohne in Panik zu geraten. Aber wenn ich das mit der mentalen Freistätte mache… dann scheint die Angst in einem anderen Teil meines Gehirns zu existieren, als wäre sie nur eine Erinnerung. Das ist umwerfend.«

Vielleicht starrte sie ihn mit zu viel Gefühl, zu großer Spannung an, denn Tristan fuhr sich mit der Hand durch die Haare und wandte sich ab. »Also, was ich zu sagen versuche, ist: Vertrau deiner Magie, klar?«

»Klar«, sagte Veronyka und nahm seinen Rat damit an. »Ich muss aber trotzdem lernen, mit dem Bogen umzugehen«, fügte sie hinzu.

»Das wirst du auch. Das ist dein erster Versuch und du bist müde«, sagte Tristan aufmunternd. »Es ist auch schwer, jetzt, wo es fast dunkel ist. Ich wünschte, du könntest es auf dem Übungshof versuchen. Diese Zielscheibe ist ein bisschen hoch – die ist für berittene Schützen gedacht –, und die Markierungen sind verwischt ...« Er verstummte und musterte die Zielscheibe stirnrunzelnd.

»Was?«, fragte sie nach einem Augenblick des Schweigens.

»Morgen schon was vor?«

»Morgen?«, wiederholte Veronyka verdutzt. »Da bin ich im Stall.«

»Nein, bist du nicht. Morgen ist Azurec-Tag«, sagte er.

Veronyka blinzelte. Seit sie im Adlerhorst lebte, hatte sie keinen Überblick mehr über die Zeit. Der Azurec-Tag – auch bekannt als Sommersonnenwende, der sonnenreichste Tag im Jahr – war im Imperium immer ein großes Fest gewesen. Es war der eine Tag, an dem Val erlaubt hatte, dass sie zusammen durch die Straßen gingen, den Straßengauklern zusahen und vielleicht sogar an einem Stand ein Stück Kuchen kauften. Die größten Festlichkeiten hatten immer in Aura Nova stattgefunden. Vor dem Blutkrieg waren König und Königin immer dabei gewesen und hatten aus vollen Händen Münzen auf die Straßen geworfen, während nachts ihre Phönixe am Himmel ein gewaltiges Feuerwerk flogen.

»Ach, richtig«, sagte sie, als ihr einfiel, dass nach altem Brauch an Feiertagen nicht gearbeitet wurde. »Was schlägst du also vor?«

»Der Übungshof wird leer sein. Wir können den ganzen Tag dort verbringen.«

Veronykas Herz machte bei dieser Aussicht einen Sprung, aber der

Vorschlag klang doch verdächtig nach Mitleid. »Du willst den Tag nicht mit deinen Freunden verbringen … den anderen Lehrlingen?«, fragte sie.

Er zuckte achtlos mit den Schultern. »Wir sehen uns oft genug und das Fest läuft uns ja nicht weg.«

Veronyka nickte und sie packten ihre Sachen zusammen.

»Und du bist auch ein Freund, Nyk«, fügte er hinzu und ging vor ihr her in Richtung Dorf.

»Wirklich?«, fragte sie, und in ihrer Kehle breitete sich ein seltsames Prickeln aus. Freundschaft war für sie immer ein schwieriger Begriff gewesen und immer gerade außerhalb ihrer Reichweite. Sie hatte in ihrem Leben ein oder zwei Versuche gemacht, war mit anderen barfüßigen Kindern über das Pflaster der Gassen in den *Gängen* gelaufen oder hatte ihre wenigen Bissen mit irgendeinem Bettlerkind im Vergessenen Bezirk geteilt, der Gegend, in der die Waisenhäuser der Stadt lagen. Egal, wer es gewesen war, sofort hatte Val der Sache ein Ende gemacht, hatte die anderen Kinder weggejagt oder das Essen von den ausgestreckten Fingern der Straßengöre weggerissen.

»Die sind doch nur dreckige Bastarde«, sagte sie dann immer. »Wenn du ihnen einmal etwas gibst, hast du sie für immer am Hals.«

Veronyka hatte auf ihre eigenen Lumpen hinuntergeschaut und sich gefragt, wo der Unterschied sein sollte. Sie fragte sich auch, was so schlimm daran sein könnte, den anderen mehr als einmal etwas abzugeben.

Veronyka hatte gewusst, dass sie und Tristan mehr waren als nur Übungsgefährten, aber sie waren so schnell vom Kämpfen zum Lachen zu den verlegenen Augenblicken gelangt, dass sie kaum den Überblick behalten konnte. War das Freundschaft? Sie hatte doch immer nur ihre Schwester gehabt. Aber seit Xephyra – und Tristan – in ihr Leben getreten waren, hatte sie begriffen, dass Val niemals wirklich genug gewesen war. Es gab einen Unterschied zwischen Freundschaft und Verwandtschaft, zwischen den Menschen, mit denen man sich freiwillig umgab, und denen, auf die man angewiesen war, im Guten wie im Schlechten.

Und genau wie Xephyra hatte Tristan sie ausgewählt.

»Natürlich«, sagte er und stupste sie mit der Schulter an. »Sogar mehr als ein Freund«, sagte er und lachte nervös, als ihm aufging, was er da angedeutet hatte, »du bist ein *enger* Freund, meine ich. Enger als die Lehrlinge.«

Veronyka lächelte ihn an, ihr Herz war federleicht, als sie durch das Dorf gingen. Rex zog seine Kreise über ihnen am Himmel. Sie blickte zu dem Phönix hinauf und sah, wie goldene Flammen wie sanfte Wellen über seinen Körper wanderten.

»Ich weiß nicht, wie du es ertragen kannst, jede Nacht getrennt von ihm zu sein«, sagte sie nachdenklich. Während die Phönixe im Adlerhorst ihre Rastplätze hatten, hausten die Lehrlinge in einem ähnlichen Quartier wie die Stallburschen. Ihre Verbindung zu Xephyra war so elementar gewesen, so stark, dass die Vorstellung, jede Nacht Felsbrocken und Gebäude zwischen sich zu haben, wehgetan hätte. Was dann jedoch wirklich passiert war, war natürlich noch viel, viel schlimmer.

Tristan schaute auf. »Anfangs war es schwer, als unsere Bindung neu und noch nicht so stabil war. Aber jetzt sind wir verbunden, egal, wie weit wir auseinander sind.«

Rex stieß einen zustimmenden Schrei aus und kreiste träge über ihnen.

Obwohl Xephyra nicht mehr da war, spürte Veronyka noch immer die Reste ihrer gekappten Verbindung; wie ein gebrochener Knochen, der eingerenkt werden will. Je mehr sie diesen Schmerz ignorierte, desto heftiger wurde er.

»Aber es wäre schön, zu den Meisterreitern in den Adlerhorst zu ziehen – da schlafen sie nämlich. Der Schlafsaal wurde vor Jahrhunderten schon angelegt. Das hier«, er zeigte auf die kleine Ansiedlung und die Mauer, die sie umgab, »ist ziemlich neu. Das Dorf war hier, um die Pilgerstraße zu versorgen, aber es bestand vor allem aus kleinen Läden, die Phönixstatuen, Glücksbringer aus Federn und anderen Plunder an Reisende verkauften. Seit dem Blutkrieg war es verlassen, deshalb mussten wir alles mehr oder weniger neu aufbauen, als wir vor zwei Jahren hergekommen sind. Wir haben die Mauer hinzugefügt, und auch die Ställe und alles in der Festung. Die Höhlen im Adlerhorst ziehen sich unter der Festung hindurch tief in den Berg hinein. Einige Gänge waren eingestürzt, aber die meisten konnten wir wieder freilegen.«

»Es muss wunderschön sein«, sagte Veronyka und wünschte sich aus ganzem Herzen, eines Tages ein Teil dieser Welt und der Geschichte zu sein, die ihr Volk zu dem machte, was es war.

Tristan sah sie einen Moment lang an, und sie hatte schon Angst, sich verraten zu haben. Aber sie hätte sich keine Sorgen zu machen brauchen.

»Das ist es«, sagte er leise und zustimmend. Dann fügte er hinzu: »Ich werde es dir zeigen.«

Wir waren Nacht und Tag, Mond und Sonne –
Dunkelheit und Licht.
Ohne einander waren wir nichts.

– Kapitel 25 –

Tristan

Als sie sich dem Bogengang zum Adlerhorst näherten, zog Rex über ihnen einen weiteren Kreis, ehe er einen dramatischen Sturzflug in die Dunkelheit hinter der Festung hinlegte.

Nyk riss die Augen auf und sein Gesicht strahlte hemmungslose Bewunderung aus.

Angeber, schickte Tristan zu Rex, dessen gewaltige Selbstzufriedenheit durch ihre Bindung übertragen wurde.

Nyks Reaktion erinnerte Tristan an eine jüngere Version seiner selbst. Er dachte daran, wie er zum ersten Mal den Phönix seines Vaters gesehen hatte, wie klein er sich neben dem gewaltigen Maximian vorgekommen war, beeindruckt – und natürlich verängstigt – von dem Knistern und dem Zischen des Feuers, das unter den leuchtenden Federn brannte. Sein Herz hatte sich mit Bewunderung gefüllt bei dem Gedanken, dass sein Vater auf einem dermaßen atemberaubenden Tier durch die Luft jagte. Von jenem Tag an hatte er keinen anderen Wunsch gehabt, als Reiter zu werden.

Er hatte immer wieder darum gebeten, aber der Kommandant hatte ihm nie irgendwelche persönlichen Geschichten erzählt oder heldenhafte Taten geschildert. Für seinen Vater war das Leben als

Reiter nur eine weitere Pflicht, zusammen mit der Leitung des Adlerhorstes und dem Versuch, das zurückzuerobern, was die Familie durch den Krieg verloren hatte.

Ihr Exil war für Tristan oft ein Grund zur Beschämung – aber nicht, weil sie ihre Stellung und ihren Reichtum eingebüßt hatten. Er schämte sich wegen seines Vaters. Cassian hatte ihre Sache verraten und sich als Denunziant betätigt, und damit hatte er diejenigen im Stich gelassen, die im Krieg gekämpft hatten und gestorben waren, nur um möglicherweise seinen geliebten Gouverneursposten behalten zu dürfen. Er war bereit gewesen, sich auf die Seite derjenigen zu stellen, die versucht hatten, die Reiter auszulöschen.

Derjenigen, die seine Mutter getötet hatten.

Tristan konnte sich immer weniger an ihr Aussehen erinnern und hatte nur die Worte seines Vaters – und einige wenige Erinnerungsfetzen an Zöpfe und ein wildes Lachen –, um sie am Leben zu erhalten. Früher war ihm oft gesagt worden, er habe ihr Temperament geerbt. Nun fürchtete er, seinem Vater immer ähnlicher zu werden, kalt und berechnend und eher auf persönlichen Stolz bedacht als darauf, was für ihr Volk gut und richtig war.

Aber in Momenten wie diesem, wenn er seinen Ehrgeiz und sein ständiges Bedürfnis nach der Zustimmung seines Vaters vergaß, fühlte sich Tristan seiner Mutter näher, und das war ein gutes Gefühl.

Sie stiegen die breite Treppe zum Bogengang hoch, der durch eine zerklüftete Felswand gehauen und aus den gemeißelten Abbildern der Tiere bestand, die den Gottheiten geheiligt waren. Die unterschiedlichsten Tiere wanden sich umeinander und kletterten in die Höhe, auch Teykes Katze und Moris Eule, während Azurecs Phönix mit ausgebreiteten Schwingen auf dem höchsten Punkt des Bogens saß.

Sie gingen hindurch und vor ihnen lag der Adlerhorst.

Es war wie eine große steinerne Schüssel in das Herz des Berges gehauen. Es erinnerte Tristan an ein Amphitheater, denn es besaß einen flachen Grund und Galerien, die sich immer weiter nach oben zogen. Die Galerien dienten als Gehwege und als Ruheplätze der Phönixe, während ganz unten ein steinerner Hof von Bogengängen umrahmt war. Grobe, unbearbeitete Felssäulen umgaben die Schüssel wie zusammengelegte Hände und verhinderten den Einblick vom Berg darunter.

Gleich vor ihnen ragte ein Felsen auf, wie ein Sockel oder ein Podium, das sich in die Luft über dem Adlerhorst bohrte. Die Oberfläche war zwar glatt, flach und begehbar, aber die Felsstützen darunter waren abermals zur Gestalt eines gewaltigen Phönix behauen worden. Der Weg führte über dessen Rücken, während der Phönixkopf das Ende des Sockels bildete; die Flügel waren weit ausgebreitet, um die Mauern auf beiden Seiten miteinander zu verbinden.

Tristan ließ Nyk Zeit, das alles in sich aufzunehmen, ehe er auf die grundlegenden Funktionen der Anlage hinwies. »Siehst du die Türen an den Galerien? Da wohnen die Meisterreiter. Als wir hier eingezogen sind, haben sie monatelang die Tunnel durchsucht, in der Hoffnung auf Eier, von denen niemand etwas wusste.«

»Haben sie welche gefunden?«, fragte Nyk.

Tristan nickte. »Einige wenige. Daher haben die meisten Reiter ihre Reittiere. Ein oder zwei hatten von zu Hause Eier mitgebracht und drei Reiter hatten ihre Phönixe schon vor dem Krieg. Der Kommandant, Beryk und einer der Ausbilder und Anführer der zweiten Patrouille, Fallon. Während der Kämpfe war er noch ein Kind.«

»Hast du damals Rex gefunden?«, fragte Nyk.

Tristan schüttelte den Kopf. »Ich habe mein Ei von der Familie meiner Mutter geerbt. Es wurde viele Jahre lang weitergereicht und hat auf mich gewartet.«

Er hatte sich niemals mehr Sorgen gemacht wie damals, als er das generationenalte Phönixei gebrütet hatte. Was würde passieren, wenn etwas schiefging und er dieses allerkostbarste Familienerbstück zerstörte?

Aber seine Sorge war überflüssig gewesen. Rex hatte in ihm einen würdigen Verbündeten erkannt, und Tristan war stolz darauf gewesen, so ein wunderschönes Wesen zu reiten – mit Feuer und allem.

Sie sahen jetzt zu, wie Rex sich auf einer Galerie in ihrer Nähe niederließ und von seinen Federn Funken aufstoben, als er sich in eine bequeme Position brachte. Überall machten sich jetzt Phönixe für die Nacht bereit und schlossen sich dazu in kleinen Gruppen zusammen.

Nur die beiden obersten Galerien wurden benutzt, aber Tristan stellte sich gern vor, wie es vor einigen Jahrhunderten ausgesehen haben mochte, als jede Höhle bewohnt war und auf jedem Absatz flammende Vögel hockten.

Nyks Blicke hafteten irgendwo weiter unten. »Da sind noch mehr Phönixe«, sagte er mit seltsam gepresster Stimme. »Das ist ein Gehege oder eine Umfriedung …«

Tristan senkte seinen Blick ebenso. »Stimmt«, sagte er mit ernster Stimme. »Das sind die Brutkäfige.«

Er schaute vorsichtig zu Nyk hinüber und bereute es sofort. Nyk sah entsetzt und angewidert aus, und Tristan fühlte sich schuldig – als wären die Brutkäfige seine Idee gewesen.

»Sie sind unverbunden«, erklärte er und ließ sich neben dem Bogengang zu Boden sinken. Er lehnte den müden Rücken gegen die kühle Steinmauer und Nyk tat es ihm nach. »Deshalb müssen sie eingepfercht werden, sonst fliegen sie weg. Die Reiter versuchen, sie zu Bündnissen zu bewegen.«

Tristan konnte sehen, dass seine Worte Nyk empörten, und wenn er ehrlich sein wollte, war er ebenfalls empört. Zu wissen, dass ein Wesen so intelligent, mächtig und alt war wie ein Phönix, machte es fast unvorstellbar, es in ein Gehege – oder eigentlich einen Käfig – zu sperren und zur Zucht zu benutzen.

Nyk schlug die Arme übereinander. »Und klappt das?«

Tristan seufzte tief. »Voriges Jahr hatten wir eins …«

»*Ein* Ei?«

»Ja, *ein* Ei«, gab Tristan widerstrebend zu. Er fuhr sich mit der Hand durch die Haare, die vom Schmutz und Schweiß des Tages ganz steif waren. »Aber ob die Phönice das Ei schon trug oder nicht, wissen wir nicht. Sie war wild, es ist ihnen gelungen, sie zu fangen, und bald darauf hat sie das Ei gelegt. Alle anderen Versuche sind nicht gut ausgegangen.«

»Nicht gut?«, wiederholte Nyk.

»Sie haben jeden männlichen Phönix verstümmelt, der sich in ihre Nähe wagte. Und wenn ihnen etwas wehtut, tut es auch uns weh«, fügte er hinzu, und Nyk nickte – zur Bestätigung, dass er das bereits wusste. »Ich weiß noch, vor ein paar Monaten, da hinkte Fallon tagelang, weil sein Phönix in den Brutkäfigen gewesen war und eine von den Phönicen ihn übel zugerichtet hatte. Sie sind stärker als die männlichen und meistens auch größer.«

Nyk schien sich über diese Mitteilung zu freuen.

»Das gilt auch für, na ja, Vergnügen«, sagte Tristan und starrte seine Knie an. Sein Hals wurde heiß, und er rang sich ein Lachen ab, als er weitersprach. »Wir spüren alle ihre Empfindungen, gute wie schlechte, und wenn Phönixe sich paaren, fühlen ihre Verbündeten auch das auf irgendeine Weise. Das ist wirklich ziemlich seltsam.«

Nyk stieß ein schockiertes Lachen aus und Tristan grinste. Er war froh, weil es ihm gelungen war, Nyk zum Lachen zu bringen und das verlegene Schweigen zu brechen.

»In den alten Zeiten haben die Reiter in Paaren gearbeitet«, sagte er und beugte sich vor, um seine starren Muskeln zu dehnen. Nyk sah ihm dabei zu, und seine Aufmerksamkeit war anders als die aller anderen – nicht die intensive Beobachtung durch seinen Vater oder die vage Zuneigung von jemandem wie Beryk oder Morra. Unter Nyks Blick schärften sich seine Sinne und seine Schultern strafften sich. »Beim Jagen und Fährtensuchen und Kämpfen. Die Phönixe wurden ein Lebenspaar und ihre Reiter auch. Ich nehme an, die Bindungen färbten aufeinander ab, sodass die Reiter miteinander fast so verbunden waren wie die Phönixe.«

»Wie Nefyra und Callysta«, murmelte Nyk nachdenklich.

Tristan lächelte, es gefiel ihm, dass Nyk von den Ersten Reiterinnen gehört hatte. Es hatte in der Geschichte der Phönixreiter Hunderte von berühmten Paaren gegeben, aber Nefyra, die erste Reiterkönigin, und Callysta, ihre Stellvertreterin, waren seine Lieblinge. Obwohl sie andere geheiratet hatten, um Bündnisse zu schließen und Kinder zu bekommen, waren sie vor allem einander verpflichtet gewesen. Jede weigerte sich, die andere allein zu lassen – im Kampf, im Leben und im Tod. Als Callysta von einem Pfeil tödlich verwundet worden war, folgte Nefyra ihr bald darauf und starb an gebrochenem Herzen.

»Wenn die Brutkäfige also nicht funktionieren und ihr keine Eier habt, warum durchsucht dein Vater nicht Pyra, die verlassenen Wachttürme und Vorposten?«

»Das haben wir getan«, sagte Tristan. Sie hatten nicht gründlich genug gesucht. Das wusste er, aber die Zeit hatte nie gereicht. Das Imperium konnte jeden Tag von ihnen erfahren, dafür mussten sie gewappnet sein. Nyk öffnete den Mund und wollte vermutlich überzeugende Argumente vorbringen, aber Tristan hatte es satt, die Methoden seines Vaters zu verteidigen – zumal er ja eigentlich ganz anderer Ansicht war. »Hör mal, Nyk, mir gefällt das so wenig wie dir. Aber wenn du jemals Reiter werden willst, brauchen wir mehr Phönixe. Und das ist die einzige Möglichkeit, die wir kennen.«

Nyk verstummte; das Gespräch über die Brutkäfige verdarb ihm wohl die Freude an seinem ersten Besuch im Adlerhorst. Das war für Tristan eine Enttäuschung.

Er ließ seine Magie wandern. Mit einiger Mühe konnte er Rex überreden, seinen Ruheplatz zu verlassen und ihn am Ende des Phönixstegs aufzusuchen. Als er aufstand, sprang Nyk gleich darauf stirnrunzelnd ebenfalls auf.

Tristan, der ziemlich nah dem Rand des Sockels stand, spürte den warmen Luftzug, der Rex' Kommen ankündigte. Nyk blieb neben ihm stehen, als der Phönix aus den Tiefen des Adlerhorsts zum Vorschein kam. Ein Windstoß fuhr durch Tristans Haare und Lichtstreifen störten für einen Moment seine Sicht.

Rex, der über ihnen kreiste, loderte auf dem höchsten Punkt seiner Fluglinie auf, dann ließ er sich in die Dunkelheit hinabfallen. Nyk duckte sich verängstigt, als Rex auf ihn zuschoss, dann beugte er sich über die Kante, um den Vogel näher kommen zu sehen. Es war ein Teil des Sonnwendtanzes, den Rex und die anderen Phönixe am nächsten Abend aufführen würden.

Erneut flog Rex hoch in die Luft, machte kehrt und schoss als Flammenkugel auf die Erde zu. Wie Tristan gehofft hatte, schlossen sich andere Phönixe an, brausten mit dem Gefieder und ließen Funken sprühen, ehe sie in Flammen aufgingen. Manchmal dachte Tristan, die Phönixe seien die geborenen Schauspieler, immer bereit zu einer Runde Theater, einem bisschen Drama – vor allem wenn sie dabei ihren eleganten Flug und ihre leuchtenden Flammen vorführen konnten.

Sie so zu sehen, war überraschend einfach für ihn – ihr Feuer war ein Schauspiel in der Ferne, keine gefährliche Bedrohung. Er konnte diese Schönheit auf distanzierte Weise genießen, sie gehörte in eine andere Welt, wie Sonne und Sterne.

Während es schön war, zuzusehen, wie ein Phönix in die Luft flog und dann zurückjagte, war es ein spektakuläres Erlebnis, das bei einem halben Dutzend zu beobachten. Nyk packte Tristans Arm, und ihm klappte das Kinn herunter, als die Feuervögel Kreise und Spiralen flogen und Flammenschweife durch die Luft zogen. Der Mond hing hinter ihnen am Himmel, flach und knochenweiß und langweilig im Vergleich.

Jetzt, da sie angefangen hatten, wusste Tristan, würden die Phönixe eine Weile so weitermachen. Er stupste Nyk an, in dessen großen runden Augen sich die feurige Vorführung widerspiegelte, dann setzte er sich wieder neben dem Eingang vor die Mauer. Nyk folgte ihm, rückwärtsgehend, um nicht eine einzige Sekunde des Spektakels zu verpassen.

Tristan wusste nicht, ob es Schuldgefühle waren, weil er Nyk anfangs so schlecht behandelt hatte, oder Dankbarkeit für die Hilfe, die er seither von ihm erhalten hatte, aber aus irgendeinem Grund – er wollte nicht zu sehr darüber nachdenken – wurde sein Herz bei Nyks Lächeln leichter. Nyk gelang es, seine glücklicheren, positiveren Seiten zum Vorschein zu bringen. Vor noch nicht einer Stunde hatte er seine lang ersehnte Beförderung zum Patrouillenführer fast abgeschrieben, nur weil es nicht so schnell ging, wie er gehofft hatte. Aber Nyk hatte ihn den Erfolg als das sehen lassen, was er war: ein Schritt in die richtige Richtung. Und gestern, als er mit seiner Angst vor dem Feuer herausgeplatzt war, hatte Nyk nicht gelacht oder sich über ihn lustig gemacht. Er hatte nicht mit der Wimper gezuckt, sondern über berühmte Reiterinnen und Reiter und deren Probleme gesprochen, damit er sich nicht so allein fühlte, und dann hatte er ihm eine lebensrettende Lösung geliefert.

Es war nicht so, dass es in ihrer Freundschaft nur Spaß und Lachen gab, im Gegenteil, Nyk war einer der wenigen, die sich Tristans Arroganz und schlechte Laune nicht gefallen ließen. Aber anders als sein Vater, der ihm jede falsche Entscheidung ständig unter die Nase rieb, war Nyk fest und zuverlässig, ein treuer Freund an einem Ort, an dem Tristan eigentlich keine Freunde hatte. Er hatte nie richtig zu den anderen Lehrlingen gehört, aber ein Meisterreiter war er auch noch nicht. Er steckte irgendwo dazwischen fest und das war nicht immer ein angenehmer Ort.

Aber dann sah er Nyk an, und dessen endlose Hoffnung gab auch ihm den Wunsch zu hoffen, so wie Nyks Glaube an ihn dafür sorgte, dass er nun an sich selbst glauben wollte. Er wollte so sein, wie er in Nyks Augen sein könnte, und dazu brauchte er Nyk in seiner Nähe.

Er brauchte Nyk in seiner Nähe, weil er sich nie so sehr wie er selbst fühlte, als wenn sie zusammen waren.

Schweigend sahen sie nun zu, wie die Phönixe die Nachtluft färbten. Irgendwann sank Nyks Kopf auf seine Schulter und Tristan ließ seinen Kopf gegen die grob gehauene Mauer fallen.

Irgendwann beendeten die Vögel ihren Tanz und kehrten auf ihre Rastplätze zurück. Die Nacht um ihn und Nyk herum wurde dunkler und am Ende war nur noch Rex übrig. Mit einem letzten Aufleuchten flog dann auch er hinab in die Schatten.

Tristan wünschte ihm eine gute Nacht und dankte ihm, bevor er sich aufrichtete. Nyk dagegen, offenbar in tiefem Schlaf, sank gegen die Wand. Tristan stupste ihn sachte mit dem Fuß an, dann schüttelte er ihn vorsichtig mit einer Hand, aber Nyk war verloren für diese Welt. Alles an ihm war klar und lebhaft, als ob Nyk niemals halbe Sachen machte – es nicht einmal könnte, wenn er es wollte. Wenn er rannte, egal, wie müde er war, zwang er sich zum Weitermachen, bis seine Beine unter ihm nachgaben. Wenn er über Phönixe und Reiter und Tiermagie sprach, strahlte sein ganzes Gesicht. Und selbst wenn er schlief, tat er das mit bedingungsloser Hingabe – seine zerzausten schwarzen Haare standen in alle Richtungen ab, und er hatte den Mund ein wenig geöffnet.

Grinsend bückte Tristan sich und hob Nyk auf, dann trug er ihn zurück in die Festung. Es war seltsam, ihn so zu halten – so dicht, dass Nyks Gesicht sich an seine Brust presste. Es war eine Erleichterung, ihn abzulegen, als er bei Nyks Pritsche im Dienstbotenquartier ankam, aber als Tristan weiterging, fühlte er sich auf seltsame Weise beraubt, spürte die kalte Luft dort, wo vorher Nyks Wärme gewesen war.

Tristan wusste, er hätte Nyk von den Eiern erzählen sollen. Aber er hatte gefürchtet, dass Nyk die Festung nach dieser Mitteilung verlassen würde, und diese Vorstellung war schrecklich für ihn. Es musste eine Möglichkeit geben. Wenn es sein musste, würde er sich selbst auf die Suche machen. Als er seinem Vater zuletzt nicht gehorcht hatte, war er zum Zusatztraining mit Nyk verdonnert worden – und das Mal davor hatte er Nyk in der Wildnis entdeckt. Beides hatte viel bessere Folgen gehabt, als er sich das hatte vorstellen können.

Vielleicht würde etwas noch Besseres passieren, wenn er es noch einmal machte.

Vielleicht würde Nyk zum Lehrling ernannt werden und er selbst zum Patrouillenführer. Und wenn dann der Tag gekommen wäre, an dem er seinen Stellvertreter auswählen müsste, würde Nyk auf der Liste ganz oben stehen.

Zusammen hätten wir
unbezwingbar sein können.

– Kapitel 26 –
Veronyka

Veronyka fuhr aus dem Schlaf hoch, verwirrt starrte sie die hölzerne Decke an. Sie blinzelte in die Dunkelheit und erkannte allmählich die vertrauten Reihen der Pritschen im Quartier der Bediensteten. Langsam kehrten die Erinnerungen an den vergangenen Abend zurück: der aus Fels gehauene Adlerhorst, die von Feuer überzogenen Phönixe … und Tristan.

Sie war offenbar eingeschlafen und – große Axura, hatte Tristan sie etwa zu ihrem Bett getragen?

Ihre Wangen wurden heiß, und sie wusste nicht, ob sie entsetzt oder glücklich war. Es war nett von Tristan, das er sie hatte schlafen lassen, aber inzwischen machte diese Nettigkeit ihr Angst. Sie wollte sie nicht *brauchen*. So unrealistisch es ihr auch vorkam, sie wollte mit ihm auf Augenhöhe sein. Er hatte sie zwar seinen Freund genannt, aber sie spürte doch das Ungleichgewicht zwischen ihnen: Er war älter, stärker, erfahrener, sie war jünger, schwächer und neu hier. Er war der Sohn des Kommandanten und würde eines Tages herrschen. Sie war … niemand. Nicht einmal ein Lehrling. Es war ähnlich wie ihre ebenfalls ungleiche Beziehung zu Val, und sie wollte nie wieder das Gefühl haben, jemandem ihr Leben zu schulden.

Sie griff in die Tasche nach ihrem geflochtenen Armband und

berührte die vertrauten Perlen. Der Adlerhorst war besser – und zugleich schlechter –, als sie erwartet hatte. Es gab dort so viel Geschichte und Schönheit und ein Gefühl von mächtiger Magie, die in den Steinen zu ruhen schien. Aber sie hatte auch etwas anderes gespürt: dass etwas nicht stimmte, ein unruhiges, erregtes Zittern in der Luft.

Brutkäfige.

Veronyka wäre nie auf die Idee gekommen, dass es so etwas geben könnte. Wenn sie gehört hatte, dass die Reiter versuchten, sich weitere Phönixeier zu besorgen, dann hatte sie immer gedacht, es bedeute, dass sie sie *suchten*, nicht dass sie versuchten, sie zu produzieren. Ihr Magen krampfte sich vor Schuldgefühlen zusammen, als ob sie für die Gefangenhaft der Phönicen mitverantwortlich wäre. In der ganzen Zeit, in der sie hier war, waren die Phönicen in Käfigen eingesperrt gehalten worden. Wie konnten Menschen wie Morra das hinnehmen?

Val hatte ihr erzählt, die Paarungsrituale der Phönixe seien überaus geheimnisvoll und nicht einmal die Ersten Reiterinnen hätten viel darüber gewusst. Oft legten sie ihre Eier heimlich ab, weshalb noch immer überall auf dem Berg versteckte Eier gefunden werden konnten, die seit Jahrhunderten nicht angerührt worden waren und nur auf das Brüten und Schlüpfen warteten. Erst während der letzten fünfzig Jahre des Imperiums waren Phönixeier zu ihrer eigenen Sicherheit versteckt worden. Schon lange vor dem Blutkrieg hatten sich Unruhen zusammengebraut und der Graben zwischen nicht magischen und magischen Menschen war von Jahr zu Jahr tiefer geworden.

Die Phönixreiter waren immer ein Symbol für die Macht des Imperiums gewesen, die Truppe, die eingesetzt wurde, um die kleineren Königreiche zu vereinigen, den Frieden zu bewahren und die Bevölkerung zu beschützen. Aber es war nicht immer deutlich gewesen, wo ihre Loyalitäten lagen. Anfangs hatte immer eine Phönixreiterin auf dem Thron gesessen. Die erste war Elysia Aschenfeuer gewesen, die

Friedensstifterin, und dann ihre Tochter Ellody. Viele weitere waren gefolgt, Söhne und Töchter, denn als die Pyrener die Herrschaft über das Tal übernommen hatten, hatten sie geschworen, Sitte und Brauch aller Völker zu respektieren. Jetzt erstieg immer das älteste Kind den Thron, egal, welches Geschlecht es hatte, und nicht die älteste Tochter, wie in der pyrenischen Kultur, oder der älteste Sohn, wie in den meisten kleineren Königreichen. Die Krone fuhr gut damit und jahrzehntelang hatte immer ein Phönixreiter oder eine Phönixreiterin den goldenen Thron des Imperiums innegehabt.

Wenn, wie im Fall von König Hellund, der Erbe kein Animage war, wurde er eben mit einer Animage verheiratet, um die Magie in der Thronfolge zu behalten und die Animagenanhänger zufriedenzustellen. Unter König Hellunds Herrschaft – bevor er sich mit Königin Genya der Generalin vermählt hatte, einer brutalen Kämpferin und Phönixreiterin – waren mehrere Zwischenfälle belegt, bei denen die Phönixreiter dem Befehl ihres Königs den Gehorsam verweigert hatten. Ihre Gefolgschaft galt ihrem Kommandanten, und diese Stellung hatte oft der Gouverneur inne, in dessen Gebiet sie Dienst taten. Als König Hellund also den in Ferro stationierten Einheiten befohlen hatte, durch das Imperium zu fliegen und mit einer Banditenbande aufzuräumen, die Süd-Arborien in Angst und Schrecken versetzte, hatte sich der Kommandant der Phönixreiter einfach geweigert. König Hellunds Vermählung mit Genya hatte die Sache in Ordnung gebracht, aber nicht alle Gouverneure und Politiker des Imperiums konnten vergessen, dass die Phönixreiter weniger der Krone die Treue hielten als ihresgleichen.

Zu der Zeit, als Avalkyra und Pheronia geboren wurden, war das Fundament für den Krieg zwischen ihnen bereits gelegt. Die Menschen ohne magisches Blut fanden sich selbst in Pheronia wieder, die auf die Unterstützung der nicht magischen Ratsmitglieder, Kaufleute und Gouverneure rechnen konnte. Natürlich stellten sich die Phönixreiter auf die Seite von Avalkyra, die eine von ihnen war – und deren Mutter als Kriegerin in hohem Ansehen gestanden hatte –, doch das verschaffte ihr noch keine politische Unterstützung. Und die Phönixreiter waren nur wenige im Vergleich zu der wachsenden Armee von dienstverpflichteten Fußsoldaten des Imperiums. Eier wurden überaus wertvoll, deshalb wurden sie gehortet und versteckt und nicht der Öffentlichkeit gezeigt, und so war es seither geblieben.

Veronyka lief ein Schauer über den Rücken, als sie an diese majestätischen Vögel dachte, die gegen ihren Willen eingesperrt waren und zur Vermehrung gezwungen werden sollten. Das war so, wie Menschen einzusperren und zur Paarung zu zwingen. Phönixe waren keine normalen Tiere, sie waren auch ohne Bindung hochintelligent und besaßen ihre eigene mächtige Magie. Aber wie sollte sie jemals ohne die Zucht in den Käfigen wieder an einen Phönix gelangen? Und mehr noch, wie sollte es jemals neue *Reiter* geben, wenn es keine Eier gab?

Wenn Val nicht so herrschsüchtig und grausam gewesen wäre, hätte Veronyka mit ihrem eigenen Phönix zum Adlerhorst kommen können. Sie wäre Tristan als sie selbst, Veronyka, gegenübergetreten, um mit ihm und den anderen Lehrlingen zu trainieren. Er wäre anfangs besser gewesen als sie, aber sie hätte aufholen können. Sie hätte ihre Kenntnisse über Tiermagie mit ihm geteilt, und er hätte ihr geholfen, das Reiten auf Pferden und das Schießen mit Pfeil und Bogen zu erlernen. Bald wären sie als Ebenbürtige durch die Luft geglitten: als Reiter, Krieger und Freunde.

Tristan wartete schon, als sie später an diesem Morgen auf dem Trainingshof auftauchte, er lehnte an einem Kasten voller Übungswaffen und trug seine maßgeschneiderte Trainingskleidung.

Er öffnete den Mund, um sie zu begrüßen, aber Veronyka kam ihm zuvor, sie konnte es nicht eine Sekunde länger ertragen. »Danke, äh, dass du mich gestern Abend ins Bett gebracht hast.«

Tristan wirkte zuerst verwirrt. Dann grinste er schief und eine leise Andeutung seiner Grübchen war zu sehen. »Kein Problem«, sagte er und reichte ihr den Reflexbogen, mit dem sie schon einmal trainiert hatte.

Nach mehreren zittrigen Versuchen konnte sie den Bogen anspannen und sie gingen hinüber zu den Zielscheiben. Das Übungsgelände war in einer Ecke der Festungsmauern untergebracht und auf beiden Seiten von einem hölzernen Zaun umgeben. Die Zielscheiben befanden sich nebeneinander unten an der Mauer, den Rest der Fläche nahmen Übungsfelder aus weichem Sand und gepolsterte Kriegerattrappen ein. Neben den Zielscheiben stand ein kleiner Holzschuppen, in dem Tristan nun verschwand. Einige Augenblicke darauf tauchte er mit zwei Köchern und einem Langbogen wieder auf.

»Könnte auch gleich mal eine Runde üben«, sagte er als Antwort auf ihre unausgesprochene Frage. »Keine Sorge. Wenn du sie brauchst, steht dir weiterhin meine ungeteilte Aufmerksamkeit zur Verfügung.«

Sie fühlte sich ein wenig besser, weil er wenigstens ein bisschen trainierte, statt ihr seinen ganzen Tag zu widmen. Abermals machte ihr das Gefühl der Ungleichheit zwischen ihnen zu schaffen.

Einige Dienstboten tauchten an der hintersten Ecke des Hofes auf, flankiert von Anders, Latham und weiteren Lehrlingen. Sie lachten und plauderten munter. Als Tristan zu ihnen hinüberschaute, winkten sie und wollten ihn zu sich rufen, aber er schüttelte den Kopf und wies auf seinen Bogen.

»Bist du sicher, dass du nicht doch zu den anderen gehen willst?«, fragte Veronyka und sah dabei auf den Bogen in ihren Händen – nicht in Tristans Gesicht. Hier oben auf der Festung konnte keine richtige Sonnwendfeier abgehalten werden, weil man nun wirklich keine Aufmerksamkeit auf sich lenken wollte, aber der Kommandant erlaubte einer kleinen Gruppe von Leuten aus Petratec und Montascent die Teilnahme. Die meisten der Dienstboten und Handwerker, die im Adlerhorst wohnten, kamen aus diesen beiden Dörfern, ebenso wie mehrere Reiter.

Die Besucher aus den Dörfern brachten Kunsthandwerk zum Verkauf mit, außerdem schöne Kleider und Schmuck, und nahmen an den Kampfspielen auf dem offenen Feld teil, das sonst als Hindernisbahn diente. Später würde im Speisesaal Musik gespielt werden und ganz am Ende des Abends würden die Phönixe losfliegen.

Tristans Füße tauchten in ihrem Blickfeld auf, und sie schaute hoch, um ihm in die Augen zu sehen. Er runzelte die Stirn. »Ich hab dir doch schon gesagt, dass ich das nicht will. Es geht jetzt darum, dass du dich in Ruhe mit richtigen Zielscheiben und Waffen vertraut machen kannst.«

Veronyka nickte, sagte aber nichts.

»Was bedrückt dich, Nyk?«, fragte Tristan, bohrte die Spitze seines Bogens in den Boden und stützte sich darauf. »Willst du nicht trainieren?«

Veronyka kämpfte mit den Worten. »Doch, natürlich will ich. Es ist nur … ich werde dich für diese viele Hilfe niemals entlohnen können.«

Er sah sie einen Moment lang an und die Morgensonne hüllte seine Züge in einen Schimmer aus warmem Braun und Gold. »Das habe ich auch nie verlangt. Außerdem habe ich es dir zu verdanken, dass mir der Kommandant eine Patrouille anvertrauen will.«

»Das wäre irgendwann ohnehin passiert«, sagte Veronyka. »Aber was du mir gibst … die Möglichkeit, Reiter zu werden … ich kann das nicht zurückgeben. So viel schaffe ich nicht.«

»Nyk – wir sind doch jetzt Freunde, oder? Und Freundschaft funktioniert so nicht. Außerdem liegt noch ein weiter Weg vor uns beiden. Ich bin noch kein Patrouillenführer und du bist noch kein Lehrling. Also, genug geredet, zeig mir, was du kannst.«

Er wies mit dem Kinn auf die Zielscheiben. Mit widerstrebendem Lächeln tat Veronyka wie ihr geheißen.

Sie schossen den ganzen Morgen Pfeile ab und wechselten irgendwann von den großen Anfängerzielscheiben zu den kleineren, schwieriger zu treffenden. Veronyka glaubte, den Trick allmählich herauszuhaben, auch wenn ihre Muskeln verkrampft waren und vor Schmerz schrien. Tristan schoss von viel weiter hinten, die Reichweite seines Langbogens übertraf die des kleinen Bogens, den sie benutzte, deutlich.

Irgendwann verschwand er im Speisesaal und kehrte mit einem Krug voll Wasser und einem Korb mit Obst, Brot und Käse zurück.

Sie überlegten gerade, ob sie Schluss machen sollten, weil die Spätnachmittagssonne ihre Schatten auf dem Boden bereits in die Länge zog, als sie vor dem Übungshof Stimmen hörten. Durch das offene Tor sahen sie eine kleine Menschenmenge, die sich vor dem Eingang zur Festung drängte.

Tristan grinste. »Da sind die Spielleute.«

Petratec und Montascent schickten zusammen mit den Kunsthandwerkern und Festgästen immer auch einen Trupp von Gauklern, Musikanten und Puppenspielern zur Festung. Sie transportierten ihre Instrumente und Puppen in Taschen aus Ölzeug oder sorgsam verschlossenen Kisten und trugen bunte Kittel und Kopftücher. Sie wurden begeistert willkommen geheißen und in den Speisesaal geführt, um ihre Lasten abzulegen. Ein kleines Mädchen schrie beim Anblick einer Prinzessin-Perle-Puppe, die an einer Kiste baumelte, vor Entzücken auf, während andere um ihre Lieblingslieder und Geschichten baten.

Als sich die Menge in Bewegung setzte, drehte sich eine der Frauen um, und ein Strang roter Haare, zu Zöpfen geflochten und mit Perlen verziert, glitt unter ihrem Kopftuch hervor. Veronyka sah im dunstigen Sonnenlicht eine schimmernde Muschel glänzen.

Ihr Herz blieb stehen.

Langsam, als ob sie Veronykas Anwesenheit spüren könnte, hob die Frau den Kopf. Grüne Augen blickten in Veronykas, und alles Blut strömte aus ihrem Gesicht.

Val.

Tag 29, Dritter Mond, 169 NJ

Pheronia,

Du zwingst mich zum Handeln. Je länger Du schweigst, desto gefährlicher wird unsere Lage. Hältst Du Dich für unbesiegbar, wenn Du Dich dort in Deiner Festung einschließt? Glaubst Du, Du hast bereits gesiegt?

Ich komme, xe Onia. Mach Dich bereit.

A.

Aber getrennt waren wir geringere,
schwächere Versionen unserer selbst. Wie sie jubelten,
als sie sahen, wie wir auseinandergerissen wurden.

– Kapitel 27 –
SEV

Ich mach es!«

Die Worte hallten in Sevs Ohren wider, kaum dass sie seinen Mund verlassen hatten, so als ob sich die ganze Welt gedreht hätte, weil er sie aussprach. An den folgenden Tagen hörte er sie wieder und wieder, während er sich seiner Arbeit widmete, aß und selbst wenn er schlief, ein dauernder Refrain in seinen Gedanken.

Trix hatte wie blöde gelächelt, als er sich angeboten hatte, und er hatte ihr ansehen können, dass sie gewusst hatte, dass er nachgeben würde. Er war in ihre kleine Falle getappt. Aus irgendeinem Grund machte ihm das nicht so viel aus, wie es das früher vielleicht getan hätte. Nachdem er so lange durch andere hatte leiden müssen, beteiligte er sich nun endlich selbst an dem, was um ihn herum geschah, gab seinen Eltern etwas, worauf sie stolz sein konnten. Das machte ihm jeden Schritt leichter und seine Gedanken weniger sorgenschwer.

Aber als er nach und nach mehr über Trix' Plan erfuhr, wusste er auch, dass sein Entschluss ihn einiges kosten würde. Er würde töten müssen, seine Mitsoldaten verraten. Ihm gefiel diese Vorstellung nicht, aber seine Loyalität galt nicht der Armee. Für den Großteil seines Lebens hatte sie nur ihm selbst gegolten, aber das war nun nicht mehr so. Dass er überhaupt Soldat geworden war, bedeutete einen Verrat an seinen Eltern und allem, wofür sie gekämpft hatten, und wenn überhaupt irgendwer seine Loyalität verdient hatte, dann waren es sie. Er würde der Sache der Phönixreiter dienen, koste es, was es wolle.

Wenn Trix den Zeitpunkt für gekommen hielt, würden die Köche und die Leibeigenen das Abendessen vergiften. Sie benutzten dazu eine giftige Bergpflanze namens Feuerblüte, die sich in einer Mahlzeit oder einem Getränk auflösen ließ. Hauptmann Belden und die anderen wussten nichts über diese Blumen, die Trix' Verschworene unterwegs pflücken mussten. Büschel von Feuerblüten wuchsen wie Tupfen am Berghang, die fetten roten Blütenblätter hingen wie Blutstropfen an ihren knorrigen, verwachsenen Zweigen.

»Aber worauf wartest du?«, fragte Sev eines Abends, als er einen *Pyraflora*-Baum entdeckte und eine hellrote Blüte von einem hängenden Zweig pflückte. »Hier gibt es überall Feuerblüten. Warum vergiften wir sie nicht jetzt gleich, bevor wir die Entdeckung riskieren?«

»Das da«, sagte Trix und nahm ihm die Blüte aus der Hand, »ist ungefähr so giftig wie schwarze Suppe. Was bedeutet – sehr giftig, aber nicht giftig *genug.*«

Dann schob sie sich die Blüte in den Mund. Sev starrte sie an und sie bedachte ihn mit einem breiten, bösen Grinsen.

»Eisenmagen«, erklärte sie, ehe sie weiterging.

»Du brauchst also Zeit, um die Blumen in Gift zu verwandeln – in etwas Tödliches.«

Trix nickte. »Gekocht. Getrocknet. Zu feinem Pulver zerstoßen. Das alles muss getan werden, nachdem wir unsere regulären Pflichten erledigt haben und wenn der Hauptmann uns nicht sieht. Außerdem müssen wir uns den Augenblick sorgfältig aussuchen. Ihr Soldaten seid ja nicht oft alle am selben Ort … Die Späher sind weit vorn, andere gehen auf Jagd oder scheren aus, um Gewährsleute zu treffen oder Lamas zu kaufen. Wir dürfen nicht riskieren, dass wir zu wenige vergiften und vor der Klinge eines zurückkehrenden Soldaten landen.«

Daran hatte Sev nicht gedacht. Plötzlich kam ihm ihr Vorhaben undurchführbar vor. »Wann soll das sein?«

»Es gibt genau *eine* Gelegenheit, wenn keine Jagdgruppen oder Späher das Lager verlassen: am Abend vor dem Angriff. Sie werden dafür sorgen müssen, dass alle im Lager sind, um den Angriffsplan durchzugehen, Positionen zu verteilen und alle Kräfte auf den Überfall zu bündeln. *Dann* werden wir unseren eigenen Angriff vornehmen. Ein Schlag im Hauptlager …«

»Und einen bei den Wachen an der Außenlinie des Lagers«, sagte Sev und erkannte endlich, was seine Rolle sein würde. Obwohl Trix sicher war, dass sie den Großteil der Truppe auf einen Schlag vergiften könnten – auch Hauptmann Belden, den sie sich persönlich vornehmen wollte –, standen doch zu jeder Zeit mindestens fünf Soldaten am Rand des Lagerbereichs Wache. Manchmal auch mehr, das kam auf den jeweiligen Standort des Lagers an.

Bei seinem guten Gedächtnis, seinem Zugang zum Dienstplan und seinem Posten bei den Lamas war Sev in einer idealen Lage, um die persönlichen Vorräte der für den Wachtdienst am Lagerrand eingeteilten Soldaten zu vergiften, ehe sie sich zum Einsatz begaben. Sie konnten nicht allzu viele Feuerblüten entbehren und sie wollten natürlich nicht alle Vorräte vergiften. Wenn sie Erfolg hätten, würden die anderen Leibeigenen, die Küchenleute und alle, die zu Trix hielten, diese Vorräte auf dem Abstieg den Berg hinab brauchen – oder wo immer sie dann hinwollten. Die meisten würden vermutlich irgendwo in Pyra Zuflucht suchen, wo sie in Freiheit – und ohne das Imperium – ein neues Leben anfangen könnten. Sev wollte schauen, was von dem Bauernhof seiner Familie in Hochbrück übrig war, aber er wusste nicht, wohin Trix wollte. Oder Kade.

So große Mühe Sev sich auch gab, er wurde nicht schlau aus dem Leibeigenen. Kade hatte Trix widersprochen, als sie in der Nacht, in der Sev sich bereit erklärt hatte mitzumachen, eilig abgewinkt hatte; er hatte darauf bestanden, dass sie ihn brauchten, aber jetzt schien es ihm überhaupt nicht zu gefallen, dass Sev beschlossen hatte, bei ihnen zu bleiben. Das ergab doch keinen Sinn.

Abgesehen davon, dass sie sich trafen, wenn sie die Tiere versorgten, sah Sev Kade nur abends, zusammen mit Trix. Kade runzelte dann die Stirn und wirkte abwesend, wenn sie über Pläne und Strategien diskutierten, und manchmal ließ er sich gar nicht blicken.

»Warst du eine von ihren Generälen?«, fragte Sev Trix einige Abende später, nachdem sie ihn in ihre Pläne eingeweiht hatten. Sie saßen an einem der seltenen Feuer. Es war schon spät, alle bis auf die Außenposten schliefen, und Kade war nicht in Sicht.

Sie lagerten in einer tiefen Schlucht, Felsnadeln ragten über ihnen auf und versperrten die Sicht in den Himmel. Riesige Steinquader waren hier und dort verstreut, als ob ein Gott sie achtlos von sich geworfen hätte. Im Westen fiel das Gelände steil ab und vermittelte Sev den Eindruck, als befände sich das Lager auf einer schmalen Felskante und könnten von einem einzigen energischen Windstoß in die Tiefe geblasen werden.

Glücklicherweise war das Feuer vor einem der Quader entfacht worden, weit entfernt vom Abhang und vom Lager aus nicht zu sehen.

»Nein … ich war nie eine große Kriegerin. Ich habe meiner Königin auf andere, weniger auffällige Weise gedient.«

Sev sah Trix nachdenklich an. »Du hast gesagt, dass es schon seit sehr langer Zeit deine Aufgabe ist, alles zu wissen«, begann er und sprach einfach aus, was er dachte. »Und dass du Avalkyra Aschenfeuer beraten hast. Bevor du behauptet hast, dass berühmt zu sein ›den Sinn der Sache doch ziemlich ruiniert hätte‹, was immer du im Krieg auch gemacht hast. Und jetzt, dieser ganze Giftplan … du warst Spionin, oder?«

Es war so offensichtlich, ganz plötzlich, sie mit ihrem Hang zu heimlichen Plänen und Erpressung und ihrem ganzen Gerede über Wissen als Macht. Trix war verantwortlich für Hauptmann Beldens Brieftauben, und Sev hatte den Verdacht, dass sie so viel Zeit damit verbrachte, die Botschaften für den Hauptmann zu lesen, wie sie zu versenden. Sie hatte bereits erwähnt, dass Belden in dauerndem Kontakt zu höher am Berg postierten Spähern stand, und Sev war sicher, dass sie deshalb so gut über seine Pläne informiert war.

»Ich habe mit Geheimnissen gehandelt«, sagte sie, ohne direkt auf seine Annahme einzugehen und sie doch gleichzeitig bestätigend. »Mein Leben begann in den Armenvierteln von Aura Nova, und ich werde für immer davon gezeichnet sein, genau wie du. Damals war es eine große Ehre, ins Heer des Imperiums einzutreten, es gab keine Zwangsrekrutierung. Es bedeutete sicheres Essen, Unterkunft und Arbeit – und natürlich gehörten die, die bei den Phönixreitern aufgenommen wurden, der angesehensten Truppe an. Ich hätte beim Training fast alles versiebt«, sagte sie und kicherte, während sie mit einem Stock im Feuer herumstocherte. »Aber dank meiner Begabung für Codes, Muster und Rätsel hob ich mich von den anderen ab. Ich hatte schreiben gelernt, weil ich Hael gedient hatte, dem Gott der Gesundheit und der Heilkunst, und konnte auch mein Wissen über Kräuter und Arzneien anwenden. Meine Königin sah etwas in mir und erhob mich an ihre Seite. Der Krieg hat so eine Neigung, aus normalen Menschen Helden zu machen.«

»Oder Narren«, sagte Sev, ehe er sich beherrschen konnte.

Trix lachte laut auf. »Das ist doch oft dasselbe, oder nicht? Aber deshalb brauche ich dich, Sevro, Animage, Soldat und schnöder Dieb. Helden sind durchaus nützlich, aber das sind wir auch. Wir sind nicht beliebt, Leute wie wir«, sagte sie, und ihre listige Miene wurde ein wenig weicher. »Zu viel Betrug, zu viele geflüsterte Geheimnisse und mysteriöse Einsätze. Aber wir sind *nützlich.* Und darauf kommt es letztendlich an. Sei nützlich, Junge, und es wird dir in dieser Welt niemals an einer Stellung fehlen. Finde heraus, was du am besten kannst, und das tu! Wenn du betrügen kannst, dann betrüge. Wenn du ein Lügner bist, dann lüge. Wenn du tückisch bist wie der Südwind und launisch wie eine Totenfrau, dann, tja …« Sie zuckte mit den Schultern, breitete die Arme aus, und Sev schnaubte.

Ihre Worte hatten ihm jedoch Eindruck gemacht. Vielleicht war bei ihm doch noch nicht alles verloren.

»Was weißt du über den Denunzianten?«, fragte Sev. Daran hatte er gedacht, seit Trix ihm von Beldens Treffen erzählt hatte. Er fragte sich immer wieder, wer sein eigenes Volk auf diese Weise verkaufen würde – was dabei zu verlieren und was zu gewinnen war.

»Nicht viel«, gab Trix zu, und ihre Stimmung verdüsterte sich. »Ich habe keinen Brief abfangen können, seit wir die Hauptstadt verlassen haben. Ich habe keine Ahnung, was bei dem Treffen bei Vayle passiert und ob dieser Verräter noch mit im Spiel ist. Deshalb darf diese Schlacht nicht stattfinden – deshalb müssen wir Beldens Plan vereiteln, ehe er in die Tat umgesetzt werden kann. Ich habe nicht mehr das Netzwerk und die Mittel, die ich früher einmal besessen habe, und meine blinden Flecken machen mir gewaltig zu schaffen.«

Sie sah jetzt sehr nachdenklich aus. Sev versuchte, das Thema zu wechseln.

»Wie war sie eigentlich, Avalkyra Aschenfeuer?«

Trix wirkte im ersten Moment verwirrt von dieser Frage, dann dachte sie darüber nach. »Sie war … beängstigend«, sagte sie nach einer Weile. »Avalkyra Aschenfeuer brauchte keine Krone aus Metall und Edelsteinen – sie war zur Königin *geboren*, und kein Gold der Welt hätte daran etwas ändern können. Die Leute im Imperium nannten sie die Königin ohne Krone und versuchten, ihr den Anspruch auf den Thron abzusprechen, aber Avalkyra ließ sich nicht beirren. Sie war eine rücksichtslose Kämpferin und eine furchtlose Anführerin – ich habe nie eine perfektere Reiterin gesehen. Wie ein Gedicht auf Schwingen, so jagte sie durch Asche und Flammen.«

Sie streckte die Hand aus, krümmte und schwenkte sie, als wäre ihre Handfläche ein auf dem Wind gleitender Phönix. Dann ließ sie die Hand sinken.

»Bald wird unser Ruhm wiederhergestellt und unser Volk in Sicherheit sein. Wenn ich sie vor meinem Tod noch einmal sehen kann, würde ich mein Leben als ein lohnenswertes erachten.«

»Du meinst die Phönixreiter?«

»Ja. Darunter sind … Na ja, ich bin sicher, dass ich Freunde und Menschen bei ihnen habe, die ich liebe. Das hält mich auf den Beinen – das und die Treue zur Sache meiner Königin.«

»Wie kam es zu ihrer Niederlage?«, fragte Sev, ließ sich zurücksinken und streckte vor der Wärme der Flammen seine langen Beine aus. »Sie hatte die Phönixreiter, den besten Teil des Imperiumsheeres, und sie hatte Pyra und Ferro auf ihrer Seite.« Angeblich hatte sich Stel an der Verschwörung gegen Avalkyra beteiligt und alle Mittel und Truppen in die Dienste von Pheronia gestellt, deren Mutter von stellanischer Herkunft war. Der Gouverneur von Ferro war ein Reiter und hatte Avalkyra Aschenfeuer deshalb unterstützt, während sich die Gouverneure von Nord- und Süd-Arborien aus der Auseinandersetzung herausgehalten hatten.

»Sie war bis zur Besessenheit auf ein Ziel fixiert und dieses Ziel lautete Rache. Sie traf übereilte Entscheidungen und stellte ihre Krieger auf Positionen, in denen sie zu angreifbar waren. Sie schickte ihre gesamte Streitmacht zum Letzten Gefecht nach Aura Nova und ließ damit deren Familien und die Nicht-Reiter als leichte Beute für die Feinde zurück. Bei Avalkyra hieß es immer, alles oder nichts. Es gab keinen Mittelweg.«

Trix nahm ihren Stock und zeichnete etwas in die Erde vor sich. Mit einigen hastigen Strichen entwarf sie eine grobe Karte des Imperiums, mit Divisionen, die die Provinzen Ferro, Stel, Pyra und Nord- und Süd-Arborien markierten. In der Mitte stand ein A für Aura Nova, die Hauptstadt, die zusammen mit ihrem Umland als eigenständige Provinz galt. Aura Nova war auf neutralem Territorium errichtet worden, damit keine Provinz politische Macht über eine andere ausüben konnte, und wurde direkt vom Rat und nicht von einem Gouverneur regiert.

»Sie wurden in die Enge getrieben«, erklärte Trix und markierte die Phönixreiter mit X, die Fußsoldaten und die Kavallerie des Imperiums mit O. »Als Avalkyra ihre Truppen zum *Nest* führte, wurden sie von den Einheiten des Imperiums eingekreist, was ihnen den Rückzug abschnitt. Sie hätten natürlich wegfliegen können, aber die Katapulte des Imperiums waren an strategisch wichtigen Punkten um die Stadt herum aufgestellt. Und außerdem ... Avalkyra hätte sich niemals zum Rückzug bereit erklärt. Aber da sie den Kampf ins Imperium getragen hatte, mussten wir zu dessen Bedingungen kämpfen – in dessen Spielfeldhälfte gewissermaßen. Avalkyra hatte aus der Hauptstadt fliehen und sich in Pyra niederlassen müssen, aber alle wussten, dass sie das *Nest* wollte. Pheronias Generäle machten sich das zunutze und warteten. – Phönixreiter brauchen offenes oder hoch gelegenes Gelände, in engen Städten können sie sich nicht entfalten. Unser Angriffsmuster besteht meistens aus Kreisflügen – eine kleine Einheit jagt los, schießt Pfeile und Stoßfeuer ab und fliegt dann in einem Bogen wieder zurück. Aber unter dermaßen beengten Verhältnissen war diese Art von Angriff schwer zu bewerkstelligen. Es gab zu viele Verstecke für die Bogenschützen unten in der Stadt – sie postierten sich einfach hinter den Fenstern der höheren Häuser und pflückten uns aus der Luft. Aura Nova ist größtenteils aus Stein gebaut, aber dennoch brannte die ganze Stadt. Alles, was brennen konnte, brannte ... Gebäude, Bäume und Menschen. Asche fiel vom Himmel und bedeckte die Straßen wie Schnee im Winter. Zum Glück für die arme Bevölkerung, die sich in Holzbauten und billigen, heruntergekommenen Kochhäusern verkrochen hatte, fand der Großteil der Schlacht auf dem *Fels* statt.«

Der *Fels* war ein Steinkegel, auf dem das *Nest* stand, der Palast, in dem die Königssippe hauste, seit Königin Elysia die Friedensstifterin ihn bei der Gründung des Imperiums gebaut hatte. Besagte Königin hatte sich den Felskegel ausgesucht, weil er sie an ihr verlassenes Haus oben auf dem Pyrmont erinnerte. Dort oben wurde der Palast errichtet und auf dem ebenen Gelände ringsum folgten die öffentlichen Gebäude, das Gericht und der Tempelbezirk. Die Marmorzeile, die Straße der prachtvollen Häuser, in denen die Provinzgouverneure residierten, wenn sie sich in der Stadt aufhielten, ebenso wie wohlhabende Kaufleute und andere wichtige Persönlichkeiten, lag auf der Ostseite des Felsens, wo sie Blick auf den Hafen und die *Finger* hatten, die die Hauptstadt zerteilten.

Die Marmorzeile war in der Schlacht weitgehend zerstört worden, und die Wiederherstellungarbeiten waren in den vierzehn Jahren, die Sev in der Hauptstadt verbracht hatte, nicht beendet worden.

»Und auf dem *Fels* hat der Krieg geendet. Wie sie geboren worden waren, so sind sie auch gestorben – zusammen«, sagte jetzt Trix.

»Wen meinst du?«, fragte Sev.

»Die Prinzessinnen – die Aschenfeuer-Erbinnen. Sie waren Falsche Schwestern, wie du weißt. Schattenzwillinge. Nur Augenblicke auseinander geboren, mit demselben Vater, aber zwei verschiedenen Müttern. Das schafft eine Bindung, einen Zusammenhalt, der über Blut hinausreicht. Avalkyras Mutter war Königin, eine Reiterin aus einer alten pyrenischen Familie, die im Kindbett gestorben war, und die Mutter ihrer Schwester war eine wohlhabende stellanische Lebensgefährtin – bis zum Tod der Königin, als der König beschloss, sie nun zu heiraten. Obwohl Avalkyra das erste *legitime* Kind des Königs war, machte seine zweite Ehe auch Pheronia legitim. Und natürlich wusste niemand genau, welche Prinzessin zuerst geboren worden war. Der König hatte niemals eine offizielle Erbin eingesetzt, der alte Trottel, und deshalb wurden die Mädchen gleich von Anfang an gegeneinander aufgestachelt. Sie liebte sie allerdings – Avalkyra liebte ihre Schwester, doch die stärkste Liebe kann in den stärksten Hass umschlagen. Und Hass gewinnt Kriege.« Sie unterbrach sich. »Meistens«, sagte sie dann. »In Wirklichkeit hat keine Schwester den Blutkrieg gewonnen. Avalkyras Phönix Nyx wurde schwer verwundet – ich sah von einem Turmfenster aus, wie Reiterin und Reittier abstürzten. Sie landeten in Schutt und Zerstörung in der Nähe der äußeren Mauern des *Nests*. Schon bald waren sie beide von Flammen eingehüllt.«

Ihre Stimme war jetzt heiser, und sie räusperte sich, ehe sie weitersprach.

»Reiter sind natürlich dem Feuer ihrer Reittiere gegenüber immun, aber nur solange ihr Phönix lebt und sie beschützen kann. Und Pheronia, dieses törichte Mädchen, verließ ihr sicheres Turmzimmer. Um ihre Schwester zu suchen, wird behauptet, in der Hoffnung auf Frieden oder Kapitulation. Sie wurde von einem Pfeil getroffen, als sie bei den Palastmauern suchte. Sie wurde zu mir gebracht, musst du wissen«, sagte sie, und Sev hob den Kopf. Er hatte keine Ahnung gehabt, dass Trix dermaßen im Zentrum der Ereignisse gestanden hatte. Er hatte gedacht, als Spionin habe sie alles nur aus den Schatten heraus beobachtet.

»Aber ja. Ich arbeitete als Hilfsheilerin im *Nest* und natürlich hatten alle vollausgebildeten Heilkundigen anderswo zu tun. Sie brachten mir die sterbende Prinzessin und verlangten ein Wunder.« Trix seufzte. »Der Pfeil hatte ihre Brust glatt durchbohrt. Und bei einer solchen Wunde gibt es keine Rettung. Aber ich habe für sie getan, was ich konnte … Es wird so oft über die Prinzessinnen geredet, als wären sie erfahrene Politikerinnen gewesen, und jeder Fehler und Missgriff wird analysiert. Aber als ich sie dort sah, wie sie sterbend vor mir auf dem Tisch lag … war sie nur ein Mädchen, knapp achtzehn Jahre alt, einsam und verängstigt.«

Sev war selbst achtzehn, alt genug, um als Erwachsener zu gelten und sich der Armee anzuschließen, statt als Verbrecher in ein Arbeitslager geschickt zu werden. Es fiel ihm schwer, sich vorzustellen, das Gewicht des ganzen Imperiums auf seinen Schultern zu tragen, wo er kaum sein eigenes Leben im Griff behalten konnte.

Trix starrte in die Ferne, als ob sie in Gedanken die Vergangenheit noch einmal durchlebte. Endlich schien sie zu sich selbst zurückzufinden und stocherte nun wieder im Feuer herum.

»Jetzt haben wir keine Prinzessin, keine Königin und keinen König mehr. Die Gouverneure streiten und zanken sich, so wie früher, sie reißen sich um jeden Fetzen Macht und Herrschaft. Sechzehn Jahre sind vergangen und noch immer findet sich keine Mehrheit für einen Thronfolger. Die Weisen fürchten einen Bürgerkrieg, die Machthungrigen warten bloß auf den passenden Augenblick. Ihre Provinzarmeen gelangen gerade erst zu ihrer alten Stärke zurück, aber bald wird jemand zugreifen und sich die Macht aneignen, die ja nur darauf wartet.«

»Glaubst du, die Phönixreiter könnten das schaffen? Wieder jemanden auf den Thron setzen?«, fragte Sev.

Trix musterte ihn mit scharfem Blick, gleichsam überrascht von dieser Frage. Ihre Augen waren dunkle, schattige Gruben, als sie antwortete: »Ganz ehrlich, ich weiß nicht, was sie vorhaben, während sie da oben in den Bergen versteckt sind. Aber ja, ich glaube, eines Tages *könnten* sie wieder eine Phönixreiterin als Königin auf den Thron setzen.«

Sev hätte gern gefragt, ob sie meinte, dass sie das tun sollten, aber er nahm sich zusammen. Es würde sicherlich neue Kämpfe bedeuten, neue Kriege, und er kam nicht gegen das Gefühl an, dass es das nicht wert sein würde … dass die Phönixreiter nur zurückkehren würden, um abermals ausgelöscht zu werden.

»Und was ist mit … was ist aus deinem Phönix geworden?«, fragte er zögernd. Was immer aus Trix' Verbündeter geworden war, es konnte nichts Gutes sein, aber seine Neugier war stärker.

Trix starrte in die Flammen. Sie waren schon weit heruntergebrannt und beleuchteten nur den untersten Teil ihres Gesichts. »Sie hieß Bellatrix.«

Ich möchte Trix genannt werden. Sie schwieg lange und Sev hielt das Gespräch schon für beendet.

»Wir hatten die Kämpfe in Aura Nova überlebt«, sprach Trix mit gepresster Stimme weiter. »Weil wir nicht dabei waren. Ich war im Palast eingesetzt und musste dortbleiben. Bellatrix war mit den Schlüpflingen in Avalkyras Haus auf dem Pyrmont. Es war schrecklich, getrennt zu sein, aber als ich die Phönixe einen nach dem anderen vom Himmel fallen sah, war ich dankbar. Mir war schlecht vor lauter Feigheit, aber ich war trotzdem dankbar. In den folgenden Tagen und Wochen versuchten wir, den Aufstand am Leben zu erhalten. Ich floh von meinem Posten, aber ich konnte es nicht riskieren, die Hauptstadt zu verlassen – alle, die hinein- oder hinauswollten, mussten eine Reiseerlaubnis und einen Ausweis vorzeigen. Es wurden Gesetze erlassen, Freunde wurden als Verräter hingerichtet. Die bloße Existenz als Phönixreiterin war bereits ein Verbrechen. Nicht einmal in Pyra waren wir sicher. Avalkyra hatte für nichts gesorgt, hatte keine Vorkehrungen getroffen für den Fall, dass sie nicht zurückkehren würde. Wir waren ohne Führung, alle unsere besten Kämpferinnen und Kämpfer waren tot oder gefangen. Plünderer verwüsteten unsere Grenzgebiete und Animagen wurden tief ins Gebirge vertrieben. Aber die Hoffnung lebte. *Sie* lebte.«

»Wer lebte? Deine Phönice?«

Trix schwieg für einen halben Herzschlag, ihr Gesicht verzerrte sich vor Schmerz, dann warf sie ihren Stock weg. »Ja. Sie lebte, für eine Weile. Sie flehte mich an, mit ihr zu fliehen. Es gab noch immer sichere Aufenthaltsorte für Leute wie uns, tief in der Wildnis. Aber das konnte ich nicht.«

Trix redete immer schneller, die Worte sprudelten nur so aus ihr heraus.

»Ich bin meiner Königin gegenüber verpflichtet und meine Arbeit ist noch nicht getan. Das sagte ich Bella wieder und wieder – sie musste in ihrem Versteck bleiben, um uns nicht beide zu verraten. Als sie sich gegen meine Anweisungen auflehnte, erteilte ich ihr einen Befehl, mit all meiner Kraft und all meiner Magie. Sie hörte nicht auf mich. Bella war ein stures altes Ding«, sagte Trix mit schmerzhafter Zärtlichkeit in der Stimme. Im nächsten Augenblick war ihre Stimme dann hart. »Als sie mich schließlich gefunden hatten, wurde ich zum Marktplatz geschleift. Ich muss zugeben, dass ich Angst hatte. Ich war Spionin, deshalb war ich immer auf den Tod vorbereitet – aber ihm *ins Auge zu schauen*, ist etwas ganz anderes. Und dem von Bella? Dazu war ich nicht bereit. Sie kam, um mich zu retten, ihre Flügel loderten, und sie schrie vor Zorn. Ein Dutzend Soldaten war tot, ehe die anderen sie mit einem Haken und einem Netz fangen und zu Boden ziehen konnten. Ich hatte Tränen in den Augen und konnte kaum etwas sehen. Bella rief mich und ihre Angst war wie Feuer in meinem Bauch. Ehe ich mehr tun konnte, als ihren Namen zu rufen, hoben sie die Axt und schlugen ihr mit einem einzigen Hieb den Kopf ab. Ein enthaupteter Phönix kann nicht wiedergeboren werden. Dieser Tod ist endgültig. Überall war Blut ... es zischte, als es sich auf den Pflastersteinen verbreitete.«

Sev starrte sie an, unfähig, dieses grauenhafte Bild aus seinen Gedanken zu verdrängen. »Ich weiß nicht, was ich sagen soll.«

»Sag nichts«, sagte Trix mit schroffer Stimme und räusperte sich dann. »Das ist Jahre her. Viel Wasser ist seither ins Meer geflossen. Asche vom Wind verweht.«

»Es tut mir leid, Trix«, sagte Sev schließlich.

»Ilithya«, korrigierte sie. »Das ist mein wahrer Name. War es jedenfalls. Ilithya Schattenherz. Wird Zeit, dass du das weißt.«

Sev spürte das Gewicht und die Bedeutung dieses Namens und der Tatsache, dass sie ihn ihm verraten hatte. Thya war die Abkürzung von Ilithya und Trix die von Bellatrix.

Ein Name bedeutet so viel.

»Es tut mir leid, Ilithya«, sagte er.

»Weißt du was? Trix ist mir lieber.« Sie bedachte ihn mit ihrem strahlenden, irrsinnig wirkenden Lächeln. Sev fand es seltsam tröstlich.

»Zeit zum Schlafen, glaube ich«, sagte sie dann und kam ächzend auf die Füße. »Es gibt keine besseren Gutenachtgeschichten als Berichte aus der blutigen Vergangenheit. Träum süß, Sevro.«

Sie drückte seine Schulter, dann trottete sie zu ihrem Lager und ließ ihn allein am Feuer zurück.

Er war absolut noch nicht bettreif. Es hätte ihn nicht überrascht, wenn Trix die Ereignisse des Blutkrieges wirklich für passende Gutenachtgeschichten gehalten hätte, er selbst sah das aber nicht so. Seine Gedanken wirbelten wild durcheinander und waren erfüllt von Bildern von Kampf und Blut und Tod.

Er legte ein weiteres Holzscheit ins Feuer und starrte in die wachsenden Flammen.

Sev wusste, dass die Gefahr bestand, dass er das Bevorstehende nicht überleben würde – und Trix und Kade auch nicht. Aber wenn Trix' Plan Erfolg hätte? Dann würden er und die anderen frei sein. Wenn es keine Soldaten mehr gab, um ihn ins Imperium zurückzuschleifen, könnte er überallhin gehen, alles tun. So aufregend das auch alles war, er sehnte sich nach einem Ort, an den er *gehörte,* wenn das alles vorüber wäre. Er wünschte, er hätte Freunde und andere geliebte Menschen, wie Trix. Jetzt, wo er eine Kostprobe davon kannte, war er nicht bereit, von dieser Vorstellung wieder zu lassen.

»Kannst du nicht schlafen, Soldat?«

Sev schaute aus zusammengekniffenen Augen in die Dunkelheit und eine Sekunde darauf löste sich Kade aus den Schatten. Er hatte ihn nicht kommen hören und fragte sich, wie lange der Leibeigene dort schon herumgelungert hatte.

»Hast du gelauscht?«, wollte er wissen, als Kade sich ihm gegenüber auf einen Baumstumpf setzte.

»Ilithya würde dir nichts erzählen, was ich nicht schon weiß. Und ich wollte nicht, dass sich die alte Frau einmischt.«

Sev ließ sich auf seinem Baumstumpf zurücksinken, er war jetzt misstrauisch. Kades Anwesenheit versetzte ihn immer in die Defensive. »Sie möchte lieber Trix genannt werden.«

Kade schnaubte. »Sie ist ein schwieriger Charakter. Bei unserer ersten Begegnung sollte ich sie *Prinzessin Perle* nennen.«

Sev ertappte sich bei einem Feixen und auch Kade grinste.

»Bist du sicher, dass du dieser Sache gewachsen bist, Soldat?«, fragte Kade nach einer Weile und nun lächelte er nicht mehr. Er hatte die Hände verschränkt und sprach in die Flammen, nicht zu Sev.

»Du willst mich nicht dabeihaben«, stellte Sev fest und war darüber absolut nicht überrascht, ärgerte sich aber noch immer. Er hatte gedacht, Kade würde ihn jetzt anders sehen, nachdem er sich nach dem Zwischenfall mit dem Lama für ihn eingesetzt hatte. Dass er ihn vielleicht doch dabeihaben wollte – oder dass er zumindest seine Fähigkeiten zu würdigen wusste. Aber Kade versuchte gar nicht erst, ihm zu widersprechen. Sev griff zu dem Stock, den Trix weggeworfen hatte, und stach damit wütend ins Feuer. Offenbar hatte er das Falsche gesagt.

»Na, dir bleibt nichts anderes übrig«, sagte er bitter. »Du wirst mich nicht los.«

»Wir können uns etwas anderes überlegen«, sagte Kade, wechselte auf den Baumstumpf neben Sevs und beugte sich vor, als er weitersprach. »Wir können einen anderen Weg finden.«

Sev stocherte weiter im Feuer herum, ohne die Flammen wirklich zu sehen. »Ich weiß, ich habe Fehler gemacht«, sagte er und versuchte, seine Stimme ruhig klingen zu lassen. »Aber ich kann das schaffen.«

»Wir können uns keine Fehler leisten, Soldat. Es stehen Menschenleben auf dem Spiel.«

»Glaubst du, das wüsste ich nicht?«, fragte Sev.

»Du hast dir das nicht richtig überlegt. Dir muss klar sein, dass du deine *Mitsoldaten* vergiften wirst, dass du ihnen in die Augen schauen, dich dann umdrehen und ihnen den Dolch in den Rücken rammen wirst.«

Sevs Magen krampfte sich vor Schuldgefühlen zusammen, aber er wollte sich von Kades Worten nicht irremachen lassen. Natürlich war das, was sie vorhatten, grauenhaft, aber sie hatten keine andere Wahl. Und wenn er es nicht tat, dann jemand anderes.

»Warum kannst du nicht darüber hinwegsehen?«, fragte er.

»Worüber?«, gab Kade zurück und runzelte die Stirn.

»Die Tatsache, dass ich Soldat bin. Das ist nicht mein wahres Ich.«

»Hast du darüber hinweggesehen, bevor du einer von ihnen wurdest? Hast du darüber hinweggesehen, als Hunderte von ihnen auf den Hof deiner Familie zumarschiert sind?«

»Halt den Mund«, fauchte Sev. »Ich bin, was das Imperium – was diese Soldaten – aus mir *gemacht* haben. Ein mutterloser, vaterloser Animage, der nirgendwo hingehen und niemandem vertrauen kann.« Er warf den Stock ins Feuer und kam auf die Beine, stieg über den Baumstumpf hinweg und wollte gehen.

Kade vertrat ihm den Weg. »Mach nicht den Fehler zu glauben, du seist der Einzige hier, der ein hartes Leben hatte. Der einzige ›mutterlose, vaterlose Animage‹ hier im Lager.«

Sev starrte ihn an, starrte Kades sich hebende und senkende Brust an. War Kade auch eine Kriegswaise?

Ehe er fragen konnte, schnaubte Kade gereizt und redete weiter. »Mir ist schon klar, dass dein Leben hart war, aber du kannst nur nach dem beurteilt werden, was andere sehen. Nach deinen *Taten*.«

»Und was haben meine Taten dir erzählt?«, wollte Sev wissen.

Kade zuckte mit den Schultern und schaute in eine andere Richtung. Er gab sich Mühe, Ruhe zu bewahren, das wusste Sev, aber die Anspannung war in den verkrampften Muskelsträngen an seinem Hals und seinen zusammengepressten Kiefern zu sehen. Kade fuhr sich mit der Hand durch die kurzen Haare, dann warf er Sev einen Seitenblick zu. »Du bist ein Lügner. Du bist selbstsüchtig und rücksichtslos. Und unsere Sache bedeutet dir nichts.«

Sev konnte die ersten drei Behauptungen nicht abstreiten. Er hatte schon mit vier Jahren behauptet, kein Animage zu sein, und eine sehr lange Zeit hatte er sich nur um sich selbst gekümmert. Wenn seine beiden Fluchtversuche nicht rücksichtslos gewesen waren, dann wusste er nicht, was rücksichtslos sein sollte. Er hatte dieses Verhalten an sich gehasst, so wie Kade, aber Trix hatte das geändert. Wenn *sie* ihn ansah, dann sah sie seine negativen Seiten als seine größten Möglichkeiten. Sie sah jemanden, der fähig war – jemanden mit verborgenen Talenten und einer düsteren Vergangenheit.

Jemanden wie sie.

»Anfangs war es mir egal«, gab er zu und griff damit Kades letzte Bemerkung auf. Genauer gesagt, er hatte *gewollt*, dass es ihm egal war. Das Leben war einfacher, wenn einem alles egal war – das hatte er zumindest gedacht. Er hatte so lange Angst davor gehabt, Schmerzen zu erleiden und wieder alles zu verlieren, dass er vergessen hatte, dass das Leben nicht lebenswert war – nicht rettenswert –, wenn man nichts hatte, wofür man leben konnte. »Aber so ist das nicht mehr.«

»Was ist passiert?«, fragte Kade und ließ seine Hand sinken. »Du hast doch fast gefleht, aus diesem Einsatz aussteigen zu dürfen.«

»Ich weiß nicht, ich …« Sev schluckte. Natürlich fühlte er sich schuldig, weil er alles versiebt hatte, weil er Trix' Pläne durchkreuzt und Kade eine Bestrafung beschert hatte – aber das war es nicht, das alles für ihn geändert hatte. Die Umstände hatten sich nicht geändert, er selbst dagegen wohl. »Ich bin nicht sicher, wie es passiert ist. Aber es ist eben passiert. Und ich steige nicht aus«, sagte er und schüttelte energisch den Kopf.

Kade starrte ihn mit einer seltsamen Miene an, die im flackernden Schein des Feuers kaum zu sehen war. Überraschte es ihn, dass Sev sich wehrte … oder freute es ihn vielleicht?

»Was ist mit dir?«, fragte Sev und wich Kades Blick aus. »Anfangs hast du mich gehasst. Hat sich das geändert?«

»Ich habe dich nie gehasst«, sagte Kade schnell – zu schnell.

Sev zwang sich ein bedauerndes Lachen ab. »Und wer ist hier jetzt der Lügner?«

Ignix war der erste Phönix der Welt, ein Weibchen, und Cirix war das erste Männchen. Und so, wie sie ein Paar waren, waren das auch ihre Reiterinnen.

Cirix war verbunden mit Königin Nefyras Geliebter Callysta. Bei ihrem Tod versprach Cirix, ihr zu folgen, und sei es nur für einen Moment, ehe er zurückkäme, um sich mit ihrer Tochter zu verbünden. Und das tat er dann, wieder und wieder, und so blieb er über viele Generationen bei Callystas Familie.

Von Ignix dagegen sind weder Tod noch Auferstehung verzeichnet. Angeblich hat sie alle Zeitalter des Königinnenreiches durchlebt, bis sich ihre Spuren irgendwann verloren. Die meisten glauben, dass sie in Aura blieb und für immer in den goldenen Ruinen umgeht.

Trotz ihres langen Lebens ging Ignix nie wieder eine Bindung ein.

Berühmte Phönixe im Laufe der Geschichte,
Prinzessin Darya, veröffentlicht 12 NI.

In Einigkeit liegt Stärke, das stimmt.
Die Bindung des Blutes, die Bindung der Magie.
Und Liebe, die mächtigste Bindung von allen.

– Kapitel 28 –
Veronyka

Veronyka stand wie betäubt da, als Val auf sie und Tristan zukam. Die Menge teilte sich für Val, wie Veronyka es erwartet hatte – es hätte sie auch nicht überrascht, wenn die Berge zur Seite getreten wären, um Platz für ihre Schwester zu machen. Der Bogen fiel aus ihren kraftlosen Fingern, und das Geräusch, mit dem er auf dem festgestampften Lehmboden auftraf, hallte in ihren Ohren wider wie ein Echo aus weiter Ferne.

Sie wollte wegrennen. Sie wollte schreien. Sie wollte diesen kalten, gleichgültigen Ausdruck vom Gesicht ihrer Schwester kratzen.

»Ich muss gehen«, hörte sie sich sagen, es war eher ein Murmeln, weil sie die Worte durch ihre bewegungslosen Lippen zwang.

»Nyk?«, fragte Tristan, aber sie hatte sich bereits an ihm vorbeigedrängt, war durch das offene Tor des Übungshofes geeilt, um Val abzufangen, ehe die den Hof betreten konnte.

»Was willst du hier?«, flüsterte sie wütend, packte Vals Arm und zog sie zur Seite. Der vertraute Anblick ihrer Schwester war ihr zuwider, er war *falsch* hier an diesem sicheren Ort, den sie für sich gefunden hatte. Sie konnte an nichts anderes denken als an das, was Val ihr alles angetan hatte. Konnte in ihrem Geist nur Xephyras Augen sehen, die hervorquollen, als sie um ihr Leben kämpfte. Die Erinnerung an das Gift war frisch wie Frühlingsblüten und der ungeheuerliche, herzzerbrechende Verrat war wie Fäule in ihrem Bauch.

»Ich gehe, wohin ich will, Ver…«

»Nenn mich nicht so«, fauchte Veronyka. Sie führte Val durch die Festungstore und durch das Dorf – sie wäre mit ihr bis zur hinteren Treppe gegangen, aber Val blieb vor der leeren Schmiede stehen und weigerte sich, auch nur einen Schritt weiterzugehen.

»Und wie soll ich dich also nennen? *Nyk?*«

Veronyka fuhr zurück. »Woher weißt du…«

Val verdrehte die Augen. »Sieh dich doch an. Wenn ich nicht gehört hätte, dass dieser Junge eben dich so genannt hat, dann hätte ich es mir bei deinem Anblick denken können.«

Veronyka hatte vergessen, dass Tristan ihren Namen genannt hatte, als sie ihn gerade auf dem Übungshof verlassen hatte. Für einen Moment fühlte sie sich schuldig, weil sie ihn einfach stehen gelassen hatte, aber in ihren Gedanken war nicht genug Platz, um diesem Gefühl nachzugehen.

Sie starrte ihre Schwester an. Val sah aus wie immer. Groß und schön, mit hocherhobenem Kopf – auch wenn sie Lumpen trug – und wie immer mit diesem abwesenden, gefühllosen Gesichtsausdruck.

»Wie hast du mich gefunden?«, fragte Veronyka. »Was willst du?«

»Wer ist der Junge?«, fragte Veronyka zurück und nickte in Richtung Festung.

»Niemand«, sagte Veronyka mit scharfer Stimme.

Val lachte, das leichte, klingelnde Geräusch, bei dem sich die Haare auf Veronykas Armen aufrichteten. »Ach, hör doch auf, Schwesterchen. Du kannst deine Gefühle nach Herzenslust wegsperren, aber vor mir kannst du sie nicht verbergen.«

Oder hast du das vergessen?

Veronyka taumelte rückwärts, verstärkte in aller Eile ihre mentalen Mauern und suchte nach Lücken zwischen den Steinen. Seit sie nicht mehr mit ihrer Schwester zusammen war, war sie nachlässig geworden, nicht dauernd auf der Hut wie bisher immer in ihrem Leben. Jetzt kam ihr das Bollwerk brüchig vor, als hätten sich in der Zeit, in denen sie ihre Mauer nicht sorgfältig gehütet hatte, Spalten und Risse gebildet.

»Du hast mir noch immer nicht gesagt, was du willst oder warum du hier bist.«

Val zuckte wegwerfend mit den Schultern. »Ich bin deinetwegen zurückgekommen«, sagte sie endlich.

*Zurück*gekommen? Das ergab doch keinen Sinn. Und bildete Val sich wirklich ein, sie sei wegen ihr hier? Dass sie ihre Hilfe brauchte?

»Wir sind Schwestern«, fügte Val hinzu, und ihrer Stimme fehlte die übliche Verachtung. »Ich würde für dich überall hingehen, alles für dich tun. Das musst du doch wissen.«

Ja, das wusste Veronyka. Val würde *alles* tun – sie war ein Mensch ohne Grenzen, wie es schien, und so voller selbstgerechter Überzeugung, dass sie jedes gefährliche Unternehmen und jedes bizarre Verhalten rechtfertigen würde – und das war eine erschöpfende Last.

»Und jetzt bist du hier«, sagte Veronyka. »Was willst du also?«

Val verschränkte mit steifen Bewegungen die Arme und schien sich nicht wohl in ihrer Haut zu fühlen. Veronyka kam ein überraschender Gedanke. Wollte Val um Entschuldigung bitten? War es möglich, dass sie ihre Tat bereute und alles wieder in Ordnung bringen wollte?

»Ich weiß, dass wir uns nicht gerade im Besten getrennt haben«, begann Val und legte ihr eine Hand auf die Schulter. »Aber das ist lange her.«

Nichts, keine Entschuldigung. Veronyka riss sich los. *»Nicht gerade im Besten?«*, wiederholte sie mit zitternder Stimme. Der Schock, ihre Schwester zu sehen, die Erinnerungen an Schmerz und Verrat, die an die Oberfläche stiegen … das alles brach über sie herein, dass ihr schwindlig wurde und sich alles vor ihren Augen drehte.

»Du bist noch immer wütend auf mich, weil ich deine Phönice aussortiert habe …«

»*Aussortiert?*«, würgte Veronyka hervor, und ihre Kehle war wie zugeschnürt. »Sie war meine Verbündete!«

Val presste die Lippen aufeinander, ihre Nasenflügel bebten. Dann holte sie langsam und konzentriert Luft, als wäre Veronyka ein unvernünftiges, bockiges Kind, für das sie Geduld aufbringen müsse. Veronyka schaute sich um, sie wusste, sie hätte nicht so laut reden dürfen, aber es war niemand in der Nähe. Von der Wiese hinter dem Tor, wo sich alle versammelt hatten, waren Stimmen und Lachen zu hören, aber im Dorf war alles still. Sie musste sich beherrschen … sie musste *Val* beherrschen.

»Wir haben keine Zeit dafür, Veronyka. Ich brauche dich. Wir sind zusammen stärker, *besser.*«

Die Worte schmerzten sie. Wie konnte Val das auch nur denken? In den vergangenen zwei Wochen hatte Veronyka gesehen, was echte Freundschaft war – wie zwei Menschen zusammenarbeiten konnten. So war ihre Beziehung zu Val nie gewesen und würde es auch nie sein.

»Bei mir kannst du du selbst sein«, fuhr Val fort und ließ ihren Blick über Veronykas Gesicht wandern. »Du hast deine Zöpfe abgeschnitten und dich vergessen, und du gibst dich aus als – was? Als Bauernjunge?«

»Ich *bin* ich selbst! Ich habe nichts vergessen. Und es ist nichts dagegen einzuwenden, sich als Junge zu verkleiden«, sagte Veronyka und rang um Fassung. »Königin Malka hat es getan. Sie hat sich die Brüste flach gebunden und die Zöpfe abgeschnitten.«

Val verdrehte die Augen, doch ehe sie etwas sagen konnte, fügte Veronyka hinzu: »Und ich bin kein Bauernjunge, ich bin Stallbursche.«

»Stallbursche? Du hast mich im Stich gelassen, deine einzige Verwandte auf der ganzen Welt, um als namenloser Diener zu leben?«

»Na und?«, fragte Veronyka und wurde wieder lauter. »Es gibt Schlimmeres, als denen zu dienen, die du achtest, ihnen Respekt zu erweisen, bis …«

»Bis was, *xe* Nyka? Du meinst, ich wüsste es nicht, hätte mich nicht erkundigt, nicht in Köpfe und Herzen geschaut und mir alles zusammengereimt in dem Moment, in dem ich dieses traurige Zerrbild eines Reiter-Außenpostens betreten habe? Keine Reiterinnen und nur ein Dutzend Meister – die Hälfte kaum den Kinderschuhen entwachsen und der Rest runzlige alte Männer? Sie haben keine Eier und keine Eier bedeutet keine Phönixe, keine Zukunft.«

Veronyka schüttelte den Kopf, irritiert darüber, dass Val so schnell so viel herausgefunden hatte. »Ich würde nicht hier sein und auf ein Phönixei warten müssen, wenn du meine Verbündete nicht umgebracht hättest.«

Vals Fäuste öffneten und schlossen sich und ihr Gesicht verzog sich vor Zorn. Sie wandte sich jählings ab, als ob sie etwas einen Schlag versetzen wollte, aber dann holte sie tief Atem, und ihr verspannter Rücken lockerte sich. Sie schaute sich über die Schulter um. »Wenn das anders wäre – wenn *alles* anders wäre …«

»Wenn alles anders wäre, wäre ich Phönixreiterin.« Veronykas Zorn wogte, wechselte und wirbelte, breitete sich in ihrer Brust aus wie Flügel. Xephyras Gesicht tauchte vor ihrem inneren Auge auf, aber sie verdrängte die düsteren Gefühle, ehe sie davon überwältigt werden konnte. »Aber das bin ich nicht.«

»He, Nyk, ist alles in Ordnung?«

Veronyka wirbelte herum und sah Tristan, der zögernd auf sie zukam. Wie viel hatte er gehört? Seine Miene wirkte gelassen, wenn auch leicht besorgt – ihre angespannte Körpersprache zeigte deutlich, dass sie und ihre Schwester sich gerade stritten.

»Alles bestens«, sagte Veronyka und fand es schrecklich, dass er hier war, vor den Augen ihrer Schwester. »Das ist meine Schwester, Val. Val, das ist Tristan, einer der Lehrlinge.«

Tristan nickte und runzelte ein wenig die Stirn, als er sie und Val betrachtete. Veronyka wusste, dass sie keine Ähnlichkeit hatten, und sie konnte nur hoffen, dass Val niemals Beryk oder Elliot über den Weg laufen würde.

Val sah Tristan ihrerseits an, schätzte ihn zweifellos ab und überlegte, wie sie ihn am besten zu ihrem Vorteil nutzen könnte.

»Warum lasst ihr hier keine Reiterinnen zu?«, fragte sie dann ohne Einleitung.

Veronyka kniff die Augen zusammen und unterdrückte ein Stöhnen.

»Na ja«, begann Tristan, und sein Blick huschte zu ihr hinüber, als ob er sich fragte, wie viel sie ihrer Schwester erzählt hatte. »Wir hatten anfangs nicht viele Eier. Und da mussten wir, äh, vorsichtig auswählen.«

Val legte den Kopf schräg, und Veronyka konnte spüren, wie die Magie von ihr ausstrahlte, konnte fast sehen, wie sie in Tristans Gedanken suchte und stocherte. Ihr wurde schlecht angesichts dieses gewaltsamen Eindringens, mehr aber noch, weil sie nicht wusste, wie sie dem ein Ende setzen sollte. »Aber ihr habt doch weibliche Phönixe, oder …?«, flüsterte Val, fast an sich selbst gerichtet, abgelenkt, weil sie seine Gedanken durchsuchte.

»Im Brutgehege«, sagte Tristan.

»Brutgehege?«, wiederholte Val mit bedrohlich tonloser Stimme.

»Können meine Schwester und ich ein bisschen allein sein?«, fragte Veronyka schnell, während Vals Augen vor Zorn Funken sprühten.

Tristan nickte, wirkte aber ein wenig verletzt, weil er einfach weggeschickt wurde. Sie wünschte, sie könnte ihm erzählen, dass es nur zu seinem Besten war, dass sie ihn beschützte, aber sie konnte nur aufmunternd lächeln.

»Nett, dich kennenzulernen«, sagte er zu Val, machte kehrt, die Hände in den Taschen, als er die Straße hoch auf die Festung zuschritt. Veronyka fühlte sich noch elender in dem Wissen, dass sie ihn von seinen anderen Freunden ferngehalten hatte, nur um ihn jetzt mitten im Fest zu verlassen.

»Eingesperrte weibliche Wesen«, stieß Val keuchend aus, ihr Gesicht vor Empörung verzerrt. »Sei hier lieber auf der Hut, *xe* Nyka. Wenn sie entdecken, dass du ein Mädchen bist, landest du vielleicht als Nächste im Käfig. Wie können sie das wagen, wo doch Ignix selbst dabei sein könnte?«

Die Geschichtsbücher verzeichneten zwar die Tode der berühmtesten Phönixe, aber über Ignix war nichts bekannt. Auch das war ein Grund, warum Phönixe immer als heilige Wesen behandelt wurden – man konnte nicht sicher wissen, wer sie gewesen waren oder wie lange sie gelebt hatten.

»Ich glaube nicht, dass sie den ersten Phönix aller Zeiten gefangen und eingesperrt haben, Val«, sagte Veronyka mit müder Stimme. Auch sie hasste das Brutgehege, aber Vals düstere Paranoia kannte keine Grenzen. »Ignix hätte sich doch bestimmt zu erkennen gegeben.«

Vals Stimme war seltsam leise, als sie antwortete: »Vielleicht fürchtet sie sich. Vielleicht hat sich die Welt zu sehr verändert.« Als sie Veronykas verwirrte Miene sah, räusperte sie sich und zuckte mit den Schultern. »Oder vielleicht ist sie gar nicht hier. Es geht ums Prinzip. Phönixe dürfen nicht gezüchtet oder in einen Käfig gesperrt werden, so wenig, wie man das mit einer Königin machen darf.«

In der Ferne wurde zum Fest geläutet und langsam senkte sich der Abend um sie wie ein Tintenfleck auf Papier.

Menschen strömten ins Dorf und auf sie zu, sie lachten und sangen, als sie sich durch die immer weiter hereinbrechende Dämmerung ihren Weg zum Speisesaal bahnten.

»Warum bleibst du hier, *xe* Nyka?«, fragte Val, als die letzten Dorfbewohner um die Ecke verschwunden waren. Sie gab sich alle Mühe, Abscheu und Enttäuschung aus ihrer Stimme zu verbannen – aber vergebens. »Du hast doch selbst gesehen, wie weibliche Wesen hier behandelt werden. Du wirst irgendwann Brüste bekommen«, sagte sie unfreundlich und musterte Veronykas Brust, die auch ohne die Binde relativ flach gewesen wäre. »Du kannst nicht in alle Ewigkeit Nyk bleiben, und was dann? Meinst du, sie werden dich akzeptieren und die Phönixe aus den Käfigen befreien? Meinst du, sie werden dir – einem Mädchen und einer Lügnerin – eines ihrer kostbaren Eier überlassen? Nicht einmal du kannst so dumm sein!«

Veronyka gab keine Antwort, aber ihr Blick huschte zurück zur Festung, wo Tristan jetzt zweifellos mit den anderen zusammensaß und Speis und Trank und Unterhaltung genoss.

Val verstand sofort. »Du meinst, er wird dich retten? Er ist doch nur ein Lehrling.«

»Er ist der Sohn des Kommandanten und schon so gut wie Patrouillenführer. Er wird eines Tages die Festung hier leiten, und er hat gesagt, er wird alles tun, um mich zum Reiter werden zu lassen.«

»Aber das hat er Nyk versprochen, dem armen hilflosen Stallburschen, nicht Veronyka – dem Mädchen, das ihn von Anfang an belogen hat.«

Veronykas Brust schnürte sich zusammen. »Ich lüge nicht darüber, wer ich bin«, sagte sie, obwohl sie wusste, dass das im Grunde nicht stimmte. Sie täuschte keine falsche Persönlichkeit vor, aber sie zeigte Tristan auch nicht ihr ganzes Selbst – von ihrem Geschlecht ganz zu schweigen. Er wusste schließlich nicht, dass sie eine Schattenmage war oder dass sie schon eine Verbündete gehabt – und verloren hatte. »Außerdem ist er nicht wie der Kommandant. Er hasst die Brutkäfige und die Tatsache, dass die Reiter hier keine Mädchen und keine armen Kinder aufnehmen. Er ist anders.«

»Bist du von deinen Gefühlen für ihn so verblendet, dass du nicht sehen kannst, wie lächerlich das alles ist? Er wird in zehn oder fünfzehn *Jahren* die Nachfolge des Kommandanten antreten – wenn du Glück hast. Willst du wirklich so lange warten? Und dass ihm etwas nicht gefällt, bedeutet noch lange nicht, dass er es ändern kann. Er ist noch immer den anderen Reitern gegenüber verantwortlich – und die werden ihre eigenen Loyalitäten und Ziele haben. Das sind nicht *unsere Leute.*«

»Wenn es nach dir geht, ist das niemand«, fauchte Veronyka. »Du hasst das Imperium und jetzt hasst du auch die Reiter … Wer gehört denn eigentlich zu uns, Val?«

»Du bist es, die zu mir gehört, Veronyka, und ich gehöre zu dir.«

Die Worte hallten zwischen ihnen wider. Veronyka wusste nicht, was sie sagen sollte. Val war wirklich alles, was sie hatte, ihre ganze Familie. Und ehe sie hergekommen war, war sie der einzige Mensch auf der ganzen Welt gewesen, für den es eine Rolle spielte – oder der auch nur bemerkt hätte –, ob sie tot war oder am Leben.

Veronyka hoffte, dass es jetzt wenigstens einen weiteren Menschen gab.

»Ich habe ein Geschenk für dich«, sagte Val.

Veronyka zuckte zusammen. Das letzte Geschenk, das Val für sie gehabt hatte, war ein Phönixei gewesen.

»Ich will kein Geschenk«, sagte sie und trat einen Schritt zurück. Was immer es war, sie würde es, *könnte* es nicht annehmen. Selbst wenn Val zwei weitere Eier gefunden hätte – wollte Veronyka wirklich eine Wiederholung dessen, was beim letzten Mal passiert war? Sie glaubte nicht, dass sie das überleben könnte.

»Komm einfach mit mir, Veronyka«, sagte Val fröhlich, schmeichlerisch, als wäre das das Einfachste auf der Welt. Sie brauchte nur zu folgen – aber Veronyka hatte es satt, von ihrer Schwester herumdirigiert zu werden.

»Ich gehe nirgendwo mit dir hin, Val. Ich bin hier glücklich. Hier will ich bleiben.«

»Ach komm schon – *bitte*«, sagte Val und spitzte die Lippen, als ob das Wort auf ihrer Zunge bitter schmeckte. Dann wechselte ihr Tonfall, wurde atemlos, fast panisch. »Wir müssen sofort gehen, Veronyka – wir haben keine Zeit zu verlieren.«

»Nein«, sagte Veronyka und runzelte die Stirn, weil die Stimme ihrer Schwester so dringlich klang.

Plötzlich hörten sie aus der Festung Musik, die sich über den Lärm erhob, in der Luft verteilte und sich mit den gedämpften Gesprächen und dem Lachen vermischte.

»Du willst hierbleiben, dein Vertrauen in diese Männer setzen, die dich mit Vergnügen demütigen und unterwerfen würden, statt mit mir zu kommen? *Warum?*«

»Das weißt du genau«, sagte Veronyka, und ihre Stimme zitterte vor mühsam beherrschter Wut. Wie konnte Val es wagen, traurig und verletzt zu tun, wo hier doch sie das Opfer war? »Ich habe Vertrauen zu dir gehabt – und du hast es verraten.«

»Aber wir könnten Reiterinnen nach unseren Bedingungen werden – nicht nach ihren«, sagte Val mit glänzenden Augen. »Keine Regeln, kein Warten. Nur du und ich.«

»Es würde Regeln geben, Val – *deine* Regeln. Und selbst wenn wir es schafften, was dann? In aller Ewigkeit in der Verbannung leben? Anderen Reitern aus dem Weg gehen, weil sie nicht *wir* sind? Das haben wir unser Leben lang gemacht und ich finde es schrecklich. Ich will zu etwas gehören, Val ... ich will zu den Reitern gehören und nicht ganz allein Reiterin sein.«

»Du wärst ja nicht allein«, sagte Val leise. »Du hättest mich.« Ihre harte Miene war weich geworden, ihre feurige Stimme zögernd. Verletzlich.

Diese Vorspiegelung von Schwäche, von Zerbrechlichkeit machte Veronyka nur noch wütender. »Das haben wir versucht, weißt du noch?«, fragte sie mit erstickter Stimme. »Wir haben versucht, es allein zu schaffen, und was ist passiert? Du hast mir gegeben, was ich mir gewünscht hatte, nur um es mir wieder wegzunehmen, nur um zu beweisen, dass du das konntest. Also sag mir noch einmal, warum bist du hergekommen? Willst du Tristan oder den Kommandanten umbringen? Bist du hier, um mir wieder alles wegzunehmen?«

»Ich bin hergekommen, um dir etwas zu geben.«

»Ich will es nicht – ich will gar nichts von dir.«

Veronyka wandte sich ab und lief auf die Festung zu. Sie konnte die Nähe ihrer Schwester nicht mehr ertragen. Ihre Gedanken wirbelten durcheinander und ihr Herz schlingerte und geriet ins Stocken. Sie musste fort von Val, fort von allem.

Als sie durch die Festungstore trat, sah sie zu ihrem Schrecken Tristan dort stehen, gleich hinter den doppelten Türen zur Eingangshalle, als ob er auf sie gewartet hätte.

»Nyk«, sagte er, löste sich von der Mauer und kam auf sie zu. Als er ihren Gesichtsausdruck sah, fragte er: »Was ist los?«

Ehe sie antworten konnte, waren hinter ihr scharrende Schritte zu hören, und sie wusste, dass Val ihr gefolgt war. Tristan kniff die Augen zusammen, als er sie sah, und in seiner Miene lag etwas Hartes und gleichzeitig Beschützendes. Veronyka hätte zu gern nachgegeben, darauf vertraut, dass jemand sich um sie kümmerte, statt sich davor zu fürchten, wie sie es bei Val tun musste.

»Kommt ihr zum Fest?«, fragte Tristan und schaute zwischen ihnen hin und her, während er sich neben Veronyka stellte.

Val fing an zu reden, aber Veronyka hörte nichts. Die Welt um sie herum war stumm, als sie von einer mächtigen Welle von Empfindungen getroffen wurde – Empfindungen, die nicht ihre waren. Sie taumelte und versuchte, ihre eigenen Gefühle von denen zu trennen, die über sie hereinbrachen.

Angst, Wut und Verwirrung – sie glaubte zuerst, das alles komme von Val oder vielleicht auch von Tristan, aber als sie sich zu den beiden umdrehte, wusste sie, dass das nicht der Fall war.

Sie wirbelte herum und starrte in die dunklen Ecken des Burghofes. Die Gefühle waren ihr seltsam vertraut, und als sie ihre Magie ausstreckte, zerriss ein wilder Schrei die Nacht.

Die Rufe der Wachtposten, die zum Himmel hochwiesen, hallten von den Mauern wider. Oben war ein flammender Phönix zu sehen, der in weiten, wirren Bogen um die Festung kreiste und dabei immer tiefer kam. Jemand zog an Veronykas Arm, versuchte, sie wegzureißen, aber sie wehrte sich.

Der Flug des Phönix war schwindelerregend – oder vielleicht war es auch das Wirbeln der Gefühle, die noch immer in ihr tobten. Pulsierende Hitze war zu spüren, dann landete der Phönix auf den Pflastersteinen, nur wenige Fuß von Veronyka entfernt. Ein gewaltiges Flügelschlagen ließ Funken über den Boden tanzen.

Der Phönix war noch jung, er hatte fast die Größe der meisten Reittiere der Lehrlinge erreicht, nur war sein rotes Gefieder an den Rändern tieflila und schimmerte im Licht der Fackeln. Flammenfäden leuchteten zwischen den Federn wie Lava, und die Augen, schwarze, mit Feuer erfüllte Löcher, richteten sich auf Veronyka und hielten ihren Blick fest.

Sie keuchte auf und fiel auf die Knie.

Xephyra.

Tag 11, Fünfter Mond, 170 NI

Prinzessin Pheronia und der Rat der Gouverneure

Ich, Avalkyra Aschenfeuer, die Königin mit der Federkrone und rechtmäßige Herrscherin des Goldenen Imperiums, erkläre hiermit offiziell meinen Anspruch auf den Thron.

Es lastet schwer auf meiner Seele, dass ich zur Verbrecherin und Verräterin erklärt worden bin, da ich immer das Beste für meine Familie und natürlich für das Imperium angestrebt habe.

Ich werde heute in einer Woche in Aura Nova sein, um die Bedingungen für meine Thronbesteigung zu besprechen. Ihr seid eingeladen, über Eure Stellung unter meiner neuen Herrschaft zu verhandeln – aber seid gewarnt, hinter mir steht die volle Kraft von Pyra, Ferro und den Phönixreitern.

Königin Avalkyra Aschenfeuer

PS: Herzlichen Glückwunsch zu Deinem achtzehnten Geburtstag, Prinzessin

Aber wir müssen genau überlegen, mit wem wir uns verbünden. Wenn sie erst geknüpft worden sind, sind diese Bindungen nicht so leicht wieder zu lösen.

– Kapitel 29 –

Veronyka

Veronyka wusste es, fühlte es, obwohl ihre Augen es nicht wahrhaben wollten. Ihre mentale Festung zerbarst, überspülte ihre Gedanken mit Erinnerungen, in denen Xephyra noch so klein war, dass sie getragen werden konnte. Das Wesen vor ihr hatte fast die Größe eines Ponys, mit scharfen Krallen und einer Flügelspannbreite fast so weit wie die Hütte, in der es geboren worden war.

*Wieder*geboren. Xephyra war zurückgekehrt. Auf irgendeine Weise hatte Veronyka es geschafft. Auf irgendeine Weise hatte sich der kalte Aschehaufen abermals in einen Phönix verwandelt. Wie sehr Xephyra in der Zeit ihrer Trennung auch gewachsen sein mochte, es war kein Irrtum möglich. In dem Moment, in dem ihre Augen einander begegneten, war die Bindung wieder da, loderte auf wie frischer Zunder auf der schwelenden Asche in einer Feuerstätte. Das Band zwischen ihnen knisterte und Schock und Erkenntnis entflammten Veronykas Seele.

Auch Xephyra brannte – Flammenwellen liefen über ihre scharlachroten Federn, so heiß, dass sie in einem Blasen werfenden Blau aufloderten. Aber es waren nicht die Flammen der Glückseligkeit, die Flammen eines Phönix, der mit seiner Reiterin wieder vereint war … Es waren die Flammen der Gefahr.

Veronyka schaute sich um und bemerkte zum ersten Mal die vielen Menschen.

Lehrlinge, Dienstboten und Leute aus dem Dorf drängten sich am Eingang zum Speisesaal, zweifellos waren sie herausgeströmt, als sie Xephyras zornige Schreie gehört hatten.

Auch Wachtposten der Festung waren da, ihre Bögen und Speere zielten direkt auf den soeben aufgetauchten Feuervogel.

Eine überwältigende Angst – ihre oder Xephyras, sie war sich nicht sicher – riss Veronyka von den Knien und auf die Beine. Ihre Gedanken jagten in hundert Richtungen auf einmal und das Wiederauftauchen ihrer Verbündeten konnte ihre Verwirrung nicht lindern.

Sie biss die Zähne zusammen und konzentrierte sich.

Xephyra war hier in Gefahr – das spürte sie, und es führte zu ihrem kämpferischen Verhalten, das die Gefahr nur noch vergrößerte. Unverbundene Phönixe waren launische, uneinschätzbare Geschöpfe und die Festungswachen waren deshalb in hoher Alarmbereitschaft. Eine falsche Bewegung und das hier könnte ein sehr böses Ende nehmen.

Veronyka musste Xephyra beruhigen. Wenn sie ihre Verbündete erst unter Kontrolle hätte, würden sich die Wachen zurückziehen, und die unmittelbare Gefahr wäre gebannt.

Sie trat einen unsicheren Schritt vor und streckte ihre Hände und zugleich ihre Magie aus.

»Nyk, nein!«, schrie Tristan, doch seine Stimme schien aus einer Entfernung zu kommen, die so groß war wie ein Leben. Was wohl auch der Fall war. Tristan existierte in einer Welt, in der Veronyka Nyk war, und Nyk hatte keinen Phönix. Aber Veronyka war in Wirklichkeit gar nicht in dieser Welt, nein. Veronyka war hier und jetzt, sie war erneut vereint mit ihrer wiedergeborenen Verbündeten und fürchtete um deren Leben.

Als sie Kontakt zu Xephyras Geist aufnahm, geriet sie ins Taumeln – dort war alles auf bizarre Weise fremd, und doch hatte sich im Grunde nichts geändert. Es kam ihr vor wie ein früheres Zuhause, in dem jetzt andere Menschen wohnten – es war genau dasselbe und zugleich ganz und gar anders. Es war eine wunderbare Entdeckung, dass die Bindung den Tod überlebt hatte, aber ihre Verbindung zueinander war nicht unverändert geblieben.

Xephyra war ganz offenbar ebenfalls auf der Hut und verwirrt durch die Wiedervereinigung. Veronyka sah sich jetzt mit den Augen ihres Phönix – die langen schwarzen Zöpfe, die Hütte, das Lager auf dem Boden –, und dann ergriff sie diese Bilder.

Doch, ich bin es, sagte sie und presste die Hand auf ihre Brust. Ihre Augen füllten sich mit Tränen, als Xephyra den Kopf schräg legte und zögerte. *Ich bin es.*

Veronyka spürte die Bewegung um sich herum, fühlte die unruhigen Körper und die vorrückenden Füße, aber sie verdrängte all das. Jetzt ging es nur um sie und Xephyra. Mit jeder Sekunde, die sie einander anblickten, festigte sich ihre flackernde, brüchige Bindung. Aber so viele beruhigende Gedanken und tröstliche Gefühle Veronyka auch durch ihre Verbindung schleuste, Xephyra wollte nicht zur Ruhe kommen. Ihr Gefieder sträubte sich, ihre Instinkte waren in Hochalarm, und die erregte Menge auf dem Burghof schürte ihre Angst nur noch mehr.

»Aus dem Weg, Junge!« Die Stimme des Kommandanten, scharf wie die eines Generals auf dem Schlachtfeld, riss Veronyka aus ihren Gedanken.

Ein metallisches Kratzen war zu hören und Veronyka lief ein Schauer banger Vorahnungen den Rücken hinunter. Sie reckte den Hals, um die Quelle des Geräuschs zu finden, und entdeckte zwei Wachen, die einen Gegenstand aus ölverschmierten Eisenmaschen hielten.

Ein Netz.

»Nein, bitte!«, rief Veronyka, aber ehe sie noch mehr sagen oder tun konnte, geriet Xephyra in Panik und ließ eine heftige Woge aus Hitze und Funken über die Menge hereinbrechen.

Veronyka hob einen Arm, um ihr Gesicht zu schützen, entsetzt über die Intensität der Hitze. Am Rand des Burghofes fingen Stroh und Stofffetzen Feuer; die Zuschauer keuchten auf und wichen vor der heißen Luft zurück wie Gras im Wind. Tristan stand ganz vorn und hatte die Hand nach ihr ausgestreckt, bevor Xephyras Flammen ihn rückwärtstaumeln ließen. Val war auch dort; ihr Gesicht leuchtete vor Konzentration, ihr Blick war manisch, *hungrig*, als sie die Szene anstarrte, die sich vor ihr abspielte.

Hass klumpte sich in Veronykas Bauch zusammen. *Val.* Hatte sie etwas damit zu tun? Hatte sie die ganze Zeit gewusst, dass Xephyra zurückkommen würde?

Der Kommandant brüllte wieder los und riss Val aus ihrem bewegungslosen Starren. Mit einem letzten Blick auf Veronyka ließ sie sich stoßen und ziehen und verschwand schließlich in der Menschenmenge. Hatte sie Angst davor, was passieren würde, jetzt, da sich der Kommandant eingemischt hatte? Oder hatte sie Veronykas Zorn gespürt und wusste, dass er ihr galt?

»Nyk, weg da – sonst wirst du verletzt!«, brüllte Tristan und versuchte abermals, sich zu ihr durchzudrängen. »Mach, dass du …«

Ehe er den Satz beenden konnte, warf er den Kopf ruckartig in den Nacken. Eine Sekunde darauf jagte Rex mit hallendem Schrei durch die Luft. Die Phönixe durften den Adlerhorst eigentlich nur dann verlassen, wenn sie dazu beordert wurden, aber es war offensichtlich, dass Tristan seinen Verbündeten nicht gerufen hatte. Bevor Tristan irgendetwas tun konnte, erschien ein weiterer Phönix an Rex' Seite, dann noch einer, und bald leuchtete der Himmel von ihren Flammenfährten.

Veronyka erstarrte. Vielleicht waren sie gekommen, um Xephyra zu helfen – Phönixe sehen nicht gern zu, wenn andere Phönixe angegriffen werden –, aber sie machten alles nur noch schlimmer. Ihre Nähe schürte die Flammen der ohnehin schon wilden Gefühle Xephyras, und während die anderen tiefer und dann wieder höher flogen und so ein Netz aus Feuer webten, antwortete Xephyra mit einem wilden Ausstoß aus Hitze und Flammen.

Nein, Xephyra!, schrie Veronyka durch ihre Bindung, während die Wachen vorrückten und ihr Herz von Panik erfasst wurde. *Ganz ruhig und alles wird gut. Ganz ruhig …*

Aber Xephyra war außer sich. Sie bäumte sich auf, wich rückwärts vor den näher kommenden Wachen zurück und knallte gegen einen Lagerschuppen. Fässer gerieten ins Rollen und Bretter fingen Feuer. Wenn Veronyka Xephyra nicht bald unter Kontrolle brachte, würde die Festung in Brand geraten.

Ein Pfeil sirrte an Xephyras Kopf vorbei, um sie von den anderen hölzernen Gebäuden zu verjagen, aber sein Anblick erfüllte Veronyka bis in die Knochen mit eiskalter Furcht. Sie hielt den Atem an, als ein weiterer Pfeil in dieselbe Richtung flog, dann ein dritter, der genau in dem Moment, in dem Xephyra vorwärtstaumelte, ein wenig von seinem Kurs abgeriet. Der Pfeil streifte einen ihrer Flügel und jagte vorüber, ein Schrei ertönte – er kam aus Veronykas Kehle. Sie fiel wieder zu Boden und ein starker Arm legte sich um ihre Taille und riss sie zurück.

»Nein!«, schrie Veronyka und stieß den Arm – es war Tristans – zur Seite, während sie mühsam auf die Füße kam. Ihr Blick jagte wild von Xephyra zu den Wachen mit den erhobenen Waffen, zu den Phönixen in der Luft und dann wieder zu den über den Boden züngelnden Flammen. »Nein, nein – *aufhören*!«

Und das taten alle.

Der gesamte Hof hielt für einen seltsamen, winzigen Augenblick den Atem an, gerade lange genug, um Veronyka klarzumachen, dass sie unbewusst Schattenmagie angewendet hatte. Um zu befehlen. Um zu beherrschen.

Diese Erkenntnis löste Schockwellen in ihr aus, und wie aus einer Trance erwacht, schnappte die Menge kollektiv nach Luft. Niemand schien bemerkt zu haben, was passiert war … niemand außer Val. Sie lehnte an einer Mauer und starrte Veronyka an, als ob sie sie noch nie zuvor gesehen hätte.

Veronyka hatte jetzt jedoch keine Zeit für ihre Schwester. Sie wirbelte herum, suchte nach Xephyra, die durch ihre Magie noch immer bewegungslos war – obwohl ihr Körper weiter vor Hitze zischte und knisterte.

Dieser Anblick traf Veronyka tief in ihrer Seele. Sie hatte offenbar nicht nur einer Menschenmenge ihren Willen aufgezwungen, sondern auch ihrer Verbündeten, dabei hatte sie doch geschworen, das niemals zu tun.

Ein Windstoß traf sie und brachte den Geruch von Metall mit sich. Das Netz schoss über Veronykas Kopf hinweg und legte sich mit einem schweren, eisernen, auf dem ganzen Burghof widerhallenden Klirren über Xephyra. Die schlug mit den Flügeln und schnappte nach den Maschen, aber das half nichts.

Veronyka stürzte zu ihr, aber durch die jähe Bewegung wurde ihr schwarz vor Augen. Sie hatte zu viel Magie benutzt, hatte sich erschöpft und taumelte kraftlos auf Tristan zu.

»Wohin bringen sie sie?«, fragte sie und hielt sich an Tristan fest, während sie versuchte, über die Wachen, die ihre Verbündete jetzt einkreisten, einen Blick auf Xephyra zu erhaschen. »*Wohin* bringen … Kommandant?«, schrie Veronyka, die Cassian sah, als er den Hof überquerte. Sie ließ Tristan los, um ihm hinterherzulaufen.

Der Kommandant drehte sich um und nickte dann, als ob er sie erwartet hätte. »Gut«, sagte er, und sein Blick huschte über ihre Schulter weiter zu Tristan. »Ihr beide, mit mir kommen.«

Veronyka wollte Xephyra nicht verlassen. Aber sie brauchte Antworten, und der Kommandant war der Einzige, der sie ihr geben könnte. Ihr Herz hämmerte trotzdem schmerzlich, als sie ihre Verbündete zurückließ. Sie hatten Xephyra nur gefangen, weil sie sie für gefährlich hielten. Wenn sie sich erst beruhigt hätte, würden sie sie freilassen.

Das sagte sie sich immer wieder, aber ihre Brust war weiterhin wie zugeschnürt.

In dem Moment, in dem sich die Tür zum Arbeitszimmer des Kommandanten hinter ihr schloss, ergriff Veronyka das Wort: »Was machen sie mit ihr?«, fragte sie, als Cassian zum Fenster ging und in den Burghof hinabstarrte. Der Geruch von verbranntem Holz strömte herein, zusammen mit dem Geräusch von fegenden Besen und kratzenden Schaufeln. »Ihr müsst mir sagen, wo sie hingebracht wird.«

Der Kommandant drehte sich um und hob fragend die Augenbrauen. Und dann begriff sie … er wusste es nicht. Bisher hatte es niemand erkannt. Ihr Puls ging schneller. Für alle anderen hier war Xephyra ein bindungsloser, wilder weiblicher Phönix, und Nyk war nur ein Stallbursche, der aus Versehen in die Schusslinie geraten war.

»Der Phönix ist also eine Sie?«, fragte Tristan und schaute zwischen ihr und seinem Vater hin und her. Ja, der Phönix war eine Sie, und Veronyka wusste genau, was im Adlerhorst mit weiblichen Phönixen geschah. »Sie kommt also …«

»Ins Brutgehege«, beendete der Kommandant mit einem kurzen Nicken den Satz und ließ sich in seinem Sessel nieder.

Veronykas Magen krampfte sich zusammen. Das … sie durfte das nicht zulassen. Sie musste es ihnen sagen, musste erklären, dass diese Phönice bereits gebunden war – an sie.

Aber das würde bedeuten, dass sie sich als Lügnerin entlarvte und ihre Stellung hier in der Festung aufs Spiel setzte. Und alles, wofür sie gearbeitet hatte, wäre … verloren. Ob sie einen Phönix hatte oder nicht, sie brauchte Tristans Unterstützung, um als Lehrling aufgenommen zu werden, und sie wusste, er würde sich durch ihre Lügen verraten fühlen. Er hatte seine geheimsten Ängste mit ihr geteilt, und sie war zu feige gewesen, um sich ihm anzuvertrauen.

Es waren auch nicht nur ihre Lügen, sondern *wie* sie gelogen hatte. Sie hatte Schattenmagie benutzt, um Morra zu täuschen, und Schattenmagie war eine Fähigkeit, die in sehr schlechtem Ruf stand, weil sie Misstrauen hervorrief. Bei einer Reiterpatrouille aber hing alles von Vertrauen ab. Und wenn niemand ihr vertraute, würde auch niemand sie fördern wollen.

Sie hätte dann einen Phönix als Reittier, wäre aber keine Phönixreiterin.

Ihre Gedanken überschlugen sich. Sie würden doch sicher kein verbündetes Paar vertreiben … es musste doch eine Lösung geben.

»… an der Zeit, über Nyks Stellung hier zu sprechen.«

Veronyka fuhr hoch und erkannte, dass der Kommandant etwas gesagt hatte, woraufhin er und Tristan sie nun ansahen. Sie vergegenwärtigte sich noch einmal die letzten Worte, die sie gehört hatte. *Nyks Stellung hier.*

Veronyka sah den Kommandanten an. Wenn ihre Stellung hier infrage stand, dann musste er ihr Geheimnis ja doch durchschaut haben. Der Knoten in ihrer Brust lockerte sich ein wenig. Vielleicht war alles nur gut so. Besser, die Sache hinter sich zu bringen, ihre Träume ein für alle Mal zu begraben. Sie würde vielleicht niemals Phönixreiterin werden, aber wenigstens könnte sie ihrer Verbündeten helfen und sie aus dem Käfig holen.

»Er hat es verdient, als Lehrling aufgenommen zu werden«, sagte Tristan, und Veronyka starrte ihn an. Hier war er, hier hielt er zu ihr, in dem Moment, in dem ihre ganze Beziehung gleich in Stücke zerbrechen würde. »Ich weiß, dass wir keine Eier haben«, fügte Tristan eilig hinzu, ehe sein Vater auf diese Selbstverständlichkeit hinweisen konnte. »Aber Nyk hat seine Fähigkeit als Animage vorhin überzeugend unter Beweis gestellt. Ein solches Talent im Stall arbeiten zu lassen, wäre doch Verschwendung.«

»Das sehe ich auch so«, sagte der Kommandant. Tristan klappte den Mund zu und sogar Veronyka hatte es die Sprache verschlagen. »Der Junge sollte keine Pferde und Hunde betreuen, wo er eine so starke Verbindung zu diesem Phönix hat.«

Der Kommandant hatte sie also doch durchschaut. Veronykas Gedanken wirbelten wild durcheinander.

»Vielleicht könnten wir eine zweite Lehrlingseinheit aufmachen«, sagte Tristan eifrig, zog den nächstbesten Stuhl heran und setzte sich, ermutigt durch die Einstellung seines Vaters. »Eine, bei der die angehenden Reiter gleich mit dem Training anfangen können. Sie könnten bei Waffen- und Kampfübungen und bei unserem körperlichen Training mitmachen und uns beobachten, wenn wir auf unseren Reittieren sitzen. Ich könnte derweil eine dritte Streife zusammenstellen, die sich auf Eiersuche macht. Wenn wir für ein oder zwei Wochen vom Unterricht befreit werden könnten, wäre es bestimmt möglich ...«

»Darum geht es hier gerade nicht, Tristan«, sagte der Kommandant, öffnete die Knöpfe am Kragen seiner bestickten Tunika und ließ sich in seinem Sessel zurücksinken. »Wir haben soeben ein drittes Weibchen gefangen. Mit etwas Glück werden wir bis zur Wintersonnenwende mehrere Eier haben. Kein Grund also, sich auf dem Pyrmont herumzutreiben.«

Er sprach über Xephyra wie über eine Zuchtstute, als sei sie nur als Behälter für Eier geschaffen, als Brutofen für kostbare Krieger, nicht als sei sie ein eigenständiger Phönix. Veronykas Blut geriet vor Wut ins Kochen.

»Aber das mit den Käfigen funktioniert doch nicht. Wie viele Jahre sollen wir diese Weibchen denn einsperren, bis du dich damit abfindest?«

»Und wann wirst *du* dich damit abfinden, dass ich dir nicht einfach eine Patrouille überlasse, damit du dich im ganzen Land herumtreiben und in den Tod rennen kannst?«, fragte der Kommandant und schlug mit den Händen auf den Tisch.

Ein angespanntes Schweigen erfüllte den Raum.

Tristans Brust hob und senkte sich in kurzen Abständen, er hatte den Mund geöffnet, wie um eine trotzige Antwort zu geben. Nachdem er seinen Vater jedoch etliche bedeutungsschwere Sekunden lang angestarrt hatte, schloss er den Mund wieder und schlug die Augen nieder.

Veronyka musterte die beiden. Sie hatte noch nie an die Möglichkeit gedacht, dass der Kommandant Tristan aus Liebe davon abhielt, seine eigene Patrouille zu leiten. Es überraschte sie, dass sie das bisher nicht erkannt hatte, denn es hatte in gewisser Weise Ähnlichkeit mit Vals Verhalten ihr gegenüber. Wie leicht Menschen sich einreden konnten, das Richtige zu tun, egal, wie sehr sie die Person verletzten, die ihnen angeblich so wichtig war, wenn sie eben aus Liebe handelten.

Doch während sich Veronyka nicht sicher war, ob Val wirklich etwas oder jemanden lieben könnte, glaubte sie, dass es bei dem Kommandanten der Fall war. Er hatte unter furchtbaren Umständen seine Frau verloren. Es war nicht schwer, zu verstehen, warum er nicht wollte, dass sein Sohn sein Leben für die Sache aufs Spiel setzte, der sie zum Opfer gefallen war.

»Was dann, Kommandant Cassian?«, fragte Tristan und schaute wieder auf. »Wir sitzen hier und warten?«

Nun, da Tristans Stimme ruhig war und er seinen Zorn in Schach hielt, nahm der Kommandant seine Hände vom Tisch und ließ sich im Sessel zurücksinken. Er schien sich darüber zu freuen, dass er wieder Herr der Lage war, und rang sich ein energisches kleines Lächeln ab. »Heute Abend? Werden wir feiern. Wir werden nicht wie eine Meute toller Hunde auf Jagd gehen oder Dutzende von neuen Rekruten ausbilden und dabei unsere Kräfte erschöpfen. Wir werden die Mittel nutzen, die uns zur Verfügung stehen. Nach der Vorführung, die ich heute Abend gesehen habe, ist es die beste Lösung, Nyk von den Ställen ins Gehege zu versetzen. Ich glaube, seine Begabung wird dort sehr viel bewirken können, und da wir nun ein drittes Weibchen haben, wird sich das Blatt für uns endlich wenden.«

Veronyka wurde es kalt, als wäre sie in einen vereisten See geworfen worden.

»Das Gehege…«, wiederholte Tristan, und seine Blicke jagten zu ihr hinüber. »Nyk soll bei den Weibchen im Brutgehege arbeiten? Aber…«

»Außerdem«, fuhr der Kommandant fort, seine Stimme hob sich und verriet so seinen noch immer simmernden Zorn, und nun wusste Veronyka, dass er seine frühere Auseinandersetzung mit seinem Sohn nicht vergessen hatte. »Da du offenbar unbedingt eine Patrouille führen willst, wird es Zeit, dass du mir zeigst, zu welcher Art von Führung du geeignet bist. Wie du weißt, führen die Besten unter uns durch ihr Beispiel. Du hast eine Belohnung auf neue Eier ausgesetzt und deshalb wirst du deinen Phönix für die nächste Runde der Paarungsversuche anbieten. Dein Verbündeter, Rex, ist ja schon längst paarungsreif. Er wäre doch ein idealer Zuchtkandidat, findest du nicht? Vielleicht kannst du zusammen mit deinem Freund Nyk für eine Vereinigung sorgen, die neue Eier und neue Reiter hervorbringt. Ihr könnt gehen.«

Wie ein Anker wird Liebe dich in einem Sturm festhalten,
sie kann dich aber auch unter Wasser reißen.

– Kapitel 30 –

Veronyka

Veronyka hörte fast nichts, als Tristan zu widersprechen versuchte. Ihre Ohren rauschten, ein Rauschen, das alle Gedanken und Gefühle ertränkte. An diesem Tag war zu viel passiert, zu viele Schocks und Überraschungen und erschütternde Erkenntnisse.

Xephyra *lebte*! Große Axura, ihre Verbündete lebte noch! Also hätte es eine Nacht der Freude sein müssen – der puren, perfekten Euphorie!

Aber so war es nicht. So wunderbar es war, wieder mit ihrer Verbündeten vereint zu sein, so sehr war alles andere von Entsetzen geprägt.

Sie hatte einen furchtbaren Fehler begangen.

Sie hätte Xephyra wegschicken müssen, hätte ihr das sagen müssen, sowie sie sie erkannt hatte. Doch als die Wachen sie umstellten, hatte sie nur daran gedacht, Xephyra zu beruhigen, weil sie sicher gewesen war, dass es die heftigen Reaktionen ihrer Phönice waren, die für sie gefährlich sein könnten, nicht deren Gehorsam.

Doch statt Xephyra wegzuschicken, hatte sie ihr in ihrer Panik *befohlen*, dazubleiben. Ihr Leben lang hatte sie diese Art von Macht verabscheut und abgelehnt und nun hatte sie selbst sie auf die schlimmstmögliche Weise benutzt. Ihre Bindung hatte Xephyra doch erst in die Festung gelockt und ihr Befehl hatte sie dann in Gefangenschaft geraten lassen.

Für den folgenden Morgen war Veronyka in den Adlerhorst befohlen worden. Es war fast wie ein in Erfüllung gegangener Traum. Fast.

Veronyka fasste sich an den Kopf, um nicht loszuschreien – oder zu weinen. Sie war schlimmer als Val, schlimmer als der Kommandant. Sie hatte ihre eigene Verbündete verraten – ein schwereres Verbrechen konnte es nicht geben.

Und doch hatte sie irgendwie ihr Geheimnis bewahren können – aber was spielte das für eine Rolle? Sie konnte nicht hierbleiben, nicht, wenn Xephyra in einem Käfig gefangen gehalten wurde –, doch sowie sie den anderen sagte, warum Xephyra nicht im Gehege bleiben durfte, würde ohnehin alles zu Ende sein.

Bittere Reue überkam sie. Sie hätte die Wahrheit sagen, alles gleich hinter sich bringen müssen, statt zuzulassen, dass Xephyra auch nur eine Minute länger eingesperrt blieb.

Aber das hatte sie nicht getan. Sie war ein jämmerlicher, schwacher Feigling. Allein der Gedanke daran reichte aus, dass ihr Herz ins Stocken geriet und sie nicht mehr richtig atmen konnte. Sie war restlos fertig mit den Nerven, und ihr fehlte jetzt die Kraft, sich der Situation zu stellen.

Draußen war nun Stille in die Festung eingekehrt. Der Speisesaal war leer und die Wachen standen wieder auf ihren Posten. Das Fest war abgebrochen worden, in dieser Nacht würde es keinen flammenden Phönixtanz geben.

Val wartete auf sie, sie saß auf einem Fass und hatte sich ein großes Tuch um die Schultern gelegt. Es war kalt geworden und ein scharfer Wind jagte durch den verlassenen Burghof.

Veronyka achtete nicht auf ihre Schwester, sondern steuerte ihr Quartier an.

Val holte sie ein und ging schweigend neben ihr her. Nach einigen Schritten beschloss Veronyka, doch mit ihr zu reden.

»Hast du das getan?«, fragte sie und fuhr herum, um Val anzusehen.

»Was getan?«, fragte Val und musterte Veronyka von oben bis unten.

Veronyka versetzte ihr einen Stoß. Die Vorstellung, einen Kampf anzuzetteln, alle Wut und allen Herzenskummer, die sich in ihr angestaut hatten, endlich loszuwerden, war verlockend. »Diese Asche war kalt und tot, als ich die Hütte verlassen habe. Wieso ist sie hier?«, fragte sie und gab sich alle Mühe, um ihre Stimme nicht zu laut werden zu lassen. »Was hast du getan?«

Sie dachte zurück an jenen Tag, als sie vor der leeren Feuerstätte gesessen hatte. Sie war sicher gewesen, dass sie versagt hatte, sie hatte ihre Verbündete nicht gespürt, hatte nichts gespürt in den Wochen seither …

Das stimmte jedoch nicht ganz. Sie hatte Xephyra hinter ihre mentale Mauer gesteckt, hatte ihre Anwesenheit blockiert und sie verdrängt. Sie hatte geglaubt, schmerzliche Erinnerungen zu unterdrücken, aber in Wirklichkeit hatte sie die Versuche ihrer wiedergeborenen Verbündeten, mit ihr zu kommunizieren, auf diese Weise unmöglich gemacht.

Val starrte die Stelle an, wo Veronyka gewagt hatte, sie zu berühren, machte aber keine Anstalten, sich zu wehren. »Mach mich nicht verantwortlich für die Fäden, die Anyanke für dich gewebt hat. Ich hatte mit der Auferstehung deiner Verbündeten nichts zu tun.«

Veronyka runzelte wütend die Stirn. Es kam zu gelegen und war zu schrecklich, um zufällig passiert zu sein. Aber sie konnte kaum ein Argument dagegen finden, nicht jetzt, wo sie geistig so erschöpft war. Es war unmöglich, einem Phönix, mit dem man nicht verbunden war, etwas zu befehlen, geschweige denn wochenlang mit ihm unterwegs zu sein. Val wäre dazu nicht in der Lage gewesen. »Seit wann glaubst du an die Gottheiten?«

»Immer schon. Glauben ist das eine – sie auf den Knien anzubeten, etwas anderes.«

Veronyka rieb sich die Arme und versuchte, die kalte Nachtluft zu vertreiben.

»Haben sie dich also rausgeworfen?«, fragte Val mit aufgesetzt munterer Stimme – als ob das für sie nicht weiter von Bedeutung wäre.

»Nein, das haben sie nicht. Ich ...« Die Leere in Veronykas Brust wurde größer, dehnte sich bis in ihre Kehle aus und erschwerte ihr das Sprechen, das *Atmen.* »Sie stecken sie in das Brutgehege. Und ich soll dort arbeiten.«

Das laut auszusprechen, war wie ein Schlag ins Gesicht, und die Schwere der Geschehnisse wurde ihr mit Wucht richtig bewusst.

Val keuchte auf, als ob jemand sie in den Bauch getreten hätte. »Wissen sie, dass ihr verbunden seid?«

Veronyka schüttelte den Kopf. Sie war seltsam dankbar dafür, dass Val so geschockt war, erleichtert, weil jemand auf ihrer Seite stand – aber diese Vorstellung gab sie sofort wieder auf. Val stand immer nur auf ihrer eigenen Seite.

»Sie glauben, dass ich ein Talent dafür besitze, Tiere zu beruhigen. Ich habe das hier auch schon mal mit einem Pferd gemacht, und ... sie wollen Xephyra in einen Käfig sperren, sie zur Paarung zwingen und ...«

Veronykas Kehle streikte, zog sich schmerzhaft zusammen, bis sie überhaupt nichts mehr sagen konnte. Ihr Körper war gefühllos und kalt, während heiße Tränen über ihre Wangen liefen.

»Das kannst du nicht zulassen«, sagte Val und trat einen Schritt auf sie zu. »Du musst sie befreien.«

»Meinst du, das wüsste ich nicht?«, fragte Veronyka.

»*Xe* Nyka«, sagte Val mit weicher Stimme und streckte die Hand nach ihr aus, aber Veronyka entzog sich dieser Berührung.

»Das ist alles deine Schuld«, fauchte sie, dann rannte sie ins Dienstbotenquartier und ließ ihre Schwester mit ausgestrecktem Arm stehen.

In dieser Nacht träumte Veronyka seit Wochen zum ersten Mal.

Sie saß in einem überfüllten, verräucherten Raum am Fuße eines großen hölzernen Bettes.

Sie hielt eine Hand in ihrer, und es überraschte sie gar nicht, als sie sah, dass diese Hand demselben dunkelhaarigen Mädchen gehörte wie in ihrem vorigen Traum. Das Mädchen wirkte jetzt älter, war fast eine junge Frau, und ihre Hände passten perfekt ineinander. Zusammen senkten sie den Kopf in düsterem Schweigen.

Im Bett lag ein Mann, offenbar war er bewusstlos, er war begraben unter prachtvollen Decken und mit bestickten Kissen gestützt. Seine Haut war fahl und seine Stirn schweißbedeckt.

Er lag im Sterben.

In ihrem Traum wusste Veronyka das, auch ohne die schwarz gewandeten Priester der Nox zu erkennen oder die verschleierten Trauernden im Hintergrund zu bemerken. Weihrauchpfannen standen überall und füllten die Luft mit ihrem bittersüßen Rauch.

Die Traum-Veronyka brachte dem Sterbenden Zuneigung entgegen, aber sie verabscheute die Frau, die neben ihm stand, vor Hass drehte sich ihr der Magen um.

Dutzende anderer Menschen hielten sich im Raum auf. Männer und Frauen, alle in der vornehmen Tracht der Edlen des Goldenen Imperiums. Einer der Höflinge erregte Veronykas Aufmerksamkeit, und als sie ihn erkannte, wurde sie fast aus ihrem Traum gerissen.

Tristan.

Nein, das konnte nicht sein. Dieser Mann war älter als Tristan, aber er hatte die gleichen Augen, die gleiche kräftige Nase und die gleiche starre Haltung. Etwas in ihren Gedanken fügte sich zusammen, und sie wusste, dass sie hier Cassian vor sich hatte. Einen viel jüngeren Cassian, aber der typische spitze Haaransatz war nicht zu verkennen, so wenig wie die Vertiefungen zu beiden Seiten seines Mundes, die zu Grübchen werden würden, wenn er lächelte.

Was sah sie hier … es musste die Vergangenheit sein – aber wessen Vergangenheit? Sie schaute wieder das Mädchen neben sich an. Sie wirkte irgendwie vertraut, aber schließlich besuchte Veronyka diese andere nun schon seit Jahren in ihren Träumen.

Ein leises Murmeln riss sie aus ihren Gedanken. Der Sterbende lag jetzt ganz still da, und eine Heilerin war vorgetreten und untersuchte seine Hände und seinen Hals, ehe sie den Kopf schüttelte und ihm eine Decke über das Gesicht zog.

Die verhasste Frau stieß einen lauten Klageruf aus, aber er war nichts im Vergleich zu dem grimmigen Abgrund, der sich in Veronyka aufgetan hatte. Sie klammerte sich an die Hand, die sie noch immer festhielt, als alle im Raum, die reichsten und wohlhabendsten Menschen des Imperiums, sich zu ihr wandten und sich verneigten …

Veronyka erwachte in der Dunkelheit. Sie war müder als beim Einschlafen und ihre Augen waren trocken und verquollen. Der Traum war seltsam gewesen, aber was davor passiert war, war seltsamer: Der Azurec-Tag hatte ihr die Stücke ihres alten Lebens zurückgebracht, nur passten sie nicht mehr zusammen wie früher.

Xephyras Auftauchen hatte geholfen, die Lage zu klären, hatte Veronyka ihre Stellung deutlich gemacht. Ihre Verbündete gehörte *nicht* in einen Käfig, und wenn das bedeutete, dass Xephyra nicht hierhergehörte, zu den anderen, dann galt das auch für Veronyka.

Der Gedanke, Tristan zu verlassen, tat weh, die Vorstellung, was sie zusammen hätten werden können, wenn alles anders gewesen wäre.

Aber wie sie zu Val gesagt hatte: Wenn alles anders gewesen wäre, wäre sie jetzt Phönixreiterin.

Noch vor Sonnenaufgang schlich Veronyka sich aus dem Quartier. Sie glaubte nicht, dass Tristan sich zu ihrem frühmorgendlichen Lauf einfinden würde, aber sie wollte eine Begegnung auf jeden Fall vermeiden. Es hätte keinen Sinn, sich zu verstellen oder sich Hoffnungen zu machen, und sie war einfach noch nicht in der Lage, ihn zu sehen.

Noch standen Sterne am Himmel, die einzige Gesellschaft auf ihrem einsamen Weg durch die Festung. Sie würde sich erst in einigen Stunden im Adlerhorst melden müssen, und sie spürte durch ihre Bindung, dass Xephyra friedlich schlief. Diese Zeit jetzt gehörte nur ihr.

Sie gelangte zur Wiese vor dem Dorf, wo noch die Reste des Festes vom Vortag zu sehen waren. Die Hindernisbahn war weggeräumt worden, aber nachdem sie die Übungen an so vielen Abenden hinter sich gebracht hatte, konnte Veronyka sie noch immer vor sich sehen. Dort hatte sich alles für sie geändert und dort fühlte sie sich am meisten zu Hause.

Obwohl der Himmel im Osten bleicher wurde, konnte Veronyka sich einreden, es sei eine Nacht wie jede andere, Tristan sei bei ihr und alles sei wie immer. Aber in diesem Szenario war Xephyra tot. Also stellte sie sich jetzt eine neue Wirklichkeit vor, in der sie und Tristan die Hindernisbahn *zusammen* hinter sich brachten, während Rex und Xephyra bei ihnen waren.

Ihr Herz wurde leichter und sie ließ das Bild verschwimmen.

Als Nächstes ging sie durch das Dorf. Sie sah die alte Ana, die sich über ihr Kürbisbeet bückte und Unkraut jätete, und Lars, den Schmied, der das Feuer für sein Tagewerk schürte.

Die Ställe waren dunkel und ruhig, nur das beruhigende Rascheln schlafender Tiere durchbrach die Stille. Veronyka saugte alles in sich auf, strich mit den Händen über die Flanken der Pferde und murmelte ihnen im Vorübergehen beruhigende Worte zu. Sie schaute in den abgetrennten Bereich, wo die Hunde schliefen, und erhielt schläfriges Schwanzwedeln zur Antwort.

Der Speisesaal war fast leer, deshalb nahm sie sich Zeit für eine warme Mahlzeit aus Hafer und Honig. Morra hatte schon mit dem

Backen angefangen, aber sie blieb lange genug stehen, um ihr zuzuzwinkern und ihr im Vorübergehen ein Stück Apfel in die Hand zu drücken.

Veronyka zwang ihre Muskeln zu einem Lächeln und sperrte ihre Gedanken so energisch weg, wie sie nur konnte, während sie ihren stummen Abschied nahm.

Im ersten Tageslicht meldete sie sich im Adlerhorst zum Dienst, wie der Kommandant es befohlen hatte.

Sie konnte es gar nicht abwarten, ihre Verbündete zu sehen. Vielleicht würde sie dann die Kraft finden, das zu tun, was getan werden musste.

Der Mann, der sich um die Phönicen kümmerte, war Ersken, ein Animage aus dem Dorf. Er und Beryk waren in Petratec zusammen aufgewachsen, und Ersken war Fachmann für die Zucht von Jagdfalken, weshalb der Kommandant ihn angeheuert hatte – mit Beryks Hilfe.

Es war jedoch klar, dass Ersken von der Phönixzucht überfordert war. Er war ernst, aber ehrlich und erzählte ihr, dass er vor allem damit beschäftigt war, die Vögel zu füttern und das Gehege zu säubern. Die Vögel brauchten außerdem jeden Tag Bewegung, am besten dann, wenn die anderen Phönixe losgeflogen waren. Die sogenannte Paarung geschah nur einmal im Monat, jeweils eine Woche lang und mit so gut wie keinem Erfolg – falls man das eine Ei nicht mitzählte, das wahrscheinlich ohnehin außerhalb des Geheges befruchtet worden war.

Obwohl der Adlerhorst zu dem klaren blauen Himmel hoch darüber offen war, waren die unteren Abteilungen schattig und kühl und von der Sonne des frühen Morgens unberührt.

Ersken führte sie herum, zeigte ihr Werkstätten und Lagerräume, aber Veronyka konnte sich nicht richtig konzentrieren. Sie dachte nur daran, dass sie Xephyra sehen würde.

Endlich stiegen sie die Treppe der Galerie hinab, die sich um die runde Freifläche zog, und erreichten den unten gelegenen Hof.

Vor ihnen befand sich das Gehege.

Das Gehege war zwar groß und sauber, aber dennoch ein Käfig, direkt in die Felswand geschlagen und auf den beiden offenen Seiten von Gittern abgeschlossen. Dort öffnete es sich zum Adlerhorst und gab auf der Rückseite den Blick auf die Schlucht und die steilen Felswände dahinter frei. Neben diesem ersten schien es ein weiteres Gehege zu geben, aber das war dunkel und unbenutzt – es wartete sicher auf weitere Weibchen, dachte Veronyka düster. Die beiden Gehege erinnerten sie an Kerkerzellen.

Ein Rascheln aus dem ersten Gehege erregte ihre Aufmerksamkeit – Phönixe, die sich im Schatten regten –, dann kam plötzlich Xephyra hervor, um sie zu begrüßen.

Das Gehege war hoch genug, damit sich die Tiere in Felsspalten und Höhlen verstecken konnten, und so weitläufig, dass sie ihre Flügel öffnen und von einer Seite zur anderen fliegen konnten. Ersken schien überrascht davon, wie herzlich Xephyra Veronyka willkommen hieß, und nutzte die Gelegenheit, um den Wassertrog der Phönixe aus einem in der Nähe stehenden Fass zu füllen.

Als sie das Wasser schwappen hörten, kamen auch die beiden anderen Phönicen zum Vorschein, doch sie waren viel misstrauischer als Xephyra. Die eine war nur etwas kleiner als Veronykas Verbündete und ihre Augen leuchteten vor Neugier. Die zweite war größer, ihre lila Krone und ihr Schwanz waren an den Rändern fast schwarz, und sie strahlte nur kalten, wütenden Hass aus. Sie plusterte sich auf und wirkte nun noch größer, dann kehrte sie zurück in die Schatten, nachdem sie Veronyka mit gleichgültigem Blick gemustert hatte. Veronyka hatte das Gefühl, dass sie sehr alt war, aber sicher konnte sie nicht sein: Der Geist des Tieres war fest verschlossen.

Xephyras Schnabel schob sich eifrig zwischen den Gitterstäben hindurch, und nachdem sie sich davon überzeugt hatte, dass Ersken abgelenkt war, streichelte Veronyka ihn sanft. Xephyra wollte noch immer in ihrer Nähe sein, liebte sie noch immer. Veronyka versuchte, Worte zu denken, Entschuldigungen und Beteuerungen und Reuebekundungen, stellte aber fest, dass das gar nicht nötig war. Xephyra *wusste*. Sie waren schließlich verbunden, und obwohl sie vielleicht Zeit brauchen würden, um das starke Band wiederherzustellen, das sie einst geteilt hatten, war es doch noch vorhanden, und Xephyra kannte Veronykas Herz.

Es gab unendlich viele Fragen, die sie gern gestellt hätte – wo ihre Verbündete gewesen war und was in der Zeit ihrer Trennung geschehen war, aber sie schob alles auf. Sie hatten die ganze Ewigkeit, um das nachzuholen.

Die Federn an Xephyras Hals waren glatt und seidig, und nach einigem Suchen fand Veronyka eine ganz feine Narbe an ihrem Schultergelenk, wo der Pfeil in der vergangenen Nacht ihren Flügel gestreift hatte. Bei Phönixen heilten Verletzungen schnell und die Wunde war nur oberflächlich gewesen.

Veronyka verspürte überwältigende Erleichterung, hier bei Xephyra zu sein, sie sicher und unversehrt zu sehen. Sie musste nach den Gitterstäben greifen, um ihr Gleichgewicht zu halten, sich zwingen, langsam und gleichmäßig durch die Nase zu atmen. Alles war in Ordnung. Mit Xephyra war alles in Ordnung. Sie hätte es gewusst, hätte es durch die Bindung gespürt, wenn Xephyra verletzt gewesen wäre, aber es war immer noch wichtig, das mit eigenen Augen zu sehen.

Plötzlich wirkte nicht mehr alles so unmöglich. Xephyra und sie waren wieder zusammen. Und eigentlich spielte nur das eine Rolle.

Aber Xephyra war verwirrt durch ihre Gefangenschaft und ihre Gedanken waren konfus und hektisch. Vals Gesicht tauchte immer wieder darin auf, aber Veronyka nahm an, dass die Taten ihrer Schwester auch ihre Verbündete geprägt hatten. Xephyra war schließlich *gestorben*. Veronyka fragte sich, ob Xephyra überhaupt begriffen hatte, was mit ihr passiert war. Es war ungefähr zwei Monate her, dass sie vergiftet worden war, und die Wochen der Trennung waren eine Art Kommunikationssperre gewesen, so als ob Xephyras Entwicklung ohne den Kontakt zu ihrer Verbündeten verzögert verlaufen wäre.

Ersken war am Trog fertig und richtete sich auf und Veronyka trat vom Gitter zurück. Ersken erklärte, dass die Phönicen nach dem Frühstück immer Bewegung bekämen und dass er das Futter nutzte, um sie zu sich zu locken und sie dann abzulenken, damit er sie an die Kette nehmen konnte. An der Kette konnten sie fliegen, aber nicht entkommen. Immerhin wurden sie gut ernährt. Die Schüsseln voller Dörrobst und Nussbrei hatten große Ähnlichkeit mit dem Frühstück, das am Morgen im Speisesaal serviert wurde, und waren zusätzlich mit einer großen Portion Honig versehen. Phönixe konnten fast mit jeder Art Nahrung überleben, aber süßere Kost war ihnen am liebsten.

Veronyka sah besorgt zu, wie Ersken den Phönicen Beinfesseln anlegte. Wie das Metallnetz, mit dem Xephyra gefangen worden war, waren diese Beinschellen mit dem feuerfesten Harz der *Pyraflora* – des Feuerblütenbaums – behandelt worden, was sie vor der gewaltigen Hitze des Phönixfeuers schützte. Die Blätter der Feuerblüten, die wegen ihrer flammend roten Farbe auch Phönixblumen genannt wurden, konnten außerdem zu einem gefährlichen Gift verarbeitet werden. Veronyka fragte sich, ob es dieses Gift war, das Val bei Xephyra angewandt hatte. In der Wildnis des Pyrmont waren Feuerblüten bestimmt leicht zu finden.

Ihre Maiora hatte ihr oft ein Lied über den *Pyraflora*-Baum vorgesungen, und obwohl sich Veronyka nicht an jedes Wort erinnern konnte, gingen ihr doch Bruchstücke durch den Kopf, während Ersken die Ketten ausrollte:

… Federn rot und Blüten tot, Knochen und Asche zur ewigen Ruh,
Feuer wie bald vergossenes Blut, warte nur, bald ruhst auch du …

Als die Metallfessel über Xephyras Bein glitt und zuschnappte, fuhr sie verwirrt und verängstigt zurück, wodurch die Kette laut gegen die Gitterstäbe schlug. Veronyka versuchte, sie zu beruhigen und zugleich ihre eigenen Gefühle im Griff zu behalten. In ihren Augen brannten Tränen und in ihrem Magen kochte die Wut hoch.

»Das ist immer eine Frage der Gewöhnung«, sagte Ersken, der den Schmerz in Veronykas Augen gesehen hatte, als sie sich die Tränen abwischte. »Für die und für dich.«

Veronyka nickte, konnte aber den Blick nicht von Xephyra nehmen. Sie wurde zwar gut versorgt, war in Sicherheit und unverletzt, aber es war kein Leben für einen Phönix. Xephyras Anblick verursachte einen knisternden Moment von Klarheit in ihrem Kopf.

Sie hatte zwei Möglichkeiten: ihnen die Wahrheit sagen und die Folgen auf sich nehmen oder heimlich mit Xephyra fliehen. Sie wusste allerdings nicht, welche Möglichkeit beängstigender war. Wegzulaufen schien *jetzt* einfacher zu sein – und ganz bestimmt weniger furchterregend, als Tristan, Morra und dem Kommandanten gegenübertreten und zugeben zu müssen, dass sie ihnen ins Gesicht gelogen hatte –, aber was sollte auf die Dauer aus ihnen werden? Wohin könnten sie gehen?

Wenn sie ihnen jedoch jetzt die Wahrheit sagte, könnten sie zu dem Schluss kommen, dass sie ohne eine nachweislich unzuverlässige Lügnerin besser dran wären. Sie könnten sie wegjagen – oder schlimmer noch, sie wie eine Verbrecherin einsperren, das hatten sie ja auch tun wollen, als sie zuerst aufgetaucht war. Und was sollte dann aus Xephyra werden? Warum nicht Tristans Verletzung und Enttäuschung ausweichen – und damit die Gefahr für sie selbst und für Xephyra vermeiden – und einfach mitten in der Nacht von hier wegschleichen?

Andererseits, wenn sie allen die Wahrheit sagte, war es nur eine Möglichkeit, dass sie den Adlerhorst verlassen müsste, allein und in Schande, während wegzulaufen die Garantie dafür war, dass es so kommen würde. Veronyka glaubte nicht, dass sie Vals selbstzufriedene

Miene ertragen könnte, wenn die Phönixreiter sie zurückwiesen, nachdem sie die Wahrheit erzählt hatte, aber sich wie ein Feigling davonzustehlen, kam ihr falsch vor. Es könnte ihr das Urteil der Menschen ersparen, die ihr inzwischen wichtig waren, aber würde es sie auch vor ihrem eigenen Urteil retten? Die Tatsache, dass sich Val aller Wahrscheinlichkeit nach für die Flucht entscheiden würde, ließ diese Möglichkeit für Veronyka noch weniger wünschenswert erscheinen. Wenn sie wegliefen, würden sie und Xephyra dann nicht am Ende bei Val landen und wieder in deren alte Gewohnheiten zurückfallen?

Und dann musste sie ja auch noch an die anderen Phönicen denken. Wenn sie eine Möglichkeit fände, Xephyra zu befreien, würde sie die anderen ebenfalls freilassen müssen. Das war sie ihnen schuldig, aber dennoch… würde sie damit nicht die Phönixreiter für immer zum Scheitern verurteilen? Würde sie Tristan nicht zum Scheitern verurteilen?

Als Ersken mit Xephyra fertig war, legte er auch den beiden anderen Phönixen die Beinfesseln an und stellte sie dabei vor. »Diese reizende Dame heißt Xolanthe, aber ich nenne sie meistens Xoe. Sie ist ganz schön neugierig – und ehrlich gesagt ein bisschen impulsiv«, sagte er liebevoll und streichelte Xolanthes Hals, nachdem er ihr die Beinschellen angelegt hatte. Xoe zitterte und plusterte die Federn auf, als sie angekettet wurde, ließ ihn ansonsten aber seine Arbeit tun.

»*Ihre Majestät* Xatara dagegen«, sagte Ersken und seufzte, »macht gern Ärger.« Er runzelte die Stirn, als er versuchte, das Bein der älteren, größeren Phönixdame zu erreichen, die ihre Flügel ausbreitete und ihre kleineren Rivalinnen vom Futter wegdrängte. »Sie ist wild wie Feuer und doppelt so hungrig. Ihre Hoheit verlangt Respekt und den bekommt sie von mir. Besser, sie als Letzte anzuketten. Auf diese Weise …« Er stieß eine Verwünschung aus, riss seinen Arm zurück, als sich neben seinem Ellbogen eine Wunde öffnete, ein kleines Geschenk von Xataras scharfen Krallen. Mit zusammengebissenen Zähnen fasste er wieder in den Käfig, ließ die Fesseln zuschnappen, dann trat er zurück und griff nach einem Lappen. »Wenn du hier verletzt wirst, kannst du dich gleich darum kümmern.«

Er wischte sich das Blut ab und untersuchte mehrere leuchtend rote Brandwunden. Er trug ein Lederwams und Armschienen, um sich zu schützen, aber sie konnten seine Haut nicht vollständig bedecken. Das bloße Fleisch in der Nähe seiner Ellbogen und Hände war von bleichen Narben und nur teilweise verheilten Wunden bedeckt.

»Xolanthe und Xatara?«, fragte Veronyka. Das waren die Namen von zwei Kriegerphönicen aus dem *Pyrenischen Epos,* einer Sammlung von Liedern und Gedichten, die während der Königinnenherrschaft geschrieben worden waren. Val hatte sich diese Sammlung eingeprägt und oft daraus zitiert, wenn sie in den kalten, regenreichen Wintern ans Haus gefesselt waren. »Sind sie Schwestern?«

Ersken kicherte. »Nein. Der Kommandant hat sie so genannt, er hat offenbar eine poetische Ader. Die Neue kriegt bestimmt auch bald einen Namen«, fügte er zerstreut hinzu.

Veronyka presste die Lippen aufeinander, als sie sich vorstellte, dass ihre geliebte Verbündete ohne ihre Zustimmung einen neuen Namen bekommen könnte.

Ersken nickte zu einem Hebel auf der anderen Seite des Geheges hinüber, gleich neben der Futteröffnung. »Du kannst die Ehre haben, wenn du möchtest. Damit geht die hintere Luke auf.«

Veronyka machte große Augen. Konnte es so einfach sein? Sie brauchte nur einen Hebel umzulegen und Xephyra und die anderen könnten wegfliegen?

Mit ein wenig zitternden Händen legte sie den schweren Hebel zur Seite und ein lautes stöhnendes Geräusch hallte im Gehege wider. Als sie den Hebel nach unten zog, klirrte irgendwo eine Kette, und langsam und kreischend öffnete sich das Gittertor auf der anderen Käfigseite.

Mit einer Welle der Erwartung flogen die Phönicen los, wurden aber sehr bald an ihre Ketten erinnert. Sie testeten ein- oder zweimal ihre Bewegungsfreiheit aus, rissen an den Metallketten und hackten darauf herum, dann fanden sie einen passenden Flugrhythmus. Die Ketten waren mindestens hundert Fuß lang und an einer rotierenden Halterung befestigt, sodass sie sich nicht ineinander verwickelten, während die Phönicen einander umkreisten.

Veronyka und Ersken sahen von einem Balkon neben dem Gehege zu. Der Himmel war blassblau und der Blick auf den Abgrund atemberaubend. Gezackte Gipfel verschmolzen in allen Richtungen mit der Ferne, während sattes Grün, das mit jedem Tag leuchtender wurde, jetzt, da der Sommer kam, die Landschaft überzog.

Veronyka würde die Festung fehlen. Sie war mehr ein Zuhause für sie als alle Häuser, Wohnungen und Hütten, in denen sie und Val gelebt hatten, seit sie ihre Maiora verloren hatten. Selbst als sie bei ihrer Großmutter gewohnt hatten, war Veronyka in den unsicheren Gassen der *Gänge* freundlos und machtlos gewesen. Sie wollte hierhin gehören, aber vielleicht tat sie das nicht. Konnte es nicht. Vielleicht würde sie einfach loslassen müssen.

Xephyra flog nur zwei oder drei Runden, dann kam sie zurück, angezogen von Veronykas Nähe. Ersken taumelte rückwärts, als sie näher kam, aber Xephyra landete gleich unterhalb von ihnen auf einem Felsen. Veronyka ging in die Hocke und streckte vorsichtig eine Hand aus; sie hatte ein wenig Angst davor, abzustürzen.

»Die kann dich aber leiden, was?«, fragte Ersken mit leichtem Stirnrunzeln. Wenn sie nicht verbunden waren, zeigten Phönixe sonst nie irgendeine Sympathie für Menschen. Veronyka schnitt eine Grimasse, wusste, dass sie Gefahr liefen, sich zu verraten, konnte Xephyra aber dennoch nicht abweisen. Sie erlaubte sich, ihre Verbündete einmal zu streicheln, ehe sie ihr in Gedanken auftrug, die Bewegungsfreiheit zu genießen, solange das möglich war.

»Ich wette, die war schon mal verbunden«, sagte Ersken, während Xephyra mit einem warmen Luftstrom davonflog.

Veronyka sah ihn wachsam an, spürte bei ihm aber keinerlei Misstrauen, nur die Beobachtung eines Mannes, der schon zu lange mit gefangenen Phönixen zusammen war. Ersken hatte ein freundliches Gesicht, und er war nicht der gemeine Kerkermeister, den sie sich vorgestellt hatte. Er war schon über die mittleren Jahre hinaus, hatte eine breite Brust, braune Haut und graue, am Hinterkopf zu einem Pferdeschwanz zusammengebundene Zöpfe. Seine großen Eulenaugen leuchteten zufrieden, als er die wunderschönen Vögel über ihnen durch die Luft jagen sah, und er war sanft gewesen, als er sie angekettet hatte.

Veronyka war nicht vielen Animagen – oder Reitern – von Mitte dreißig oder vierzig begegnet, und jetzt ging ihr auf, woran das liegen konnte: Die meisten waren vermutlich im Krieg umgekommen oder danach in Leibeigenschaft geraten. Der Pyrmont schien übersät zu sein von Waisenkindern und grau gewordenen alten Leuten und dazwischen gab es kaum etwas.

»Die Verbündeten sind Menschen gegenüber zutraulicher«, sagte Ersken jetzt und fuhr sich mit der Hand über die Bartstoppeln. »Das arme Ding. Hat sicher ihre Verbündete gesucht und ist dann hier gelandet. Die meisten werden zu Asche, wenn sie ihre Reiter nicht finden, aber einige wenige suchen bis in alle Ewigkeit.«

»Sie werden zu Asche?«, fragte Veronyka.

»Du weißt schon … sterben. So ein Phönix hat ein hartes Leben, wenn er seinen Verbündeten überlebt. Für einen Animagen ist es umgekehrt aber auch hart«, fügte er hinzu, und Veronyka stimmte ihm in Gedanken zu. Er hatte keine Federn und keinen Obsidian in seinen Zöpfen, sie nahm also an, dass er niemals Reiter gewesen war – aber er war Animage, und es war nicht schwer, sich vorzustellen, wie heftig der Verlust seines Verbündeten einen Menschen treffen konnte.

»Nach dem Krieg gab es eine Menge reiterloser Phönixe, aber die meisten haben sich für Tod oder Wiedergeburt entschieden. Vielleicht sind einige auch nach Hause geflogen, nach Aura.«

Val hatte über die Goldene Stadt immer mit Ehrfurcht und Bewunderung gesprochen, als ob sie so uralt und geheimnisvoll wäre wie die Sterne am Himmel. Während der restliche Pyrmont weiterhin bewohnt war, lebte niemand mehr in Aura, seit die Reiter die Stadt vor fast zweihundert Jahren aufgegeben hatten. Die meisten, wie ihre Maiora, hielten Aura für verflucht und von Geistern bewohnt, und nicht einmal die Pyrener aus der Umgebung trauten sich, den höchsten Gipfel des Gebirges zu besteigen.

Veronyka sah das anders. Ihr Herz schlug höher bei der Vorstellung, eines Tages dorthinzufliegen und zwischen den Ruinen und den Überresten einer anderen Zeit umherzustreifen.

»Hat der Kommandant jemals jemanden nach Aura geschickt, um zu suchen?«, fragte sie. Tristan hatte das zwar erwähnt, aber sie fragte sich doch, wie weit diese Suche gegangen war. »Nach Phönixen oder weiteren Eiern?«

Manche Leute glaubten, dass es in der alten Hauptstadt Hunderte – vielleicht sogar Tausende – von Eiern gab, die im Laufe der Jahrhunderte gelegt und niemals eingesammelt worden waren. Vielleicht waren gerade jetzt die reiterlosen Phönixe dort, brüteten ihre Jungen aus und lebten in friedlicher Abgeschiedenheit. Veronyka fühlte sich schuldig, weil sie sie stören wollte, aber wenn es dort wirklich versteckte Phönixeier zu holen gab … dann könnte das alles ändern.

Ersken räusperte sich verächtlich. »Klar hat er das – das behauptet er wenigstens –, aber seine Patrouille war im Handumdrehen wieder da. ›Zu stark bewölkt, kein sicherer Ort zum Landen, und die Phönixe wollten nicht‹ – aber es war ja wohl eher so, dass die Leute nicht wollten, und die Phönixe haben komisch reagiert, weil sie an seltsame, längst vergessene Dinge erinnert wurden. Aber der Kommandant ist ja auch aus dem Tal«, fügte er verschwörerisch hinzu, als ob das alle Unzulänglichkeiten Cassians erklären könnte. Vielleicht tat es das. Veronyka wollte lieber nicht zugeben, dass auch sie im Tal geboren war, trotz ihres pyrenischen Aussehens.

»Ich erwisch mich jetzt immer häufiger dabei, dass ich an die Phönixe *unten* denke, nicht oben«, sagte Ersken nachdenklich. Als Veronyka ihn stirnrunzelnd ansah, fügte er hinzu: »Unten im Tal. Nach dem Krieg wurden die Reittiere meistens enthauptet, damit sie nicht wiedergeboren werden konnten. Aber manchmal wurde auch der Reiter in Leibeigenschaft genommen, und die Phönixe wurden eingesperrt, um sicherzustellen, dass sich die Reiter fügten. Angeblich hält das Imperium Dutzende von Phönixen gefangen, irgendwo tief unter der Erde. Selbst wenn sie sich entzündeten und explodierten, würden sie in ihren Kerkerzellen wiedergeboren werden.«

Veronyka überlief trotz der Hitze ein kalter Schauer. Verbündete zu trennen, war die schlimmste Strafe, die sie sich überhaupt nur vorstellen konnte. Schlimmer, als die Verbündeten an den Tod zu verlieren, was sie ja schon erlebt hatte. Im Tod hatte wenigstens eine oder einer von beiden Frieden, selbst wenn der andere Teil allein weiterleben musste.

Bei diesem Gedanken fühlte sie sich schrecklich einsam, und zu ihrem Erstaunen stellte sie fest, dass dieses Gefühl ihr vertraut war. Tatsache war, dass sie sich daran gewöhnt hatte. Sogar jetzt, da Xephyra wieder in ihrem Leben war, versuchte sie noch immer, ihre Probleme allein zu lösen.

Aber sie war nicht allein. Nicht mehr.

Die Zukunft, über die sie sich den Kopf zerbrach, würde ihre gemeinsame Zukunft sein, und Xephyra hatte das Recht, in alles einbezogen zu werden. Was immer auch geschehen mochte, sie würden diese Entscheidung gemeinsam treffen.

Seit den Zeiten von Königin Nefyra war es bei den Herrscherinnen von Pyra – und später dann vom Goldenen Imperium – Brauch, für jede Krönung eine neue Krone zu gestalten.

In Aura Nova werden diese Kronen in der Halle des Erbes gezeigt, wenngleich sie nicht häufig für die Öffentlichkeit zugänglich sind. Einige Kronen sind wie feines Kristall, während andere ohne sorgfältige Pflege rosten oder anlaufen würden. Glücklicherweise ist die Kronensammlung den Morianischen Archiven unterstellt, sonst wäre es ihr vielleicht ergangen wie vielen anderen Überresten aus Phönix-Zusammenhängen nach dem Blutkrieg und dem Sturz der Aschenfeuer-Herrschaft.

Die älteste Krone, die in der Halle des Erbes gezeigt wird, lässt sich auf Königin Elysia die Friedensstifterin zurückführen, die als einzige Herrscherin bisher mehr als eine Krone anfertigen ließ. Der Stirnreif aus Gold und Obsidian, den sie zu ihrer Krönung in Aura und während ihres Eroberungszugs trug, wurde an dem Tag aufgegeben, an dem sie das Goldene Imperium ausrief. Sie ersetzte ihre erste Krone durch eine aus einem Material aus jeder der neu gegründeten Provinzen, unter anderem Eisen aus Ferro, kunstvoll geschnitztes Holz aus den Wäldern von Arborien, Rossleder aus Stel und Obsidian aus ihrer Heimat Pyra. Eisen, Holz und Leder wurden zu einer seilartigen Krone geflochten und mit leuchtenden Zacken aus Obsidian verziert, als Symbole für Einheit und Offenheit, die Eigenschaften, die Elysias Herrschaft kennzeichnen sollten.

Alle Kronen, die älter waren als Elysias, ruhen in den Ruinen von Aura und sind für die heutige Welt verloren. Im Königinnenreich wurden diese Reliquien auf die Gedenksteine für die toten Königinnen gelegt, um für immer an deren Ruhmestaten zu erinnern.

Dem pyrenischen Aberglauben zufolge sind es die ruhelosen Geister dieser Königinnen, die in der aufgegebenen Goldenen Stadt umgehen, denn ihre irdischen Hinterlassenschaften binden sie an die kalte Asche ihrer längst vergangenen Königinnenreiche.

Besonders bemerkenswert unter diesen verschollenen Kronen ist die von Königin Liyana, der Mutter von Lyra der Verteidigerin, eine Krone aus frischen *Pyraflora*-Blüten, die der Sage nach niemals verwelkten. Es gab auch die grauenhafte Knochenkrone, die Königin Otiya aus den Gebeinen ihrer gefallenen Feinde fertigen ließ, nachdem eine rivalisierende Reiterfamilie versucht hatte, den Thron an sich zu reißen. In einigen Überlieferungen heißt es, Königin Nefyra habe eine »Krone aus Feuer« getragen, aber es ist natürlich sehr viel wahrscheinlicher, dass ihre Krone aus dem unter dem Namen Obsidian bekannten Feuerglas bestand. Die letzte bekannte Krone ist die von Avalkyra Aschenfeuer, deren Stirnreif aus Phönixfedern im Letzten Gefecht des Blutkrieges ebenso verschollen ist wie die Möchtegern-Königin selbst.

Eine Geschichte der Krone. Hrsg. von den Morianischen Archiven, 147 NI, aktualisiert 171 NI.

Ich hatte von Anfang an gewusst, dass wir zum Scheitern verurteilt waren, dass es der größte Fehler meines Lebens war, sie zu lieben. Aber ich liebte sie trotzdem.

– Kapitel 31 –

SEV

Obwohl Sev weder von Trix noch von Hauptmann Belden irgendetwas gehört hatte, wurde an den folgenden Tagen deutlich, dass sich ihre Reise dem Ende näherte. Bei jedem Schritt, den Sev machte, wurden die Wege schmaler, der Aufstieg steiler und die Landschaft wilder.

Als sie ein System aus weiten, niedrigen Höhlen erreicht hatten, war er sicher, dass sie hier ihr Basislager aufschlagen würden. Die Höhlen waren tief und voller Widerhall, und eine Serie von Wasserfällen ergoss sich über die unwegsamen Hänge, um irgendwo unten am Berg in den Fluss Aurys zu münden.

Hier konnten sie einen Großteil ihres Gepäcks und ihrer Vorräte zurücklassen und nur mitnehmen, was sie zum Kriegführen benötigten. Hauptmann Belden hatte sich diese Stelle offenbar ganz bewusst ausgesucht. Da der Wald sie von allen Seiten umgab, waren sie so abgeschieden wie nie zuvor auf diesem Marsch.

Das machte Sev nervös. Hier könnte jede Menge an Untaten begangen werden und die Opfer würden für immer unauffindbar sein.

Sein Verdacht sollte sich bald bestätigen. Zwei Tage nachdem sie sich in den Höhlen eingerichtet hatten, rief Hauptmann Belden die

Offiziere zusammen, um Landkarten zu studieren und Schlachtpläne auszuarbeiten. Alle Soldaten, die nicht im Lager gewesen waren, trudelten nun ein, unter ihnen auch eine Gruppe, zu der Kade gehörte, sowie Pfadfinder und zusätzliche Späher.

Als sie im Licht der bleichen Morgensonne beim Frühstück saßen, verkündete Hauptmann Belden offiziell den Zweck ihrer Mission: Sie waren hier, um die Feinde des Imperiums zu besiegen und die als Phönixreiter bekannte Rebellentruppe ein für alle Mal auszulöschen.

Alle waren verstummt, während Hauptmann Belden sprach, doch sowie er in sein Zelt zurückgekehrt war, wisperte Geflüster durch die Luft wie Wind durch ausgedörrtes Gras.

Die Soldaten sollten am folgenden Morgen losmarschieren, was bedeutete, dass der eigentliche Angriff – der, den Trix so sorgfältig vorbereitet hatte – an diesem Abend stattfinden würde, während des Abendessens.

Eine Wolke aus nervöser Energie hing für den Rest des Tages über dem Lager, während die Soldaten und Leibeigenen sich auf den Kampf vorbereiteten.

Sev als Soldat wurde einem kleinen Regiment zugeteilt, dem auch Ott und Jotham angehörten. Während die anderen schliefen oder sich zusammensetzten, um Klingen zu wetzen und Kampfgeschichten auszutauschen, blieb Sev draußen bei den Tieren.

Er streifte zwischen den Lamas umher und seine Gedanken wirbelten durcheinander. Zweihundert Namen, zweihundert Rucksäcke, jeder mit etwas Einzigartigem darin oder daran, anhand dessen Sev sie identifizieren konnte. Es war nicht einfach gewesen, aber er hatte eine Möglichkeit gefunden. Es wurden nur bestimmte Soldaten zum Wachtdienst am Lagerrand ausgesucht – meistens die mit der größten Erfahrung –, deshalb konzentrierte Sev seine Energie vor allem auf sie. Die Rucksäcke der Offiziere unterschieden sich von denen der einfachen Soldaten, aber auch unter diesen gab es unterschiedliche Ränge – Bogenschützen, Speerkämpfer, Fußsoldaten wie Sev. Es waren zudem Jäger und Pfadfinder dabei, deren größere Rucksäcke andere Vorräte enthielten. Irgendwann hatte Sev das alles durchdrungen. Es war wie ein Rätsel, ein Spiel, das ihn auf den langen Märschen und in den schlaflosen Nächten beschäftigt hielt.

Jothams Rucksack hatte einen Riemen, der so ausgefranst war wie der mit Heu ausgestopfte Kittel einer Vogelscheuche.

Otts Rucksack stank nach brennenden Blättern und hatte vorn einen geheimnisvollen dunklen Fleck.

Yaras war perfekt in Schuss und makellos sauber – so sehr, dass er sich durch das Fehlen von Kennzeichen oder Beschädigungen von den anderen abhob.

Doch obwohl sich Sev solche Mühe gegeben hatte, gab es noch immer eine Handvoll Rucksäcke, bei denen er sich nicht sicher war. Er konnte nur hoffen, dass die Namen dieser Soldaten nicht für den Einsatz dieser Nacht gezogen werden würden.

Die Tiere waren vor einer der kleineren Höhlen angepflockt, in der auch die Vorräte untergebracht waren. Die Wasserfälle waren in der Nähe und ihr stetiges Rauschen ertränkte den Lärm und die Geschäftigkeit des Lagers.

»Kann ich kurz mit dir sprechen, Soldat?«

Sev fuhr zusammen, als plötzlich Kade neben ihm stand, die Hände hinter dem Rücken verschränkt. Sie hatten seit der Nacht am Feuer nicht mehr miteinander geredet, und Sev wollte Kade nicht sehen, während er sich auf die Tat vorbereitete, die Kade ihm nicht zutraute. Wollte er versuchen, ihn davon abzuhalten, *jetzt*, wo ihnen fast die Zeit davongelaufen war?

»Ich … na gut«, sagte Sev misstrauisch.

Kade ging zum Wasserfall und schaute nach allen Seiten, um sich davon zu überzeugen, dass niemand ihn in der Nähe der Packtiere sah. Der Boden fiel zum Fluss hin ab, und Kade blieb neben einer Gruppe von Bäumen und Büschen stehen, die sie fast vor allen Blicken verbarg.

Er starrte Sev einen Moment lang an, während das stetige Plätschern des Wasserfalls um sie herum sang und feuchte Tropfen in seinen dunklen Haaren hinterließ. Ein Strahl der Nachmittagssonne fand einen Weg durch die Bäume und durchschnitt Kades Gesicht, und dabei sah Sev, dass dessen sonst so starrer Kiefer bebte, als versuchte Kade, aufgestaute Gefühle oder Frustration zu unterdrücken.

»Ich möchte etwas erklären. Neulich an dem Abend …«

»Du willst mich nicht dabeihaben, aber es ist zu spät. Es gibt nichts mehr zu sagen.«

»Gibt es wohl«, sagte Kade mit gepresster Stimme. »Ich … ich habe dich wirklich gehasst. Am Anfang.«

Sev rang sich ein Lächeln ab, obwohl er diese Mitteilung überhaupt nicht lustig fand.

»Ich wusste … das mit deinen Eltern«, sagte Kade stockend. Er unterbrach sich, als erwartete er, dass Sev ebenso heftig reagierte wie bei der letzten Erwähnung seiner Eltern. Als Sev schwieg, fügte er hinzu: »Ich habe ihre Namen mein Leben lang gekannt. Ich wohnte in dem Unterschlupf, den sie beschützten, ich sah von dem Karren, mit dem wir geflohen sind, die Flammen. Ich verdanke deinen Eltern mein Leben, und als Ilithya mir gesagt hat, ihr Sohn sei jetzt hier, da … na ja, da wollte ich dich unbedingt kennenlernen.«

Sev fühlte sich seltsam schwerelos – ohne Verbindung zu seinem Körper. Kade hatte die ganze Zeit gewusst, wer seine Eltern waren? Hatte in dem Zufluchtshaus gewohnt? Sev war einige Male dort gewesen, wenn nahe gelegene Dörfer überfallen oder Soldaten an der Grenze gesichtet worden waren. Manchmal hatten er und seine Eltern alle Nahrungsmittel, die sie entbehren konnten, dorthin gebracht – alles, was helfen könnte. Er und Kade hatten sich vielleicht getroffen oder sogar miteinander gespielt, und wenn Sev auf seine Eltern gehört hätte, hätte er neben Kade auf dem Karren gesessen, auf dem Weg in die Sicherheit.

»Ich wusste, dass du etwas Besonderes sein würdest, dass du uns helfen könntest, diesen Krieg zu gewinnen. Nur ...«

»Nur war ich das eben doch nicht«, sagte Sev tonlos. »Ich wollte mit eurem Krieg nichts zu tun haben.«

»Das hat mich wütend gemacht. An dem Tag damals bei dieser Hütte ... ich hatte gedacht, du würdest wie ein Held eingreifen, Jotham und Ott zurückhalten und dieses Mädchen retten. Ich habe die ganze Zeit seither gebraucht, um zu begreifen, dass du das ja auch getan hast.«

Sev runzelte die Stirn. »Was habe ich getan? Ich habe doch nicht ...«

»Verstehst du nicht? Meine Methoden hätten Jotham und Ott noch versessener darauf gemacht, das zu tun, was sie wollten. Sie hätten dich weggeschickt, jemand anderen als Späher abkommandiert, und dann wären *sie* dort gewesen, als diese Animage aufgetaucht ist, und nicht du. Und wer weiß, was dann passiert wäre.«

»Das war bloß Glück«, sagte Sev mit einem halbherzigen Schulterzucken, denn er wollte es sich nicht erlauben, sich über Kades Lob zu freuen – oder es auch nur zu glauben. »Teyke amüsiert sich auf unsere Kosten.«

Kade schüttelte den Kopf. »Schicksal. Anyanke webt unsere Fäden zusammen.«

Bei Kades Worten durchlief Sev ein Schauer. Auch er hatte es gefühlt. Eine undefinierbare Strömung führte ihn und Kade immer wieder zusammen. Selbst jetzt verspürte er tief in seinem Unterleib einen Sog, der ihn zu Kade hinzog.

»Ich habe dir an jenem Tag vorgeworfen, deine eigene Haut retten zu wollen. Das wolltest du vielleicht, irgendwie, aber du hast auch ihr Leben gerettet – obwohl das gar nicht nötig war. Wenn sie gefunden worden wäre, wenn du sie verraten hättest ... dann wäre dir das übel bekommen. Sehr übel. Und an dem Tag, als du weglaufen wolltest, bist du nicht deinetwegen zurückgekommen ... sondern meinetwegen. Bloß weil du manches anders machst als ich, heißt das noch lange nicht, dass du es falsch machst.«

»Also ... willst du hier gerade über Umwege um Entschuldigung bitten?«, fragte Sev, und seine Mundwinkel zuckten.

Kade grinste und die Spannung zwischen ihnen lockerte sich ein wenig. »Es ist mein Weg, Ja zu sagen.«

»Ja?«, fragte Sev verdutzt.

»Auf deine Frage neulich am Feuer. Vielleicht habe ich dich anfangs gehasst, aber das hat sich geändert.« Wärme breitete sich von Sevs Brust bis in seine Fingerspitzen aus. »Ich konnte nicht sehen – wollte nicht sehen –, was Ilithya in dir sah. Ich war wohl eifersüchtig, nehme ich an, auf die Verbindung, die ihr beide zueinander habt. Ich habe Jahre mit dem Versuch verbracht, für Ilithya Schattenherz ein würdiger Nachfolger zu werden, aber das ist jetzt nicht mehr meine Rolle. Sondern deine.«

Sev schluckte. Er hatte sich ja gerade erst mit der Vorstellung vertraut gemacht, dass er zu Trix und Kade und den anderen Animagen gehörte, aber ihr *Nachfolger* zu werden?

»Das ist ... ich bin nicht ...«

»Noch nicht«, gab Kade zu, und die Andeutung eines Lächelns huschte über sein Gesicht. »Aber du wirst es sein. Und ich werde dir dabei helfen.«

Sev dachte zurück an den Augenblick, in dem Trix ihm aufgetragen hatte, sich für den Packtierdienst zu melden. Er und Kade waren nicht miteinander zurechtgekommen, und er hatte es für eine Art Rache gehalten, dass sie ihn und Kade zusammengetan hatte – oder dass sie ihm hatte zeigen wollen, was er mit den Leibeigenen gemeinsam hatte. Jetzt musste er sich fragen, ob nicht *das* hier die ganze Zeit ihr Plan gewesen war. Sie brauchte sie beide, Kade und ihn – nicht nur jetzt, sondern auch in Zukunft. Wenn sie die Phönixreiter retten wollten, würde es nicht ausreichen, nur diesen einen Angriff zu vereiteln. Es würde bedeuten, jeden Angriff zu verhindern und Avalkyra Aschenfeuers Rebellion von Grund auf wiederherzustellen.

»Wir sind Spiegelbilder voneinander – hast du das noch nicht bemerkt?«, fragte Kade und legte den Kopf schräg, während er Sev musterte. »Gleiches Alter, gleiche Größe – mehr oder weniger«, fügte er hinzu und deutete ein Grinsen an. Sie hatten zwar die gleiche Größe, aber Kade hatte an Gewicht und Muskelkraft doch einiges mehr zu bieten. »Und hier stehen wir, an ein und demselben Ort, aber auf entgegengesetzten Seiten des Spiegels. Soldat und Leibeigener.«

»Wir stehen nicht auf entgegengesetzten Seiten«, widersprach Sev. »Nicht mehr.« Er wollte, dass Kade das verstand. Sev hatte anfangs genau das Gleiche über sie beide gedacht, über ihre Unterschiede und ihre seltsamen Ähnlichkeiten, aber er wollte diese Kluft überbrücken.

Kade nickte, doch sein Gesicht war jetzt wieder düster. »Ich meine nur … na ja, ich will nicht, dass du dein Leben in dem Versuch wegwirfst, mir – oder irgendwem – etwas zu beweisen. Du …« Er verzog den Mund, als ob er nach Worten suchte. »Für mich hast du dich schon bewiesen.«

»Wirklich?«, fragte Sev und versuchte, die wilde Hoffnung zu unterdrücken, die in ihm aufloderte. »Wie?«

Kade zuckte mit den Schultern, eine gewollt lässige Geste. »Zum einen bist du zurückgekommen. Dann bist du geblieben.«

Sevs Kehle war wie zugeschnürt, und er brauchte einen Moment, um sich zu sammeln. »Selbst wenn ich sterbe, werfe ich mein Leben nicht weg«, sagte er und rieb sich den Nacken. »Ich will nur …«

Er ließ den Arm sinken, der sich plötzlich seltsam schwer anfühlte. Er wollte seine Hand heben, nach etwas ausstrecken … aber er stellte fest, dass er unterwegs den Mut verloren hatte, dass er in der Luft zwischen ihnen hing.

»Ich will einfach nur in Frieden ruhen, wenn ich sterbe – ob das nun heute, morgen oder in hundert Jahren ist –, ich will wissen, dass ich ein einziges Mal in meinem götterverdammten Leben das Richtige getan habe. Dass ich endlich die richtige Wahl getroffen habe. Ich will neben Menschen stehen, ohne mich für mich oder für sie schämen zu müssen … Ich will neben dir stehen.«

Er konnte Kade nicht in die Augen schauen, und deshalb landete sein Blick in der Kuhle zwischen dessen Schlüsselbeinen, wo der Anhänger hing. Sev hätte ihn gern gelesen, um zu erfahren, für welches Vergehen und wie lange Kade büßen musste, aber der Saum von Kades Kittel verdeckte die Schrift. Es war noch immer heiß, und Kades Haut glänzte vor Schweiß, während sein Adamsapfel beim Schlucken auf und ab wanderte.

»Was ich nicht begreife« sagte nun Kade, mit leiser, klangvoller Stimme, »ist, warum es so leicht war, dich zu hassen, dich zu mögen aber ist …«

»Ist was?«, fragte Sev, fast schon atemlos bei der Vorstellung, dass Kade ihn *mochte.*

»Schwierig«, sagte Kade mit konzentrierter Miene. Er trat einen Schritt vor, stieß dabei gegen Sevs ausgestreckte Hand, die dadurch auf seiner Brust landete. Sie starrten einander an, und Sev trat zurück – nicht um auszuweichen, sondern als Frage. Als Einladung.

Nach kurzem Zögern folgte ihm Kade. Sevs nächster Schritt führte ihn zur Außenwand der Höhle, die Felswand an seinem Rücken war kalt und ein wenig feucht.

Kade füllte den Raum zwischen ihnen, füllte ihn mit seiner tiefbraunen Haut und seinen Edelsteinaugen und seinen starken, unvorstellbar breiten Schultern. Sev zitterte, der Druck gegen seine Handfläche ließ ihn wünschen, Kade wegzustoßen und ihn zugleich näher zu holen, näher, bis alles andere außer ihnen ausgelöscht wäre.

Der Sonnenstrahl war aus Kades Gesicht verschwunden, doch die Wärme war geblieben. Er senkte die Augenlider, öffnete seine Lippen ein wenig, und Sevs Hand presste sich gegen die Muskeln in seiner Brust. Langsam, wie um ihn nicht zu verängstigen, hob Kade links und rechts von Sev seine Arme, legte die Hände gegen die Felswand und schloss Sev ein.

Sie verharrten in diesem leuchtend goldenen Moment für eine gefühlte Ewigkeit – oder vielleicht waren es auch nur einige schwere, gewichtige Herzschläge lang. Als Sev dann gerade genug Mut gesammelt hatte, um die Augen zu schließen und sich gegen Kade sinken zu lassen, ertönte das Abendsignal.

Als ob er seinen Kopf aus dem Wasser gezogen hätte, kehrte Sev in die Gegenwart zurück. Er musste sich bei Ott melden, seinem Gruppenführer. Danach würden Trix' Pläne in die Tat umgesetzt werden.

Seine Hand wanderte zu seinem Nacken und Kade ließ die Arme sinken.

»Du weißt die Namen?«, fragte er mit einer Stimme, die träge und sanft wie Honig war. Sev verlor sich darin, und sein Gehirn brauchte eine Weile, um zu verstehen, was Kade wissen wollte. Den Dienstplan für die Lagerwachen in dieser Nacht – die Rucksäcke, die er vergiften sollte.

Er räusperte sich. »Ich hole sie jetzt.« Der Dienstplan wurde eigentlich morgens aufgestellt, aber da der Angriff bevorstand, war jetzt noch einmal alles geändert worden.

Kade nickte. »Dann leg los.«

Als die Sonne hinter den fernen Gipfeln des Pyrmont verschwand, begannen die Köche mit der Zubereitung der Abendmahlzeit. Töpfe wurden über Feuer gehängt, Kessel begannen zu kochen, und Gift wurde hineingestreut.

Sev presste eine Hand auf seine Tasche und ertastete den Knubbel, der die kleine Menge anzeigte, die ihm bereits gegeben worden war. Zwei Prisen Gift pro Wasserschlauch und drei für Gerstenkuchen oder Dörrfleisch. Die zerstoßenen Blätter der Feuerblüten lösten sich in Flüssigkeit am besten auf, aber auch ein wenig davon über andere Vorräte gestreut, die danach in ein Tuch gewickelt oder in einem

Beutel verstaut wurden, würde bald seine giftigen Dämpfe entwickeln, die dann in das Essen einzogen. Bei Sonnenuntergang war Wachablösung, und Sev wusste, dass ihm nur zehn Minuten blieben, um sich um alle Rucksäcke zu kümmern.

Die Namen auf dem verstaubten Dienstplan waren wie Mücken, die um seinen Kopf surrten. Er hatte den Tod schon gesehen, aber bisher hatte er immer nur durch Zufall damit zu tun gehabt. Als Soldat musste er erst noch an einer richtigen Schlacht teilnehmen, und er stellte fest, dass es ihm schwerfiel, auf eine so kalte, berechnende Weise zu töten. Er kannte keins der Opfer besonders gut – aber machte das die Sache besser? Es machte sie leichter, aber Sev war sich nicht sicher, ob das gut war oder nicht. Diese Soldaten hatten vielleicht Kinder, Eltern, Brüder und Schwestern – Leben, die mit ihnen verbunden waren. Im Vergleich dazu kam er sich fast verloren vor – an nichts und niemanden gebunden.

Jetzt nicht mehr, schärfte Sev sich ein und zwang sich, an seine Aufgabe zu denken und nicht an die Soldaten. Er tötete nicht zum Vergnügen oder um sich zu bereichern; er tat es für die Phönixreiter, die einzigen Beschützer, die sein Volk hatte. Er war ein Teil von Trix' neuer Rebellion, endlich ein Teil von »uns«.

Als der Lärm des Lagers in den Hintergrund trat, ging Sev zu den Packtieren hinüber. An diesem Abend waren zehn Wachtposten aufgestellt – nicht weil sie in einer besonders angreifbaren Stellung lagerten, sondern weil sie dem Versteck der Phönixreiter so nahe waren.

Sev schaute zum Himmel hoch, von dem zwischen den Bäumen und den Felshöhlen schmale Fetzen zu sehen waren, und nahm seinen Mut zusammen. Er dachte an seine Eltern, die sich für ihn und die anderen Animagen geopfert hatten. Er dachte an Kade und Trix, an Junior und Tilla und Corem – an alle Leibeigenen –, die ihre Freiheit verdient hatten.

Er konnte das hier schaffen.

Acht der zehn Rucksäcke konnte er mit Leichtigkeit identifizieren. Die persönlichen Besitztümer der Soldaten waren eine Erweiterung ihres Lebens, und als er den Proviant vorsichtig vergiftete, stellte Sev sich vor, wie er die Fäden zerschnitt, die den Gegenstand mit der Person verbanden. Die zerdrückten Blätter klebten an seinen Fingern und hinterließen eine Schmierspur, dunkelrot wie Blut. Das war einer der Gründe, warum Trix die Abendmahlzeit vergiften wollte und nicht das Frühstück. In der Dunkelheit würden die Spuren des Gifts viel schwerer zu sehen sein.

Als er mit dem achten Rucksack fertig war, dachte Sev über den neunten Namen nach, den er nicht zuordnen konnte. Es war einer von mehreren Soldaten, die ohne irgendwelche persönlichen Besitztümer und mit sehr wenig Proviant unterwegs waren. Von diesen Bündeln gab es etwa ein Dutzend und er hatte nicht genug Gift für alle.

Die Zeit lief ihm davon. Jeden Moment könnten die Soldaten ihre Sachen holen kommen, um die Wachtposten abzulösen. Er musste sich entscheiden.

Die gleichmäßigen Geräusche des Lagers wurden plötzlich durch einen durchdringenden Pfiff unterbrochen.

Sev erstarrte. Das gehörte nicht zum Plan.

Ein weiterer Pfiff antwortete auf den ersten. Sev reckte den Hals und sah, dass Köche und Leibeigene in ihrer Arbeit innehielten, während die Soldaten aufsprangen und nach Osten schauten.

Dann tauchte zwischen den Bäumen ein Zug von uniformierten Soldaten auf und näherte sich dem Lager.

Wir werden angegriffen, dachte Sev verzweifelt, die Angst war so plötzlich und so echt, dass sein Inneres zu Wasser wurde und kalter Schweiß seine Stirn bedeckte.

Aber die Neuankömmlinge wurden weder angegriffen noch beschimpft – sie wurden mit Lächeln und Händeschütteln als Freunde willkommen geheißen. Hauptmann Belden stand vor seinem Zelt, bereit, den Anführer der eintreffenden Truppe zu begrüßen.

Die Wahrheit traf Sev wie tausend Tonnen Felsgestein: Sie waren nicht die einzigen Soldaten des Imperiums, die auf dem Weg den Berg hinauf waren.

Seine Gedanken wirbelten durcheinander. Sie hatten nicht genug Gift für so viele Soldaten, und selbst wenn sie das gehabt hätten, hätten die Neuankömmlinge doch sicher ihren eigenen Proviant und ihre eigenen Leibeigenen.

Trix hatte einige Briefe des Hauptmanns gelesen, aber nicht alle. Das hier war also die Information, die ihr entgangen war. Die ganze Zeit hatten sie angenommen, dass sie eine kleine Einsatztruppe wären, die sich heimlich – aber doch tödlich – um die Phönixreiter kümmern sollte. Aber jetzt, wo sie mehr als doppelt so viele waren wie zuvor, vielleicht sogar noch mehr, stellten sie eine sehr viel größere Bedrohung dar. Sie konnten nicht sofort auf den Gipfel marschieren – zweihundert Menschen zu verstecken, war wirklich schwierig genug –, deshalb mussten sie sich getrennt zu ihrem Treffpunkt aufmachen und sichergehen, dass sie beide zum selben Zeitpunkt angriffsbereit sein würden.

Sev schaute sich um und seine Angst trieb sein Herz zu einem schmerzhaften Hämmern an. Es war zu spät, das restliche Gift zu verteilen; die Kochtöpfe und Wasserschläuche waren bereits damit versetzt worden, und es war nur eine Frage der Zeit, bis ihr Inhalt verzehrt sein würde und die üblen Folgen aufträten.

Am Ausgang der nächstgelegenen Höhle versuchte eine Köchin, ihren Topf auszuleeren, während ein Leibeigener zusätzliches Mehl in eine Teigschüssel gab. Verdünnt würde die Kost vielleicht nur wenige Wachen krank werden lassen und ihr Leben verschonen. Überall um Sev herum herrschte fieberhafte Panik, während das Funkeln von Stahl und die Tritte schwerer Stiefel das Flüstern und den Anblick von Trix' Helfern verhüllten, die versuchten, ihren Plan noch abzubrechen. Eine zweite Reihe von Packtieren und die für sie verantwortlichen Leibeigenen tauchten auf und kamen auf Sev zu. Er hielt Ausschau nach Kade oder Trix oder überhaupt einem bekannten Gesicht, aber sie hatten sich in der Menge verloren.

Als die eintreffenden Soldaten sich im Lager eingerichtet hatten, wurde Eintopf ausgegeben, Brot wurde geröstet, Wasserschläuche wurden herumgereicht. Die Feuerblüten sollten innerhalb von dreißig Minuten wirken und damit sicherstellen, dass alle im Lager beim Essen sitzen würden, wenn die erste Wirkung einträte.

Der Anführer der zweiten Soldatengruppe ging zu Hauptmann Belden ins Zelt, und Sev fragte sich, inwieweit seine Anwesenheit Trix' Plan wohl erschweren würde – falls sie ihn noch immer ausführen wollte. Wenn sie beide Hauptmänner umbrächten, würde das ausreichen, um den Angriff auf die Phönixreiter zu verhindern? Aber selbst wenn, würde es das Überleben der Leibeigenen nicht garantieren. Es waren jetzt zu viele Soldaten da, zu viele Rucksäcke und Kopftöpfe und hungrige Münder. Es war eine Katastrophe, und Sev konnte nur noch darauf warten, dass sie ihren Lauf nahm.

Es begann mit Würgen.

Gefolgt von Brechreiz, Spucken und unflätigen Bemerkungen über Bauchschmerzen.

Dann stürzten mehrere Soldaten in den Wald oder in die dunklen Höhlen, sie taumelten los, um ihre Mägen oder ihr Gedärm zu entleeren.

Sev wusste nicht, was schlimmer war, das Geräusch oder der Geruch.

Andere folgten denen, die nicht zurückkehrten, und bald wurde an Wasserschläuchen und Schnapsflaschen gerochen, und ihr Inhalt wurde ausgeleert. Rostfarbene Flecken zeigten sich an den Fingern der Soldaten, die sie untersuchten, und Essnäpfe wurden ins Gras gekippt.

Gebrüll, Geschrei und Schuldzuweisungen. Das Essen war widerlich, das Essen war verdorben.

Das Essen war *vergiftet*.

Sowie dieses Wort ausgesprochen worden war, brach im Lager Chaos aus. Leibeigene und Köche wurden zusammengetrieben, durch Lehm und Gras gezerrt und auf die Knie gezwungen. Sev sah weinende Leibeigene um ihr Leben flehen, bevor ihnen die Kehle aufgeschlitzt wurde, während diejenigen, die zu fliehen versuchten, mit Pfeilen oder Speeren niedergestreckt wurden. Er schloss die Augen und betete, dass Junior und die anderen genug Verstand haben würden, sich still zu verhalten und sich nicht blicken zu lassen. Die Leibeigenen hatten offiziell nichts mit der Essenszubereitung zu tun, aber sie waren für den Transport des Proviants zuständig, und offenbar wurden jetzt außer den Soldaten alle durchsucht.

Die Rucksäcke!, fiel es Sev nun ein, und er fuhr herum. Weil die neuen Soldaten gekommen waren, hatte niemand die Wachtposten abgelöst. Wenn er die Beweise für die Vergiftung verstecken könnte, könnte er hoffentlich den Verdacht von den für die Packtiere zuständigen Leibeigenen ablenken. Er bahnte sich einen Weg durch das Gedränge der Lamas, die angesichts des wilden Aufstands im Lager die Köpfe in den Nacken warfen und mit den Füßen stampften, und versuchte verzweifelt, die Rucksäcke zu finden, in denen er den Proviant vergiftet hatte.

Er machte sich gerade an einem Riemen zu schaffen, als er hinter sich Schritte hörte. Sie waren ungleichmäßig, stolpernd und ein bisschen schleppend.

Er drehte sich um und sah Ott vor sich. Ott schwankte, hatte Schweiß auf der Stirn und an seinem Kinn etwas, das aussah wie die Reste von Erbrochenem. Sev überraschte es nicht, ihn so zu sehen – Ott ließ sich nie eine Gelegenheit entgehen, als Erster zu den Kochtöpfen, zur Getränkeverteilung oder zum Einsatz zu gelangen. Er hielt seine übliche Armbrust locker in einer Hand, als ob er das Gift, das ihn langsam von innen her umbrachte, damit angreifen könnte.

Ott betrachtete Sev blinzelnd, sein Blick wanderte von dessen halb im Rucksack verschwundenen Händen zu dem Proviant auf dem Boden, den Sev eilig fallen lassen hatte, um den Fuß darauf zu stellen. Ott sprang vor, schneller, als Sev es ihm in diesem Zustand zugetraut hätte, und packte Sevs Arm. Er riss seine Hand vom Rucksack, drehte sie um und sah die dunkelroten Flecken an den Fingern.

Mit verächtlichem Grinsen stieß Ott den Arm zurück, hob die Armbrust und zielte direkt auf Sevs Stirn.

»Verräter«, nuschelte er.

»Ott«, sagte Sev und sah sich nach beiden Seiten um. Er war eingekeilt zwischen den Lamas, die nervös hin und her trampelten. Seine andere Hand befand sich noch immer im Rucksack, und er versuchte verstohlen, eine Waffe oder etwas Schweres zu finden, irgendetwas, das ihm zur Flucht verhelfen könnte. »Ich weiß nicht, wovon du redest. Ich …«

»Klappe halten!«, brüllte Ott mit heiserer Stimme. Sev spürte die Panik der Lamas um ihn herum mittlerweile wie einen bitteren Geschmack auf der Zunge, während seine eigene Angst neue Höhen erreichte.

Ott krümmte sich und hustete, er senkte die Armbrust, als er würgte und spuckte. Sev versuchte, wegzulaufen, aber Ott hob die Waffe wieder, sobald er sah, dass sich Sevs Füße bewegten.

»Wag – es – nicht«, brachte er mühsam heraus. Weitere Schritte waren aus der Nähe zu hören, und Ott schaute auf. »He, he, hierher!«, rief er, aber seine Stimme war schon zu schwach. Er holte tief Luft und füllte seine Lunge, ehe er noch einmal rief: *»Hierher, ich hab einen …«*

Ein lautes Knacken ließ ihn verstummen. Von irgendwoher krachte ein schwerer Ast auf seinen Kopf und ließ ihn als bewusstloses Bündel zu Boden gehen.

Über dem hingestreckten Körper stand Kade.

Er warf den Ast weg und hob Otts Armbrust vom Boden auf.

Dann zielte er direkt auf Sevs Herz.

Die romantische Liebe von Männern und Frauen bedeutete mir nichts. Ich wollte nur den Thron, der mein Geburtsrecht war, und Pheronia an meiner Seite. Sie würde meine Erbin sein und nach ihr würden ihre Kinder kommen.

– Kapitel 32 –

SEV

Nein, Kades Armbrust zielte nicht auf sein Herz, sondern auf seine Schulter.

Ehe Sev Atem holen konnte, pfiff ein Bolzen an seinem Kopf vorbei und bohrte sich mit einem dumpfen Geräusch in die Brust eines anderen Soldaten, der sich hinter ihm angeschlichen hatte. Sev fuhr keuchend herum und sein Gehirn holte endlich sein dröhnend schlagendes Herz ein. Es war Jotham, der dort auf dem Boden lag, Blut strömte aus der Wunde zwischen seinen Rippen. Die Lamas wichen panisch vor dem Lärm und dem Leichnam zurück – auch wenn Sev annahm, dass Kade die Tiere beruhigte, sonst wären sie wohl von ihnen zertrampelt worden.

Mittlerweile war es finstere Nacht geworden, und als Sev von dem Leichnam aufschaute, konnte er Kade kaum sehen, der ihn am Arm packte und wegzog. Sie verließen die Packtiere und gingen hinter der Baumgruppe in Deckung, an der sie erst vor wenigen Stunden verstohlen miteinander gesprochen hatten.

Sev starrte wie betäubt auf das Chaos im Lager, das er durch die Zweige nur ausschnittweise sehen konnte – bis ihm aufging, dass

Kade nicht mehr neben ihm stand. Ein steiler Hang führte hinab zu dem Wasserfall und dem gurgelnden Kolk, und dort sah er ihn, seine Umrisse im vom Wasser aufsteigenden Dunst.

Er grub.

Als der Schock nachließ, tat Sev es ihm gleich und rutschte, so schnell und so leise er konnte, den Hang hinab. Wollte Kade die Leichen von Jotham und Ott begraben? Wozu sollte das gut sein, wo doch bald das ganze Lager ein Friedhof sein würde?

Als er neben Kade zum Stillstand gekommen war, sah er halb leere Getreidesäcke, die in der Dunkelheit neben Otts verlassener Armbrust lagen. Ihr golden schimmernder Inhalt war auf dem Boden verstreut wie vom Himmel gefallene Sterne.

Und neben ihnen auf dem Boden war ein Dutzend glatter grauer Steine aufgetürmt. So, wie Kade sie anfasste, behutsam und mit beiden Händen, wusste Sev sofort, dass es keine einfachen Steine waren. Damit war Kade offenbar beschäftigt gewesen, als er gehört hatte, wie Ott Sev angriff. Aber *was* machte er hier?

Ihre Blicke begegneten sich, Kades Züge waren in der Dunkelheit kaum zu erkennen.

»Das sind keine Steine, oder?«, flüsterte Sev.

Kade schüttelte langsam den Kopf und hielt einen der »Steine« hoch, damit Sev ihn genauer sehen konnte. Die Oberfläche des Gegenstands war abgerundet wie bei einem in einem Flussbett gefundenen Stein. Die Form erinnerte Sev an …

»Eier«, sagte Kade mit fast ehrfürchtiger Stimme. »Phönixeier.«

Sevs Gedanken jagten zurück zu seinem Gespräch mit Trix, als sie gesagt hatte, er hätte durch seinen fehlgeschlagenen Fluchtversuch um ein Haar alles ruiniert. Er hatte gedacht, sie meinte, dass er Kade in Gefahr gebracht hatte, aber vielleicht war es noch mehr als das gewesen. Diese Getreidesäcke, hatten sie die unbezahlbaren Schätze schon die ganze Zeit geborgen? Hatte er, ohne es zu wissen, um ein Haar ein mit Phönixeiern beladenes Lama gestohlen?

Vom Lager her waren Rufe zu hören, und Kade legte das Ei eilig in die kleine Grube, die er ausgehoben hatte.

»Ich sollte sie den Reitern bringen«, sagte er und streckte die Hand nach den anderen aus. »Ich habe diese Eier seit dem Moment gehütet, als wir Aura Nova verlassen haben, habe sie nie aus den Augen gelassen – na ja, bis zu deinem Fluchtversuch. Aber jetzt … ich glaube nicht, dass irgendwer von uns hier lebend herauskommt.« Er schluckte und Panik trat in seine Augen. »Ich darf nicht zulassen, dass sie entdeckt werden. Das alles«, sagte er mit von der Niederlage schwerer Stimme, »für nichts.«

»Nicht für nichts«, widersprach Sev energisch. »Wir sind hier – und beide noch am Leben. Wir bringen sie zusammen hin.«

»Hier wimmelt es von Soldaten. Wenn die …«

»Genau«, fiel Sev ihm ins Wort. »Und ich bin auch einer.«

Kade streckte die Hand nach einem der Eier aus, dann zögerte er. »Sev, ich …«

»Pack sie zusammen«, verlangte Sev, »dann tragen wir sie gemeinsam. Wenn wir angehalten werden, sage ich, dass ich einen Befehl ausführe. Komm schon, beeil dich.«

Kade nickte und hielt Ausschau nach etwas, in dem er die Eier verstecken könnte.

Sev lief den Hang hoch und holte einen Rucksack von einem Lama. Er leerte so viel aus, wie er nur konnte, und hielt ihn Kade hin.

Die Eier waren ungefähr so groß wie eine von Sevs Händen und so schwer wie echte Steine. Als sie zwölf eingepackt hatten und Kade sich den Rucksack auflud, schnitten dessen Riemen tief in seine Haut.

Sevs Arme und Beine prickelten vor Anspannung, als er sich aufrichtete und sich umsah. Der Fluss bildete die äußerste Grenze des Lagers und riegelte es auf der Ostseite ab. Wenn sie ihm folgten, fort von den Wasserfällen, könnten sie vielleicht eine Stelle finden, die schmal genug war, um auf die andere Seite zu gelangen. Dann, wenn der Fluss erst hinter ihnen läge, könnten sie schneller vorankommen, tiefer in die Wildnis eindringen und zu Teyke beten, dass keine weiteren Soldatengruppen in dieser Nacht das Lager ansteuerten.

Nach allem, was Sev von den Angriffsplänen mitbekommen hatte, mussten sie wohl nach Norden gehen, um das Versteck der Reiter zu finden. Sie konnten nur hoffen, es zu finden – oder von Spähern der Reiter entdeckt zu werden und sie warnen zu können, ehe die Soldaten sich wieder formierten.

»Du, Magesklave«, rief eine Stimme, und sie fuhren herum.

Kade ging neben Sev her, aber seine Größe – und die Kette um seinen Hals – ließ ihn auffallen. Sevs Nackenhaare sträubten sich, als er diese Bezeichnung hörte, die ihm mittlerweile zuwider war. Dann packte eine heiße Hand seinen Arm, als ob Kade spürte, dass er kurz vor einer Dummheit stand. Kade warf ihm einen warnenden Blick zu und mit zitterndem Atem nickte Sev und drehte sich zu den näher kommenden Soldaten um.

»Gibt es Probleme?«, fragte er, seine Stimme angespannt vor verhaltenem Zorn. Er schob sich vor Kade und hoffte, damit den Hauptteil der Aufmerksamkeit auf sich zu lenken. Zum Glück waren das hier Fremde von der frisch eingetroffenen Abteilung und keine Leute, die ihn als unterwürfigen Trottel kannten.

»Ja, es gibt Probleme. Lager nicht gesehen?«

Es waren zwei und der Schein der Küchenfeuer hinter ihnen tunkte ihre Gesichter in Schatten.

»'türlich«, sagte Sev und zuckte wegwerfend mit den Schultern. »Deshalb geh ich mit dem da flussaufwärts, um Wasser zu holen. Befehl des Hauptmanns.«

»Was ist denn an dem Wasser hier auszusetzen?«, fragte der kleinere der beiden Soldaten und wies mit dem Daumen auf den hinter Sev und Kade strömenden Fluss.

»Ja, und wo ist euer Eimer?«, fügte der andere hinzu.

»Habt ihr gesehen, was die Soldaten da hinten am Flussufer machen?«, fragte Sev und versuchte, freundlich zu klingen, obwohl sein Hals wie ausgedörrt war. »Der Hauptmann wollte kein Risiko eingehen, deshalb gehen wir flussauf. Und was glaubt ihr wohl, was wir in dem Rucksack haben?«, fragte er, nickte verächtlich zu Kade hinüber und hasste sich deshalb. »Steine?«

Die Soldaten grinsten und wurden etwas lockerer.

»Wir sollten machen, dass wir weiterkommen«, sagte Sev und wusste, je länger sie hierblieben und mit den Soldaten redeten, desto geringer würden ihre Chancen sein, wegzukommen. »Wollen den Hauptmann doch nicht warten lassen.«

Er drehte sich um, um jeglichen Widerspruch zu verhindern, versetzte Kade einen Rippenstoß und fing an, in die Richtung zu gehen, aus der sie gekommen waren. Wenn die Soldaten erst weg wären, würden sie schnell eine Möglichkeit finden müssen, um auf das andere Flussufer zu gelangen.

»Moment«, rief der Größere, und Sev drehte sich um und packte dabei Kades Kittel. »Welcher Hauptmann?«

Sev schluckte. »Hauptmann Belden«, sagte er – was hätte er sonst sagen sollen? Er wusste nicht, wer die neuen Soldaten befehligte.

»Hauptmann Belden?«, wiederholte der Mann mit scharfer Stimme. Die Hand des Kleineren senkte sich zu seinem Gürtel. »Hauptmann Belden ist krank geworden. Wann hat er dir den Befehl erteilt?«

Sevs Herz setzte einen Schlag aus, und er spürte, wie Kades Muskeln sich unter seiner Hand anspannten.

Als er noch nach einer Antwort suchte, glitt ein Lufthauch an seinem Hals vorbei und brachte Kades Stimme mit sich. Er fühlte die Worte, ehe er sie hörte, die Welt um ihn herum wurde langsamer, und all seine Sinne waren bis zum Äußersten konzentriert.

Er spürte das schwere Aufschlagen, mit dem Kades Rucksack den Boden traf, hörte den Atemzug und das Knirschen des Kieses unter dessen Füßen, als er davonjagte, roch seine letzten Reste in dem Windstoß, den er hinterließ.

Obwohl Sev glaubte, das alles in einem erstarrten, kristallinen Augenblick zu erleben, stürzten die Soldaten in wildem Tempo hinter Kade her. Sie vergaßen Sev ganz einfach, betrachteten den fliehenden Leibeigenen als einzige Bedrohung und ließen Sev ganz allein mitten im Wald stehen.

Kade rannte wie ein stellanisches Pferd, ein funkelndes Wirbeln, als er über Hindernisse setzte und zwischen den Bäumen hindurchglitt. Seine Verfolger brüllten, doch ihre Stimmen wurden vom Rascheln und Krachen des Unterholzes verschluckt.

Sev wurde sich seines Körpers bewusst, der sich schon bereit gemacht hatte, hinter Kade herzurennen, ihm bei seinem Lauf um sein Leben zu helfen. Aber dann waren Kades Worte wieder da, sie klirrten in seinem Kopf herum wie vergessene Edelsteine in einem leeren Topf.

»Du weißt, was du zu tun hast«, hatte er gesagt, ehe er den Rucksack fallen gelassen hatte und davongestürzt war.

Sev schaute den Rucksack zu seinen Füßen an.

Du weißt, was du zu tun hast.

Kade hatte sich geopfert, hatte die Soldaten von ihm und den kostbaren Phönixeiern weggeführt. Sev musste die Reiter vor den vorrückenden Soldaten warnen, er musste die Eier unversehrt zu ihnen schaffen.

Er kniff die Augen zusammen, wagte kaum zu atmen, als er auf ein schmerzliches Aufstöhnen oder auf ein Triumphgebrüll lauschte, das ihm sagen würde, dass Kade überwältigt worden war. Aber das Lager war zu laut, und das Blut rauschte in seinen Ohren, heftiger noch als die Wasserfälle, und ertränkte alle anderen Geräusche.

Sev bückte sich auf zitternden Beinen und hob sich den Rucksack auf die Schulter. Der war schwerer, als er erwartet hatte, und er wusste, dass es eine Herausforderung sein würde, ihn durch das Lager zu tragen, den Berghang hinauf ganz zu schweigen.

Dann dachte er an Trix. Sie würde wissen, was zu tun wäre, wenn sie noch lebte. Sie würde für alles sorgen. Er würde *ihr* die Phönixeier geben, und wenn sie erst in Sicherheit wären, würde er sich auf die Suche nach Kade machen. Kade war klug, geschickt … Er konnte den Soldaten davonlaufen, mit ihnen kämpfen wie mit Ott und Jotham oder sich verstecken, bis die Luft rein wäre. Sev musste nur Trix finden, dann wäre alles gut.

Er stieg den Abhang wieder hoch, wich Gruppen von sich krümmenden und sich übergebenden Soldaten aus, dann schlüpfte er an der Höhle mit den Vorräten vorbei, wo weitere Soldaten Säcke aufschlitzten und Fässer auf den Kopf stellten. Der Lärm verschluckte seine Schritte und ließ ihn unbemerkt vorübergehen.

Weiter oben ragte das Zelt des Hauptmanns auf.

Wenn Belden »krank geworden« war, wie der eine Soldat sich ausgedrückt hatte, dann musste das doch bedeuten, dass Trix' Plan gelungen war – dass auch er etwas von dem Gift zu sich genommen hatte. Wenn Sev ein bisschen Glück hätte, würde sie hier in der Nähe sein und ihren nächsten Zug planen.

Beim Zelt des Hauptmanns herrschte große Unruhe, Soldaten kamen und gingen, trugen Schüsseln voller Essen und Fässer voll Wein, um sie auf Gift zu untersuchen. Sev duckte sich eilig zwischen die Bäume und lugte durch die halb offene Klappe ins Zelt.

Der Bursche, der Belden die Mahlzeiten servierte, lag auf dem Boden, Blut strömte über die gewebten Teppiche. Überall an den Zeltwänden und auf dem Tisch war Essen verschmiert, während Belden mit beiden Händen eine gewaltige Axt hielt. Die Waffe ließ seine drahtige Gestalt klein wirken, seine Muskeln spannten sich unter ihrem Gewicht an, als er sie über eine Leibeigene senkte, die zu seinen Füßen kniete, während ein Soldat ihr die Arme auf den Rücken zwang.

Sevs Magen drehte sich um. Die Leibeigene war Trix und die scharfe Schneide der Axt war nur um Haaresbreite von ihrem Nacken entfernt.

Ein Blutfaden sickerte aus ihrem Mundwinkel und eine schon blau anlaufende Schramme zog sich über ihre Wange. In ihren Augen funkelte das Licht der Kohlenpfanne, und obwohl sie am Boden kniete, war ihr Gesicht stolz und ihr Kinn gereckt. Sie würde den Tod einer Kriegerin sterben, unter der Axt, wie einst ihre geliebte Bellatrix.

Belden schrie sie an, doch durch das ganze Getümmel um sie herum war er nur schwer zu verstehen. Speichel stob aus seinem Mund und immer wieder presste er eine Hand auf den Bauch und würgte.

Sev verlagerte seine Position ein wenig, um besser sehen zu können, und Trix' Blick traf ihn. Er glitt über ihn hinweg, um ihn herum – suchte nach Kade. Das dachte Sev zumindest – bis sie den prallen Rucksack über seiner Schulter entdeckte, die runden, glatten Gegenstände, die sich durch das Leder abzeichneten. Die Erleichterung war ihr anzusehen. Dann kniff sie die Augen zusammen, ehe sie ihren Blick zur Seite huschen ließ, unmerklich fast, aber Sev hatte nur zu gut verstanden: *Weg hier!*

Er schwankte innerlich. Es musste eine Möglichkeit geben, Trix zu helfen. Er konnte sie nicht sterben lassen. Er konnte nicht von ihr weglaufen, wie er schon zu oft hatte weglaufen müssen: von seinen Eltern, von Kade.

Er hielt im Zelt Ausschau nach irgendetwas, das er nehmen oder tun könnte, aber Trix wollte das nicht zulassen. Ihre Nasenflügel bebten, und sie schaute noch einmal zur Seite, noch dringlicher diesmal, die Augen weit aufgerissen.

Sev biss die Zähne zusammen und schüttelte den Kopf. *Nein.* Das hier war einfach nicht richtig. *Er* müsste es doch sein, der starb, der sein Leben aufs Spiel setzte. Warum mussten alle anderen weggehen und ihn ganz allein lassen?

Belden trat näher. Trix schaute zu ihm auf und verzog die Lippen zu einem höhnischen Grinsen – nein, zu einem Lächeln. Einem schrecklichen, tödlichen Lächeln, ihre Zähne rot vor Blut.

»Sie lebt«, verkündete sie, und obwohl sie Belden ansah, fiel ihr Blick auf Sev. Sie nagelte ihn fest mit ihrem Lächeln, das scharf war wie ein Messer. »Avalkyra Aschenfeuer lebt. Und sie wird dein geliebtes Imperium dem Erdboden gleichmachen.«

Ein Zittern durchlief Sev, als er Trix' blutige Verkündigung hörte. Belden sprang fauchend vor, hob die Axt in einem weit ausholenden Bogen und ließ sie auf Trix' Nacken fallen. Sie traf klirrend auf Trix' Kette, dann bohrte sie sich tief in ihre Wirbelsäule und ging mit ihr zu Boden, als Trix zusammenbrach. Blut spritzte in alle Richtungen, und nachdem Belden die Axt aus Trix' Nacken gezogen hatte, schlug er noch einmal zu. Und noch einmal. Trix' Leichnam zuckte bei jedem Hieb, bis Belden die Axt fallen ließ und sich vorbeugte, um auf den Boden zu kotzen.

Sev versuchte, es ihm gleichzutun. Sein Magen krampfte sich zusammen, und seine Innereien schrien auf, aber nichts kam heraus. Seine Kehle war wie zugeschnürt, er konnte nur mit Mühe atmen, und seine Glieder waren betäubt vor Schock.

Schließlich wandte er sich von dem entsetzlichen Anblick von Trix' verstümmeltem, leblosem Körper ab, taumelte rückwärts, stolperte über Zweige und durch die Finsternis. *Sie lebt.* Hatte Trix das wirklich so gemeint oder hatte sie über Hauptmann Belden triumphieren wollen? Sie hatte Sev erzählt, beide Schwestern seien im Blutkrieg umgekommen. Das ergab doch keinen Sinn.

Der Rucksack auf seiner Schulter zog ihn zu Boden, geistig und körperlich, als er sich zwang, alles zu verlassen – das Blut und den Tod und das Wissen, dass Trix niemals wieder einen Phönix sehen würde.

Du weißt, was du zu tun hast.

Sev musste die Reiter warnen, er musste die Eier in Sicherheit bringen.

Er hörte Rufe, lauter und näher als die anderen – hatten sie ihn gesehen? Sev schaute sich nicht um, zögerte nicht, rannte, so schnell er konnte, durch den Wald. Schritte – seine oder die eines Verfolgers? – hallten in seinen Ohren wider, zusammen mit dem Geräusch raschelnder Blätter und brechender Zweige.

Er erreichte eine kleine Lichtung mit dichtem Gras und knorrigen Wurzeln. Auf der anderen Seite fiel ein Steilhang ins schwarze Nichts hinab. Es war so dunkel; Sev konnte nicht sicher sein, wie tief es ging und was ihn unten erwartete – mehr weiches Gras? Oder der Fluss? Oder scharfkantige, lebensbeendende Felsen?

Du weißt, was du zu tun hast.

Weitere Rufe, weitere Schritte. Sev bewegte sich nicht und die Geräusche kamen näher. Das Klirren von gezückten Waffen und das Summen einer losgelassenen Bogensehne. Etwas bohrte sich in seine Schulter und die Wucht des Einschlags traf für ihn den Entschluss. Bohrender Schmerz zerriss seinen Körper, trieb ihm die Luft aus der Lunge, und sein Herz sprang ihm in den Hals, als er blindlings in den Abgrund taumelte.

Im alten Pyra gab es eine Stellung von hohem Ansehen im Dienste der Königin. Anders als ihre flammenden Kriegerinnen, die lodernd und gleißend an ihrer Seite standen, wirkte diese Person in der Dunkelheit, in den von diesen strahlenden Lichtern geworfenen Schatten.

Eine Giftmischerin, eine Gerüchtefängerin – eine Spionmeisterin. Diese Person bewegte sich ungesehen, unbemerkt zwischen den pyrenischen Rängen aus kämpfenden Königinnen und fliegenden Helden. Die Taten dieser Personen sind zumeist für die Geschichte verloren, und nicht einmal ihre Namen sind in den Annalen verzeichnet – mit einer Ausnahme. Schattenherz.

Pyrenische Nachnamen werden entweder durch uralte Herkunft und mächtige magische Blutsverwandtschaft vererbt oder sie werden verdient. Ein Schattenherz konnte aus den niedrigsten Verhältnissen aufsteigen und stolz inmitten der ergebensten Bediensteten der Königin stehen.

Bei Gründung des Imperiums wurde die Stellung des Schattenherzens nicht mehr gebraucht, heißt es. Der Rat verlangte Klarheit, Heimlichkeiten wurden nicht mehr toleriert.

Aber andererseits ist es das Wesen des Schattenherzens, unbekannt und nicht erinnert zu sein. Vielleicht war es die ganze Zeit dabei.

»Königin und Rat«, aus: *Regierung, einst und jetzt,* von Olbek, Hohepriester des Mori, veröffentlicht 137 NI.

Ich hätte ihr alles gegeben.
Alles.

– Kapitel 33 –
Veronyka

Für den restlichen Tag blieb Ersken an Veronykas Seite und gab ihr keine Möglichkeit, sich zu Xephyra zu setzen und ihr die Lage zu erklären. Vielleicht war Xephyra glücklich hier, vielleicht sehnte sie sich verzweifelt fort. Veronyka wollte das alles wissen. Es gab so vieles, was sie verpasst hatte, Wochen ihres gemeinsamen Lebens waren verloren.

Sosehr sie darauf brannte, mit Xephyra allein zu sein, so wenig freute sie sich darauf, ihre Verbündete mit der grausamen Bedeutung der Brutkäfige vertraut zu machen. Sie würde langsam vorgehen und sich eine Vorstellung davon machen müssen, wie Xephyra zumute war, ehe sie in ihr noch mehr Schmerz und Angst auslöste. Ihr Phönix brauchte Zeit, um sich zu erholen. Das brauchten sie beide.

Veronyka stellte sich vor, dass sie nach Einbruch der Dunkelheit, wenn die meisten Leute in der Festung sich zur Ruhe begaben, die beste Möglichkeit haben würde, mit Xephyra allein zu sein. Sie schlug in der Küche Zeit tot, erbettelte sich von Morra etwas zu essen und half, wo sie konnte. Als Tristan den Speisesaal betrat, sah sie, wie er den Hals reckte und sich an den Tischen umsah, um sich dann mutlos auf einen Stuhl bei den anderen Lehrlingen sinken zu lassen. Ob er sie gesucht hatte? Diese Vorstellung tat ihr weh.

Später, als in der Festung Ruhe eingekehrt war, ging sie zurück zum Adlerhorst. Sie hatte die Treppe zum Gehege halbwegs hinter sich gebracht, als ein plötzliches Zittern durch ihr Band lief.

Xephyra!

Veronyka presste eine Hand gegen die Mauer, um nicht zu stolpern, und suchte in sich. Sie fand die Stelle in ihrem Geist, wo die Verbindung zu Xephyra lebte, aber die Gedanken und Empfindungen, die dort hindurchströmten, waren wirr und unzusammenhängend. Sie hatte vergessen, wie es war, eine Bindung zu haben, sich die ganze Zeit offen zu halten, und vielleicht hatte auch Xephyra diesen Instinkt verloren. Veronyka konnte nur heraushören, dass Xephyra wieder an die Kette genommen wurde. Was ging da vor sich?

Am Fuße der Treppe wurde sie langsamer und zwang sich, ruhig zu bleiben. Vielleicht ließ Ersken die Phönixe auch abends fliegen, nicht nur nachmittags. Vielleicht war es die übliche Vorgehensweise.

Aber ihr Herz tobte in ihrer Brust – und das nicht nur wegen der Dutzenden von Treppenstufen, die sie gerade hinter sich gebracht hatte. Xephyras Verwirrung war ihre eigene, und dieses Gefühl erinnerte sie zu sehr an die Augenblicke, ehe Val sie vergiftet hatte.

Veronyka hielt für einen Moment im Schatten der Galerie inne und schaute in den Hof unten.

Ersken stand neben Kommandant Cassian und betrachtete das Gehege, als sei es eine Theaterbühne. Die beiden unterhielten sich leise, aber Veronyka konnte nicht hören oder sehen, was genau sie da beobachteten. Xephyra war für den Moment ruhig, aber das vermochte die Besorgnis, die sie ausstrahlte, nicht zu mindern.

Statt weiter die Treppe hinunter- und auf den Hof zu gehen, drückte sich Veronyka an der Galerie entlang. Endlich sah sie Xephyra, aber sie war nicht bei den beiden anderen Phönicen im Gehege.

Sie stand in dem Gehege daneben.

Eine Hand legte sich auf ihre Schulter, Veronyka fuhr herum, und ihr Herz schlug ihr bis in den Hals.

Tristan stand dicht hinter ihr im Schatten, die Stirn gerunzelt. »Alles in Ordnung mit dir?«, fragte er leise. Seine Augen durchforsteten ihr Gesicht und registrierten alle Einzelheiten ihrer verängstigten Miene und ihres Blicks, der an dem Gehege unten haftete. »Was machst du hier?«

Er folgte ihrem Blick und entdeckte die von ihren Gefährtinnen getrennte Xephyra. Sein Gesichtsausdruck verhärtete sich.

»Deshalb hat er mich also herbefohlen ...«, murmelte er.

Die Fragen füllten Veronykas Kehle, aber sie sprach sie nicht aus – sie kannte die Antwort bereits. Sie hatte früher an diesem Tag nicht weiter über das zweite Gehege nachgedacht, aber ganz offensichtlich wurde es für die Paarung verwendet. Ein Zittern durchlief ihren Körper. Sie hatte geglaubt, Wochen zu haben, um eine Lösung zu finden, und nun war es weniger als ein Tag.

»Nein«, flüsterte sie mit schwacher Stimme. Sie reckte den Hals, suchte Xephyra und streckte durch die Bindung ihre Gedanken nach ihr aus. »Sie ist zu jung. Sie hat noch nie ... Sie ist nicht«, stammelte sie, aber Tristan fiel ihr ins Wort.

»Ich weiß«, sagte er düster. Er sah sie an und schien einen Entschluss zu fassen. Dann wandte er sich ab und lief die Treppe hinunter.

»Tristan, du bist spät dran«, sagte der Kommandant anstatt einer Begrüßung. »Ruf Rex herunter und dann kann die Sache losgehen.«

»Meinst du nicht, dass das ein bisschen schnell wäre?«, fragte Tristan, der jetzt vor seinem Vater stand, aber keinerlei Anstalten machte, dessen Befehl zu befolgen. »Die Phönice ist gestern gefangen worden. Sie ist jung und verängstigt.« Er zeigte auf Xephyra, obwohl sie in diesem Moment nichts anderes zeigte als höfliche Neugier.

Veronyka biss sich in die Lippe und ging erneut in die Verbindung zu Xephyra. Sie wollte ihr keine Angst machen, deshalb fragte sie einfach: *Xephyra, hast du Vertrauen zu mir?*

Die Antwort kam so schnell wie ein Atemhauch. Kein wirkliches Wort, sondern ein Gefühl.

Ja.

In Veronykas Brust breitete sich Wärme aus. Bald würde sie nicht mehr fragen müssen, bald würden sie wieder vollständig aufeinander eingestellt sein.

Lächelnd bat sie ihre Verbündete, einen kleinen Wutanfall hinzulegen. Xephyra erfüllte ihr diesen Wunsch gern, sie schrie aufgebracht los und schlug so heftig mit den Flügeln, dass ihre Kette klirrte.

Tristan schien dieser plötzliche Stimmungsumschwung zu verwirren, aber auch er wirkte zufrieden und zeigte auf die Phönice, wie um ihre Meinung zu unterstreichen. »Ihre Wunde ist kaum geheilt. Hältst du das für gute Bedingungen für eine Paarung?«

»Ersken hat ihre Schwanzfedern gemessen. Ihre Länge weist auf ein Alter zwischen drei und sechs Monaten hin. Sie ist also reif.«

Veronyka schluckte, ihre Kehle war wie zugeschnürt. Xephyra war groß für ihr Alter – das war sie immer schon gewesen, auch in ihrem ersten Leben. Sie hatte vielleicht insgesamt mehr als drei Monate gelebt, aber *dieses* Leben, *dieser* Körper war kaum älter als zwei.

»Weibliche Phönixe sind extrem abweisende Wesen, Tristan«, sagte nun der Kommandant. »Je eher wir zu Paarungsübungen schreiten, umso größer ist die Chance, dass sie hier noch kein Revier beansprucht. Xolanthe und Xatara haben bei ihren Paarungsversuchen bereits Revierverhalten gezeigt. Das ist unsere Chance, dem vorzubeugen.«

Tristans Gesichtsausdruck war hart. Er stellte sich breitbeinig hin, verschränkte die Arme und straffte sich. »Ich mache das nicht. Ich … das – ist nicht richtig. Es ist nicht die beste Möglichkeit. Ich kann dich nicht davon abhalten, aber ich kann verhindern, dass Rex und ich etwas damit zu tun haben.«

»Entschuldigung?«, sagte der Kommandant und trat einen Schritt auf seinen Sohn zu. Ersken schaute mit großen Augen zwischen den beiden hin und her. »Verweigerst du einen direkten Befehl?«

Veronyka konnte sogar aus der Entfernung sehen, wie heftig Tristan schluckte, aber er senkte den Kopf nicht und wandte auch nicht den Blick ab. »Ja. Das tue ich.«

»Das könnte dich deine Patrouille kosten, Tristan«, sagte der Kommandant, die Stimme ein tödliches Flüstern. »Überleg dir jetzt genau, was du tust.«

»Das habe ich schon«, sagte Tristan in normaler Lautstärke. »Du hast mir gesagt, dass die besten Vorgesetzten durch ihr Beispiel führen. Ich halte das hier nicht für richtig und deshalb kann ich mich nicht mit gutem Gewissen daran beteiligen. Wenn mich das meine Position als Patrouillenführer kostet, dann muss es eben so sein.«

Die beiden standen jetzt dicht an dicht da und starrten einander an. Veronyka bemerkte zum ersten Mal, dass Tristan seinen Vater um Haaresbreite überragte. Vielleicht war das immer schon so gewesen, aber etwas daran, dass er Cassian herausgefordert hatte, ließ Tristan gerader dastehen.

Sie war stolz auf ihn und dieser Stolz durchströmte sie bei jedem Atemzug.

Kommandant Cassian verzog den Mund, aber statt einen Wutanfall zu bekommen, zuckte er nur mit den Schultern. »Dann ist es eben so. Wenn du nicht tun willst, was getan werden muss, dann finde ich einen anderen. Lauf also zu Elliot und sag ihm, dass er und sein Verbündeter augenblicklich im Brutgehege benötigt werden.«

Neues Entsetzen bohrte sich in Veronykas Adern und Xephyra reagierte mit einem Schrei.

Tristan sah zu ihr herüber, frustriert und um Entschuldigung bittend, aber in dem Moment, in dem sich ihre Blicke trafen, passierte etwas. Ihre mentalen Mauern waren geschwächt durch ihre plötzliche, durchdringende Angst, und ihre Magie quoll blindlings aus ihr heraus.

Und fand Tristan.

Veronyka versuchte, sich zurückzuziehen, aber ihre Verbindung war fest und stark.

Es war nicht so wie vorher, als sie in seine Gedanken geschaut und ihn durch die Tiere, mit denen er verbunden war, oder durch kleine, flüchtige Eindrücke erreicht hatte. Sie war *direkt* mit Tristan verbunden.

Es war fast mühelos geschehen, als ob es eine Stelle in ihrer inneren Mauer gab, die unmittelbar zu ihm führte. Wenn sie ihn bisher auf der Hindernisbahn gehört hatte, wie er mit den Tieren kommunizierte, war es, wie durch ein Schlüsselloch zu lauschen. Jetzt stand sie vor einem offenen Fenster.

Natürlich konnte man, wie bei einem echten Fenster, nicht nur hinausschauen, sondern auch hinein – eine Verletzlichkeit, die sie unbewusst gehegt hatte, eine Schwäche, die aus Vertrautheit entstand. So wie es geschah, wenn sie sich immer wieder für dasselbe Tier öffnete, schien es, als machten es die vielen Male, die sie Tristans Gedanken schon gestreift hatte, viel leichter als üblicherweise, jetzt Verbindung zu ihm aufzunehmen. Das hier war etwas, das sie genauer untersuchen musste, aber als Tristans Gedanken wie eine Flutwelle durch das Fenster strömten, konnte sie nur noch versuchen, sich auf den Beinen zu halten.

Diese höchst angespannte Situation ließ einen Wirbel von Sorgen und Ängsten an die Oberfläche seines Geists steigen. Es gab einen Schatten dort, wo der Kommandant stand – und beobachtete und bewertete. In den Augen seines Vaters war alles eine Prüfung und das hier war keine Ausnahme. Aber Veronyka spürte, dass ein Teil von Tristans Besorgnis mit ihr zusammenhing… Er wusste nicht, dass Xephyra ihre Verbündete war, aber er wusste, wie sehr Veronyka die Brutkäfige hasste. Wenn es eine Herausforderung war, die Gedanken eines Phönix zu verstehen, dann war es fast unmöglich, die Gefühle eines Menschen zu entwirren. Tristans Gedanken waren wie tropfende Kerzen, die strahlend zum Leben erwachten, um dann wenige Sekunden darauf flackernd zu verlöschen; es war unmöglich, sie miteinander in Verbindung zu bringen oder ihnen zu folgen.

Veronyka versuchte, sich davon zu lösen, ihre Gefühle von seinen zu trennen, ihr Gleichgewicht zurückzugewinnen. Es war, wie unter Wasser zu sein, in ihm zu ertrinken …

Dann leuchtete ein Funkeln auf, ein Flackern von Sonnenschein in einem Winkel seines Geistes … keine verlöschende Kerze, sondern eine lodernde Fackel.

Sie war es.

Veronyka konzentrierte sich auf das Licht, streckte sich danach – nur griff sie zu weit. Sie verlor die Kontrolle über ihre eigenen Gedanken – den festen Boden, auf dem sie immer stand. Sie fühlte sich schwerelos, körperlos, und eine neue Welle von Schwindelgefühlen spülte über sie hinweg.

Sie wurde von ihrem sicheren Ort weggerissen. Veronyka sah doppelt, dann gespalten, und sie sah durch Tristans Augen, was sich vor ihr abspielte. Da war sie, eine kleine Gestalt, die in der Dunkelheit der Galerie neben einem Pfeiler kauerte.

Ihr eigener Anblick löste in ihr ein Gefühl höchsten Alarms aus.

Auf irgendeine Weise hatte sie Tristans Gedanken nicht nur *wahrgenommen* – sie war hineingeschlüpft. *Spiegeln* nannte man das. Es war etwas, das Reiter mit ihren Phönixen machten, sie konnten so den unglaublich scharfen Blick ihrer Reittiere nutzen und im Grunde an zwei Orten zugleich sein, wenn sie und ihre Verbündeten getrennt waren. Tristan und die anderen Lehrlinge trainierten diese Fähigkeit auf der Hindernisbahn, und offenbar dauerte es viele Jahre, ehe ein ausgebildeter Reiter sie wirklich beherrschte.

Und Veronyka spiegelte mit einem *Menschen.* Mit Tristan. Konnte er sie spüren? Konnte er in diesem Augenblick ihre Gedanken hören?

Sie wich zurück und vor ihren Augen wurde alles schwarz. Tristans Gedanken umwirbelten sie wie in einem Sog, schnell und sprudelnd und viele Klafter tief.

Aus der Ferne hörte sie einen schrillen Schrei – er kam von Xephyra –, doch ehe Veronyka sich zu ihrer Verbündeten hinstrecken konnte, wurde sie von der Strömung nach unten gezerrt.

Aber ich hatte niemals eine Gelegenheit.
Ich fasste meinen Entschluss, ich wählte meinen Weg,
und es gab kein Zurück.

– Kapitel 34 –

Veronyka

Veronyka fuhr aus dem Schlaf hoch. Sie hatte von Feuer und Asche geträumt, und sie begriff einfach nicht, was sie geweckt hatte.

Dann ertönte er wieder: ein Hornstoß, dann ein zweiter.

Sie runzelte die Stirn und versuchte zu begreifen, was das bedeutete, dann brachen die Ereignisse im Adlerhorst wieder über sie herein, und sie setzte sich mühsam auf.

Sie befand sich nicht im Dienstbotenquartier, sondern lag auf einer Pritsche in einer verdunkelten Kammer. Sie schaute sich in dem ärmlichen, leeren Raum um, sah eine Schüssel voll Wasser, einen Rucksack, der an der Wand gegenüber lehnte – und ihre Schwester, die sie aus dem Schatten heraus beobachtete.

Ihr Herzschlag geriet ins Stocken und fand dann einen schmerzhaften, holpernden Rhythmus. Wie lange stand Val schon da?

»Du bist wach«, sagte Val und kniete neben der Pritsche nieder. Als sie Veronykas misstrauisches Gesicht sah, verdrehte sie die Augen. »Oh, reg dich ab, Nyka. Ich hab dich nicht entführt. Du bist zusammengebrochen.«

Veronyka blickte zurück auf das Letzte, woran sie sich erinnern konnte – das Gefühl, sich in Schattenmagie zu verlieren, als sie tiefer und tiefer in ihre Verbindung mit Tristan sank. Ihr schauderte.

Vals Blick wanderte über ihr Gesicht und dann in sie hinein, ihre Magie stieß gegen Veronykas mentale Sperren. Veronyka hatte das Gefühl, dass Val wusste – oder zumindest den Verdacht hatte –, warum sie das Bewusstsein verloren hatte, aber sie sagte nichts dazu.

»Was ist passiert? Wie bin ich hergekommen?«

»Sie wollten, dass die Heilerin nach dir sieht«, fing Val an, und Veronyka drehte sich der Magen um bei der Vorstellung, dass an ihrem bewusstlosen Körper herumgesucht worden war, bis sie ihr Geheimnis entdeckt hatten. *»Aber«*, sagte jetzt Val und grinste zufrieden angesichts ihres entsetzten Blicks, »ich habe ihnen gesagt, das sei nicht nötig. Ich habe gesagt, dass du manchmal zusammenbrichst, wenn du dich überanstrengt hast. Ich habe meine Kammer angeboten, damit du ein wenig Ruhe haben kannst. Also keine Sorge. Noch haben sie dich nicht durchschaut und sie ahnen nichts von deiner Magie oder deiner Bindung. Gern geschehen.«

Veronyka verzog das Gesicht. Sie hätte lieber Blätter des Seifenbaums verschluckt, als Val einen so unverdienten Dank auszusprechen. »Du bist mir gefolgt«, sagte sie stattdessen vorwurfsvoll. Wie sonst hätte Val denn ins Zentrum der Geschehnisse geraten können, wenn sie sich nicht irgendwo in der Nähe herumgedrückt hätte?

Vals Miene änderte sich kaum merklich, ein winziger Spalt entstand in ihrer selbstsicheren Fassade. »Ich hatte dich *gesucht*«, korrigierte sie. »Und mir gedacht, dass du bei deiner Verbündeten sein würdest. Ich bin gerade rechtzeitig gekommen, um zu sehen, wie du zu Boden gegangen bist.«

Veronyka hatte das Gefühl, dass das nicht die ganze Geschichte sein konnte. War Val aus anderen Gründen im Adlerhorst gewesen?

»Dein Phönix war dermaßen außer sich, dass sie beschlossen, die

Übung abzublasen, nachdem du weggebracht worden warst. Dein Fehler hat dir einen Sieg eingebracht, wenn auch nur einen vorübergehenden.«

Veronyka verzog den Mund. Ihr *Fehler*! Wortlos streckte sie eine Hand nach ihren Stiefeln aus.

Val ließ sie nicht aus den Augen. »Hast du irgendeine Vorstellung davon, was du da unten angerichtet hast?«, fragte sie plötzlich und zu Veronykas Überraschung zitterte ihre Stimme dabei ein wenig.

»Nein. Hab ich nicht. Wie sollte ich denn, Val?«, fragte sie zurück und stand auf. »Du hast mir schließlich niemals etwas über Schattenmagie beigebracht. Nichts Wissenswertes jedenfalls. Du wolltest mich ahnungslos und übungslos haben, damit du die Magie nach Belieben gegen mich einsetzen konntest.«

»Ich habe dich vor dir selbst beschützt!«, fauchte Val und erhob sich ebenfalls. »Deine Kontrolle war immer wild und sprunghaft. Du meinst, ich hätte dich nicht auf dem Hof gesehen, an dem Abend, als deine Verbündete zurückgekehrt ist und du Dutzende von Menschen *aus Versehen* befehligt hast?«

Veronykas Magen krampfte sich zusammen. Obwohl sie ja bemerkt hatte, dass Val sie beobachtete, hatte sie insgeheim gehofft, dass ihre Schwester nicht ganz begriffen hatte, was sie getan hatte. Aber natürlich hatte sie das. Veronyka hatte sich und ihre Magie vollständig aus der Kontrolle verloren und doch einer ganzen Schar ahnungsloser Menschen ihren Willen aufgezwungen.

»Aber ja, Veronyka, du hast recht. Ich habe dir etwas verschwiegen. Um dich zu beschützen. Ich habe versucht, dich davon abzuhalten, etwas noch Gefährlicheres zu tun, etwas wie das, was du gestern Abend gemacht hast«, sagte Val und zeigte vage in die Richtung, in der Veronyka den Adlerhorst vermutete.

»Und was genau war das?«, fragte sie. Ihre Schuldgefühle verschwanden angesichts von Vals Arroganz und Überheblichkeit. Sie konnte nicht begreifen, wieso das, was mit Tristan passiert war – mit einem einzigen Menschen –, schlimmer sein sollte als das, was auf dem Hof passiert war. »Was glaubst du, was ich getan habe?«

Val zögerte, und ehe sie den Mund öffnete, wusste Veronyka, dass sie nicht die ganze Wahrheit hören würde. »Du hättest dich fast verraten. Du stecktest bis zum Hals in den Gedanken dieses Lehrlings. Und wenn dein Körper dich nicht weggezogen hätte, hättest du darin ertrinken können.«

Bei dieser Vorstellung lief es Veronyka eiskalt den Rücken hinunter. Konnte eine Schattenmage wirklich so tief in den Geist eines anderen eintauchen, dass sie ihren eigenen aus dem Griff verlor?

Sie dachte über die Worte ihrer Schwester nach. Wann immer Val jemanden nicht leiden konnte, weigerte sie sich, dessen richtigen Namen zu benutzen. Xephyra wurde »dein Phönix« oder »deine Verbündete« und Tristan wurde »dieser Lehrling«. Sogar ihre Großmutter war oft voller Verachtung als »die Alte« bezeichnet worden. Veronyka hatte immer angenommen, dass Vals Feindseligkeit gegenüber den Menschen in ihrem Leben einem falschen Gefühl der Überlegenheit entsprang, aber was, wenn der Grund ein anderer war? Was, wenn es Angst war? Nicht vor Gefahr oder Finsternis oder sonst einem der üblichen Dinge, die Menschen Angst machen, sondern der Angst, ersetzt zu werden?

Ihre Maiora war zwar nicht mehr da, aber Xephyra und Tristan besetzten wichtige Stellen in Veronykas Leben, Stellen, die sechzehn Jahre lang Val gehört hatten. Aber jetzt musste Val diesen Raum teilen und Teilen war nie ihre starke Seite gewesen.

Veronyka spürte, wie sich ihre Glieder mit Erschöpfung füllten. Sie wusste nicht, was sie jetzt machen sollte. Es gab noch immer so viel, was sie von ihrer Schwester brauchte, Dinge, die nur Familie geben konnte. Aber Val weigerte sich, diese Rolle zu übernehmen.

Stimmen und das Klirren und Scheppern von Waffen waren vom Hof her zu hören, und Veronyka erinnerte sich an die Hornsignale, die sie geweckt hatten. »Ich muss los«, sagte sie. Sie zögerte – warum, wusste sie nicht –, aber Val machte keine Anstalten, sie aufzuhalten.

Draußen hing im Licht der frühen Dämmerung Nebel über dem Boden, verzerrte die Umrisse und dämpfte die Geräusche, als sie nun durch die Festung ging.

Irgendwann erkannte sie die unverwechselbare dröhnende Stimme des Kommandanten, ging in die Richtung, aus der sie kam, und fand ihn auf der Festungsmauer. Er sprach mit einem der Wachtposten, Beryk und sein Phönix hockten neben ihm auf der Mauer.

Als Veronyka näher kam, trat Tristan neben sie.

»Du bist auf«, sagte er, und die Erleichterung war ihm anzusehen. Veronyka fragte sich, ob er wohl wieder geholfen hatte, sie ins Bett zu bringen, aber diesen peinlichen Gedanken verdrängte sie sofort.

»Ja«, sagte sie und wandte ihren Blick von seiner besorgt gerunzelten Stirn ab. »Mir geht's gut. Tut mir leid, das Ganze. Es waren ein paar verrückte Tage, und … ich glaube, ich war einfach müde.«

»Ich weiß, was du meinst«, sagte Tristan. »Ich war so nervös, als ich dem Kommandanten widersprochen habe, mir wurde auch ein bisschen schwindlig.«

Veronykas Magen drehte sich um. Er hatte sie also in seinen Gedanken gespürt, auch wenn er nicht begriffen hatte, was er da erlebte. Es erleichterte sie zwar, dass er ihre Gedanken nicht so durchschaut hatte wie sie seine, aber sie fühlte sich noch immer ungeheuer schuldig. Vals Reaktion ließ sie vermuten, dass zumindest ein Teil der Besorgnis ihrer Schwester ehrlich gewesen war – dass das, was passiert war, nicht oft vorkam und nicht ungefährlich war. Sie würde vorsichtiger sein müssen.

Der Kommandant stieg die Treppe in ihrer Nähe herab und schloss sich der Handvoll von Reitern an, die sich auf dem Hof sammelten und eilig Rüstung und Waffen anlegten. Auch Lehrlinge waren dabei, sie halfen bei den Schnallen oder trugen Köcher voller Pfeile. Elliot machte sich an Fallons Handschutz zu schaffen, sein Gesicht war bleich und eingefallen, und Latham verteilte mit zitternden Händen Wasserschläuche.

»Was ist los?«, fragte Veronyka.

»Offenbar steigt von einem der Dörfer am Fluss Rauch auf«, antwortete Tristan und folgte seinem Vater, der sich einen Weg durch die Menge bahnte. »Beryk war auf Streife, hat den Rauch gesehen und Alarm gegeben – drei Hornstöße.«

»Was bedeutet das? Sind da Häuser in Brand geraten?«

»Nein. Das ist kein normaler Holzrauch. Die Dorfbewohner haben einen Haufen aus Gras und Blättern angesteckt, um schwarzen Rauch zu erzeugen. Ein Signal. Das bedeutet, dass sie um Hilfe rufen.«

»Hilfe von den Reitern?«, fragte Veronyka verdutzt. Sie hatte gedacht, die Existenz der Reiter sei ein sorgsam gehütetes Geheimnis.

»Nein. Die Signale sollen die Dörfer in der Umgebung vor Plünderern warnen. Wenn es weiter unten zu solchen Überfällen kommt, können wir normalerweise nicht eingreifen. Wir würden vermutlich nicht mehr rechtzeitig eintreffen, außerdem sind sie zu dicht beim Imperium – wir dürfen keine Entdeckung riskieren. Aber dieses Signal kommt von einem der nächstgelegenen Dörfer …«

»Werden die Reiter also reagieren?«, fragte Veronyka.

Tristan gab keine Antwort. Beide beugten sich vor, um zu hören, was der Kommandant sagte.

»… solltest die Lage einschätzen können, ohne deine Patrouille zu zeigen. Bleibt in sicherer Entfernung und greift nur ein, wenn es unbedingt sein muss.«

»Es ist wahrscheinlich einfach eine der üblichen Banden von Plünderern«, sagte Fallon, und die anderen Reiter nickten. »Es ist bestimmt schon vorbei, wenn wir dort eintreffen. Wir werden uns zu Fuß nähern und bei den Aufräumarbeiten helfen, wenn das möglich ist.«

»So hoch am Berg hat es noch nie einen Überfall gegeben«, sagte Tristan von ganz hinten in der Gruppe. Die Reiter drehten sich zu ihm um. »Hast du nicht gesagt, dass es aussah, als käme es aus Rushlea? Seit wir hier sind, hat es oberhalb von Runnet keine Überfälle gegeben.«

Der Blick des Kommandanten streifte blitzschnell seinen Sohn, ehe er zu seiner üblichen Ruhe zurückkehrte. Veronyka fragte sich, ob er noch immer wütend war, weil Tristan sich ihm am vergangenen Abend widersetzt hatte.

»Irgendwann passiert alles zum ersten Mal«, sagte der Kommandant wegwerfend. »Reitet sofort los und schickt, sobald ihr könnt, eine Taube.«

Die Patrouille lief zum Adlerhorst, um sich auf die Phönixe zu schwingen und aufzubrechen. Der Kommandant richtete seine Aufmerksamkeit nun auf Tristan und Veronyka trat einen Schritt zurück. Cassian sah eindeutig immer noch wütend aus.

»Ich will keine Panik hervorrufen«, sagte er leise, so leise, dass Veronyka es nur mit Mühe hören konnte – und sie gab sich große Mühe. »Also behalte deine Beobachtungen für dich, Lehrling.«

Der Thron gehörte mir,
und ich wollte ihn mit beiden Händen an mich reißen.

– Kapitel 35 –
Tristan

Also behalte deine Beobachtungen für dich, Lehrling.

Tristan hätte wissen müssen, dass sich sein Vater nicht für seine Ansichten interessieren würde, vor allem nach ihrem Gespräch vor dem Brutgehege. Kommandant Cassian schätzte es nicht, infrage gestellt oder kritisiert zu werden – schon gar nicht vor anderen. Am vergangenen Abend waren nur Ersken und Nyk dabei gewesen, aber das hatte gereicht. Tristan musste sich verlegen eingestehen, dass Nyk genau zum richtigen Zeitpunkt zusammengebrochen war – sich um seinen Freund zu kümmern, hatte ihn perfekt vor dem Zorn seines Vaters gerettet.

Bis jetzt. Tristan fürchtete, sein kleiner Anfall von Trotz würde ihn für immer an den Rand drängen, aber er konnte trotzdem nicht bereuen, was er getan hatte. Es war ein gutes Gefühl gewesen, seinem Vater zu widersprechen, und die Chance auf Beförderung aufzugeben, war überraschend befreiend gewesen. Ohne diesen Druck konnte Tristan tun und sagen, was er wollte, und sein Vater würde ihn nicht daran hindern können.

Es sei denn, er würde ihn ausschließen. Tristan seufzte.

Zum Glück bedeutete die ganze Aufregung, dass die Brutgehege für den Moment vergessen waren.

Der Nebel verzog sich an diesem Morgen erst spät, er hing über Adlerhorst und Festung wie eine bedrohliche Wolke. Statt des halben Dutzend Wachen, das sonst auf den Mauern stationiert war, hielten dort an die zwanzig Ausschau, und noch mehr waren im Dorf und an der Straße den Berg hinab postiert. Jeglicher Unterricht für die Lehrlinge wurde abgesagt, da die Hälfte der Reiter – und damit einige Ausbilder – unterwegs war und es zu gefährlich wäre, die Phönixe fliegen zu lassen, wenn in der Nähe eine unbekannte Gefahr lauerte.

Der gesamte Komplex von Azurecs Adlerhorst war abgeriegelt – was bedeutete, dass Leute aus dem Dorf, die nach dem Sonnwendfest noch oben waren, die Festung aus Sicherheitsgründen nicht verlassen durften. Rushlea lag halb den Berg hinab, unbehaglich nahe, wenn es um den Überfall einer Plündererbande ging.

Tristan schäumte vor Wut bei dem Gedanken, dass das alles zu vermeiden gewesen wäre, wenn sie mehr Patrouillen gehabt hätten; sie hätten einen solchen Überfall verhindern können. Er begriff die Sorge seines Vaters, dass sie ihre Schlagkraft dadurch schwächen könnten, aber je länger sie Pyra unbewacht ließen, umso größer wurde die Gefahr, dass das Imperium dort einen Stützpunkt errichtete.

Da Tristan weder Unterricht hatte, noch irgendwelche Aufgaben erledigen musste, ging er zu Nyk zum Gehege der Phönicen. Die Vögel waren aufgescheucht und ruhelos, sie hackten nach Nyk, als er Futter durch die Klappe schob, und wirkten zusehends wütender, je länger sie nicht wie sonst fliegen durften.

Nyk schien es heute weniger auszumachen, dort unten zu sein. Tristan sah lächelnd zu, wie die neue Phönice mit einer der anderen beiden kommunizierte – er war ziemlich sicher, dass es die war, die sein Vater Xolanthe genannt hatte –, und lachte sogar, als die beiden verspielt aneinander herumzupften und trillerten. Als er dieses Geräusch hörte, wurde sein Herz leichter. Es war richtig von ihm gewesen, seinem Vater bei den Brutkäfigen zu widersprechen, ganz gleich, was ihn das persönlich kosten würde.

Tristan gab sich alle Mühe, Nyk bei dessen Pflichten zu helfen, da Ersken mit den Reittieren der Lehrlinge zu tun hatte, aber er hatte das Gefühl, eher zu stören als zu helfen. Jedes Geräusch aus der Festung oben – die Glocken, die die Stunde schlugen, oder die Rufe und das Lärmen der Dienstboten bei ihrer Arbeit – ließ ihn hochfahren und die Ohren spitzen, und oft stolperte er dabei über Lebensmitteltonnen oder stieß mit Nyk zusammen.

Die Zeit für das Mittagessen kam und ging, und noch immer gab es keine Nachricht von Fallons Reitern. Patrouillen waren selten so lange unterwegs, und wenn, dann wurde meistens eine Taube geschickt, um die Wartenden auf den neuesten Stand zu bringen. Der Kommandant stand noch immer oben auf der Mauer, die Atmosphäre in der Festung war angespannt.

Am Nachmittag konnte Tristan nicht mehr still sitzen und begann vor dem Gehege auf und ab zugehen. Sein Vater hatte ihn zurechtgewiesen, als er das oben auf der Mauer getan hatte, wo alle Welt ihn sehen konnte, deshalb war er in den Adlerhorst zurückgekehrt.

Nyk wirkte ebenfalls angestrengt, aber vielleicht wurde er durch Tristans Gemurmel und Gerenne in Aufregung versetzt. Tristan war Nyk wirklich mehr als einmal auf den Fuß getreten, und er nahm an, beim nächsten Mal würde er sich einiges anhören müssen, aber dann hallte ein Hornsignal von den Mauern um sie herum wider.

Tristan erstarrte und bewegte sich nicht mehr, bis das zweite und das dritte Signal ertönten.

Er starrte stirnrunzelnd zum Himmel hoch.

»Bedeutet das … haben sie noch ein Signalfeuer entfacht?«, fragte Nyk und ließ seine Blicke zwischen Tristan und den oberen Ebenen des Adlerhorsts hin und her wandern. »Gibt es noch einen Überfall?«

Tristan schüttelte langsam und unsicher den Kopf. Er hätte fast Ja gesagt, auch wenn er nicht wollte, dass es die Wahrheit wäre. Aber aus welchem anderen Grund würden sie sonst dreimal ins Horn stoßen?

»Ich muss los«, sagte er und rannte die Treppe hoch. Er hörte Nyks Schritte hinter sich und zusammen erreichten sie den Burghof.

Tristans Herz wurde schwer. Er konnte die dicke Rauchsäule sehen, die in der Ferne aufstieg, weithin sichtbar über den hohen Felsen im Osten. Das war nicht das ursprüngliche Signal, es kam eindeutig von einem anderen Dorf.

Zwei Überfälle?

Er lief zu seinem Vater und wartete ungeduldig, während der Kommandant mit einigen Wachen redete. Sowie sie entlassen waren, sagte Tristan: »Das scheint aus Petratec zu kommen. Jemand muss dort nachsehen.«

Der Kommandant hatte die Miene seines Sohnes offenbar richtig gedeutet, denn er beantwortete die ungestellte Frage mit einem energischen Kopfschütteln.

»Nie im Leben – du bist noch nicht so weit«, sagte er, und Tristan sank in sich zusammen. »Ich mache das.«

Er vergaß seine Enttäuschung sofort. Sein Vater wollte in die Schlacht ziehen. Tristan war kaum ein Jahr alt gewesen, als sein Vater zuletzt im Kampf gewesen war, und das Außergewöhnliche ihrer Situation ging ihm erst jetzt so richtig auf. Wenn der Kommandant persönlich eingriff … dann musste die Lage wirklich ernst sein.

Sein Vater rief Beryk zu sich und erteilte ihm Anweisungen. Mit einem Nicken eilte Beryk zusammen mit den anderen Reitern seiner Patrouille zurück zum Adlerhorst. Die wogende Energie in der Festung veränderte sich, jetzt ließ Erwartung die Luft knistern. Der Kommandant würde den Plünderern entgegenfliegen und machte sich für die erste Luftschlacht seit dem Blutkrieg bereit.

Die Phönixreiter waren wirklich wieder da.

Sein Vater drehte sich zu ihm um. »Tristan, du wirst mich hier vertreten.«

Tristan hätte sich fast verschluckt. »Ich?«, fragte er mit schwacher

Stimme. Die Welt um sie herum schien zu schrumpfen, bis es nur noch ihn und seinen Vater gab. Ein prickelndes Gefühl der Schwerelosigkeit jagte durch seinen Körper. »Aber – du hast doch eben erst gesagt, ich sei noch nicht so weit, und nach gestern Abend …«

Die Mundwinkel des Kommandanten hoben sich fast unmerklich. »Ich habe dich aufgefordert, deine Führungsqualitäten unter Beweis zu stellen, und das hast du getan. Ich respektiere deine Überzeugung und deine Bereitschaft, deinen Ehrgeiz dem zu opfern, was du für richtig hältst. Dass ich nicht will, dass du auf deiner ersten Patrouille blindlings in eine gefährliche Situation fliegst, bedeutet nicht, dass ich dich nicht für einen geeigneten Anführer und eine wertvolle Bereicherung der Phönixreiter halte.«

Tristan schluckte mit Mühe und zu seiner unendlichen Verlegenheit brannten aufsteigende Tränen in seinen Augen.

Die Miene seines Vaters änderte sich; er wirkte nicht mehr belustigt, sondern eher gütig. »Du wirst deine Sache gut machen, mein Sohn«, sagte er schließlich.

»Danke, Vater«, sagte Tristan mit so fester Stimme, wie es ihm nur möglich war. Er hob das Kinn und stellte sich gerade hin.

Sein Vater nickte beifällig. »Du wirst eng mit Hauptmann Flynn zusammenarbeiten und sofort eine Taube schicken, wenn sich irgendetwas hier ändert. Im äußersten Notfall musst du das Leuchtsignal aktivieren.«

Er legte ihm die Hand auf die Schulter und drückte sie einen Moment lang fest, dann folgte er seiner Patrouille zum Adlerhorst.

Tristan sah in verblüfftem Schweigen zu, wie mehrere lange Minuten darauf die Reiter unter dem Torbogen hervorflogen und am bewölkten Himmel eine lodernde Fährte hinterließen.

»Tristan«, sagte eine Stimme neben ihm. Er drehte sich um und entdeckte Nyk. »Alles in Ordnung?«

»Ja«, sagte er schnell und tat alles, um seinem Gesicht den Ausdruck ruhiger Selbstsicherheit zu verleihen.

Nyk hob eine Augenbraue, und Tristan wusste, dass seine Bemühungen, Mut und Gelassenheit zu zeigen, vergeblich gewesen waren. Er schaute sich um, suchte nach etwas Alltäglichem, das er sagen oder tun könnte, aber er war einfach überwältigt. Wachen rannten über den Hof hin und her, ihre Waffen stießen klirrend gegeneinander, und ihre Stiefel knallten auf dem Steinpflaster, wenn sie Lageberichte riefen und ihre neuen Positionen einnahmen. Die Dienstboten machten mit ihrer Arbeit weiter, beobachteten die Aufregung jedoch mit wachsamen Blicken.

Tristan zögerte – was machte man, wenn man das Kommando hatte?

Die Frage wurde sehr bald beantwortet, denn ein Wachtposten rief ihn auf die Mauer.

Froh darüber, etwas zu tun zu haben, stieg er die Treppe beim Tor hoch, und Nyk folgte ihm. Der Wachtposten zeigte auf den Rand der Wiese, auf die Treppe zur Raststätte.

Eine zerlumpte Gestalt war zu sehen, der ein Wachtposten über die Wiese zum Dorfeingang half. Kurz darauf kamen drei weitere Wachtposten aus dem Dorf, um die Gestalt in Empfang zu nehmen. Sie umringten den Neuankömmling, als er in die Knie brach, von seinem ausgebeulten Rucksack zu Boden gezogen.

Tristan runzelte die Stirn. Dieser Mensch sah aus wie ein Plünderer.

Als der Plünderer von den Wachtposten durch das Dorf geführt wurde, rannte Tristan die Treppe hinunter und zum Festungstor, wo sich weitere Wachen und Dienstboten drängten. Er bahnte sich einen Weg durch die Menge, Nyk hielt sich dicht hinter ihm.

Der Neuankömmling, der soeben durch die Doppeltür gebracht wurde, war noch sehr jung. Seine Kleidung war zerfetzt und schweißdurchtränkt, seine Haut zerschrammt und verdreckt, die Lider waren gesenkt – er hatte die Augen nicht ganz geschlossen, nahm seine

Umgebung aber offenbar nicht wahr. Seine Haut war aschgrau, unter seinen Augen lagen Schatten, und er röchelte – was vermutlich dem aus seiner Schulter herausragenden Pfeil zu verdanken war. Er war unbewaffnet, und doch zeigten seine mit Leder verstärkte Tunika, seine hohen Stiefel und sein Waffengürtel, was er war: ein Krieger. Da er keine Uniform trug und kein Wappen auf seinen Befehlshaber hinwies, konnte Tristan ihn nur für einen Plünderer halten.

Eine kleine Schar von Neugierigen war zusammengeströmt. Nyk stand zwischen ihnen und starrte den Plünderer mit überraschender Intensität an.

Tristan wandte sich dem nächststehenden Wachtposten zu, dem, der den Jungen oben an der Treppe zur Raststätte empfangen hatte. »Warum haben wir ihn in unseren Schutz genommen?«, fragte er.

Der Wachtposten wischte sich den Schweiß von der Stirn und richtete sich auf. »Der behauptet, etwas über die Angriffe zu wissen.« Er zeigte auf den Pfeil. »Ich glaube nicht, dass er sich in aller Freundschaft von seinen Kameraden getrennt hat.«

Tristan musste zustimmen – der Plünderer war in elender Verfassung. Seine Tunika war dermaßen von Blut gesättigt, dass sie dunkelbraun aussah, während der Saum verriet, dass sie ursprünglich weiß gewesen war. Ein Rucksack baumelte von seinem unversehrten Arm, und rote Striemen, die die Tragriemen hinterlassen hatten, zogen sich kreuz und quer über seinen Hals. Was immer der Rucksack enthielt, es war schwer.

Aber Tristan wollte trotzdem kein Risiko eingehen und winkte einigen Wachtposten, ihre Speere auf den Plünderer zu richten, während er sich zu ihm hinabbeugte. Eine Heilerin trat näher; Tristan nickte und gestattete ihr, einen Wasserschlauch an die Lippen des Jungen zu halten. Die Flüssigkeit schien ihn halbwegs ins Leben zurückzuholen, aber es war klar, dass jeder Schluck ihm Schmerzen bereitete. Während er trank, untersuchte die Heilerin seine Wunde.

»Wie heißt du?«, fragte Tristan und lenkte die Aufmerksamkeit des Jungen auf sich. Dessen Augen öffneten sich für einen Moment, dann blinzelte er beim Versuch, sich zu konzentrieren.

Tristan ließ seinen Blick über die Menge wandern, dann entdeckte er Ian, einen runzligen alten Wachtposten. Auf seinen kurzen Befehl hin zog der Mann eine kleine Flasche hervor. Sowie Tristan den Verschluss abgeschraubt hatte, brannte der Gestank des Fusels in seinen Nasenlöchern. Es war *Petravin* oder »Felswein«, ein mit Kräutern und Blüten angereicherter Schnaps, der nur in Petratec gebrannt wurde und dem kleinen Dorf deshalb seinen Ruhm beschert hatte.

»Probier das mal«, sagte er zu dem Jungen, obwohl die Heilerin widersprach.

Der Geruch allein sorgte dafür, dass sich der Junge ein wenig aufrichtete, und er würgte einen Mundvoll hinunter. Er murmelte etwas vor sich hin, aber als er die Flasche zurückgab, waren seine Augen klarer. Er nickte Tristan zum Dank zu.

»Dein Name?«, drängte Tristan.

»Sev«, sagte der Junge mit schwacher, heiserer Stimme. »Ich ... muss ... euch warnen«, fügte er hinzu und rang dabei um Atem. »Da sind Soldaten ... sie kommen den Berg hoch und ...«

Er unterbrach sich jählings und griff sich an die Schulter. Die Heilerin beeilte sich, den steifen, blutgetränkten Stoff von seiner Haut zu reißen.

»Wir wissen von den Plünderern«, sagte Tristan. »Sie haben zwei Dörfer überfallen und unsere besten Reiter sind ihnen entgegengeflogen.«

»Nein«, sagte Sev, die Augen vor Entsetzen geweitet. »Das sind keine Plünderer – das sind Soldaten, gesandt vom Imperium.«

Seine Worte trafen auf Schweigen. Tristan fühlte sich wie erstarrt, unfähig zu reagieren. *Soldaten, gesandt vom Imperium ...*

»Sie kommen *hierher*«, fuhr Sev fort und verzog das Gesicht vor

Schmerz. »Die anderen – das müssen Fallen sein. Ablenkungsmanöver oder Köder.«

Ehe Tristan wusste, was er tun oder sagen könnte, drängte Elliot sich aus der Gruppe nach vorn.

»War ein Mädchen bei ihnen?«, fragte er und richtete sich direkt an Sev. Er ließ sich auf die Knie fallen, packte Sev am Kragen und starrte ihn mit wildem Blick an.

Als Sev ihn verwirrt ansah, verzerrte sich Elliots Gesicht vor Zorn, und er sah aus, als ob er Sev schütteln wollte. Tristan hatte noch nie gesehen, dass Elliot die Fassung verloren hätte. Er war immer kühl, distanziert – fast schon abweisend. Üblicherweise zeigte er eine stoische Gelassenheit, doch die war jetzt verschwunden.

Tristan löste sich aus seiner Benommenheit, sprang auf, packte Elliot am Arm und zog ihn weg. »Was soll das denn?«, fragte er, aber Elliot wehrte sich gegen seinen Griff.

»Hatten sie ein Mädchen bei sich? Eine Geisel?«, fragte er, noch immer an Sev gerichtet. »Sie heißt Riella. Sie ist erst dreizehn ...«

»Eine Geisel?«, wiederholte Tristan mit scharfer Stimme und riss Elliot zu sich herum. »Deine Schwester ist als Geisel genommen worden? Wann?«

Elliot blinzelte und konzentrierte sich zum ersten Mal auf Tristan. Seine Augen weiteten sich, als ob ihm gerade erst aufgegangen sei, was er getan hatte. Er holte tief und zitternd Atem.

»Gleich nachdem dein Vater mich aufgenommen hatte.« Die Luft schien aus Elliot zu entweichen, er senkte die Schultern und ließ den Kopf hängen. »Der Mann war ein Hauptmann der Armee und behauptete, für einen Gouverneur des Imperiums zu arbeiten – aber er hat nie gesagt, für welchen. Sie hatten meine Familie beobachtet, weil mein Vater bei der Grenzkontrolle gearbeitet hat. Sie unterstellten ihm ›Animagensympathien‹ und behaupteten, er helfe Menschen, ohne Papiere nach Pyra zu fliehen. Als sie sahen, dass Beryk, ein bekannter Reiter, Kontakt zu meinem Vater aufnahm, sagten sie zu mir, ich müsste mit ihm gehen. Zuerst war ich wirklich glücklich«, sagte er mit dumpfer Stimme. »Ich begriff nicht, was sie wirklich wollten, bis sich der Kommandant weigerte, meine Schwester aufzunehmen. Sie wollten sich unseren Vater holen, aber dann haben sie Riella geholt. Sie haben gesagt, wenn ich ihnen nicht gehorchte oder wenn mein Vater und ich irgendwem etwas sagten, würden sie sie umbringen.«

»Warum haben sie deine Schwester geholt, Elliot?«, fragte Tristan und zwang seine Stimme, trotz der schneidenden Schärfe, die darunterlag, fest und ruhig klingen zu lassen. Geisel wurden als Pfand genommen ... Was hatte Elliot für ihre Sicherheit versprochen?

Elliot schaute auf und seine Augen standen voller Tränen. »Ich sollte ihnen sagen, was hier vor sich geht. Wo wir sind ... wie viele Reiter ... Abläufe und Vorgehensweisen ...«

»Dann warst du also ihr Spion«, sagte Tristan, und seine Stimme war jetzt kalt, aber das konnte er nicht mehr verhindern. Elliots Interesse daran, ein Truchsess zu werden, die Erledigungen und Briefe, die er angeblich für Beryk besorgen und aufgeben musste – das alles war gelogen gewesen, eine Tarnung, damit er sich ungestört in der Festung bewegen konnte.

»Sie haben gesagt, sie würden sie umbringen«, wiederholte Elliot flehend.

»Das hättest du uns sagen müssen. Mein Vater hat Beziehungen im Imperium. Wir hätten sie ...«

»Wenn dein Vater sich an irgendwen gewendet hätte, dann hätten sie gewusst, dass ich nicht geschwiegen habe, Tristan, *bitte* – ich habe versucht, da rauszukommen. Als Beryk und ich zuletzt in Vayle waren ... da habe ich ihn getroffen, den Hauptmann, der meine Schwester geholt hat. Ich habe ihm gesagt, ich müsste mit eigenen Augen sehen, dass es ihr gut geht, bevor ich ihm noch mehr Informationen liefern könnte. Aber sie haben sie nicht geholt«, sagte er verzweifelt, »sie haben mir nur einen Brief gegeben, und den hätte jeder schreiben können ...«

Tristan stieß Elliot von sich, seine Stimme zitterte vor Wut. »Du hättest das niemals allein tun dürfen. Wir hätten dir *helfen* können. Wir hätten falsche Fährten legen können, deine Schwester befreien, einen Vorwand erfinden, um sie da rauszuholen – alles wäre besser gewesen als das hier. Was hast du denn gedacht, was hier passieren würde, Elliot? Was hast du gedacht, was sie mit den Informationen anfangen würden, die du ihnen geliefert hast?«

Jetzt liefen die Tränen über Elliots Wangen und der Anblick schnürte Tristans Kehle zu. Er konnte es sich nicht leisten, seinen Gefühlen nachzugeben, aber es war schwer, dem Menschen ins Gesicht zu blicken, der sie zum Untergang verdammt hatte.

»Ich habe sie nicht gesehen«, flüsterte Sev heiser vom Boden her. »Wir hatten kein Mädchen bei uns, keine Geisel. Vielleicht haben sie gelogen.«

Elliot kniff die Augen zusammen und sein Gesicht schien in sich zusammenzufallen.

Tristan fuhr sich mit der Hand durch die Haare. Mit einem Nicken befahl er zwei Wachtposten, Elliot zu weiteren Befragungen abzuführen.

Leises Gemurmel erhob sich, als Elliot verschwand, und die anderen Lehrlinge tauschten alarmierte Blicke. Nyk starrte Elliot mit düsterem Gesicht hinterher. Tristan ignorierte die Reaktionen der anderen, holte tief Luft und straffte die Schultern. Er versuchte, sich wie sein Vater zu fühlen, dessen unbesiegbare Zuversicht und grenzenlose Fähigkeit zu spüren.

Aber er fühlte sich nur wie ein Kind, das in den viel zu großen Reitstiefeln seines Vaters herumstolpert.

Er drehte sich zu Sev um. »Wie viele?«, fragte er. Sie mussten ihre Verteidigungsstrategie planen, aber dafür brauchte er weitere Informationen.

Sev schluckte und blinzelte langsam. Der kurze Ausbruch von Energie, den der Felswein ihm beschert hatte, war fast wieder verflogen. »An die vierhundert, nehme ich an. In meinem Regiment waren wir zweihundert und gestern Abend kam ein zweites dazu. Aber diese Überfälle auf die Dörfer … dahinter müssen andere Soldaten stecken, die auf anderen Wegen auf dem Berg unterwegs waren. Unsere Abteilung hätte das niemals so schnell schaffen können. Vielleicht sind es also noch mehr …«

Tristan schloss die Augen und nickte, als ob er einfach die Anzahl von Gästen zum Abendessen bestätigte. *Mindestens* vierhundert bewaffnete Soldaten auf dem Weg hierher? Während ihre besten Kämpfer ausgeflogen waren?

Er öffnete die Augen wieder. »Woher sollen wir wissen, dass du nicht auch ein Teil ihres Ablenkungsmanövers bist?«, fragte er und musterte den Jungen auf dem Boden. Elliots Verrat hatte ihn erschüttert. »Du bist Soldat, oder nicht? Und du hast sie verraten. Warum sollten wir dir vertrauen?«

Sev sah ihn mit trübem Blick an, gab aber keine Antwort. Tristan fragte sich, was sein Vater jetzt tun würde.

»Hol Morra«, sagte er und drehte sich zu einem hinter ihm stehenden Wachtposten um.

»Schon zur Stelle«, hörte er Morras schroffe Stimme, als sie sich einen Weg durch die Menge bahnte. Die Wachen machten Platz für sie, bis sie vor Sev stehen blieb, sich mit beiden Händen auf ihre Krücke stützte und ihn musterte.

Tristans Vater hatte tiefes Vertrauen zu Morra. Er sagte, sie verfüge über eine unheimliche Fähigkeit, Wahrheit und Lüge zu unterscheiden und Informationen zum Vorschein zu bringen. Tristan hatte Beryk und andere schon das Wort »Schattenmage« flüstern hören, aber natürlich wollte sein Vater von Aberglauben nichts wissen. Es gab keine Beweise und keine schriftlichen Belege dafür, dass Schattenmagen wirklich existierten, aber Tristan kannte die Geschichten. Wenn auch nur die Hälfte davon stimmte, dann war Morra zweifellos eine Schattenmage.

Ihm lief es eiskalt den Rücken hinunter. Er war von Natur aus ehrlich – möglicherweise mehr, als gut für ihn war, wenn er daran dachte, wie viel Ärger mit seinem Vater er sich dadurch schon eingehandelt hatte –, aber Morra machte ihn trotzdem nervös. Ihm machte das Heimliche an ihrer Magie zu schaffen, nicht die Magie an sich. Schattenmagie konnte eingesetzt werden, um Lügen zu wittern, aber das geschah auf trügerische Weise – durch Schnüffeln und Schleichen. Wenn die Menschen ehrlich wären, würde es keinen Bedarf an solcher Magie geben – und die Schattenmagen würden die Tatsache, dass sie diese Magie besaßen, nicht geheim halten müssen.

Aber vielleicht redete er sich da auch etwas ein. Er hielt seine Furcht vor Feuer geheim, und vielleicht war die Angst, entlarvt zu werden, der Grund, warum ihm die Vorstellung von Schattenmagie dermaßen zuwider war.

Andererseits konnte er nicht leugnen, dass sie gerade kam wie gerufen.

»Wen haben wir hier…«, murmelte Morra mit nachdenklicher Miene. »Freund oder Feind?«

»Freund«, sagte Sev. Sein Gesicht war schweißnass, aber er richtete sich gerade auf, als er hinzufügte: »Und mich schickt eine weitere Freundin. Ilithya Schattenherz.«

Pheronia war nicht fähig zu regieren
und der Rat manipulierte jede ihrer Handlungen.
Ich musste eingreifen.

– Kapitel 36 –

Veronyka

Veronyka trat unbewusst einen Schritt vor.

Sie war wie betäubt gewesen, seit sie den Soldaten erkannt hatte, der in die Festung geschleppt worden war; er war verdreckt und blutverschmiert, aber unverkennbar. Der Junge, der ihr bei ihrer Hütte das Leben gerettet und den sie ihrerseits vor Vals Zorn gerettet hatte. Indem sie ihre Schwester überredet hatte, ihre Hand wieder sinken zu lassen, hatte sie es dem Jungen ermöglicht, seine Botschaft zu übermitteln und sie vor dem bevorstehenden Angriff zu warnen. In ihrem Kopf drehte sich alles.

Sein Eintreffen war schon schockierend genug gewesen – ganz zu schweigen von seiner düsteren Mitteilung und Elliotts Verrat –, aber nichts bisher hatte sie so überrascht wie seine letzten beiden Wörter.

Veronyka glaubte, ihr Herz sei vielleicht wirklich stehengeblieben.

Ilithya Schattenherz.

Das war der Name ihrer Maiora. Zumindest die erste Hälfte davon. Als Veronyka klein gewesen war, war es zu schwierig gewesen, Ilithya zu sagen, deshalb hatte sie einfach »Großmutter« oder »Maiora« gesagt. Sie hatte nie gehört, dass sie Schattenherz genannt worden wäre, aber etwas daran jagte eine prickelnde Ahnung durch ihre Glieder.

Und sie war nicht die Einzige, die auf diese seltsame Weise reagierte.

»Woher kennst du diesen Namen?«, wollte Morra wissen.

Veronyka ließ ihren Blick zwischen den beiden hin- und herhuschen, atemlos vor Spannung.

»Sie war als Leibeigene beim Regiment – und sie hat von Anfang an gegen die Armee gearbeitet. Sie hat versucht, sie alle zu vergiften … um den Angriff zu verhindern, aber …« Sev unterbrach sich keuchend und Veronyka sah in seinem Gesicht mehr als nur körperliche Schmerzen. Nichts von dem, was er sagte, bestätigte, dass es sich um dieselbe Ilithya handelte, bei der sie aufgewachsen war, aber es sprach auch nichts dagegen. »Deshalb bin ich gekommen, um euch zu warnen und um das hier zu übergeben.« Er bewegte seinen unversehrten Arm und der Rucksack rutschte von seiner Schulter. Er öffnete ihn und zeigte, dass er mit glatten grauen Steinen gefüllt war.

Bei diesem vertrauten Anblick schnappte Veronyka nach Luft. Das konnte doch nicht …

»*Miseriya*, erbarme dich«, murmelte Morra und beugte sich weiter vor. Sie wandte sich an Tristan. »Sind das …«

Tristan griff nach dem Rucksack und betrachtete eilig den Inhalt, ehe er die Klappe wieder schloss. Er sagte kein Wort, aber sein ganzer Körper vibrierte vor unterdrückter Energie. Die Umstehenden drängten sich näher, aber die meisten hatten den Inhalt des Rucksacks nicht gesehen – und es war deutlich, dass Tristan es dabei belassen wollte. Jetzt war nicht der richtige Moment, um an etwas anderes als den Angriff zu denken. Wenn der Junge die Wahrheit gesagt hatte, dann war eine Armee auf dem Weg zu ihnen.

Aber dennoch, ein Rucksack voller Phönixeier – ein Dutzend, wenn Veronyka richtig gezählt hatte – war an einem Ort wie diesem schwer zu ignorieren.

Durch ihre Arme prickelte etwas, das hell und glitzernd war wie der Fluss Aurys in der Sonne.

Es fühlte sich an, als eröffnete sich eine Möglichkeit. Es fühlte sich an wie Hoffnung für die Zukunft … wenn sie die Nacht überleben würden.

Morra drehte sich wieder zu Sev um. »Warum hätte Ilithya dich aussuchen sollen und keinen Animagen?«

»Ich *bin* Animage.«

»Ein Animage in der Armee?«, fragte Morra skeptisch, und Veronyka wusste, dass sie in seinen Gedanken suchte, dass sie ihre Schattenmagie einsetzte, um festzustellen, ob er die Wahrheit sagte oder nicht. Dann nickte sie und ihre Miene bat um Entschuldigung.

»Wo ist sie jetzt?«, fragte sie drängend. »Ilithya?«

Sev öffnete den Mund, dann schluckte er mühsam und schüttelte den Kopf.

Morra schwankte ein wenig, ihre Augen wurden glasig – als ob sie etwas sähe, das die anderen nicht sehen konnten. Etwas aus der Erinnerung des Soldaten.

»Ist sie tot?«, flüsterte Veronyka und sah zwischen den beiden hin und her. Sie hätte zu gern ihre Schattenmagie benutzt, wusste aber, dass sie das nicht riskieren durfte.

Sev nickte und alle Luft entwich Veronykas Lunge. Wenn es wirklich ihre Maiora Ilithya gewesen war und wenn sie die ganze Zeit gelebt hatte …

Veronyka dachte zurück an den Tag, an dem Val ihr gesagt hatte, ihre Großmutter sei tot. Sie hatte damals geglaubt, dass Val es gesehen hätte, gehört – dass sie es *wusste!* –, so, wie sie alles Mögliche wusste, was Veronyka unbekannt war, und wie eine Närrin hatte sie das Wort ihrer Schwester als Wahrheit akzeptiert. Sie hätte es schon damals besser wissen müssen und war über sich ebenso frustriert wie über Val. Sie suchte in den Gesichtern der Umstehenden nach ihrer Schwester, wollte sofort mit ihr sprechen, aber Val war nirgendwo zu sehen.

Morra richtete sich auf und blinzelte, als sie zu sich kam. »Alles, was er sagt, ist wahr.«

Eine Welle der Erregung pflanzte sich durch die Menge fort, und die, die vorn standen, flüsterten denen weiter hinten zu, was gesagt worden war, worauf weitere Fragen und Bedenken hin und her sprangen.

»Aber wie konnten so viele Soldaten ungesehen so weit den Pyrmont hochkommen?«, fragte einer der Wachtposten und schaute sich in der Menge um. »Schon vor Wochen hätte ein Rauchsignal zu sehen sein müssen, als sie mit dem Aufstieg anfingen.«

»Sie waren nicht so dumm, über die Hauptstraßen zu gehen«, sagte jemand aus dem Dorf, und die anderen nickten oder murmelten zustimmend.

»Elliots Informationen haben ihnen wohl geholfen, unseren Spähern zu entgehen«, fügte Ronyn mit düsterer Stimme hinzu.

»Sie marschieren außerdem getrennt«, meinte Morra und gab damit wieder, was Sev bereits gesagt hatte. »Auf diese Weise haben sie weniger Aufmerksamkeit erregt und konnten auf dem Berg strategische Positionen beziehen. Das Regiment, das uns am nächsten ist, hat sein Lager in den Vesperäischen Höhlen aufgeschlagen. Sie sind nur einen halben Tagesmarsch vom Feld der Federn entfernt, und das bedeutet, dass sie vor Einbruch der Dunkelheit hier sein können.«

»Lehrling Tristan«, schaltete sich jetzt eine Wachtsoldatin ein und drängte sich an der Seite von Hauptmann Flynn nach vorne durch.

»Ja?«, fragte Tristan, der spürte, wie dringend es ihr war.

»Eine Gruppe von bewaffneten Soldaten kommt die Pilgerstraße hoch«, sagte die Wachtsoldatin fast schon atemlos. Sie sprach nur zu Tristan, aber die Umstehenden beugten sich vor, um sie ebenfalls verstehen zu können. »Sie werden innerhalb einer Stunde bei der Raststätte eintreffen.«

Ein Eimer voller Eiswasser wurde in Veronykas Magen ausgeleert. *Innerhalb einer Stunde?*

»Und es ist kaum Glock sieben«, murmelte Morra.

»Wie viele sind es?«, fragte Tristan.

»Fast dreihundert«, antwortete die Wachtsoldatin mit düsterem Gesicht. »Aber im Schutz der Bäume könnten sich noch weitere verstecken.«

Sev hatte ihnen gesagt, sie müssten mit vierhundert rechnen, also hatten sich die Soldaten wohl wieder aufgeteilt und planten vermutlich getrennte oder aufeinanderfolgende Angriffe. Auf dem Burghof war es jetzt ganz still, Wachen, Dienstboten und Dörflinge warteten auf Tristans Entscheidung.

Er hob das Kinn und richtete sich zu seiner vollen Größe auf. In diesem Moment sah er aus wie sein Vater und schien noch breiter zu werden, wie um den Raum um sich herum auszufüllen.

»Alle aus dem Dorf sollen sofort in die Festung kommen«, sagte er dem Ausguck, der nickte und loslief. »Hauptmann«, fügte Tristan dann hinzu und drehte sich zu dem Mann um, dem der Kommandant mit ihm zusammen die Entscheidungsgewalt übertragen hatte. »Ich schlage vor, dass Sie Ihre Männer schicken, um bei der Evakuierung des Dorfes zu helfen, so viele, wie entbehrt werden können. Was das Dorftor angeht …«

»Darum kümmere ich mich persönlich«, sagte der Hauptmann. »Wir werden die Tore verbarrikadieren und ich werde einen Trupp aus meinen besten Kämpfern zu ihrer Verteidigung zurücklassen. Den Rest schicke ich in die Festung.«

Tristan nickte. »Lassen Sie mich durch einen Läufer informieren, und sagen Sie Jana, sie soll die Tauben bereithalten. Wir müssen Mitteilungen verschicken. Bis dahin«, fuhr er fort und hob seine Stimme über den Lärm, mit dem seine Befehle nun ausgeführt wurden, »sollen alle gesunden und einsatzwilligen Bediensteten und Dörflinge sich in fünfzehn Minuten hier auf dem Burghof aufstellen. Wir werden die Festung halten, bis der Kommandant mit den Reitern zurückkehrt.«

Die Menge um sie herum löste sich jetzt auf; Hauptmann Flynn schickte Wachen in verschiedene Richtungen, Dienstboten rannten los, um ihre Vorbereitungen zu treffen. Morra blieb zurück, um Elliot zu befragen, in der Hoffnung, weitere Einzelheiten über den bevorstehenden Angriff in Erfahrung zu bringen.

Inmitten dieses Durcheinanders ging Tristan vor Sev in die Hocke. »Danke«, sagte er und bedeutete der Heilerin, Sev an einen sichereren Ort zu bringen. »Wir stehen für immer in deiner Schuld. Diese hier ...«, er zeigte auf die Eier, »behalte sie erst einmal bei dir.«

Als Veronyka beiseitetrat, um nicht im Weg zu stehen, blieb Sevs Blick an ihr haften. Er schien sich vage an sie zu erinnern, aber seine Augen waren trübe vor Schmerz. Ehe sie etwas tun konnte, wurde er hochgehoben und fortgetragen.

Sie rieb sich die schmerzenden Schläfen. Wenn Sev sie erkannt hatte, wenn er nach dem Mädchen fragte, das ihm schon einmal begegnet war ... das wäre ein Problem, das sie jetzt wirklich nicht brauchen konnte.

Als sie aufschaute, war Tristan bereits auf dem Weg zum Tempel. Sie runzelte die Stirn. »Wohin gehst du?«, rief sie.

»Das Leuchtsignal entzünden.«

Während der Burghof um sie herum vor Geschäftigkeit summte, jagte eine Welle aus Energie durch Veronykas Adern. Es passierte so viel, Soldaten, Verräter Phönixeier, und es stand so viel auf dem Spiel. Aber da eine Armee auf ihre Tore vorrückte, war eins gewiss: Tristan hatte Freiwillige zur Verteidigung der Festung aufgerufen und Veronyka wollte kämpfen.

Im Hof herrschte Chaos, als die Vorbereitungen für den Kampf begannen – Dörflinge, die ihre Kinder und die Habseligkeiten, die sie hatten zusammenraffen können, an sich drückten, wurden in die leeren Gebäude gebracht, während Wachtposten Fässer voller Getreide über die Pflastersteine rollten und Dienstboten überschwappende Wassereimer zur Küche schleppten.

Ein kleines Mädchen stieß mit Veronyka zusammen – ein Mädchen mit wilden Haaren, einem Vogel auf der Schulter und einem selbst gemachten Speer in der Hand.

»Spatz?«, fragte Veronyka ungläubig, aber schon war das Mädchen in der Menge verschwunden. Wann war sie in den Adlerhorst gekommen? War sie zusammen mit Val und den Gauklern gekommen, oder war sie schon länger hier, trieb sich im Dorf herum und sammelte allen Klatsch, den sie in Erfahrung bringen konnte?

Ehe Veronyka sie wiederfinden konnte, ertönte ein lautes Krachen, gefolgt von einem scharfen Zischen.

Zuerst glaubte sie, ein Phönix habe sich entzündet, aber als sie zum Himmel hochschaute, zog ein loderndes Licht ihren Blick zu der goldenen Phönix-Statue oben auf dem Tempel. Offenbar diente auch sie als Leuchtsignal, aber sie entsandte keinen schwarzen Rauch wie die Signalfeuer des Dorfes, stattdessen färbten die Blätter oder Halme, die die Reiter verbrannten, den Rauch zu leuchtendem Rot, und schmale Flammen züngelten über die Oberfläche der Statue, sodass sie aussah wie ein Phönix im Flammensturzflug.

Als Tristan die Leiter herunterstieg, gingen Menschen im Gebäude darunter eilig aus und ein, trugen Decken und Kisten voller Proviant. Der geheiligte Raum wurde als eine Art Krankenstation eingerichtet, und Veronyka fragte sich, ob Sev jetzt wohl dort war und wie viele andere sich ihm vor Ende der Nacht noch anschließen würden.

Der Burghof füllte sich derweil mit Freiwilligen – Köchinnen, Dörflingen, Dienstboten und Stallburschen –, und Veronyka stellte sich dazu.

Mit hämmerndem Herzen wischte sie sich die schweißnassen Handflächen an ihrer Hose ab und gab sich alle Mühe, nicht daran zu denken, was hier gerade passierte – was es bedeuten würde, sich freiwillig zum Kampf zu melden. Sie hatte das Gefühl, eine unsichtbare Grenze zu übertreten, als ob sie, indem sie mitkämpfte, beschlossen hatte, ein für alle Mal hierzubleiben. Ob das nun stimmte oder nicht, sie konnte einfach nicht tatenlos zusehen, wie Tristan und die anderen ihr Leben riskierten, und sie wollte nicht miterleben, wie das Imperium den Phönixreitern einen weiteren Schlag versetzte.

Als Tristan über die Pflastersteine lief, entdeckte sie Val, die im Schatten des Tempels stand. Ihre Schwester sah den Freiwilligen interessiert zu, machte aber keine Anstalten, sich ihnen anzuschließen. Veronyka musste einen Stich der Enttäuschung unterdrücken. Seit wann schreckte Val vor einem Kampf zurück? Andererseits war ihre Schwester ja nie der Meinung gewesen, dass dieser Kampf sie beide etwas anging.

Tristan musterte die Gruppe mit düsterer Miene. Einige Nachzügler schlossen sich der Truppe an und er ging nun an der Reihe der Freiwilligen entlang. Neben ihm schob ein Wachtposten einen Karren voller Waffen und half den Neuen, sich eine Schleuder oder eine Armbrust auszusuchen oder was immer ihren Fähigkeiten und ihrer Größe entsprach.

Veronyka konnte nur ein leises Murmeln hören, aber die Freiwilligen wurden nun nacheinander mit Waffen versorgt und auf Stellungen verteilt. Es waren auch Kinder aus dem Dorf dabei, denen Tristan weniger gefährliche Aufgaben übertrug, wie Botschaften auszurichten oder Wasserschläuche neu zu füllen, und Veronyka glaubte, Spatz zwischen ihnen gesehen zu haben.

Endlich drehte sich Tristan zu ihr um.

»Ich bin kampfbereit«, sagte sie, ohne darauf zu warten, dass er etwas sagte.

Er brauchte lange für seine Antwort, so lange, dass das Schweigen zwischen ihnen von einem atemlosen Augenblick zu einem klaffenden Abgrund wurde. Wollte er es ihr verwehren? Bisher war sie gar nicht auf diese Idee gekommen und dieses eine Mal waren seine Gefühle fest verriegelt und außerhalb ihrer Reichweite.

Er zwang sich zu einem Lächeln und legte ihr eine Hand auf die Schulter. Veronyka wusste sofort, dass das hier nicht wie geplant verlaufen würde. Sie atmete jetzt flacher, und plötzlich merkte sie, dass Dutzende von Augen auf sie gerichtet waren.

»Du hast gerade erst mit deiner Ausbildung angefangen«, sagte Tristan ruhig. »Ich kann dich nicht auf der Mauer in Gefahr bringen und wissen, dass es meine Entscheidung war, dich dort zu postieren. Wir könnten weitere Läufer brauchen oder …«

»Läufer?«, wiederholte sie tonlos. »Wie die Kinder?« Ihr Hals und ihre Ohren brannten, während um sie herum Geflüster zu hören war.

»Nyk …«, begann Tristan, aber sie ließ ihn nicht ausreden.

»Wir *alle* hier sind in Gefahr«, sagte sie und packte den groben Stoff ihrer Hose, um ihre Hände am Zittern zu hindern.

»Nyk«, sagte er noch einmal und beugte sich zu ihr vor. »Es gibt eine Menge anderer wichtiger Aufgaben, nicht nur das Übermitteln von Mitteilungen. Ersken wird Hilfe bei den Phönixen im Adlerhorst brauchen – nicht bloß bei den Weibchen.« Das Letzte sagte er, als ob er glaubte, dass sie das trösten würde. Vor einigen Tagen wäre das vielleicht der Fall gewesen. Sie blieb wie versteinert vor ihm stehen.

»Bitte mach es nicht noch schwerer«, bat er, und in seinen Augen funkelte eine unterdrückte Empfindung. Schuldgefühl? Mitleid?

Sie konnte nicht glauben, dass er sie vor allen anderen abwies, sie vor den restlichen Lehrlingen, die in der Nähe standen, *beschämte*. Er hatte versprochen, ihr zu helfen, und er hatte ihr gesagt, dass sie zu ihnen gehörte. Dass ein guter Reiter aus ihr werden würde. Und jetzt behandelte er sie, als sei sie schwach und nutzlos, als benötigte sie Schutz.

Er behandelte sie so, wie Val sie immer behandelt hatte.

Veronykas Kehle war wie zugeschnürt und angefüllt von unvergossenen Tränen, aber sie rang sich eine Entgegnung ab.

»Schwerer für wen?«, fragte sie und gab sich nicht die Mühe, leise zu sprechen. Und damit drängte sie sich an ihm vorbei und rannte vom Burghof.

Veronyka ging zum Adlerhorst. Nicht um Tristans Wunsch nachzukommen, sondern weil sie nicht wusste, wohin sie sonst gehen sollte. Sie versetzte einem Wassereimer einen Tritt und schrie jede Verwünschung, die sie jemals im Hafen der *Gänge* oder in den Kochhäusern der Grenzdörfer aufgeschnappt hatte.

Xephyra wandte ihr den Kopf zu, Neugier sickerte durch die Bindung, als sie versuchte, die Flüche zu begreifen, die Veronyka selbst nur halbwegs verstand.

Schritte kamen näher, und Veronyka wusste, wer das sein würde.

Sie starrte angestrengt in die Schatten. Es war schon dunkel in den Tiefen des Adlerhorsts, das Licht des düsteren, bewölkten Tages schwand schnell.

»Was willst du, Val?«, fragte sie, als ihre Schwester auf dem Treppenabsatz auftauchte. Val blieb stehen, als sie die Frage hörte.

»Sei nicht sauer auf mich, weil dein kostbarer Tristan nicht will, dass du neben ihm kämpfst. Ich habe dir gesagt, dass das passieren würde, Veronyka. Ich habe dir gesagt, dass das hier nicht unsere Leute sind.«

Val wollte sie verletzen, das wusste Veronyka, und doch taten diese Worte sehr weh – weil sie auch Wahrheit enthielten. Tristan wollte sie wirklich nicht neben sich haben.

»Sag mir, was damals mit Maiora Ilithya geschehen ist«, sagte sie und verschränkte die Arme vor der Brust.

»Was?«, fragte Val und runzelte die Stirn, aber Veronyka wusste, dass es ein Ablenkungsversuch war. Sie hatte Val nicht gesehen, war aber sicher, dass ihre Schwester sich bei Sevs Eintreffen irgendwo in der Nähe versteckt hatte. Val war wie der Regen – manchmal, wenn sie sich konzentrierte, konnte Veronyka ihre Anwesenheit spüren wie einen Schmerz in ihren Knochen.

»Dieser Soldat hat gesagt, dass er mit einer Frau namens Ilithya zusammengearbeitet hat«, sagte sie und zeigte zum Burghof hoch. »Er hat gesagt, sie war eine Leibeigene und …«

»Sei nicht albern, Veronyka. Es gibt bestimmt Hunderte von Frauen mit diesem Namen.«

»Ilithya Schattenherz.« Jetzt, ein Flackern – etwas in Vals Augen änderte sich. Veronyka hätte zu gern gewusst, wie Schattenmagie richtig angewendet wurde, denn dann hätte sie ihre Gedanken ausstrecken und die Wahrheit aus dem Kopf ihrer Schwester reißen können. »Unsere *Großmutter.* Du hast mir gesagt, sie sei tot.«

Val verdrehte tatsächlich die Augen. »Sie war nicht unsere Großmutter, *xe* Nyka. Das weißt du.« Sie unterbrach sich und biss sich auf die Lippe. »Sie war auf jeden Fall für *uns* tot. Sie wurde zu lebenslanger Leibeigenschaft verurteilt.«

Veronyka schloss die Augen und ihr Blut dröhnte in ihren Ohren. Diese vielen Jahre, alle verloren. Sie hätten sie suchen, herausfinden können, wo sie arbeitete, und sie hätten versuchen können, sie zu besuchen. Sie hätten ihr schreiben können. Sie hätten alles tun können – alles, egal was, wäre besser gewesen als das Nichts, das sie stattdessen getan hatten.

»Ich weiß, du bist außer dir, Veronyka«, sagte Val sanft. »Nichts ist mehr so, wie es war. Aber das ist nur gut so. Das Schicksal hat diese Soldaten hergeführt, sie wurden von Anyankes Hand gelenkt. Ich habe versucht, Geduld zu haben, dir so viel Zeit wie möglich zu geben – aber ich habe auf das hier gewartet, das ist unsere Chance zur Flucht. Um dich und deine Verbündete aus dem Käfig zu holen, den die Reiter für euch gebaut haben. Jetzt, während sie mit den Vorbereitungen zur Verteidigung beschäftigt sind, werden wir deine Phönice befreien und entkommen. Wir werden auch die anderen Phönicen befreien, wenn das möglich ist, und dann schleichen wir uns durch den unterirdischen Dienstbotengang davon.«

Veronyka starrte ihre Schwester an. Als Kind hatte sie immer gesagt, Avalkyra Aschenfeuer sei ihre Heldin, die, der sie am meisten ähneln wollte. Aber in Wirklichkeit hatte sie Val bewundert. Welches Problem auch immer sie hatten, sie wusste, dass Val eine Lösung finden würde – und das hatte sie auch immer, auch wenn Veronyka mit den Methoden oft nicht einverstanden war. Val hatte immer furchtlos gewirkt und vielleicht hatte Veronyka das am meisten bewundert.

Jetzt sah sie nur einen Feigling, wenn sie ihre Schwester anblickte. Val wurde nicht von Furchtlosigkeit geleitet, sondern von Selbstsucht.

Veronyka dachte an ihre Maiora, die sich geopfert hatte, damit sie sich in Sicherheit bringen konnten. Selbst als sie ganz unten gewesen war – ihre Familie verloren, ihr Phönix tot, ihr Leben in Ketten verdammt und ihre Königin tot –, hatte sie noch immer gekämpft.

Das tat eine Kriegerin, eine echte Phönixreiterin. Val und die anderen irrten sich. Es war kein Rang, den man erwarb, kein Maß, das man erfüllen, kein Erbe, dem man sich gewachsen zeigen musste. Phönixreiter waren Beschützer ihres Volkes, Krieger des Lichts, und in diesem Moment waren die Soldaten des Imperiums die Finsternis, die gekommen war, um sie mit Haut und Haaren zu verschlingen.

Vielleicht war es falsch gewesen, Val und die Königin mit der Federkrone zu bewundern. Vielleicht hatte sie die ganze Zeit eine viel bessere Heldin gehabt: ihre Maiora.

»Nyk?«

Eine Stimme hallte von der Treppe wider. Sie und Val fuhren zusammen, aber Val fasste sich als Erste. Sie wich zurück und schaute sich um, als suche sie nach einem Versteck – oder einer guten Angriffsposition.

Ersken hatte neben dem Gehege einen Stapel Vorratskästen hinterlassen. Val ließ eine Hand an der improvisierten Wand entlangwandern, fand eine schmale Öffnung zwischen den Kästen, schlüpfte hindurch und war verschwunden.

»Val, wo …«, setzte Veronyka an, erstarrte dann aber, als Tristan auf dem Treppenabsatz erschien. Er kam zielstrebig auf sie zu, blieb aber auf halber Strecke stehen und sah sie misstrauisch an.

Veronyka gab sich Mühe, konnte jedoch den Schmerz, den sein Anblick in ihr hervorrief, nicht verbergen. Alles andere verschwand, und sie hatte das Gefühl, wieder auf dem Burghof zu stehen.

»Warum?«, fragte sie und schluckte den Kloß in ihrem Hals hinunter.

Der Himmel war von einem dunklen, trüben Grau, und die flackernden Laternen oben auf der Galerie – zusammen mit dem rötlichen Leuchten des brennenden Phönixstrahls – hüllten Tristan in einen rotgoldenen Glorienschein. Sein Gesicht lag im Schatten, aber als er nun einen Schritt vortrat, wurde seine düstere Miene offenbarer.

»Hör zu«, begann er zögernd. »Das war nicht … ich wollte nicht … Es war ein Fehler.« Veronyka blinzelte überrascht. Tristan schaute sich um, als ob er nach Worten suchte, dann fuhr er sich mit beiden Händen durch die Haare. »Ich weiß nicht, was ich tue. Verstehst du das nicht?« Das brüllte er fast und seine Fassung brach in sich zusammen. »Ich weiß nicht, wie ich diese Festung leiten soll, und was ist, wenn der Kommandant – mein *Vater* – niemals zurückkehrt?«

Seine Stimme klang erstickt, und als sie sein verzweifeltes Gesicht sah, streckte Veronyka sich zu ihm aus. Es geschah instinktiv, als ob sie nach einem zu Boden fallenden Messer greifen würde, obwohl sie wusste, dass das gefährlich war. Aber aus irgendeinem Grund erschien es ihr jetzt nicht falsch oder verboten, den Kanal zwischen ihnen zu öffnen. Es erschien ihr richtig, so wie dann, wenn sie Verbindung zu Xephyra aufnahm. Es hatte nichts mit Spionage oder Kontrolle zu tun, sondern mit Mitgefühl – damit, den Schmerz zu teilen.

Das war der Unterschied zwischen Val und ihr, wie sie jetzt begriff. Val setzte ihr Wissen als Waffe ein, um zu verletzen, immer suchte sie Schwächen und Möglichkeiten, diese Schwächen auszunutzen. Veronyka nutzte ihre Schattenmagie, um die Wesen in ihrer Umgebung zu verstehen, und die Magie erfüllte sie mit Mitleid und Erkenntnis.

Vielleicht war Schattenmagie keine finstere Versuchung, vielleicht konnte sie gut und schlecht sein, genau wie Menschen.

Aber sie wusste, dass sie trotzdem vorsichtig sein musste. Sie hatte ihre Magie schon einmal gegen Tristan eingesetzt, hatte ihn aufgezogen, weil er Wind *xe xie* genannt hatte, bloß um sich Bestätigung zu holen. Das war eine Kleinigkeit gewesen, ziemlich harmlos, aber trotzdem nicht richtig. Schattenmagie konnte ein tückischer Weg ins Verderben sein. Zuerst wollte sie Tristan nur verstehen, dann machte sie sich auf die Suche, und danach – was? Wie weit war es wirklich vom Stehlen von Gedanken und Empfindungen bis dahin, dort eigene zu verankern? Würde sie bei jedem Streit tiefer loten, neuere und bessere Methoden finden, um ihn zu verletzen?

Wie Val?

Nein, dachte Veronyka entschieden. *Ich bin nicht wie sie.*

Als sich die Verbindung zwischen ihnen öffnete, sah sie erst, welcher Tumult in Tristans Gefühlen herrschte. Seine Gedanken – wie die aller, mit denen sie je zu tun gehabt hatte, ob nun Menschen oder Tiere – hatte ein deutliches Gewebe, einen eigenen Ausdruck. Val war Rauch und Eisen. Xephyra war klares, helles Sonnenlicht. Tristan war erdig und frisch – wie betautes Gras und das Rieseln eines warmen Sommerregens. Meistens. Im Moment kam sein Gemüt ihr eher vor wie eine Gewitterwolke, die knisternd und grollend über ihr herumwirbelte.

»Ich bin noch nicht bereit für das alles«, sagte er jetzt mit schwerem Atem. »Keiner von den Lehrlingen hat echte Kampferfahrung, und Elliot … ich weiß nicht, was ich mit ihm machen soll. Ich kann den Gedanken nicht ertragen, dass sich alle Menschen hier auf mich verlassen, dass sie meine Führung erwarten. Wenn ich wenigstens einen Freund beschützen kann, wenn ich *dich* beschützen kann, dann sollte ich das tun. Ich sollte es tun wollen, denn es wäre das Richtige. Aber ich will nicht … ich glaube, ich *kann* es nicht … allein tun. Ich will, dass du neben mir stehst. Ich vertraue dir mehr als allen anderen, aber ich habe versprochen …«

»Versprochen?«, wiederholte Veronyka mit scharfer Stimme, und dieses eine Wort durchstach die Blase aus Freude, die in ihrer Brust angeschwollen war. »Wem versprochen?«

Val trat aus den Schatten hervor.

Sie stand zwar näher bei Veronyka als bei Tristan, aber all ihre Aufmerksamkeit richtete sich auf ihn. Veronyka wurde fast mitgerissen von der Welle aus Schattenmagie, die ihre Schwester ausstrahlte und die zu einem Sturm wurde, der Tristan beinahe umwarf. Er wurde gegen die Mauer hinter ihm geschleudert, und sein Gesicht wurde ausdruckslos, als Val sich über ihn hermachte und ihre schwelende Schattenmagie wie schwerer magischer Geruch in Veronykas Nase strömte.

Veronyka, die noch mit Tristan verbunden war, nachdem sie sich eben erst für ihn geöffnet hatte, hörte, was Val in seine Gedanken rammte.

Aufhören. Nicht sprechen. Du erinnerst dich an nichts. Du…

»Val, das reicht!«, brüllte sie und stieß Val zur Seite. Ihre Schwester geriet offenbar aus ihrer Konzentration und brach die Verbindung zu Tristan ab; die Luft zwischen ihnen verlor die knisternde Energie, die sie eben noch erfüllt hatte. Der furchtbare Klang der Stimme ihrer Schwester wurde aus ihren und auch aus Tristans Gedanken gerissen.

Veronyka verstärkte ihre Sperren, aber sie konnte nichts tun, um Tristan zu beschützen.

Er schüttelte den Kopf und blinzelte mehrmals, als er versuchte, das soeben Geschehene zu begreifen. Während Veronyka wusste, dass die Stimme in seinen Gedanken Val gehört hatte, war sie nicht sicher, wie jemand ohne Erfahrung mit Schattenmagie darauf reagieren würde. Für ihn konnte es ein zusammenhangloses Grollen gewesen sein, ein plötzliches unbewusstes Verlangen oder vielleicht das Gefühl, dass seine eigenen Gedanken sich seiner Kontrolle entrissen.

»Tristan, *wem* versprochen?«, fragte Veronyka, voller Angst davor, was Val in seinen Gedanken und seinen Erinnerungen angerichtet haben könnte.

»Du darfst ihm nichts glauben«, sagte Val, aber Veronyka fiel ihr ins Wort.

»Nein, ich darf *dir* nichts glauben«, fauchte sie. »Tristan, bitte.«

Tristan warf einen misstrauischen Blick zu Val hinüber, dann sah er Veronyka an. Er schien wieder bei sich zu sein, auch wenn er sichtlich Probleme damit hatte, zu verstehen, was hier vor sich ging. »Nicht böse sein, Nyk. Deine Schwester hat sich Sorgen um dich gemacht, das ist alles. Sie wollte nicht, dass du am Kampf teilnimmst, falls das nicht unbedingt sein muss. Also habe ich versprochen, dich von der Mauer und von der Gefahr fernzuhalten.«

Seine Stimme klang bittend, aber Veronyka hatte nicht das geringste Mitgefühl für ihn. Sie fuhr herum und sah ihre Schwester an.

Val wollte nicht, dass sie in Sicherheit war – sie wollte, dass sie *ausgeschlossen* war, und vor allem wollte Val, dass sie sich durch und durch allein fühlte.

Plötzlich ergab alles einen Sinn. *Ich habe auf das hier gewartet …*

Val hatte gewusst, dass die Soldaten im Anmarsch waren.

Es war ein grauenhafter Gedanke, aber Veronyka fühlte sofort, dass er zutraf. Schließlich war Val nur wenige Tage vor den Soldaten im Adlerhorst eingetroffen. Nie im Leben könnte eine so erfahrene Schattenmage wie Val Hunderte von Soldaten übersehen, die ganz in der Nähe den Berg hochstiegen. Veronyka behielt ihre Magie immer bei sich, unter genauer Kontrolle, Val dagegen warf ihre aus wie ein Netz. Deshalb hatte sie sofort mit ihr weggehen wollen, deshalb hatte sie so dringend darauf bestanden. Sie hatte die Reiter nicht gewarnt, damit sie sich vorbereiten konnten; sie hatte ihr Wissen für sich behalten, hatte zahllose Leben aufs Spiel gesetzt, um sie wieder unter ihre Kontrolle holen zu können.

Seit ihrem Eintreffen hier hatte sich Val alle Mühe gegeben, Angst und Zweifel in Veronykas Herz zu säen. Sie hatte die Reiter beleidigt, hatte ihre Motive und Loyalitäten infrage gestellt und Veronyka kritisiert, weil sie ihnen diente. Als Xephyra aufgetaucht und in den

Brutkäfig gesteckt worden war, war Val ihrem Ziel noch näher gekommen. Sich an Tristan zu wenden, ihn zu bitten, Veronyka nicht kämpfen zu lassen, war der letzte Schritt dahin, ihr alles zu nehmen, was sie glücklich machte. Dieser ganze Kummer, diese ganze Qual – und wenn es dann so weit wäre, würde Veronyka nichts haben, woran sie sich festhalten könnte.

»Hast du gewusst, dass Xephyra zurückgekommen war?«, fragte sie ihre Schwester. Das war das Einzige, was sie noch nicht begriffen hatte, die letzte Frage, auf die sie eine Antwort brauchte. Sie hatte schon früher versucht, sie zu stellen, aber Val hatte sich mit Ablenkungen und vagen Antworten gerettet. Diesmal nicht.

Val wirkte überrascht vom Themenwechsel, hob aber ihr Kinn, und ihre Augen loderten. »Ja.«

»Und du hast sie hergeführt … zu mir?«

»Ja.«

»Wie?«, fragte Veronyka, und eine langsame, stetige Hitze stieg in ihrer Kehle auf.

Val zuckte mit den Schultern, eine so gleichgültige, so wegwerfende Geste, dass Veronyka die Zähne zusammenbeißen musste, um kein Feuer zu speien.

»Du bist ungeduldig, Nyka, das warst du immer schon. Auferstehung ist nichts für Leute mit schwachen Nerven. Es hat eine ganze Woche gedauert, bis sie zurückgekehrt ist. Deine Phönice hat nach dir gesucht, aber da war nun mal ich. Es war wirklich nicht leicht, sie unter Kontrolle zu halten, aber es ist mir gelungen. Sie ist dir gefolgt und ich bin ihr gefolgt. Und jetzt sind wir hier.«

Veronykas gesamter Körper brannte nun, die lodernden Flammen versengten sie von innen und flehten um Befreiung. Val hatte sie vor Tristans Ohren »Nyka« genannt, aber im Vergleich zu allem anderen wirkte das fast belanglos.

»Warum hast du mir das nicht gesagt?«, fragte sie drängend.

»Ich hab's versucht«, sagte Val wütend. »Ich habe gesagt, dass ich ein Geschenk für dich hätte. Aber du wolltest nichts mit mir zu tun haben, weißt du noch? Also habe ich sie hergerufen.«

Veronyka beendete in Gedanken diesen Satz: … *damit du rausgeworfen würdest, aber stattdessen haben sie Xephyra in einen Käfig gesteckt.*

Sie schüttelte den Kopf und siebte Vals Worte durch, um zum Knotenpunkt ihrer Verwirrung zu gelangen. »Wie konntest du sie unter Kontrolle bringen – wie konntest du sie herrufen? Das sollte doch nicht möglich sein. Du bist nicht mit ihr verbunden.«

Tristan reagierte auf das Wort »verbunden«, sein Blick jagte zum Brutgehege hinüber, aber Veronyka hatte zu große andere Probleme, um darauf zu achten.

Val legte den Kopf schräg und sah sie einen Moment lang an. Dann sprang ganz hinten in Veronykas Gedanken eine Tür auf.

Auf einmal wusste sie, was das war – eine dauerhafte Verbindung zu Val. Es war eine Art Bindung, aber während ihr Austausch mit Xephyra in beide Richtungen floss und weit offen und leicht erreichbar war, war dieser Kanal eng und unsicher – offen, aber streng bewacht.

Sie begriff in einem lodernden Moment der Klarheit, dass Val diese Verbindung auf irgendeine Weise genutzt hatte, um an Xephyras Vertrauen zu gelangen. Veronykas Existenz war ein Teil von Val, ein fester Bestandteil ihrer Gedanken, und das hatte Xephyra gespürt. Das erinnerte Veronyka unangenehm an die starke Verbindung zwischen ihr und Tristan – und wie Val darauf reagiert hatte. Wenn sie ein Teil von Vals Gedanken war, dann war Val ein Teil von ihr, und Val musste gespürt haben, dass sie aus Versehen einen ähnlichen Kanal zwischen sich und Tristan geöffnet hatte.

Tristan wusste nichts von dieser Verbindung, Val dagegen hatte ihre Verbindung zu Veronyka gekannt und ausgenutzt, sie hatte ihre Bindung zu Xephyra benutzt, um das zu bekommen, was sie wollte.

Veronyka wurde von blinder Wut erfüllt. Was Val in ihrem Namen getan hatte, gab ihr das Gefühl, besudelt und beschmutzt zu sein. Und das nicht erst seit Kurzem. Ihr Leben war erfüllt von Augenblicken, in denen Val schockierende, schreckliche Dinge tat – und das angeblich immer zu Veronykas Bestem. Val hatte ihr so viel vorenthalten, sie ihr ganzes Leben lang im Dunkeln gelassen. Nicht nur, was ihre Großmutter anging, sondern auch in Bezug auf ihre Magie.

Und sie hatte genug davon.

Sie stürzte sich auf ihre mentalen Sperren und die Verbindung zwischen ihnen geriet ins Schwanken. Die Tür wurde zugeknallt, war aber nicht ganz verschwunden, und ihre Anwesenheit änderte alles zwischen ihnen. Es gab keine imaginären Grenzen und kein falsches Gefühl von Sicherheit. Val war in ihrem Geist und es gab keinen sicheren Ort.

Veronyka konnte nichts sagen. Sie konnte auch nicht atmen, konnte nur um Atem ringen und die Luft pfeifend in ihre Lunge zwingen.

»Ich hasse dich«, sagte sie endlich. Sie sagte es ganz leise, und Val beugte sich vor, weil sie es nicht richtig gehört hatte. *»Ich hasse dich«*, schrie Veronyka, holte aus und schlug ihrer Schwester ins Gesicht.

Val erstarrte, ihr Gesicht war beunruhigend starr, abgesehen von dem roten Fleck, der sich langsam auf ihrer Wange ausbreitete. Ihre Hände ballten sich zu Fäusten.

Veronyka schnappte nach Luft, schockiert über das, was sie getan hatte, und doch bereute sie nichts.

Ein Zucken durchlief Vals Züge, dann senkte sie den Blick. Für Veronyka sah sie seltsam besiegt aus – bis sie dann langsam einen Dolch aus dem Gürtel zog. Die Klinge war aus Obsidian, der Griff aus Knochen. Der Dolch sah uralt aus, aber das Alter machte ihn nicht weniger scharf.

Die Zeit kam zitternd zum Stillstand, und Veronyka wurde zurückversetzt in den schicksalhaften Augenblick in ihrer Hütte, als Val Xephyra mit dem Messer bedroht hatte. Ihre Verbündete stöhnte leise im Gehege neben ihnen, ansonsten war alles still.

Tristan erstarrte und schien dann vortreten zu wollen. Er begriff den Streit zwischen ihr und Val offenbar nicht so ganz, aber das Aufleuchten der Klinge war Zeichen genug, ihn aktiv werden zu lassen.

Mit einer schnellen Bewegung schwang Val den Dolch zwischen ihn und Veronyka und brachte Tristan damit zum Stehen, die Spitze der Schneide nur wenige Fingerbreit von seiner Kehle entfernt. Veronykas Erstarrung löste sich, als sie die Waffe auf Tristan gerichtet sah, aber sie wagte nicht, sich zu bewegen.

Val trat einen vorsichtigen, abgemessenen Schritt auf sie zu, dann hob sie das Messer an ihre Wange. Vals Nähe erfüllte sie mit einem seltsamen Gemisch aus Gefühlen: Trost und Vertrautheit, die der Geruch ihrer Schwester mit sich brachte, dazu die instinktive Angst vor der kalten, scharfen Schneide an ihrer Haut. Sie wagte kaum zu atmen vor Angst, die Bewegung könnte die Schneide in ihre Haut sinken lassen. Ihre Gedanken wirbelten wild durcheinander. Würde Val es tun? Würde das ihr letztes und schrecklichstes Verbrechen sein?

Val, bitte, flüsterte sie in Gedanken. Aber die Tür war zugefallen und es kam keine Antwort.

»Val, bitte«, sagte auch Tristan, seine Stimme leise und verzweifelt. »Ich verstehe das nicht.«

»Das wirst du schon noch«, sagte Val langsam, als ob sie diesen Augenblick auskostete. Und dann, mit einer blitzschnellen Bewegung, drehte sie den Dolch zur Seite und riss ihn nach unten.

Veronyka keuchte auf, als der Dolch ihre Haut streifte – aber es war die flache, stumpfe Seite, die gegen ihren Körper gedrückt wurde. Die rasiermesserscharfe Klinge war nach außen gedreht und zerfetzte ihren Kittel und die Binde um ihre Brüste. Ihr instinktives Aufkeuchen weitete ihre Brust, als ihre Schwester den Dolch zur Seite riss, den Kittel in zwei Teile schnitt und sie als die Lügnerin entlarvte, die sie war.

»Ich möchte dir meine *Schwester* vorstellen«, fauchte Val, ihre Stimme klang in ihrem Triumph hässlich und gemein. »Veronyka.«

Tag 18, Fünfter Mond, 170 NI

Liebe Avalkyra,

es tut mir leid, dass diese Begegnung nicht ganz so verlaufen ist, wie Du das wolltest, aber Du weißt, dass ich dieses Dokument nicht unterschreiben konnte. Die Ehe unseres Vaters und meiner Mutter für ungültig zu erklären, würde Deine Strafe in der Tat verringern, würdest nicht des Mordes an einer regierenden Königin angeklagt werden, sondern nur des Mordes an einer Gefährtin von niedriger Geburt. Du wärst dann frei, wenn Du die Bestattungsgebühr bezahlt hättest.

Und ja, die Ehe meiner Mutter für ungültig erklären zu lassen, würde auch mich für illegitim erklären und dadurch Deinen Anspruch auf den Thron festigen.

Aber die Dinge haben sich geändert und ich muss an die Zukunft denken.

Diese vergangenen Monate des Schweigens waren schwer für mich, liebe Schwester. Ich war nicht bereit, Dir Vergebung zu gewähren. Ich war nicht bereit zu verstehen. Aber wir haben keine Zeit mehr.

Ich muss noch einmal mit Dir reden, unter vier Augen. Es tut mir leid, dass ich die anderen Briefe nicht beantwortet habe … Ich hoffe, diese Antwort kommt jetzt nicht zu spät.

Deine Pheronia

Manchmal,
wenn du die beschützen willst, die du liebst,
musst du sie verletzen.

– Kapitel 37 –

VERONYKA

Veronyka fiel auf die Knie und umklammerte die Fetzen ihres Kittels. Die Welt schloss sich um sie zusammen und alles wurde schwarz-weiß. Es gab kein Geräusch, kein loderndes Signalfeuer und keine Kampfvorbereitungen. Es gab nur sie und Tristan und das Mädchen, das einmal ihre Schwester gewesen war.

Sie brauchte eine Ewigkeit, um seinen Blick zu erwidern. Sie wollte den Kopf einziehen, sich vor ihm verstecken, aber etwas in ihr hatte sich verändert. Neu entdeckte Tapferkeit, zusammen mit einem kürzlichen magischen Erwachen ließen sie nach der Tür suchen, die zu *ihm* gehörte – die Tür, die sie aus Zufall auf irgendeine Weise geschaffen hatte, die Tür, die dort war und wartete.

Veronyka riss diese Tür auf, öffnete sich für ihn, lud seinen Zorn ein wie eine Sonnenblume die sengende Hitze der Sonne. Sie wollte *leiden,* wollte den Schmerz spüren, den zweifellos auch er verspürte. Sie wollte den Schmerz in sich aufnehmen, wollte die Qual zu sich holen, wollte die Wunde weit aufreißen.

Nur war sie nicht vorhanden.

Es war überhaupt nichts vorhanden. Kein Zorn, kein Gefühl, verraten worden zu sein – nur verblüffte, leere Stille.

Während seine Gefühle seltsam betäubt waren, summten seine Gedanken vor Aktivität, gingen jedes mit ihr geführte Gespräch durch, jeden seltsamen Augenblick und jedes Wort an der falschen Stelle.

Offenbar hatte es davon sehr viele gegeben. Das Badehaus und der Brutkäfig. Wie sie Xephyra beruhigt hatte und wie Val sie »Nyka« genannt hatte. Tristan war nicht dumm, und obwohl er nicht alle Stücke hatte zusammenfügen können, hatte er sie gesammelt und sorgsam zur späteren Untersuchung gelagert. Das Schwerste für Veronyka war, wie er sie in diesen Erinnerungen angesehen hatte … als wäre sie eine ganz besondere und interessante Person, die seine Aufmerksamkeit verdiente. Würde er noch immer so empfinden, jetzt, wo jedes Wort und jeder besondere Augenblick von Lügen besudelt war?

Mehrere Atemzüge gingen vorüber und die Luft zwischen ihnen lud sich mit Erwartung auf.

Er drehte sich um, wie um wegzugehen, blieb aber stehen. Er schwankte, dann schaute er sich noch einmal zu ihr um. Sie konnte seine Miene nicht deuten, und ehe sie anfangen konnte, seine Gedanken zu entwirren, schloss er die Augen, senkte den Kopf und ging mit entschiedenen Schritten auf die Treppe zu.

Als seine Schritte sich entfernten, erwachte die Welt wieder zum Leben: das Gewimmel oben auf dem Burghof, das Rascheln des Gefieders im Gehege hinter ihr, der Geruch brennender Feuer und Öllampen. Sogar die Farben waren wieder da und tunkten den Boden unter ihr in Feuerrot und Aschgrau.

Es war, als ob sich nichts verändert hätte. Und alles.

»Komm schon«, sagte Val und legte ihr die Hand auf die Schulter. Ihre Stimme war sanft, aber fest. »Machen wir, dass wir hier fortkommen, zurück in meine Kammer. Da kannst du dich umziehen und ich kümmere mich um alles. Ich werde Xephyra befreien und du wirst dir nie mehr Sorgen wegen dieser Brutkäfige machen müssen. Du wirst nie mehr verbergen müssen, wer und was du bist. Wir können hier weg sein, bevor der Kampf losgeht, und uns in Sicherheit bringen. Gemeinsam.«

Ihre Worte spülten über Veronyka hinweg. Sie waren beruhigend, so wie eine Mutter zu ihrer Tochter sprechen würde, ein Anführer zu seinen Truppen, zuversichtliche Beteuerungen, dass alles in Ordnung kommen würde.

Im Grunde leere Worte.

Val *würde* sich um alles kümmern, das wusste Veronyka, und ein winziger Teil von ihr fühlte sich versucht, den Versprechungen ihrer Schwester nachzugeben. Aber die Erleichterung, die dieser Entschluss ihr verschaffen würde, würde nicht von Dauer sein. Val war eine Kriegerin und Frieden passte ihr nur für eine gewisse Zeit. Sie wollte ihnen keinen Zufluchtsort vor dem Sturm aufbauen, sie wollte die Winde brechen, die es wagten, an ihr zu rütteln.

Und Veronyka war es müde, einen Kampf auszufechten, von dem sie wusste, dass sie ihn niemals gewinnen könnte.

»Nein, Val«, sagte sie. Sie lag noch immer auf den Knien, starrte durch ihre dunklen Haare, die ihr in die Augen fielen, zu Boden.

»Was?«, fragte Val und ließ die Hand von Veronykas Schulter sinken.

Veronyka holte tief Atem und stand auf. Die Fetzen ihres Kittels wehten im Abendwind, aber sie bedeckte sich nicht. Ihre Bloßstellung hatte zwar Tristan klargemacht, dass sie gelogen hatte, aber ihr wahres Selbst war dadurch nicht gezeigt worden. Sie kannte dieses wahre Selbst, und Tristan kannte es auch, und nichts, was mit ihrem Körper zu tun hatte, konnte das ändern.

»Ich habe Nein gesagt«, wiederholte sie und versuchte, ihre Stimme fest klingen zu lassen. »Nie wieder. Nie wieder werden du und ich etwas gemeinsam tun. *Nie wieder.*«

»*Xe* Nyka…«, begann Val, aber Veronyka ließ sie nicht ausreden.

»Nenn mich nicht so – wag es nicht, mich so zu nennen. Es reicht mir, Val«, sagte sie, und ihre Kehle war eng von den angestauten Gefühlen eines ganzen Lebens. »Ich habe versucht, im Zweifel immer für dich zu entscheiden. Ich habe wieder und wieder versucht, dich als guten Menschen zu betrachten, zu glauben, dass du glaubtest, das Richtige zu tun. Dass du mich beschützen wolltest, dass ich dir wichtig war.«

»Das bist du doch auch«, sagte Val.

Veronyka schaute ihr in die Augen und sah, dass Val glaubte, was sie sagte – oder dass ihr das Lügen dermaßen zur Gewohnheit geworden war, dass sie nicht mehr wusste, wann sie sich selbst belog.

»Wenn ich dir wichtig wäre, hättest du meine Verbündete nicht getötet. Du hättest vielleicht nicht zur Gänze verstehen können, wie weh mir das getan hat, aber wenn du auch nur darüber nachgedacht hättest, hättest du es niemals getan.«

»Du irrst dich«, sagte Val, aber Veronyka redete einfach weiter.

»Du bist mit einem einzigen Ziel hierhergekommen: mein Glück zu zerstören. Das ist der einzige Ort, an dem ich je das Gefühl hatte, dass ich dorthin gehöre, dass ich dort sicher bin.«

»Du warst bei *mir* sicher«, sagte Val mit loderndem Blick.

»Aber wer hätte mich vor *dir* beschützt?«

»Glaubst du etwa, *er* wird das tun?«, fauchte Val und zeigte zur Treppe hinüber, wo Tristan verschwunden war. »Meinst du, er kann dich beschützen und für dich sorgen, so wie ich das getan habe? Diese sogenannte Sicherheit, die du gespürt hast, und das Gefühl, hierherzugehören? Das war doch auf einer Lüge aufgebaut. Er kennt dich ja gar nicht. Er weiß nicht, wer du bist oder wozu du fähig bist.«

»Er kennt mich besser als du«, sagte Veronyka, aber Val lachte verächtlich. Veronyka zuckte mit den Schultern, sie weigerte sich, sich das Verhalten ihrer Schwester zu Herzen zu nehmen. »Und was er nicht weiß, wird er erfahren – das werden sie alle. Ich weiß, dass hier nicht alles perfekt ist, aber ich will helfen, das zu ändern. Ich will etwas bewegen, ein Teil von etwas sein, das größer ist als ich. Avalkyra Aschenfeuer war allein nicht groß… Sie war groß, weil sich unser

Volk hinter sie geschart hat. Sie war groß, weil sie uns alle zusammengebracht hat.«

»Avalkyra Aschenfeuer war groß, weil sie die Welt in Brand gesteckt hat, weil sie sich von nichts und niemandem auf ihrem Weg aufhalten ließ.« Vals Stimme war rau und abgehackt, troff vor Empfindungen.

»Es gab einen Menschen, der sie auf ihrem Weg aufgehalten hat«, sagte Veronyka, und ihre Stimme klang sanft, als sie ihre Worte wählte. »Ihre Schwester.«

Vals Gesicht war fast nicht zu erkennen, als sie antwortete, ihr Mund ein dunkler Strich und ihre Augen leere, tiefe Löcher. »Nein, Veronyka. Nicht einmal der Tod konnte sie auf ihrem Weg aufhalten.«

»Vielleicht nicht«, sagte Veronyka mit einem müden Seufzer. »Aber ich will trotzdem hier sein. Hier bin ich zu Hause.«

»Nein«, sagt Val, schüttelte heftig den Kopf und ließ ihre verfilzten kastanienbraunen Zöpfe von einer Seite zur anderen peitschen. »Dein Zuhause war immer und werde immer ich bleiben.«

»Nicht mehr.«

»Und wenn sie dich wegen deiner Lügen vor die Tür setzen?« Vals Augen waren jetzt viel zu hell, sie funkelten in der Dunkelheit, aber es kamen keine Tränen.

»Wenn sie das tun, dann werde ich wenigstens einen Versuch gemacht haben. Ich habe immer gedacht, du seist der tapferste Mensch, den ich kenne, Val, aber was du hier zeigst, ist keine Tapferkeit. Sondern Feigheit. Und es wird Zeit für mich, aufzustehen und zu kämpfen.«

Vals Gesicht verzog sich bei dem Wort »Feigheit«, aber ansonsten blieb sie vollkommen und tödlich still. Veronyka dachte, dass ihre Worte vielleicht, endlich, Vals starrköpfigen Geist erreicht hätten. Sie machte sich bereit. Würde Val vor Zorn um sich schlagen? Würde sie sie zu Boden werfen und davonschleppen, ob sie das nun wollte oder nicht?

»Du willst also kämpfen, ja?«, fragte Val mit einer Stimme so leer wie ein sternenloser Himmel. »Dann kann ich nur um deinetwillen hoffen, Veronyka, dass du dich für die richtige Seite entschieden hast.«

Sie machte auf dem Absatz kehrt und verschwand über die Treppe. War einfach weg.

Veronyka ließ sich gegen die Gitterstäbe hinter ihr sinken. Als sie sich zuletzt mit Val gestritten hatte, in der Nacht, in der sie weggelaufen war, hatte sie aus purem Zorn und aus einem Impuls heraus gehandelt. Und ein Teil von ihr hatte gewusst – oder vielleicht sogar gehofft –, dass ihre Wege sich wieder kreuzen würden. Aber das hier war anders. Auch hier waren Gefühle im Spiel, aber sie hatte ihre Entscheidung ebenso mit ihrem Kopf wie mit ihrem Herzen getroffen. Ihre Lippen zitterten und ihr Atem ging unregelmäßig. Warum musste es so sein? Warum musste Val, ihre Schwester, die einzige Verwandte, die sie auf der Welt hatte, der Mensch sein, der sie am tiefsten verletzte?

Plötzlich ertönten Schritte und Tristan tauchte an der Treppe auf. Veronyka sprang auf. Als er sah, dass sie allein war, wurde er rot und starrte zu Boden. Ihr fiel ein, dass ihre Brüste entblößt waren, und sie verschränkte die Arme.

»Tristan, ich …«

»Dafür haben wir keine Zeit«, sagte er kurz und blickte den Boden zwischen ihnen an. Er hielt eine saubere Tunika in der Hand und warf sie in ihre Richtung.

Sie fing sie auf und zog sie eilig über ihren Kopf, kehrte ihm den Rücken zu, als sie versuchte, die Hände durch die Ärmel zu schieben. Der Stoff war weicher, als sie es gewohnt war, und die Tunika war viel zu groß – sie gehörte sicher ihm. Sie fuhr mit den Fingern über den teuren Kattun und Tristans Geruch heftete sich an ihre Fingerspitzen.

Sie drehte sich um und zog die Tunika gerade, ehe sie einen Schritt auf Tristan zumachte.

Als er die Bewegung wahrnahm, schaute er auf, um sich davon zu überzeugen, dass sie angezogen war, dann zog er die andere Hand hinter seinem Rücken hervor. Darin hielt er einen Bogen.

»Willst du noch immer für uns kämpfen?«, fragte er. Sein Blick huschte in ihrem Gesicht umher, sprang von ihrer Nase zu ihren Lippen, zu ihren Augen und dann wieder zurück, als ob er versuchte, sich ihre Züge von Neuem einzuprägen.

Veronyka starrte zu Boden und ihr Herz machte einen Sprung. Er gab ihr die Chance, nach der sie sich so verzweifelt gesehnt hatte, die Möglichkeit, wirklich zu einem Teil seiner Welt zu werden. Nach dem, was hier vorhin passiert war, brauchte sie diese Chance dringender denn je.

Sie nahm den Bogen aus seiner ausgestreckten Hand und drückte ihn an sich. Es gab so viel, was sie sagen musste, aber so kurz vor dem Angriff war jetzt nicht der richtige Augenblick.

»Es tut mir leid«, flüsterte sie.

»Ich weiß«, sagte er. Als er gerade weitersprechen wollte, ertönte von hoch oben eine Glocke. Eilige Schritte und das Klirren von Waffen waren die Antwort.

Die Soldaten waren eingetroffen.

Wenn du das erreichen willst, von dem du weißt, dass es richtig ist, musst du manchmal das tun, was andere für falsch erklären.

– Kapitel 38 –

Tristan

Tristan nahm auf der Treppe immer zwei Stufen auf einmal, Nyk – *Veronyka* – hielt sich dicht hinter ihm. Es passierte zu viel gleichzeitig, deshalb konnte er nicht lange über die Situation nachdenken, doch in jeder Sekunde, in der seine Gedanken nicht beschäftigt waren, schrien sie *Veronyka, Veronyka, Veronyka.* Tristan hatte etwas verloren; ein Gefühl für Gleichgewicht oder das, was richtig war, war ihm entrissen worden. Für den Augenblick fühlte es sich ein bisschen an wie Trauer.

Nyk war … was gewesen? Für Tristan jemand ganz Besonderer. Ein Kamerad, ein Vertrauter – jemand, dem er vertrauen konnte. Jemand, dem er *glaubte,* vertrauen zu können. Aber wer war dieses Mädchen? War sie noch immer Nyk, oder war alles, was er über sie wusste, eine Lüge? Was, wenn sie wie ihre Schwester war, wie Val? Dort unten war etwas Seltsames passiert – im einen Augenblick hatte er mit Nyk gesprochen – *Veronyka* –, im nächsten war er verwirrt und verloren gewesen, während die beiden sich über Dinge stritten, die er nicht verstand.

Als Val den Dolch gezückt hatte, hatte er schon befürchtet, sie wollte etwas Furchtbares tun, aber die Wirklichkeit dessen, was dann passiert war, hatte ihn möglicherweise noch mehr schockiert. Und warum hatte sie es getan? Es musste viel mehr hinter dieser Geschichte stecken, aber für den Moment reichte es ihm, zu wissen, dass er eine weitere Kämpferin an seiner Seite hatte.

Es war mittlerweile ganz dunkel geworden, der Mond wurde von einer Wolkendecke verborgen. Das lodernde Leuchtsignal und die Laternen an der Mauer sorgten in der Festung für Beleuchtung, aber Tristan begriff schnell, dass dieses Licht alles andere ringsum in Dunkelheit tauchte. Er befahl, die Fackeln an der Mauer zu löschen, und hoffte, dass der brennende Phönix oben auf dem Tempel sie nicht allesamt in leichte Ziele für die feindlichen Bogenschützen verwandelte, die sich vielleicht unten zwischen den Bäumen versteckten. Er wagte nicht, die Flammen des Leuchtsignals zu löschen, für den Fall, dass die Brieftauben, die er seinem Vater geschickt hatte, abgeschossen würden oder sich verirrten. Obwohl der Adlerhorst gut versteckt war, war der Lichtstrahl so eingerichtet, dass er aus der Ferne gesehen wurde, und die Reiter würden danach Ausschau halten, sowie sie wieder losflogen.

Als die Lichter oben auf dem Berg verloschen, schrumpfte die Welt um ihn herum. Tristan blinzelte und versuchte, seine Sicht so schnell wie möglich anzupassen. Er dachte an Rex, der ihm in dieser Dunkelheit seine überlegene Sehkraft und eine viel größere Reichweite leihen konnte. Er wünschte sich mehr als alles andere, seinen Verbündeten zu satteln und loszufliegen, um die, die es wagten, sie zu bedrohen, mit Pfeilen zu überschütten. Aber er wusste es besser. Diese Soldaten waren gekommen, um die Reiter zu besiegen, aber noch viel mehr wollten sie die Phönixe vernichten. Ohne sie wären die Reiter nur Animagen, die sich mit Brieftauben und Packtieren und mit nicht viel mehr auskannten. Ohne sie wären sie normale Menschen, leicht zu beherrschen und zu kontrollieren. Er musste um jeden Preis die Phönixe beschützen, ihre Zukunft.

Selbst dann, dachte er düster, *wenn es Menschenleben kostet.*

Er holte tief Luft, der Nachtwind blähte seine Tunika auf und wehte Veronyka ihre schwarzen Haare ins Gesicht. Er schaute weg, blickte wieder in die Nacht hinaus. Es gab einige Leben, die zu verlieren er nicht ertragen könnte.

Die neuesten Berichte der Späher besagten, dass die Angreifer sich der Raststätte unten an der Straße näherten, was bedeutete, dass sie jeden Moment hier sein konnten. Ihre Feinde anzugreifen, während die die ungesicherte Treppe hochstiegen, wäre ideal gewesen, aber sie konnten es nicht riskieren, die Festung – und die Phönixe, die darin untergebracht waren – ohne Schutz zu lassen.

Nachdem sie Elliot befragt hatte, hatte Morra berichtet, dass er nichts über den bevorstehenden Angriff wusste, dass er den Soldaten bloß die Lage des unterirdischen Dienstbotengangs hatte nennen – und von innen her öffnen – sollen, aber zum Glück hatte er den entsprechenden Brief niemals abgeschickt. Es tat Tristan weh, dass Elliot die ganze Zeit für das Imperium gearbeitet hatte, aber er konnte auch verstehen, wie schwer es gewesen sein musste, in dessen Situation zu sein. Selbst jetzt konnte die Tatsache, dass er den versteckten Eingang zum Adlerhorst nicht verraten hatte, seine Schwester durchaus noch das Leben kosten. Sie würden versuchen müssen, ihm zu helfen, wenn das alles hier vorüber wäre. Er hatte sie zwar verraten, aber er war trotzdem noch ein Reiter.

Obwohl der Plan der Soldaten fehlgeschlagen war, hatte Tristan beschlossen, in den Kellern der Festung sicherheitshalber Posten aufzustellen. Es war keine gute Stelle für einen Angriff – der größte Teil der Soldaten würde wie durch einen Flaschenhals durch einen engen Ausgang gepresst werden, wo seine Kämpfer mit Leichtigkeit einen nach dem andern ausschalten könnten –, aber er wollte nicht riskieren, diesen Zugang unverteidigt zu lassen. Elliot konnte schließlich gelogen haben. Morra konnte die Wahrheit besser wittern als alle anderen, die er kannte, aber Veronyka hatte sie ja schließlich auch hinters Licht geführt. Morra war also nicht unfehlbar.

Ein Licht in der Ferne zog seine Aufmerksamkeit auf sich. Veronyka folgte seinem Blick, dann bemerkten es auch mehrere Wachen, und bald war jedes Gesicht auf der Mauer auf die Wiese zwischen dem Dorf und der Treppe Richtung Raststätte gedreht.

Soldaten hatten jetzt die Hochebene erreicht. Es mochten hundert sein, vielleicht hundertfünfzig, ihre Laternen hoben und senkten sich, und die Waffen glitzerten im Feuerschein. Es waren weniger, als er erwartet hatte, eine Anzahl, mit der sie fertigwerden könnten ... aber in ihm krampfte sich trotzdem alles zusammen.

Der erste Angriff würde dem Dorftor gelten, wie er erwartet hatte.

Er schloss die Augen und sah die Karte seines Vaters über den Adlerhorst und dessen Umgebung vor sich. Obwohl der Adlerhorst jahrzehntelang eine religiöse Stätte gewesen war, war er doch gut zu verteidigen, schließlich war er ursprünglich ein Übungslager gewesen. Es war hoch gelegen und von nackten Felshängen umgeben, kauerte auf einem gezackten Felsvorsprung inmitten weiterer Felsnadeln und war aus der Entfernung nicht zu sehen. Im Westen fiel der Berg zu einer gewaltigen Schlucht hin viele Meilen tief ab, im Norden ragte er in die Wolken und in die oberen Gefilde des Pyrmont. Im Süden des Adlerhorsts befand sich eine Art Geröllhalde oder Senke, die steil zum Rand des Feldes der Federn und dem Walddickicht hin führte, das es umgab. Die Raststätte und die Wendeltreppe lagen im Osten – nur von dort also war der Adlerhorst zu Fuß zu erreichen.

Da die Angreifer vom Osten her anrückten, war der Weg die Treppe hoch und dann durch den Wald die einzig logische Angriffsposition.

Die breiten Doppeltüren des Tores waren mit Balken und aufeinandergetürmten Getreidefässern verstärkt worden, und Tristans beste Soldaten hielten dahinter die Stellung für den Fall, dass den Angreifern ein Durchbruch gelang. Bogenschützen waren an der Dorfmauer aufgestellt, doch diese Mauer war niedriger und schmaler als die Festungsmauer und machte sie deshalb angreifbarer. Aber wenn sie die Soldaten am Tor aufhalten könnten, würden die unerfahrenen Lehrlinge, die Leute aus dem Dorf und die Dienstboten, die die Festung verteidigen sollten, vielleicht gar nicht in den Kampf hineingezogen werden.

Tristan beobachtete aufmerksam, wie die Soldaten sich aufteilten: Die eine Hälfte näherte sich dem Tor mit Äxten und Feuer, die übrigen schossen Pfeile ab, um die Verteidiger der Mauer auszuschalten. Er zählte noch einmal. Im offenen Gelände waren es wohl eher an die zweihundert Soldaten, dazu vielleicht zwei Dutzend weitere, die in der Dunkelheit am Rand der Wiese kauerten. Das war noch immer sehr viel weniger, als Sev behauptet hatte und auch als der letzte Bericht der Späher besagte.

Die Soldaten am Rand der Wiese waren damit beschäftigt, runde, große Gegenstände von ihrem Rücken zu lösen und sie nebeneinander aufzustellen. Waren das Waffen oder Vorräte? Als ein weiterer runder Gegenstand auf dem Boden landete, war Tristans Mund plötzlich wie ausgedörrt.

Es war ein Rammbock.

Es wäre unmöglich, eine dermaßen schwere Angriffswaffe die enge Treppe von der Raststätte hochzutragen, aber sie hatten einen Typus entwickelt, der für den Transport zerlegt werden konnte. Sie hatten diesen Angriff offenbar seit dem Moment geplant, in dem sie Elliot zum ersten Mal angesprochen hatten, also vor ungefähr einem Jahr.

Ein Pfeilhagel ergoss sich von der Dorfmauer herunter und mehrere Angreifer gingen zu Boden. Da die Tore der Festung bereits fest verriegelt waren, schickte Tristan einen Läufer durch das verborgene Hintertor hinter den Ställen, um die Information über den Rammbock zu überbringen, falls Hauptmann Flynn ihn noch nicht gesehen hatte. Wenn sie diese Bedrohung ausschalten könnten, würde ihre Abwehr standhalten.

Das dachte Tristan wenigstens.

Seine Zuversicht brach in Stücke, als der erste Wurfhaken durch die Luft jagte und klirrend keine fünf Fuß von ihm entfernt auf den Pflastersteinen landete.

Die Dörflinge in der Nähe fuhren zurück beim plötzlichen Auftauchen dieses metallenen Dreizacks, der an einem dicken Seil befestigt war. Der Dreizack schrappte über den Boden, dann flog er mit einem jähen, heftigen Ruck hoch und verhakte sich, ein Anzeichen für das Gewicht des Kletterers am anderen Ende des Seils.

Zwei weitere Haken flogen über die Mauer und ihr lautes Klirren rammte die Angst tief in Tristans Herz. Sie kamen von Süden, aus der steilen Geröllhalde unterhalb des Felsvorsprungs, auf dem der Adlerhorst und die Festung ruhten.

Das hier mussten die restlichen Soldaten aus Sevs Bericht sein.

Der Kampf vor dem Dorf war ein weiteres Ablenkungsmanöver, ein Versuch, Soldaten und Waffen von der Festung wegzulocken, wo die unerfahrenen Reiter und ihre Phönixe dann praktisch ungeschützt ihrem Schicksal überlassen wären. Sie hatten die eh schon begrenzte Anzahl der Phönixreiter in drei kleinere, weniger bedrohliche Gruppen teilen können – die bereits losgeflogenen Streifen, die Wachtposten am Dorftor und die restlichen Kämpfer in der Festung.

Tristan schluckte einen bitteren Kloß in seinem Hals hinunter, sprang auf den nächstliegenden Wurfhaken zu und riss das Messer aus seinem Gürtel. Er hackte wütend auf das Seil ein, aber es war mit irgendeiner Art Wachs oder Harz behandelt, und selbst mit ferronesischem Stahl waren die verflochtenen Fasern fast nicht zu kappen.

»Sägemesser«, sagte Veronyka und trat neben ihn.

Tristan hackte und schnitt weiter, er ruinierte seine Klinge, als er auf Metall und Stein traf, und es dauerte einige Sekunden, bis Veronykas Worte durch seine Verzweiflung gedrungen waren.

Er machte einen tiefen, beruhigenden Atemzug und kniff die Augen zu. *Still wie der Berg*.

Als er sie wieder öffnete, nickte er Veronyka zu und steckte sein Messer zurück in den Gürtel. Er wandte sich an die nächstbeste Läuferin, die unten vor der Treppe kauerte, ein kleines Mädchen mit weit aufgerissenen Augen und – falls er keine Halluzinationen hatte – einem Spatz in den Haaren.

»Lauf in die Küche und lass dir von Morra alle gezähnten Messer geben, die sie hat.«

Das Mädchen stürzte davon, während weitere Haken über die Mauern flogen. Tristan wollte sich bei Veronyka dafür bedanken, dass sie die Ruhe bewahrte, wo ihm das gerade nicht gelang, aber diese Schwäche einzugestehen, würde sein Ende sein. Deshalb verdrängte er den Augenblick der Panik und versuchte, sich zu sammeln. Er stieg auf eine Kiste und schaute über die Mauer.

Es ging jäh in die Tiefe, so weit, dass der Boden unten in der Dunkelheit verschwand, der, wie er wusste, mit beweglichen Sandhaufen, knorrigen Bäumen und verschlungenen Kletterpflanzen bedeckt war. Niemand würde es wagen, diese steilen Hänge hochzusteigen, wenn er nicht wüsste, was sich hinter den labyrinthischen Felswänden verbarg. Diese Soldaten wussten das genau, Elliot sei Dank.

Es erforderte großen Mut, eine solch hohe Mauer mit so vielen spitzen Felsbrocken darunter zu besteigen, aber Tristan hatte keine Zeit, die Soldaten deshalb zu bewundern. Fünf Haken waren jetzt gelandet und die Kletterer tauchten hundert Fuß weiter unten zwischen den Bäumen auf. Bald würden sie die Spitze der Mauern erreicht haben, und der Winkel war zu steil und ungünstig, als dass die Bogenschützen sie treffen könnten.

Felsen, dachte Tristan. Er schickte gerade einen weiteren Läufer los, der nach schweren Gegenständen fragen sollte, mit denen sie die Kletterer bewerfen könnten, als das Mädchen von vorhin zurückkehrte. Sie war jetzt zusammen mit mehreren Küchenhilfen und Sägemesser aller Formen und Größen wurden an der Mauer entlanggereicht. Tristan brüllte Anweisungen, und seine Gedanken wurden klarer, als das Adrenalin seine Wirkung tat. Während einige von ihnen sich alle Mühe gaben, die Seile durchzusägen, begaben sich andere an strategische Punkte auf der Mauer, die ihnen bessere Möglichkeiten boten, die feindlichen Kletterer mit Pfeilen zu treffen oder die frisch gelieferten Steine, Töpfe und das Alteisen auf ihre ahnungslosen Häupter fallen zu lassen.

Veronyka gehörte zu denen, die mit den Messern arbeitete; sie sägte mit aller Kraft an dem Seil, das Tristan zu zerschneiden versucht hatte. Er trat einige Schritte zurück, stieg auf denselben Kasten wie vorhin und zielte mit seinem Bogen nach unten, dicht an der Mauer entlang. Es war ein schwieriger Winkel, aber was seine Muskeln anspannte und seine Handflächen feucht werden ließ, war die Gefahr, in der Veronyka schwebte. Wenn sie das Seil nicht kappen könnte oder wenn er vorbeischoss, würde der Soldat, sobald er die Mauer erklommen hatte, sie als Erstes sehen. Sie würde sein erstes Opfer sein.

Veronyka schien diese Gefahr nicht zu bemerken, sie sägte unaufhaltsam weiter, und das Seil franste unter ihren Bemühungen langsam aus. Auf ihrer Stirn stand Schweiß und sie hatte sich die Ärmel seiner viel zu großen Tunika aufgekrempelt.

Keuchen und Grunzen drang an sein Ohr. Er schaute nach unten und sah, dass der Kletterer immer höher kam. Der Mann war bewaffnet mit einer über den Rücken gespannten Kriegsaxt und mehreren Dolchen in seinem Gürtel. Er legte eine kurze Atempause ein, schaute auf und ihre Blicke begegneten sich.

Neben Tristan folgte auf ein triumphierendes »Ah!« ein lautes Reißgeräusch. Der Metallhaken knallte mit lautem Klirren auf den Boden und die zersägten Fasern des Seils verschwanden über der Mauerkante. Tristan schaute wieder über die Mauer und sah, wie der Kletterer lautlos im Abgrund verschwand.

Veronyka ließ sich keine Zeit zum Jubeln. Keuchend packte sie ihr Messer und machte sich über das nächste Seil ein Stück weit entfernt her.

Auf der anderen Seite des Burghofes flog ein neuer Haken klappernd über die Mauer, als ein zweiter Kletterer schreiend abstürzte.

Die in Tristan auflodernde Freude wurde rasch erstickt. Für jedes gekappte Seil tauchten zwei neue auf.

Eine Handvoll seiner Pfeile traf ihr Ziel, aber das reichte nicht. Der Strom von Kletterern schien kein Ende zu nehmen, und es dauerte länger, ein Seil durchzusägen, als neue Soldaten zum Aufstieg brauchten. Bald würden sie die Mauern erklommen haben und Tristans beste Kämpfer waren alle im Dorf.

Die Wurfhaken kamen in Wellen geflogen, meistens zu zweit oder zu dritt, dazwischen gab es immer eine kurze Pause – in der die Kletterer versuchten, bessere Positionen zu finden, vermutete Tristan, oder ihren Kameraden auswichen, wenn die in den Abgrund stürzten. Wenn es in diesem Tempo weiterging, würde die Festung verloren sein, ehe das Dorftor nachgab – eine entsetzliche Erkenntnis, untermalt vom Geräusch ächzender Angeln und zersplitternden Holzes, das von unten her ertönte, zusammen mit dem stetigen Donnern des Rammbocks, der im selben Rhythmus gegen das Tor stieß, in dem Tristans Herz hämmerte.

Er musste ihre Strategie ändern, aber wie?

In den Zeiten zwischen den Wellen der Wurfhaken wechselten die Verteidiger ihre Positionen und gaben denen, die an den Seilen sägten, die Möglichkeit, anzugreifen, während die, die bisher Pfeile abgeschossen oder mit Steinen geworfen hatten, zum Messer griffen.

Tristan zwang Veronyka, eine Pause zu machen und etwas Wasser zu trinken, während er ihr Sägemesser in der Hand hielt und seine Möglichkeiten durchdachte. Er könnte Hauptmann Flynn aus dessen Stellung auf der Dorfmauer zurückrufen. Aber Flynn hatte seine erste Mitteilung über den Rammbock nicht beantwortet, was bedeutete, dass er zu beschäftigt war, um Bericht zu erstatten – oder dass ihm etwas viel Schrecklicheres widerfahren war.

»Du weißt, was du zu tun hast, oder?«, fragte Veronyka, die noch immer keuchend versuchte, zu Atem zu kommen.

»Wie meinst du das?«

»Du bist ein Reiter, Tristan. *Reite.*«

Er schaute auf sie herab, in diese vertrauten Augen, und schüttelte den Kopf. »Ich … ich kann das nicht. Wir haben keine Kampferfahrung. Das wollen sie doch gerade. Sie wollen, dass wir da draußen sterben.«

Er nahm ihr den Wasserschlauch aus den Händen und hielt ihn sich an die Lippen, trank aber nicht.

»Dann lass mich«, sagte sie. Als er zu ihr herumfuhr, verzog sie die Lippen und sagte dann: »Ich bin verbunden. Dieses neue Weibchen, das ich auf dem Burghof gezähmt habe? Sie war – ist – meine Verbündete.«

Tristan begriff, dass er es auf irgendeine Weise gewusst hatte – dass er es während ihres Streits mit ihrer Schwester vor dem Gehege erraten hatte –, doch er war zu abgelenkt gewesen, um es bewusst zu verstehen.

Jedenfalls kam auch das nicht infrage. Sie hatte noch weniger trainiert als er. »Nein. Das ist zu gefährlich.«

»Das weiß ich, aber du kannst auf mich verzichten, auf die anderen jedoch nicht.«

Er ließ den Schlauch fallen. »Wenn du meinst, ich würde dich opfern, weil du ein *Mädchen* bist«, sagte er in einem leisen, wütenden Flüstern, »oder weil du keine trainierte Reiterin bist oder was immer du vielleicht denkst, dann bist du noch verwirrter als deine Schwester.«

Sie öffnete überrascht den Mund, sagte aber nichts.

Tristans Brust hob und senkte sich. Er hätte gern losgebrüllt. Er hätte gern auf irgendetwas eingeschlagen. Er hätte gern die verdammten Seile verbrannt, die ihre Feinde zu ihnen hochtrugen.

Bei diesem Gedanken fügte sich in seinem Kopf etwas zusammen. Natürlich hatte er daran noch nicht gedacht – er gab sich alle Mühe, niemals daran zu denken.

Feuer.

Er schnappte sich eine der vorhin gelöschten Laternen von der Mauer, ließ deren kaltes Öl auf das nächstliegende Seil laufen und rief nach einer an einer Kohlenpfanne angezündete Fackel. Als er mit leicht zitternden Händen die Flamme an das mit Öl vollgesogene Seil hielt, fing das erst nach einiger Zeit Feuer und brannte schwach und blau, um dann zu erlöschen. Das war also dieses wachsige Harz – es war der gleiche feuerfeste Saft, den sie für ihre eigenen Sachen benutzten.

»Tristan«, sagt Veronyka und packte seine Tunika an der Brust, um seine Aufmerksamkeit zu erregen. »Wenn diese Festung fällt, sind wir *alle* tot – Dienstboten und Dörflinge, Reiter und Phönixe. Du lässt die Leute kämpfen, um ihr Zuhause zu verteidigen, jetzt gestatte das auch den Phönixen. Kannst du es nicht spüren?«, endete sie und schaute zum Adlerhorst hinüber.

Als Tristan sich darauf und nicht auf den Lärm der Schlacht konzentrierte, spürte er es auch. Hitze, Wellen von Hitze, die aus dem felsigen Abgrund hinter dem Torbogen wogten, gefolgt von Ausbrüchen von Zorn und Wut. Rex war dort bei den anderen und sein wildes Temperament schürte die Flamme von Tristans eigenen lodernden Empfindungen. Rex wollte kämpfen und Tristan hatte es verboten. Er hatte alle Reiter ihre Reittiere im Adlerhorst anketten lassen, so wie die Weibchen im Gehege.

»Du hast recht«, sagte er, und Veronyka ließ seine Tunika los, als schien sie überrascht von ihrem leichten Sieg. »Das ist ihr Zuhause, das hier sind ihre Verbündeten, und sie müssen kämpfen dürfen. Außerdem«, fügte er hinzu, nickte zu dem öltriefenden Seil hinüber und schluckte die Furcht hinunter, die in ihm aufwogte, »nichts brennt besser als Phönixfeuer.«

»Wirst du reiten?«, fragte Veronyka, als sie über den Burghof liefen.

»Nein«, sagte Tristan, obwohl er sich etwas anderes wünschte. Er wollte lieber in der Luft sein als hier unten, inmitten der lodernden

Flammen. »Wir können es uns nicht leisten, die Lehrlinge von den Mauern abzuziehen. Außerdem sind die Phönixe ohne ihre Reiter sicherer. Wir sind eine Belastung und die Metallteile der Sättel reflektieren das Licht. Ohne uns können sie fast lautlos fliegen und nur dann gesehen werden, wenn sie das wollen – wenn sie sich entzünden.«

Als er auf dem Weg über den gepflasterten Hof an Anders vorbeikam, erklärte Tristan ihm, was er vorhatte, und befahl ihm, das den anderen Lehrlingen mitzuteilen. Sie würden ihre Verbündeten vom Boden aus durch die Schlacht leiten müssen.

»Und was ist mit den Weibchen?«, fragte Veronyka, als Anders davonstürzte und Tristan mit entschlossenen Schritten in Richtung Adlerhorst ging.

»Wenn deine Verbündete kämpfen will, dann soll sie kämpfen«, sagte er und lief weiter über den Burghof. »Auf jeden Fall aber wird sie diesen Käfig verlassen.«

Er schaute zu Veronyka runter, und ihre Dankbarkeit war so deutlich, ihre Augen leuchteten dermaßen, dass er fast in eine andere Richtung schauen musste. Er hätte sie gern umarmt, ihre Haare zerzaust oder sie gegen den Arm gestoßen. Er entschied sich für ein Zwischending, streckte den Arm aus und drückte ihre Schulter. Diese kurze Berührung erweckte tief irgendwo in seinem Bauch etwas zum Leben, und er begriff, dass Veronyka Nyk und Nyk Veronyka war. Sie waren ein und dieselbe Person und dieser Gedanke löste die Spannung in seiner Brust.

Sie liefen zuerst zu den Reittieren der Lehrlinge. Die Phönixe hatten ihre Nester ganz oben im Adlerhorst, sie hockten in Gruppen zusammen oder drehten langsame, traurige Kreise in der Luft.

Rex, der Tristan gespürt hatte, beendete seinen Flug und setzte mit klirrender Kette hart auf den äußersten Rand der Steinkante auf. Veronyka wich zurück, als eine Welle von Hitze und glühenden Funken über sie hereinbrach, Tristan aber hielt stand – ihm blieb nichts anderes übrig, sie hatten keine Zeit zu verlieren.

Rex warf den Kopf in den Nacken und stieß heiße Luft aus wie ein wütender Hengst. Tristan umfasste seinen Schnabel und zog ihn nach unten, bis sie auf Augenhöhe waren.

Ich brauche dich, sagte er durch ihre Bindung, streichelte ihn beruhigend mit einer Hand und machte sich mit der anderen an der Fessel zu schaffen. *Ich finde es schrecklich, dich darum bitten zu müssen, aber du musst kämpfen. Du musst anführen.*

Rex war kurz davor, sich hier und jetzt in Feuer zu setzen. Tristan hätte sich gern in Sicherheit gebracht, blieb aber stehen – er durfte Rex' Gefühle nicht unterdrücken. Er musste das Feuer schüren. Sein Phönix musste hart genug kämpfen, um zu überleben.

»Nyk – die anderen«, sagte Tristan, öffnete die Fußschelle und ließ sie klirrend auf den Boden fallen. »Ich meine, Veronyka.«

»Nyk ist in Ordnung«, sagte sie zerstreut und drängte sich an ihm vorbei zu den übrigen Phönixen. Als die Tiere sahen, dass Rex freigelassen wurde, wollten sie Veronyka begrüßen, stellten sich auf dem schmalen Sims auf und schlugen mit den Flügeln, als sie sich in Stellung brachten.

Tristan sah aus dem Augenwinkel Elliots Reittier und zögerte. »Lass Jaxon lieber hier«, sagte er und zeigte auf den Phönix, der fast ganz hinten hockte, mit gesenktem Kopf und verzögerten Bewegungen. »Das ist Elliots Phönix. Ich … ich weiß nicht, wozu er fähig wäre, jetzt, wo sein Verbündeter eingesperrt ist. Er könnte versuchen, ihn zu rächen.«

Veronyka verzog bedauernd den Mund, nickte und wandte sich den anderen zu; sie öffnete die Fußschellen, während Tristan Rex den Schlachtplan erklärte. Er schärfte ihm ein, wie wichtig es für ihn und die anderen war, sich außer Reichweite der feindlichen Bogenschützen zu halten. Er zeigte Rex in Gedanken ein Bild der Seile und der Kletterer und betonte, ihre einzige Aufgabe sei es, diese Seile anzuzünden und sich dann in Sicherheit zu bringen. Die Menschen würden sich um die anderen Menschen kümmern. Sowie die Festung in

Sicherheit wäre, würde Tristan sich überlegen, welche Hilfe am Dorftor gebraucht wurde.

Als er Rex alles erklärt hatte, befreite Veronyka gerade den letzten Phönix von seinen Ketten, während der Rest bereits in der Nähe hockte. Die Phönixe wurden von ihren Verbündeten gebeten, Rex' Führung zu folgen; bisher hatten sie den Adlerhorst noch nicht verlassen – obwohl Tristan wusste, dass sie das zu gern getan hätten.

Die letzte Fessel klirrte zu Boden und Veronyka trat neben ihn. Er ließ Rex los.

Tristan musste tapfer sein, für Rex und die anderen. Er musste seine Furcht im Griff behalten.

Er schaute nach innen und konzentrierte sich auf die Freistätte. In den vergangenen Tagen hatte er sich kaum darum gekümmert, und dieses Versäumnis zeigte sich darin, dass die Furcht jetzt drohte, seinen Geist vollständig zu erfüllen, selbst angesichts dieser vielen Phönixe, die mit ihnen zusammen den feurigen Kampf ausfechten würden.

Veronyka trat dicht an ihn heran und legte ihm eine warme Hand auf den Arm. Er sah sie an und spürte, wie sich etwas in ihm ausbreitete – eine Ruhe, eine Kraft, die sich nicht ganz anfühlte wie seine eigene. Was immer es war, er nutzte es, um seine mentalen Mauern neu aufzubauen und seine Furcht sicher wegzusperren.

Ich habe dich im Griff, sagte er zu seiner Furcht. *Nicht du mich.*

Der letzte Stein glitt an seinen Platz, sein Herz schlug nicht mehr so schnell, und neben ihm krächzte Rex zu seiner Unterstützung.

»Danke«, flüsterte er Veronyka zu, während seine Furcht verebbte und er wieder stark und fähig war.

Sie drückte seinen Arm und ließ ihn dann los. Rex schlug voller Kampfeslust mit den Flügeln und wirbelte Erde und Blätter hoch, als er über den Abgrund flog und sich auf der phönixförmigen Plattform niederließ. Die restlichen Phönixe folgten ihm, jeder in einer Wolke aus Hitze und glühendem Dunst. Sowie sie gelandet waren, erloschen ihre inneren Feuer, und sie hoben sich wie graue Steinstatuen vor dem schwarzen Nachthimmel ab.

Tristan drehte sich zu Veronyka um. »Sie warten mein Zeichen ab. Also gehen wir.«

Unten im Adlerhorst waren die Weibchen in Unruhe geraten. Während Rex' Gefühle Tristan so stark und klar erreichten, dass sie manchmal mit seinen eigenen verwechselt werden konnten, waren die Empfindungen anderer Phönixe wie Rauch, vages Raunen über Gedanken und Absichten, die noch nicht richtig Form angenommen hatten oder noch nicht richtig ausgeführt worden waren.

Veronyka griff nach dem Schloss und das Metall schlug laut klappernd gegen die Gitterstäbe. Eine der Phönicen, ihre Verbündete, wie er annahm, kam angeflattert, um sie zu begrüßen. Von links waren Schritte zu hören und Ersken löste sich aus den Schatten.

Veronyka erstarrte, Tristan dagegen trat vor. Er hatte jetzt das Kommando, und obwohl sein Vater das Gegenteil angeordnet hatte, musste er tun, was für den Adlerhorst das Beste war. »Zurück, Ersken. Wir werden eines der Weibchen freilassen.«

»Nur eins?«, fragte Veronyka und ließ das Schloss fallen.

Tristan holte tief Luft, während der Kampfeslärm in der Ferne widerhallte.

»Ja, Nyk, nur die eine. Die anderen sind nicht verbunden, und …« Er verstummte, als Veronyka erstarrte und ihm sein Fehler aufging. Beide drehten sich zu Ersken um.

»Sollte ich jetzt den Überraschten spielen?«, fragte der und lehnte sich gegen die Gitterstäbe. »Hab noch nie einen Phönix gesehen, der sich so verhalten hat wie die da, wenn er nicht verbunden war.«

Tristan fing Veronykas Seitenblick auf, aber *sie* musste entscheiden, ob sie ihr Geheimnis erzählen wollte.

»Ich bin nicht Nyk«, sagte sie und sah Ersken in die Augen. »Ich bin Veronyka. Und meine Verbündete ist Xephyra.«

Ersken nickte gewichtig, dann schaute er sie mit einem sanften Lächeln an. »Das ist wahrlich ein Name für eine Königin.«

»Hör zu«, unterbrach Tristan das Zwiegespräch, »wir lassen nur die eine frei, weil nur sie verbunden ist. Wir haben keine Vorstellung, wozu die anderen fähig wären.«

»Es liegt in ihrer Natur, mit ihresgleichen zusammen zu kämpfen«, sagte Ersken nachdenklich, als ob das weder dringlich noch wichtig wäre. »Du hast gesehen, wie die anderen Phönixe reagiert haben, als wir diese Weibchen gefangen haben. Es hat ihnen überhaupt nicht gepasst – und heute Abend wird es den Weibchen nicht passen, wenn die Pfeile auf ihre Geschwister zufliegen.«

»Aber sie werden nicht begreifen, was hier passiert, nicht wie die Verbündeten. Sie könnten getötet werden.«

»Oder sie könnten wegfliegen«, sagte Ersken und hob die Augenbrauen.

»Ja, oder sie könnten wegfliegen«, stimmte Tristan zu und ärgerte sich über die Unterstellung, dass ihm nur das wichtig sei, auch wenn er daran natürlich selbst schon gedacht hatte. Der Kommandant würde außer sich vor Zorn sein, wenn er bei seiner Rückkehr die Phönicen nicht mehr vorfände. Falls er überhaupt zurückkehrte und der Adlerhorst noch existieren würde. Tristan seufzte tief. »Sie haben keine Verbündeten, denen sie treu sein müssen, und wir haben sie angekettet. Wegzufliegen müsste ihr erster Instinkt sein.«

»Du würdest staunen«, sagte Ersken und starrte die Phönicen durch das Gitter an. Er war zwar mit keiner verbunden, aber er kannte die Weibchen besser als alle anderen in der Festung. »Ihr erster Instinkt ist es, ihre Verbündeten zu beschützen, und danach, sich gegenseitig zu beschützen. Was glaubst du wohl, warum das Imperium während des Krieges niemals versucht hat, Phönixreiter auf seine Seite zu holen? In einer richtigen Schlacht – wenn es also nicht bloß um Revierstreitigkeiten oder Balzgehabe geht – kämpfen Phönixe nicht gegeneinander.«

»Schön«, sagte Tristan und ging um Veronyka herum, um das Schloss aufzuheben. »Sie können für uns kämpfen, für die anderen Phönixe oder für niemanden. Das ist wohl ihr gutes Recht.« Er drehte sich zu Veronyka um. »Sie werden möglicherweise abgeschossen, ehe sie die Festungsmauern hinter sich gebracht haben – und das kann auch deiner Verbündeten passieren. Ich hoffe, du bist auf diese Möglichkeit vorbereitet.«

»Ich übernehme das«, sagte Ersken und schob Tristan beiseite. »Mach, dass du wieder nach oben kommst. Du wirst sofort sehen, wenn sie losgelassen sind. Ich glaube nicht, dass sie so brav abwarten werden wie die dressierten Männlichen da oben, also erteil dann sofort deine Befehle.«

Veronyka schwankte, und Tristan wusste, dass sie Angst hatte, dass sie am liebsten hierbleiben und ihren Phönix selbst befreien würde.

»Du kannst bleiben, aber ich muss nach oben«, sagte er. Sie zögerte noch einen Moment lang, dann lief sie hinter ihm her die Treppe hoch. Sie rannten und Tristans Lunge brannte vor Anstrengung. Der Tunnel war kühl und feucht, der Lärm der Schlacht war hier nicht zu hören; die einzigen Geräusche waren ihr Keuchen und das Klatschen ihrer Schritte auf dem Steinboden.

Sie waren soeben oben angekommen, als unten im Adlerhorst eine Serie melodischer Rufe ertönte. Als er über den Rand schaute, sah er Veronykas Phönix zuerst losfliegen, die beiden anderen Weibchen folgten ihr fast unmittelbar. Wie Ersken vorhergesagt hatte, warteten sie keinen Befehl ab und drehten keine zögernden Kreise. Sie schossen wie Feuerkugeln in die Luft, jagten über den Himmel und ließen einen prachtvollen Funkenregen aufstieben. Wie ihre Federn loderten sie in Violett und Indigo und färbten den Himmel mit allen Tönen eines Sonnenuntergangs im Gebirge.

Rex, dachte er und starrte das Sims an, wo die Männchen sich versammelt hatten; sie sträubten ihr Gefieder und traten von einem Fuß auf den anderen, als die Weibchen vorüberjagten. *Jetzt.*

Rex explodierte zu einem rotgoldenen Feuerinferno, die Flammen schossen aus seinem Gefieder und knallten wie eine Peitsche. Die restlichen Phönixe zündeten ebenfalls, einer nach dem anderen, wie eine Reihe von Fackeln, die Feuer fängt. Mit einem markerschütternden Schrei antworteten die Männchen den Weibchen und schwangen sich in die Luft.

Die Weibchen flogen zwischen den Männchen hin und her, mischten ihre Farben mit ihren und schufen ein tausendmal prachtvolleres Schauspiel als den Sonnenuntergangstanz, den er Veronyka gezeigt hatte. Das hier war pure Kampfmagie.

Das hier war der Stoff, aus dem Legenden sind.

Ihre wirbelnde Lichtspirale löste sich auf. Die Phönixe nahmen Kurs auf die Schlacht um die Festung auf und hinterließen dabei einen glitzernden Schweif aus Funken.

Krieg ist teuer.
Sogar der Sieg hat einen Preis.

– Kapitel 39 –
Veronyka

Sowie sie den Torbogen hinter sich gebracht hatten und das Chaos auf den Festungsmauern sehen konnten, wurde Veronyka innerlich eiskalt. Soldaten waren in die Festung eingedrungen, kämpften mit Äxten, Armbrüsten und kurzen Schwertern, von deren Spitzen Blut tropfte. Gefallene lagen auf dem Gang oben auf der Mauer und dem Boden darunter, während ein Leuchten in der Ferne klarmachte, dass das Dorftor in Flammen stad.

Die Möglichkeit, dass sie verlieren könnten, erschien Veronyka zum ersten Mal vorstellbar. Und sie hatte Tristan überredet, Xephyra und die restlichen Phönixe in den Kampf hineinzuziehen. Sie könnte ihre Verbündete ein zweites Mal verlieren. Ihre Beine drohten unter ihr nachzugehen, sie atmete keuchend und in flachen Zügen. Die Festung war von Angst überflutet, ihre eigene war die stärkste von allen, und sie hatte das Gefühl, darin zu ertrinken.

Hoch über ihr schrie ein Phönix. Sie schaute auf und sah, wie Xephyra einen leuchtend lila Flammenstreifen über den Himmel zog. Rex und die anderen Phönixe schlossen sich ihr an, und als die Verteidiger der Festung applaudierten und jubelten, wurde der schwere Druck auf ihr leichter. Veronyka wusste jetzt, dass sie den richtigen Entschluss gefasst hatte. Sie hatten nicht nur den fast schon mutlosen

Verteidigern Hoffnung gebracht, die Phönixe waren noch dazu wahre Kämpfer – wenn jemand den Soldaten in dieser Nacht gewachsen war, dann sie.

Tristan stürzte sich ins Gefecht, sobald sie den Schlachtplatz erreicht hatten, half zwei der anderen Lehrlinge dabei, einen Teil der Mauer zurückgewinnen, während Rex und die anderen vorüberjagten. Die Verteidiger schwenkten ermutigt durch die Verstärkung ihre Waffen in der Luft, während die Soldaten die Feuervögel mit offenem Mund und voller Angst anstarrten. Vielleicht glaubten sie, die Phönixe wären von den Ablenkungsmanövern herausgelockt worden, oder sie hatten ihnen noch nie im Kampf gegenüber gestanden.

Rex und die anderen Männchen drehten hoch über dem Kampfgetümmel ihre Kreise und steigerten langsam ihre Hitze, während Xephyra und die Weibchen sich viel unsystematischer verhielten. Veronyka sah zu ihrer Erleichterung, dass keine der Nichtverbundenen die Gelegenheit zur Flucht genutzt hatte – noch nicht jedenfalls.

Rex brach als Erster aus dem Muster aus und zündete, als er einen Angriff auf die Belagerer flog. Er fegte an den Mauern vorbei, hinterließ dabei eine Feuerschneise und brachte die Soldaten dazu, sich schreiend zu ducken, bloß um dann von der Mauer zu stürzen oder von einem Verteidiger zu Boden geschlagen zu werden. Auch das Phönixfeuer konnte aufgrund des Pyraflora-Harzes die Seile erst nach mehreren Versuchen durchbrennen, aber bei jeder Berührung mit einer flammenden Flügel- oder Schwanzfeder fransten die Seile aus und gaben mehr nach. Die restlichen Männchen folgten Rex und umgaben die Festung mit Flammenschleifen, bis es dort fast taghell war.

Veronyka schaute zu Tristan hinüber und hatte Angst, wie er auf so viel Feuer reagieren würde, aber er war ganz auf den Kampf konzentriert. Seine mentale Freistätte hielt offenbar stand. Sie hatte im Adlerhorst gespürt, wie er daran gearbeitet hatte, und ein Instinkt – oder vielleicht das, was sie darüber wusste, wie Xephyra gelenkt werden konnte – hatte ihr gesagt, sie könnte ihm ihre Stärke leihen, ihm durch ihre Verbindung helfen. Sie wusste nicht, ob ihr das wirklich gelungen war, aber Tristans unregelmäßiges Keuchen hatte sich stabilisiert, und die Spannung war aus seinem Geist verschwunden.

Veronyka zog abermals ihr Sägemesser heraus, fand ein unversehrtes Seil und machte sich an die Arbeit. Sie hatte noch immer einen Köcher voller Pfeile, und der Bogen hing über ihrem Rücken, aber mit der Waffe fühlte sie sich wie eine Hochstaplerin. Sie konnte kaum die Sehne spannen oder ein bewegungsloses Ziel treffen, geschweige denn mitten in der Schlacht einen Gegner töten. Sie versuchte, sich von Tristans Versicherungen umhüllen zu lassen: *Du besitzt andere Stärken, weißt du?*

Wie die, auf Seile einzuhacken?

Ihre Handflächen waren jetzt so nass vor Schweiß, dass sie das Messer kaum noch halten konnte, aber sie gab sich alle Mühe, sich zu konzentrieren. Sie konnte zwar die Gefühle von anderen Menschen und Tieren blockieren, aber Xephyra war mit ihr verbunden, und ihre gemeinsamen Empfindungen wirbelten wild durcheinander, als der Kampf weiterging. Der Kampfschrei, der sich aus Xephyras Schnabel löste, ließ Veronykas Kehle austrocknen, und die Hitze, die von Xephyras Flügeln ausging, ließ Veronykas Haut jucken.

Sie schlug ihrer Verbündeten vor, Rex' Flugmuster nachzuahmen, und nach vielen Anstößen und Überredungsversuchen begann Xephyra, seinen Sturzflügen und Kreisen zu folgen. Die anderen beiden Weibchen taten, was ihnen gerade einfiel. Xatara schrie die ganze Zeit und schnappte und hackte nach allen, nicht nur nach den Soldaten. Zum Glück lenkten die Pfeile der Angreifer ihre Aufmerksamkeit stärker auf sich als die Verteidiger auf der Mauer, deshalb stürzte sie sich auf das feindliche Lager weiter unten und riss mit Schnabel und Krallen Kletterer von der Mauer.

Xolanthe konzentrierte sich auf das Dorftor, von dem jetzt schwarze Rauchwolken aufstiegen. Veronyka begriff nicht, warum die Phönice in diese Richtung flog, vielleicht hielt sie diese Gegend für ihr Revier oder wurde von dem Feuer angezogen.

Veronykas Herz schlug in ihrer Kehle, als Xoe sich auf die Angreifer stürzte. Sie war kleiner als die meisten ausgewachsenen Phönixe, aber das hinderte sie nicht daran, den Soldaten, die das Dorf stürmten, schwer zuzusetzen. Je mehr die Soldaten versuchten, sie anzugreifen, umso brutaler wurden Xoes Sturzflüge. Die Angreifer hatten Netze bei sich, ähnlich dem, mit dem der Kommandant Xephyra gefangen hatte, und Veronyka sträubten sich beim Anblick der verhassten Metallmaschen die Nackenhaare. Die Soldaten machten mehrere Versuche, Xoe zu fangen, aber sie konnte ihnen vor Wut schreiend ausweichen und flog im Halbkreis zu einem neuen Angriff.

In einem Wirbel von Flammen und Funken ließ sie sich zwischen die Soldaten fallen, nur um sich dann wieder zu erheben, die Krallen tief in die Seite des gewaltigen Rammbocks gebohrt. Phönixe konnten große Lasten tragen, aber es fiel ihr jetzt doch schwer, Höhe zu gewinnen. Die Soldaten, die den Rammbock hielten, klammerten sich für einen Moment verzweifelt daran fest, dann ließen sie sich fallen, wichen zurück und griffen zu Bögen und Speeren. Ein weiteres Netz wurde in die Luft geworfen, streifte den Rammbock, verpasste Xoes Flügel jedoch um Fingerbreite.

Vor Angst lief es Veronyka eiskalt den Rücken hinunter. Sie versuchte, Xoe mit ihrer Magie zu erreichen, um sie zu warnen, aber Xoe war zu weit weg, und zwischen ihnen passierte zu viel, um irgendeine Verbindung aufzubauen. Veronyka konnte bloß bewegungslos zusehen, wie Xoe ihre großen Flügel bewegte, sich langsam über die Menge von Soldaten vor dem Tor erhob und den Rammbock mit sich riss.

Unter ihrem Gefieder brannte das Feuer, wurde immer heißer und heller, als ihre Federn zu schwelen begannen und dann in Flammen aufgingen. Hitzewellen rollten über die Wiese, als Phönix und Rammbock Feuer fingen. Mit einem schrillen Siegesschrei ließ Xoe die brennende Angriffswaffe zwischen die Soldaten fallen und breitete die Flügel aus, nunmehr unbehindert von dem schweren Gewicht in ihren Krallen.

Veronyka seufzte erleichtert auf – aber zu früh.

Einer der angreifenden Bogenschützen spannte die Sehne an, ließ los und der Pfeil bohrte sich mitten in Xoes Brust. Sie schrie auf und dieses gequälte Geräusch zog die Aufmerksamkeit aller in der Festung auf sich.

Xoe schlug mit den Flügeln und versuchte zu fliehen, aber sie war noch in Reichweite. Als der Pfeilschaft Feuer fing, folgten drei weitere und durchbohrten ihre Seite und ihren linken Flügel.

Xoe stieß einen Klageruf aus, und ihr inneres Licht flackerte, als sie seitlich kippte und mit dem unversehrten Flügel schlug, um sich in der Luft zu halten. Aber ihr Flug war ungleichmäßig und verzögert, und die Funken, die von ihrem Körper aufstoben, wurden zu Asche, als sie zwischen den Dächern des stummen Dorfes abstürzte. Sie verschwand aus ihrem Blickfeld, aber Veronyka wusste irgendwo tief in ihren magischen Sinnen, dass Xoe nicht mehr lebte. Sie hatte keine Verbündete, um ihren Leib zu bergen oder ihr Totenfeuer aufzuschichten, und bis jemand in der Festung sie gefunden hätte – falls irgendwer diesen Angriff überlebte –, wäre es vielleicht zu spät. Oder sie würde ohnehin beschließen, nicht zurückzukehren, sondern ihr Feuer zu Rauch, ihr Fleisch zu Asche und ihren Geist endlich frei werden zu lassen.

So sollte das nicht passieren. Phönixe waren magisch und unsterblich, wenn sie nicht getötet wurden. Sie sollten nicht in Ketten sein, hinter Gittern, sollten nicht von Soldaten des Imperiums abgeschossen werden. Xoe hatte tapfer für die Reiter gekämpft, aber jetzt war ihr der Augenblick des Sieges entrissen worden, und ihr Leben war ausgelöscht.

Ein furchtbarer Schrei zerfetzte die Nachtluft und Xatara brach in plötzliche wütende Flammen aus. Sie ließ sich zwischen die Bäume unten am Hang sinken, um dann einen Moment darauf mit zwei

Soldaten zwischen ihren Krallen wieder aufzutauchen. Sie ließ die Männer aus schwindelerregender Höhe nach unten fallen, und die entsetzten Schreie und die brennenden Körper verschwanden im Wald, aber Xatara war noch nicht fertig.

Sie stieß einen weiteren Schrei aus, jagte um das Festungsgelände herum und setzte alles, was sich dort befand, in Flammen – Waffen, Seile und Menschen. Sie loderte heller als die Sonne, so hell, dass Veronyka ihre Augen schützen musste. Xatara flog immer wieder nach oben, weiter und weiter fort. Wohin sie wollte, wusste Veronyka nicht, aber bald war Xatara nur noch ein ferner Lichtfleck – und dann gar nichts mehr.

Die Verteidiger sahen sie verschwinden, und für einen Moment spürte Veronyka, dass deren Entschlossenheit ins Wanken kam. Innerhalb von wenigen Minuten hatten sie zwei Phönixe verloren, und die anderen stießen leise, klagende Rufe voller Trauer und Verzweiflung aus. Eines der Männchen hatte den Kampf aufgegeben und drehte melancholische Kreise über dem Dorf. Veronyka ging auf, dass sie nicht wusste, welche von den Phönicen das Ei im Gehege gelegt hatte, aber sie tippte auf Xoe, und dieser trauernde Phönix war dann wohl ihr Sohn.

Sie wandte sich ab, und ihre Gedanken wirbelten wie gehetzt durcheinander, während sie versuchte, sich zu sammeln. Was jetzt?

Noch einmal fielen ihr Tristans Worte ein: *Du besitzt andere Stärken, weißt du?*

Welche Stärken? Wie konnte die Tatsache, dass sie eine starke Animage war, ihnen helfen, wenn sie angegriffen wurden?

Und dann, als ob sie in Gedanken mit ihm spräche, antwortete Tristans Stimme mit weiteren erinnerten Worten: *Wenn Phönixe für die Menschen, die sie lieben, kämpfen wollen, warum nicht auch andere Tiere?*

Veronyka fuhr herum und ihr Herz hämmerte wie wild. »Tristan!«, schrie sie und rannte zu ihm, während er gerade versuchte, ein Fass voller Steine und Abfälle über den Rand der Mauer zu kippen und damit die kletternden Soldaten zu treffen. Er überließ es Ronyn, diese Aufgabe zu vollenden, und kam keuchend zu ihr gelaufen.

»Wir haben beide verloren«, sagte er und fuhr sich mit einer Hand durch die Haare, wobei er Blut und Schmutz über seine Stirn verschmierte. Seine Augen flackerten und seine Hände zitterten vor Angst und Adrenalin oder beidem.

»Ich weiß«, sagte Veronyka, und sie fuhren beide herum, als ein lautes Knirschen den Kampflärm übertönte. Ein Teil des Dorftors stürzte in einer Rauchwolke ein, und das Einzige, was die Soldaten daran hinderte, in die dadurch entstandene Lücke zu drängen, war die Tatsache, dass das Feuer an beiden Seiten aufloderte und die Verteidiger Speere und Pfeile durch die Öffnung feuerten. Es war nur eine Frage der Zeit, bis das gesamte Tor einstürzen würde.

»Tristan«, sagte Veronyka und lenkte seine Aufmerksamkeit wieder auf sich. »Ich habe eine Idee, eine … tollkühne.«

Er reagierte auf diesen vertrauten Ausdruck und wandte sich wieder voll und ganz ihr zu.

»Du hast mir gesagt, Magie sei meine größte Stärke«, redete sie eilig weiter, während die anderen hin und her rannten und das vorübergehende Ausbleiben weiterer Kletterer nutzten, um sich neue Waffen zu holen und wieder in Stellung zu gehen. »Aber das gilt nicht nur für mich – das gilt für uns alle. Diese Festung wimmelt nur so von Animagen und sie wimmelt auch von Tieren. Wenn die Phönixe freiwillig kämpfen … dann würden das vielleicht auch die anderen Tiere tun.«

Seine Augen leuchteten auf, als ihm klar wurde, was sie da gesagt hatte. Zwar waren nicht alle Menschen, die im Adlerhorst wohnten, Animagen, aber doch die meisten. Wenn sie sich mit den Tieren zusammentäten, von der kleinsten Maus und Taube bis zum mächtigen Pferd …

»Zusammen«, sagte Veronyka nun, »sind wir mehr als die Soldaten.«

Tristan nickte, wieder und wieder, und nach einer letzten entscheidenden Kopfbewegung zeigte sich in seinem Gesicht eine Andeutung von Lächeln.

Er drehte sich zum Burghof um, legte die Hände um den Mund und brüllte mit einer Kampfstimme, die eines Kommandanten würdig war, und erregte damit die Aufmerksamkeit aller. Ihnen blieben noch einige Augenblicke, ehe neue Seile hochgeworfen und eine neue Welle von Angreifern die Festung stürmen würde. Die Phönixe hatten die Kletterer aufgehalten, aber sie brauchten jetzt immer länger, um ihre Hitze wieder zu entzünden, und es war klar, dass sie nun, wo sie zwei von ihnen verloren hatten, nicht mehr ausreichend viele waren, um die Festung zu halten.

»Verteidiger«, sagte Tristan und schaute sich in der Runde um; alle waren verschwitzt und blutig und konnten sich kaum auf den Beinen halten. Der Lärm der Schlacht am Dorftor bildete einen seltsam misstönenden Kontrast zu der Blase der Stille, die die Festung umgab – aber er war auch eine Erinnerung daran, dass es sich um die Stille vor dem nächsten Sturm handelte. »Wir haben jede Waffe und jede Taktik angewandt, die uns zur Verfügung steht – außer einer. Wer sind wir? Einige von uns sind Soldaten, Handwerker oder Köchinnen, andere sind Reiterlehrlinge oder Stallknechte.« Seine goldbraunen Augen jagten kurz zu Veronyka, ehe er weitersprach. »Aber das sind bloß Bezeichnungen, nur kleine Stücke des Ganzen. Wir sind *Animagen*, und egal, woher wir kommen, wir sind jetzt hier vereint, an diesem Ort, den wir unser Zuhause nennen. Wir sind auch in unseren Fähigkeiten vereint. Vorhin habe ich die Phönixe gebeten, an unserer Seite zu kämpfen – und sie haben sich zusammengeschlossen, um uns zu unterstützen. Wenn wir die anderen Tiere der Festung ebenfalls fragten, würden sie es ihnen vielleicht nachtun.«

Geflüster eilte über den Burghof und hörte sich an wie Laub in einer leichten Brise. Veronyka schloss die Augen und warf ihr Bewusstsein weit aus, ließ ihre Sperren sinken. Da. Während die Menschen in der Festung verwirrt und unsicher waren, hatten die Tiere Tristans Aufruf gehört, sie hatten seine Absicht und das Anwachsen seiner Magie registriert – und antworteten nun darauf.

»Wir werden sie nicht zwingen«, sagte Tristan mit entschiedener Stimme. »Aber wenn sie uns helfen wollen, können wir ihre Bemühungen lenken und ihnen die Gefahren klarmachen. Genau wie in unserem Alltagsleben können die Tiere uns auch jetzt stärker machen – von Phönixen bis Brieftauben, von Schlachtrössern bis Jagdhunden –, keine Verbündeten sind zu klein, kein Versuch wertlos.«

Veronyka schaute sich um. Viele Tiere hatten Angst und würden sich lieber zwischen Dachbalken oder in dunklen, stillen Kellern verstecken, andere dagegen ... Langsam kamen sie zum Vorschein, glitten zwischen Beinen hindurch und hockten sich auf Schultern oder Simse. Von den Ställen her war ein rhythmisches Stampfen zu hören und Veronyka fand Winds vertrauten, starrköpfigen Geist. Er war bereit, seine Stalltür einzutreten, wenn nicht bald jemand kam und sie öffnete.

Das düstere Gefühl, das sich eben noch in der Festung ausgebreitet hatte, änderte sich, schlug um ... Es war nicht gerade Hoffnung, aber es war etwas anderes als Verzweiflung, es war ein Anfang.

»Wenn wir zusammenhalten«, sagte Tristan, »dann werden wir diesen Soldaten des Imperiums zeigen, was wir können.«

Seine Rede endete mit dem scharfen Klirren eines neuen Wurfhakens, der über die Festungsmauern schrappte. Die Menschen und die Tiere des Adlerhorsts reagierten sofort darauf. Veronyka stürmte die nächstgelegene Treppe hinunter und wäre fast über die Katzen und Hunde gestolpert, die zwischen ihren Beinen herumsprangen. Als sie die Stalltüren aufriss und jede Box öffnete, füllten Tauben, Falken und Sperlinge die Luft.

Draußen konnte Veronyka zusehen, wie ihr tollkühner Plan Gestalt annahm. Sie half, wo sie konnte, schickte Vogelscharen nach links und Hunde nach rechts. Sie hatte damit gerechnet, mehr tun zu müssen, aber die Tiere waren konzentriert und kampfbereit.

Brieftauben hackten in die Augen der kletternden Soldaten, während Falken sich schreiend fallen ließen, ihre Schnäbel in das Fleisch der Feinde schlugen und mit ihren Krallen deren Haut zerfetzten.

Anstelle von kampfmüden Dörflingen mit Sägemessern aus der Küche, kratzten und rissen Katzen an den Kletterseilen – und an jedem unvorsichtigen Soldaten, dem es gelang, oben auf die Mauer zu klettern; ein Sperrfeuer aus Hunden und Pferden brach durch die offene Hintertür bis zum Dorf durch.

Veronyka kletterte gerade im richtigen Augenblick auf die Mauer, um zu sehen, wie ein Soldat versuchte, durch die Trümmer des Dorftors zu laufen – nur um von dem riesigen Bluthund überrascht zu werden, der durch die Lücke sprang, in der Luft mit ihm zusammenstieß und ihn zu Boden riss.

Lamas trugen Ausrüstungsgegenstände und Waffen, während die Pferde schwere Balken und Wagen herbeizogen, um am Dorftor Barrikaden zu errichten. Veronyka sah sogar, wie Spatz auf ein Seil einhackte, während Zwitscher neben ihr hockte und an den losen Fasern herumpickte und -zerrte.

Veronykas Herz wurde von triumphierender Freude erfüllt. Es war beängstigend, neben ihren tierischen Freunden zu kämpfen, aber es kam ihr *richtig* vor. Sie waren geborene Alliierte, und wie Tristan gesagt hatte, gemeinsam waren sie stärker. Sollte das Imperium doch glauben, sie seien ohne ihre Phönixreiter wehrlos und schwach – sie würden ihnen schon zeigen, wie viel Schaden Animagen anrichten konnten.

Ich glaubte, meine Schwester zu verlieren,
als ein verirrter Pfeil ihre Brust durchbohrte,
aber ich hatte sie schon lange vorher verloren.

– Kapitel 40 –

Veronyka

Wie die Phönixe half auch die Verstärkung durch die anderen Tiere – für eine Weile. In Veronyka krampfte sich alles schmerzhaft zusammen, als sie den ersten Hund sah, der von einem feindlichen Speer durchbohrt wurde, und ihr Herz setzte jedes Mal aus, wenn eine Brieftaube aus der Luft geschossen wurde. Überall, wohin sie blickte, sah sie mit Blut verschmierte Fellstücke und Federn, und der Boden war übersät mit Körpern in allen Formen und Größen.

Die Phönixe kreisten noch immer über ihnen und machten ihre Sturzflüge, aber Xoes Tod ließ sie zögern, und sogar Xephyra hatte etwas von ihrer Wut eingebüßt.

Es würde nicht ausreichen. Sie hatten getan, was sie konnten, um durchzuhalten, um zu überleben, aber ihre Verteidiger starben, die Menschen wie die Tiere, und noch immer war keine Rettung von außen in Sicht.

Als die frisch errichtete Barrikade am Dorftor einstürzte, wusste Veronyka, dass sie keine Zeit mehr hatten.

Wenn die Soldaten ins Dorf gelangten, würden sie alles verbrennen und zerstören, bis sie die Festung erreicht hätten. Deren Mauern waren höher und solider gebaut als die im Dorf, aber das Tor war nicht verstärkt worden, und sie waren nicht genug, um es richtig zu verteidigen.

Wenn die Soldaten ins Dorf gelangten, wäre alles verloren.

Sie konnten mehr Phönixe losschicken, aber sie hatten doch schon zwei verloren – die beide nicht verbunden gewesen waren. Wie viel schrecklicher wäre es, wenn einer der Lehrlinge seinen Verbündeten verlor? Veronyka wusste, wenn Tristan einen weiteren Phönix losschickte, dann würde es Rex sein. Er konnte keinen anderen zu diesem Schicksal verurteilen. Er würde die Last selbst auf sich nehmen.

Sie suchte ihn mit Blicken und ihre schlimmsten Befürchtungen wurden bestätigt. Er machte Rex schon Zeichen, aber als der Phönix mitten im Flug kehrtmachte, steuerte er nicht das brennende Dorftor an, um dort die Verteidigung zu übernehmen. Er flog auf Tristan zu.

Er will mit seinem Verbündeten gehen, wurde ihr klar, und ihre Kehle schnürte sich in plötzlicher Panik zusammen. *Er will, dass sie gemeinsam kämpfen – und vielleicht sterben.*

Veronyka bewegte sich langsam durch die Menge, als ob sie durch Wasser watete. Sie wusste nicht, was sie sagen oder ob sie versuchen sollte, ihn aufzuhalten, aber sie musste zu ihm.

Tristan sah sie kommen und ihre Blicke begegneten sich über Tote und brennende Seile hinweg. Sein Gesicht war düster.

Dann verzog es sich vor Schmerz, er packte seinen Arm und taumelte zu Boden. Veronyka rannte los, stieß Leute beiseite, als sie neben ihm auf die Knie fiel und den Pfeil suchte, der ihn getroffen hatte – aber es gab keinen. Irgendwo oben schrie Rex, und Veronyka wirbelte herum – *da* war der Pfeil, den sie suchte, er steckte an der Stelle, wo Rex' linker Flügel seinem Rumpf entwuchs. Rex stürzte im Schlingerflug in den tiefer gelegenen Burghof.

Veronyka half Tristan auf die Beine, und er schüttelte den imaginären Schmerz ab, der seine Schulter durch die Bindung durchbohrt hatte. Rex landete mit unsicheren Bewegungen hinten auf dem Burghof – vermutlich hatte er den Adlerhorst erreichen wollen, aber nicht so weit fliegen können.

»Ersken!«, schrie Tristan verzweifelt, als sie zu Rex rannten. Veronyka glaubte nicht, dass sie nahe genug waren, um von Ersken gehört zu werden, aber dann tauchte von irgendwo eine winzige Gestalt auf – Spatz, die ihre Rolle als Läuferin ausfüllte – und jagte wie ein Wirbelwind an ihnen vorbei durch den Bogengang in den Adlerhorst und war nicht mehr zu sehen.

Tristan hielt Rex' hin und her schlagenden Kopf und versuchte, ihn zu beruhigen, während Veronyka sich die Wunde ansah. Der Pfeil hatte am Gelenk Muskeln und Sehnen durchbohrt, weshalb der Flügel alle Beweglichkeit eingebüßt hatte. Die Wunde würde schneller verheilen als bei anderen Tieren, aber nie im Leben würde er in diesem Zustand heute noch weiterfliegen können.

Ersken kam mit einer schweren Ledertasche in der Hand aus dem Bogengang gelaufen.

Er ließ die Tasche fallen, und Instrumente und Arzneiflaschen klirrten, während er die Schulter des Phönix untersuchte. Tristans Augen waren groß und wie im Fieber und er hielt Rex fest im Griff. Ersken machte sich mit schnellen, geübten Bewegungen ein Bild von der Verletzung. Spatz blieb am Rand der Gruppe stehen, aber Ersken rief sie zu sich und trug ihr auf, Heilmittel aus seiner Tasche zu nehmen. Ihre Hände zitterten, als sie über die Flaschen und Krüge huschten, aber Zwitscher war bei ihr, und sie fand rasch, was Ersken brauchte.

»Der wird schon wieder, Junge«, sagte Ersken und wandte sich von Rex ab, um sich das Blut von den Händen zu wischen – das dampfte und an seinen Fingern feuerrote Spuren hinterließ. »Und er wird keine bleibenden Schäden davontragen, soweit ich sehen kann. Aber heute Nacht kann er nicht mehr fliegen.«

Tristan gab keine Antwort, und sosehr sich Veronyka auch dagegen wehrte, sie spürte doch die hilflose Betäubung, die er ausstrahlte. Ohne seinen Phönix war er verloren – und das Tor ebenfalls.

Xephyra stupste Veronykas Gedanken an und sie schaute auf und sah ihre Verbündete über sich kreisen. Xephyra, mit der sie gerade erst wieder vereint worden war. Xephyra, die eigentlich zu jung war, um geritten zu werden, aber groß für ihr Alter …

»Tristan«, sagte Veronyka, trat dichter an ihn heran und drehte ihn ein wenig um, damit er nicht zusehen konnte, wie Ersken Rex behandelte – obwohl sie vermutete, dass er es durch die Bindung ohnehin spürte. »Wir können nicht weiter hier herumstehen. Rex kann uns nicht helfen, Xephyra wohl. Wir müssen zum Tor.«

Veronyka sah Tristan zum ersten Mal, seit sie sich in den Kampf gestürzt hatten, aus nächster Nähe an. Seine Lippe war aufgesprungen und sein Gesicht auf der einen Seite geschwollen, seine Tunika war blutig und zerrissen. Er deutete ein Kopfschütteln an, strich seine blutdurchtränkten Haare nach hinten und schaute sich um, als ob er nach einer anderen Lösung suchte.

Über ihnen zerrte Xephyra an ihrer Bindung, dringlicher als bisher, und eine Sekunde darauf sah Veronyka die Welt durch die Augen ihres Phönix. Sie spiegelten.

Feuer. Blut. Sie verirrte sich im komplexen Gemüt und in den übernatürlichen Sinnen ihrer Verbündeten, aber Xephyra lenkte ihr Bewusstsein zum Dorftor.

Das letzte brennende Stück der Holztüren gab unter dem wütenden Hieb einer Soldatenaxt nach und Angreifer und Verteidiger stolperten gleichermaßen über die herrenlosen Waffen und die auf dem Boden liegenden Gefallenen. Rauch und Pfeile füllten die Luft und die Leere, wo vorher das Tor gewesen war.

Jetzt, sagte Xephyra in Veronykas Gedanken.

»Jetzt!«, sagte Veronyka mit einem Aufkeuchen und kehrte in ihren eigenen Geist und Körper zurück.

Tristan schüttelte wieder den Kopf. »Ich hab dir doch gesagt, ich werde dein Leben nicht opfern. Du bist noch nie mit Xephyra geflogen. Ein anderer Lehrling muss das tun. Ich hole …«

»Das Tor ist eingestürzt, wir haben keine Zeit«, sagte Veronyka außer sich und befahl Xephyra, neben ihnen auf dem Boden zu landen. Rex stieß einen melancholischen Ruf aus und Xephyra antwortete mit einem ermutigenden Heulen. Die anderen Phönixe kämpften noch immer, kreisten oben und machten ihre Sturzflüge und ihre Verbündeten waren beschäftigt und abgelenkt. »Du hast recht. Ich habe keine Erfahrung. Aber du hast sie. Wir können zusammen fliegen.«

»Veronyka«, sagte Tristan, und Verzweiflung füllte seine Stimme, als er Xephyra betrachtete. Ganz hinten in seinen Gedanken schwelte die Angst vor dem Feuer und wollte losgelassen werden, aber Veronyka spürte, wie sehr er sich dagegen wehrte.

»Wir machen das gemeinsam, oder ich mache es allein«, sagte sie mit Stahl in der Stimme. Das Imperium hatte ihr schon ihre Eltern und ihre Großmutter genommen. Mehr würde sie ihm nicht geben. »Wir dürfen sie nicht ins Dorf lassen.«

»Wir haben nicht mal einen Sattel«, klagte Tristan, aber ein lautes Geräusch ließ ihn verstummen. Die leicht keuchende Spatz hatte soeben einen seltsam aussehenden Sattel neben ihnen fallen lassen. Es war kein Pferdesattel, sondern ein *Phönix*sattel, mit zusätzlichen Riemen und Schnallen. Veronyka und Tristan starrten ihn überrascht an, aber dann sagte Ersken als Erster etwas: »Ihr habt keine Zeit für solche Diskussionen. Entscheidet euch jetzt, und dann tut es«, sagte er und streichelte Spatz' Schulter, ehe er sich wieder Rex' Wunde zuwandte. Spatz strahlte vor Stolz, dann reichte sie Ersken eilig Verbandsstoff aus seiner Tasche. Die Sättel wurden offenbar irgendwo in der Nähe aufbewahrt, und er hatte Spatz einen holen lassen, während Tristan und Veronyka sich gestritten hatten.

Tristan zögerte für den Bruchteil einer Sekunde, dann …

»Gut«, sagte er und hob den Sattel auf.

Er schaute zu Veronyka hinüber, als er auf Xephyra zuging, und sie erklärte ihrem Phönix schnell, was sie vorhatten, und bat sie, sich von Tristan satteln zu lassen. Die Aussicht, von ihrer Verbündeten geritten zu werden, ließ eine Welle der Freude durch Xephyras Körper wogen, aber Tristan gegenüber war sie noch immer misstrauisch.

Er muss mitkommen, sagte Veronyka beruhigend. *Ich brauche seine Hilfe – wir beide brauchen sie.*

Als sie gesattelt war, schien Xephyra nach uralten angeborenen Instinkten zu handeln – oder vielleicht hatte sie das bei den anderen Phönixen so gesehen. Sie knickte die Beine ein und ließ sich zu Boden sinken. Tristan stieg in den Sattel, während Rex in traurigem Schweigen zusah. Veronyka reichte Tristan ihren Bogen und ihre Pfeile, die er sich über den Rücken warf, ehe er sie zu sich hochzog.

»Du musst lenken«, murmelte er in ihr Ohr. Sie waren eng aneinandergepresst auf dem Sattel, der nur für eine Person gedacht war, und sein Atem auf ihrer Haut jagte ihr eine Gänsehaut über den Rücken. Er zeigte ihr eilig, wohin sie ihre Füße setzen und wo sie sich festhalten sollte, aber der Druck seiner Brust und seiner Oberschenkel verwirrte sie. Zum Glück würde vor allem Xephyra durch ihre Verbindung lenken.

»Sie wird uns nicht lange tragen können, aber wenn wir weit genug kommen, versuchen wir, die Abwehr zu verstärken, während Xephyra sie mit ihrem Feuer ablenkt. Ist das für dich in Ordnung?«, fragte Veronyka, als Xephyra sich aufrichtete und die Flügel ausschüttelte. Xephyras Feuer war nicht das einzige Feuer, das sie gleich ertragen müssten – jeder Teil des Dorfes stand in Flammen. Sie flogen auf einem Inferno in ein Inferno.

»Das muss es ja wohl.«

Xephyra sprang in die Luft, und ein Flügelschlag hätte fast ausgereicht, um Veronyka aus dem Sattel zu werfen. Sie klammerte sich an dem Lederknauf vorne fest und benutzte die Steigbügel, wie Tristan es ihr gezeigt hatte, während er ihre Taille fest umschlungen hielt.

Einige weitere Flügelschläge und sie jagten über den Tempel und zurück ins Kampfgetümmel.

Die Welt schrumpfte unter ihnen, während der Himmel zu einer unendlichen schwarzen Weite wurde, die drohte, sie ganz und gar zu verschlingen. Die Nacht lebte durch den kalten beißenden Wind und den sanften Kuss des Sternenlichts.

Veronyka schnappte nach Luft; sie hatte das Gefühl, wieder mit Xephyra zu spiegeln, nur instinktiver jetzt. Ihr Herz hämmerte, ihr Magen krampfte sich zusammen, und jeder Zoll ihres Körpers prickelte. Schon als Kind hatte sie von diesem Tag geträumt, aber sie hatte sich niemals vorgestellt, dass ihr erster Flug auf einem Phönixrücken in einem feurigen Kampf um ihr Leben stattfinden würde.

Xephyra flog über die Phönixe, die in der Luft hin und her jagten, und das Kampfgetöse unter ihnen verschwand fast im Heulen des Windes und in ihren schweren Flügelschlägen.

Als sie sich den Trümmern des Dorftors näherten, wurde Veronykas Verbündete unter ihnen heiß. Tristan wand sich ein wenig hinter Veronyka, ihr beider Schweiß hielt sie zusammen, und sie wusste, dass er auf Xephyras schwelendem Rücken nicht lange durchhalten würde.

Das Tor sah jetzt schlimmer aus als noch vor wenigen Minuten. Ein rußschwarzer Rahmen war alles, was von den doppelten Torblättern übrig war, und nur eine Handvoll Wachen verteidigte die Öffnung noch, während Soldaten versuchten, über Fässer und Trümmer zu klettern.

Tristan bat sie, Xephyra festen Kurs halten zu lassen, dann zischte etwas mit einem leisen Geräusch an ihrer Wange vorbei. Ein Pfeil, der das Herz eines Soldaten durchbohrte, der gerade versuchte, sich einen Weg durch den Schutt zu bahnen.

Tristan konnte noch zwei weitere Pfeile abgeben, ehe die Soldaten feststellten, woher der Angriff kam, und ihre Bögen nach oben richteten. Veronyka brauchte Tristans Aufforderung nicht, um Xephyra höher fliegen zu lassen, außer Reichweite der Feinde.

Sie waren eine gute Ablenkung, denn sie zogen die Aufmerksamkeit der Soldaten auf sich, weshalb sich die verbliebenen Verteidiger neu formieren konnten. Als die Angreifer es ihnen nachtaten und sich auf der anderen Seite der Wiese sammelten, hoffte Veronyka, dass sie mit dem Gedanken an Rückzug spielten.

Aber als Xephyra zu einem neuen Sturzflug ansetzte, strömte eine Welle von Verstärkung über den Hang wie Ameisen aus einem zertretenen Ameisenhügel. Veronykas Inneres wurde zu einem klaffenden Abgrund aus Verzweiflung.

»Axura möge uns retten«, flüsterte Tristan.

Veronyka lenkte Xephyra in Richtung Dorf. Ihre Verbündete hielt sich dicht über der anwachsenden Menge aus Soldaten und zwang sie dazu, sich zu ducken und auseinanderzulaufen, dann landete sie vor dem zerstörten Tor. Ihnen blieb nicht viel Zeit, bis sich die Angreifer zu einer neuen Attacke zusammenschließen würden.

Tristan sprang von Xephyras Rücken und auch Veronyka ließ sich aus dem Sattel gleiten. Sie streichelte ihre Verbündete dankbar und verkniff sich weitere Anweisungen – Xephyra wusste, was sie zu tun hatte. Die Schlacht hatte ihre Verbindung offenbar geschliffen und zu der mächtigen Waffe geschärft, die sie nun einmal war.

Tristan wollte Veronyka Bogen und Köcher reichen, aber sie schüttelte den Kopf. Er war als Bogenschütze trainiert, nicht sie.

Als die letzten Verteidiger aus den Schatten hervorkamen, ihre Waffen luden und neue Stellungen einnahmen, machte Veronyka sich auf die Suche nach Pfeilen. Hauptmann Flynn stützte sich auf ein Karrenrad und presste ein blutdurchtränktes Stück Stoff auf eine Wunde, und viele andere – tot oder lebendig, das wusste Veronyka nicht – bedeckten um sie herum den Boden. Sie schaute ganz bewusst nicht in Gesichter oder auf Wunden, sondern konzentrierte sich darauf, Munition vom Boden und aus den Trümmern aufzulesen. Gras, Gebäude und Körper brannten. Rauchsäulen wogten beißend in der Luft, schnürten Veronyka die Kehle zu und ließen ihre Augen tränen.

Schweren Herzens trat sie neben Tristan und ließ die gefundenen Pfeile in seinen Köcher gleiten. Sie nahm an, dass es einen schlechteren Tod gab, als aufrecht stehend im Kampf zu fallen. Sie war endlich zur Reiterin geworden, wenn auch nur für kurze Zeit, und es war tröstlich, zu wissen, dass Xephyra entweder entkommen oder in Freiheit sterben würde – beides so viel besser, als in einem Käfig hingerichtet zu werden. Vielleicht war Val durch den unterirdischen Gang entflohen, den sie erwähnt hatte, und würde ihrerseits Reiterin werden. Veronyka spielte mit dem Gedanken, durch ihre Schattenmagie Kontakt zu Val aufzunehmen, aber sie wusste nicht, wo sie anfangen … oder wie sie sich verabschieden sollte.

Xephyra stieß einen trotzigen Schrei aus, der das Blut gerinnen lassen konnte, und riss eine Schneise durch die Soldaten. Veronyka und die allerletzten Verteidiger hoben ihre Waffen und stellten sich dem Chaos, das Xephyra hinter sich zurückließ.

Die Dorfmauern waren eigentlich nicht zur Verteidigung errichtet worden, deshalb gab es nur wenige Positionen, von denen aus Tristan und die anderen die Angreifer beschießen konnten. Veronyka schaute sich um, entdeckte die Überreste eines Karrens und riss ein riesiges Brett heraus.

Sie schleppte es zu Tristan und zeigte ihm, wie er es als Deckung nutzen konnte. Es war nicht groß genug, um seinen gesamten Leib zu schützen, aber wenn Veronyka es festhielt, konnte sie Höhe oder Schräge anpassen und ihm die Deckung geben, die er brauchte, um sicherere Treffer zu landen.

Ihre Armmuskeln wurden bis in die Gelenke gespannt, als der erste Pfeil in das Brett einschlug und die stählerne Pfeilspitze sich bis auf die andere Seite durchbohrte.

Tristans Gesicht zeigte Entsetzen, war voller Panik, dann überkam ihn Erleichterung bei der Erkenntnis, dass der Pfeil nicht vollständig durch das Brett gedrungen war. Sie tauschten einen Blick, und Veronyka nickte – sie konnte das hier schaffen.

Er gab weitere Pfeile ab und sie fing weitere feindliche Geschosse ab.

Obwohl ihre Glieder von der Anstrengung bebten und ihre Ohren von den Einschlägen widerhallten, stellte sie fest, dass sie einen Rhythmus entwickelten. Sie und Tristan waren wie eine Person, die jeden Gedanken und jede Bewegung des Gegenübers vorhersahen.

Tristan entdeckte ein Ziel, Veronyka bewegte das Brett so, dass es ihn schützte, und er gab den Pfeil ab.

Ziel. Deckung. Schuss.

Ziel. Deckung. Schuss.

Erst nach einer ganzen Weile begriff Veronyka, dass ihre Bewegungen so vollständig miteinander übereinstimmten, weil der Kanal zwischen ihnen wieder weit offen war und ihr Geist und ihre Körper sich wie ein einziger verhielten. Sie *beide* sahen das Ziel. Sie *beide* bezogen Position – und sie *beide* gaben den Pfeil ab.

Statt sich aus dem Augenblick herausreißen zu lassen oder abermals in eine Ohnmacht zu sinken, hieß Veronyka diese Einheit willkommen. Sie sah den Kampf durch Tristans Augen, obwohl sie sich hinter dem improvisierten Schild zusammenkauerte, und sie wusste, was er brauchte, ehe es ihm selbst klar wurde.

Und deshalb war es Veronyka, die, als Tristan einen Schuss auf einen entfernten Angreifer abgeben wollte und zu spät entdeckte, dass in ihrer Nähe ein Soldat den Durchbruch geschafft hatte und auf sie zugerannt kam, seinen Schuss ableitete. Schnell wie ein Atemhauch lehnte sie sich gegen Tristan und schob seine Arme zur Seite, als sich der Pfeil gerade von seinen Fingerspitzen lösen wollte.

Er landete mitten in der Brust des auf sie zukommenden Soldaten.

Tristan blinzelte benommen, und Veronyka hatte das unwirkliche Gefühl, seine Empfindungen durch ihre Verbindung in dem Augenblick zu spüren, in dem sie sie in seinem Gesicht sah. Schock, Verwirrung und dann eine lodernde Welle der Dankbarkeit. Seine Brust hob sich und er lachte in erstaunter Freude.

Dann riss ihre Verbindung, aber er spürte es nicht. Für Tristan war das alles ein wunderbarer Zufall gewesen, Anyankes Hand oder Teykes blindes Glück. Für sie dagegen war es so viel mehr. Es bedeutete Möglichkeiten.

Während er weitere Pfeile abschoss, staunte Veronyka über die verschiedenen Arten, Schattenmagie einzusetzen, über die sie noch nie nachgedacht hatte.

Doch so energisch sie sich auch zur Wehr setzten, der einzige Grund, warum die Soldaten ihre wütende Verteidigung noch nicht durchbrochen hatten, waren Xephyra und ihre unentwegten flammenden Sturzflüge über der aufgewühlten und von Toten übersäten Wiese. Immer, wenn sie vorüberjagte, hielt Veronyka den Atem an und fragte sich, ob Xephyra diesmal einen Pfeil abbekommen, ob sie diesmal sterben würde.

Als das erste graue Morgenlicht durch den Rauch sickerte, wurde die Welt auf seltsame Weise traumähnlich, die Geräusche wurden gedämpft und die Farben bleich.

Inzwischen waren Xephyras lodernde Angriffe seltener geworden, weil sich Erschöpfung einstellte, und die Soldaten sahen ihre Gelegenheit. Sie stürmten vor, sowie Xephyra vorübergeflogen war, und nutzten so die Zeit, in der sie ihren Bogen durch die Luft beschrieb.

Die schattenhafte Horde stürzte auf sie zu, kaum zu ahnen durch den raucherfüllten Dunst. Veronyka und die anderen Verteidiger hielten stand, doch sie wusste, dass den Soldaten diesmal der Durchbruch gelingen würde. Es waren zu viele und sie hatten den richtigen Moment erwischt.

Veronyka warf das Brett zur Seite, als sie in die Hocke ging, und packte einen verlassenen Speer – er war klebrig und blutbeschmiert, aber noch unversehrt. Tristan folgte ihrem Beispiel, tauschte seinen Bogen gegen eine feindliche Axt. Als sie zu ihren neuen Waffen griffen, begegneten sich ihre Blicke.

Die Verbindung zwischen ihnen öffnete sich wieder und seine Gefühle pulsierten wie ein Herzschlag. Sie war seine Freundin, sie war seine Kameradin – sie war ihm ebenbürtig. Ihr Wunsch hatte sich erfüllt, ihr unmöglicher Traum war Wahrheit geworden.

Und er wollte nicht, dass sie starb.

Deshalb rannte er los – fort von ihr, in den Rauch, den heranstürmenden Soldaten entgegen. Dem Tod entgegen.

Veronyka öffnete den Mund und versuchte, ihn mit ihrem Geist und mit ihrem Körper zu erreichen – aber die Instinkte, die Tristan eben noch das Leben gerettet hatten, waren überlagert von seiner Angst. Veronyka bewegte sich zu langsam, und ihre Hand fand nur leere Luft, ihr Geist nur einen Luftzug, als er an ihr vorbeirannte. Gleich darauf war er verschwunden und sie stand da und starrte ihm nach.

Sie wollte hinter ihm hertaumeln, als etwas gegen ihre Schulter stieß. Sie wurde zur Seite geschleudert und konnte sich nur mit Mühe auf den Beinen halten, als Wind durch das Tor sprang und hinter Tristan herdonnerte. Irgendwer, vielleicht Jana oder eine der anderen Stallhilfen, hatte ihm volle Kampfrüstung angelegt, und Metall und Leder schimmerten im trüben Licht. Die Soldaten kamen zum Stillstand, und Tristan drehte sich um, verwirrt von deren offenkundiger Angst, und sah gerade noch, wie Wind ein halbes Dutzend Feinde niedertrampelte. Der Hengst fegte in einem Bogen um Tristan herum und beschützte ihn von allen Seiten, während Tristan nur seine Axt in lockerem Griff halten und starren konnte.

Wind kreiste, riss eine weitere Handvoll von Angreifern zu Boden, dann wurde er langsamer, damit Tristan in den Sattel springen konnte.

Als Wind ihn zurück zum Tor trug, erklang ein Hornstoß.

Er war so leise, dass Veronyka sich nicht sicher war, ob sie ihn wirklich gehört hatte. Alle in ihrer Nähe wurden langsamer – sogar die Soldaten blieben stehen und lauschten. Dann hallten ein zweiter, dritter und vierter Hornstoß oben vom Gipfel wider.

Veronyka sah über sich am Himmel Xephyra, und die Phönice stieß einen langen, klaren Ton aus – einen Ruf.

Ein Herzschlag der Stille und dann eine vage Antwort aus der Ferne. Es war kein Warnruf und kein Verteidigungsschrei – es war ein Gruß.

Die übrigen Phönixe in der Festung erwiderten diesen Ruf und bald füllte die Musik des Phönixgesangs die Luft.

Tristan drehte sich auf Wind um und versuchte, sich bessere Sicht zu verschaffen. Wolken mit rosa und lila Flecken zogen in der Ferne über den Himmel und bereiteten der heraufziehenden Morgenröte den Weg. Aber näher noch tauchte ein Dutzend kleiner, zitternder Punkte auf und zog funkelnde Feuerfäden hinter sich her. Tristan stieß einen lauten Jubelruf aus.

Die Reiter kehrten zurück.

Von den wilden und beeindruckenden Ersten Reiterinnen werden keine so geliebt wie Nefyra und Callysta.

Diese Heldentaten! Dieser Glanz! Sie flogen zusammen wie die Flügel desselben Vogels und kämpften wie die Arme derselben Kriegerin.

So makellos, so vollkommen war ihre Einheit, dass sie zu einem Wesen wurden, einer Person, in alle Ewigkeit verbunden.

»Flügel desselben Vogels«, gesungen von
Mellark dem Minnesänger, circa 116 NI.

Da war so viel Blut …
Mein Pfeil, warum musste es mein Pfeil sein?
Die Qual der Reue, die Trauer der Einsamkeit;
ich ließ mich von deren Schmerz verzehren.

– Kapitel 41 –

Veronyka

Als die Reiter die Festung erreichten, stoben die Soldaten bereits auseinander. Wer das nicht tat, wurde von den Verteidigern mit frischer Kraft angegriffen, ermutigt durch den Anblick der glücklich heimgekehrten Krieger.

Tristans Gesicht strahlte auf, als er unter ihnen seinen Vater erblickte, verdreckt und blutend, aber am Leben; er führte seine Krieger mit kenntnisreicher Präzision an. Die meisten waren offenbar noch dabei, obwohl Veronyka sie nicht richtig zählen konnte. Die Patrouillen hatten sich aufgeteilt: Eine sicherte die Festung, die andere verfolgte die den Hang hinunter fliehenden Soldaten.

Als die Sonne über den fernen Gipfeln aufging, war das letzte Seil zerschnitten und der letzte Soldat besiegt oder vertrieben. Veronyka schaute sich um, wie benommen von der Erkenntnis, dass der Kampf gewonnen war.

In ihren Ohren rauschte es, Rufe und Schreie und das Klirren der Waffen waren jetzt leisen Stimmen und schweren Schritten gewichen. Die Wachen und die Leute aus dem Dorf verschafften sich ein Bild der Lage, während die Lehrlinge ihre Reittiere aus der Festung zurück in den Adlerhorst führten. Veronyka brauchte nur einen kurzen Blickwechsel, um zu begreifen, dass Tristan zurückbleiben und mit seinem Vater sprechen musste.

»Ich sehe nach Rex«, sagte sie, ehe er sie darum bitten konnte, und ein Wirbel aus leuchtendem Gefieder – darunter auch Xephyras Lilatöne – fegte über ihnen durch die Luft.

Tristan warf ihr einen seltsamen Blick zu, und bevor Veronyka begriff, was vor sich ging, riss er sie in eine knochenzerdrückende Umarmung. Sie war anders als die letzte, als er gestärkt war von Adrenalin und Erregung nach seinem Erfolg auf der Hindernisbahn. Diesmal zitterten seine Glieder, und er klammerte sich an sie, als ob er sonst auf der Stelle zusammenbrechen könnte.

Wenn ihre erste Umarmung wie ein Schluck kalten Wassers an einem heißen Tag gewesen war, dann war das hier wie der lebensrettende Regenguss nach einem Waldbrand.

Er roch nach Schweiß und Rauch, aber er war unverletzt. Er lebte! Irgendwie hatten sie es geschafft. Er holte zitternd Luft, während er sie weiter an sich drückte, seine Brust hob sich an ihrer, dann ließ er sie los. Er trat zurück und nickte dankbar, dann verschwand er in der Menge.

Sie sah hinter ihm her und tief unten in ihrem Bauch wirbelte ein Aufruhr von Empfindungen durcheinander. Jetzt, nach dem Kampf, würde sie den Folgen von Vals Verrat und der möglichen Veränderung ihrer Stellung hier in der Festung ins Auge sehen müssen. Und ihrer Beziehung zu Tristan. Würde er es seinem Vater sagen, oder konnte sie sich darauf verlassen, dass er ihr Geheimnis bewahrte? Spielte das überhaupt eine Rolle? Sie hatte soeben vor den Augen der gesamten Festung einen Phönix geritten … da würden manche sich doch jetzt fragen, wer sie wirklich war.

Als Veronyka sich dem Adlerhorst näherte, gingen ihr die Ausmaße der Verwüstung auf. Um sie herum gab es nur Schmerz, einige Menschen und Tiere konnten sich aus eigener Kraft bewegen, andere wurden gestützt oder getragen. Es stellte sich heraus, dass der Phönix, der so traurig über dem Dorf gekreist war – Xoes Sohn –, mit Latham verbunden war, und der hatte ihn bisher nicht zur Rückkehr in den Adlerhorst bewegen können.

Veronyka war erleichtert, als sie durch den Torbogen trat, wo Kisten mit Verbandszeug, Essen und Wasser für die zurückkehrenden Phönixe und ihre Verbündeten bereitgestellt waren.

Ersken wartete dort auf sie, neben ihm stand Spatz.

Sie weinte.

In ihren hohlen Händen lag Zwitscher, dessen weiches braunes Gefieder blutüberströmt war. Er war vollkommen bewegungslos, seine kleinen Füße hielt er an seinen steifen runden Leib gepresst. Der Anblick erinnerte Veronyka an Xephyras Tod, und die pulsierende Verzweiflung, die Spatz umgab, mischte sich schmerzhaft mit ihrer eigenen.

Ersken richtete seine großen sanften Augen auf Spatz, aber die hatte ihr Gesicht über ihren Vogel gesenkt. Sie konnte ihren toten Freund zwar nicht sehen, aber ihre Haltung und ihre Miene sagten alles.

Spatz' Trauer war ein stiller Sturm, aber als Ersken versuchte, ihr den toten Vogel abzunehmen, fauchte sie geradezu.

Veronyka trat dazwischen. Sie streichelte beruhigend Erskens Arm, nahm Spatz an der Schulter und führte sie zu einer Kiste, auf die sie sich setzen konnte.

»Spatz, ich bin's«, flüsterte sie. »Erinnerst du dich? Ich bin …«

»Veronyka?«, fragte Spatz und hob abrupt den Kopf.

»Ja«, sagte Veronyka, noch immer leise, obwohl niemand in Hörweite war. »Ja, ich bin es.«

Spatz legte den Kopf schräg und schluchzte laut. »Hatte dich nicht gehört, ohne die Zöpfe und den ganzen Kram, die solchen Krach machen.« Veronyka fuhr sich durch ihre zerzausten und offenbar stummen Haare. »Und kein Zwitscher, der … der …« Spatz' Stimme zitterte, und ihr Gesicht verzerrte sich, als neue Tränen Streifen über ihre schmutzigen Wangen zogen.

Vor Veronykas Augen verschwamm alles, aber sie blinzelte die Tränen weg, legte den Arm um Spatz und zog sie an sich. »Ich weiß«, sagte sie. »Und es tut mir so, so leid.«

Veronyka konnte die Schuldgefühle, die ihr Herz packten, nicht abschütteln. Es war schließlich ihre Idee gewesen, die Tiere der Festung mit in den Kampf zu holen … Es war ihre Schuld, dass Zwitscher nicht mehr lebte.

Sie musste daran denken, wie sie zum ersten Mal ein totes Tier gesehen hatte, eine Maus, die ihr gefolgt war, als sie eine belebte Straße in Aura Nova überquerte, und die dabei zertrampelt worden war. Sie hatte geweint und sich Vorwürfe gemacht, aber ihre Maiora hatte nichts davon hören wollen.

»Du nimmst ihnen etwas, wenn du das tust«, hatte sie voll strenger Zuneigung und Weisheit gesagt. »Als ob das arme Geschöpf keinen eigenen Geist hätte. Hast du ihm befohlen, dir zu folgen? Hast du ihm seinen freien Willen gestohlen?«

Veronyka hatte lange genug mit Weinen aufgehört, um den Kopf zu schütteln.

»Nein. Dann hat der Bursche seine eigene Entscheidung getroffen und dafür sollten wir ihn ehren.«

Und dann hatten sie seinen Leichnam in Veronykas feinsten Schal gewickelt und ihn in die Herdflamme gelegt, um ihn in einem »echten Kriegertotenfeuer« zu bestatten, wie die Maiora es genannt hatte. Val war hereingekommen, hatte gefragt, was sie machten, dann hatte sie verächtlich geschnaubt und war wieder gegangen, aber Veronyka und ihre Großmutter hatten neben der Feuerstätte gewartet, bis das letzte Holzscheit heruntergebrannt war.

Veronyka hatte sich gefragt, wie ihr wohl zumute sein würde, wenn sie der Maus doch befohlen hätte, ihr zu folgen, wie ihre Schwester das immer wieder bei Tieren machte. Sie wollte diese Art von Macht über kein anderes Lebewesen, und sie hatte sich geschworen, niemals den freien Willen eines anderen Geschöpfes zu stehlen.

Jetzt, angesichts von Tod und Verwüstung, die sie umgaben, holte sie tief Atem, um sich zu beruhigen. Zwitscher hatte gekämpft, weil er Spatz liebte, so wie die anderen Tiere die Menschen liebten, die sie fütterten und für sie sorgten. Sie würde sich den Mut dieser Tiere nicht anrechnen, sondern deren Gedenken ehren.

Das Opfer der Tiere hatte sie, Spatz und alle anderen am Leben erhalten.

»Es ist bloß«, sagte Spatz mit einem Schluckauf und fuhr sich mit dem Handrücken unter der Nase entlang, »Zwitscher ist – war – mein einziger Freund auf der ganzen Welt.«

Stummes Schluchzen ließ ihre schmächtige Gestalt erbeben und Veronyka drückte ihre Schulter fester. »Zwitscher war ein ganz besonderer Freund und tapfer wie ein Phönix, aber er war doch nicht dein einziger Freund. Was ist denn mit mir?«

Spatz hob den Kopf und ihre Augen standen voller Tränen. »Bist du meine Freundin?«

»Natürlich«, sagte Veronyka gelassen, als wäre sie eine Expertin in Freundschaftsfragen und hätte nicht erst vor sehr kurzer Zeit die erste Freundschaft geschlossen. Es war eine schöne Vorstellung, dass sie jetzt eine zweite hatte. Sie lächelte, obwohl sie wusste, dass Spatz das nicht sehen konnte. Hoffentlich konnte sie es fühlen.

Spatz strahlte. »Zwitscher konnte dich wirklich leiden …«, sagte sie leichthin, als ob Zwitschers Zustimmung das Einzige wäre, was sie brauchte.

»Gut. Ich ihn auch.«

Als sie Ersken sah, der zwischen den Phönixen Ausschau zu halten schien, sagte Veronyka zu Spatz, sie habe etwas zu erledigen, und stand auf. Spatz kam ihr ruhiger vor, sie drehte sich auf die Seite, legte sich Zwitscher auf die Brust und schloss die Augen, wie um zu schlafen.

Veronyka zog Ersken beiseite und erzählte ihm von Xoe und Xatara.

»Xoe ist gestorben, als sie das Dorftor verteidigt hat. Sie wurde mit Pfeilen abgeschossen. Danach ist Xatara geflohen.«

»Ich … ich verstehe«, sagte Ersken mit rauer Stimme. »Ich werde jemanden schicken, um den Leichnam zu holen. Es ist doch möglich …« Er verstimmte. »Wir werden sie zusammen mit unseren anderen gefallenen Kriegern verbrennen.«

Er warf einen Blick auf Spatz, auf deren Brust der tote Zwitscher lag, und dann zu der kleinen Reihe aus toten Hunden, Katzen und Tauben, die auf der gewaltigen Phönixplattform ausgelegt waren. In der Festung hatte Veronyka gesehen, dass auch die toten Menschen so aufgereiht wurden – die gefallenen Krieger, wie Ersken gesagt hatte. Sie hatte es nicht ertragen, genauer hinzusehen, ein vertrautes Gesicht zu erkennen.

Veronyka wusste, dass sie dankbar sein musste und dass es ein Wunder war, dass so viele von ihnen diese Nacht überlebt hatten, in der alle Wahrscheinlichkeit dagegengesprochen hatte. Aber es fiel ihr schwer, etwas anderes zu verspüren als tiefe Trauer.

Während sich alle um ihre Verbündeten kümmerten oder den verwundeten Phönixen halfen, bahnte sie sich nun einen Weg durch die Masse an Gefieder und umarmte Xephyra. Sie war stolz und überrascht, wie tapfer ihre Verbündete in der Schlacht gewesen war und wie gut sie sich in die Gruppe eingefügt hatte. Die Männchen reagierten auf sie, auf diese »andere« Anwesenheit in ihrer vertrauten Gruppe, aber nachdem sie gemeinsam gekämpft hatten, hatten sie Xephyra wohl als eine der Ihren akzeptiert. Veronyka konnte nur hoffen, dass sie selbst ebenso behandelt werden würde.

Während Xephyra aus einem Trog trank, packte Veronyka einige Bündel von in Blättern gewickeltem frischem Obst. Sie ließ die Hälfte davon bei Xephyra zurück und brachte den Rest zu Rex, der auf dem äußeren Sims hockte, weg vom ganzen Gewimmel. Er wirkte niedergeschlagen und sah klein und verloren aus, so ganz allein, aber er machte keine Anstalten, sich zu den anderen zu gesellen.

Ehe Veronyka mehr tun konnte, als sich einen Weg zu ihm zu suchen, flog ein Schatten über ihren Kopf, und Xephyra landete neben ihm auf dem Sims.

Rex sträubte sein Gefieder ein wenig, aber Xephyra rückte nicht näher, sie bewegte bloß den Kopf hin und her und beobachtete ihn. Veronyka fragte sich, ob ihr Phönix bei Rex etwas spürte, irgendeinen Teil der bizarren Verbindung, die zwischen ihr und Tristan existierte.

Nachdem er seinen unversehrten Flügel geschüttelt und sein Gefieder aufgeplustert hatte, schien Rex sich ein wenig zu entspannen, und Xephyra nahm das offenbar als Einladung, näher zu rücken. Sie hielt etwas im Schnabel, und als sie ihm nahe genug gekommen war, senkte sie den Kopf und ließ eines der Obstbündel, die Veronyka ihr gegeben hatte, neben Rex auf den Boden fallen.

Rex strich mit seinem goldenen Schnabel über die Blätter, ehe er dazwischen nach dem Obst pickte. Veronyka schaute auf das Futter in ihren Händen hinunter, das offenbar nicht mehr benötigt wurde, und grinste.

Xephyras Mitgefühl sickerte durch die Verbindung und wärmte Veronykas Brust.

Du passt auf ihn auf?, fragte sie und überprüfte rasch den Verband an Rex' Wunde. Er war sauber und fest gewickelt – vor allem, damit er seinen Flügel nicht bewegte und den Heilungsprozess verzögerte –, und sie wusste, dass es Rex bald besser gehen würde.

Xephyra krächzte als Antwort und schmiegte sich an Rex. Bei diesem Anblick hob sich Veronykas Herz.

Als sie ihre Pflichten erledigt hatte, ließ sie sich beim Eingang zum Adlerhorst, wo schon einige andere dasselbe getan hatten, gegen die Mauer sinken. Sie war müde, ihre Erschöpfung war so tief und dauerhaft, dass sie vergessen hatte, wie das Leben ohne sie gewesen war.

Als sie über der Schwelle zwischen Schlafen und Wachen schwebte, tauchte vor ihrem inneren Auge Vals Gesicht auf. Sie richtete sich auf und fragte sich, ob es ihrer Schwester wohl gut ging, wo immer sie sein mochte.

Veronyka könnte sie natürlich finden. Val hatte ihr gezeigt, was sie dafür zu tun hatte. Zwischen ihnen gab es eine dauerhafte Verbindung, die bedeutete, dass Veronyka Val so gut wie überall finden könnte, genau wie ihre Verbündete. Die Zeit stärkte diese Fähigkeit, und Veronyka wusste nicht genau, wie lange diese Verbindung zwischen ihr und Val bereits bestand. Nicht, dass das eine Rolle spielte. Val konnte nicht weit weg sein.

War das die tückische Seite der Schattenmagie?, fragte sie sich träge und machte es sich auf dem Boden gemütlich, während sie ihren Blick nach innen richtete und nach der Verbindung suchte. Es gab immer einen Grund, Schattenmagie zu benutzen, aber sie musste sich und ihren Instinkten vertrauen. Die Magie hatte ihr in der Schlacht gute Dienste geleistet, und obwohl sie das ungern zugab, wusste sie, dass Val in Sicherheit war.

Sowie sie die Augen schloss, spürte sie Val in ihren Gedanken. Ihre Schwester war nicht wirklich dort, es war eher so, dass die Verbindung zwischen ihnen Spuren von ihr hinterlassen hatte, obwohl sie verschwunden war. Die Tür schien ein Stück von Val zu sein, die nicht zu sehen, aber jederzeit erreichbar war, wenn Veronyka das brauchte.

Sie presste gegen die Tür und staunte darüber, dass sie die ganze Zeit vorhanden gewesen war, eine brennende, bohrende Anwesenheit, die sie einfach nicht als das erkannt hatte, was sie war.

Den Kanal zwischen ihnen zu öffnen, war nicht so leicht, wie es bei Tristan gewesen war. Er besaß keine Schattenmagie und wusste nicht wirklich, wie er sich schützen sollte. Val dagegen war eine Festung.

Die Sperre zwischen ihnen war fest und unerbittlich – eine Tür aus dem dicksten Eisen, verriegelt und verrammelt und absolut undurchdringlich, wenn man keinen Schlüssel hatte. Die Anstrengung bei dem Versuch, durchzubrechen, raubte Veronyka fast das Bewusstsein.

Netter Versuch, xe Nyka, sagte Vals gelassene, belustigte Stimme in ihrem Kopf. Veronyka hatte die Tür nicht öffnen können, aber ihre Bemühungen hatten offenbar Vals Aufmerksamkeit erregt, und sie sprach mit Veronyka, als stünde sie gleich auf der anderen Seite. *Aber solchen Geistesspielen warst du doch noch nie gewachsen.*

Wo bist du?, fragte Veronyka, die noch immer nichts hinter der Tür sehen konnte.

Keine Sorge, ich werde weg sein, ehe du dichs versiehst, lautete Vals Antwort, und schon war sie dabei, sich zurückzuziehen. Verzweifelt griff Veronyka mit ihrer ganzen Kraft nach Val und erwischte sie in einem unachtsamen Augenblick. Es gab einen Moment ungehinderter Verbindung, ein einzelnes, klares Bild, gesehen durch Vals Augen, ehe sie den Kontakt kappte.

Es war nur ein kurzer Blick auf ihre Umgebung, aber es war genug.

Trotz allem, was Val getan hatte, egal, wie oft sie Veronyka verletzt hatte, die Schlacht dieser Nacht hatte etwas verändert. Veronyka hatte zu viel Tod gesehen, um ihre Schwester für immer von sich gehen zu lassen – nicht ohne einen richtigen Abschied.

Das Bild, das sie durch Vals Augen gesehen hatte, war ein großer, niedriger Raum voller Kästen und Fässer. Ein Lagerraum. Val hatte vermutlich gerade Vorräte gestohlen, als Veronyka Kontakt zu ihr suchte, und wenn sie sich beeilte, würde sie Val noch erwischen, ehe sie entkommen könnte.

Veronyka fand den Keller mehrere Stockwerke unter der Küche, am Fuße einer Wendeltreppe. Er war dunkel und ohne Fenster, perfekt, um Lebensmittel und verderbliche Waren zu lagern.

Sowie Veronyka ihn betrat, wusste sie, dass es der Raum war, den sie in Vals Gedanken gesehen hatte.

Nur war Val nicht dort.

Veronyka wollte schon wieder gehen, als sie auf dem Boden etwas bemerkte, das aussah wie vom Ende des Raumes fortführende Räderspuren.

Sie folgte ihnen, kam aber nur zu einer Mauer. Sie runzelte die Stirn, doch dann fiel ihr ein, was Val früher an diesem Abend gesagt hatte: … *und dann schleichen wir uns durch den unterirdischen Dienstbotengang davon.*

Vielleicht war das hier gar keine Mauer.

Veronyka legte beide Hände gegen die kühle Steinoberfläche und schob.

Der Tunnel, der aus dem Lagerraum führte, war lang und dunkel, es gab darin keine Laternen oder Fackeln, dafür mehrere Abzweigungen, die vermutlich zu den Ställen und vielleicht sogar zum Adlerhorst hinaufführten.

Veronyka lief blindlings weiter, strengte ihre Sinne an, die physischen ebenso wie die magischen. Ein verschwommenes Licht war zu sehen, als sie sich dem Ende näherte, eine winzige Andeutung von Morgenlicht, das durch ein Gewirr aus blühenden Büschen über dem Eingang strömte. Nach einigem Suchen fand sie ein Metallgitter mit einem versteckten Riegel, der es ihr erlaubte, dieses Hindernis zu beseitigen.

Sie klemmte einen Stein in die Lücke, ehe sie das Gitter zurückfallen ließ, und der Tunnel war so gut wie verschwunden, verborgen hinter dicken Hängepflanzen und breiten grünen Blättern. Der Boden vor ihr war steinhart, sodass keine Räderspuren oder Hufabdrücke darauf zu sehen sein würden.

Als Veronyka sich umschaute, um sich zu orientieren, spürte sie, dass jemand in der Nähe war. Sie fuhr herum und sah Val auf einem Felsblock oberhalb des Tunnels, mit angelegtem Pfeil und schussbereit. Sie hielt die Waffe mit sicherer Hand – kein Zittern in ihren

Armen, kein Zögern in ihrer Haltung –, und Veronyka fragte sich, wann ihre Schwester zur kundigen Bogenschützin geworden war.

»Was willst du, Veronyka?«, fragte Val, noch immer mit erhobenem Bogen. »Ich muss weit weg sein, ehe es dunkel wird.«

Veronyka schluckte. Was wollte sie eigentlich? »Ich wollte sicher sein, dass es dir gut geht.«

Val zielte noch einen Moment auf sie, dann schnaubte sie ungläubig und ließ den Bogen sinken. »Ich dachte, du hasst mich.«

Das sagte sie gefühllos, wie einen Witz, aber Veronyka konnte die Verletztheit in ihrer Stimme hören und die Wut spüren, die dicht unter der Oberfläche brodelte.

»Ich hasse dich nicht, Val«, sagte sie. Auch nach allem, was geschehen war, hasste sie Val nicht. Sie glaubte nicht, dass sie das jemals tun könnte. Sie hatte in ihrem Leben so viel verloren, sie konnte nicht den letzten Rest ihrer Familie, ihrer Kindheit zurückweisen, der ihr noch blieb.

Val nickte und spielte an den Federn ihres Pfeiles. Sie hatte es geschafft, einen Bogen und einen vollen Köcher, eine Schultertasche – vermutlich gefüllt mit gestohlenen Vorräten – und eine kleinere, quer vor dem Bauch getragene Tasche zu entwenden. Was immer die enthielt, es beulte den Stoff aus und presste sich in Vals Haut.

Als sie Veronykas Blick bemerkte, änderte Val ihre Haltung und schaute nun in Richtung des Adlerhorsts. »Du solltest zurückgehen, Veronyka. Bestimmt suchen sie dich schon.«

Veronyka nickte, bewegte sich aber nicht. »Wo willst du hin?« Sie könnte vielleicht anbieten, mit Tristan zu sprechen, mit Kommandant Cassian oder auch mit Ersken. Ihre Schwester würde für jeden von ihnen eine wertvolle Hilfe sein, aber sie wusste, dass Val dieses Angebot niemals annehmen würde, und es wäre außerdem eine fatale Idee.

Obwohl Veronyka sich große Mühe gab, ihren Geist zu verschließen, verzogen sich Vals Lippen zu einem Lächeln, als ob Veronyka ihre Gedanken in alle Welt hinausposaunt hätte.

»Ich glaube, ich versuche, die Ruinen von Aura und die Ewige Flamme zu erreichen«, sagte Val. »Die wollte ich immer schon sehen. Angeblich gehen dort die alten Königinnen um und flüstern ihre Geschichten allen zu, die mutig genug sind, sie zu hören.«

Ein Hauch von Sehnsucht erwachte in Veronyka. Sie begriff mit plötzlicher Endgültigkeit, dass sie niemals erfahren würde, ob Val dieses Ziel erreichte – der Weg war als überaus gefährlich bekannt, die Straßen und Brücken waren eingestürzt und zerfallen, und der eigentliche Gipfel war nur auf Phönixrücken zu erreichen – und diese uralten Geheimnisse erführe. Sie würde nicht zu Hause am Herd ungeduldig auf Vals Rückkehr warten. Sie würden ihr Leben niemals wieder teilen.

Sie zögerte, denn sie wusste, dass ihre Schwester ihre nächsten Worte verächtlich abtun würde, aber sie sagte sie trotzdem: »Sei vorsichtig.«

Val lächelte und die helle Morgensonne ließ ihre kastanienbraunen Haare aufflammen. »Ich habe viel, viel Schlimmeres durchgemacht, *xe* Nyka. Eines Tages wirst du das verstehen.«

»Ich will es jetzt verstehen«, sagte Veronyka und trat einen Schritt vor. Val war die Sorte Mensch, die andere niemals wirklich an sich heranließ. Man konnte Tag für Tag mit ihr reden, Jahr für Jahr, das ganze Leben mit ihr verbringen und sie trotzdem nicht richtig kennen. Wenn sie ihre Schwester hier wirklich zum allerletzten Mal sah, wollte Veronyka eine Wahrheit über sie erfahren, mehr als nur ihr gefühlloses Wesen und ihr düster loderndes Herz. »Sag es mir.«

Val musterte sie lange. »Ich kann es dir nicht sagen«, antwortete sie dann mit entschiedenem Kopfschütteln.

Veronyka gab auf, die Mauern zwischen ihnen – die magischen, die physischen und die gefühlsmäßigen – waren so undurchdringlich wie eh und je.

Aber ich kann es dir zeigen, sagte Val.

Die Welt um Veronyka herum verschwand, die Mauern, über die sie eben noch geklagt hatte, waren nicht mehr vorhanden. Plötzlich befand sie sich in einem ihrer Träume und die Szene spielte sich vor ihren wachen Augen ab.

Sie saß am Kopf eines langen Holztisches, Öllampen warfen ihr Licht über dessen schimmernde Oberfläche. Ihr gegenüber saß das Mädchen, das in diesen Visionen immer neben ihr gestanden hatte. Sie war jetzt eine junge Frau, deren wachsame Augen tief in ihren Höhlen lagen.

Andere Menschen füllten den Raum, aber die Traum-Veronyka hatte kein Interesse an ihnen. Sie starrte konzentriert und starr das Mädchen an und registrierte jeden Atemzug und jede kleinste Bewegung. Die andere wirkte bleicher als sonst und presste sich eine Hand auf den Bauch, als sei ihr schlecht. Sie schaute immer wieder zur Tür des Zimmers, die von einem Wachtposten gesichert wurde. Vielleicht war sie nervös und fand die Anwesenheit einer Wache beruhigend. Oder vielleicht wollte sie wissen, wie weit die Tür entfernt war, falls sie zum Nachttopf losstürzen müsste.

Als sie sich eine Haarsträhne hinter das Ohr schob – eine scheinbar harmlose Bewegung –, kochte in Veronykas Adern der Zorn auf. Die Haare der anderen waren glänzend, glatt und ungeflochten. Das war eine Neuerung, wie Veronyka spürte, und als sie sich die Umgebung noch einmal ansah, bemerkte sie einen deutlichen Unterschied zwischen den Leuten, die sich um das Mädchen zusammendrängten, und denen, die in ihrer eigenen Nähe standen.

Die Leute bei dem Mädchen trugen die Gewänder der Ratsangehörigen, unter ihnen waren etliche Provinzgouverneure und Adelsherren. Veronyka konnte die goldenen Stickereien auf ihrer Brust erkennen, die ihre Positionen anzeigten: eine Waage für den Gesetzesminister oder sich überschneidende Kreise für den Münzminister. Ein oder zwei schienen Soldaten zu sein, ihre kurzen Haare, ihre starre Haltung und ihre bunten Schärpen kennzeichneten sie als hochrangige Militärs.

Die Leute, die im Traum um Veronyka herumstanden, waren ebenfalls wichtig und von hohem Rang – jedoch von einer ganz anderen Art. Sie alle waren Phönixreiter, mit Armschutz und Reitleder, mit funkelnden Obsidianperlen und leuchtenden Phönixfedern in ihren Zöpfen.

Im Raum lag eine kaum verhohlene Feindseligkeit, und Veronyka wusste nicht, welche Seite beängstigender war: Auf beiden gab es mächtige, erfahrene Männer und Frauen – und doch waren die Reiter vor allem auf Phönixrücken in ihrem Element, wenn sie mit Bogen und Speer in der Hand durch die Luft jagten. Hier, in einem dunklen Raum, wo die gewählten Waffen Wachs und Tinte waren, musste Veronyka annehmen, dass die Politiker die Oberhand hatten.

Als sie die gegnerischen Seiten verglich und bewertete, fügte sich in ihren Gedanken endlich etwas zusammen. Sie wusste jetzt, wo sie war, wovon sie seit all den Jahren träumte: Sie befand sich mehr als sechzehn Jahre zuvor im Herzen des Imperiums, in Aura Nova, und das hier waren die Prinzessinnen, die im Blutkrieg um den Thron gekämpft hatten.

Wenn das Mädchen ihr gegenüber die von ihren Beratern umgebene Pheronia war, dann befand sich Veronyka im Geist der von ihren Phönixreitern beschützten Avalkyra.

Eine drückende Stille senkte sich über den Raum, als Veronykas Traumselbst einen Ring an ihrem Finger drehte und ihn in einen dicken Wachstropfen auf einem von Tinte dunklen Papier presste. Ihre Bewegungen waren rasch, aber Veronyka spürte das Zittern in ihren Fingern und die eilige, ungeschickte Bewegung, mit der sie das Dokument über den Tisch schob. Die Spannung im Raum erreichte ihren Höhepunkt, als Pheronia ihren Beratern zunickte und das Papier in zwei Teile zerriss.

Veronykas Traumselbst sprang auf, aber ihre Berater hielten sie fest, ehe sie sprechen oder irgendetwas tun konnte, sie packten ihre Arme und führten sie aus dem Raum. Veronyka schaute sich ein letztes Mal nach dem Mädchen um, das ihre Schwester war, aber die anderen drängten sich um sie herum und versperrten ihr die Sicht.

Schattenhafte Gänge, geflüsterte Worte, und plötzlich stand Veronyka in einem Schlafzimmer. Ihre Begleiter ließen sie endlich los und auf einen durch Schattenmagie verstärkten Befehl hin ergriffen sie die Flucht.

Sowie die Tür hinter ihnen ins Schloss fiel, packte ihr Traumselbst einen schweren hölzernen Stuhl und schleuderte ihn durch den Raum. Er knallte gegen die Wand, Holzstücke flogen in alle Richtungen, aber sie war noch nicht fertig. Sie zerschlug einen Tonkrug und zerriss ein Seidenkissen, wobei die Daunen wie Schneeflocken in der Luft tanzten. Keuchend beugte sie sich dann über eine Schüssel voll Wasser und spritzte sich die kalte Flüssigkeit auf die heiße Haut.

Das bedeutet Krieg, *sagte eine Stimme in ihrem Kopf – eine Stimme, die nicht Veronyka gehörte.*

Als das Wasser in der Schüssel zur Ruhe kam, ließ sie die Hände sinken und starrte das Spiegelbild in dem dunklen Gefäß an.

Vals Gesicht blickte zu ihr hoch.

Veronyka fuhr zurück, presste die Traumwelt beiseite, als die wahre Welt um sie herum wieder zum Leben erwachte. Vögel zwitscherten, Gras raschelte im leisen Wind, und die Sonne leuchtete über ihr.

Val stand vor ihr, so ähnlich dem Spiegelbild im Traum, dass Veronyka das Gefühl hatte, einen Geist anzusehen und keinen Menschen aus Fleisch und Blut.

Den Geist von Avalkyra Aschenfeuer.

Mein Herz wurde zerfetzt,
meine Seele blutete, und mein
Wesen selbst fing Feuer.

– Kapitel 42 –

Veronyka

»Val!«, schrie Veronyka, als ihre Schwester ihr den Rücken zukehrte und zwischen die Bäume trat.

Val, Val, Val.

Immer wieder sagte Veronyka diesen Namen, laut und in Gedanken, als sie ihrer Schwester hinterherjagte. Sie hatte das Gefühl, wenn sie ihn oft genug sagte, würde er alles in Ordnung bringen – Val zurückholen, die Bilder aus ihren Gedanken verbannen und ihre Welt zurück ins Gleichgewicht bringen.

Aber als sie den steilen Hang über dem Tunneleingang endlich hinter sich gebracht hatte, war Val nicht mehr zu sehen, und Veronyka hatte keine Ahnung, welche Richtung sie eingeschlagen hatte.

Sie versuchte es mit der geistigen Verbindung, doch die blieb so still wie die Welt um sie herum. Sie kniff die Augen zusammen, aber das half nichts – dort stand die Königin mit der Federkrone und starrte sie mit Vals Gesicht an.

Entsetzen umfing Veronykas Körper wie Schlingpflanzen und fesselte sie an den Boden.

Val. Avalkyra. A*val*kyra.

Aber … *wie*?

Avalkyra Aschenfeuer war tot. Sie war am Ende des Blutkrieges ums Leben gekommen … vor sechzehn Jahren. Das sagten alle. Avalkyra war verbrannt worden, im letzten Gefecht abgeschossen und von den Flammen ihrer sterbenden Verbündeten verzehrt. Aber war sie tot *geblieben*?

Das, was Morra vor Wochen gesagt hatte, tauchte jetzt in Veronykas Gedanken auf.

Dazu sind nur Feuer und Knochen nötig.

Veronyka starrte in den Wald, ihr Herz stolperte in einem unguten Rhythmus. Sie hatte das Gefühl, von Val beobachtet zu werden – und doch konnte sie die Füße nicht heben, konnte Val nicht folgen oder sie rufen.

Denn wenn sie rief, welchen Namen sollte sie benutzen?

Irgendwann legte sich das kribbelnde Gefühl, beobachtet zu werden, und Veronyka ging langsam und noch immer benommen zum Adlerhorst zurück. Obwohl sie sich nicht erinnern konnte, dass sie dorthin wollte, trugen ihre Füße sie zur Küche.

Dieses eine Mal war in dem Raum mit der gewölbten Decke alles still. Zwar loderten die Feuerstätten, die die Halle wärmten und auf denen das Essen gekocht wurde, hell und heiß, aber das übliche Dutzend von Küchenhilfen und Bediensteten war verschwunden und mit anderen Dingen beschäftigt. Morra kümmerte sich um mehrere große Töpfe, die über den Flammen köchelten, während ihr Arbeitstisch von Bündeln getrockneter Kräuter und einer Handvoll unterschiedlicher Gefäße bedeckt war.

Der Raum roch nach Arznei, und Veronyka ging davon aus, dass Morra Heilmittel und Schlaftränke für die in die Krankenstube im Tempel gebrachten Verwundeten braute.

Morra schaute auf, als Veronyka eintrat, und ihr Lächeln zeigte müde Erleichterung. Sie ließ den Löffel los, mit dem sie gerade umgerührt hatte, und wischte sich die Hände an der Schürze ab, ehe sie angehumpelt kam und Veronyka herzlich umarmte.

Nachdem sie Veronyka zu einem Schemel geführt hatte, fasste Morra sie für einen Moment an den Schultern und hielt Ausschau nach Verletzungen. »Du bist unversehrt«, sagte sie, halb an Veronyka gerichtet und halb an sich selbst, dann lehnte sie sich an den Tisch, um ihr Gleichgewicht zu bewahren. »Du siehst zwar aus, als ob du ein Gespenst gesehen hättest – was ja keine Überraschung ist nach deiner ersten Schlacht –, aber du bist unversehrt.« Sie musterte Veronykas Gesicht. »Oder was, Nyk, Junge?«

War sie unversehrt? Veronyka wusste es nicht, aber sie nickte trotzdem, während sie nach Worten suchte, die Morra beruhigen könnten.

Morra humpelte davon und kehrte mit einer Tasse heißem Tee für Veronyka zurück. Der Tee roch nach süßem Honig und allerlei Kräutern, und als sie daran nippte, wurde ihr Kopf allmählich klarer.

»Morra ... wie hast du das gemeint, als du gesagt hast, dass du nach dem Blutkrieg nach Auferstehungen Ausschau gehalten hast?«

Morras Geschichten über die Engel des Erbarmens hatten sich Veronyka eingeprägt, auch wenn sie nicht so recht gewusst hatte, weshalb – bis jetzt. Als Morra gesagt hatte, sie sei sicher gewesen, *jemanden* finden zu können, hatte Veronyka das nur für eine seltsame Ausdrucksweise gehalten. Als ob Morra nicht über Phönixe spräche, sondern über Menschen.

Morra musterte sie stirnrunzelnd, dann zog sie einen weiteren Schemel heran und setzte sich neben Veronyka. Sie kratzte sich nachdenklich das Kinn.

»Phönixe können wiedergeboren werden. Das weißt du. Aber wenn sie verbunden sind, können es Phönix *und* Reiter.«

Veronyka starrte sie an. Sie hätte entsetzt sein sollen, durch und durch verwirrt, aber nach dem, was Val ihr eben gezeigt hatte ...

»Es ist ein komplizierter Zauber«, fuhr Morra fort. »Und seit den Ersten Reiterinnen ist es nur einige wenige Male passiert. Es ist ungeheure magische Kraft dafür notwendig und eine Bindung, die weder durch Angst noch durch Tod erschüttert werden kann. Aber wenn es richtig gemacht wird, kann ein verbundenes Paar einen glorreichen Kriegertod sterben und gemeinsam aus der Asche wiedergeboren werden.«

Veronyka trank mit zitternder Hand ihren Tee und versuchte, ihr Gehirn mit diesem Gedanken vertraut zu machen. Phönixe waren magische Wesen, und ihre Fähigkeit zur Auferstehung war ausreichend belegt – ihre eigene Verbündete hatte es getan. Aber die Vorstellung, dass es einem Menschen gelingen sollte, war unfassbar.

Zumindest wäre sie es … wenn Veronyka nicht soeben mit eigenen Augen den Beweis gesehen hätte.

Während sie immer schon seltsame Träume gehabt hatte, begriff sie nun im Rückblick, dass *diese* Träume – die mit den beiden Mädchen – immer einzigartig gewesen waren. Während andere Menschen und Orte ihr in ihren Träumen manchmal wochenlang folgten, um dann zu verschwinden und nie wieder aufzutauchen, kehrten die Mädchen stets zurück.

Veronyka hatte sie immer für hartnäckige Erinnerungen gehalten, die sich in ihrem Gemüt festklammerten und in Augenblicken von Erschöpfung oder Schwäche wieder an die Oberfläche kamen. Vielleicht taten sie das, weil sie ihr ein Rätsel waren, so detailliert und doch so weit entfernt von ihrem eigenen Leben. Sie war nie auf die Idee gekommen, in der wirklichen Welt nach Antworten Ausschau zu halten.

Bei Val, dem Menschen, der immer neben ihr geschlafen hatte.

Und nun fiel Veronyka ein, dass sie seit ihrer Reise zum Adlerhorst und in den Wochen des Trainings mit Tristan kein einziges Mal von den beiden Mädchen geträumt hatte – während andere, eher wirklichkeitsnahe Träume sie wie besessen verfolgt hatten. Aber in der Nacht des Sonnwendfestes, der Nacht nach Vals Eintreffen, hatte sie den Tod des Königs gesehen.

Veronyka ging in Gedanken alle von Schattenmagie geprägten Träume durch, an die sie sich erinnern konnte – die mit den beiden

Mädchen. Die neueste Version hatte ihr gesagt, dass sie die Schwestern Avalkyra und Pheronia waren. Sie hatte gesehen, wie die beiden zusammen lernten, spazieren gingen, rannten und spielten. Sie hatte den Vater der Mädchen auf seinem Krankenbett sterben sehen, während die Elite des Imperiums wie Kommandant Cassian zusah.

Und sie hatte das Scheitern der Versuche gesehen, eine friedliche Koexistenz zu erwirken, hatte gesehen, wie sie in den letzten Konflikt des Blutkrieges gestürzt waren. Was hatte Val zu ihr gesagt, ehe sie sie am Fuße des Adlerhorsts verlassen hatte?

Dann kann ich nur um deinetwillen hoffen, Veronyka, dass du dich für die richtige Seite entschieden hast.

Die richtige *Seite* ... sah Val das so? Weil Veronyka nicht bei ihr war, musste sie also gegen sie sein? Kämpfte Val noch immer den Blutkrieg aus, oder versuchte sie, einen neuen zu beginnen?

Als Veronyka wieder zu sich kam, sah sie, dass Morra sie forschend musterte. »Ist sonst noch etwas passiert?«, fragte die alte Frau stirnrunzelnd. »Es ist doch nichts mit Tristan, oder? Oder einem anderen Reiter? Cassian hat mir gesagt, dass sie alle heil zurückgekommen sind.«

»Tristan geht es gut. Alles ist ...« Na ja, natürlich war gerade nicht *alles* gut, aber das wusste Morra ja schon. »Es ist nichts. Ich war nur ...«

»Es ist nur natürlich, nach Tod und Auferstehung zu fragen, wenn so viel Tod um uns herum ist«, sagte Morra, ein wenig besänftigt, obwohl Veronykas Verhalten ihr noch immer Sorgen zu machen schien.

Ehe sie noch mehr sagen konnte, kamen einige Leute herein, die Salben und Heilmittel und Kräutertees brauchten. Morra stand auf, um sich um sie zu kümmern, und Veronyka glitt von ihrem Schemel und ging wieder nach draußen.

Sie bot überall ihre Hilfe an – bei den Heilgehilfen, die bei Morra die Arznei geholt hatten, bei den Maurern und Handwerkern, die

Feuer löschten und Schutt wegräumten, und bei den Wachen, die versuchten, eine Dienstordnung aufzustellen und dafür zu sorgen, dass es zu keinen weiteren Angriffen mehr kommen konnte – aber alle wiesen sie ab. Sogar Jana, die einen Arm in einer Schlinge trug und von Kopf von Fuß mit Staub und Schmutz bedeckt war, bestand darauf, sie hätten alles im Griff. Alle rieten ihr, sich hinzulegen, sich auszuruhen, endlich zu schlafen.

Als ob nicht soeben ihre ganze Welt auf den Kopf gestellt worden wäre.

Da sie nicht wusste, wohin sie gehen sollte, und da sie nichts zu tun hatte, blieb ihr nichts anderes übrig, als einen Versuch zu machen.

Das Dienstbotenquartier war still, als sie eintrat, bis auf den regelmäßigen Atem einiger anderer, die es geschafft hatten, tatsächlich in Schlaf zu fallen. Vermutlich war es vernünftig, die Arbeit aufzuteilen und einigen jetzt Ruhe zu gönnen, damit sie die anderen später ablösen konnten.

Sie setzte sich auf ihr Bett und suchte in ihrer Tasche nach dem geflochtenen Armband. Als sie es hervorzog, fiel etwas laut klirrend zu Boden und rollte einige Fuß weit weg.

Veronyka ließ sich zu Boden fallen und entdeckte eine dicke goldene Perle an einem kastanienbraunen Zopf.

Mit zitternden Fingern hob sie ihn hoch und wusste, er gehörte Val. Wie konnte er in ihre Tasche gelangt sein? Sie dachte zurück an den Augenblick, an dem sie allein mit Val aufgewacht war, nach ihrer Ohnmacht im Gehege. Es wäre leicht genug gewesen, ihr den Zopf in die Tasche zu stecken, als sie bewusstlos gewesen war.

Die Perle kam ihr bekannt vor, aber Veronyka hatte sie sich vorher noch nie genauer angesehen. Obwohl sie meistens diejenige gewesen war, die Vals Haare gebürstet und geflochten hatte, hatte Val es mit ihren Perlen und Ziergegenständen immer genau genommen und darauf bestanden, sie selbst einzuflechten. Veronyka hatte die goldene Perle immer für eine Nachahmung gehalten, ein bemaltes Stück Holz oder einen Stein, aber sie lag schwer in ihrer Hand. Als sie die Perle umdrehte, sah sie, dass es gar keine Perle war, sondern ein Ring, geknotet in die Haarsträhnen, um nicht herauszurutschen.

Sie kletterte zurück auf ihr Bett, löste den Zopf vorsichtig und hielt den Ring in das durchs Fenster sickernde Licht.

Er war sehr breit, ließ sich aber problemlos auf ihren Ringfinger schieben. Oben war er flach und unverziert bis auf ein in die Oberfläche eingeritztes Muster, ähnlich einem Wappen.

Oder einem Namenszeichen.

Veronyka riss die Augen auf, als sie das vertraute Muster erkannte – ausgebreitete Flügel in lodernden Flammen, in der Mitte zwei A: das Siegel von Avalkyra Aschenfeuer. Sie hatte es schon oft gesehen, in Lederstücke eingestanzt und in verborgenen Gassen heimlich verkauft oder auf Phönixbilder in den äußersten Grenzgebieten des Imperiums gemalt. Und natürlich hatte sie es in ihren Träumen gesehen.

Veronyka rief ihre jüngste Vision noch einmal hervor, den Augenblick, in dem Avalkyra ihr goldenes Siegel auf das Dokument setzte, das ihre Schwester dann zerrissen hatte.

Konnte das hier derselbe Ring sein?

Sie streifte ihn vom Finger und entdeckte auf der Innenseite des Ringes eine weitere Gravur, so klein, dass sie schwer zu lesen war, aber schließlich konnte sie sie doch entziffern.

Avalkyra Aschenfeuer, die Königin mit der Federkrone
152 NI – 170 NI

Die Zahlen waren so geschrieben, wie im Imperium die Jahre aufgezeichnet wurden – NI stand für »Nach dem Imperium«, und die Daten zeigten eine Spanne von achtzehn Jahren. Das war dann also nicht ihre Regierungszeit und auch nicht die Dauer des Blutkrieges. Es war ihre Lebenszeit. Geboren: 152 NI. Gestorben: 170 NI.

Veronykas Herzschlag geriet ins Stocken, als sie unter der ersten eine zweite Ziffernfolge sah:

WG: 170 NI –

WG? Wofür mochte WG stehen? Aber sowie diese Frage in Veronykas Gedanken aufgetaucht war, lag ihr die Antwort auch schon auf der Zunge.

»Wiedergeboren«, flüsterte sie. Morra sagte, das sei möglich, und es würde eine Menge über ihre Schwester erklären, über ihre weitreichenden Kenntnisse in Geschichte und Magie, Waffen und Kriegsführung, Sprache und Politik und über ihr Gefühl für Privilegien und ihren besessenen Drang nach Kontrolle.

Ihr Gespräch auf dem Sonnwendfest tauchte aus Veronykas Erinnerung auf, als sie Val gefragt hatte, warum Ignix sich nicht zeigte, wenn sie noch am Leben war.

»*Vielleicht fürchtet sie sich. Vielleicht hat sich die Welt zu sehr verändert.*«

Val war Avalkyra Aschenfeuer. Veronyka spürte diese Wahrheit tief in ihrem Körper, in ihrem Herzen – diese Gewissheit war so seltsam und wundersam wie ihre Verbindung zu Xephyra. Aber aus irgendeinem Grund hatte Val dieses Geheimnis für sich behalten. Warum?

Nicht ganz für sich, das ging Veronyka nun auf, und sie setzte sich gerader hin. Ihre Maiora hatte es gewusst. Ilithya Schattenherz hatte Avalkyra Aschenfeuer im Blutkrieg gedient und es nach ihrer Auferstehung weiter getan. Deshalb war sie Val gegenüber immer so ehrerbietig gewesen, hatte sie immer wüten und toben und Gemeinheiten ausspucken lassen. Ilithya war Soldatin gewesen und auch als Kind war Avalkyra Aschenfeuer ihre Königin gewesen.

Hatte Morra ihre gefallene Königin gesucht, als sie in den Hinterhalt geraten war und ihr Bein verloren hatte? Hatte Ilithya Val gefunden oder war es andersherum gewesen? Nun stellte sich die Erinnerung an den Tag mit der Schlange ein, und Veronyka begriff, warum Val ihr in diesem Moment wie eine Fremde vorgekommen war – sie war tatsächlich eine Fremde gewesen. Ilithya hatte versucht, Veronyka zu beschützen, bis sie Val als Avalkyra erkannt hatte, ihre tot geglaubte Gebieterin. Val hatte sicher ihre Schattenmagie eingesetzt, um andere Animagen zu finden, um Freunde und Verbündete zu suchen, als sie im Körper eines Kindes und mit dem Wissen um ihr wahres Selbst gefangen gewesen war. Als sie auf ihre Möglichkeit wartete, wieder zur Reiterin zu werden, wieder *sie selbst* zu werden. Val würde ihre Identität aus einer Position der Stärke und Macht heraus verkünden wollen, nicht als bettelarmes, ohnmächtiges Bauernmädchen. Sie wäre auf jeden Fall vom Imperium gejagt worden, wenn sie sich offenbart hätte, und außerdem hatte sie keine Verbündete gehabt. Was für eine Reiterkönigin sollte sie denn sein, wenn sie keinen flammenden Phönix an ihrer Seite hatte?

Val war ungeheuer trotzig und stolz, als sie zu ihnen gekommen war, und sie hätte sicher lieber unerkannt gelebt und wäre unerkannt gestorben, statt einzugestehen, wer sie war und wie tief sie gefallen war.

Das war nun alles sechzehn Jahre her. Es war zweifellos eine Lüge gewesen, dass Val behauptet hatte, siebzehn zu sein, wenn sie also in der Nacht des Letzten Gefechts geboren worden war. Wie viel länger wollte sie wohl noch warten?

Doch während diese Theorie half, Veronykas Gedanken von ihrer Verwirrung zu befreien, wurde ihr Herz von einer neuen Verwirrung erfüllt. Wenn Val die angeblich seit Langem tote Aschenfeuer-Erbin war … wer war dann sie selbst?

Die jüngere Schwester, Pheronia, hatte keine Magie besessen, deshalb hatte sie keine Verbündete und keine Möglichkeit zur Auferstehung gehabt. Außerdem hatte Veronyka keine Erinnerungen an ein früheres Leben; die Visionen, die sie in ihren Träumen gesehen hatte, waren die von Val gewesen, aus Avalkyras Blickwinkel betrachtet, nicht aus Pheronias.

Veronyka ließ sich auf ihre Kissen sinken und umklammerte den Siegelring weiter mit einer Hand. Obwohl die Erschöpfung ihre Glieder in Blei und ihre Gedanken in Wasser verwandelt hatte, konnte sie keinen Schlaf finden.

Stattdessen starrte sie die Decke an und sah zu, wie die Schatten sich änderten und wuchsen und länger wurden, bis Dunkelheit den Raum verschlang. Als sie es nicht mehr ertragen konnte, auch nur eine Sekunde länger mit ihren Gedanken allein zu sein, machte sie sich auf die Suche nach Ablenkung.

Es war spät, und die meisten Arbeiten waren für diese Nacht eingestellt worden, aber Veronyka ging auf der Suche nach Geräuschen oder Aktivitäten langsam durch die offenen Türen der Krankenstube im Tempel. Als sie dort eintrat, bewegten sich Heilsgehilfen, Besuchende und die leicht Verwundeten in der Halle leise und sprachen mit gesenkter Stimme, während andere versuchten, sich auszuruhen und zu schlafen.

Mächtige Pfeiler unterteilten die weite, offene Halle und schufen in der Mitte ein Heiligtum, das auf beiden Seiten von Querschiffen flankiert wurde. In der Mitte sprachen Priester und ihre Gehilfen sonst ihre Gebete, umgeben von Weihrauch und dem ewig brennenden Feuer, das das Herz der Axura darstellte, aber nun mussten sie der einzigen Heilerin und der Handvoll von Hebammen helfen, die ihre Dienste angeboten hatten.

Veronyka fand Sev auf einem Lager im linken Seitenschiff, das für die Verwundeten mit stabilem Zustand und auf dem Wege der Besserung reserviert war, während das gegenüberliegende Schiff Sterbende und solche beherbergte, die zwischen Leben und Tod schwebten.

Veronyka war unendlich erleichtert, als sie erfuhr, dass Sev gesund werden würde, und noch glücklicher, er wach war, als sie näher kam, und aufrecht sitzend an einen Stapel von Kissen lehnte.

Sie hockte sich neben ihn auf den Boden, fühlte sich unsicher und wusste nicht, wohin mit ihren Händen. »Hallo, äh … erinnerst du dich an mich?«

Ihr Anblick schien ihn nicht zu überraschen. »Natürlich«, sagte er und drehte sich mit steifen Bewegungen zu ihr. »Du hast mir das Leben gerettet.«

Ihre Spannung lockerte sich ein wenig. »Erst nachdem du meins gerettet hattest.«

Seine Lippen verzogen sich zu etwas, das ein Lächeln ahnen ließ, das aber nicht glücklich wirkte.

»Was macht deine Schulter?«, fragte sie nun und nickte in Richtung seiner umfangreichen Verbände. Veronyka hatte Schrammen und Kratzer im Gesicht und am Hals, war ansonsten aber unversehrt aus dem Kampf hervorgegangen.

Er zuckte mit den Schultern – und schnitt dann eine Grimasse; zweifellos jagte diese Bewegung einen stechenden Schmerz durch seinen Körper. »Ich werde überleben.«

»Gut. Das ist gut«, sagte sie und nickte. Sie schaute sich um und setzte sich dann bequemer hin. »Ich habe gehofft, dich nach Ilithya fragen zu können.«

Er war sichtlich überrascht von dieser Frage, aber sein Stirnrunzeln wechselte rasch von Verwirrung zu Bedauern. »Ich … ich habe sie nicht sehr lange gekannt«, gab er mit leicht zitternder Stimme zu. »Und ich weiß nicht viel darüber, wer sie war, bevor das alles passiert ist.«

Veronyka schüttelte den Kopf, sie fühlte, wie ihr Herz sich ausstreckte und nach jedem Wort griff wie eine durstige Pflanze in frisch gegossenem Boden. »Das macht nichts. Sag mir, was du weißt. Wie war sie?«

Er fuhr sich mit der Hand über den Nacken und überlegte. »Sie war herrschsüchtig. Manchmal brutal. Sie hatte eine scharfe Zunge und einen lebhaften Geist. Sie erzählte die besten Geschichten. Und sie war auch gütig, aber ich glaube, sie hat sich große Mühe gegeben, das nicht zu zeigen.«

Veronyka ertappte sich bei einem Lächeln. Das meiste von dem, was er sagte, hatte sie bereits gewusst, und es tilgte den letzten Rest Zweifel, den sie vielleicht noch daran gehabt hatte, ob sie über dieselbe Ilithya sprachen. Es tat gut zu wissen, dass die Frau aus ihrer Erinnerung keine Einbildung war, so wie Val. Sie war wirklich.

»Wieso hast du sie gekannt?«, fragte Sev und riss Veronyka zurück in die Wirklichkeit.

»Sie, na ja ... sie war meine Großmutter.«

Sev setzte sich auf. »Du bist Veronyka, oder?«

Veronyka schaute sich ängstlich um. Zum Glück schliefen die meisten anderen rund um Sev; wach waren vorwiegend die Heilsgehilfen und Freiwilligen, die sich um die Schwerverwundeten im anderen Schiff kümmerten. Niemand hatte ihn gehört.

»Hat sie über mich gesprochen?«, flüsterte Veronyka.

»Nein«, sagte er ein wenig verlegen, »aber sie hat im Schlaf deinen Namen genannt. Immer deinen ... keinen anderen.«

Veronyka wusste nicht so recht, ob sie über diese Auskunft froh sein sollte. Einerseits war sie ein Trost, denn sie bewies, dass ihre Großmutter sie nicht vergessen hatte, dass ihre Liebe zueinander echt und dauerhaft gewesen war. Andererseits musste sie jetzt an die viele verlorene Zeit denken, die sie gemeinsam hätten verbringen können.

Veronyka zwang sich zu einem Lächeln. Sie war Sev dankbar und froh darüber, dass ihre Leben sich, aus welchem Grund auch immer, auf so viele Weisen kreuzten.

»Wo hast du sie gefunden?«, fragte sie und nickte zu dem Rucksack hinüber, der neben ihm auf dem Boden lag. Der Anblick der Eier hätte ihr noch vor wenigen Tagen das Herz aus der Brust springen lassen, und obwohl Xephyra zurückgekehrt war und sich so vieles geändert hatte, waren sie noch immer von ungeheurer Bedeutung.

Angesichts des Angriffs des vergangenen Tages waren Rekrutierung und Training neuer Reiter lebenswichtig.

»Das habe ich nicht. Das war Kade, der – einer der anderen Leibeigenen«, sagte Sev, er würgte diese Worte geradezu hervor. »Er und Ilithya hatten sie gefunden und sie auf dem ganzen Marsch versteckt.«

Sie kamen also von irgendwo im Imperium. Konnte es noch weitere geben? Konnte das Imperium den Schlüssel zum Überleben der Phönixreiter besitzen, sozusagen vor ihrer Nase und doch außer Reichweite?

»Als es aussah, als ob sie es nicht schaffen könnten«, sagte jetzt Sev und räusperte sich heftig, »habe ich sie überbracht. Ich bin gar nicht auf die Idee gekommen zu fragen, woher sie stammten, aber wenn, dann hätte Ilithya es mir vermutlich nicht gesagt. Sie hat ihre Geheimnisse geliebt.«

Veronyka schnaubte. »Geheimnisse«, sagte sie. Davon hatte sie für ihr Leben genug. Val, Ilithya, sogar ihre eigene Identität waren ein Wust an Geheimnissen, der unmöglich zu entwirren schien.

Sevs Gesicht öffnete sich zu einem breiten Grinsen. Das veränderte ihn, verwandelte ihn von einem geschundenen Soldaten zurück in einen Jungen. »Das haben Geheimnisse eben so an sich«, sagte er, und es klang wie eine übernommene Weisheit und nicht wie etwas, auf das er selbst gekommen war. »Sie sterben niemals richtig. Wenn das eine in Flammen aufgeht, erhebt sich das andere und tritt an seine Stelle.«

»Es sei denn, du durchbrichst den Kreislauf«, flüsterte Veronyka.

Sev legte den Kopf schräg und sah sie an. »Oder du reitest sie bis zum bitteren Ende.«

Tag 2, Achter Mond, 170 NI

Meine liebste Avalkyra.

Angeblich willst Du einen Angriff auf die Hauptstadt fliegen. Bitte, süße Schwester, verwandele unser Zuhause nicht in ein Schlachtfeld.

Wir müssen miteinander sprechen, ehe dieser Krieg aus uns allen Leichen macht.

Ich weiß, ich bin nicht mehr willkommen in Pyra, und, irr Dich da nicht, deine Armee ist hier nicht willkommen.

Aber Du könntest herkommen, Avalkyra. Allein.

Ich werde jeden Tag nach Einbruch der Dunkelheit auf Genyas Turm auf Dich warten. Bitte komm.

Ich habe so viel zu sagen.

Mit all meiner Liebe

Pheronia

Zuerst hatte ich Angst,
aber ich wusste, ich durfte die Flammen nicht fürchten.
Ich bin die Flammen.

– Kapitel 43 –

SEV

Nach Veronykas Besuch geriet Sev in düstere Stimmung. In *noch düsterere* Stimmung. Im Krankenlager war auch nicht alles eitel Sonnenschein, er hatte sich durch Schmerzen hindurchkämpfen müssen, war in Bewusstlosigkeit versunken und wieder daraus aufgetaucht und hatte sich die Schmerzensschreie der Sterbenden und der unglücklichen Lebenden anhören müssen.

Es war natürlich schön gewesen, Veronyka wiederzusehen, und es tat gut zu wissen, dass sie dieses Chaos überlebt hatte. Es hatte auch gutgetan, über Trix zu sprechen, aber das brachte seine Gedanken auch zu Kade. Und egal, wie sehr er auch versuchte, das Positive zu sehen, Tatsache war, dass er beide viel zu schnell verloren hatte. *Wer bleibt mir noch?*, fragte er sich traurig.

In seiner ersten Stunde im Krankenlager, als ihm die furchtbare Wahrheit über alles, was passiert war, langsam aufging, hatte ein trostloser Teil von ihm gehofft, dass auch Veronykas Schwester hier wäre – die seinen Dolch gestohlen hatte – und dass sie das vor ihrer Hütte gemachte Versprechen einlösen würde. Es hatte einen Moment gegeben, im Halbschlaf dämmernd, in dem er hätte schwören können, sie wirklich gesehen zu haben, aber er war erschöpft und von Arznei betäubt gewesen. Danach war sie nicht mehr aufgetaucht und deshalb würde er wohl weiterleben müssen.

Die Heilerin hatte gesagt, er habe Glück gehabt, dass kein Knochen verletzt worden war, und dauerhafte Schmerzen und eingeschränkte Beweglichkeit seien besser als ein zerschmetterter, nutzloser Körperteil.

Der Wachtposten, der neben ihm lag, hatte gesagt, er könne von Glück sagen, dass nur sein Arm getroffen worden war und nicht seine Brust, denn eine Verletzung von Herz oder Lunge hätte seinem Leben zweifellos ein Ende gesetzt.

Glück gehabt …

Sev konnte sich nicht gegen den Gedanken wehren, dass Teyke sich einen gemeinen Scherz mit ihm erlaubte. So viel Glück, aber er fühlte sich kein bisschen glücklich.

Sie verstanden das nicht. Es war nicht die Wunde, die ihn apathisch im Bett liegen und ins Leere starren ließ. Die Wunde erschien ihm höchstens als Auszeichnung. Er hatte Schmerzen und Narben verdient, sie waren jetzt ein Teil von ihm und wiesen ihn als Überlebenden aus. Nein, was ihm das Gefühl gab, gebrochen und innerlich leer zu sein, waren die Menschen, die er verloren hatte.

Trix war tot. Kade war zweifellos ebenfalls tot. Sev hatte keine Ahnung, was aus Junior geworden sein mochte, der viel zu jung zum Sterben war, oder aus Tilla und Corem, die Schafe gehütet hatten. Er hatte sich erst erlaubt, an sie zu denken, als er es bis hierher geschafft, als er seine Botschaft ausgerichtet und seine Aufgabe erfüllt hatte. Jetzt aber wurde mit jedem Atemzug eine gewaltige Leere in seiner Brust größer und weiter. Oder war es eher das Gefühl, dass er nicht wusste, wie er mit dieser Leere umgehen, wie er diese Empfindung benennen sollte? Er war von Nichts zu Allem und wieder zu Nichts gewandert, aber die Lage war jetzt anders. *Er* war anders.

Er konnte nicht dazu zurückkehren, nichts zu fühlen und nichts zu sehen, dazu, wie sein Leben früher gewesen war.

Er wollte, *musste* weiterkämpfen.

Die Frage war, wie.

Er könnte eines der Eier nehmen, die er hierhergebracht hatte, könnte sich den Reitern anschließen und alle Täuschung hinter sich zurücklassen. Er könnte zum heldenhaften Krieger werden, wie seine Eltern es gewesen waren. Aber etwas daran kam ihm nicht ganz richtig vor. Die Wahrheit war, dass er es sich nicht vorstellen konnte. Er war kein Held, so gern er auch einer gewesen wäre. Er war auch kein großer Krieger. Kade war das alles gewesen und es hatte ihn das Leben gekostet. Sev war nicht einmal ein starker Animage.

Er war etwas anderes. Trix hatte gesagt, er sei genau wie sie, und Trix war Spionin gewesen.

Könnte er dort weitermachen, wo Trix aufgehört hatte? Kade hatte ihn als ihren würdigen Nachfolger bezeichnet und Sev hatte nur geschnaubt. Vielleicht könnte er irgendwann, in vielen Jahren, fähig und erfahren genug sein, um zuzustimmen. Aber sie hatten keine Jahre zur Verfügung und Trix war nicht mehr da.

Und doch waren sogar Sevs kleine Lügen nützlich gewesen, oder nicht? Er dachte an sein Gespräch mit Veronyka. Ja, er könnte die Geheimnisse und Lügen abstreiten, die sein Leben ausgemacht hatten, und aus dem Kreislauf ausbrechen, oder er könnte sie bis zum Ende bringen – wie immer dieses Ende aussehen würde.

Seine Stellung als Soldat war ein Schlüssel in Trix' Plänen gewesen und Trix hatte einen Großteil ihres Lebens innerhalb der feindlichen Mauern verbracht. Wenn Sev diese falsche Identität übernähme, wenn er sich entschiede, aus einem *Grund* zu lügen – nicht aus Angst oder Feigheit –, dann wäre es doch etwas ganz anderes. Etwas Mächtiges. Eine echte Entscheidung, nicht irgendein ihm geschehendes Missgeschick. Eine Waffe, die er einsetzen könnte.

Der Krieg war nicht zu Ende. Die Reiter hatten diesen Angriff überlebt, aber er wusste, es würden weitere Kämpfe folgen. Ihr Überleben bedeutete für Sev jetzt mehr als nur die fortgesetzte Existenz des Ordens, dem seine Eltern gedient hatten, ein Fetzen seiner Vergangenheit, an den er sich klammern könnte. Nein, ihr Überleben war jetzt mit seiner Gegenwart verflochten, mit Trix und Kade und ihren eben erst erbrachten Opfern. Wenn die Reiter fielen, würden alle, die Sev jemals wichtig gewesen waren, umsonst gestorben sein. Das durfte er nicht geschehen lassen.

Statt vor seiner Vergangenheit wegzulaufen, könnte er beenden, was er angefangen hatte – was er, Trix und Kade nicht zu Ende hatten führen können.

Er könnte die Fäden des Lebens auflesen, das er nie gewollt hatte, und Trix' kleines Spiel weiterspielen.

An diesem Nachmittag wurde Sev in die Gemächer des Kommandanten geführt. Er hatte um dieses Gespräch gebeten, war aber trotzdem nervös.

Er nahm den Rucksack mit den Phönixeiern mit und schnitt eine Grimasse, als ihr Gewicht auf seine verletzte Schulter drückte, wollte aber niemand anderen seine kostbare Last berühren lassen. Er verspürte Besitzerstolz diesem Rucksack gegenüber, vor allem wenn er daran dachte, was er alles verloren hatte, um hierherzugelangen, und wie viel das für Kade bedeutet hätte. Und wenn er nach den Blicken und den Reaktionen ging, die er hier erntete, dann hatte er das Gefühl, dass die Eier sein einziges Pfand sein würden, wenn er womöglich eins brauchte. Er konnte sich nicht vorstellen, warum der Kommandant sein Angebot ablehnen sollte, aber es war besser, vorbereitet zu sein.

In dem reich verzierten Raum nahm Sev an einem langen hölzernen Tisch dem Mann gegenüber Platz, der Kommandant Cassian genannt wurde. Die Tür wurde hinter ihm geschlossen und sie waren allein.

Der Kommandant war elegant und imposant – alles, was Hauptmann Belden vergeblich zu sein versucht hatte. Cassian war groß und gebieterisch, während Belden klein und schwach gewesen war, er war ruhig und würdevoll, während Belden ungeduldig und gehässig gewesen war, und die Eleganz seiner Kleidung und seiner Räumlichkeiten schien zu ihm zu gehören, sie war nicht fehl am Platze und um ein in der Wildnis aufgeschlagenes Zelt herum wild zusammengewürfelt.

Sev wusste nicht, warum, aber etwas an dem Mann wirkte beruhigend auf ihn. Das hier war kein Mörder oder Ränkeschmied. Was er war, zeigte er deutlich für alle Welt. Er war kein Schaf im Löwenfell, wie Belden das gewesen war, sondern ein Löwe im Löwenfell.

Ein gefährlicher Mann, aber auch ein ehrlicher Mann.

Damit konnte Sev umgehen.

»Ich muss mich offiziell bei dir bedanken, Soldat«, sagte der Kommandant mit vor Autorität dröhnender Stimme. »Für deinen Mut und deine Tapferkeit. Du hast Dutzende von zivilen Leben gerettet, ganz zu schweigen von der Zukunft der Phönixreiter, und …«

»Entschuldigung, Kommandant«, fiel Sev ihm ins Wort. Er musste die Selbstbeherrschung des Mannes bewundern – nur ein winziges Zucken seiner Augen verriet seinen Ärger über diese Unterbrechung. »Aber deshalb bin ich nicht hergekommen. Ich brauche weder Dank noch Lob. Ich war vom Glück begünstigt«, sagte er. Er hasste diesen Ausdruck noch immer, wusste aber, dass er zutraf. »Andere sind gestorben, damit ich meine Botschaft und meine Last abliefern konnte.«

Sev ging auf, dass die Liste der Menschen, die für ihn gestorben waren, bis zu seinen Eltern zurückreichte. Ihr Opfer hatte es ihm ermöglicht, mehr als ein Jahrzehnt später die Phönixreiter zu retten, mit der Hilfe von Trix und Kade.

Der Kommandant warf einen Blick auf den Rucksack zu Sevs Füßen. Er schaute wieder auf. »Und weshalb also bist zu hergekommen, Soldat?«

Sev schluckte. Jetzt, da er hier saß, fiel es ihm so schwer, die Wörter aus seiner Kehle zu pressen, als müsste er seine Füße durch kniehohen Schlamm ziehen. »Ich will zurück.«

Das Gesicht des Kommandanten verhärtete sich. »Du willst an deinen Posten zurückkehren und dem Imperium dienen?«

»Nein, ich will zwar ins Imperium zurückkehren, aber der Herr, dem ich dienen werde, sollt Ihr sein.«

Der Kommandant beugte sich vor und legte den Kopf schräg. »Du willst Spion werden?«

»Habt Ihr Ilithya Schattenherz gekannt?«, fragte Sev.

Kommandant Cassian ließ sich in seinem Sessel zurücksinken, ehe er antwortete. »Nicht sehr gut, nein. Der Name *Schattenherz* bezeichnet übrigens eine gewisse Stellung – es ist ein Titel. Spione wie sie arbeiten auf eine Weise, dass nur wenige ihre wahren Namen oder ihre wahren Ziele kennen. Morra hat sie allerdings gut gekannt und hat die allerhöchste Meinung von ihr. Wenn ich das richtig verstanden habe, gehört sie zu den Unglücklichen, die du erwähnt hast.«

»Sie hat mich gelehrt …«, setzte Sev an, und seine Kehle schnürte sich zusammen. »Sie hat mir gezeigt, dass jemand wie ich … etwas wert sein kann.«

Wir sind nicht beliebt, Leute wie wir. Zu viel Betrug, zu viele geflüsterte Geheimnisse und mysteriöse Einsätze. Aber wir sind nützlich.

»Ich bin ein lausiger Animage«, fügte er dann hinzu, und seine Stimme wurde stärker. »Und ein noch schlechterer Soldat. Aber für eine Arbeit wie Ilithyas bin ich wie geschaffen. Also ja, ich will Spion werden. Und nach dem, was hier gerade passiert ist, braucht Ihr ja wohl einen.«

Der Kommandant verzog verärgert das Gesicht, als ob Sev seine Einsatzleitung kritisiert hätte. »Das Problem bei Spionen ist, Soldat, dass die Information in beide Richtungen reist.«

Sev dachte an den Jungen vom Burghof – Elliot hatten sie ihn genannt, den Informanten, von dem Trix gesprochen hatte.

»Dann habt Ihr von mir nichts zu befürchten. Ich weiß nichts über diese Festung«, Sev beschrieb mit seiner unversehrten Hand einen Bogen, »oder wie Ihr sie leitet. Jedenfalls nichts, was nicht auch alle überlebenden Soldaten wissen und sofort nach ihrer Rückkehr berichten werden. Einige müssen Euren Angriffen schließlich entkommen sein.«

Der Kommandant runzelte die Stirn. »Wir haben nur deine und Elliots grobe Schätzung darüber, wie viele Soldaten das Imperium hergeschickt hat, aber ja, aller Wahrscheinlichkeit nach gibt es Überlebende.«

»Dann werde ich mit ihnen zurückkehren und da weitermachen, wo ich aufgehört hatte – als Animage, der sich im Heer des Imperiums versteckt. Ich kann als Beweis für meine Teilnahme an der Schlacht sogar eine Wunde vorzeigen. Womöglich wird Freiherr Rolan mit mir sprechen wollen.«

Ehe Sev den Satz beendet hatte, fuhr der Kommandant auf, und seine Hände packten die Armlehnen seines Sessels. »Du berichtest Freiherr Rolan persönlich? Nicht dem Rat der Gouverneure?«

Sev war verwirrt von dieser Reaktion – der Kommandant hatte bisher so gelassen und gefasst gewirkt. Das war offenbar etwas, das Elliott nicht gewusst oder mitgeteilt hatte.

»Ja, Kommandant. Na ja, ich habe immer Hauptmann Belden Bericht erstattet, meinem unmittelbaren Vorgesetzten, und er hat dann den Bericht an Freiherr Rolan weitergereicht. Ich bin in dessen Abteilung in Aura Nova ausgebildet worden. Als dieser Einsatz angekündigt wurde, hat Hauptmann Belden ihn als Sonderauftrag von Freiherr Rolan bezeichnet. Den Rat der Gouverneure hat er nicht erwähnt.«

Das Imperium verfügte über ein stehendes Heer von Tausenden von Soldaten, aber die waren im ganzen Tal verteilt. Und jede Einheit war einem anderen Gouverneur unterstellt, der für die in seiner Provinz stationierten Truppen als General fungierte. Die Gouverneure setzten die Soldaten ein, wo es ihnen gerade sinnvoll erschien – um in geschäftigen Städten die Ordnung zu wahren, um an den Grenzen zu patrouillieren oder um von ihnen begleitet zu werden, wenn sie in der

Hauptstadt zu tun hatten oder die Provinzen bereisten. Wenn Krieg ausbrach, erhielt die Armee ihre Befehle von König oder Königin oder in diesem Fall vom Rat der Gouverneure. Ohne einen Monarchen, der bei den Entscheidungen des Rates das letzte Wort hatte, musste jede ihrer Handlungen durch Mehrheitsbeschluss festgelegt werden. Sev hatte in den Straßen von Aura Nova oft Klagen darüber gehört, dass der Rat sich nicht einmal darauf einigen konnte, wann eine Pinkelpause eingelegt werden sollte, ganz zu schweigen von wichtigeren Angelegenheiten, die das Imperium betrafen.

»Dieser Angriff wurde also nicht vom gesamten Rat genehmigt …«, sagte der Kommandant nachdenklich. »Das kann vielleicht von Nutzen für mich sein.«

Sev hatte sich die Tragweite dieser Information noch gar nicht überlegt. Sollte Rolan ohne Zustimmung gehandelt – und versagt – haben, dann könnte der Rat durchaus beschließen, ihn zu bestrafen, wenn er von diesem unprovozierten Überfall auf ein pyrenisches Dorf hörte. Im Imperium waren Phönixreiter zwar verboten, aber in Pyra galten die Gesetze des Imperiums nicht mehr. In den Freilanden besaß das Imperium keine Autorität.

»Warum hätte er allein handeln sollen?«, überlegte Sev laut. »Warum so ein Risiko eingehen? Was bedeuten ihm die Phönixreiter?«

Er erwartete vom Kommandanten eigentlich keine Antwort, aber nach einigen Momenten des Schweigens sagte Cassian: »Abgesehen davon, zu Ruhm und Ehre zu gelangen?«, fragte er und rieb sich das Kinn. »Freiherr Rolan ist zum Gouverneur von Ferro erhoben worden, als ich in die Verbannung geschickt wurde. Als er von Elliot erfahren hat, dass *ich* hinter dem Wiederauftauchen der Phönixreiter stecke … Ich glaube, die Vorstellung, uns zu vernichten, müsste ihn dann noch viel mehr gereizt haben. Er und ich haben eine gemeinsame Vergangenheit, die über Jahrzehnte zurückreicht.«

Sev fühlte sich plötzlich überfordert. Sie sprachen hier von den höchsten Politikern des Imperiums, denen endlose Mengen an Geld und Mitteln zur Verfügung standen. Was sollte er allein da ausrichten können?

»Was wir brauchen, sind Beweise … Belege dafür, dass Rolan hinter allem steckt. Ohne Beweise kann er einfach jegliche Verantwortung von sich weisen und behaupten, Hauptmann Belden und die anderen Soldaten hätten auf eigene Faust gehandelt. Doch mit Beweisen könnten wir den Rat vielleicht gegen ihn aufbringen und ein gewisses Druckmittel erlangen.«

Sev nickte und dachte an die Brieftauben des Hauptmanns. Trix hatte gesagt, sie habe während ihres Marsches zum Pyrmont keine Briefe an den Denunzianten abfangen können. Das bedeutete, dass alle Kommunikation bereits in Aura Nova stattgefunden haben musste. Aber würde Beldens Korrespondenz Rolan belasten, oder war der klug genug, seine Spuren zu verwischen?

»Ich werde mein Bestes tun, Kommandant. Die Leibeigenen sehen viel mehr, als sie zugeben, und Ilithya hatte ein riesiges Netzwerk. Ich glaube, ich könnte vielleicht Hilfe finden.«

»Denk daran, Soldat – sie dürfen nicht wissen, dass ich dich geschickt oder dass wir auch nur miteinander gesprochen habe. Wenn sie dich verdächtigen …«

»Dann werden sie mich töten«, sagte Sev einfach. »Ich verfüge über keinerlei wertvolle Informationen, die ich verraten könnte. Ich setze mein Leben aufs Spiel, sonst nichts.«

Der Kommandant nickte; diese Wahrheit war nicht zu widerlegen. Sev versuchte nicht, den Gleichgültigen zu spielen oder vorzugeben, er wolle sein Leben unbedingt riskieren. Seine Schulter pochte vor Schmerz. Die Tatsache war, dass Überleben manchmal harte Arbeit war, und wenn er die aushalten konnte, wäre er allem gewachsen.

»Kommandant«, sagte er zögernd nach einigen Augenblicken des Schweigens. »Sie – Ilithya –, sie hat vor ihrem Tod etwas zu mir gesagt. Etwas … Seltsames.«

Sev hatte Trix' letzte Worte nicht vergessen, aber er war von Trauer und Schmerz so überwältigt gewesen, dass es ihm noch nicht gelungen war, sie genauer zu durchdenken. Bis jetzt.

»Und das hat nicht zu ihr gepasst?«, regte der Kommandant an.

Sev hätte fast gelacht. »Na ja, eigentlich schon, aber was sie gesagt hat, war sogar für sie seltsam. Sie hat gesagt, dass Avalkyra Aschenfeuer lebt.«

Der Kommandant starrte ihn an. »Na, das kann nicht stimmen. Sie ist im Blutkrieg ums Leben gekommen – es gab Zeugen. Ilithya war eine alte Frau und sie hat unserer Königin ihr Leben lang treu gedient. Liebe kann uns manchmal in die Irre führen und aus Vorstellungen Tatsachen machen. Wenn Avalkyra Aschenfeuer am Leben wäre, dann wäre sie ja wohl hier bei uns.«

Das klang sinnvoll, und Cassians fester, vertrauenerweckender Tonfall überzeugten Sev, ihm zuzustimmen.

Aber als er nickte, wandte sich der Kommandant ab und sah beunruhigter über diese Vorstellung aus, als er zugegeben hatte. Er hatte sie wirklich sehr schnell abgetan, aber Sev dachte, dass er dem Kommandanten keine Vorwürfe machen konnte, weil er eine lange verstorbene Königin tatsächlich für tot hielt. Cassian hatte Avalkyra wahrscheinlich gekannt – oder war ihr wenigstens begegnet –, und als Phönixreiter musste er sie im Krieg unterstützt haben.

Aber warum hatte Sev dann den Eindruck, dass er nicht *wollte*, dass sie noch lebte?

Der Kommandant setzte sich nun anders hin und schaute wieder den Rucksack zu Sevs Füßen an. »Und was ist mit dieser Gabe, die du uns gebracht hast?«

Sev bückte sich, öffnete den Rucksack und legte elf glatte graue Eier frei. Er runzelte die Stirn. Waren es nicht zwölf gewesen, als Kade ihm den Rucksack übergeben hatte? Es war so dunkel gewesen, vielleicht hatte Sev sich verzählt. Oder schlimmer noch, eins war herausgefallen. Er schüttelte den Kopf. Er konnte jetzt nichts mehr daran ändern.

»Die Eier gehören Euch, bis auf eins. Ihr werdet es als Zeichen des Vertrauens für mich aufbewahren – und als Garantie für meine Treue.«

»Du willst doch offenbar gar kein Reiter werden, Soldat… wie kann dann ein Ei garantieren, dass du uns nicht den Rücken kehrst, wenn es dir angebracht erscheint?«

»Ihr könnt Euch sicher denken, wie viel dieses Ei auf dem Nachtmarkt in den *Gängen* einbringen würde – genug, um mir für den Rest meiner Tage ein angenehmes Leben zu ermöglichen. Ich werde es mir holen.«

Das sagte Sev voller Überzeugungskraft und der Kommandant schien ihm zu glauben.

Sev war ein guter Lügner.

Er würde das Ei niemals verkaufen. Es zu behalten, bedeutete, die Hoffnung am Leben zu erhalten. Die Hoffnung, dass er irgendwann etwas haben würde, zu dem er zurückkehren könnte, einen Ort, an den er gehörte. Und falls er – wenn alles andere erledigt wäre – beschloss, dass er wirklich kein Reiter werden wollte, na, vielleicht würde es dann in seinem Leben jemanden geben, der sich das wünschte.

»Warum willst du dorthin zurück?«, fragte der Kommandant. Er wirkte ehrlich interessiert, nicht wegen des Einsatzes oder seiner Sorgen, sondern weil er es nicht begriff.

»Ich will beenden, was ich angefangen habe. Bevor das alles passiert ist, wusste ich nie, auf welcher Seite ich stand. Jetzt weiß ich es.«

Ich bin eine Tochter des Todes …
Aus der Asche bin ich aufgestiegen, wie ein Phönix
aus dem Totenfeuer.

– Kapitel 44 –

Veronyka

Nach ihrem Gespräch mit Sev ging Veronyka ins Dienstbotenquartier und ihr schweres Herz war ein wenig leichter geworden. Sie war gerade erst in ihr Bett geklettert – so kam es ihr jedenfalls vor –, als sie auch schon wieder geweckt wurde.

Sie kehrte nur träge ins Bewusstsein zurück, und als sie die Augen öffnete, stand Tristan über ihr. Sie fuhr hoch und schlug mit einem schmerzhaften Knall ihren Kopf gegen seinen.

»Verdammt, Nyk«, sagte Tristan und rieb sich die Stirn.

»Tut mir leid«, flüsterte Veronyka. Alles um sie herum war still und verlassen – offenbar waren alle anderen schon aufgestanden.

»Wie spät ist es?«, fragte sie und rieb sich die Augen.

»Gerade erst Tagesanbruch«, sagte er, und staubige bleiche Sonnenstrahlen durchschnitten die Luft zwischen ihnen. Sie streckte sich, dabei rutschte ihr Nachthemd nach unten und legte ihre Schulter bloß. Es war wirklich harmlos, nur ein kleines Stück Haut, aber dennoch … Tristan starrte den braunen Hautstreifen wie gebannt an und seine Aufmerksamkeit ließ Veronykas ganzen Leib vor Hitze kribbeln. Tristan zwang sich rasch zum Wegschauen, aber das stürzte Veronyka nur in noch tiefere Verlegenheit.

Sie hatten seit dem Kampf nicht miteinander gesprochen, und als sie ihn nun ansah, überkam sie eine frische Welle des Schuldbewusstseins. Trotz allem, was Val angerichtet hatte, konnte sie ihr nicht die gesamte Schuld aufladen. Sie selbst, *Veronyka,* war es gewesen, die Tristan angelogen hatte, mehrmals sogar, und sie wusste, dass sie ihm eine Erklärung schuldete.

»Tristan, ich ...«, begann sie, drehte sich mit steifen Bewegungen zu ihm um, und ihre Muskeln schmerzten bei der Erinnerung an den Angriff. »Es tut mir so leid. Ich hätte dich niemals anlügen dürfen.«

Sein Blick wirkte wachsam, als er sie nun musterte, und seine Gedanken waren fester verriegelt als sonst. »Warum hast du das getan?«

Veronyka zuckte mit den Schultern. »Ich wollte zu den Reitern, und ich wusste, dass der Kommandant nur Jungen aufnimmt ... Ich dachte, das sei die beste Möglichkeit.«

»Ich weiß, warum du dich als Junge ausgegeben hast«, sagte Tristan. »Ich verstehe nur nicht, warum du mir nichts gesagt hast. Vielleicht war das am Anfang anders, aber wir waren so oft allein zusammen ... haben trainiert oder einfach nur geredet. Ich habe dir von meiner«, er machte eine wedelnde Handbewegung, »Sache mit dem Feuer erzählt. Hattest du kein Vertrauen zu mir?«

Veronyka atmete zitternd aus. Das war die Frage, von der sie wirklich nicht wusste, wie sie sie beantworten sollte. »Natürlich hatte ich das«, sagte sie und beugte sich vor. »Ich vertraue dir mehr als sonst jemandem auf der Welt«, fügte sie flüsternd hinzu.

Tristan schluckte hart und er blickte zu Boden. Sie wusste, sie musste ihm mehr geben – er hatte mehr *verdient* –, aber sie konnte einfach nicht die richtigen Worte finden.

»Es ist nur so, dass ich schon einmal jemandem vertraut habe«, sagte sie dann langsam, »mit Herz und Seele vertraut, und ... und ...« Ihre Stimme versagte, aber Tristan beendete den Satz für sie.

»Und dieser Mensch hat dein Vertrauen verraten.«

Sie sahen einander an, und Veronyka wusste, dass er sie verstanden hatte.

»Ich wäre fast gegangen, als Xephyra in den Käfig gesperrt wurde. Ich wollte es dir vorher sagen, aber ich hatte Angst, ich würde bestraft oder weggeschickt werden. Und danach … ich habe wohl gedacht, dass Xephyra dem Kommandanten als Bruthenne wichtiger sein würde als ich als Reiterin.«

Tristan nickte mit schmerzlich verzogenem Gesicht, und sie wusste, es verletzte ihn, dass sie seinem Vater noch immer misstraute.

»Und«, fuhr sie fort und sprach ihren persönlichsten Grund dafür aus, die Wahrheit zurückgehalten zu haben, »es war schwer, der Möglichkeit ins Auge zu schauen, dass du mich vielleicht hassen würdest, weil ich dich belogen hatte. Dass du alle Achtung vor mir verlieren würdest …«

»Ich könnte dich niemals hassen, Nyk – Veronyka«, korrigierte er sich eilig.

»Du kannst mich nennen, wie du willst«, sagte sie leise. Etwas daran war innig, voller Andeutungen, und sie war sich nicht sicher, ob sie es so gemeint hatte.

Seine Augen weiteten sich, ehe er sich abwandte, und sein Hals überzog sich mit roten Flecken. Er biss sich in die Wange, und Veronyka hätte schwören können, dass er versuchte, ein zufriedenes Lächeln zu unterdrücken.

»Für mich ändert das nichts, musst du wissen«, sagte er und sah sie noch immer nicht an. »Junge, Mädchen, was auch immer. Du bist du und alles andere ist mir egal.«

Veronyka glaubte, ihr Herz müsste zerspringen.

»Wie hat deine Schwester dich genannt – *xe* Nyka?«

Die Blase der Freude, die in ihr angeschwollen war, sank jäh in sich zusammen. »Ja«, sagte sie verlegen. Sie hatte Tristan gesagt, er könne sie nennen, wie er wollte, aber sie war nicht sicher, ob er sie *so* nennen sollte.

»Etwas an ihr … Sie macht mir eine Gänsehaut«, sagte er, lachte verlegen und rieb sich den Nacken.

Das ist ihre Schattenmagie, dachte Veronyka unglücklich. *Genau die Magie, die auch ich besitze, die dich und mich auf irgendeine Weise verbunden hat.* Sie würde ihm auch davon erzählen müssen, und zwar bald, aber noch nicht jetzt. Sie musste einerseits mehr darüber lernen, und andererseits … ihre Beziehung stand im Moment auf schwankendem Boden. Sie wollte auf festeren Grund warten.

»Ist sie weg?«, fragte er und versuchte, seine Stimme nicht hoffnungsvoll klingen zu lassen – vergeblich.

Das war eine interessante Frage. Ja, Val, ihre ältere Schwester, mit der sie aufgewachsen war, ihre letzte »Angehörige«, war weg. Für immer sogar. Jetzt musste sie sich mit einer toten Rebellenkönigin auseinandersetzen. »Ich glaube schon.«

»Gut«, sagte er entschieden. Er schaute sie an und wirkte schuldbewusst. »Es tut mir leid. Deine Schwester … du musst sie mir irgendwann mal erklären.«

Veronyka schnaubte, fand das aber gar nicht komisch. Ihre Schwester erklären? Das wäre ihr vor einigen Tagen schon schwer genug gefallen, aber jetzt? Sie wusste nicht einmal, ob sie und Val – oder sollte sie Avalkyra sagen? – überhaupt miteinander verwandt waren.

»Ich werde es versuchen«, sagte sie. »Versprochen.«

Tristan grinste und Veronyka spürte eine Welle von Erleichterung. Eine Gruppe von Dienstboten ging vor dem Fenster vorbei und ihre Stimmen durchschnitten den Augenblick der Stille. Tristan richtete sich auf und schien sich daran zu erinnern, dass er sie aus einem bestimmten Grund geweckt hatte.

»Der Kommandant bittet dich zu sich«, sagte er ziemlich förmlich.

Veronykas Kopf fuhr zu ihm herum. »Mich? Warum?«

Tristan wich ihrem Blick aus. »Das wirst du schon sehen.«

»Tristan sagt, es war deine Idee, die Phönixe loszulassen.«

Sie befanden sich wieder im Arbeitszimmer des Kommandanten und standen vor dem langen geschnitzten Tisch, während er dahinter saß. Veronyka warf einen vorwurfsvollen Blick in Tristans Richtung, und obwohl er den Kopf gesenkt hielt, hätte sie schwören können, dass er seine Lippen zu einem Lächeln verzog.

»J-ja, Kommandant.«

»Und es war auch dein Vorschlag, die anderen Tiere einzusetzen, die Pferde und Tauben und den Rest?«

Veronyka nickte und ihr Herz sackte ihr tief in den Bauch.

Der Kommandant zeigte seine Zähne – ein Lächeln? »Dann muss ich dir und nicht Tristan für die erfolgreiche Verteidigung danken. Nach allem, was ich gehört habe, wäre die Festung eingenommen worden, wenn nicht alle zusammengehalten hätten – vor allem ohne die Phönicen wäre das Dorftor viel früher gefallen.«

»Oh, äh, keine Ursache«, sagte sie und schaute noch einmal hinüber zu Tristan, der sie jetzt offen anlächelte und dabei seine Grübchen zeigte.

»Weißt du«, sagte der Kommandant nun, »in den Glanzzeiten des Imperiums waren die Phönicen für ihre Kampfkraft bekannt, nicht die männlichen. Reiter beteten um Töchter, nicht um Söhne, damit sie eine sagenumwobene Kriegerin in der Familie haben könnten.«

Veronyka sah ihn an. *Sie* war doch in gewisser Weise so eine Tochter, der ein Sohn vorgezogen worden war. Aber das wusste Kommandant Cassian natürlich nicht.

Sie konnte es nicht mehr ertragen.

»K-Kommandant, ich muss Euch etwas sagen.«

Tristan sah sie aus großen Augen an und schüttelte warnend den Kopf. Sie achtete nicht auf ihn.

»Ja?«, fragte der Kommandant und schaute stirnrunzelnd zwischen Veronyka und Tristan hin und her.

»Dieses neue Weibchen, die Phönice, die geholfen hat, das Dorftor zu sichern? Sie gehört zu mir, Kommandant – sie ist meine Verbündete.«

»Deine Verbündete …«, wiederholte Cassian, beugte sich vor und stützte die Ellbogen auf den Tisch.

Veronyka wurde es schwindlig. Sie würde es ihm sagen. Sie würde freiwillig ihre Lügen und ihren Betrug dem Mann eingestehen, dessen eigener Sohn sich vor ihm fürchtete.

»Ihr müsst wissen, ich bin ein Mädchen. Ich heiße nicht Nyk. Sondern Veronyka.«

Der Kommandant starrte sie an, seine blassbraunen Augen waren ausdruckslos und unergründlich, als er ihre Mitteilung überdachte. Veronykas Magen rotierte so heftig, dass sie glaubte, sich gleich übergeben zu müssen.

»Wie kannst du mit dieser Phönice verbunden sein, wo sie erst seit so kurzer Zeit hier und und schon anfangs zu alt dafür war?« Er wirkte nicht verärgert, sondern nur neugierig – vielleicht wurde er aber auch bloß durch das Rätsel dieser Bindung von seinem Zorn abgelenkt.

»Wir waren verbunden, als ich hergekommen bin, Kommandant«, sagte sie mit schwacher Stimme. »Sie – Xephyra, meine Verbündete – wurde getötet, und da bin ich hergekommen in der Hoffnung, auf irgendeine Weise Reiterin werden zu können. Als ich dann erfuhr, dass Ihr nur männliche Lehrlinge aufnehmt, hielt ich es für meine einzige Chance, mich als Junge auszugeben. Ich hoffte, dass ich mich dann irgendwann mit einem männlichen oder vielleicht mit einem neuen weiblichen Phönix verbünden könnte und dass ich dann bleiben dürfte. Aber dann ist sie zurückgekommen … sie ist auferstanden, und …«

Veronyka redete jetzt wild drauflos, die Wörter strömten wie ein Wasserfall aus ihr heraus, während der Kommandant sie mit mildem, distanziertem Interesse beobachtete. Tristan, der aufmerksam zugehört hatte – nicht einmal er kannte die ganze Geschichte –, stand angespannt neben ihr.

»Es tut mir leid«, endete sie flüsternd.

Der Kommandant stand auf, bewegte sich aufgrund unsichtbarer Verletzungen vorsichtig, kam hinter dem Tisch hervor und lehnte sich daran.

Er musterte Veronyka nachdenklich und kratzte sich mit einer dick verbundenen Hand am Kinn. Nach allem, was Veronyka nach der Schlacht gehört hatte, hatte das Imperium weitere zweihundert Soldaten zu dem Ablenkungsmanöver eingesetzt. Die Patrouillen waren in die Dörfer gelockt worden, um dann von mit Metallnetzen ausgerüsteten Soldaten überfallen zu werden; die von Tristan losgeschickten Brieftauben waren von Animagen abgefangen worden, die als Leibeigene dem Imperium dienten. Als die Reiter merkten, dass sie in die Falle getappt waren, waren schon Stunden vergangen, und die Festung stand kurz vor dem Zusammenbruch.

Er sah Tristan an, wie um zu fragen – oder sich bestätigen zu lassen –, dass sein Sohn bereits wusste, was Veronyka soeben preisgegeben hatte. Tristan nickte kurz.

»Wir dürfen ihre Verbündete nicht gefangen halten«, sagte er, als sein Vater weiterhin stumm blieb. »Das wäre nicht richtig. Wir müssen sie als Lehrling aufnehmen. Ich würde sie finanzieren.«

Der Kommandant machte bei Tristans letzten Worten große Augen. »Du bist noch Lehrling.«

Tristan zuckte mit den Schultern. »Nicht mehr lange. Das hast du selbst gesagt.«

Veronyka presste die Lippen aufeinander, um sie am Zittern zu hindern. Das war er, der Augenblick, in dem der Kommandant über ihr und Xephyras Schicksal entscheiden würde. Sie wagte kaum zu atmen.

»Nein. Sie kann sich den Reitern nicht anschließen«, sagte der Kommandant und verschränkte die Arme vor der Brust. Veronyka glaubte, ihr Herz habe zu schlagen aufgehört, so still und stumm war ihr Leib. »Aber *er* kann das.«

Veronyka und Tristan tauschten einen verwirrten Blick.

»Er? Du meinst, als Nyk kann sie ausgebildet werden, aber nicht als Veronyka?«

»Genau«, sagte der Kommandant und nickte.

»Ich verstehe das nicht«, sagte Tristan. »Sie ist mit einer Phönice verbunden ... wie sollen wir das den anderen erklären?«

»Männlich-weibliche Reiterpaare kommen selten vor, aber es hat schon welche gegeben. Bei meiner alten Streife im Imperium war ein gemischtes Paar und im Laufe der Geschichte hat es Dutzende davon gegeben. Königin Malka die Weise ritt auf Thrax, der ein männlicher Phönix war, und natürlich gab es Callysta und Cirix. Wir werden uns einfach auf Präzedenzfälle berufen.«

Veronyka stand noch immer bewegungslos da und ein schweres Gewicht senkte sich auf ihre Brust. Das hier war doch das, was sie wollte, oder nicht?

»Warum weiter lügen?«, fragte Tristan dringlich und schaute zu Veronyka hinüber. »Wie lange kann sie das denn aufrechterhalten?«

»Falls dir das noch nicht aufgefallen sein sollte, Tristan, so ist den Phönixreitern ein ziemlich schwerer Schlag versetzt worden. Wir hatten Elliots Verrat und den Soldaten des Imperiums, der hier aufgetaucht ist, es gab Gerüchte über Verräter und Denunzianten, die für das Imperium arbeiten. Wir sind nicht unfehlbar, aber ich muss die Ordnung und das Vertrauen zu unserem Vorgehen hier wiederherstellen. Ich will den anderen keinen Vorwand liefern, ihr zu misstrauen. Wir müssen Stärke und Einheit zeigen. Zuzugeben, dass sie die ganze Zeit gelogen hat, würde ihr – und uns – mehr schaden als nützen.«

Seine Worte überraschten Veronyka, die sich die Auswirkungen ihres Betrugs nur dahin gehend überlegt hatte, was der Kommandant mit ihr machen könnte. Aber es stimmte, dass ihr falsches Gefühl von Sicherheit zerstört worden war, und das Letzte, was sie wollte, war, zum Gegenstand von Misstrauen und Verdächtigungen zu werden. Aber wäre es nicht besser, sich diesen Reaktionen so bald wie möglich zu stellen? Wenn sie jetzt wütend auf sie wären, wie viel wütender würde sie dann erst nach Monaten sein – oder gar nach Jahren? Und es war ja nicht nur ihr Schauspiel, das weitergeführt werden müsste: Tristan, Cassian, Ersken – sogar Sev kannte die Wahrheit. Es war nicht die Frage, *ob* ihre Lügen entlarvt werden würden. Die Frage war, *wann.*

Veronyka starrte auf ihre Füße. Bei jedem Wort des Kommandanten wuchs der Druck auf ihre Brust. Das hier war nicht richtig. So fing es an: Man tat, was andere wollten, machte Zugeständnisse und ging Kompromisse ein, wieder und wieder, bis man nur noch das war, was die anderen wollten. Ihr ganzes Leben mit Val hindurch war das so gewesen, aber hier würde sie es nicht zulassen. Sie hatte ihren Platz hier verdient – *Veronyka* hatte ihn verdient. Sie war Veronyka und sie würde das nicht mehr verleugnen.

Der Kommandant blickte sie erwartungsvoll an – sie konnte seinen Blick auf ihrer Kopfhaut spüren.

Sie hob das Kinn. »Danke, Kommandant«, sagte sie. Er nickte gnädig – doch dann fügte sie hinzu: »Aber ich kann Eure Bedingungen nicht annehmen.«

Kaum hatte sie das gesagt, wurde der Druck auf ihrer Brust leichter, und sie konnte wieder normal atmen.

»Verzeihung?«, sagte Cassian, so höflich, dass Veronyka schon dachte, er habe sie vielleicht nicht richtig verstanden. Sie schaute Tristan an, und obwohl sein Mund sich besorgt verzog, nickte er ermutigend.

»Ich bleibe als Veronyka hier oder gar nicht. Mir ist klar, dass es Fragen und Verwirrung geben wird, aber ich habe mich in diesem Kampf bewiesen – Xephyra und ich haben uns bewiesen. Wir haben das Tor verteidigt. Wir haben neben Euren Dörflingen und Euren Lehrlingen gekämpft. Ich weigere mich, diese Leute noch weiter zu belügen. Sie haben etwas Besseres verdient, ebenso wie ich.«

Es war kalt, so vor dem Kommandanten zu stehen und das abzulehnen, was sie sich ihr ganzes Leben lang gewünscht hatte. Ohne die Phönixreiter würden sie und Xephyra Ausgestoßene sein. Zusammen, aber dennoch allein.

Eine warme Hand schloss sich um ihre Schulter, und ihr wurde klar, dass sie nicht allein war, dass Tristan neben ihr stand. Er bot ihr seine Unterstützung an, obwohl sie ihn belogen und sein Vertrauen verraten hatte. Er hielt zusammen mit ihr seinem eigenen Vater stand, denn er glaubte an sie.

An *sie.* An *Veronyka.*

»Hast du etwas zu sagen, Lehrling?«, fragte der Kommandant gebieterisch, aber Tristan konnte nicht mehr antworten, weil ein Klopfen ertönte. Die Tür öffnete sich ohne Erlaubnis des Kommandanten, und Morra trat ein, dicht gefolgt von Ersken und Jana. Tristans Gesicht leuchtete triumphierend auf, und Veronyka nahm an, dass er die drei herbestellt hatte.

»Wenn er das nicht hat, dann ich«, sagte Morra ohne Einleitung oder Höflichkeitsfloskeln. Sie trat an Veronykas andere Seite, Ersken und Jana stellten sich neben sie. »Ich habe deine törichten Regeln lange genug geduldet, Cassian. Sie hat mich an der Nase herumgeführt, das schon«, sagte sie und sah Veronyka kurz mit mildem Verdruss an, »aber bei dem, was sie in der Schlacht geleistet hat, gab es keinen Betrug. Ohne sie hätten wir nicht bis zu deiner Rückkehr durchgehalten. Sie war furchtlos und mutig, und sie hat sich geopfert – und ihre Phönice, ihre geliebte Verbündete –, um alle hier zu retten.« Sie schniefte und richtete ihren glitzernden Blick auf Veronyka, als sie hinzufügte: »Sie war der geflügelte Triumph, wie die pyrenischen Königinnen der alten Zeiten.«

Veronykas Wangen wurden heiß, Furcht und Stolz und Schuld wärmten sie von innen her. Sie hatte Morra ins Gesicht gelogen, und doch war die Frau gekommen, um ihr zu helfen.

Sie schaute Kommandant Cassian an, aber es schien ihn nicht zu überraschen, dass sie wirklich auf Xephyra in die Schlacht geflogen war, und das musste bedeuten, dass er es bereits gewusst hatte.

»Sie ist die stärkste Animage, mit der ich je zu tun hatte«, fügte Jana mit stolzem Lächeln hinzu, und um ihre Augenwinkel bildeten sich kleine Fältchen. »Kein Tier auf diesem Berg ist ihr gewachsen.« Veronyka wusste, dass Jana an Wind dachte, und musste einfach ebenfalls lächeln.

»Jetzt haben wir die da«, sagte Ersken und nickte hinüber zu Sevs Tasche, die Veronyka erst jetzt bemerkte. »Ich gehe davon aus, dass wir wieder anwerben werden.«

»Ja«, sagte der Kommandant steif.

»Na, warum fangen wir dann nicht mit unserer Veronyka an?«

Er sagte es ein wenig ungeschickt – der Name war seinem Mund noch fremd –, aber was wirklich Veronykas Aufmerksamkeit erregte, war das Wort »unserer«. Ihre Kehle war wie zugeschnürt.

»Dieser Angriff bedeutet Krieg, Kommandant«, sagte Morra. »Es wird Zeit, unsere Truppen bereit zu machen, und wir brauchen alle, die kämpfen können.«

»Vor allem solche, die so entschlossen und furchtlos sind wie sie«, fügte Ersken hinzu.

Dem Kommandanten klappte das Kinn herunter. Er war von allen Seiten umstellt, und als Beryk, sein Stellvertreter, in den Raum schlüpfte und fragte: »Komm ich zu spät?«, hob Cassian die Hände.

Er starrte einige atemlose Augenblicke in die Runde, dann stieß er die Luft aus. Er winkte ungeduldig ab. »Dann sei es.«

Veronyka hatte nie etwas Schöneres gehört.

In dieser Nacht verbrannten sie die Toten.

Die feindlichen Soldaten waren schon begraben; dieses Feuer jetzt war nur für Freunde und Mitkämpfer bestimmt.

Es hatte fast zwei Tage gedauert, bis genug Holz zusammengetragen war und der überanstrengte Priester mit seinen Gehilfen – die die ganze Zeit der Heilerin geholfen hatten – die Abschiedsriten durchgeführt hatte. Bei einigen Gefallenen wurden Verwandte aus den umliegenden Dörfern herbeigerufen. Sie standen im Halbkreis vor dem Dorftor, dort, wo sich die Hindernisbahn befunden hatte. Die Wiese war jetzt eine Wüste aus verbrannter Erde und aufgewühltem Boden, und der Rauchgeruch mischte sich mit dem von neuen Brettern und frischer Farbe, da sie versuchten, das neu zu bauen, was sie verloren hatten.

Aber nicht alles war so leicht zu ersetzen.

Xoe wurde als Letzte auf das Totenfeuer gelegt, ihr rotlila Gefieder sah im Abendlicht matt aus. Ersken erwies ihr die letzten Ehren, und als er in den Kreis zurücktrat, legte er die Hand auf die Schulter von Spatz, die gerade zuvor Zwitscher auf den Scheiterhaufen gebracht hatte.

Sev war gekommen, mit noch immer dick verbundener Schulter, zusammen mit Morra und den Küchenmädchen, Jana und den Stallgehilfen und Beryk und den restlichen Reitern. Elliot hatte auch teilnehmen dürfen, er stand ganz hinten zwischen zwei Wachtposten und hielt den Kopf gesenkt.

Veronyka stand ein Stück an der Seite und kam sich ein wenig vor wie ein Eindringling. Sie katte niemanden von den Toten gekannt, aber ihre Namen und Gesichter waren ihr doch vertraut gewesen. Hauptmann Flynn hatte nicht überlebt, so wenig wie die eine lächelnde Waschfrau oder der Schmiedelehrling. Sie alle verschwammen vor Veronykas Augen, und sie bereute, dass sie sich nie die Mühe gegeben hatten, sie kennenzulernen. Aber so war es eben im Leben und im Verlust: Es war nie Zeit genug.

Der Priester sprach einige Worte, aber Veronyka hörte kaum zu. Sie lauschte dem Wind, der ihr wie die Liebkosung einer Mutter die Haare aus der Stirn strich und tröstend ins Ohr wisperte.

Der Priester beendete seine Gebete mit der Fürbitte: »Mögen ihre ewigen Flammen hell brennen.«

Alle wiederholten diese Worte und Kommandant Cassian hielt die brennende Fackel an den Rand des Scheiterhaufens. Tristan stand neben ihm, gefasst und respektvoll.

Die Flammen züngelten über das trockene Reisig, und die Toten konnten endlich zum Himmel getragen werden, wo ihr Geist für immer wie Kerzen in der Dunkelheit brennen würde.

Vor Veronykas Augen verschwamm jetzt alles und das Feuer verwandelte sich in funkelndes, tanzendes Licht. Sie wusste, dass es keinen Sinn hätte, gegen die Tränen zu kämpfen, deshalb ließ sie ihnen ihren Lauf, und das brachte ihr eine Erleichterung, von der ihr nicht klar gewesen war, wie sehr sie sie brauchte.

Sie weinte um Spatz, die einen Teil ihrer selbst verloren hatte, und um Xoe, die mit genügend Knochen brannte, um ihr die Rückkehr zu ermöglichen, die aber vielleicht entscheiden würde, lieber bei den Sternen zu bleiben.

Sie weinte um alle Menschen, die sie kannte, und um die, die sie nicht kannte. Sie weinte sogar um Val, ihre ehemalige Schwester, die sie wohl für immer verloren hatte. Sie weinte um ihre Maiora und um das Wissen, dass sie selbst keine Familie mehr hatte, dass sogar die, die sie zu haben geglaubt hatte, gar nicht ihre gewesen war.

Aber dann schob sich eine warme Hand in ihre, eine große, starke Hand, und Veronyka sah zu ihrer Verwirrung, dass Tristan neben ihr stand. In seinem Gesicht lag eine Frage und Veronyka nickte und fuhr sich mit der anderen Hand über die Augen. Sie würde das schon schaffen.

Er drückte ihre Hand – aber er ließ nicht los. Stattdessen drehte er sich mit ihr zusammen um und blickte ins Feuer.

In manche Familien wird man hineingeboren. Andere findet man unterwegs.

In dieser Nacht wurde ein Fest gefeiert. Kommandant Cassian ließ die Instandsetzungsarbeiten in der Festung und im Dorf unterbrechen und holte alle in den Speisesaal, Arbeiter gleichermaßen wie Lehrlinge und Meister. Es war wie eine zweite Sonnwendfeier, mit reichlich Speis und Trank und Musik.

Als alle sich gesetzt hatten, verkündete der Kommandant, dass die Reiter neue Rekruten anwerben würden. Er erwähnte nicht, *wer* rekrutiert werden sollte oder wie viele, aber allein die Nachricht wirkte auf alle ermutigend. Beim Angriff und bei den Ablenkungsmanövern waren zwar keine Reiter ums Leben gekommen, mehrere aber waren verwundet worden, und sie hatten immerhin zwei der Phönicen verloren. Sie brauchten jede gute Nachricht, die sie bekommen konnten.

Der Kommandant erwähnte Veronyka nicht – weder ihre Stellung als neuer Lehrling noch die Tatsache, dass sie ein verkleidetes Mädchen war. Vielleicht wollte er ihr die Möglichkeit geben, es selbst zu sagen, vielleicht glaubte er auch, es würde die anderen von der freudigen Mitteilung ablenken, die er ihnen soeben gemacht hatte. Rekrutierungen, neue Reiter – das allein war wichtig.

Veronyka aß zusammen mit Morra, die ausnahmsweise im Speisesaal saß und nicht den ganzen Abend in der Küche schuftete. Zuerst war es ihr peinlich gewesen, mit der Köchin allein zu sein; sie hatte Angst, Morra würde ihr ihre Lügen vorwerfen, obwohl sie sich für ihr Recht, als Reiterin zu kämpfen, eingesetzt hatte. Aber Morra schien eher beeindruckt als verärgert zu sein und erklärte, der einzige Mensch, der sie je hatte in die Irre führen können, sei Avalkyra Aschenfeuer gewesen. Veronyka hatte unbehaglich gelächelt und das Thema gewechselt.

Nachdem die Totenriten zum Abschluss gebracht worden waren, war es Zeit, in die Zukunft zu blicken. Die Reiter hatten den Angriff zwar überlebt, aber es war nun kein Geheimnis mehr, dass sie sich auf dem Pyrmont zusammengetan hatten. Der Hass auf das Imperium brodelte in den Bewohnern des Adlerhorsts, die Rache für geliebte Tote und zerstörte Lebensgrundlagen verlangten, und die meisten hielten Kommandant Cassian zu sehr für einen Politiker, um gegen ihre Feinde zurückzuschlagen. Während sich Veronyka zwar auch über das, was kommen mochte, Sorgen machte, war sie doch begeistert von der Tatsache, dass sie endlich, *endlich* wirklich dazugehören würde.

Während sich das Gelage immer weiter dahinzog, verließ sie den Speisesaal und schickte ihre Gedanken auf die Suche nach Xephyra. Ihre Verbündete döste im Adlerhorst vor sich hin, neben ihr lag ein voll ausgeheilter Rex. Seit Xephyra aus dem Käfig befreit worden war, war ihre gesamte Energie wie ausgewechselt, und sie war voller Trost, Glück und Vertrauen in Veronykas Gedanken anwesend. Ihre Bindung wurde mit jedem Tag stärker, und was immer passieren würde, wo immer sie von hier aus hingehen würden, sie würden es gemeinsam tun.

»Müde?«, rief hinter ihr eine Stimme.

Veronyka wurde langsamer, damit Tristan sie einholen konnte, als er jetzt über die Pflastersteine lief.

Sie holte tief Luft und schaute hoch zum Himmel, der so weit war und so sternenreich, eine ewige Erinnerung daran, dass die, die sie verloren hatte, immer bei ihr waren. Der Nachtwind strich über ihre Haut, es war seit Monaten nicht mehr so warm gewesen, und sie hatte das, was sie sich immer gewünscht hatte: eine Zukunft als Reiterin und einen Ort, den sie Zuhause nennen konnte.

»Kein bisschen«, sagte sie und grinste.

»Gut«, sagte Tristan lächelnd, trat vor sie und ging dann rückwärts, um von Angesicht zu Angesicht mit ihr sprechen zu können. »Ich hatte gehofft, du hättest Lust auf eine Runde Training.«

Sie runzelte die Stirn. »Meinst du Bogenschießen – oder die Hindernisbahn?«

»Weder noch«, sagte er und wies mit dem Daumen über seine Schulter. Ersken stand im Torbogen, der in den Adlerhorst führte. Er hielt etwas in den Händen.

Einen Sattel.

Er reichte ihn Tristan und verschwand mit selbstzufriedenem Feixen.

»Der hat mir gehört, als Rex kleiner war. Also, was meinst du?«, fragte er und versuchte, aus Veronykas verdutztem Schweigen und ihrem offenen Mund eine Antwort abzulesen. »Lust auf einen richtigen Ritt, Seite an Seite?«

Veronyka strahlte ihn an. *Seite an Seite.* »Ja.«

Tag 21, Neunter Mond, 170 NI

Ich stehe auf Genyas Turm und sehe zu, wie die Welt unter uns brennt.

Ich sehe Dich am Himmel, und Du bist alles, was Du jemals versprochen hast: Blut, Feuer, Tod.

Es ist krank, ich weiß, aber es ist mir ein Trost, dass Du hier bist. Mein Herz hebt sich, wenn ich Dich wiedersehe – auch wenn es zum letzten Mal sein könnte.

Es tut mir leid, dass ich Dich so enttäuscht habe – dass wir einander enttäuscht haben. Aber das Leben schenkt uns nicht oft eine zweite Chance.

Du sollst wissen, dass ich Dich liebe, meine liebe Schwester, und dass ich Dich immer lieben werde.

Pheronia Aschenfeuer

– Epilog –
Avalkyra

Avalkyra war müde.

Nein. »Müde« war ein kleines, schwaches Wort, ein Wort für Mütter mit quengelnden Säuglingen und Soldaten auf Nachtwache.

Avalkyra war durch und durch erschöpft.

Ihr Leben war irgendwie zu einem albernen Spiel geworden, zu einer Folge von Bewegungen, die sie durchführte … nicht zu ihrem eigenen Vorteil, sondern für Veronyka. Sie hatte Kinderpflegerin und Mutter und Schwester und Freundin spielen müssen. Sie hatte die scharfe Wahrheit über ihr Leben in weiche Wolle und bunten Kattun gewickelt – oft auf ihre eigenen Kosten. Es störte sie nicht, sich die Hände schmutzig zu machen – die waren schon lange vor Veronyka verdreckt gewesen –, aber als die Tage und Jahre ihres Lebens da hinzogen, fragte sie sich, ob ihre Hände jemals wieder sauber sein würden.

Vielleicht lag es an ihrer Erschöpfung, dass sie sich Veronyka vor ihrem Aufbruch offenbart hatte. Sie hatte das Geheimnis niemals so lange bewahren wollen, aber die Wahrheit, die sie einst nur mit solcher Mühe hatte für sich behalten können, schien jetzt an ihrer Zunge zu kleben und ihre Kehle zu verstopfen. Veronyka ging bestenfalls sprunghaft mit ihrer Schattenmagie um – wie konnte Avalkyra einer solchen Person ihr kostbarstes Geheimnis anvertrauen? Auch jetzt hatte sie Veronyka noch so viel zu erzählen, so vieles, das sie nicht verstehen würde.

Avalkyra saß vor ihrem kleinen Lagerfeuer und starrte die Tasche mit dem frisch erbeuteten Phönixei an. Sie hatte es nicht mehr angesehen, seit sie es dem schlafenden Soldaten gestohlen hatte. Es war schwer gewesen, nur eins zu nehmen – und diese Imperiums*ratte* am Leben zu lassen, wo sie doch eine andere Möglichkeit gehabt hatte. Aber wenn sie in ihrem zweiten Leben eines gelernt hatte, dann Geduld. Wenn sie weitere Eier gestohlen hätte, wäre das aufgefallen, und sie hätten sie gejagt. Und wenn sie den Soldaten getötet hätte ... dann hätten sie viel früher gemerkt, dass ein Ei fehlte.

Wenn sie ehrlich sein wollte, dann machte das Ei ihr zu schaffen. Sie hatte den Verdacht, dass es einen Grund gab, warum der Phönix in ihrer Hütte nicht geschlüpft war, denselben Grund, warum sie das halbe Dutzend Eier, das sie früher gehabt hatte, nicht zum Schlupf gebracht hatte. Sie wusste nicht, ob es daran lag, dass ihre Verbündete sie verlassen und beschlossen hatte, nicht zu ihr zurückzukehren, oder ob es einen anderen, tieferen Grund gab. Wie auch immer, sie hatte Angst, das Ei könne so enden wie alle anderen.

Tot. Leer. Wertlos.

Avalkyra atmete tief und beruhigend durch.

Angst ist ein Luxus.

Das war ein uraltes pyrenisches Sprichwort. Die vollständige Fassung war in den *Pyrenischen Epen* verzeichnet:

Wenn sich pechschwarze Dunkelheit senkt und Laternen versagen,
ist Angst ein Luxus.
Wenn Krieg hereinbricht und es keinen Ausweg gibt,
ist Angst ein Luxus.
Wenn der Tod dankbar nimmt, was das Leben aufgibt,
ist Angst ein Luxus.

Avalkyra konnte sich Angst nicht leisten. Dunkelheit und Tod zogen heran und was war mit dem Krieg? Der war schon da.

Er hatte eigentlich niemals ein Ende genommen – jedenfalls nicht für sie.

Sie kämpfte seit vierunddreißig Jahren, und manchmal vergaß sie, warum. Ihr Denken war nicht mehr so messerscharf wie früher einmal und die Einzelheiten ihres Lebens verschwammen unter dem Brennglas der Zeit. Das war inakzeptabel.

Sie durfte nicht vergessen, was sie war und was sie sich zurückholen musste.

Sie war Prinzessin und Phönixreiterin gewesen. Sie war die Königin mit der Federkrone gewesen.

Sie hatte einen Krieg ausgefochten, um ein Reich zu gewinnen, und dabei hatte sie die Liebe ihres Lebens verloren, ihre Schwester.

Als sich das Gewicht all dieser Tatsachen über sie senkte, überlegte Avalkyra, was sie jetzt zu Pheronia sagen würde, wenn sie noch lebte.

Ich bin jetzt müde, xe Onia. Es ist nicht mehr dieselbe Welt.

Ich habe Angst um sie, xe Onia. Sie ist genau wie du.

Es hatte bereits begonnen, die Ähnlichkeiten zwischen Avalkyras zwei Leben wurden mit jedem Tag deutlicher. War es also der Wille der Gottheiten, dass sie nicht ein Mal leiden sollte, sondern zwei Mal? War das ihr Schicksal – zu überleben, zu ertragen, aber immer auf Kosten derer, die sie liebte?

Nein. Sie durfte ihre zweite Chance nicht vergeuden. Sie und Veronyka würden das Leben leben, das sie und Pheronia hätten leben sollen, und sie würden das Reich regieren, das sie hätten regieren sollen – zusammen.

Sie würden die Geschichte neu schreiben.

Um sich die Einzelheiten klar ins Gedächtnis zu rufen, stellte sich Avalkyra manchmal vor, einen Brief zu entwerfen. Nur gelang es ihr nie, die Tinte aufs Papier zu setzen. Bei jedem Versuch musste sie an die beiden letzten Briefe denken, die sie geschrieben hatte. Daran, wie sehr sie sich gewünscht hatte, sie noch einmal schreiben zu können, nachdem sie abgeschickt worden waren. Und dass keine Antwort auf diese Briefe gekommen war, bis es zu spät gewesen war.

Geschichte lebte, atmete, änderte sich dauernd – sogar die eigene. Jeden Tag sah die Vergangenheit für Avalkyra anders aus und der Brief in ihrer Vorstellung änderte sich entsprechend.

Manchmal war sie das Opfer und wurde durch die Ereignisse geschwemmt wie ein in die Strömung des Aurys-Flusses geratenes Blatt. Dann wieder war sie die Übeltäterin – die Strömung selbst, die alles und alle, die sie liebte, mit sich nach unten riss. Sie vermutete, das war die wahre Geschichte, aber an manchen Tagen war das leichter zu ertragen als an anderen.

Meistens richtete sie den Brief an Pheronia, aber bisweilen sprach sie darin auch Veronyka an.

Als sie jetzt allein im Wald saß und eine weitere Schwester hinter sich zurückließ, verfasste sie in Gedanken einen neuen Brief.

Liebe Veronyka,
ich bin Avalkyra Aschenfeuer und das ist meine Geschichte.

Sie waren zwar auf eine steinige Straße geraten, aber Avalkyra war an Rückschläge gewöhnt. Nichts im Leben, das einen Wert hatte, war leicht zu erringen, immer gab es einen Preis zu bezahlen.

Veronyka hatte vor Kurzem eine Frage gestellt, eine, die Val nicht richtig hatte beantworten können.

Aber das konnte Avalkyra.

Du hast gefragt, warum ich gekommen sei, am Abend des Sonnwendfestes.

Die Antwort, die ich Dir gegeben habe, war einfach und kompliziert zugleich.

Ich habe vor sechzehn Jahren nicht nur den Krieg verloren. Ich habe alles verloren.

Es war eine Nacht, die ich niemals vergessen werde. Ich war vom Kampffieber gepackt, mein Blut kochte, und meine Pfeile fielen vom Himmel wie Regen. Ich entdeckte eine Gestalt ganz allein auf der Burgmauer, ohne Schutz vor dem Sturm. Ich gab einen Pfeil ab, ehe ich sie richtig sehen konnte.

Aber als die Bogensehne über meine Finger schnappte, begriff ich, dass sie es war.

Könnte ich doch nur Pfeile einfangen, könnte ich ihren Willen und ihre Absichten so leicht lenken, wie ich das bei Lebewesen kann.

Aber das kann ich nicht. Mein Pfeil traf sein Ziel – das taten meine Pfeile immer. Ich schlug Vorsicht und Krone in den Wind, ich warf alles fort und lief zu ihr. Meine Nyx wurde auf unserem tollkühnen Flug von einem Dutzend Pfeile getroffen, und bald fielen wir, fielen wie ein vom Himmel geworfener Stern.

Als ich meine sterbende Schwester in den Armen hielt, tobte um uns herum die Schlacht, und mein verfluchter Pfeil steckte in ihrem Herzen. Ich wollte ebenfalls sterben.

Das wäre leichter gewesen. Süßer. Aber sie wollte es nicht zulassen.

Sie presste meine blutverschmierte Hand auf ihren gewölbten Leib und ich spürte darin den Herzschlag.

Deinen Herzschlag, xe Nyka.

Ich müsse leben, sagte sie, weil sie das nicht konnte.

Sie verlangte zu viel. Meine Phönice war tödlich verwundet und ihr Feuer umloderte uns. Flammend, glühend heiß.

Sie verlangte zu viel.

Der Schock, den Pheronias Verletzung ausgelöst hatte, ließ die Wehen vorzeitig beginnen. Sie wurde in Sicherheit gebracht, um das Kind zu retten, aber für Pheronia war es zu spät.

Mich ließen sie zum Sterben liegen. Ich konnte ihnen keinen Vorwurf machen.

Ich spürte ihn, den Augenblick, in dem sie diese Welt verließ. Ich hörte ihren letzten Schrei, und als das Feuer meiner Verbündeten über meine Haut züngelte und mein Fleisch versengte, hörte ich ein anderes Geräusch – das Weinen eines neugeborenen Kindes.

Ich starb auch, aber es war nicht das Ende. Es war der Anfang. Unser Anfang.

Ich kehrte zurück. Deinetwegen, Veronyka.

Wir wurden gemeinsam geboren, Du und ich.

Falsche Schwestern.

Schattenzwillinge.

Ich versprach Pheronia, Dich zu beschützen. Das war ihr letzter Wunsch.

Ich sagte ihr, wir würden alles wieder in Ordnung bringen.

*Und ich habe gerade erst an*gefangen.

Zeitstrahl

Bedeutende Herrscherinnen seit der Herrschaft der Königinnen (vor dem Imperium, VI)

Erstes Zeitalter, ehe Daten und Ereignisse gewissenhaft aufgezeichnet wurden (ca. 1000–701 VI)

1000 VI–800 VI	Königin Nefyra[1], die erste Reiterkönigin: Erwählt von Axura als erste Animage und erste Reiterkönigin. Ignix, die erste Phönice, war ihre Verbündete.

1 *Obwohl sie kurz nach ihrer geliebten Callysta gestorben ist, bleibt Nefyra die einzige in Sagen, Legenden oder Geschichtsschreibung aus dem Pyra jener Zeit erwähnte Königin. Da wir nur über mündliche Überlieferungen verfügen, gibt es vermutlich Irrtümer in der Datierung, aber vielleicht wurden Nefyras Erbinnen nach ihrer Mutter und Großmutter genannt, weshalb in den Erzählungen mit Nefyra II, Nefyra III und Nefyra IV sie gemeint sind. Es besteht auch die Möglichkeit, dass hier die Grenze zwischen Mythos und Geschichte verschwimmt und die Lieder und Sagen der ersten Reiterkönigin eine göttlich lange Herrschaft zuschreiben sollten.*

775 VI–725 VI	Königin Otiya, die Königin der Knochen: Besiegt von einer rivalisierenden Reiterfamilie, die den Thron an sich reißen wollte.

Zweites Zeitalter, der Höhepunkt der pyrenischen Kultur (701–279 VI)

701 VI–645 VI	Königin Aurelya, die Goldene Königin: Begann mit dem Bau der Goldenen Stadt Aura, der sie ihren Namen verdankt.
412 VI–335 VI	Königin Liyana die Dauerhafte.
335 VI–317 VI	Königin Lyra die Verteidigerin. Berief die Rote Horde zusammen, die erste Sammlung aller pyrenischen Phönixreiterinnen. Verteidigte Pyra erfolgreich gegen die Invasion aus dem Tiefland.

Drittes Zeitalter, der Niedergang des Königinnentums (279–1 VI)

9 VI–37 NI	Königin Elysia die Friedensstifterin: Ihre Herrschaft ist vor allem bekannt durch den Verlust der Ewigen Flamme und der Massenevakuierung von Aura. Nachdem sie Aura verlassen hatte, gründete Elysia das Imperium und vermählte sich mit dem ferronesischen König Damian.

Nach dem Imperium (NI)

37 NI–45 NI	Königin Ellody die Wohlhabende: Herrschaft des Wohlstandes.
45 NI–56 NI	König Justyn der Fromme: Herrschaft der Frömmigkeit. Verwandelte Azurecs Adlerhorst aus einem Übungsgelände in eine Wallfahrtsstätte. Ließ die Pilgerstraße anlegen.
56 NI–95 NI	Königin Malka die Weise: Herrschaft der Weisheit.
95 NI–121 NI	König Sorgenvoll der Gelehrte: Herrschaft der Gelehrsamkeit. Taub geboren, entwarf er einen Sattel für Gehörlose. Richtete die Morianischen Archive ein und ließ die Priester und Altardienerinnen des Gottes Mori die Geschichte des Imperiums aufzeichnen.
121 NI–135 NI	König Hellund[2] der Gerechte: Herrschaft der Gerechtigkeit.
135 NI–147 NI	Königin Bellonya die Tapfere: Herrschaft der Tapferkeit. Verlor als Kind einen Arm, wurde die fähigste Speerwerferin in der Geschichte des Imperiums.

2 *Nach seiner Vermählung mit der kühnen Königin Genya der Generalin 125 NI wurde dieser Zeitraum von vielen als Herrschaft der Generalin bezeichnet.*

147 NI–165 NI	König Aryk der Unwahrscheinliche[3]: Herrschaft der Unwahrscheinlichkeit.
165 NI–169 NI	Königinregentin Lania von Stel: Herrschaft der Regentin.
169 NI–170 NI	Avalkyra[4], die Königin mit der Federkrone Pheronia[4], die Königin des Rates.
169 NI–heute	Herrschaft des Rates.

3 *So genannt, weil Aryk Bellonyas jüngerer Bruder war, der Vierte in der Thronfolge; er gelangte nur auf den Thron, weil sein älterer Bruder und Bellonyas zwei Töchter vor ihm starben.*

4 *Keine der beiden Prinzessinnen wurde offiziell gekrönt, aber beide wurden vor ihrem Tod im Blutkrieg als Königinnen bezeichnet.*

Glossar

Gottheiten

Axura[5]**:** Göttin der Sonne und des Tageslichts sowie des Lebens, symbolisiert durch den Phönix.

Nox[6]**:** Göttin des Mondes und der Finsternis sowie des Todes, symbolisiert durch den Strix.

Anyanke: Göttin des Schicksals, symbolisiert durch die Spinne.

Hael: Gott der Gesundheit und der Heilkunst.

Miseriya: Göttin der Armen und Hoffnungslosen.

Mori: Gott des Wissens und der Erinnerung, symbolisiert durch die Eule.

Teyke: Gott des Glücks, ein unzuverlässiger Schelm, symbolisiert durch die Katze.

Totenfrauen: Dienerinnen der Nox, die verlorene Seelen in die Finsternis locken.

Bedeutende Persönlichkeiten

Callysta: Geliebte und Stellvertreterin von Königin Nefyra. Auch die Phönixe von Callysta und Königin Nefyra waren Verbün-

---

5 *In der Zunge der Händler: Azurec*

6 *In der Zunge der Händler: Noct*

dete: Cirix, der erste männliche, und Ignix, der erste weibliche Phönix.

Erste Reiterinnen: Vierzehn Kriegerinnen, die von Axura erwählt wurden, um gegen die Finsternis der Nox zu kämpfen.

Fünf Bräute, die: Königin Elysia und ihre vier königlichen Schwestern (Anya, Rylia, Cara, Darya). Sie verhalfen durch Heiraten in den grundlegenden Jahren des Imperiums zu sicheren Friedensverträgen.

Genya die Generalin: Gemahlin von König Hellund dem Gerechten, ihre Phönice war Exiline. Sie besiegte die Banditen, die die Herrschaft ihres Gemahls terrorisierten.

Rol von Rolland, König: Ahne des Rolan von Stel, Gouverneur von Ferro. Berühmt durch den fehlgeschlagenen Mordversuch an König Damian von Ferro.

Berühmte Schlachten

Blutkrieg: Der Konflikt zwischen den Schwestern und Erbinnen Avalkyra und Pheronia Aschenfeuer.

Dunkle Tage: Am Morgen der Zeiten, als Axuras Phönixe gegen die Strigae der Nox kämpften, um die Welt vor einer endlosen Nacht zu retten.

Invasion aus dem Tiefland, die: Invasionsversuch in Pyrmont (damals das gesamte pyrenische Königinnenreich) durch eine namenlose Zivilisation aus den Vorhügeln des heutigen Pyra.

Letztes Gefecht: Ausgefochten in Aura Nova, letzter Konflikt des Blutkrieges.

Stellanischer Aufstand: Eine Reihe von Adeligen, die sich in Stel zusammenrotteten, um mehrere wichtige Städte der Kontrolle des Imperiums zu entreißen; sie wurden schließlich von Avalkyra Aschenfeuer gerettet.

Begriffe

Animage: Eine Person mit animagischen Fähigkeiten.

Engel des Erbarmens: Phönixreiter, die auf dem Schlachtfeld nach Überlebenden und Auferstandenen suchen.

Falsche Schwestern/Schattenzwillinge: Geschwister, die nur wenige Sekunden nacheinander geboren werden, mit demselben Vater und verschiedenen Müttern.

Leibeigene: Animagen, die wegen Vergehen gegen das Imperium Zwangsarbeit leisten müssen.

Mageskläve: Schimpfwort, mit dem Leibeigene bezeichnet werden.

Magesteuer: Bußgeld für Animagen, die ihre Fähigkeiten anwenden.

Magisches Register: Verzeichnis bekannter Animagen des Goldenen Imperiums.

Rote Horde: Der erste Zusammenschluss der pyrenischen Phönixreiterinnen unter der Herrschaft von Königin Lyra.

Schattenherz: Spionführerin, im alten Pyra ein Amt in Diensten der Königin.

Schattenmage: Eine Person mit schattenmagischen Fähigkeiten.

Pyrenische Wörter

Aura: Stadt/Ort aus Gold, zudem die alte Hauptstadt von Pyra.

Aurys: Goldener Fluss, der von den höchsten Gipfeln des Pyrmont ins Tal des Goldenen Imperiums fließt.

Maiora: Großmutter.

Pyr: Feuer oder Flamme.

Pyra: Stadt/Ort des Feuers, auch bekannt als Freilande, eine autonome Provinz des Goldenen Imperiums.

Pyraflora: Feuerblüte, ein Baum mit roten Blüten und Symbol für Pyra. Aus den Blättern kann Gift hergestellt werden, der Saft wird als Feuerschutz verwendet.

Phönixere, Plural Phönixeren: Phönixreiter oder Phönixmeister.

Phönovo: Phönixei.

Petrawein: Felswein, ein pyrenischer Schnaps, gewürzt mit heimischen Kräutern und Blumen, wird nur im Dorf Petratec hergestellt.

Sapona: Seifenbaum, eine Pflanze, die zum Waschen benutzt wird.

Sekveia: Die Zweite Straße, eine uralte Route durch die Wildnis des Pyrmont, die angeblich zu einem verschollenen Schatz führt.

xe: Vorsilbe mit der Bedeutung »geliebt« oder »süß«, sie kann auch »Bruder« oder »Schwester« bedeuten, das kommt darauf an, vor welchem Namen sie steht.

xe xie: Liebevolle Anrede, ungefähr »Süße/r/s« oder »Liebe/r/s«.

Danksagungen

Um mich gebührend zu bedanken, sollte ich wohl mit dem Anfang beginnen. Ich danke meinen Eltern – Mom für wunderbare Haare und einen neugierigen Geist, Dad für die Liebe zum Essen und einen fantastischen Mittelmeerteint. Und für mein Leben.

Ich danke meinen Brüdern Robin und Jason, die mich schon früh abgehärtet und mich oft allein gelassen haben … In diesen einsamen Stunden habe ich gelernt, seltsam und fantasievoll zu werden und mich selbst zu unterhalten. Ich muss euch auch für meine Schwestern, Melissa und Jenny, und meine Nichten (Brianna und Ella) und Neffen (Alexander, Everett und Oliver) danken, die so viel Chaos und Lachen in unsere Familie gebracht und mich gelehrt haben, Stille zu schätzen zu wissen (und Nickerchen).

Ich danke John und Angela, meinen griechischen Eltern, die seit ich sechzehn war, einen wichtigen Teil meines Lebens ausmachen. Ich kann euch nicht genug für die bedingungslose Liebe und Unterstützung danken, die ich nicht verdiene und die ich niemals vergessen werde. Ich danke euch auch dafür, dass ihr die bestmöglichen Hüter und Bewahrer meines Herzens, Rocky, seid.

Ich danke Bruce (der immer wieder dieses Buch lesen wollte, obwohl ich gesagt habe, es sei noch nicht fertig) und Isabel, meiner Patentante (mit der ich die Liebe zum Leben und zu einem Namen teile) und all meinen Vettern und Cousinen und Verwandten in nah und fern.

Ich danke Shannon, meiner besten Freundin seit der fünften Klasse, und Joel, der nerdige Dinge wie Fantasielandkarten versteht und den angemessenen Enthusiasmus dafür zeigt. Ihr habt mich immer mit Speis und Trank versorgt und mich auf eurer Couch schlafen lassen. Und Hurra für Niki Wee und Shannon »Red Boots« Robertson, die die Couch mit mir geteilt haben.

Ich danke Derek, der nicht einen Moment daran gezweifelt hat, dass ich das hier schreiben könnte. Ich liebe dich.

Ich muss einen lauten Gruß an alle meine Kritikpartner und an alle befreundeten Autorinnen und Autoren schicken, die bei jedem Rückschlag und jedem Erfolg für mich da waren und diese kurvenreiche Straße ein wenig weniger einsam gemacht haben. Elly Blake (meine erste kritische Leserin, die die Schneise geschlagen hat, sodass ich ihr unbesorgt folgen konnte), Tara Wyatt, meine Eine über Alles (die meine Hand bei jedem Sieg und jeder Kernschmelze hält), Morgan Rhodes (für Hilfe beim Brainstorming zu dieser Idee), Eve Silver (die mich immer in dem Glauben bestärkt hat, dass es nur eine Frage der Zeit sei) und meinen Freundinnen aus den Schreibkursen Maureen, Julie, Bonnie und Molly. Ich danke auch meiner anderen kritischen Leserin Jennifer Welker und meiner Agentin – und Verlegerin – Akemi Dawn Bowman. An Jessi geht Dank für Wein, Käse und Ermutigung, und ich danke den Freundinnen und Kolleginnen von damals und heute: Amy, Megan, Lindsay, Rohana, Chelsey und Ashley.

Ich danke meiner Agentin Penny Moore, die eine berüchtigte Nervensäge und eine unermüdliche Anwältin ihrer Autorinnen und der jungen Lesergemeinde ist. Ich habe wirklich Glück und fühle mich geehrt dadurch, dass du an meiner Seite bist. Ich danke zudem Andrea, Sandy und allen von der Empire Library.

Ich kann mir »Crown of Feathers« wirklich mit keiner anderen Lektorin als Sarah McCabe vorstellen. Ich danke dir dafür, dass du die Möglichkeiten dieser Geschichte erkannt und geholfen hast, sie wachsen zu lassen und zu dem Buch zu machen, das ich mir immer erhofft habe. Ich bin ungeheuer stolz darauf, was wir zusammen geschaffen haben.

Ein großer Dank geht an Jessi Smith für deine scharfen Augen und deine klugen Ideen und an Sarah Creech und Kekai Kotaki für ein atemberaubendes Cover, das mein Herz zum Singen bringt. Ich danke Jordan Saia für die umwerfende Karte und Mike Rosamilia für die grandiose Innengestaltung. Ich danke allen bei Simon Pulse und Simon & Schuster dafür, dass ihr an dieses Buch geglaubt und bei jedem Schritt des Weges dabei wart: Mara Anastas, Chriscynethia Floyd, Liesa Abrams, Katherine Devendorf, Elizabeth Mims, Sara Berko, Chelsea Morgan, Lauren Hoffman, Caitlin Sweeney, Alissa Nigro, Anna Jarzab, Christina Pecorale und dem Vertriebsteam von S&S, Michelle Leo und ihrem Team, Nicole Russo und Samantha Benson.

Und endlich danke ich euch, den Leserinnen und Lesern. Ohne euch würde es überhaupt keine Bücher geben und was wäre das für eine trübselige Welt!

Foto: © Megan Ewing

Autorin

NICKI PAU PRETO lebt an der Stadtgrenze von Toronto. Nachdem sie einen Abschluss in bildender Kunst, einen Master in Kunstgeschichte und ein Diplom in Grafikdesign erworben hatte, wurden ihr zwei Dinge klar: Sie liebt es, der realen Welt zu entkommen, und sie möchte keinen Bürojob. Ihr Traumberuf als Autorin ermöglicht ihr glücklicherweise beides.

Foto: © Thorsten Berndt

Übersetzerin

DR. GABRIELE HAEFS studierte in Bonn und Hamburg Sprachwissenschaft. Seit 25 Jahren übersetzt sie u.a. aus dem Dänischen, Englischen, Niederländischen und Irischen. Sie wurde dafür u.a. mit dem »Gustav-Heinemann-Friedenspreis« und dem »Deutschen Jugendliteraturpreis« ausgezeichnet, zuletzt 2008 mit dem Sonderpreis des »Deutschen Jugendliteraturpreises« für ihr übersetzerisches Gesamtwerk. Sie hat u.a. Werke von Jostein Gaarder, Camilla Grebe und Anne Holt übersetzt. Zusammen mit verschiedenen Kolleginnen hat sie mehrere Anthologien skandinavischer Schriftsteller herausgegeben.